六花の印

連城三紀彦

大胆な仕掛けと巧みに巡らされた伏線、抒情あふれる筆致を融合させて、ふたつとない作家性を確立した名匠・連城三紀彦。三十年以上に亘る作家人生のなかで紡がれた数多の短編群より傑作を選り抜いて全二巻に纏める。第一巻は、第三回幻影城新人賞受賞から日本推理小説史上に名高い連作〈花葬〉を経て、第九十一回直木賞受賞作『恋文』に至る初期作品から十五編を精選。著者の知られざる顔が窺えるエッセイに加えて、巻末には編者による詳細な解題を付す。時代を越えて今なお多くの読者を惹き付けて已まない著者の全貌が把握できる充実の傑作集。

六花の印

連城三紀彦傑作集1

連城三紀彦
松浦正人編

創元推理文庫

THE ESSENTIAL MIKIHIKO RENJO

Vol.1

edited by

Masato Matsuura

2018

目　次

六花の印

連城三紀彦傑作集1

六花《りっか》の印

機関車の吐く烟《けむり》が微風に誘われていく間から、新橋停車場《ステーション》はその番《つが》模様に似た左右一組の巨影をふたたび背景の夜へ蘇《よみがえ》らせた。

夜の陰は表面を白く殺《そ》がれている。

明治三十八年一月末の某日――。

その夜、東京市には雪が降っている。

とは言え、それは一陣の斑《むら》気な北風が東京を掠《かす》め通る際、舞い落としていった一刻《とき》の雪であった。

漆黒の闇の刃がどこからか取り出した一枚の紙を白い切り屑《くず》に散らし、維新の都は束の間、白い影に揺れ、――然《しか》し人々が慌てて外を窺《うかが》った時にはもうそれは終っていた。

風の凪《や》んだ街路は元通りの冷えた能面づらをとり戻し、空には寒月が何事もなかったように確かな形で置かれていた。それでも束の間の雪がかなりの量だった。その真冬の一夜、東京は薄い白皙《はくせき》の肌を纏《まと》うことになった。

小田原付近では吹雪になったという。上り列車の到着が遅れ、十時を廻った。

「しんばしーっ、しんばしー」

駅夫の呼び声と共に乗客の群れが吐き出された。フロックコート、羽織袴《はかま》と服装は各〻だが、皆一様に肩を縮め、陰鬱な構内を通りぬけると、めいめいの家路へ散っていく。待っていた俥《くるま》に乗りこむ女、裾《すそ》を端折《はしょ》り股引《ももひき》も露《あら》わにかけだす男――、瞬《また》く間に人影は一掃され新橋駅が再び夜気と静寂に凍りついた頃――。ひとりだけ遅れて、女の影が正面玄関にあらわれた。

黒い喪服に似た吾妻コートに身を包み、銀糸に霞《かす》んだ透けた紫色の肩掛《ショール》けを頭巾《ずきん》のようにすっぽり被っている。四十路前の凜《りん》とした内儀風の女だった。女は寒そうに肩掛けの端で唇《くちびる》を押えながら、停車場前の広場に薄く敷かれた雪を眺めていたが、やがて角灯を提げた巡査の姿を認めると、人目を憚《はばか》るようにつと顔を背《そむ》け、建物の右側へと廻った。其処《そこ》の物陰に人力車《くるま》の軛《かじ》をついて、十八、九の若い俥夫が、大人びた手つきで煙管《きせる》をふかしている。軛に吊《つる》された提灯《ちょうちん》の家紋に目を留めると、女は俥夫に声をかけた。

「出迎えご苦労様。汽車が遅れたのでもう帰ってしまったかと思っていました」

「へい」

若い俥夫は慌てて煙管の灰を叩き落とし、及び腰になって頭を垂《さ》げた。女は俥夫がさし出した手など見向きもせず、ひとり慣れた物腰で座席に上った。俥夫は急いでその膝《ひざ》に毛織の膝掛けをかけた。女の端然とした立居振舞に圧倒されたか終始頭《こうべ》を垂《た》れ、塗の饅頭《まんじゅう》笠に顔を隠したままである。

「新しい人ですね」

そう言うと、女の細い指がからかうように伸びて笠の縁《ふち》をあげた。

まだ幼さを残した顔が、両目をいっぱいに見開いて蒼い月明りに零《こぼ》れた。


サイドガラスを人影が流れたかと思うと後席のドアが開かれた。

「善岡《よしおか》だ。克代が寄越した車だね」

太い声と共に上空を裂くジェット機の轟音が車内に飛びこんできた。

ルームミラーで髪を撫《な》でつけていた沼田は、慌てて身仕舞を正した。男は沼田の返事も待たずに乗りこんできた。男の体軀が車中の空気を塞《ふさ》いだ。

「今、何時だ」

「八時——三十分です」

「何だ、まだそんな時間か。時計をむこうへ忘れてきてね」

沼田は運転席の時計から視線を外すと、シート越しに振り返った。自分の主人になる男だが顔を合わせるのは初めてである。挨拶《あいさつ》をしておかなければならない。

「あのう——」

「ああ君のことなら克代から聞いている。ロスを発つ前に電話も掛ってきたしな。名前は確か……」

「へい。源爺の遠縁で弥吉と申します。——中風を病んだ源爺に代わって先月から奉公にあがりました」

手甲を巻いた手が膝掛けの下の柔らかいものに触れた。弥吉は思わず手をひっこめ体ごと退いた。女はそれには構わず、

「というとわたしが郷里《さと》へ戻っている間に源さんは暇を出されたのですか？」

「いえ。そのまま御邸でご厄介《やっかい》になっております」

「誰が面倒をみているの？　あなた？」

「へい。もうあの齢《とし》ですから悪くなる一方でしょうが、旦那様が葬儀は御邸から出してやるとおっしゃって下さってまして」

女の顔は幌《ほろ》の闇に包まれている。その闇はしばらく黙っていたが、やがて、

「何もかも新しくなったのに、わたしだけが古汚い二月前のまま……」

と呟《つぶや》いた。

「へい」女の言葉の意味も解せぬまま、弥吉はそう相槌《あいづち》をうつと、両手をこすり合わせ、軛棒を握った。

泥濘《ぬかるみ》を避けようと俥を後ろに引いた時である。提灯の灯《ひ》が、雪上に袱紗《ふくさ》に似た小さな包みを照らし出した。緋色の艶《つや》やかな花柄で、女の足跡に寄り添うように落ちている。俥に乗りこむ拍子に女の体から落ちたものらしい。

弥吉はそれを拾うと、女の方にさし出した。

幌陰に身を沈めていた女の気配が一瞬崩れた。他人には気取られたくない品だったのか、女

は慌てて弥吉の手から包みを奪おうとしたが、それがいけなかった。弥吉と女の縺《もつ》れた手から布の中身が凋《こぼ》れた。どさりと重い音が闇の白い底に落ちた。提灯の淡い灯が霞む中へ、一条きりりとさしこんだ月光を浴び、黒々と煌《ひか》ったのは一挺《ちょう》の拳銃で――。


「飛行機買いつけの贈賄《ぞうわい》問題がアメリカから告発されたそうだな」

駐車場を出て、車が空港前の道路を滑り出すと、後席の男が声を掛けてきた。

「騒いでるだろう」

「はあ、テレビでも一日中――」

「飛行機程度のことで馬鹿な話だ」

ふと男の声が妙に乾いていた。

沼田は、「はあ」と返事をしたが、その声が掠れた。ハンドルを握る指が細かく震えている。背中の緊張が指先まで伝わっているのだ。後席に蹲《うずくま》るように座っている男の気配が、着慣れない背広の窮屈な肩に重くのしかかってくる。

沼田は緊張を、ごまかすように大きく息を吐いた。

初めて会う男が想像以上に恰幅《かっぷく》があったのも若い沼田には重荷だったが、緊張の理由はそれだけではない。

男は拳銃を手にしている――。

先刻駐車場で車を出す際、男はスーツケースを開き、衣類の下からそれを取り出すと両手でしっかりと握りしめた。男は沼田が背を向けているので安心しているらしいが、ルームミラーの左端が丁度男の手を捉えている。顔が見えないだけに、危険な道具を握る手の表情は生々しかった。

初対面だが、沼田は男のことをよく知っている。

善岡圭介、三十四歳。大手電機メーカーH社がロスアンジェルスに出している代理店の店長である。年齢からすれば破格の地位だが、T大出のエリートである上に社長の一人娘を妻にしている。アメリカへは昨年の春赴任《ふにん》し、来年には帰国と同時に副社長の椅子が待っているという。公的な将来は完璧な黄金の檻《おり》で保障された男だと言える。東京の自宅は四谷麴町——。マンションの最上階を借りきった豪奢《ごうしゃ》な生活である。

沼田は、その善岡家に昨年秋から傭《やと》われ、階下の一室を与えられている。一年後善岡が帰国したら秘書的仕事も兼ねるという条件だった。一応写真と履歴書はロスアンジェルスに送付され善岡の了解も得たと言うが善岡家で万事采配を振っているのは克代の方である。

半年も経《た》つと沼田にも善岡夫婦の内幕がわかってきた。

社用で月一度は帰国している善岡に、沼田がこれまで顔を合わせなかったのは、善岡が国立に愛人を囲っていて、帰国の際は自宅ではなくその方に立ち寄るからである。尤《もっと》も克代にも愛人があるらしいから夫への非難は出ない。いや寧《むし》ろ自分の自由を確保するために夫には積極的に自由を与えているようだ。克代は一度電話でどこかの女と善岡の悪口を言ってバカ笑いしていたことがあるが、その相手がどうも国立の愛人らしい。——沼田は、克代自身が善岡にその愛人を押しつけたのではないかとまで疑っていた。

週二、三度克代は沼田に都内のホテルまで送らせる。三時間程経って沼田が迎えにいくといつもは白紙のように冷淡な克代が妙な生温さで声や目を濡らしていた。

（変な夫婦でしょ。でも私に子供ができなかったし結婚生活は行き詰まったのね。そんな時善岡の渡米の話が出たから三年間だけ別居して完全な独身生活に戻ろうってことになったの。善岡が戻ってきたらまた結婚のやり直しだわ）

一度ホテルからの帰途、克代は余りに乱れた髪をさすがにそんな言葉で弁解した。

沼田は自由な空気を吸って育った戦後世代だが、その彼にも善岡夫妻の結婚という単語だけを共有しあう乾いた関係には、度を超した不自然さを覚えた。

尤も乾いているのは克代の方だけかも知れない。夫の名を口にする度、克代の唇に走る蔑《さげす》みの色を思うと、善岡の海外赴任も自由な生活を楽しみたくなった克代が邪魔な亭主を追い払ったのだとも思えてくる。克代は社長の一人娘という血統書を切り札に夫の不貞の権利までも手中におさめているのだ。夫婦の関係は脅迫者と被脅迫者のそれに似ていた。

沼田は以前から善岡に女房の権勢に頭のあがらない弱犬の翳《かげ》をイメージとして抱いていた。現実の善岡は想像と違い、貫禄ある体躯の立派な中年男だった。だが克代の自由奔放な生活を脅《おびや》かす影があるとすれば、それはこの男の中に鬱積《うっせき》しているに違いない、克代が無視している男としての感情だろう。抑圧された感情はいつ爆発するかわからない危険な堆積を伴う。

沼田が半年間漠然と感じていた善岡夫婦の不穏な側面が、男の手に握られた拳銃と奇妙に反響し合う。

肝心のハンドルより、沼田の意識は背中に集中していた。

――いったい何故男は拳銃を隠しもって帰国したのか？　いやそれより男は何故車に乗りこむや否やその拳銃をしっかりと握りしめたのか？　それは男に即《すぐ》にでも拳銃を役立てる意志があるからではないのか？　今夜中、いや数十分以内にでも……その拳銃は暗い閃光を放ち、一つの事件を弾きあてるのではないか？

そんな不吉な想像がわいた時である。突然、

「君っ！」

男の手が沼田の肩を摑《つか》んだ。沼田は思わずひやりとした。肩に掛かった男の手袋の分厚い感触に金属の重さを感じたのだ。

「君、方向指示《ウインカー》が逆だ」

右へ回らねばならないのに沼田はいつの間にか左折の指示を出していたのだ。意識を留守にしていた指先のミスだった。

「スミマセン」

沼田は慌てて方向指示の緑色の点滅を右に移し、ハンドルを右に切った。

ライトの灯に剝《は》がれながら、夜が逆方向へと大きく流れた。

「おや、火が消えましたよ」

汐留町の角を曲がると女が声を掛けてきた。雪道に足を掬《すく》われるのを気遣って、弥吉はすぐにはそれと気づかずにいた。月明りが夜道の闇を薄めるので、足許の明暗はさ程変わらない。

弥吉は軛を置くと燐寸《マッチ》をつけた。黄色い炎を吸って燃えあがった提灯の灯影《ほかげ》が、雪に波紋を広げた。

「不思議ね。凪もないのに炎が散りました」

「へい――」

いつの間にか女は俥の前幌をあげ、路傍にしゃがみこんだ弥吉の肩をじっと見守る容子《ようす》。吾妻コートの裾から凋れた江戸小紋の藤色に、提灯の家紋がくっきり影の印を押した。その家紋の鬼蔦《おにづた》は藤沢家代々の由緒ある紋章で、屋敷中のあらゆる品に刷りこまれている。

女はふと白足袋《たび》を浮かせさらりと裾を捌《さば》く。家紋の影は路上の闇に砕けた。それは女が自分の体に染みた藤沢家の紋章を足蹴にしたかのように見えた。

弥吉の耳に、先刻新橋駅前を出発する際、女の言った言葉が蘇った。

――わたしの戻るのは御邸ではありません。わたしはもう藤沢家の人間ではないのです。でも行き度《た》いのは同じ永田町ですから、ともかく屋敷の方へ向かっておくれ。

女の名は藤沢島。藤沢家当主藤沢欣蔵の妻女――。源爺の話では今年三十七になるという。

やがて車は高速一号線へ流れこんだ。

深夜の高速道路《ハイウェイ》は光の欄干《らんかん》を繋《つな》いだ陰気な橋に似ている。上方の夜空をジェット機のランプが赤い蛍火のように掠めた。

沼田はバックを確かめるふりでルームミラーを覗《のぞ》いた。ミラーから男の影は払拭《ふっしょく》されている。いつの間にか善岡は運転席の真後ろに、座を占めているのだ。

沼田の背は一層緊張した。

後は東銀座までまっすぐこの一号線を北上すればいい。三十分もない安易な道程だが、沼田には冬の冷えた直線道路が涯《はて》しなく長い時間を凍結しているように思えた。


火付きを確かめて弥吉が立ち上がろうとすると、島は、

「いえそのまま背を向けていておくれ」

と言った。弥吉は命令通り路上にしゃがみ続けた。

「弥吉とか言いましたね。お前年齢《とし》は幾つにおなり?」

「十九になります」

「そう、——道理で先程からお前の背にしきりに市さんが思い出された。わたしが、家へ嫁《とつ》いだ時の市さんの齢だったのですね。市さん、いえ市蔵さんのことは知っていて?」

「へい」

市蔵とは家長、欣蔵の実弟。島には義理の血で繋がれた弟である。尤も弥吉は話に聞いただけで市蔵の顔は知らない。

市蔵は昨年の日露開戦以来、反戦運動に身を投じ、弥吉が邸へあがる一月程前の晩秋、邸か

ら五、六町離れた彼岸橋上で右翼の壮士に刺殺されたのである。市蔵の名は邸内では禁句になっている。市蔵は反戦の旗印を掲げて結成された民衆社に属し、国粋主義団体から監視を受ける程の重要人物だったが、偽名を用いた陰での暗躍だったため、家長の欣蔵はその刺殺事件が起こるまで弟の不行状は知らなかった。市蔵の死骸に唾を吐き、結局葬儀も出さなかったと言う。群馬に広大な山林を有し、維新前よりの大家である藤沢家にとって身内から社会主義者を出す程不名誉なことはなかった。

「市さんのことは誰から聞いて?」

「源爺から……です」

「そう。それならわたしが二月実家へ戻されていた理由も知っていますね」

「へい」

「源さんはわたしのこと何か言っていて?」

「いえ」

頭を振りながら、弥吉は自分の嘘を恥じて、島に向けている背を縮めた。

島が高知の里へ帰されていたのは、市蔵が死んで間もなく、市蔵が民衆社へ融資していた金の一部が島の手から渡されていたことが露見したためである。旧弊《きゅうへい》な欣蔵がこの妻女の背徳行為を黙認する筈がなかった。連日連夜刀剣を振りかざして責めたてた後、離縁同然に島を郷里へ戻した。下女たちは陰ではそんな島に同情を寄せていた。暇を取るとは言え欣蔵は浜松町界隈に三軒も別宅を構え、どのみちこの数年島は藤沢家で妻女とは名ばかりの存在だったのである。

その欣蔵が年が明けると俄《にわ》かに島を呼び戻すと騒ぎだした。どういう心変りか、皆が首を傾《かし》げる程島への怒りもすっかり解いた様子だった。今朝も（島が戻ってくる。九時を過ぎたら新橋駅まで迎えに行ってやってくれ）と、柔和に顔を綻《ほころ》ばすのだった。

その話を弥吉から聞いた源爺は首を振った。

――いや奥様は戻ってこめえ。奥様は市蔵さんが居たからこそこの家にも我慢しておりなすった。市蔵さんが亡くなったんで奥様はむしろ喜んで邸を出ていきなすったのだ。

島を輿《こし》入れの際から知っている源爺は島の心中まで見抜いていたようである。島は邸ではなく永田町の他の場所へ向かう心算《つもり》である。

――いいかい奥様は停車場までは来てもその後、他へ行くとおっしゃるかも知れねえ。だが絶対に奥様をそこへ連れていってはならねえ、いいかい。と言うのも……

「もう出かけましょう。時間もないようです」

弥吉は立ち上がると俥の前幌をおろそうとした。

「このままにしておいて下さい。前まで塞がると黒い棺《ひつぎ》の中にいるような気がするのです――、それに東京の街を見るのもこれが……」

「東京の道路を運転するのもこれが最後になるかも知れん……」

羽田トンネルを通りぬけると後席の男がそんな事を言った。独白か呟きに似た低い声であった。だが沼田はその声が突然拳銃と共に自分につきつけられた気がした。君も運転のし納めだと言われた気がしたのだ。

沼田は背筋を硬くし思わずルームミラーの位置を直して男の様子を探った。しかし男は沼田の存在など忘れているようにただ暗い横顔で車窓を眺めている。車窓には夜の臭気を吹きつけられて腐食したような東京湾が流れている。

沼田は吻《ほっ》としたが二分も走り昭和島へ入ると男は再び突然声をかけてきた。

「君、席を替わってくれ。車が運転したくなった」

「はあ……でも」

反射的にアクセルを緩《ゆる》めたが、沼田は返事をためらった。

「心配は要《い》らん。運転経歴は短いがロスのハイウェイで鍛《きた》えた腕だ。それにリアシートは少し寒い」

車が停まると男は沼田の躊躇《ちゅうちょ》など無視し、さっさと降りてきた。前ドアを開いて催促《さいそく》する。

「早く降りてくれ。風が冷たい」

沼田は仕方なく後席に移った。

「俺は深夜の道路を運転するのが好きなだけだ。ロスでは毎晩のようにハイウェイを飛ばしていた。ただ飛ばすだけだ。俺は無意味なことが好きでね。君は克代に俺のことを聞いてるかね」

「はあ」

「それなら他の連中のように俺が野心のためにあれと結婚したと思ってるだろう。だがそれは馬鹿げた誤解だ。俺はただ無意味なことがしたかっただけだ。あれ程妻として無価値な女もなかった。俺があの女と結婚したのは、深夜の道路を一人ぶっ飛ばす無意味な快感と、同じだったよ」

善岡は最後の言葉を吐息《といき》のように吐くとクラッチを踏んだ。車がゆっくりと滑り出すと、対向車が鋭い光線を投げつけて行き過ぎた。

「君のサングラスを貸してくれ。対向車のライトが眩《まぶ》しい」

「弥吉さん、お前の着てる合羽《かっぱ》を貸しておくれじゃないか。やはり少し寒いようです」

島が再度声をかけてきた。弥吉は軛をつき合羽を脱ぐと島に渡した。

島は毛織の膝掛けの上を合羽で蔽《おお》い、片手をその中に埋めた。もう一方の手は胸のふくらみを押えている。そのふくらみの下に先程の拳銃が隠されている。秘め事に錠をおろすように島は微動だにしない指で胸元を鎖《とざ》している。

「お前は寒くないですか」

「いえ」

弥吉は煙の如き息を吐き出しながら、弁解するように腕で額の汗を拭《ぬぐ》った。

汗が出ている——。善岡はコートの襟《えり》を寒そうに立てているが僅《わず》かに覗いた襟首が赤く火照《ほて》り汗を噴いている。車内は弱いヒーターしか入れてないし、現に男は先刻寒いと口にしている。

男が異常に緊張しているせいではないかと沼田は思った。背後からの観察では、肩が張り、手が縋《すが》るようにしっかりハンドルを握っている。席の交替が立場まで逆転させたかのようだった。今まで沼田の背が緊張した分を、今度は善岡の背が緊張している。

しかしいったい何故？

その時沼田はふと思い出した。間もなく高速一号線は平和島に入り、大森方面への出口にさしかかる。大森？　大森には克代の愛人の一人が住んでいるのだ。

あの日——。沼田は二カ月前のその夜の記憶を探った。あの夜マンションで沼田が眠っているところへ外出先の克代から電話が入った。深夜の一時を廻る時刻だった。タクシーが拾えそうもないから大森まで迎えに来てくれと言う。命じられたアパートは大森警察署裏手の、克代の生活範囲とは思えない貧弱な一画に立っていた。酒気を帯びた克代が倒れるように乗りこんできて、車を出そうとした時である。アパートの二階にまだ一つだけ灯の点《とも》っていた窓に男の影が立った。細い痩身の影だった。影は衣類を剝いだ線を露《む》き出しにしていた。その影が片手を上げ克代の方へ挨拶を送った。

大森へ出向かされたのはその夜一度きりだったが、その無言の影は妙に沼田の記憶に生々しく残った。

その記憶の影にもう一つの記憶が重なる。

一週間前、偶然聞いた克代が電話を掛ける声だった。

——ええ全部感づいてしまったらしいわ。そうでなければこんなに突然帰国してくるわけがないから……駄目よ。それは駄目。ただの痴話喧嘩じゃ済まなくなるわ。そして今夜出がけに克代が何度も念を押した言葉——いい？　あの人をまっすぐここへ届けて頂戴《ちょうだい》。あの人がどこかへ寄ると言い出しても絶対従っては駄目。そうでないと何が起ころうとあなたの責任よ。わかったわね？

沼田の混乱した頭は不吉な連想に傾き始めた。

男が運転を代わると言い出したのは、自由に車を操って大森へ向かいたかったからではないか。善岡は自分を裏切り続けていた妻とその愛人に復讐するために帰国したのだ——。

まるで沼田の不安を読み取ったかのようであった。ちらちらとルームミラーで背後を気にしていた善岡が、

「ちょっと大森へ寄る」

と言った。声は乾いていた。

虎ノ門から麴町区へ入り、魯国《ロシア》公使館の角を曲がると長い一本道になった。夜と雪化粧で人影の途絶えた道である。路傍の瓦斯《ガス》灯が絡みついた柳の枝影を細く雪に投げている。

「この道の果てた所で左へ曲がっておくれ」

島が言った。

とうとう来た、と弥吉は思った。邸へ戻るには右へ曲がらなければならない。

やはり源爺の言ったとおりだ。源爺が心配した場所へ島は向かおうとしている。

——と言うのも弥吉、奥様は市蔵さんの後を追うつもりなんだ。二月前郷里へ戻る時、俺は、停車場まで奥様を送っていったが、奥様はあゝ橋へ立ち寄り、全部を打ち明けなすった。

源爺の話では——。

殺される四日前である。身の危険が迫ったことを知った市蔵は秘かに拳銃を島に託した。その拳銃はお島市右衛門という芝居の絵草紙に包まれていた。島はその芝居絵に市蔵の遺言を聞いた。お島市右衛門は名高い心中物語である。市蔵は無言ではあったが、その絵姿の二人に、偶然同じ名を持つ自分達の運命と島の決意を託していったのだという。

その日源爺の前で島は橋からその芝居絵を水面に沈めた。自分はまた必ず東京へ戻ってくるが屋敷ではなくこの橋へ戻ってくるのだと語ったという。

——俺が足腰を弱くしてなけりゃ必ず奥様をここへ連れ戻すんだが……いいか弥吉、お前の足ひとつに奥様の命が懸《かか》ってるかも知れねえんだ。必ず頼んだぜ。

源爺は何度も念を押した。だが源爺は肝心のことを忘れていた。若い弥吉が大家の奥方の命令をどうやって拒んだらいいか、それを教えなかったのだ。奉公を始めて間もない弥吉は、下働き女中の命令さえじっと頭を垂れて聞いている他はない。

弥吉にできることと言えば、足を遅め、曲り角に到《たど》り着く時間を僅かに稼ぐだけであった。

しかし道はすぐに三叉路《さんさろ》へ行き着いた。まるで弥吉の迷いを見透《みすか》したように、

「左ですよ。間違えてはなりません」

と島の声。その凜と寒気につき刺すような響きが弥吉の足から自由を奪った。弥吉の足は心

とは反対に左へ曲がった。

——仕方がねえんだ源爺、源爺だっていつも言ってるじゃねえか、主人は天子様と同じだ、どんな言葉にも逆らっちゃならねえ……と。


——もしかしたら克代も大森の愛人のアパートにいるのではないか。沼田がマンションを出る少し前、克代は急用ができたと言って化粧もせずに飛び出していった。もし二人がいっしょにいるところへ善岡が拳銃をもって飛びこんでいったとしたら……

車は既に高速一号線を離れ、大森の最初の交差点にさしかかっている。問題のアパートはその交差点を左へ折れてすぐである。

もう間違いなかった。ウィンカーの点滅が左へ曲がる善岡の意志をはっきり示している。

ラジオが間ぬけた音で九時の時報をうった。

その時である。

あっと叫ぶ間もなく衝撃が車体にぶつかり、車は傾いだ。

気が急《せ》いていたのか、善岡はハンドルを早く左へ切りすぎたのだ。車は舗道に前輪を瞧《の》りあげてしまった。

「く、くるまに傷がつかなかったろうな。君、見てきてくれ……いや俺が自分で調べる」

善岡は慌てて車から降りると、ライトの陰に蹲った。

「大丈夫だ。タイヤごとのりあげていた」

戻ってきた善岡は吻とした声で言った。

「いや、これは新車のようだからな。傷をつけたら君が克代に叱《しか》られるかも知れん」

善岡は慌てて弁解したが、沼田は善岡自身が克代に叱責《しっせき》されるのを恐れたのではないかと思った。咄嗟《とっさ》の狼狽が全てを女房に牛耳られているエリートの小心な素顔を覗かせた。

車を元に戻した善岡は、しばらく身動き一つせず肩幅の広い背で沈黙していたが、

「気が変わった。大森へ寄るのは止す」

と言った。今の一瞬のショックで男は自分を取り戻したのだろうか。男は交差点でUターンすると高速一号線へと引き返した。

沼田はさすがに安堵を覚えソファに身を沈めた。だがそれも束の間、

「最後にあの男に頼んでおきたいことがあったが……」

低い陰鬱な声で善岡は呟いた。

——最後に？　いったい何が最後なんだ？


「次の角を右へ——」

仏蘭西《フランス》公使館の土塀をあとにすると道は細り畔《あぜ》道のようにいり組み始めた。角にさしかかる度に島はそう命令を下す。その一言一言が縄となって弥吉の体を縛った。

月が背後に回ったので、幌の影が前方に落ちる。その影を踏みつけて走る。ひと足ごとに島の命を殺すようで弥吉の胸は一層早鐘をうつ。

自分の体ではない気がした。少しでも時を稼ぐために脚を遅めようと思うが、脚は勝手に今まで以上の速さで駆ける。

——いけねえ、弥吉。

何度も源爺の声に呼びとめられる。

だが弥吉はもう意志では自分の体を制御できなくなっていた。否、むしろ源爺の叱責の声から逃れるように、弥吉はますます脚をはやめ、命じられた道を夢中で走った。

再び高速一号線に戻ると、善岡は急にスピードをあげた。対向車のライトが猛スピードで押し寄せてくる。一二〇、一三〇は出しているのだ。

善岡は全身の力をハンドルにこめている。

沼田は、ただスピードと男の意志に身を託《まか》せている他なかった。

道路はつぎつぎと夜景を切り裂いていく。

勝島をぬけ、大井埠頭《ふとう》を過ぎ、やがて道路のカーヴが右に流れると、突然、左方の夜に東京が無数の灯で鏤《ちりば》められた。

いくつ目かの角をまがると、ふと影が奇妙に歪《ゆが》んで雪を這《は》い、消えた。曲り角の瓦斯灯の火が月光を払ったのである。その影の動きに気を取られたのがいけなかった。

雪道が弥吉の脚を掬った。

「あっ」

島がか細い声をたてた。車輪が軋《きし》んだ。俥は弥吉の体ごと大きく傾いだ。しかし弥吉の若い敏捷《びんしょう》な脚は何とか踏みこたえた。

「済みません」

急いで謝まると、弥吉は再び走り出した。

いつの間にか小路の両側が人家になっている。どの塀も門も雪の白さを恐れるように、ひっそり人の気配を封じこめている。

どこかで犬の遠吠えが聞こえた。


高速一号線を東銀座で出ると、善岡はスピードを落とした。

東京一の繁華街を車はゆっくりと進んでいく。

過剰な色彩は妙に現実感がなく、水底を揺れる影のようにビルの谷間にたゆたっている。

「アメリカから戻ると、東京の街はいつも雨に濡れているように見えるよ」

相変らず動かない背がぽつんと言った。

二町も進むと、島が、

「弥吉さん、悪いが俥を停めてさっきの角まで引き返しておくれ。指環を探してきて欲しいのです。揺れた時、指から滑り落ちてしまったらしくて……銀細工の珍しくもない品ですが」

弥吉は息を整え、「へい」と頭を垂《さ》げると、先刻転げそうになった瓦斯灯の角まで駆けもどった。

すぐに見つかるだろうと思ったが、雪上には二輪の轍《わだち》と自分の足跡が残っているだけで一向それらしい品は見つからない。

弥吉は首を傾げた。

――奥様は本当に指環を嵌《は》めていたろうか……二葉町で合羽を渡した時、奥様の花車《きやしや》な絹糸のような指には、何も飾られてなかったような気がするが……。


善岡が急に車を停めた。

晴海通りはちょうど日比谷公園の昏《くら》がりと、皇居の堀に挟まれている。

「君、悪いが煙草《たばこ》を吸いたくなった。さっき自動販売機があったから引き返して買ってきてくれ」

「煙草なら持っていますが……」

「俺は煙草一本でも他人から恵んでもらうのは好きじゃない。大分行き過ぎたが、走って、買ってきてくれないか」

そう言うと男は小銭をポケットから取り出した。沼田は車を降りた。

弥吉が提灯の火で探し直そうと、それを取りに戻ると、

「もういいわ、大した品でなし、本当は源さんに形見に残したかったのだけれど……」

「明日、あしたまた探しに参ります」

「あした？……そう明日があったのですね。忘れていました……でももう本当にいいの。それに明日では間に合いませんもの」

弥吉はうなだれた雪笠で、その島の息絶えるような細い声を聞いた。

「さあ、出かけましょう。次の角でお終い。あとは一本道です」

弥吉は一旦、軛棒を握ったが、次の瞬間自分でも信じられない行動に出た。軛棒を捨てると、くるりと振り返り、荒い声を吐いた。

「おく……奥様はどこへ行かれるのですか」

だが弥吉には島をまっすぐ見つめる勇気がなかった。笠を垂れ、両手を握りしめて棒のように突っ立っていた。

不意を衝《つ》かれ、島は暫《しばら》く黙っていたが、

「お前、やはり源さんから聞いているのですね」

と言った。弥吉は慌てて首を振った。

「そう――それならお前は何も心配せずわたしの命じたとおりに行けばいいのです。もうじきですよ。岩谷神社のお山に上ると下り坂に出ます。その坂の下に橋がかかっています……彼岸橋という悲しい名の……」

有楽町まで引き返し戻ってくると、男は後席に移っていた。

「ここからは君が運転してくれ」

受け取った煙草の封を引き裂くように破り、善岡は手袋をはめたままの苛立《いらだ》った指で、一本に火を点した。だが一息吸っただけで折れ曲がった煙草を窓から投げ捨て、残りを沼田に渡した。

「君が吸い給え」

沼田は礼を言って、煙草をポケットに入れた。

この時ふと沼田は運転席の時計に気づき、おやと思った。九時三十五分。さっき車を降りる時、善岡の肩ごしにちらっと見た時は九時十五分だった。有楽町までの往復に二十分もかかったのだろうか?

「君、これを克代に渡してくれ。俺はもう麴町には戻らないから」

男が沼田に投げて寄越したのは一個の鎖のついた時計だった。懐中時計と呼ばれる時代がかった品だ。金属も文字盤も錆《さび》つき黒ずんでいる。針が埃《ほこり》にかすんだ古い時刻を指して停まっている。七時二十四分——。

「もう克代にも逢えんから、俺からの記念だと言って……克代が要らんと言ったら君が貰《もら》っておいてくれ。銀製だし、珍しい品だから高く売れるだろう——俺が唯一、自由にできる品だった」

「どこへ……どこまで行くんですか」

「このまま、まっすぐ――だがまだ車を出さないでくれ。今ちょうど俺の好きなオペラが始まった。もう少し聞いていたい」

カーラジオからは夜に染みるような静かな管弦楽が流れていた。


坂道を中途まで上ると不意に島が怯《おび》えた声を出した。

「人が来ます。弥吉さん、火を消して」

弥吉は言われた通りに提灯の炎を吹き消し、柳の枝陰に俥を寄せた。

白い雪道は岩谷神社の石垣に巻きついて蛇行しながら神社の境内まで上っている。今その坂の上に提灯の火が現われた。一つ、二つ、三つ……薄灯りの背後に隠れて人影が、四つ、五つ、六つ……黒数珠繋ぎでぞろぞろ坂を下りてくる。二十人、否三十人はいる。あっという間に道幅いっぱいに広がった提灯の数は送り火のような儚《はかな》い火で夜に揺れた。事実、影の一団はお経のような節を低く吟じている。

弥吉の背後で、島の気配が息を潜《ひそ》めた。

影は暗い帯となって雪道を流れおりてくる。

「いざ祝え、いざ歌え、この勝ち戦ぁ……」

読経《どきょう》と思ったのは戦勝の祝歌だった。歌に混ざって日の丸をばたばた振る音が夜を叩く。

だが今頃なぜ――？　今年の正月、日本軍の旅順陥落を祝して東京は一日中提灯と日の丸と祝歌に鳴動した。だがあれからもう一月が過ぎようとしている。つい先日も帝大で祝賀会があったりしたが一般市民の多くはもう忘れかけている。それに祝歌を歌いながら声も旗の音も妙に陰気に沈んでいて、力尽きた廃兵たちの行進のようである。誰もが灯の後で灯影の頭巾をすっぽり被っている。

影の行列が弥吉の眼前を通り過ぎようとした時である。その中の小さな影がひとつ雪道に倒れた。

幼い泣き声が、カン高く闇を裂いた。

人影がすっとその泣き声に寄り添った。

「おおよしよし、痛かったか、可哀想に、何度も同じ道をぐるぐる廻ったから疲れたろう、もうこの一周りでお終いだからな、泣くんじゃねえぞ、戻ったら何かあったまるもんをこしらえてやろうな」

老人らしい声に宥《なだ》められ、小さな影は泣きやむと、さし伸べられた影の手に縋った。

「もうすぐ乾杯の歌という有名な歌が始まる。ヴェルディは、恋に殉《じゅん》じた愚かな女の悲劇の開幕を生命の喜びに溢《あふ》れたそんな祝歌で飾ったのだ……今の俺にいちばんふさわしい歌かも知れない。美しき花に飾られた盃《さかずき》に束の間の歓《よろこ》びをゆだねて……もっとも今の俺には何も乾杯するものがないが……」

沼田は男が何を言い度いのかわからなかったが、その声の低い陰気な響きに思わず背筋を寒くした。

男の乾いた笑い声が聞こえた。

やがて最後の提灯が曲り角に消え、坂道の風が歌声を吹き払った後も、弥吉はぼんやり立ち佇《たたず》んでいた。

「どうかしたのですか?」

「いえ」と首を振ったが弥吉には今目の前で転んだ子供の泣き声が嘉介《かすけ》のような気がしたのだ。四歳になる嘉介は源爺の孫だが早くに両親を失い、今では源爺ともども屋敷で世話になっている。それに子供を宥めた老人の声も源爺に似ていた。だがそんなことがある筈がない。源爺は病床に臥《ふ》しているのだ。

老人の声を源爺と聞いたのは、やはり先刻から弥吉の胸に源爺の声がしきりに響いてくるせいであった。

——いけねえ弥吉、引き返せ。

「行きましょう、もうじきです」

駄目なんだ、源爺、もう引き返せねえ、道は間もなくそこへ行きつくだろう、時間もない、俺の頭じゃ何も考えられねえ、俺はどうやってどんな言葉で奥様の胸から拳銃を奪いとればいい、源爺、助けてくれ。

——弥吉は縋るように軛棒を握った。

「その歌が始まったらでかけよう」

と男は言った。

男がスーツケースからワイシャツを一枚とり出すのが見えた。

ルームミラーに向けた沼田の緊張した視線に男は気づいたようだ。手巾《ハンカチ》を投げてきた。

「それをルームミラーにかけてくれ。後ろを見ない方がいい」


とうとう山へ上りつめ、神社の表に出た。あとは鳥居の前から、反物をするりと白い幅で流したような一本の下り坂を残すのみ。坂の底の闇は、ほのかな月影に切り取られ、小橋の欄干を半分程浮かびあがらせている。その橋までの道程が、ひとりの女の黄泉路《よみじ》だった。

短い緩やかな坂だが、弥吉は崖の切りふちに立つような眩暈《めまい》を覚え、そのままへなへなと雪のぬかるみに膝をついた。両腕を支えて土下座の恰好になった。夢中で頭を垂《さ》げたが、何故自分がふいにおいおいと泣き出し、何に向かって許しを乞《こ》うているのかわからなかった。

「やはり源さんから聞いているのですね」

と島は少しも取り乱さず、静謐《せいひつ》な声だった。

弥吉は涙声の合間にうなずいた。

「心配することは何もありません。お前はただこの坂道を駆けおりればいいのです。誰も他人《ひと》のために泣いてはならぬものです。市さんが死んでから今日までわたしは一度も泣きませんでした。悲しさとは違いました。島は生きていることの方が不倖せだったと……源さんがお前を叱ったらそう言って下さいな」

島の声の優しさに、弥吉は母親に庇《かば》われた子供のようにいよいよ泣き声を高めた。

「渡したいものがあります。お立ちなさい」

手巾《ハンカチ》は星条旗の模様に刷られていた。アメリカ土産らしかった。ラジオからは陽気なリズムとカン高い女の歌声が響いている。拳銃。背後の沈黙、そしてひたすら男の次の合図だけを待ってハンドルに凍りついている沼田の手——狭い密室では何もかもがばらばらにぶちまけられていた。

「車を出したらまっすぐ進んでくれ。じき桜田門の警視庁を通過するだろう」

と男は言った。

「音が聞こえたら車を停め、警視庁に駆けこみたまえ。馬鹿げた何の意味もない音だ。あとは警察が全部片付けてくれる。何が起ころうと君の責任ではない。……ただ、まだ若い君に醜いものを見せなければならない。そのことは謝まっておく」

よろよろと立ち上がった弥吉に島は一個の懐中時計を渡した。

「これはわたしからだと言って源さんに。市さんの形見ですが、わたしの形見にもなりました。針は停まっていますが、それは市さんが死んだ時刻だから、わたしの四十九日が済むまでは螺子《ねじ》をまかないよう頼んで下さい」

と島は無理にそれを弥吉に握らせると、そのまま弥吉の手を握りしめ、

「弥吉さん、お前は若い命を 徒《いたずら》に散らしてはなりません。兵役に取られても必ず生きて戻ってくるのです。今になってわたしは市さんが戦争を憎んだ心が真実わかります。人の命は美しいものです」

と顔は陰になって見えないが島の声はふっと微笑に翳《かげ》り、

「さあ、急いで済ませましょう」

弥吉が激しく首を振り続けた。

「こわいのですか」

弥吉は肯《うなず》いた。頭を垂《さ》げる度に、涙が頬《ほお》を流れ落ちた。

島は頭から肩かけをはずし、その紫色の紗《しゃ》のように薄い布を弥吉の頭にまわし、リボンに結んだ。弥吉の目は紫色の薄闇に塞がれた。

「おく、奥様……弥吉は馬ではありません」

「ほんの短い間です。主人の命令ですよ」

それでも弥吉は首を振り続けた。その時ふと弥吉の肩に柔らかいものが触れた。女は弥吉の胸に顔を埋《うず》めてきたのだ。

「お願いです」

そう言うと女の唇が弥吉の首筋を嚙《か》んだ。痛みが弥吉の体を貫いた。その痛みが弥吉に遠い昔の母親の影を思い出させた。幼少の頃、小心な弥吉が夜に怯え寝つかずに泣きじゃくる度、

母は弥吉の指を嚙んだ。その痛みは優しく弥吉の恐怖を追い払い、弥吉は安らかな眠りについたものだ。

——奥様が同じことをしている。

女の髪は甘く柔らかく優しい匂《にお》いがした。紫色の薄闇におぼろげに映る島の輪郭が、母親の顔になった。

突然弥吉の胸に大きな塊がつきあげてきた。

弥吉は思わず轅棒を握ると満身の力でそれをひいた。意思ではなかった。何かが弥吉の体を縛りあげ、その紐をぐいと前に引っ張ったのだ。わあ、と吠えるように叫ぶと弥吉は、敵陣に突撃する兵士のように俥ごと坂道へ飛びこんでいった。

「出かけよう」

男の声と同時に、沼田は一気にアクセルを踏んだ。

ラジオからは、不意に三拍子のリズムが滑らかに流れ出した。波のようにうねりながら、やがてその楽しげなメロディは閉鎖された車内から逃れようというように慌ただしくなった。

沼田も逃れることはできなかった。沼田にできることは善岡の命令に逆らい、できるだけ早く、何も起こらないうちに男をマンションまで送り届けてしまうことである。麴町までは後十分もない。

警視庁のビルが前方に恐ろしい速度で迫ってきた。

弥吉は走った。闇が次々と襲いかかってくる。ぬかるんだ坂を滑《すべ》る俥が、弥吉より早く進もうとする。敗けずに弥吉は走った。

もう何も考えられなかった。弥吉の体は一頭の馬になっていた。まっすぐ駆けおりるのです――ただその主人の指令だけをよすがに、弥吉は闇に向かって突進した。


警視庁の玄関は近づいたかと思うとあっという間に後方に去った。

男が何かを叫ぼうとしたようだった。だが沼田の耳には何も聞こえない。沼田はアクセルを踏む足に最後の力をこめた。

フロントガラスに夜が奔流となって押しよせてきた。


体が宙に放り投げられた気がした。足が土ではないものを踏んでいる。橋板だ。ガタガタ――物凄い音と揺れが弥吉の体を左右に奪う。弥吉の体は足だけになっている。走ること、一刻も早く橋を渡りぬけること――それで全てが済む。弥吉はひたすら走った。

背後の闇が一発の銃声に吹き飛ばされた。

だが弥吉は停まらなかった。

最後の力をふり絞ると、弥吉はなおも涯しない闇に飛びかかっていった。

事実それは何の意味もない馬鹿げた音だった。銃声の残響は、一瞬のうちに陽気なメロディに飲みこまれ、跡形もなく消えた。

急ブレーキをかけた反動で沼田の体は前方にのめった。

彼はすぐには背後を振り返らなかった。ルームミラーの手巾《ハンカチ》を払うと、彼の顔越しに黒いものが蠢《うごめ》いている。男の手袋だった。それは血まみれになって必死に何かを摑もうとしていた。彼はシートから転げ落ちた古時計を拾うと両手に握りしめた。七時二十四分……七時二十四分……彼は意味もなくその遠い昔に錆びついた一つの時刻を頭の中で呟き続けた。やがてルームミラーの男の手は一瞬小さく震えて停まった。

鏡の中の顔が、沼田よりさきに蒼く褪《さ》めた。

ある真相

二月十八日午後九時四十五分、桜田門警視庁前で起こった変死事件を警察は自殺と考えた。犯罪とすれば犯人は自動車を運転していた沼田卓也（22）以外に考えられない状況だったが、その沼田には動機がなく、他に不審な点も見当たらなかった。

結局、善岡圭介は妻克代の愛人を殺害するため帰国したが、途上で気が変わり発作的に自殺を図ったと考えられた。自殺に用いた拳銃は英製ヘンメリーで、これは帰国間際《まぎわ》に米国で入手したと想像される。弾丸が心臓部を貫通した即死だった。仕事の面も順調にいかず最近ノイローゼ気味だったという証言も入ったが、最大の因は二カ月前より妻から一方的に離婚を申し立てられていたことである。帰国前の最後の国際電話で克代は善岡に自分の気持ちは完全に他の男に移っている、もう、声を聞くのもイヤだと語っている。カッとして吐いた言葉だが、その一言が夫を苦しめたかも知れない、と克代自身が告白した。

ただいくら精神が錯乱した末の発作的な行動とはいえ、車中での自殺は不自然だという見解を抱く係官もあった。尤も状況から自殺は確定的だし、警視庁の面前で殺人を犯す愚鈍な犯罪者もいまいという意見が大勢を占めた。

一枚の葉書が警視庁に舞いこんだのはそんな機《おり》である。

――今度の事件の関係者の中に、笹原竣太郎という自殺者と同年配の男はおりましょうか。もしいましたら、私は事件の真相をお話しできるかも知れません。

差出し人は千葉県××市の老人養護施設に入居している菅井という男だった。枯れた筆蹟がかなりの高齢を想像させた。

警察ではその葉書を無視できなかった。自殺者の妻の愛人と目される男の名が笹原竣太郎である。笹原は同じH社に勤務し自殺者とは同期だった。ただその名は新聞等でも一切公表されていない。その笹原の名を何故一人の老人が知っていたかが疑問だった。

それに菅井は葉書に、自分は以前××署で警察官をしていたこともあり、決して疑わしい人間ではないと記していた。××署に電話を入れると確かに二十年前迄そんな名の巡査がいたという。

翌日、警視庁の刑事二人は当夜の車の運転手沼田卓也を伴って××市の老人ホーム「橘荘」を訪れた。沼田を同伴したのは、これも葉書に書かれていた菅井の要望である。

橘荘は、公共施設らしい装飾の手間を全て省かれた簡素な建物だった。

菅井は病床者用の一室に、他の老人に混ざって、これも簡素なベッドを一つ与えられていた。ちょうど菅井は付添婦に体を拭《ふ》かせているところだった。今年七十三歳になるという菅井は脚腰の自由が利かなくなっている。

薄い寝巻からはみ出した膝に黒い痕《あと》があった。痣《あざ》とすれば六角形の奇妙な幾何学模様である。

菅井は正座できないことを詫《わ》びると、刑事達の労をねぎらった。

老齢の病床者とは思えない確かな言葉つきだし目に濁《にご》りがない。刑事達はこの老人の言葉なら信用できると直感した。

菅井は、まず当夜の善岡の行動を沼田から聞き度いと申し出た。空港から警視庁までの道程の一部始終を聞かないと自分の想像が確かめられないという。

沼田の話にじっと耳を傾け、菅井はところどころに鋭い質問を挟んだ。沼田の話の後では刑事達からも、新聞に載らなかったいろいろな事実を聞き出した。その質問の語調には以前警察官として働いただけの的確さがあった。

やがて菅井は、ぽつんと、

「やはり思ったとおりでした」

と独り言のように呟いた。

「今度の事件が犯罪だという可能性があります」

「その点です。葉書の文面では犯人の名も知っているように受け取れましたが」

菅井は細い顎《あご》で肯いた。

「おそらく妻の克代と愛人笹原竣太郎の共犯だったと考えています。二人は善岡が邪魔になっていた。離婚を迫ると善岡はそれなら夫婦関係の内幕やH社の秘密を暴露すると開き直ったのではないか。いやこれはあくまで空想の域を出ませんが」

と菅井は短く声を切った。

菅井の淡々とした語調には経文の文字を連想させる静謐さがあった。

「今の沼田さんの話からすると善岡の行動には不自然な点が多々あります。例えば善岡は、何故暑くもない車内で汗をかいていたか——何故交差点で車を舗道に礁《の》りあげるミスを犯したか、何故自動販売機を通過して長い時間経ってから車を停め、沼田さんに煙草を買いに行かせたか、それに何故最後に車内の鏡を手巾《ハンカチ》で覆《おお》わせたか……」

善岡が日比谷公園脇に停車し沼田に煙草を買いに戻らせた点については警察でも不審を覚えていた。その間に後席に犯人が潜《もぐ》りこんだのではないかという飛躍した意見も出た程である。

「いやその空白の五分間には犯人の別な意図がありました。それより私は善岡が交差点で犯した運転ミスの方により引っ掛りを覚えます」

「外国で毎晩車を乗りまわしていたという善岡が、そんな初歩的なミスをする筈がないというわけですか」

「いえ、ロスアンジェルスの道路で鍛えた腕だと得意気に語ったという善岡が、何故左折の際ハンドルを早く切りすぎたか、その点です。去年まで同室だった人がアメリカ旅行の経験者で私にいつもアメリカの話をしてくれました。アメリカの道路では日本と通行がちょうど逆になるそうですね。それならアメリカの道路を運転し慣れた善岡は左折の際行き過ぎるミスは犯しそうですが、早く回りすぎるミスを犯すのは不自然ではないでしょうか。――それと今一つ、善岡が車中で汗をかいていた理由ですが、私は善岡が必要以上に衣類を着こんでいたせいだと想像します。だがこれも不自然です。飛行機の中は暖かかった筈です。その善岡が何故羽田に降りたった時、沢山の服を着こんでいたか――この二つの点から私は、善岡がアメリカから帰ってきたのではないと考えています」

しかしそれはありえない。善岡がロスアンジェルスを61便で発《た》ったことには支社の部下の証言がある。

「いえ私の言葉が足りなかったようです。私は、空港から沼田さんの運転する車に乗りこんだ男が、ロスアンジェルスから帰ってきたのではないと言いたかったのです。その男は善岡ではありませんでした」

刑事達は思わず目を剝《む》いた。

「でもそれはありえません。死体が善岡だということは多くの人が確認しています」

「そうです。警視庁前で発見された死体は善岡でした。ですが沼田さんの車に乗ったのは善岡ではなく笹原竣太郎です。沼田さん、あなたはご自分の車に乗っていたのが善岡だと断言できますか?」

しばらく考えていた沼田は首を振った。沼田はそれ以前、善岡と面識がない。

「沼田さんの責任ではありません。善岡の愛用するコートと似たコートの下に衣類をたくさん着こみ、善岡の体格を真似た笹原は、顔を隠すためにいろいろな努力を払っています。運転を申し出たのもそのためです。自動車の中では運転席から後席はルームミラーで観察できますが後席からは運転者の顔は判別しにくくなります。それに色眼鏡で顔を隠す自然な口実にもなりました。最後の時ミラーを手巾《ハンカチ》で覆わせた理由も同じです。ただこれらの笹原の行動には自分の顔だけでなくもう一つのものを沼田さんの視線から遮断する重要な目的がありました」

「ちょっと待って下さい」

若い方の刑事が口を挟んだ。

「羽田から乗りこんだ男と発見された死体が別人なら、すり替えはどこで行われたんですか」

「沼田さんが自動車から離れた時間があります」

「でも、僕が煙草を買いに行った後も男は生きていました」

と沼田が抗議した。

「その夜日比谷公園以外にあなたがもう一度車を離れた時間があります。一分、いや三十秒……ほんの短い間でいいのです」

沼田は考え直し、首を振った。

「あなたは誤解しているのですよ。あなたは、車を警視庁脇に停めた瞬間で事件の全部が終わってしまったと考えています。なるほど発砲の音と共に自殺ドラマは終結しました。しかし、実はその直後に犯人達が予想できた一分近い空白があったはずです。あなたが警視庁に飛びこんでから係官の人を連れて戻ってくるまでにどれだけ時間がかかっていますか」

「二分程でした」

　と刑事がかわりに答えた。

「二分もあれば充分です。笹原は空砲を射ち、完璧な演技であなたに自殺劇が終わったと思いこませた。当然あなたは警察へ飛びこむ。そのほんの短い時間ですよ。笹原が本物の善岡の死体とすり替わったのは。警視庁前が選ばれたのはそのためでした」

「すり替えはどうやって行われたんです」

「沼田さんが警視庁の玄関へ飛びこむと同時に、背後から善岡の死体をのせた車が近づき」

「それは変です」

　と今度は年長の刑事。

「車から車へ死体を移し替えるにはかなりの時間を要します。それに発見された車の床やシートには間違いなく血痕が飛散していた」

「だから車ごとすり替えたのです」

　菅井は事もなげに言った。

「犯人達が車中を現場に選んだのは車が移動可能な現場だからです。犯人はその車の特性に目をつけ短い時間に現場をすり替えたのです。もちろんそのためには、二台の車が共に新車だという条件が必要です。沼田さん、克代が車を買い替えたのはいつでしたか」

「半月程前です」

「それと同時に犯人達は別のルートで型も色も完全に同一の車をもう一台買いました。この方をB、沼田さんが半月前与えられた新車をAとしましょう。あの夜に限り沼田さんが乗ったのはBの車でした。Aの車で克代は同時刻頃空港の別の場所へ本物の善岡を迎えに行き、先発した沼田さんのB車の後に尾《つ》きました。A車は克代が運転していました」

「あの晩二台の同じ車が高速一号線を走っていたと言うのですか」

「そうです。ただ犯人達の最大の問題は、その二台の車間距離でした。離れすぎてはすり替えが間に合わなくなる恐れがあるし、近づきすぎては沼田さんが背後の車の存在に気づく心配がある。笹原が運転を申し出たのは、その車間距離を自由に調節するためでもありました。犯人達は前以てかなり正確に時間のとり決めをしていたでしょう。笹原が大森の、本当は自分のアパートに立ち寄ると言ったのは、沼田さんに自分が笹原でないことを強調するためでしたが、その時間も事前に正確に打ち合わせがしてありました。ところが大森の交差点にさしかかった時笹原は自分が遅れた時計に合わせて行動していることに突如気づきました。ラジオの時報が九時を告げたからです。その日全く偶然B車の時計は十分近く遅れていたのです。ところがそうとは知らず沼田さんは駐車場でその間違った時刻を教えてしまったのですよ。吃驚《びっくり》した笹原は交差点で運転ミスを犯したのです」

沼田は有楽町まで煙草を買いに行った時、時間がかかりすぎたのを思い出した。沼田がいない間に笹原は時計を正時間に戻したのだ。

「そうです。その時計を直したのも、それから交差点で車に傷がつかなかったか異常に心配したのも、後ですり替えが見破られることを恐れたからです。時間が足りなくなったので笹原は大森寄りを中止し全速力で一号線を飛ばした。ところが今度はA車を引き離しすぎてしまったのですね。A車がなかなかルームミラーに現われない。A車を待つために笹原は日比谷脇に車を停め沼田さんに煙草を買いに行かせました。――一方A車ではその時までに、克代が笹原のと同じ手袋をはめ善岡を射殺し、手袋とピストルを善岡の死体につけ、用意を整えておきました。こうして二台の完全に同一な現場は警視庁前にさしかかりました」

　完全に同一とは言えない。車にはナンバーがある。だが車に乗る際いちいちナンバーを確かめる者は少ないし、現に沼田自身が、その夜は一度も乗った車のナンバーを確かめなかった。

「ただ警視庁手前では二台の車は密着する程接近していなければならなかった。犯人達は、その時沼田さんが背後の車の例えばナンバーとか型とか運転者の影に気づくことを恐れました。夜だから気づかれる可能性は少ないでしょうが、しかし完全にないとは言い切れません。そのためでもありましたよ。鏡を手巾《ハンカチ》で覆わせたのは……後は簡単です。沼田さんが警視庁の玄関に消えるとすぐ笹原は起きあがり、運転席に移動して車を少し前へ出す。その後へ車が滑りこみ克代はB車へ乗り移る。二人はB車で現場を離れた。十数秒でそれは済んだでしょう。――こうして死を演技した犯人と殺された被害者を沼田さんの頭の中で一人に繋ぐことに犯人達は成功したのです」

　顔を同じ表情で自分に向けている三人に菅井は静かな微笑を浮かべた。

「これで私の想像は終りです。もしこの空想が正しければ、克代か笹原がもう一台同じ車を買った形跡が残っているでしょう。調べてみて下さい」

「あなたは——」長い沈黙を破って年長の方の刑事がひきつった声を出した。「あなたは何故笹原竣太郎の名前を知っていたのです。今の話も新聞を読んだだけで思いついたとは思えませんが……」

　菅井は即座には返答しなかった。細い視線を窓に投げて、彼はしばらく灰色の空に揺れている落葉樹の枯枝を眺めていた。

　やがて菅井の唇から少しずつ声が洩《も》れた。

「新聞記事に自殺者が記念《かたみ》に残した懐中時計のことが書いてありました。私はその明治期の古時計という言葉に引っ掛るものを覚えました。万一と思って知り合いの新聞記者に調べて貰ったところ私の想像した通り、その時計は七時二十四分で停まっているというのです。私の誕生日七月二十四日と偶然同じ数を持ったその時計に私は記憶があります。ただ私の記憶では、その古時計を持っている人物が善岡などという私の全く知らない男であってはならなかったのです。それで新聞記事を改めて読み直し、私は今度の自殺事件が、私の知っているある事件と余りに酷似《こくじ》していることに思いあたったのです。

　——そう、私は以前にこれと非常によく似た事件について聞いたことがあります。明治三十八年日露戦争さなかの或る寒い冬の夜、藤沢島という人妻が義弟の後追い自殺をした事件です。女が夫の屋敷から迎えに来た人力車の中で拳銃自殺を遂げたこと、俥が新品だったこと、俥夫が沼田さんと同年配の若者だったこと、指環を落としたと偽って女が中途で俥を数分停車させたこと、現場のすぐ近くに屋敷の抱え医師の家があり俥夫が事件直後その家に飛びこんだこと……全てが今度の事件と酷似していました。

——警察は事件を自害として葬りました。その俥夫は弥吉という名でしたが、その弥吉さんから、私はその事件が偽装の道行だったことを教えられました。弥吉さんが死んだのは今度の戦争が終わる間際です。臨終も近い頃、見舞いに訪ねた私に弥吉さんはその事件の真相を遺言がわりに残していきました。私が警察官でしたから懺悔《ざんげ》に似た気持ちもあったのでしょう。藤沢島は夫とその情人に今度の事件と同じ方法で殺害されたのです。夫の藤沢欣蔵は島の存在が邪魔だったことと、弟と不義を働いた妻への復讐から、その犯罪を計画しました。夫は俥夫に化けて、本物の藤沢島を迎えに行った。その同じ新橋駅から情人の一人を弥吉さんの俥に乗りこませた。そして先刻私が説明したのと全く同じ方法で俥と死骸をすり替えたのです。今度の犯罪はその明治の一夜の刷絵でした。

——尤もその真相を看破したのは弥吉さんではなかった。同じ屋敷に奉公していた源助という老俥夫が死に際《ぎわ》に残していった遺言を、弥吉さんはまた私への遺言にしたのです。源助は主人の藤沢欣蔵に買収され、死ぬ迄面倒をみるのを交換条件に、島が後追い自殺をする危険があるという出鱈目な話を弥吉さんに信じこませる役を引き受けたのでした。

――弥吉さんはそんなわけだから、このことは私一人の胸中に秘すよう言いましたが、その弥吉さんの遺言を聞いていたのは私だけではありません。病床の傍で六、七歳の痩せた子供が畳目をむしって遊んでいたのを憶えています。爛《ただ》れた男女の愛欲事件はその子供の記憶に鮮やかな印《いん》を押したのでしょう。子供は成長するとその記憶の中の完全犯罪をそっくり利用し、一つの完全犯罪を遂行しました。

――それが笹原弥吉の孫、笹原竣太郎でした。戦争で両親を失ったその孫を弥吉さんは、引き取って育てていたのです。私もよく可愛がってやったので憶えているのですが子供の方は私を忘れているでしょう。いや憶えていたとしても私などとっくに死んでいると思っていたでしょうね。

――源助から弥吉へ、弥吉から竣太郎へ、遺言と共に形見として一つの懐中時計が手渡されていきました。その古時計を今度の事件で竣太郎が自殺芝居を強調する小道具に使ったのも一つの宿縁、いえ竣太郎は子供の頃聞いたその話の完璧な刷絵をつくるのが目的だったのかも知れません。

――実際子供の頃の記憶というのは妙に生々しく影を曳《ひ》くものです。私にも幼少の頃の不思議な記憶があります。……私の小さな体が寒い夜道を歩いています。周りの闇に無数の提灯が狐火のように揺れています。私のかじかんだ手を誰かがしっかり握っています。枯れた枝のような仄白《ほのじろ》い細い腕が……幾晩も幾晩も私はその手に引っ張られ、闇を歩きました。

――その記憶の夜道の意味を教えてくれたのがやはり弥吉さんです。藤沢島が殺された夕、東京を気紛《きまぐ》れな雪が白く塗りつぶしました。その雪が犯人の計画を狂わせました。雪は現場の橋付近に二台の俥の轍を残してしまうからです。そのために藤沢欣蔵は屋敷中の奉公人を狩り出し、橋の近辺を歩かせました。藤沢家から社会主義者を出した汚名を滌《すす》ぎたい、藤沢欣蔵が今度の戦争を喜んでいるのを世に知ってもらうのだというのが、一月遅れの提灯行列と祝歌の言い訳でした。その晩一晩きりでは怪しまれるのを恐れ、藤沢はそれから七日間、その寒夜の行進を皆に強いたと言います。

――弥吉さんの話ではあの夜坂道で、私は、転んだそうです。痛みは憶えておりません。傷も些細《ささい》だからすぐにも癒《なお》ると思われたそうですが、その傷は不思議に七十年を超えてとうとう今日迄私の右膝に残りました。六角形が六花《りっか》とよばれる雪の結晶を思わせるのでしょう、その傷を祖父の菅井源助は雪の痣と呼んでいましたが、弥吉さんから事件の真相を聞いて、私は幼少の頃、何故祖父が私に、大きくなったら巡査になって世のために尽くせと呪文のように言い聞かせ続けたか、わかる気がしました。祖父は人殺しの片棒を担ぎました。私の肌に残った雪の印判に、祖父はあの夜の自分の罪を見ていたのだと思います」

菊の塵

一

明治四十二年、秋の事件である。

この年の秋といえば、韓国統監だった伊藤博文がハルピン駅頭で三発の銃弾に倒れている。満州の夜をひき裂いた三発の銃声は、いわば日露戦争以来、低迷に沈み、暗い雷動を底に潜めた不穏な世相そのものに響いたといえる。季節ばかりでなく時世もまた、暗黒の冬に向かって最後の落葉を舞わせようとしていた。

場所は、旧徳川幕臣の広大な武家屋敷を取り囲む白砂町の一画――。

夜になると俄《にわ》かに風が走り出す、風の音が闇を切ったと思うと、再び静寂に固まる。その度に武家屋敷の長い石塀が、夜の塵でも掃《は》き清めたように一条の帯となって白く夜景に浮き立つ――そんな季《とき》であった。

死んだのは四十歳になる、もと陸軍騎兵連隊将校田桐重太郎という軍人で、喉《のど》を軍刀《サーベル》で突いた自害だった。

私は些細《ささい》な偶然からその小事件に興味を抱き、真相を究明することになるのだが、私の目を通して見たその夜の一部始終はこうである。

伊藤博文暗殺事件が、まだ世間に騒然とした噂《うわさ》の波紋を投げていたその十一月四日の夜、私はいつものように散策の道を歩いていた。当時私は国命館大学の商科に学ぶ学生で、某銀行家に嫁《とつ》いでいた叔母を頼って上京し、その年の春から、白砂町の武家屋敷の裏手にあるその銀行家宅に居候《いそうろう》していた。

大学から戻り、帰宅の遅い銀行家に合わせた晩御飯までの二時間近い間、武家屋敷の周辺を彷徨《ほうこう》するのが私の習慣だった。

夜の降りきった頃に家を出、武家屋敷の裏門を回り、長い石塀を月明りや人家の灯をたよりに歩き、白砂町と接した車座町という、下町に似た賑《にぎ》わいを見せた町並を歩き回るのが私の決まった散策の道順であった。

その夜も七時頃、私は石塀の長い夜道を歩いていた。

石塀と対《むか》いあって、この辺りは豪奢《ごうしゃ》な造りの家が並んでいるのだが、その外れに一軒だけ物置のように瘦《や》せた屋根の家がある。その小家に住む田桐重太郎という旧軍人夫妻に私は以前からある関心を抱いていた。

その理由は後に述べることにして、その夜も私は、夜の闇の重さに押し潰されそうに曲り角に小さく引っ掛って建っているその家の前に来ると足を遅めた。

路上に面した窓に灯が点《とも》っていた。窓越しの灯が対峙した石塀の下《もと》の枯草を脱け落ちた白髪のようにいかにも貧しく照らしていた。

通り過ぎようとした時である。その障子窓に一瞬人影が浮かんで消えた。一瞬のことで定かではないが軍服姿の男の影のようであった。その家に住んでいるのは、病床に臥《ふ》した田桐重太郎と妻のセツだけである。誰か客があるらしい——そんなことを想いながら私は何気なく家の前を行き過ぎた。その時刻、淡い灯影の背後に隠されて屋内の気配はいつもと変りなく静寂に沈んでいた。

車座町の古本屋に立ち寄り、町並から外れた蛍池と呼ばれている小さな池の方にまで足を伸ばし帰路に着いたのはそれから一時間程経ってからであった。長い石塀の道を歩き終え、再びその家の前まで来た時である。

突如戸口が開き、中から田桐セツが小走りに駆け出してきた。セツは即《すぐ》に私の姿を認めると、

「済みませんが交番の巡査を呼んできて下さいませ。夫が自害致しました」

と言った。家の灯を逆光で浴びた顔はどんな表情に乱れていたかわからなかったが、声は押し潰したように低かった。

白砂町と車座町の境界には、丁度武家屋敷の表門と対いあって永泉寺という寺があり、その寺の横手に小さな交番がある。

私はその交番へ飛びこみ、丁度夜巡《まわ》りに出ようと外套《がいとう》を羽織りかけていた村田巡査と共に慌《あわ》ててその家へと走った。村田巡査とは財布を落としたことが契機《きっかけ》で会えば言葉を交わす程の顔馴染みであった。

地上ではつと風が凪《や》み、武家屋敷の壁が刻《とき》を飲みこんだかのように、ただ白く夜の気配を凍りつかせているのに、暗い空では渦巻くように雲が流れ、巻きこまれるように細い月があった。半分ほど開いた戸口から土間に足を踏み入れると、何か物が焦げたような臭いが鼻をつき、同時に路上に面した部屋の光景が眼に飛びこんできた。

襖《ふすま》に切りとられた斜めの灯に、泥沼に頭をつっこんだような姿勢で男の脚が二本、皺《しわ》だらけの足裏を露《あら》わに部屋の奥の昏《くら》がりへのめりこんでいる。死骸は蒲団《ふとん》の上だが、その蒲団も畳も障子窓も血を浴び、黒い虫が部屋中に蠢《うごめ》いているように見えた。

だが私を驚かせたのは、その死骸の惨状より、傍に座っている妻セツの姿だった。

もとより色白の肌なのだろうが、襖陰に妙に蒼白にその顔は浮かんでいた。驚愕や恐怖で血の気がひいているのではなく、能面が自分とは無関係な死を平然と見守っているように、すべての感情を殺した冷酷な白さである。眼差《まなざし》はそこに死骸などないように、鋭く虚をついていた。

セツは軍服をしっかりと両脇に抱きかかえていた。

「軍服に着替えさせとうございます」

二人の姿を認めるとセツは冷静な声で言った。死骸はだらしなく薄い木綿《もめん》の寝巻を血と共に肌に貼りつけている。

村田巡査が停《と》めようとした手を打つように撥《は》ねのけ、セツは、

「夫は軍人でございます。こんな姿で死なせるわけには参りません」

と続けて冷やかな声を放った。それでも村田巡査はやっとのことでセツが死骸に触れるのを

思い停まらせたのだが、セツは係官が馳けつけるまで軍服を離さなかった。それは自分に必要なのは軍服に染みた夫の過去の栄光だけだと言っているような一人の軍人の妻の姿だった。

田桐重太郎が死んだのはセツが外出中のことであった。正確に言えば、それは七時以降のことである。私が七時にその家の前を通り、障子窓に軍人らしき人影を認めた時、窓にはまだ血の跡がなかったのだ。

セツは六時頃に家を出、車座町に買物に行ったが欲しい品が見つからず、あちこち歩き回っていたと証言した。

セツは、恥骨と左大腿骨を骨折し、年中病床に臥している夫に代わり裁縫で暮しをたてている。その夜は花柄の白絹の裏地を探しに出かけたが、結局思う品が見つからず八時少し前に帰宅した。

「戻ってすぐ死骸を見つけ、外へ飛び出し、丁度、通りかかったこの方に交番へ連絡を頼んだのでございます」

と田桐セツは語った。

死体の状態から見て自害は明白であった。軍刀が首を貫いている。姿勢からして、握った軍刀を蒲団の上に立て、上半身ごと首を落としていったようであった。

ただ問題は自害の動機なのだが、それは重太郎自身が遺《のこ》していった古い記録やセツの言葉で判った田桐重太郎の経歴の中に見出された。

——田桐重太郎は明治三年、薩摩藩士仲場玄太郎の三男として生まれた。父仲場玄太郎の四十六歳の時の子供で、上二人の兄とは二十近く年齢が開いている。重太郎は二歳の時田桐仁兵衛という生糸商人の家に養子として出されたので実父母や兄達の記憶はない。

この仲場一族は明治十年二月の西南戦争で絶滅した。西郷に殉じて死んだというのが、重太郎が養父から聞かされた話である。

明治二十年東京に出て士官学校に入った。騎兵将校として職業軍人になったが、偶然の不運からその後の二度の戦争で、二度とも戦場に赴《おもむ》く栄誉に浴せず果てた軍人となった。日清戦争の際は、派兵直前に原因のわからぬ発熱を起こし、日露戦争の際は開戦半年前の教科訓練の際、突然暴れ出した馬から落ち、左大腿骨と恥骨を折った。

この二度の戦争の間にセツを妻に迎えている。妻のセツは会津藩没落士族の娘で五歳の時両親を失ってから遠い血縁に育てられた。気の勝《まさ》った性分で夫の骨折のときも幾晩も徹夜で献身的な看護をしたが、それも空しく重太郎は生涯不具の烙印を押され、軍人から脱落した。然《しか》し外傷より大きな傷は重太郎の心に残った。

二度も軍人としての恥辱を重ねたのである。一度目は不慮の病だったが、二度目のそれは船頭が船を漕《こ》ぎだす前に櫂《かい》を攫《さら》われたようなものである。落馬しただけでも屈辱であるのを、下士官の面前で馬に後脚で蹴られ、一間近くを悲鳴と共に飛ばされたのである。軍人としての名誉の全部を蹴られたようなものであった。

セツは「運が悪かっただけでございましょう。何も前線で戦うだけが国への御奉公でもございますまい」と慰《なぐさ》めたが、その士族の血を色濃く露わにした気丈な言葉が、却《かえ》って重太郎の負担となっていたようである。

一度重太郎の参加した演習を、帝が御覧になったことがある。この時重太郎は天皇の眼前で転び、天皇から激励の優しい御言葉を賜《たまわ》った。その一言で重太郎は生涯を天皇に額《ぬか》ずく姿勢で生きる決意をした。その日から田桐重太郎は忠誠心だけの軍人と変わった。

だがこの忠誠心は何一つ形に結晶しないまま挫折してしまった。落馬事件の後、不燃焼のまま燻《くすぶ》った尽忠報国精神との葛藤《かっとう》がこの三年間の重太郎の生活だったと言える。小心な性格の重太郎は神経も病んでいた。

「二月《ふたつき》ほど前より起き上がることもせず、じっと口を噤《つぐ》んで天井を睨んでばかりいるような暮しでございました」

とセツは語った。

セツが涙一つ見せず冷静に語る今日までの経緯を聞いて、係官達は、報国の情余った末の自害と考えた。

死に顔に苦悶の表情はない。士族の血をひいた軍人らしい最期と言えた。薩摩軍と運命を共にした藩士一族の血は、三十年を過ぎ、一人の落伍軍人が陋屋《ろうおく》の畳に流した血で閉じられたのだった。

これだけの事件に、だが私は最初から妙に引っ掛りを覚えていた。

二

その事件が起こる以前から、私は田桐セツに或る関心を抱いていたのだが、それは三十《とう》を早に越したと思われるセツにどこか尋常の女と違う雰囲気があったからである。

私がセツと初めて言葉を交わしたのは、いつもの散策の途上だった。事件の起こる二カ月程前、夏のまだ暑かった頃である。

武家屋敷の長い石塀が、落ちる間際の烈《はげ》しい陽ざしをはね返し、道を白く焼いていた。白壁に閉じこめられた徳川という巨大な歴史が、維新後四十年経ってなお、その怨念の息を新しい時代の空気へ吐き出しているように見えた。茅蜩《ひぐらし》だったか、蟬しぐれが白く染めぬかれ一帯に降っていた。

女はそんな石塀の道に蹲《うずくま》っていた。石塀に染みた自分の影にしがみついているような姿勢だった。

「どうかしましたか」

と私は声をかけた。

石のように頑固《かたくな》だった背が、やっと答えたのは、三度同じ言葉をかけてからだった。

「この白壁が余りに長く思われましたので」

然し、声だけで女は、わずかも振り返らなかった。膝《ひざ》に風呂敷包みを置き、両手で軽く額を押えている。

「俥《くるま》を呼んできましょうか」

「構わず行き過ぎて下さいませ。家はついその角でございます。ただふっと壁の白さが恐ろしくなりましたので……」

女はそんなことを言った。

それだけの邂逅だったが、私の頭からはその女の背が離れなかった。

当時の日記を読むと、私は女の印象をこんな風に書き留めている。

――この辺りでは珍しい貧乏造りの女なり。千筋縞《せんすじじま》の安物の着物を纏《まと》っていたが、然しそれは良家の妻女の礼装と同じ端然さを有し、帯一本にも隙《すき》がない。

語調にもどこか強靭《きょうじん》な刃でも思わせるものがある。二言三言を交わしただけだが、その僅《わず》かな言葉が真剣勝負のように耳に切りかかってきた。

恐らく女は電車賃にも事欠くような暮しをしており、用足しに長い道程を往復して帰ってきたのだろう。疲れ果てて石塀の白さに眩暈《めまい》を覚えたに相違ない。だが女の持っていた切迫したものは生活苦から出たような卑俗なものではなく、生きることそのものに立ち向かうような真摯《しんし》さだった。

それから間もなく私は、居候先の女中の初《はつ》から女の素姓を聞いた。石塀沿いの家の中で一軒だけ迷《はぐ》れたように立っている小家に二年程前に移り住んできたと言う。その家ならいつも散策の度に通るから以前にも行き交わしたことはあるのだろうが、意識したのはそれが初めてだった。

終日家に閉じ籠っているという夫の重太郎をこの周囲で見かけた者はないが、初は二三度仕立てを頼んだので妻のセツのことはよく知っていると言う。

「あれが士族の血というのか、気の勝った女《ひと》でございますよ」と前置いて、初はこんなことを語った。

昨年の末、初が偶然その家の前を通り過ぎようとした時である。朽《く》ちた戸口の中から不意に癇《かん》の強い女の声が聞こえ、路上にいた初の耳を打った。

「貴方様はまがりなりにも薩摩の血を受け継いだ武人でございましょう。体が自由ならずともせめて気質だけは軍人の意気地をお忘れなさいますな。いくら寝たきりで退屈とはいえこのような女々しい千代紙などで手を汚すとは……」

そう言い放つと同時に戸口が、がらりと開きセツは手に抱えたものを路面に叩きつけた。当惑で立ち停まってしまった初の足許に投げ棄てられたのは千代紙で折った奴《やっこ》やら姐様やら菖蒲《あやめ》だった。

セツは素足のままで髪を一筋二筋額に散らし全身の怒りを肩の息で必死に押えていたと言う。初もまたセツとは、僅かな間言葉を交わしているだけで得体《えたい》の知れぬ息苦しさを覚えるらしい。「どうもあの女《ひと》は苦手です」と言った。

二度目に田桐セツと同じ石塀の道ですれ違ったのは、それから間もなくだったが、この時セツは黙って頭を垂れ「先日は有り難うございました」と一言だけ言った。最初の時、セツは振り返らなかった筈だが、セツの方では以前から、朝夕大学への往復と散策とに家の前を通る私を見憶えていたようである。

この時セツは仕立物をどこかへ届けに行く所だったのか風呂敷包みを抱えていた。何気なく通り過ぎた気配は周囲の静寂に滲《し》みいる程静かだった。だがすれ違った瞬間セツの体から何かが放たれそれが静かな空気を一瞬翻《ひるがえ》した気がし、思わず私は振り返った。セツは小柄な、どちらかと言えば童女に似た顔つきの女である。その地味な着物を影のように纏った小さな背は何事もないように夕暮の道を遠ざかっていくだけである。

然し私は呆然とその場に立ちつくしていた。初が言っていた得体の知れぬ息苦しさの正体がわかった。すれ違った刹那《せつな》、セツを包んでいた空気が緊張を孕《はら》み、白刃《はくじん》のように翻って私の肩を切った。実際私の肩には痛みに似たものが走ったのである。――それは殺気だった。

三

その後しばらくセツの姿を見かけなかった。

九月も半ばを過ぎた頃、車座町で電車を降り帰途につこうとした私は足を停めた。永泉寺の脇道を通って武家屋敷の前に出ようとした時であった。

永泉寺の裏木戸を潜って人目を忍ぶように寺の内へと入っていった女の影がセツに似ていた。

永泉寺は浄土宗の小寺だが、門構えが立派で威厳がある。石瓦が残光に黒い艶《つや》を放つ時刻だった。

別段セツの後を追うつもりはなかったが、ふと足が引き摺《ず》られた。私は表門から寺の中に入った。

白昼でも薄暗い境内の夕はもう闇に塗りこめられている。本堂はひっそりと蔀《しとみ》を閉じていた。私は墓地になっている裏手に回った。

もう何日も雨が降っていないが陰湿な苔《こけ》の匂《にお》いが鼻を塞《ふさ》いだ。狭い一画には、土地柄、由緒ある武家の墓が多い。卒塔婆《そとば》や五輪塔越しに覗《のぞ》くと女の背があった。

——やはり田桐セツである。それにしてもセツはその短い間、墓地で何をしていたのか。かなり距離が離れていたので定かではないが、セツは墓石の一つ一つを改めている容子《ようす》であった。ただ気紛れに立ち寄り、墓石を眺め憩っているのではなかった。足取りは確かな目的に沿って運ばれていた。

印象では墓に刻まれた名を確かめているようであった。セツは士族の娘と聞く。ということの墓地に誰か由縁《ゆかり》の者の墓があるのであろうか。

軈《やが》てセツの顔がこちらを振り返ろうとしたので私は見つからないように本堂の方に引き返した。間もなく女の足音が遠ざかり、裏木戸の軋《きし》む音に消えた。

——今日、永泉寺の裏で再び田桐セツの姿を認める。セツは丁度、裏木戸を潜りぬけて出てくるところだった。人影の絶えた道だが、人目を憚《はばか》って袖《そで》で顔の下半分を覆い隠し、足早に武家屋敷の方角へ去っていく。

僅か五日間のうちに二度も行きあたったというのは余程、頻繁にセツがその永泉寺の墓地を訪れているせいではあるまいか。

墓地に入り、五日前のセツの動きを思い出し、あの時セツが立ち停まったと思われる墓の前に立ち一つ一つ墓碑銘を探ってみた。但馬家、西倉家、石田家……背後に回って銘文も読んでみたが、セツの確かな素性を知らぬ私には、そのどれがセツと関りある墓か判らなかった。

その後一月以上日記からセツの名が途絶えているが、これはその間一度もセツに逢わなかったためである。その間もセツへの関心は私から離れなかった。

九月末頃から散策の度に永泉寺に寄り、本堂裏の回廊に座って長い時間を過すようになったのも、どこかにセツが再び墓地を訪れてくるかも知れないという期待があったからである。だがたて続けに二度も出逢いながら意識して待ち始めるとなかなかセツには逢えなかった。

ある日、思い切って寺男に訪ねてみると、

「その婦人《ひと》なら今朝も見えました。墓参りでしょう。熱心に手を合わせておいででした」

との返答であった。

どの墓かと尋ねると寺男はふり敷いた銀杏《いちょう》の葉を掃いていた手を休め、指を伸ばした。五輪塔の右横の墓であった。私は教えられた墓の所へ行った。

秋部撩之進の墓とある。後ろに回ると〝天明四年八月五日没〟と刻まれている。だが小さな、苔むしただけの石の墓で格別由緒ありげな代物《しろもの》でもない。

「秋部家というのはどういう家柄です？」

名前から御武家には違いないのだが、寺男は何も知らなかった。

「私がこの寺へ来てからは一度も参拝者がなかったように思います。何でも御維新の戦さで係累が絶え無縁になったという話を住職様がしておられたようですが……」

荒れ様から判じると、確かにここ数年来人の訪れた形跡はない。その無縁の墓にどんな理由があってセツは熱心に手を合わせていたのか。そしてまた、それ程重要な墓なら何故荒れ放題に放っておくのか。――自分の経験と寺男の話を合わせるとかなり足繁く墓に通ってきているのだ。

私は愈々《いよいよ》興味を覚えたが、どういうわけかぷっつりと女の姿を見かけなくなった。散歩の際、私はセツの家の前で必ず足を遅めたが、早くなった秋の夜に小さな灯が点っているだけで、人の気配さえ窺《うかが》えない。

私がセツの姿を再び見かけたのは、ひと月が過ぎ晩秋の暗色が白砂町を薄い紗幕《しやまく》で包み始めた頃であった。その朝大学へ出ようと私がいつものように永泉寺の裏道を歩いていると前方にセツの後姿があった。セツは例の潜り戸から慣れた足取りを墓地の中へと消した。

私は小走りに引き返して寺の表門から入ると本堂の陰に身を潜めた。

セツは木戸を背に佇《たたず》んで、観察するような鋭い眼を墓のあちこちに投げていた。それからつと下駄を浮かすと朝露を柔らかい音で踏みながら墓石の間を歩き出した。

私はおやと思った。セツは前に寺男から聞いた秋部某の墓など目もくれず通り過ぎたのである。そしてさらに進み、墓地のほぼ真ん中に立った無縁塔の前に座りこんだのだった。寺男が見間違えたのか……寺男は熱心に参っていたと語ったが、これも違っている。

束の間手を合わせただけで、セツは立ちあがり、その手をそっと墓石の前に伸ばした。

私はその指の動きに目を凝らした。

細い指は、墓石の前に飾られた切り花の中から一本をするりとぬいた。白菊のようであった。白い花弁が朝の澄んだ空気に光背を抱いている。女の指を借りて菊が新しい生命を宿したように見えた。

セツは、朝露を切るのか花をもて遊ぶように二三度揺らし、それからその一輪を胸にあてがうと片方の袖で胸もとを隠した。花は闇に溶けるように千筋の袖裏に消えた。

同時にセツは人目から顔を庇《かば》うように俯《うつむ》くと小走りに駆け出した。

――セツは花を盗みに墓を訪れていたのだ。一月《ひとつき》前裏木戸から出てきたのを自分が目撃した時もセツは袖で胸襟を隠していたが、その袖陰の闇には一輪の花が密《ひそ》んでいたのである。短く合掌したのは墓の主に詫《わ》びる心持からであろう。秋部某の墓に熱心に参っていたのは、寺男の眼を欺くためだったに相違ない。

貧しい暮しだから花も買えないのはわかる。然し、墓地を荒してまで一輪の花を必要とするどんな理由が田桐セツにあるのか。

事件の起こる二日前の日記に、私はそんな言葉を書き留めている。

四

私の疑惑は、その花から生じた。

事件の晩、村田巡査と共にセツの家に足を踏み入れた時、私は土間に落ちていた二三枚の小指ほどの花片に気づいたのである。誰にも悟られぬようこっそりそれを拾うと私は袂《たもと》に入れた。家に戻り電灯の灯に透《すか》して観察すると白い花弁の半分程が黒ずんでいる。確かに血痕であった。

私は首を傾《かし》げた。それは土間に落ちていたのだ。死骸からは一部屋離れていた。その花片に何故血が付着しているのか――。菊の花片である。白菊と言えば前々日の朝田桐セツが墓から盗んできた一輪に違いない。

私は死骸の周囲を思い出そうとした。

死骸は部屋のほぼ中央に赤土の岩でも盛りあがっているように腰を浮かせた形で倒れていた。その枕元が床の間になっており、そこに一輪挿が置かれていた。白磁のひび割れた花器である。だがその花器には花はなかった。

血が付いている以上、花は田桐重太郎が自害した際その傍にあった筈である。考えられるのは、死骸の傍にあった菊をセツが何らかの理由で片づけた場合だが、然し何故その必要があったのか。

永泉寺でセツの袖裏に隠れた一輪の菊が二日後の晩、何故夫の血に汚れた花片になって再び私の前に現われたか、その点に私は拘泥《こうでい》した。

私がセツの家から拾ってきたものはそれだけではなかった。袂から花片を取り出した時、その花片には糸が巻きついていた。

最初、自分の袂の縫い目がほつれたのかと思ったがその糸も血に黒ずんでいた。気づかずに菊と共にその糸も土間から拾ってきたようであった。長さは二寸もない、ごく普通の木綿糸である。

セツは仕立を仕事にしているから家の中に糸屑が落ちていてもおかしくはない。だが血に浸されていた以上、糸屑もまた死骸の傍に落ちていたものだ。それが何故土間などに……

――一つの想像が浮かぶ。田桐重太郎と妻のセツが争っている図だ。二人の手の間で一本の軍刀が荒れ狂っている。電灯の灯が揺れ狭い部屋は光と影に波うつ。夫は片脚の不自由な体でセツの力に必死に抵抗している。軈て夫の体から血しぶきが飛ぶ。夫の首は軍刀の刃を貫き、蒲団の上に崩れ……。その争いの際軍刀が床の間に飾った一輪の菊を掠《かす》め、花は無残に散りしく。次の瞬間部屋中に舞った田桐重太郎の血を浴びそれはあっという間に真紅に色を変える。糸も争った時、夫の寝着からひき千切られたものである。夫が絶命した後、セツは格闘の痕跡を隠すために散った菊を拾い集めて外へ捨てに行く。この時菊の花片に糸が絡む。それは偶然土間に落ちる。

事件当夜の日記がここで短く途切れているのは、その想像に二点の無理があることに気づいたからである。一つは幾ら不具の体といえその首を軍刀で刺しあんな姿勢を取らせることは女一人の力では不可能である。それに刺したのが直接セツ自身であるなら、セツの休は相当な返り血を浴びていなければならない。

その時ふと私の頭に、七時に見た障子の影が過《よぎ》った。あの薄墨を滲《にじ》ませたような男の影はやはり軍服姿だったのではないか……セツが八時少し前に戻ったというのは嘘だ。夫が死んだ時セツは家の中に、夫の傍に居たのだ。そしてもう一人……

――今度の事件には恐らく仕組まれた罠がある。何故かは言えない。然し変に生々しくそんな想像の絵を誘うものがある。

恐らくそれは石塀の夕暮の道に、セツが残していったあの殺気のためか、死骸の傍で、蒼褪《あおざ》めているというより白紙のように全ての表情を捨てていた女の冷情のゆえか、それとも一輪の花を袖で隠したあの墓場での人目を忍んだ態度のゆえか。

五

翌日私は夕方になって、交番に村田巡査を訪ね、巡査の口から意外な事を聞いた。

田桐セツが身重の体だというのだ。

「いえね三月《みつき》程前この車座町の魚屋のかみさんが田桐セツが道端で吐いているのを見たのだそうです。それから買物にくるたび気をつけていると確かに帯の結び目が短くなっていくというんですな。今朝からこの辺りはあの事件で持ちきりです。そんな風に噂してるのが耳に入りましてね」

村田巡査は朝夕私が通る度に交番の中から見せる善良な笑顔でそんな事を言った。

三月前からというと私にも心当りがあった。あの石塀に蹲っていたセツは悪阻《つわり》の嘔吐に苦しんでいたのか。

「村田さん、警察では何かあの死に不審を抱いて調べているのですか」

「ええ一寸《ちょっ》と……私もよく知らないが、ほら昨夜、家に飛びこんだ時、何か物の焦げるような臭いがしませんでしたか。後で調べると、裏手の勝手口の七輪の中に紙を燃した跡がありました。七日前の新聞の燃え滓《かす》がありましたが新聞を燃しただけとは思えない」

「確かに煙の匂いがしました」

「あんな覚悟の上の自害でありながら遺書がなかった。遺書に細君にとって不都合な事が記されていたので細君はそれを燃したのではないかと刑事は考えたようです。田桐セツは自分が妊《みご》っていることを認めたそうです。でも腹の中の子供は絶対に夫の子だと主張して譲らないらしいですな。しかし田桐重太郎はあの通りの体だったでしょう」

「すると不義の子ではないかと?」

「ええ。幾ら戦争以来気を病んでいたとはいえ、突発すぎる自害だった。だからその田桐セツの不義が自殺の動機に絡《から》んでいるとも考えられるのです。遺書がその点に触れていたのではないですかね。しかし田桐セツが夫の子だと主張する以上はどうしようもありませんな」

不義という言葉を聞いて、私の頭に前夜の軍服の影が色濃く広がった。

「村田さん、昨日僕がここへ事件を報《し》らせに来る前、この周囲で軍人の姿を見かけませんでしたか」

「軍人?」

「そう、八時前です。何時かは正確には言えないけれど……」

「さあ昨夜は気づかなかったな。でも軍人と言えばこの十日程に二三度武家屋敷の方へ行くのを見ました。二度とも夕方頃だったな。一度は武家屋敷の方から戻ってきたんですがね」

私の顔色が変わったのを村田巡査は不思議そうに眺めていた。

「どんな軍人です?」

「マントを羽織っていたこと位しか憶えてませんよ。二度とも小走りに通り過ぎていきましたからね。ああでもその軍人のことなら」

と言って村田巡査は道路で遊んでいる五六人の子供達を指さした。

「あの子たちが何か知っているかも知れませんよ。いつもこの辺を走り回って遊んでいますからね。確かあのうちの一人が武家屋敷の方から戻ってきたその軍人にぶつかっているはずです……それにしても川島さん、あなた何故その軍人のことを知っていたのです?」

——子供達は祈禱師が振り回すような鈴を取り合って遊んでいた。子供のこと故、大した記憶はあるまいと思っていたが、案外な事実を聞き出すことができた。誰もその軍人の容貌等を詳しく憶えていなかったが、昨夕、事件の起こる前に、石塀沿いの家から軍人が出て来るのを見ているのだ。

昨日の夕、子供達は武家屋敷の近くで隠れん坊をして遊んでいた。一人の子供が偶然その家の物陰に隠れていた。軍人が戸口から出てきたのが丁度その時である。

宵闇の迫った刻で、目深《まぶか》に被った軍帽の廂《ひさし》と外套の陰に隠れて顔はほとんど見えなかった。

戸口の所で軍人は、その家の者と何か言葉を交わした。子供のことだから正確ではないが誰かが死んで葬儀の話をしていたという。「どの家か憶えているか」と問うと、子供は大きく肯《うなず》いて手にしていた鈴を高くあげ「これをくれたおばさんのうち」と答えた。詳細を尋ねると確かに田桐セツの家に間違いない。軍人は戸口でそのおばさんと喋《しゃべ》っていたと言う。ただ一つここに問題がある。軍人が、セツの家を出た時刻である。子供は暗くなってすぐだったと言う。とすればせいぜい六時半だろう。然し私が障子窓に人影を見たのは七時だし、障子の血痕から見て、田桐重太郎が死んだのは七時すぎに違いないのだ。

一つ考えられるのは家を出た軍人が、子供達がそこを去ってから再び戻ってきた場合だ。然しそれだと今度は六時半に軍人が一度家を辞した際、既に二人の間で夫の死や葬儀のことについて言葉が交わされていたことがわからなくなる。子供の話では二人の声はかなり大きかったと言う。六時半には夫はまだ生きていて、戸口のすぐ横の部屋にいたはずだ。夫の耳があるのに二人は公然とその死と葬儀の段取りまでを取り決めていたことになるのだ。

やはりその会話は田桐重太郎が死んだ後のものだったと考えた方が良い。とすれば死んだのは六時半前――それなら、何故七時より後にあの血痕が路上に面した窓に飛び散ったのか……。

この点の謎を除けば、全て想像は確かめられたことになる。セツの腹の子はその軍人との間に出来たものだろう。二人は年中病床に臥し邪魔な存在でしかない夫を殺害したのだ。

然し――

この十一月五日の日記に私はあの鈴の音を書いていない。

子供達に聞くだけのことを聞き終え、その場を離れようとした時である。

「おじさん、この鈴は本当に魔法の鈴なの？」

と一番年長らしい八九歳の子供が聞いた。

「あのおばさんがこの鈴を持って走ると早く走れるようになるというから毎日試してるんだけどちっとも早くならない」

「そのうちにきっと早くなるよ」

「そうかなあ」

と言うと、子供はその鈴を宙に投げた。鈴の端に糸が結んであり、子供はその糸の先端を握ってぐるぐる回した。子供の手を軸に鈴は竹とんぼのように空を旋回した。夕闇を蹴って回るその鈴の動きの妙に私は暫《しばら》く見惚《みほ》れていた。聽て澄んだ鈴の音色に、不意に晩秋の早い夜が降りてきた。

鈴の音を借り、子供たちの頭上で奏でられる夜影の韻に、私はふと、前日死んだ一人の軍人の、その生命の最後の鼓動を聞いた気がした。

六

二日後、私は再び子供達にいきあった。武家屋敷の前で一人を呼び停め、前々日と同じことを尋ねた。軍人が六時半に田桐セツの家を辞しているのがどうしても納得できなかったのである。

子供から満足な返答を受けとれず、諦《あきら》めて離れようとした、その時である。

私の下駄が停まった。

田桐セツが意外に近く立ち、私を見ていた。

「川島さん、でしたね。あなたは何故、私のことを調べておられるのです」

私は狼狽から言葉が口をつかなかった。

「それも何故そのようにこそこそとお調べになります。知りたいことがあれば何故私に直接お尋ねになりません」

私を敵にみたて、切りかかる隙を狙うような真剣な口調であった。二人の間の空気に緊張が走るのを感じとったのか子供は逃げるように去っていった。

「聞けば答えてもらえるでしょうか」

「その前に私の方で聞きたいことがあります。あなたは重太郎の死んだ晩、土間で何かを拾ってお隠しでしたね。私は見ておりました。何を拾われました」

「花びらです。菊の花びらを三枚――」

「何故それをあのようにこっそり隠されました」

「知りたかったからです」

「何を？」

「何故菊が散っていたかです。僕はその二日前、あなたが永泉寺から菊を一輪盗んでいくのを見ました」

セツはわずかも動じなかった。射ぬくように私を見続けていたが、聴てふと視線が外れた。私を縛っていた緊張が綻《ほど》けた。

「あなたは重太郎の自害に不審を抱いているのでございましょう？　それなら今夜八時、私の家の前においでなさい。あなたが知りたいことをお教えしましょう。私は相手に背中を探られるのは好きでありません。いつも面と対い合っていたいと思います。たとえそれが私を追いつめる相手であっても」

そう言い切るとセツはするりと背を向けたのだった。

その夜、私は言われた通り、八時にセツの家に行った。

セツは丁度戸口を出てくるところだった。

私が近寄ると、

「従《つ》いておいでなさい」

セツはそう言うと石塀の道を先に歩き出した。セツは風呂敷包みを抱えていた。

夕方から街に降り始めた霧が一層深くなり、数歩先を歩くセツの後ろ姿を影に包んだ。下駄の音だけが響いた。

霧に紛れがちなセツの影は、永泉寺を通り過ぎ車座町の電車道を横切ると右に折れた。

街灯が、路地を覆《おお》う霧に蒼い灯を投げていた。

セツの姿が裏小路に入った時から、その先の蛍池に向かうのではないかと思ったが、この想像は的《あた》った。

蛍池は名の通り夏になると蛍が無数に飛ぶので有名な池だが、冬場は枯れた葦だけが目立つ陰鬱な湿地である。水のせいか、街なかより濃い霧が池の姿を覆い隠しているが、まだ落ちていない人家の灯でさほど暗くはなかった。

セツは水際まで行き、そこで暫く何かをしていた容子だった。

聴て重い物を落としたような水音が聞こえ、と思うとセツはふり返り、私の方に近寄ってきた。

風呂敷包みは石をつけて池の底へ沈めたに違いない。

葦の影が数本、池の水面から霧につき刺さっていた。

二人は暫く、黙って立っていた。

「何故黙っておられます。私がこの池に何を沈めたか知りたいのでございましょう?」

私は一度肯いてから、今度は声に出して、ええ、と答えた。

「でもその前にお約束下さい。私の口から聞いたことは誰にも話さないと……それをお誓い下さらないと私には何も言えません。――お約束下さい」

私は黙っていた。

風がふと霧を流した。セツの顔が一瞬浮かびあがり再び霧に消えた。一瞬ではあったがセツが私に向けた眼差は刃のように激しかった。

「私が今、手に握っている物があなたに見えましょうか。私は今、短刀を握っております」

「………」

「私は幼少の頃からずっと肌身離さずこの短刀を持っておりました。私はこれであなたを突くことができます。絶対に他言しないとお誓いなさいますか」

ただの威嚇ではなかった。短刀は霧に隠れて見えないが、セツの影自体が刃になって私の眼前にふり翳《かざ》されていた。

「わかりました」

私は言った。短刀が恐かったのではなく、セツの切迫した感情、その一線を固守しなければ自分は生きることも許されないといったぎりぎりのものに打たれたのだった。

セツは暫く無言だった。夜鴨でもいるのか池に水音がした。音の波紋が霧の底を広げた。

「私が今、池に沈めたのは夫の血がついた軍服でございます。私の手で田桐重太郎は血を流しました」

「しかし……」

「血を浴びた軍服でございます。それ以上は何もお話しできません」

それだけを言うとセツの影は背を向けた。足音は聽て霧の果てに消えたが、私はそれからも長い間、まだ眼前にセツの影が残っているようにその池の端《はた》に立ちつくしていた。

――田桐セツは、その血を浴びた軍服という言葉で自分の罪を認めたのだろうか。少なくとも私の想像は確かめられたことになる。

セツは不義の相手である軍人と共謀して田桐重太郎を殺害したのだ。その軍人は相当量の返り血を浴びた。

軍人はマントを羽織っていたという。セツの家から出る時、男はそのマントの下の軍服を脱いでいたに違いない。

だが、その血のついた軍服を田桐セツはどうやって今日まで隠し通してきたのであろう。

あの夜、係官が家中を捜索している。あの狭い家だ。そんなものを隠し通しておける場所などなかったではないか。

セツは軍服を抱いていたが、あれは夫のもので絶対に血など付いていなかった。セツは自分の手で夫の血を流したと言った。正確には自分達の手でというべきだったろう。セツとその軍人が二人して田桐重太郎を死に追いやったのだ。

然し――

それから半月も経って、私が大学から帰宅すると銀行家の妻が一通の封書を私に渡した。この女は私の叔母にあたる。

「今朝、あなたが出ていったすぐ後に女の人がこれを届けに来ました。初が言うにはあの自害事件を起こした家の奥さんらしいけれど、進三さん、どういう関係なの」

「いや、ちょっと」
と誤魔化して、私は自分の部屋に入ると、慌てて封を切った。

――これをお読みになる頃、私はもう東京を離れております。

と男の筆を想わせる剛悍《ごうかん》な筆蹟が始まっている。私はその夜セツの家に灯がなかったことを思い出した。

――貴方はいつか今度の事件の真相を知るでしょう。その時のために知っておいていただきたいことが一つございます。
貴方は恐らく交番の巡査から私の腹に児《こ》がいることを聞かれたでしょうが、今私の体に宿っている新しい命の、その血の意味でございます。警察の想像は的っております。この児の父親は田桐重太郎ではなく、重太郎とは同じ騎兵連隊にいた或る軍人です。ですがその方との関係は不義という非道のものではありません。それを唯一人貴方にだけは知っておいていただきたく思い、私はこの文《ふみ》を書き始めました。
私は自分の血を受け継ぐものが欲しかった、それだけの為に、以前から私達の事をあれこれ憂慮して下さったその御方に凡《すべ》てを打ち明けて一夜を共にして戴《いただ》いたのでございました。それ以外の意味は何も無かった、それは信じて戴きとうございます。私は五歳の時自害した母と共に死に果てる身でした。それを今日迄生きて参りましたのは唯一つ、私の血をこの世に受け継がねばならぬ務めからでございます。

私の父は会津藩士でございました。御維新の戦さで最後まで徳川家に従い、朝敵《ちょうてき》として賊軍として滅んだ会津の藩の士《さむらい》でした。鳥羽《とば》の戦に敗れ、戊辰《ぼしん》の戦に敗れ、それでも武士としての道を全《まっと》うしようとした士でございました。何の賊軍かと父はいつも母に申していたそうでございます。徳川三百年の歴史に随従する他武士だった父に生きる道はありませんでした。それを突如、朝廷という大義名分を担ぎ出して徳川に刃を向けた薩摩や長州の方が賊軍でなくて何でございましょう。父はその後、散り散りになった他の藩士同様、この東京へ流れて来て、明治十二年、徳川家への忠誠と薩摩への残恨だけを生き永らえた士の気骨として四十五歳のその生涯を閉じました。父がよく薩摩は卑怯だと言っていたのを覚えています。薩摩はずるい、朝廷への尊念など何一つ持たぬくせに、討幕のためにだけ朝廷を担ぎあげ日本を欺いたのだと……父の中ではそんな薩摩軍こそが真の朝敵だったので御座いました。

父の中陰の法会《ほうえ》を無事済ませたその晩、母は父の後を追って自害致しました。母は私も道連れにする積りで私にも白装束を着せましたが、結局思い停まりました。母が私をこの世に残したのは幼い私を哀れんだ親心ではありませんでした。母は私の胸から血が流れた時、その一筋の血の意味に気づいたのでございます。

私は一会津藩士の最後の血でございました。私はこの血を次の代に残さねばならぬ武士の娘としての務めと、胸の傷と、母の形見の短刀を抱えて今日迄生きて参ったのでございます。

重太郎が落馬で子供を作れぬ体になった時、私にとって重太郎という男の意味が全く無くなったのはそれ故でした。私はもう若い身体ではありませんでした。重太郎の死を待った後ではもう子供を産めぬ年になっていたでしょう。私が他の男の種を借りてこの体に新しい血を宿すには、重太郎は邪魔者以外の何者でも無くなったのです。

私と重太郎との暮しにはもう一つの不幸な面がありました。其れは重太郎に嫁いだ後になって重太郎が薩摩藩士の血だったと知ったことで御座います。父が憎み続けたあの薩摩の血でした。尤《もっと》も落馬で重太郎が軍人としての名誉を失する迄、私はとりたてて重太郎のその薩摩の血を憎んだわけではなかった。重太郎は立派な軍人でございました。尽忠報国の一語だけに自分を捧げる夫を、私は仮令《たとえ》それが父の憎んだ血であろうと畏敬の念だけで眺めていた日々もございました。ですが、あの不名誉な落馬の一件が全てを変えました。たかが脚を折っただけの事で只々軍人としての屈辱に悩み、私の手を頼って不甲斐なくぶらぶらと病床に臥している重太郎を見る度、薩摩はずるいと言っていた父の声が私の耳を打ちました。私の血の中で父の憎悪が私の重太郎へのそれと重なって燃えあがるのを私は停めるわけには参りませんでした。最後の頃にはそんな重太郎の血を混えずに、一つの血を受け継ぐことの倖せを覚える程になっておりました。

尤も今頃になってそれが本当に重太郎という男の責任であったかと、ふと考えることがあります。私も重太郎ももう五十年早く生まれていたならもっと別の生き方があった筈です。凡てがあの御維新と共に変わりました。重太郎は馬からではなく新しい時世の波から、落ちたのでございます。同じ士族の血を持つものとして帝への忠義という歪んだ形でしか、自分の血を発露できなかった重太郎がそれなりに私には哀れに思えることがあります。世が世ならば重太郎の血は家君にのみ、捧げられる血でありました故。私とて同じでございます。私は私の体に流れている血を唯一の支えに一人この賊軍の造り出した歪んだ新世を生きていかなければならないのです。

警察では私が重太郎の遺書を燃したのではないかと疑ぐっておりますが重太郎はただ辞世を詠んだだけで遺書は残しておりません。重太郎が最期に詠んだ歌は、そんな一人の士族の末裔《まつえい》が維新という時代の流れに、その血を狂わせた実は悲しい歌でございました。

大輪の菊の散りゆく一片に我が血を添えん濁世の秋

七

実は田桐セツが言うこの事件の真相を、私が知るにはさらに三年を待たねばならない。明治四十五年、私が居候先の叔父の紹介で銀行に入ったその年の夏、天皇の崩御と共に大正は元年を迎えた。

明治天皇の大葬は九月十三日、その夜乃木希典《のぎまれすけ》夫妻は天皇の後を追って死んでいる。

乃木希典の辞世は、「うつし世を神去りましし大君のみあと慕ひてわれはゆくなり」とある。

私が、その乃木大将の辞世と、三年前田桐セツから貰った手紙の最後に書いてあった夫重太郎の辞世との類似点に気づいたのはそれから一週間も経ってからだった。

大君という乃木の初句と、田桐重太郎の大輪の菊という語、去りまししと散りゆく、われはゆくなりと我が血を添えん——つまり田桐重太郎の最期の歌はこうも解釈できるのだ。

大輪の菊（某重大人物）が散った（死んだ）、自分はせめてその一片に自分の血を捧げ、その死に殉じよう。

単なる偶然の符牒であろうか。いやそうではあるまい。仮令《たとえ》上下階級の差は大とはいえ、乃木希典が軍人だったように田桐重太郎も軍人であった。乃木将軍がその生涯を帝への忠誠で閉じたように、田桐重太郎も立場こそ違え、否、その忠誠心を愚かな失錯《しっさく》故に執着にまで高めてしまった男である。

そして私は今日迄それを忘れていたのだ——軍人が菊の花と言えば、それが皇室を意味すること。あの大輪の菊が散るという語句は明治大帝の死を意味していたのではあるまいか。

勿論三年前に明治帝は死んでいない。然し、その死を偽ることはできたのではあるまいか。少なくとも田桐重太郎のように年中病床に臥し近所付き合いもない男に、帝の死を信じさせることはさ程難しいことではなかったろう。田桐重太郎の外界との接触手段は妻セツの口だけである。

田桐重太郎の耳に、セツの口によって歴史は三年間を狂わせ、明治大帝は既に三年前崩御してしまっていたのだ。重太郎は遂に忠義を果たせなかった軍人としての最後の意気地から、その架空の死に殉じたのである。

そう考えるとあの事件のさまざまな謎が消えた。私は一晩中三年前の日記を読み返した。

あの夜田桐重太郎が死んだのはやはり七時過ぎであった。七時に自分が障子窓に見た軍服姿の人影――それは田桐重太郎その人だった。重太郎の死が帝への殉死だったとすれば、自害の際軍服に正装するのは当然である。

発見された死骸は寝着をだらしなく着こんでいた。これは夫の死後セツが着替えさせたものだろう。セツは裁縫を仕事としていた。夫の軍服に糸ぬきの仕掛けを施し、死後その軍服をばらばらに解体し血で濡らした寝着を羽織らせる。そして血染めの軍服をあの夜、家を訪ねてきた軍人から借りておいた軍服の裏に縫いつける。私達の前でセツが抱いていたのはそんな二重の軍服だった。

しかし勿論、セツにとって最も重要だったのは重太郎の頭の中でどうやって明治の終焉を早めるかであった。セツは自分の口一つにかかっているその難関を巧みな芝居で突破したが、勿論それなりの布石を用意しておいた。

あの事件の直前、伊藤博文が死んでいる。新聞はその死を様々な形で報道した。セツは喪に服した国民の容子や某重要人物の死が匂わせてある部分だけを夫に読ませ、その切りぬきのある新聞を事件後燃した。こういった証拠の堙滅《いんめつ》に、夫の死後一時間を費やし、それから表に出て偶然通りかかった自分を呼んだ。

あの軍人もセツの一芝居に力を貸した。セツが子供を産むのに協力した一夜からその軍人にはセツが夫を殺害するのも手伝う覚悟はできていたに違いない。六時半に子供が聞いた誰かの死と葬儀という言葉は明治大帝のそれだったのである。それは夫の耳に聞かせるために戸口で語られたものだ。軍人は毎日のようにセツの家を訪れ天皇の死への経過を刻々と報告していった。

そしてセツが子供達に与えた鈴――それは、帝の死を報らせる号外の鈴の音として夫の耳にセツが与えたものであった。大事件が起こる度、反響する鈴の音には、街中が騒然としているような心理的な圧迫感がある。

重太郎は妻の口から天皇崩御の報らせを聞いた時から、自分の死を考えていただろう。数年間苦しめられ通した軍人としての屈辱感、子供の頃から聞かされた両親兄弟の士族として殉じた死、その血、その忠の一字の血を天皇にすり変えて歪めた維新という時代への慟哭《どうこく》――勿論その夫の心理に妻はいつもの気丈な言葉を投げたであろう――貴方様に軍人としての誇りがまだ残っておられるなら、今何を為すべきかお判りの筈でございます。

セツの言葉は夫の暗澹《あんたん》たる心理の沼に投げこまれた石礫《いしつぶて》であった。暗い波紋に鈴の音が絡みつく。

そこへセツが最後の布石として用意した一輪の菊――

前夜から殉死の決意が胸に去来し始めた重太郎は翌朝目を醒《さ》ました。ふと枕元を見ると一昨日妻が花瓶に挿《さ》した一輪の菊が、朝の光に切りとられた畳の上に花片の全部を散らしている。風もないのに花は悉《ことごと》くを散らし畳の上に白い生命を落としている。目醒めたばかりの重太郎の霞《かす》んだ意識に清浄な白が、塵の山となって浮かんでいる。それは鮮烈とも言える激しい色合で重太郎の眼を射ぬいただろう。

重太郎はその不可思議な菊の死に、以前一度優しい言葉を賜わった天皇の再度の声を聞いた。

――天子様が自分の死を望んでいる。

一片に我が血を添えんという歌は自然に、重太郎の口をついた。


――夜明け前にセツは夫の枕もとの菊の花に手を伸ばした。

私はその大正元年九月二十日の日記にそんな想像を記し、事件を閉じている。


――うっすらと障子にさした曙光の中で白い菊は最後の命を燃えあがらせている。白壁の道が余りに長いので、とセツは言った。朝に夕に通る武家屋敷の長い石塀にセツは自分の生涯を見ていたのだ。

武士の時代は終わった。時代は滅んだが、然し自分は武士の血を抱いて何としてもその白い道を歩き通さなければならなかった。維新はセツの中の武家の血を拒否した。だがセツ自身は自分の中の武家の血を拒否できなかった。それはセツが背負わされた永遠の道であった。

白菊に最初の指が触れた時、セツはその指先にまで通っている父の血をはっきり意識していた。真の武士だった父の、だからこそ薩摩を許せなかった父の血。

〈今、自分は鳥羽の戦で敗れた父のかわりに一輪の菊を討とうとしているのかも知れない。維新という名分のもとで武士の歴史を打ち砕いた真の賊軍がその旗印に掲げた、神という名の虚偽の一花。その花のために死に、その花のもとに流された父と母の血を、今、自分は夫の血で贖《あが》なおうとしている〉

この瞬間、セツの手は刃となったのだ。

桔《き》梗《きょう》の宿

死骸は、その溝川《どぶがわ》へと、恰度《ちょうど》、水面に浮かんだ何かを掬《すく》いあげるような形に右腕をさし伸べて、倒れていた。

「六軒端」という下町では名の通った遊興町の裏手を、娼家の裏露地に沿って流れる川である。流れるというより年中、泥やら、町から吐き出される塵芥《じんかい》の重みに澱《よど》み、住人たちもその名すら忘れてしまったほどの陰気な川であった。

前の晩、ひとしきり暴れた風雨の余勢をかって、風は凪《や》んだのに、亜鉛板《トタン》やら橋桁《はしげた》やら、まだぐらついている風景の中に、それは妙にひっそり動かずにいた。

肌着一枚とすりきれたズボンという外装《いでたち》はほんの二、三日前まで残暑の厳しかった機《おり》、この界隈ではさ程珍しいものでもないのだが、前夜の雨に叩かれ、泥でも被ったように貧しげに死骸に貼りついていた。

場所が場所だけに、いかにもうすら寒い日陰の死であった。

年齢は三十五、六――後に判ったところでは、六軒端では、「一銭松」という通称で名の通っていた男で、その呼び名は、左耳の下にちょうど一銭銅貨大の赤痣《あざ》があるせいであったが、その痣を狙ったように首の上部に、麻縄か何かの跡が二すじ巻きつき、それが死因と判定された。

兇行時刻は、死骸が明け方に発見される数時間前というから、夜半、雨と風の最も激しかった時刻ごろである。

盛り場の夜だから、外れた裏露地といえいつもなら人通りがあるのを、前夜の暴風雨で表通りの方でも人気が跡絶《とだ》え早くから看板をおろし、ネオンを消していたという。発見が遅れたのは、そのためだった。

私たちが現場に着いたのはまだ夜の明け切る前だった。それでも川むこうに広がった東の空がうっすらと白み始め、雨雲の名残りか紫がかった雲が一片――それが偶然死骸の顔に浮き出した紫斑の色に似ていたことを私は憶えている。二つの眼は夜の明けるのに気づかず、まだ闇を追っているように空《うつ》ろに見開かれていた。

水面すれすれに落ちた右手が硬く内側へと握りしめられているのを最初私たちは、死の直前の苦悶のせいと思っていた。

気づいたのは検屍官だった。薬指と小指のあいだにそれがはみ出していたのだ。

「桔梗《ききょう》の花だな」

硬直した指を何とか開けて出てきたそれに検屍官は眼を近づけて言った。

男の黒ずんだ指の中で、それは花片《はなびら》をずたずたに裂かれているのだが、茎や葉が泥にまみれているのに、花だけは不思議に白いまま残っていた。男のいかつい指の死臭に絡《から》んで、だがそれは男が死の直前に摑《つか》んだ幻のように私の眼に映った。

生まれて初めて見る変死体に職務を忘れて蒼ざめて突っ立っていた私の頭に、ふと一つの絵がよぎった。

——烈《はげ》しい雨に叩かれこの裏露地で二つの影が争っている。一つの影が地面に倒れた男の首を恐ろしい力で絞めあげている。男は苦悶にのけぞりながら、このとき、暗い水面に娼家の燈《ひ》を浴びて淡く浮かんだ白い花を見た。濁《にご》りきった場末の川に、烈しい雨脚に沈むこともなく浮かんでいるその花は、男の眼には現実というより幻と見えただろう。男の手は自分の死も忘れ、夢中になってその幻の花を摑もうとした。風に煽《あお》られて暗い波間を漂う一輪の花、その花に必死にさしのべられる闇の手……

その時ふと鐘の音が、そんな私の想像の絵を、裂いた。後で知ったのだが、六軒端の西の隅に、陵雲寺という小寺があり、その寺にはこの街で死んだ薄倖の女たちの骨が無縁仏として葬《ほうむ》られているという。その寺の、夜明けを告げる鐘の音《ね》だった。

それは次の音までの余韻を朝霞の中にいつまでも響かせていた。その粛《おごそ》かな音が、一人の男の死とそれに道連れにされた一輪の花の死を悼《いた》むように私の耳には聞こえた。

これが私とその花との最初の邂逅《かいこう》である。その昭和三年の九月末、私が警察学校を出て刑事になり、初めて担当した一つの事件は、その花のために生涯忘れられぬものになった。

一

三日後、私は先輩の菱田刑事と六軒端の梢風館という小さな娼家を訪れた。

二日間の捜査では、それなりに判ったこともあったが事件解決のメドはたたなかった。

男の名は井田松五郎といい、二年前まで六軒端では最も大きな錦麗館で客引きをやっていたそうである。その当時でさえ胡散《うさん》くさいところがあり、主人は名前も偽っていたように思うと語ったが、二年前組合の取り決めで客引きが禁止されると同時に、どこへともなく姿をくらました。それが今年の春頃より今度は上り客として六軒端のあちこちに顔を出すようになった。たいそう羽振りがよさそうでいつも娼妓たちに分厚い財布を見せびらかし、何でも本人は「質流れ品を売り捌《さば》いている」と言っていたというが、何か犯罪に手を染めているという噂《うわさ》もあった。

尤《もっと》も一銭松が馴染《なじ》みにしていたという「吉津屋」の豊子という妓《こ》は「危ない橋を渡っている男には見えなかった」と否定している。警察の追われ者が人目を忍んでよく出入りする場所で、女たちはそういう男の暗い影を本能的な嗅覚でかぎわけるというから、この方が正しいとも思えた。

ただその一銭松がいつも見せびらかしていたという財布を狙った犯行ではないかと想像され

た。死骸にはその財布がなかったのである。

もう一つ、これは当夜の一銭松の行動だが、当夜、いつものように一銭松が六軒端のどこかの娼家に上がったことは、現場がすぐ近くだということからほぼ確実であった。死骸の右乳首に女の白粉《おしろい》と紅がわずかに残っていたことも、それを証明している。

私たちは娼家の一軒一軒をあたってみたのだが二日間の聞きこみでは何も掴めなかった。

そんな機《とき》、一通の封書で通報が入ったのである。

——あの夜、九時、一銭松が梢風館に入るのを見た。

とだけ記された名前もない封書である。たどたどしい右さがりの文字はたぶん筆蹟を誤魔化すため、左手で書いたものだろう。

娼家間にはそれなりの嫉《そね》み妬《ねた》みがあるから、梢風館をおとしいれるための悪どいいたずらかとも思われたが、念のため洗うことになった。

市電を六軒端で降りるころ、今まで晴れ渡っていた空に不意に雨雲が広がり、と思うと一陣舞いあがった風が新聞紙やごみや砂を吹きあげ、浄《きよ》められた路上に大粒の雨跡が黒い模様で広がり、あっという間に街並の底は雨脚に染まった。遠くで鈍い雷鳴が聞こえた。あの一つの死骸を残して暴風が去って以後、すっかり秋づいた青空を突然時期遅れの夕立が叩いたようである。

私と菱田刑事は六軒端の入口の門を潜り、最初の家の軒先に馳《か》けこんだ。

昼間はどのみち死んでいるように閑散とした街だが、突然の雨で、門からしばらく続く本筋にも人気《ひとけ》が絶え、もともと鉛色の痩せた家並は青銅色に翳《かげ》った空にかき消えるほどに溶けこみ、ただ亜鉛《トタン》屋根を打つ雨音だけが喧騒《うるさ》かった。

二、三軒先の軒に妓《おんな》が一人、着物の裾《すそ》をはしょってはね泥を浴びた足を露《あら》わに、雨宿りをしている。

その妓に梢風館がどこかを尋ねると、女は黙って首を振った。狭い区間に二百五十軒の娼家があるというから同業といえ女が知らないのも無理はなかった。女は大して関心もなさそうにしゃがみこんで煙草《たばこ》を吸い始めた。煙草の煙の行方を追うのか軒から滝のように落ちる雨の流れを眺めるのか、ぼんやり死んだような眼を上に向けている。こういう女が夜になると派手な色を装い男たちを相手に嬌声をあげるのが信じられない気がした。

軒を借りた家で梢風館の場所を聞き出し、小雨に緩《ゆる》むのを待って私たちは路上に出た。

本筋のつきあたりで道が急に細り、入り組み始める。私は二日間もう何度もその道を通ったはずなのに、そこまでくると道を失ってしまう。同じ薄っぺらなトタン屋根や瓦屋根が続き、道が網の目のようにあちこちへ流れ出し、また戻っている。裏露地では出窓に絡んだ朝顔の枯れているのまでが同じだった。

犯罪多発区域であるこの地にすっかり馴染んだ菱田刑事は、一度耳にしただけで地理がわかったのか確かな足取りで進んでいく。歩き方にも慣れは出ていた。三日前の大雨でできた水溜りが涸《かわ》かぬうちの驟雨《しゅうう》で溝からは濁り水が溢《あふ》れ出し、黒い泥川になった小路を小さな背は器用に通りぬけていくのに、私の方は何度も泥に靴をすくわれ立往生した。

細い溝川を渡ると、第二区と呼ばれる地区に入る。この溝川は、現場の溝川から派生しているものらしいが、それとトタン塀が一区との境界になっている。薄っぺらなトタン塀だが女たちを閉じ籠《こ》める檻《おり》に変わりはなかった。

この二区に足を踏みこむと一区にはなかった異様な匂《にお》いが鼻をつく。溝の臭いだけでなく腐臭がまじるのだ。家の板壁や屋根も一区以上に細り、道の泥濘《ぬかるみ》もひどくなる。

それでも夜になれば極彩の燈や女たちの奇声や闇で歓楽街らしい顔に装われるのだが、鉛色の雨に露《む》かれた素顔は、どうしようもなく痛々しかった。大正初期に腸チフスが流行《はや》った際、死者のほとんどがこの二区の方から出たという話を私は思い出した。

この時刻、並んだ顔覗《のぞ》かせの窓は、ただ一様の灰色に鎖《とざ》されているのだが、それでも窓の一つで覗いていた顔が私たちを見ると媚《こ》びで笑った。

梢風館は細い露地の曲り角にあった。他の家並と変わらぬ佇《たたず》まいで入口に吊《つる》された洋燈に名前が書かれている。

「現場に近いな」

方向感を全く失っていた私に、菱田刑事が意味ありげに言った。

窓のない方の入口から入り、声をかけたが奥はひっそりとしていて誰も出てくる気配がない。

私は眼鏡をとり、手巾《ハンカチ》で顔とレンズを拭《ぬぐ》った。

その時誰かの視線を感じた。

眼鏡をかけ直して見上げると、玄関の板の間から二階に流れる段階の上で慌《あわ》てて顔が隠れた。

一瞬だったが若い娘のようであった。

何度目かに声をかけると暖簾《のれん》の奥からやっと抱え主らしい女が姿を見せた。

「五時からしか開かないよ。組合の規則で禁止されてるんでね」

喧騒《うるさ》そうに言った女は、私たちが警察の者とわかると急に愛想よく顔を崩した。若い頃の白粉焼けだろう、黒ずんだ肌の、五十近い女である。

上り端《はな》に腰をかけ早速きり出した菱田刑事の質問に予想外にあっさり答えが返ってきた。

あの晩、たしかに九時頃、不意の客があったという。

「いえあの晩はね、他の家が早くから燈をおとしちまってたから入ってきたんだと思いますがね。——ええ初めての客でした。あんな嵐の晩に物好きなもんだと思ったんでよく憶えてますがね」

背恰好も服装も一銭松と似ている。

「この辺にこう赤い痣がなかったかね」

菱田刑事が首のつけ根に円い輪を描いて聞いた。

「さあそこまでは覚えちゃいませんが——」

「何時に帰ったね」

「十一時ごろ——あの後すぐ嵐がひどくなってね、どうやって帰ったか心配はしてたんですけど……」

「その客を取った妓《こ》に会いたいんだが——」

女将は少し迷惑そうな顔をしたが、それでも階段の上に向かって、

「お昌《まさ》――お昌――」

と声をかけた。

すぐに返事はなかったが、やがて最上段に女の素足が現われ、しどけなく乱れた着物の裾をさばきながら降りてきた。女は今まで眠っていたのか重だる気な姿態で段の上に座りこんだ。まだ化粧前の地肌は濁っているが、顔立ちは整った女だった。二十四、五だろう。さっきちらりと階下を覗いた娘とは違っていた。

女将《おかみ》から私たちが刑事だと聞かされても女は何の反応も見せなかった。

「それがね、お前、吃驚《びっくり》するじゃないか。裏で殺された男ね、この二、三日大騒ぎしている一銭松って男――それがあの晩の男らしいんだよ」

「そう」女は退屈な話でも聞いたようにそう答えただけである。

「ええ、たしかにあったわ、そんな痣――」

女は菱田刑事の質問にそう答えてから、ちらりと私の顔に視線を投げた。

私は慌ててうつむいた。女と視線があうのが好きではない。女達が私の顔をどう思うか知っているのだ。まだ二十五だというのに薄い髪と分厚い丸眼鏡――その容貌のために私は去年、郷里で出た縁談に失敗していた。

「どんな男だったね」

「いやな男だったわ。金を見せびらかしてね。こんな晩じゃやなけりゃ、よそのもっといい店《たな》へ

行ってるって――」

「いくらぐらい持ってた」

「五百円――自分でそう言ってたよ」

私と菱田刑事は顔を見合わせた。やはりその大金が目あての兇行だったに違いない。

「その男が上がった部屋を見せてくれないか」

女将は明らかに迷惑そうだったが、女の方で、

「どうぞ」

と言った。面倒げに腰をあげた女について階段をのぼると、二階のつきあたりの部屋から零《こぼ》れていた紫色の裾が、また慌ててひっこんだ。その部屋から廊下に落ちていた淡い影がすっと滑って消えた。――私は再び誰かの視線を感じた。

お昌の部屋は極彩色のカーテンの他はこざっぱりした部屋だったが、やはりどこか崩れた感じがした。

菱田刑事は中には入らず、廊下からぐるりと部屋を見回しただけで、

「それでこの家の抱えは何人だね」

「私ともう一人――春までは三人いたけど」

「あの晩、一銭松の他に客は?」

「鈴ちゃんとこにもひとり――」

「一銭松と同じ時間《ころ》?」

「ええ、あの男が帰ったすぐ後、やっぱり帰っていったから……」

菱田刑事の眼が光った。一銭松が出ていったすぐ後という言葉が引っ掛ったのである。

「その妓《こ》に逢いたいんだが……」

「鈴ちゃんは何も知らないと思うけど――」

そう言いながら廊下を進んだお昌はつきあたりの障子越しに、

「鈴ちゃん、警察の旦那が聞きたいことがあるって――開けるよ」

と声をかけた。先刻紫色の裾が消えた部屋である。私は先に立った菱田刑事の低い頭越しに部屋を覗いた。

狭い物置に似た部屋で、畳は黒ずんで湿り、くさい臭いが立ち籠めている。朽《く》ちた壁に雨が珠《たま》すだれのような影を流していた。

塗りがぼろぼろに剝《は》げた茶簞笥《ちゃだんす》の隅に娘は座っていた。ただでさえ暗い部屋の、薄闇が濁るように澱んだ場所だった。

年の頃は十五、六に見える。既に化粧を済ませ白粉で顔の輪郭までも覆《おお》い、紅を色濃く唇《くちびる》に塗りつけているが、私たちを避けるように斜めに伏せた眼の幼さは隠せなかった。いや厚化粧が却って娘の顔だちの幼さを暴いているようでもある。誰かから貰い受けたのだろう着物の褪《あ》せた紫地と裾の銀波模様が大人びてその幼さと似合わなかった。

娘は抱いていた人形を、私たちが部屋に入っていくと、慌てて後ろ手に隠した。緋《ひ》色の派手な着物を着た人形で娘の背丈の半分ほどある。窓際の茶箱の中にも沢山の人形がさまざまな色で、死骸の山のように押しこめられている。

「鈴ちゃんというんだね。齢《とし》はいくつになる」

菱田刑事が声を和《やわ》らげて聞いたが、娘は怯《おび》えた目で見返すだけである。

「十八ですよ」

いつの間にか女将が敷居に立ち、代わりに答えた。お昌は、女将の陰の柱にもたれ、素足の指で廊下に意味もなく字を書いている。

「そう十八かい――」

娘は肯《うなず》くと救いを求めるように女将の顔を見上げた。

菱田刑事は嵐の晩の客について聞いた。

「それでその男の名は何て言うんだい」

娘は相変らず黙りこんでいたが、軈《やが》てか細い声で、

「謹さん――」

とだけ答えた。

それから五分ほどやりとりが続いたが、その間、娘はほとんど何も口にしなかった。ただ怯えた眼を刑事の顔と女将の顔に交互に走らせるだけである。それに娘がやっと何かを答えようとしても女将がその声を奪い、自分が答えてしまうのである。

その謹さんについて判ったことも皆な女将から聞かされたものである。

名前は福村謹一郎――訛《なまり》で上方の男とわかった。事実、男の口から、以前大阪で浄瑠璃《じようるり》の人

かった。東京に住みつくまでのいきさつも、人形遣いの腕を見込まれて京都から東京に出てきたというので、左手首を布で巻いているのは

形遣いをしていた話を聞いた。東京興行の際、楽屋で火事が起こり、人形を炎から庇《かば》おうとして右手を火傷《やけど》させ、使いものにならなくした。白い包帯は、その火傷痕《あと》を隠すためで、それがもとで座を辞め、そのまま東京に住みついたらしいのだが、現在はどんな暮しをしているのかわからない。

一銭松にしろ、その福村にしろ、現在の暮しむきがわからないのだが、それはこういう地では当然のことかも知れない。いったいが客の男は女に自分の素姓を明かさないものだし、女の方でも自分の転落の理由を語りたがらない。どんなに馴染んだ客でもこれは同じで、所詮は、男と女が行きずりの一夜を重ねるだけの世界であった。

福村は今年の春ごろから、お鈴に馴染んで時々通ってくるようになったという。

「謹さんは、今どんな仕事をしているか鈴ちゃんにも何も言わなかったのかい」

「あの人――いつもじっと黙りこんで座ってる――」

鈴絵はそれだけを答えた。気だるそうな声がその顔の幼さと似合わなかった。この町の女はみんな同じ声を持っている、と私は思った。

鈴絵は相変らず、後ろ手に縄目をかけられたような姿勢を変えなかった。隠した人形が浄瑠璃のそれと似ている。ただよく見ると、顔などは紙粘土の粗末なもので、着物もメリンスの安物である。

「自分でこしらえたのかい」

菱田刑事が尋ねると、鈴絵は首を振り、

「謹さんがつくって持ってきてくれる――」

と答えた。茶箱の中で黒ずみ、擦りきれた人形を見ると、私にはまだ会ったこともない一人の男の人生がわかる気がした。私の想像に浮かぶ福村は、ランプの赤い灯に落ちた自分の影を見つめながら蹲《うずくま》っている、それ自身も影に似た暗い姿だった。

「このコップだけど――」

菱田刑事が隅に置かれた茶卓の上のコップを指さしていった。コップの水が濁っているのに眼を停《と》めたのだ。

「花が活《い》けてあったのかな」

鈴絵は女将の顔を見てから、肯いた。

「何の花？　――桔梗？」

また肯く、その度に髷《まげ》からほつれた細い髪が二すじ三すじ、白い襟足を嘗《な》めた。

「白い桔梗？　そう、その花、あの晩も飾ってあった？」

「――」

「いつなくなったの？」

鈴絵は首を振った。わからないという意味らしい。

「お昌さん、あんたの部屋には花が飾ってあったかい」

「いえ」

廊下の陰からお昌は声だけで答えた。

「鈴ちゃん、あの晩お昌姐さんの客はこの部屋に入って来なかったろうね」

鈴絵は肯いた。

菱田刑事はこれ以上何を聞いても無駄だと諦《あきら》めたのか、部屋中を見回すと、ふと窓に寄り、それを開けた。軋《きし》んだ音と共に、薄い灰色の屋根の群れが低く地面を這《は》うように広がった。いつの間にか雨はあがっていたがまだ湿気が煙る中に、黒い帯となって溝川が流れているのが見える。確かに、現場に近い――

だがこの時私たちの眼を思わず惹《ひ》きつけたのは、その窓ごしの景色より、露台に不意に現われた花の一群であった。腐臭に塗り籠められたこの部屋での唯一の慰みに娘が丹念に育てたのだろう、五、六個の鉢に数えきれない花が開いている。それは、この部屋で幼いまま朽ちようとしている一人の娘の魂を代弁するかのように、風にそよぐこともなく、濁った空気を近づけることもなく、雨露を光のように放って、ただ白く咲き乱れていたのだった。

――これが私とその花との、二度目の邂逅であった。

二

三度目の邂逅のとき、その花は、彩色ランプが部屋中を赤く濡らす中に、花片を同じ色に染めぬかれていた。最初に梢風館を訪れて二日後、私は警察官としてではなく、一人の客としてその部屋で鈴絵と逢ったのである。――理由があった。

菱田刑事は女将やお昌、鈴絵の話を綜合して、当夜の鈴絵の客、福村謹一郎が犯人に違いないと睨んでいた。

一銭松は鈴絵の部屋に入らなかったという。その一銭松の死体の手が何故鈴絵の部屋にしかなかった桔梗の花を握っていたのか――その答えは一つだけである。つまり犯行時その桔梗の花を身体につけていたのが被害者ではなく犯人だった場合である。一銭松は犯人と争った際たぶん犯人が胸もとにでもその花を飾っていたのだろう、それを偶然摑みとったのだ。こう考えると犯人は、その鈴絵の部屋でコップに挿《さ》してあった桔梗の一輪と接触できた唯一の人物、福村しかいないことになる。

福村はおそらく一銭松が出た直後に自分も梢風館を出、後を追って現場で一銭松に襲いかかり絞殺後、懐《ふところ》の五百円を奪って逃げたのだろう。

だが問題は残る。

片手が火傷で不自由になっているという福村に一銭松の首を絞めあげる力があったか――それと別の部屋にいたはずの一銭松が金をもっていることをどうやって福村が知ったか、である。菱田刑事は、福村が厠《かわや》にでも下りたとき障子越しにお昌の部屋の話を聞いたのだろうと言っていたが、私にはそういった点で鈴絵が何かを隠している気がしてならなかった。

女将のいない場所で二人だけで鈴絵と逢いたいと思ったのは一つにはそれを知りたかったからである。鈴絵は私たちより女将の目を恐れているようだった。女将の耳のないところでなら、もっといろいろ聞き出せると思ったのである。

いま一つ――私が眼鏡を外し薄い髪を隠すために帽子をかぶり変装まがいのことまでして客として鈴絵に接近したかったのは、私の職務を離れた情感からでもあった。

私の幼少の記憶には一人の娘の面影がしみついている。私の郷里は富士の裾野の寒村だが、その私の幼少の家の近くに住んでいたサチ子という娘である。サチ子は小さな私を子守り女のように可愛がってくれ、よく背中におぶったり、手をひいたりして遊んでくれた。サチ子の方もまだ子供と呼べる年齢だったが、その手が野良仕事で男のように黒ずみ節くれだっていたのを私は憶えている。今ではサチ子がどんな風に遊んでくれたか細かな記憶は年月の闇に埋没してしまったが、それでもある日不意にサチ子が風呂敷包み一つを抱え、行商人風の男に連れられて、土手を去っていった朝のことははっきり思い出せる。追いかけていった私にサチ子は橋のところでふり返り笑って手を振った。私は子供心にサチ子が悲しい場所に売られていくことを知っていたがそんな翳《かげ》の微塵《みじん》もない、いつものサチ子の笑顔だった。

その後サチ子がどうなったか知らないが、しかしその笑顔はサチ子の最後の顔として私の記憶に一つの烙印《らくいん》のように暗く鮮やかに残ったのである。同じ年頃の鈴絵に逢ったときから、私はそんなサチ子の実は悲しい笑顔をだぶらせて見ていた。できるならそんな世界から救ってやりたい――そんな若さにかまけた正義感もあった。

菱田刑事には後で報告するつもりで、何も告げずに事を決めた。とはいえ私一人では心許なかったので歓楽街に遊び慣れた友人に同行を頼んだ。遊び事には無縁で今度の事件が起こるまでこういう地帯に足を踏み入れた経験もなかった私は、客としての店の入り方もわからなかったし、眼鏡と髪という私の最も大きな特徴を隠したと言え、一人だとそれだけ見破られる危険も大きい。

灰色の暮色に斑《まだ》らな夕焼けがまじり、六軒端の燈があちこちで灯《とも》り始めた頃、私たちは現場に近い裏門の方から二区に入った。二日前の道がわからず、あちこちの露地を彷徨した挙句《あげく》——梢風館の建物より先に鈴絵の顔を見つけた。どこともわからず曲り角を曲がると一つの窓にその顔が浮かんでいた。霞んだ燈を浴びて、他の窓の女のように通り過ぎる男に色めきたつこともなく、寧《むし》ろ露地からは視線を外し、あの幼い顔だちには似合わぬ気だるい表情を浮かべていた。小さな唇で団扇《うちわ》の柄《え》を退屈げに噛《か》んでいる。

友人の巧みな口で私は女将に見咎められることもなく鈴絵と二階にあがることができた。鈴絵もすぐには気づかなかった。赤い燈にくすんだ部屋で鈴絵は後ろ姿のまま帯をとき始めた。

「脱がなくてもいい」

くるりと振り返った鈴絵は、私が帽子をとり眼鏡をかけると、あっと小さく叫んだ。私を憶えていたらしかった。逃げ出すのではないかと心配したが、鈴絵は私の顔を見つめながら裾を崩して座った。白粉と赤い灯影と、二重に装われた娘の顔には、それでもまだ娼妓になりきれない幼い線が残っていた。

私は鈴絵に二人だけで逢いたかった事情を話し、早速あの晩のことを聞いてみた。あの晩一銭松と福村が何らかの形で接触をもたなかったか——だがあの晩の話になると鈴絵は二日前と同じように、うつむいて口を鎖してしまう。二日前と違って怯えた容子《ようす》はないから、やはり何かを隠しているのだ。私たちが福村に容疑をかけているのは子供の知恵でも気づいているだろう。その福村を庇っているようにも見える鈴絵の頑固《かたくな》な沈黙だった。

聴て私は諦めたのだが、それを見て取ったのか鈴絵は不意にうち融《と》けた素振りを見せた。

「面白い眼鏡ね」

そう言うと私の顔から眼鏡をぬきとり自分の眼にあてた。

「何も見えなくなるだろう」

「ええ——」

つまらなそうに答える。

「何か別のものが見えると思ったのに……でも面白いね。兄さんはこれをかけないと何も見えないんでしょ」

そんな子供っぽいことを言って笑った。初めて見る笑顔が思っていた以上にあどけないのに私は何故か安堵に似たものを覚えた。

私に眼鏡を戻し、それから鈴絵は唐突に、

「寝る?」

と聞いた。私は黙っていた。

「初めて?」

「――」

「初めてならお昌姐さんの方がいいけれど」

「いや、最初からそのつもりはなかったから」

「そう――」

と肯いた鈴絵は続いて、

「謹さんみたいだね」

と小さく呟《つぶや》いた。

「謹さんて――謹さんも寝ないのか」

「ええ――私をひとり蒲団《ふとん》に入れて自分はひとりでじっと黙りこんで座ってるわ。独楽《こま》まわしたり、こよりをよったりして……でも時々人形芝居を見せてくれる」

そう云うと、鈴絵は茶箱から人形をとり出した。緋色の着物が、ランプの燈に重なって紅《あか》い喪服のようだった。

「本当の人形は目や口をあけるんだって。でも謹さんが動かすと、ほんとに涙が見える気がしたわ――お七っていうの、この人形」

鈴絵はそのときふと私の視線に気づいたようだった。私は茶卓のコップに一輪飾られた桔梗を見ていたのだ。その花の話になるのを避けるように、鈴絵は、また、

「寝る?」

と聞いた。

「いや──謹さんのときのようにしていよう」

「じゃあ眠ってもいい？」

「ああ──」

鈴絵は背中を向けて蒲団に入ったが、すぐにふり返ると、

「でも、兄さん、謹さんとは違う」

「──どこが」

「謹さんは黙ってるとき何か怒ったみたいに怖い顔してる。いつもひとりっきりで、私ともあまり喋《しゃべ》りたがらなかった」

私には鈴絵も哀れだったが、不慮の事故のために自分をこんな社会の底辺に捨てなければばならなかったその福村も哀れな気がした。何もせずひとり遊ぶために女郎館へやってくる男の愚かとしかいいようのない行為には、だが一抹の悲しさがあった。

「花火やる？」

また唐突に鈴絵は聞いた。

「謹さんが買ってきた残りが簞笥の袋に入ってるわ」

「謹さんは花火も好きなのかい」

「ええ──一人で火が散るのを見てにやにや笑ってるわ。兄さんもやる？」

「いや──」

「やっぱり謹さんと違うわ」

「君は——鈴ちゃんはいくつになる」

「——十八」

「本当の年齢を言ってごらん。誰にも言いはしないから」

「——十六」

恥ずかしそうに眼を伏せて答えた。やはり年齢を偽っていたのだ。法令で十八歳未満の娘を娼妓として傭《やと》うことは禁止されているのである。

鈴絵は横になりながら私の質問に答えぽつぽつと自分の話を始めた。

鈴絵がここに売られてきた経緯は珍しいものでもなかった。東北の寒村から女工として上京したのだが、体が余り丈夫でないので何人かの娘と共に身売りさせられたのである。私はふと鈴絵にも田舎で可愛がっていた五、六歳の子供がいたのではないかと思った。村を離れる際、鈴絵もまたその子供に笑顔を見せて手を振ったのではないか、幼さと大人びた表情の入り混じった鈴絵のどこかに、私は、サチ子に似た芯《しん》の強さを感じるのだった。

「借金を返したらどうする?」

「どうもしないわ——このまま」

「でも自由になるんだろう」

「返せないわ、今では五百円になってるというもの。年月が経てばまたふえていくだけだわ——それにもう慣れたもの。女将さんは怖いけど、お昌姐さんは親切にしてくれるし」

そんなことを言いながら、鈴絵はあどけない寝顔に変わっていった。私はその安らいだ寝息を聞きながら、福村もまた鈴絵のその寝顔のあどけなさに、ふとその苦界に身を落とした娘を救ってやろうという気になったのではないかと考えた。五百円——一銭松が持っていた金額と偶然同じだったのが気に懸《かか》った。実際強盗でもしなければそんな金額が私の手に入ることはないのだ。私にはどうしてやることもできなかった。五百円という金額だけではない。赤ランプや白粉や溝の悪臭や蚊遣《かや》りの煙にさえ群れを巻きつけている蚊や、すべてがまだ若い私にはどう抵抗しようもない一つの現実だった。一輪の桔梗は陽光のもとに戻せばまたその白さをとり戻すだろう。だが鈴絵の肌に染みついたその赤い燈影《ほかげ》を私はどうやって白く晒《さら》し直せるだろう。一度枯れ始めた花はただすべてが朽ち果てるのをじっと待っている他はない——鈴絵自身がその汚れた肌で誰よりそのことを知っているに違いない。所詮は行きずりの男の青臭い感傷がこの娘を救うことはできないのだ。

夜は女たちの奇声と客の笑い声と物哀しい辻演歌師のバイオリンの音に入り乱れ始めた。その喧騒を裏手の陵雲寺の鐘の音《ね》が破った。あの朝と同じ鐘だった。静かだが、全ての音を包みこむ音だった。幼いまま既に死臭さえ感じさせる鈴絵の寝顔を見守りながら、私は暗い柩《ひつぎ》の中でその祈りに似た鐘の音を聞いている気がした。

その晩、私が部屋を出ようとした際、鈴絵は、

「あの——」

と声をかけた。私はふり返った。瞬間、鈴絵の目で煌《きら》りと光るものがあり、何かを口にしよ

うとして唇を開きかけた。だが私が、何かと問う前に、鈴絵は首を振り視線を外したのである。あの時確かに鈴絵は何かを口にしようとしたのだ。何故私はもう一度座り直し、今何を告げようとしたか、問い詰めなかったのだろう。私は今もってそれを後悔している。もし私が鈴絵の口から言葉を聞き出していたなら、少なくとも第二の事件は未然に防ぐことができたかも知れなかった。

三

半月近く無為の日々が続き、暦《こよみ》は既に十月の半《なか》ばだった。

最初の日、私たちは鈴絵の口から福村が別れ際《ぎわ》に一月《ひとつき》程、旅に出ると語ったことを聞かされていた。梢風館を出る際、福村は既に一銭松を襲う決意だったから、その言葉は逃亡の意志と受けとれる。行方は杳《よう》としてわからなかったが、しかし私たちのどこかに福村が再びその町へ舞い戻ってくるという期待があった。女将には今度福村が現われたらすぐ交番へ連絡するよう頼んであったが、その方からも連絡がない。

福村の経歴は、簡単に調べがついた。運よく巡業に来ていた大阪の人形座をあたると、確かに五年前まで福村という名の男がいたという。福村は人形づくりの次男で、子供の頃より、その春駒座に入り、長い間、足遣いを勤めていた。ところが東京興行のある日、本番の最中に、人形の足を落とすという失錯をしでかしてしまったのである。小事だから、首遣《かしら》いの太夫も大して気にも停めなかったのだが、自分の方から辞めたいと言い出し、翌日座主の許可もなく出ていってしまったという。

「おかしいですね。楽屋から火が出たこともありませんし、火傷などしたという話は聞いておりませんが——火傷をしたとしたらこの座を辞めた後でしょうね」

その太夫の言葉は、福村が梢風館の女将に語ったという事実とくい違っている。何故福村が女将にそんな嘘をついたか——それも疑問だったが、それより私たちが追わなければならないのは福村の行方である。

座を辞めた後、東京のどこに住みついたかもわからない。大阪へ戻っている容子もないようだった。

あれからも二度私たちは女将に福村が来なかったかを尋ねに梢風館を訪れた。昼間ちょっと立ち寄っただけなので、鈴絵の顔も見ることができなかった。いや職務とは関係なく私はひとりで夜その六軒端へ足を向けたこともある。しかし窓に鈴絵の顔はなく、二階の鈴絵の部屋のカーテン越しに赤い燈が露台の桔梗の花を染めているばかりだった。

いやたとえ顔を合わせても私にあの夜以上の何をしてやれただろう。私は刑事なのだ、あの事件の容疑者福村謹一郎だけを追っていればそれでいい——そんな言葉を自分に言い聞かせ、私は寒風の中でその燈に背を向けた。

尤も私は自分が追っている福村という男にも役職を離れた興味を覚えていた。

福村は黒衣《くろこ》の衣裳でしか人前に現われなかったろうが、あの闇を纏《まと》ったような衣裳が福村のその後の人生にもあったと思う。鈴絵の口から断片的に聞いた話でも、あの部屋で男は黒頭巾《ずきん》に自分を閉じこめて座っていたとしか思えなかった。その自ら纏った闇の下に隠された顔の正体を私は知りたかった。

だがさらに十日が虚しく流れ、事件の日からほぼ一カ月が過ぎようとしていた。そして「もう諦めた方がいいかも知れんな」そんな弱音が菱田刑事の口から洩《も》れた矢先のことであった。突如福村謹一郎は我々の前に姿を現わしたのである。私たちが予想できなかった形で――凡《すべ》てが一銭松の場合と酷似していた。前夜嵐ではなかったが火事が発生し六軒端中が騒然としていたこと、そのために発見が朝まで遅れたこと、倒れていた場所――福村謹一郎は、彼が殺したと思われていた一銭松の死体と同じ場所に、溝川に握りしめた手をさし伸べた同じ姿勢で、首に紐の跡を残し、死んでいたのである。その手の中で一輪の桔梗が握り潰されていたこと――その花の色までが同じだった。

四

前日の火事は午後八時ごろ、一区の表門に近い場所で起こった。後で判ったのだが六軒端でも最も大きい娼家での火の不始末が原因だった。風向きが良かったので夜半までには火の勢いが鎮《しず》まったが、それでも本筋通りの右半分七軒の娼家が焼け出された。

犯行はその人々の混乱の間隙《かんげき》を狙って行われたのである。

死骸の右手に包帯が巻かれていた。容貌も梢風館の女将の言葉に似ている。女将を現場に呼び、顔を改めさせると、まちがいなく、福村だという。

私は呆然《ぼうぜん》とその場につっ立っていた。容疑者福村が殺害死体となって現われたこと、その死体と一銭松のそれとの酷似、そして福村の手がまたも握っていた一輪の桔梗——

だが私が驚いたのはその花より、それを握っていた手の方である。包帯を取った下から現われたのは白い手だった。

どこにも火傷の跡などなかった。長い間包帯を巻きつづけ外部の空気に触れなかったのだろう、土焼けて黒ずんだ腕から切り取られたようにその手だけが白かった。女のものとも思える花車《きやしや》な細い指が五本——それは偶然五片に花を開いた白桔梗に似ていた。

黒頭巾の下に隠されていたのが顔ではなくその白い手だという気がした。

一度のわずかな指の失敗で自分の才を見限り、同時に自分の故郷も、人生も捨てる程の男である。福村は春駒座を出たとき、その手を二度と使うまいと決心したに違いない。事実その瞬間二度と人形を操ることのできなくなった手は死んだのである。福村が手に巻いた包帯はそんな埋葬の意味があったのではあるまいか——鈴絵の言葉で私が想像した一人の男の孤独な姿を想うと私にはそんな気がするのだった。いや、それとも福村は自分の失敗で人形を捨てなければならなかった事実を信じたくなくて、それが不慮の事故だったという嘘に自分の記憶をも塗りかえていったのだろうか。あの包帯は、人生を投げた男がそんな嘘で自分を慰《なぐさ》める最後の手段だったのかも知れない——

ともかく福村の手が不自由でなかったことは片手の福村が一銭松をどうやって絞殺したか、その謎を明かしてくれたように思えた。だがその福村もまた一銭松と同じ方法で殺されたのだ——その意味をどう考えたらいいかわからなかった。

そして桔梗の花——

福村の死骸が握っていたそれは今度の事件もまた梢風館に、鈴絵の部屋に結びつけていた。

「いえ、あの男がまた東京へ戻ったことも知りませんでしたよ。昨日の晩はあの火事騒ぎで、お昌も鈴絵も一人も客を上げませんでしたね」

梢風館を訪れ、福村が昨夜寄らなかったかを尋ねると、女将は言下に否定した。

私たちはもちろん鈴絵にも会った。だが鈴絵は前のときと同じように簞笥の陰に逃げ、菱田刑事のどんな質問にも首を振るばかりである。

鈴絵はその間、一度として私の方を見なかった。私をわざと避けていたのか、それとも私のことなどもう忘れてしまったのかわからなかった。

部屋を出る際、私はふり返ったのだが、この時も鈴絵は視線を畳におとし、横顔を向けていた。

靴の紐が上手く結べず、梢風館を出たとき菱田刑事の背は既に露地の曲り角に消えようとしていた。

私は慌ててその後を追おうとして駆けだしたのだが、その時である。

何かが、私の顔を掠《かす》め、地面に落ちた。私は思わず立ち停まり、足許を見た。靴の底が水溜りの端に落ちたそれを踏みつけていた。泥にまみれ踏み潰されたそれはもとの姿を失っていたが、それでも桔梗の花だとわかった。

私は思わず顔をあげた。鈴絵の部屋の窓下に私は立っていたのだ。だがその窓は半分ほどカーテンに隠れ、人の気配はない。

不思議に思いながらも、歩き出そうとするとまたその花が落ちてきた。再び見あげたが相変らずカーテンに人の気配はない。

また歩き出そうとすると、また一輪――

カーテンの裏にそっと気配を忍ばせて鈴絵がいるに違いない。鈴絵は、故意に私めがけてその花を投げつけてきたのだ。

私はしばらくその場に突っ立ち、上方を見続けていた。

やはり鈴絵は何かを隠している。それを私に語りたがっている。

私は水溜りに落ちた、その一本を拾いあげた。まだ泥にまみれず残った白い花片があった。

私にはそれが、鈴絵が誰かに必死に告げたがっている、しかしどうしても口にすることのできない白い言葉のように思えた。

五

一銭松ごろしが福村の犯行だという見方を菱田刑事は変えなかった。

久しぶりに六軒端へ戻ってきた福村の懐には五百円の金がまだほとんど手もつけられずに残っていただろう、それを知っていた人物がその金目当てに今度は福村を殺した、と菱田刑事は考えていた。福村の死骸からも金銭が出てこなかったのである。

福村がその夜、梢風館に現われなかったという女将やお昌、また鈴絵の証言を我々は信じていなかった。福村が久しぶりに六軒端へ来たのは梢風館の鈴絵に逢うためである。前の事件で、福村が梢風館以外の家に上がったことのないのはわかっていたし「知らない」と口を揃えて答える三人の女の素振りにも、一銭松のときと違う、どこか不審な影が感じられた。

そしてあの桔梗の花——白い手が握っていたそれが、福村が鈴絵の部屋を訪れた何よりの証拠なのである。

菱田刑事は福村が梢風館の中で殺されたと診《み》ていた。当夜、あの火事騒ぎで、福村以外の客がなかったというのは真実だろう、梢風館の三人の女の誰かの仕業だと言うのである。

尤も大の男を絞殺するというのは女一人の力でたやすくできることではない。女将とお昌とが、五百円の金欲しさに共謀《ぐる》になって事を行ったのではないか。鈴絵の部屋で行われたその一部始終を鈴絵は見ていたのではないか。いや男が必死に抵抗して暴れたら女二人の力でも手に負えないから、女将は鈴絵にも手伝わせたのかも知れない。鈴絵には絶対に秘密を守るよう言い含め、女将とお昌とで夜と火事騒ぎに紛《まぎ》れ死骸を裏手の溝川端へと運んだのだろう。

鈴絵の鎖された唇には前の一銭松殺しのとき以上の緊張があったから、私もこの菱田刑事の観方に賛成であった。

ただ、女将たちが死骸の処理に困って前の一銭松殺しの現場にそれを運んだ――その点はいいのだが、問題はなぜ今度もまた死体の手が桔梗の花を握っていたかである。

単なる偶然とは思えない、誰かの意図のようなものが感じられる。たしかにその一輪の花は二つの事件の何かを結びつけている――

翌日の晩、私は再び、友人を誘い、客として梢風館を訪れた。鈴絵が私に投げて寄越した白い言葉を聞きたかったのである。

火事の復旧が遅れているのか、また事故でもあったのか、六軒端界隈は停電でまっ暗になっていた。

いつもならネオンのさまざまな色が溶けあい烟《けむり》のように湧きあがって、夜の下辺をふきあげているのに、その夜は闇が地面までを嘗めつくしている。燈が消えると失くなってしまう街が私には幻のように思えた。

それでも休んでいる家は一軒もない。どの家先の窓にも蠟燭《ろうそく》の火が点《とも》され、その灯影にいつもの女達の顔が並んでいた。流石に通り客も疎《まば》らで、ほの白く浮かんだ女たちの顔にも掛け声にも生気がない。腐臭と焼け跡の煤《すす》の匂いを運ぶ風が夜を吹き流す中に、それらの火は暗い川に流された送り火のようにも、また野辺の墓場に漂う燐光のようにも見えた。

鈴絵は眼鏡をとった私の顔にすぐ気づいたようである。窓を鏡がわりに、紅を直していた小指をとめた。

前と同じ友人の巧みな誘導で私は鈴絵と部屋に上がった。

蠟燭の炎に鈴絵の小さな体が薄墨のように淡い輪郭で浮かんだ。眼の前にいるのに手を触れたらすっとかき消えてしまう幻のように見える。畳に落ちた影の方が濃かった。

「寝る？」

一月前と同じ声で聞いた。

「いや——今夜は君に……鈴ちゃんにほんとうの事を聞きに来たんだ。鈴ちゃんは謹さんが殺されたわけを知っているんだろう、知っていて隠してるんだろう。謹さんは一昨日《おととい》の晩ここへ上がったね？」

じっと私を見ていた鈴絵は黙って首を振った。最初、私の質問を否定したのかと思ったが、鈴絵は大きく見開いた目を私から離さず静かに同じ動作をくり返した。鈴絵は、知っているが何も言えない、そのことを無言で私に知らせているのだった。

言葉が跡切れた。

「一昨日の火事は大変だったね。怖かったかい？」

また鈴絵は首を振り、

「綺麗だったわ。こちらの窓から見えるの。赤い炎が燃えあがって、空まで赤くなって——花火みたいに火の粉が舞いあがって……故郷《くに》ではあんな綺麗なもの見られなかった」

そう言うとふと思い出したように簞笥から何かをとり出した。手もとが暗いのでよくわからなかったが、ふっと鈴絵の息が蠟燭の炎を消し、部屋が闇にすり変わると、不意に鈴絵の指から光が塵《ちり》のような細片で零れだした。

前のとき、福村が残していったと聞いた花火である。線香花火は、闇の細枝で繋《つな》いだ光の花が風にざわめくように、鈴絵の指先で舞った。しかしそれも束の間で最後の光が息たえるように散ると、また闇だけが残った。

鈴絵はすぐには蠟燭を灯さず、闇に潜《ひそ》んでいた。私が何かを喋ろうとしたとき、ふっと白粉の匂いが鼻を掠め、意外に近く、

「鐘の音《ね》が聞こえる——」

そう呟く鈴絵の声が聞こえた。独り言か私に尋ねたのかわからなかったので、私は黙っていた。それに鐘の音が聞こえる筈がなかった。私が六軒端の表門を入ったとき陵雲寺の鐘の音が八時を告げたばかりである。鈴絵が何かの音を聞き違えたのか、私が鈴絵の声を聞き違えたのか——その時私の耳に聞こえていたのは辻でバイオリンが奏《かな》でる「籠《かご》の鳥」の旋律だけであった。

「哀しい唄ね。工場でもみんな唄ってたわ」

そんなことを言いながら、鈴絵は蠟燭に火を灯した。薄明りの中でいつの間にか鈴絵はあの

浄瑠璃人形を抱いている。

「あたし――この人形と同じだわ」

また独り言のように呟いた。工場でもこの娼家でも鈴絵は自分の意志を持つことの許されない、文字通り、人形として暮してきたのだろう。しかし鈴絵は完全な人形ではない。閉じこめられた籠の中から、それでも私に真実を告げたがっているのだ。

「鈴ちゃんは昨日の朝この窓から花を投げたろう、あれはどうしてかな？」

黙っていた鈴絵はまた花火を点けると、つと立ち上がり窓に寄った。私も窓辺に立った。暗い露地を人影がまばらに動いている。その一つの影がちょうど窓の下に来たとき、鈴絵はその花火を投げた。光の華は一揺れすると、すうっと幻のような線をひいて闇の底へ落ちた。

人影は思わず立ち停まり、頭を上げた。

「面白いわ。みんな同じことする」

窓辺を離れると唇の端で小さく笑った。私には鈴絵が何を言いたいのかわからなかった。おぼろげに鈴絵が、口にできない真相の手懸りをそんな言葉に託して私に与えようとしているのかもしれないという気はした。今から思うと鈴絵は手懸りどころか真相そのものを私に語って聞かせていたのだが、あの晩の私には何もかもが、部屋と同じ薄闇に覆われ形が見定められなかった。

その夜、もう一つ、鈴絵が、ある行為で真相を吐露した瞬間があった。

鈴絵が蠟燭の炎に手を翳《かざ》した。初め私は寒いのかと思ったが、不意に鈴絵はその手を炎にくっつけた。指間から炎が二つに分かれ舞いあがった。

私は思わずその手を摑んで引っ張った。二人の体が畳に倒れた。鈴絵は襲ってきた痛みに一瞬、喉《のど》を痙攣《けいれん》させただけで、気が触れたように空ろな眼を炎に送っていた。

「なにをするんだ君は――」

鈴絵は私が握っていた手首を邪魔だというように振り払うと、袖《そで》で顔を隠し畳に崩れた。声は挙げなかったが泣いていたのかもしれない。そのままもう私が何を聞いても答えなくなった。

それでも、最後のとき、鈴絵は立ち上がった私のズボンの裾をその手で摑んできた。

ふり返ると、子供とは思えない力をその手に籠めていながら、いつものように視線を横顔でとざしている。

「なにも言わないつもりでしたが、本当のことを言います」

言葉つきが急に丁寧になった。私の刑事という職業を意識した喋り方だった。

私が座り直そうとすると、

「そのまま背を向けて立っていて下さい。そしてわたしがどんなことを言っても黙って部屋を出ていって下さい。約束してくれますか」

私は少し緊張して肯いた。鈴絵のいつもの投げやりな声が、はっきり真剣なものに変わっている。

「約束してくれますか」

「ああ」

私は大きく肯いた。

「じゃあ言います。一銭松という人を殺したのは、謹さんです。あの晩謹さんはお昌姐さんの部屋の声を立ち聞きしたそうです。五百円ありゃわたしを自由にしてやれるって……それから一カ月もしたらその金届けてやると言って私の腰紐を持って出ていきました。──一昨日の晩、謹さんここに来てました。ちょうど火事があった頃──それでわたし謹さんを殺しました」

私は思わず、ふり返ろうとした。

「約束だわ。わたしは本当のことを言いました。だから何も言わずそのまま部屋を出ていって下さい」

それでもふり返ろうとすると、

「約束してくれたわ。こんな部屋で、こんな汚い、めちゃめちゃの、嘘だらけの部屋で交わした約束でも、約束は約束だわ。出ていって下さい」

突然、怒声に似た烈しい声を鈴絵は吐いた。

私は雷にでも打たれたようにその場に立ち尽くした。鈴絵の告白も、その叫びに似た声も私には突然すぎたのである。ふり返ることも前へ歩き出すこともできなかった。

わたしが殺した──それだけでは依然事件は謎に包まれたままだ。鈴絵がその小さな体でどうやって福村を絞殺できたか、そしてまた福村の死骸が桔梗を握っていた意味──

しかしその時の私にはそんなことなどどうでもよかった。わたしが殺した、という告白が鈴絵の真実の叫び声だと私にはわかっていた。

私は犯人に自白された一人の警察官だった。だが同時にひとりの娘が、命がけで頼んだ約束を守ってやりたいと願う二十五歳の、感傷しか持ち合わせぬ若者だったのである。

逃げよう――背後の闇に潜む鈴絵の顔を必死に感じとろうとしながら、あのとき、何故あんな言葉を思い浮かべたのだろう。「姉ちゃん逃げよう」二十年前あの落葉の舞い狂う強風の土手で私がサチ子に叫ぼうとした言葉だった。叫ぼうとして、叫ばなかった。たとえ叫んでも、結局サチ子は笑って手を振っただけだろう。

逃げよう――私は鈴絵ではなく二十年前のサチ子に、ふと思い出したように声を掛けたくなったのかもしれない。どのみち、鈴絵だって笑うほかないのだ。逃げてどうするの――そんなことを呟いて微笑《ほほえ》んだだろう。

男たちに遊ばれ、咲かぬまま腐臭さえ漂わせ出した死花になり、その果てに一人の男を殺したと悲痛に叫んでいる十六の娘に新しい逃げ道があるはずがなかった。

蠟燭の炎が障子に刻んだ自分の影までが私には悲しいものに思えた。

「出て行って下さい」

もう一度繰り返されたその声に背を押されたように私は歩き出し、後ろ手に障子を閉めた。私にできることはその障子を閉め切るまでの時間を少しでも長く伸ばすことしかなかった。

障子は敷居の上で三度つかえ、小さな音で軋んだ。

それが、鈴絵の耳に私の遺した最後の音だったことをそのとき私はまだ知らなかった。

六

鈴絵が鴨居《かもい》に首を縊《くび》って死んだのは、その翌朝、まだ夜が明け切る前だった。

部屋は前の晩私が帰る時のままになっていた。あの停電では私の後に客を取ることもなかったろう、そう思うと私にはまだ救われるものがあった。

係官が鴨居から鈴絵の体をおろした。両腕を鈴絵の脇にまわし背後から抱きすくめる恰好で――。

この時その姿に私はふと何か思い出すものがあった。菱田刑事も同じだったらしいが、その場では思い出せなかった。

死骸の右手がまた桔梗の花を握っていた。露台の鉢植えはもう葉までを枯らしかけていた。鈴絵の細やかな手で種を蒔《ま》く時期も一つ一つの鉢で変えられたのだろう。咲いては枯れ、また新しい花を咲かせ、一月近く短い命を繋いで生き永らえた桔梗の最後の一輪だった。鈴絵はその最後の花が枯れる前に死にたかったのかもしれない。

だが福村のときと同じように私が驚いたのはその花より、それを握る手だった。

鈴絵の小さな手は焼け爛《ただ》れていた。

蠟が紫色に崩れたその手に伝っていた。

「蠟燭の炎で焼いたらしい」

係官が言った。茶卓の受け皿の底に蠟燭の芯が沈んでいた。

私は前夜、鈴絵の指間で燃え上がった炎を思い出した。あの時の気の触れたような空ろな眼を——そしてまた福村の包帯の下から出てきた白い手を。福村が包帯の下に偽っていた火傷と、鈴絵が死ぬ前に手を焼いたこと、この二つには何か関連があるのだろうか。

女将とお昌は、鈴絵が自分の部屋で殺した福村の死骸を溝川まで運んだことを自供した。二人共、鈴絵を庇うためだと言ったが、お昌の方は本当だとしても、女将はただ自分の抱えが起こした事件に責任を取らされるのを恐れただけだろう。

何も書き遺した言葉はなかったが、鉢植えの土の下から五百円が出てきた。その金欲しさに鈴絵が、福村を殺したという結論になった。

残った問題は十六の小娘にどうやって一人の男を絞殺できたか、その点だけになった。

その夜、私は菱田刑事に、一銭松殺しの直後と、昨夜こっそり鈴絵に逢ったことを洗いざらい話した。それ迄黙っていたのは私が結局職業的な関心より、個人的な感情から鈴絵に逢ったこと、そのことに後ろめたさを覚えていたのだ。

私が一部始終を語り終えると、

「女将とお昌が鈴絵にそんな偽の告白を強要したのではないだろうか」

「いえ、僕は鈴絵が真実を語ったと思います」

そう、あの真摯《しんし》な声が他人に強要されたものであるはずがない。

「そうか、いや私は女将とお昌が鈴絵に罪をなすりつけるために鈴絵をも殺した、そんなことも考えていたのだが……」

「それにしてもあの小さな娘にどうやって福村の首を絞めることができたのでしょう」

菱田刑事は、しばらく両腕を組んで考えこんでいたが、

「なあ矢橋君、もしかしたら今度の事件は、黒衣と人形の心中だったのかも知れないよ」

と思いがけないことを言った。

「福村には、以前から、自殺の意志があったのではないかと思う。だが一人で死ぬのは淋しすぎる。それで鈴絵を道連れにしようと考えていた。二人は枕を交わし合うことはなかったと言うがそれなりの愛情のようなものはあっただろう。だが、その愛情で福村は、同時に鈴絵を今の境遇から救い出してやりたいと願っていた。その二心に絶えず苦しみながら福村は、鈴絵のもとに通っていたのだと思う。鈴絵を救うために罪をおかした福村は、それによってますます死に追いつめられた。火事の晩六軒端に戻ってきたのは死ぬ意志からでもあった。しかしいざとなるとやはり一人で死んでいく勇気はない。それで一つの賭けに出た。鈴絵に自分を殺させるのだ」

「――――」

「死にたいが死ねない。だから殺してくれ――そう鈴絵に頼んだのだ。勿論《もちろん》、鈴絵は躊躇《ちゅうちょ》しただろう。福村は自分の首に紐を巻き、嫌がる鈴絵にその両端を握らせ、自分は鈴絵の手首を握り、思いきり強く引っ張った。恰度人形の手を操るように福村は鈴絵の手を操って自分を殺さ

せたのだ」

「なぜそんなことをしたのです」

「その後の鈴絵の気持に賭けたのだ。鈴絵のまだ幼い良心が自分の責任とは言えないその行為にも罪の呵責《かしゃく》を感じるか、それとも五百円の自由を選ぶか――鈴絵は罪の呵責から死の方を選んだ。尤も鈴絵にも、それなりの福村への思慕はあっただろう。福村の後を追うつもりは福村が死んだ瞬間からあったと思う。俺たちは福村の火傷が嘘だったことを鈴絵に言わなかった。死ぬ前に自分の手も焼いたのは一つには芝居の心中ものなどによくあるように相手への義理立てのようなものだったのではないかと思う。福村の死骸に桔梗を握らせ、自分の手にそれを握ったのも――鈴絵は、福村が人形をつかっていろいろな芝居を見せてくれたというが、その中に心中ものもあって、心中の常を知っていたのだろう。別々の時刻に死んだ二人が黄泉路《よみじ》で迷わぬために、とりあう手と手を同じにし、その二人の手を結ぶ紐の役目を果たしていたのだ、あの桔梗の花は――」

「――――」

「いやそんな真剣な顔をしないでくれ、鈴絵が昨日の晩、自分は人形だと語ったと言う、そのことから思いついた想像でね、それに今朝、係官が鴨居から鈴絵の死骸を抱きおろしたときその二人の恰好があまりに黒衣と人形に似ていたのでね」

私には菱田刑事の想像が正しいかどうかわからなかった。だがそんなことはどうでもいい気がした。私の眼に涙が滲《にじ》みかけた。どんな理由があったにせよ、一人の娘が何の倖せも知らぬまま短い、幼い命を散らせたのである。

私は涙を誤魔化すために眼鏡をとり、目の痛くなったふりで瞼《まぶた》を庇った。

私の顔をじっと見ていた菱田刑事は、

「惚《ほ》れていたのか」

と聞いた。

「いえ」

そう答えた。嘘ではなかった。一人の女に対する感情を一度だって鈴絵に持ったことはなかった。私は二十年前救えなかった一人の娘を鈴絵の体を借りて救おうとし、また失敗しただけだった。

探るような眼で私を見つめる菱田刑事の前で、私は黙って、ただうなだれていた。

七

それから間もなく、署の事情で菱田刑事が地方に移り、年が明け、正月気分もぬけた一月の半ば、三カ月ぶりに私は、菱田刑事から手紙を受けとった。

簡単に挨拶《あいさつ》を述べた後、その手紙は、

「――ところでこの正月、私は東京から流れてきた旅芸人のある芝居を観た。私がその芝居に興味を覚えたのは、女主人公の名が、お七といったからだ。鈴絵が人形を同じ名で呼んでいたと君が教えてくれた言葉を思い出したのでね。芝居が進むにつれ、私の眼は舞台に釘《くぎ》づけになった。あまりにあの事件と似ていたのである。

君も〈八百屋お七〉の話は知っているだろう。実話であり、読み本にもなり、歌舞伎《かぶき》にもなり、確か〈伊達娘恋緋鹿子〉という題で浄瑠璃にもなっている。お七という幼い娘が偶然町火事で逃げた先のお寺の小姓と契《ちぎ》りあい、その短い逢瀬に恋を燃やし、もう一度寺に行きたい一心で放火事件を起こしてしまう話だ。芝居では、さまざまに潤色されてはいるが、つまりは、幼い娘が、一人の男に逢わんがために以前と同じ事件を、今度は自らの手で起こしてしまうという哀れな話だ。勿論、芝居を観る前から私はこの話を知っていたのだが、それまで何も気づかずにいたのは、まさかその八百屋お七の物語が、一つの殺人事件に形を変え、我々の眼前で展開されていたなどとは、想像すらできなかったからだ。

鈴絵も、八百屋お七の物語を知っていただろう。福村が自分の造った人形でその芝居を見せてやったのに違いない。鈴絵は自分の境遇と思いあわせ、お七という娘を不憫《ふびん》に思った。自分もお七も時代こそ違え、同じ幼いと言える年頃――一つの町に閉じこめられ、町木戸の開け方さえ知らない。人形にお七と名づけ、可愛がっていた理由がそこにあった。

尤もあの一銭松殺しが起こるまで、鈴絵は自分にその人形と同じ運命が訪れるとは夢想だにしなかったと思う。

去年の九月末、鈴絵の周りで偶然一つの殺人事件が発生した。いやその事件自体は決して偶然とは言えない。自分のもとに通ってくる福村という男が自分を救うために起こした事件だったから――だがその事件の直後、たまたま一人の男が自分の部屋を訪れたことは偶然としか言い様のないものだった。わずか二時間近い逢瀬だったが、鈴絵はその男に恋情を抱いた。鈴絵がもっと自由な境遇にいたならその男の優しさにも容貌にも人並の好意以上のものは感じなかったかも知れない。だが一つ部屋に閉じこめられ、自分を情欲の汚れた吐け口としてもて遊び、切り刻むように扱う男達しか知らない鈴絵の胸には、そのちょっとの心遣いや優しさが、普通の娘にはわからぬなん倍もの重みで響いただろう、男が自分とは余りにかけ離れた世界の仕事についていることもその恋慕の情を煽った。鈴絵はその初めての夜、別れ際に男を呼び停めた。もう一度逢いに来て下さい――だが自分の立場を考え、その言葉も口にできないまま二度と男と顔を合わせることもないままひと月が過ぎた。逢えないだけに炎は燃えた。そしてその炎を鎮める術《すべ》を失ったとき、鈴絵は男と逢うための最後の、だが最も幼稚な方法を取ったのである。寺に行くにはもう一度あの火事が起これればいい、その男に逢うにはもう一度同じ殺人事件が起きればいい――そしてまたこれは簡単なことなのだ。医者に逢いたければ病気になればいい、その男に逢うには犯罪を犯せばいい――それが福村殺しの動機であった。

尤も恰度その頃、福村が舞い戻ってこなければ鈴絵はそれを実行に移すことはなかったと思う。それに福村が日頃から死にたい死にたいと口走るような男でなければ――事実鈴絵が眠っている福村の首に紐をまわしたとき苦しさに目覚めた男は、鈴絵の足りない力を自分自身の手で補ってやったのではないか。ある意味では福村の自害とも取れる事件である。それでも最後の瞬間まで鈴絵はためらったに違いない。しかし恰度そのときあの火事が起こったのだ。夜空を焦《こ》がす赤い炎を見ながら、自分がお七に染まっていくことに気づいていた娘は、それを天の啓示と考えたのだった。

鈴絵の目的は第一の殺人事件と同じ事件を起こすことだけだった。そのためにだけ、福村の死骸に第一の事件の被害者が偶然握っていた桔梗の花を握らせたのである。欲しくもない五百円の金を福村の体から奪っておいたのもそのためであった。君は桔梗の花が二つの事件の何を結びつけているかと考えたかも知れないが、鈴絵はただその花で二つの事件を結びつけたかっただけである。

籠の鳥でも知恵ある鳥は人目忍んで逢いに来るという唄を知っているだろう。鈴絵はその鳥より、お七より、知恵があったのかも知れない。鈴絵は籠の中でじっと待ったまま相手に逢いに来させる方法をとったのだから。鈴絵が命がけで呼び寄せたとは、そしてそのためにだけ人一人が死んだとは露知らず、男は再びその部屋を訪れた。その晩男には奇異に映った鈴絵の言動もそう考えればすべて謎がとける。「私はこの人形と同じだ」と言った鈴絵の言葉は人形に過ぎない存在という意味ではなくその人形、つまりお七と同じだという意味である。そして――鐘の音が聞こえる？　と聞いた言葉――芝居のお七は、最後に櫓《やぐら》に上り太鼓や半鐘《はんしょう》を打つ。町中に響き渡るその音はお七の男への恋慕の叫びでもある。鈴絵もまたその男に向かって半鐘を叩いていたのだ。そしてまた鈴絵が自分の手を焼いた意味――お七は鈴ケ森で火刑にされた。お七と同じ形で犯さなければならなかった自分の罪を、鈴絵は同じ形で制裁したかったのだ。

炎に身を焦がしておかした罪を炎で罰したかったのである。

　最後に残るのは鈴絵が何故窓からその男に向けて桔梗を投げたかだが、これは男の好奇心をそそって確実に呼び寄せるため、というより十六歳の娘にしか思いつかない動機——つまり顔を見たかったのだ。

　その男は自分の容色に自信がなく、分厚いレンズの眼鏡の下にあるもう一つの自分の顔に、鈴絵が自害した晩ふと私の前で眼鏡をとった時私が別人ではないかと思わず見入る程の顔に、少なくとも十六歳の娘が淡い感情を抱くに値する顔に気づかなかったのである。そして自分が二度ともその眼鏡を外した顔で娘のもとを訪れたことも——尤もその容貌がなくとも、他の男にはないほんのちょっとの優しさがあれば、あのどん底で絶望しか知らなかった一人の娘の胸を燃えたたせるには充分であったろう。それが芝居のお七とは違う、昭和三年というこの暗い時代、ひとりの貧しい娘に許された恋物語だったのかもしれない。絶望の底で体も心も朽ち果てようとしていた昭和三年のお七は胸に初めてともされた炎に、芝居の華やいだものとはほど遠い暗い炎に身を焦がした。赤い燈に浸され、それでも白く残った最後の花弁で一つの浄瑠璃芝居に賭したのだった。

　相手の男は何一つ知らなかった。しかし鈴絵はそれでもよかったのかもしれない。たとえ無言のままでも日陰の花は、最後の一片だけは濁らせることなく白いまま男の心に遺し、短い数日に似た生涯を閉じたのである」

桐の柩《ひつぎ》

支那事変の起こったあの年——十一月の末、俺は人ひとりを殺《あや》めている。その後すぐ戦争に取られ、大陸でも二人を殺したが、あの初雪の舞い狂う夜、俺の手を染めた血の色の方が、どうしようもない生々しさで今も俺に残っている。

あの事件のことは、俺にはわからないことばかりだった。だが何よりわからなかったのは、俺がなぜ殺しをしなければならなかったか——そのことだ。俺は自分の手を真紅に染め変えながら、その血の理由を知らなかった。

一人の男に頼まれて殺した。それはいわば命令で、戦争で上官の指令のまま突進するように、俺は、なぜ——そう問うことも許されず、手に刀を握った。

もちろんいろいろ考えてみた。なぜ男がその殺しを俺にやらせようとしたか——だがいくら考えてもその理由は見つからなかった。俺は男のことはよく知っていたから目こぼしはなかったはずである。しかしどう詮索しても、普通でいう殺しの動機は何一つないように見えた。——見えただけだ。その殺しの裏に潜《ひそ》んだ誰も考えつかないような動機を、後に俺は知った。

ともかく俺がその男に逢った最初の晩から話をはじめよう。

俺はときどき眠りながら、枕を舐《な》めることがあるが、そんな時は必ず、あの晩のことを夢の中で思い出しているのだ。

霞《かす》んだ闇に白いものが滲《にじ》む。俺は痺《しび》れた全身をひきずり、必死にその白い物に近づこうとしている——後で男に教えられたのだがその晩、酔いつぶれた俺は地面を這《は》いずり、飢えた野良犬のように鼻を鳴らしながら、その男の白足袋を舐めていたという。

四年奉公していた鋳物《いもの》工場を、些細《ささい》な喧嘩で首にされた俺は、まる二日何も食べずに街をさまよった末、その居酒屋で慣れぬ酒を浴びるようのみ、あげくは停《と》めに来た巡査を殴り倒し、自分もまたぶっ倒れたのだった。

男は俺を奥へ連れていき、目の前に料理を並べた。

突然俺は泣き出していた。他人の優しさが嬉しかったのではない。白米だけを、いや白米すら満足に喰えないで育った俺には、突然並べられたその生まれて初めて見る綺麗な食い物がどうしようもなく惨めだったのだ。死ぬほどひもじかったが、思わず箸《はし》に伸びようとする手を必死に押えつけながら、俺は泣き出していたのだった。

「いくつになる」

「二十——一です」

「そんな齢《とし》には見えんな」

そう言うと、料理越しに男は、煙草《たばこ》と燐寸《マッチ》の箱を左手で俺の方へ投げてよこした。

紺の棒縞《ぼうじま》を着流した三十二、三の男だった。色は白いが、短い髪か剃刀《かみそり》の刃を思わせる目つきか少しこけた頬《ほお》のどこかに暗い影がある。上手く言えないが野晒《のざら》しの死骸に似た、黒く饐《す》えた臭いがした。男は、はだけた胸元から立ち籠《こ》めるその暗い臭いを庇《かば》うように、少し背を曲げていた。

煙草をやらない俺は首を振った。

「いや、それに火を点《つ》けてほしいんだ」

と言って、さっきからずっと腕を突っこんでいた右の袖《そで》を振ってみせた。

「小指しかねえんで、燐寸が一人じゃ点けられなくってな」

米利堅《メリケン》文字に包まれた箱から紙巻きをとり出し、俺は火を点けた。そしてそれが、あの世界に崩れる儀式がわりだとはつゆ知らず、半年後にはそのために自分の手を血で染めることになるとは知る由《よし》もなく、それを男の方にさし出したのだった。

男は手をつかわず唇《くちびる》でひょいとそれを受けとると、ふと眼差《まなざし》を俺の指に集めていたが、やがてからかうようにその指に煙を浴びせ、

「どうだ、俺の手にならんか」

少し面倒げな声で言った。

——後で知ったのだが、男、いや貫田《ぬきた》の兄貴は、そのとき、俺の白い、白すぎて蒼い翳《かげ》で骨の透いて見える指が、前の年、事故で失くした自分の指に似ていると思ったらしかった。

一

萱場《かやば》組と云う、下町の木場を中心に縄張《シマ》を張った小さな組だった。

組の裏手を、石垣と倉庫に挟まれて流れる法印川という水の澄んだ川には、いつも材木が、木屑を散らして数珠《じゅず》繋《つな》ぎで浮かんでいた。組の男たちは皆、印半纏《しるしばんてん》を羽織ると、新木の荒削りな匂《にお》いがした。夏など湾からふきあげる夕風に、それは少し生ぐさいほどの臭気にくすんで組中に籠った。

大正の末までは、その法印川の材木の半分近くを握るほど隆盛を誇っていたというが、俺が組に入ったころは――相変らず若い連中が木遣《きや》りに威勢のいい声を張りあげていたものの、世間の暗い風が塵《ちり》を吹き溜めたように、海辺の一画にさびつきかけていた。

実際あの事件が起こり、やがては戦争の渦に巻きこまれて解散しちまったから、余計にそう想えるのかも知れないが――たしかにあの頃にも、組の入口の、丸に萱の字を刷りこんだ暖簾《のれん》もしみったれて力なく垂れさがっているようなところがあった。

これは一つには、親分の萱場辰蔵《しんぞう》が十年前大病を患《わずら》って死ぬ一歩手前まで行ったあと、語呂合せじゃねえが、心臓を悪くして寝ついたも同然になっちまったせいであったが、何より先々代からの宿敵だった唐津組という、これも木場の元締めの一つが、軍部と手を結んで、力を増し、つい川向こうまで迫っていたからだった。以前は萱場組の大きな財源だった河岸《かし》に並ぶ花五陵と呼ばれた遊郭も、その頃には唐津の手に陥ちていた。

年に二、三カ月は伊豆に療養に出かける親分に代わって、組をとりしきっていたのは番代という男だった。

二年前に、親分の片腕だった鴫原《しぎはら》という男が、唐津組との小競り合いがもとで命を落としている。番代はその後を継いだ。

貫田の兄貴はその死んだ鴫原と四分六の盃《さかずき》だったから番代より貫禄は下だったが、組では貫田の兄貴の方が、顔の効くところがあった。

これは、親分が兄貴の方を可愛がっていたせいだ。萱場辰蔵は、今の親子程年の違うお慎という姐《あね》さんの前に、喜久江という女房を胸の病で失くしていた。その喜久江とのあいだにもうけた辰一という嫡子《ちゃくし》を、ちょうど兄貴が組に入る前の年、これも胸の病で死なせていた。年恰好や背恰好ばかりでなく、侠客《きょうかく》の家に育ちながら、学問や書画を好み、法印川の土手を夕風に吹かれて、いつも一人散策していたという辰一の無口さまでが兄貴に似ていたらしかった。

親分の機嫌の悪いときは、兄貴の名を持ち出せば癇癪《かんしゃく》がおさまるという噂《うわさ》だった。

だが、それだけではない。

無言を闇色の傘のように広げていつもすっぽり素顔を覆《おお》っているような兄貴には、どこか得体の知れないところがあった。その影を皆恐れていたのである。

そういうこの俺が、いちばん兄貴の身近にいながら、あの事件が起こるまでは、兄貴という男がまるで摑《つか》めなかった。

俺の仕事は文字通り、兄貴の手だった。組から二町ほど離れた長屋の一軒に住んでいた兄貴と寝起きを共にし、着物を着せ、紙巻きに火を点け、風呂場では兄貴の体のすみずみまで洗いながら、しかしその無言の下に隠された言葉がわからなかった。

番代でさえ、そんな兄貴を怖がっている素振りがあった。いつも狡猾《こうかつ》そうな切れ長の目を周囲に撒《ま》きちらしながら、その薄い唇で若い者を怒鳴りつけてばかりいるこの男が、兄貴の顔を見ると愛想よく装った。

いや番代だけではない。萱場の親分だって同じだ。何事につけ「貫田、貫田」と兄貴を可愛がるのは、その裏に兄貴への畏怖《いふ》が潜んでいるせいだと、俺は睨《にら》んでいた。

俺が萱場の親分にひき合わされたのは、兄貴に拾われて三日目、兄貴と出逢った晩には咲いていた桜が雨に流れ、青葉が生臭いほどに匂い始めた朝だった。

兄貴の肩陰に隠れるように正座した俺に、親分は、ちらりとさすがに一つの組を守り通してきた男らしい刺すような眼を投げかけ、だが、瞬《また》く間にその酷薄ともいえる冷たい眼差を、笑顔の皺《しわ》に包みこんで、

「なかなか素直そうないい奴《こ》じゃないか」

と兄貴の機嫌をとるように言った。皺を集めた唇の端に黄茶けた歯が覗《のぞ》いた。

薄い寝着を貼りつかせ、病床に起こした上半身は、痩《や》せ細り、枯れ朽ち始めた廃木の根を思わせた。もう体の半分以上を棺桶につっこんでいるように見えた。

事実、組の奥座敷には柩《ひつぎ》が、親分の死を待つように置かれていた。

十年前、心臓を悪くした親分が死の一歩手前までいったとき、自分の葬儀用に造らせた柩だった。棺桶が運びこまれる段になって奇跡的に息を吹き返したのだという。小心なくせに見栄っ張りなところのあるこの小男は、わざわざ桐の木でその棺桶を造らせたのだった。大正の末のことだから、まだ組の羽ぶりの良かった頃である。――それから十年、その棺桶はまるで豪《ごう》奢《しゃ》な品でも飾られるようにして、奥座敷に置かれてきたのである。畳すら朽ちかけ、陽ざしがくすんだ壁と襖《ふすま》に翳るその陰気なだだっ広い部屋で、十年が過ぎたといえその桐の木目だけが真新しく見えた。

俺が組に入ったその年のひと夏、萱場は伊豆へ療養に出かけて留守だったが、誰もいない奥座敷で、夏の陽ざしに灼《や》かれ、白い炎を燃えあがらせているようなその柩を見ると、組の昔の栄華が、なにか必死に怒号の声を叫んでいるように思えた。

兄貴はどう思っていたかわからないが、俺はこの親分がどうしても好きになれなかった。親分はその柩を家宝のように大切にしていた。若い者が掃除の際、柱にぶつけ傷をつけたというだけで、指を詰めさせられそうになったという噂もあった。俺には親分が、その総桐の柩を飾っておくことで、自分の地に墜《お》ちかけた権威を子分たちに見せつけているように思えた。事実、柩は、親分のいるときでさえ、親分の座にとってかわったように、堂々たる威厳で組の空気を圧していたのである。

その夏の一日、こんなことがあった。

陽盛りを避けて、皆が玄関先でたむろしているところへ、奥から姐さん——親分の女房のお慎姐さんが、少し顔色を変えて出てきた。

「いったい誰だい。親分の柩に雀《すずめ》の死骸を入れておいたのは——血が木目に染みついちまってるじゃないか。親分が伊豆から戻ってきなすったらどうする気だい」

この姐さんは親分の娘ほどの年齢だったが、病身の親分を支えているだけあって芯《しん》の強いところがあった。その気丈な眉《まゆ》をつりあげ、

「雀は握りつぶされて死んでる。誰かがわざとやったことに違いないよ。いったい誰だい。あの柩を汚すのは親分の体に傷を負わせたも同じだってこと、知ってるだろ」

皆黙って顔を見合わすなかへ、

「——私です」

と声がかかった。兄貴のいつもの低い声だった。

「征さん——お前がまたどうして」

「いえ、雀がちょいと飛びこんできたんで、左手が効くかどうか試したかっただけで——つまらん粗相をしました。親分には私の口から謝っておきます。おい次《つぎ》、奥へ行って死骸を片づけて来い」

兄貴の肩陰にいた俺は、黙って奥へ行った。

柩の隅《すみ》で、雀はまだ小さな声で叫んでいるような嘴《くちばし》を血に濡《ぬ》らして死んでいた。

「征さんで、よかったよ」

姐さんが戻ってきた。

「またいつかみたいに大騒ぎになるんじゃないかって心配してたけど、征さんなら大丈夫さ。ほら、この痕《あと》を見てごらん」

姐さんは棺の縁を指さした。そこにも血の痕のように黒いものが点々と散っている。

「征さんが墨のついたままの手で触っちまったのさ。もうずっと昔、鴫原が生きてた頃でね、征さんがまだ、今のお前みたいに鴫原の影のようにくっついてた時分だったけど——あん時も親分は何も言わなかった。昔から征さんには甘かったからね」

意味ありげに姐さんは顔を笑《え》みに崩した。

俺はその墨色の痕を見ながら、なぜだろうと考えていた。何故兄貴は知っていたのか？ あの時は誰も見ていなかったはずだ。誰もいなかったから、窓辺に傷を負った雀を見つけ、ふと俺は……

兄貴はまちがいなく知っていた。知っていたからこそ俺を庇ったのだ。

戻ると兄貴が普段と変わりない顔で俺の方をちらりとふり返り、袖から煙草をとり出した。その何気ない顔の下で兄貴が何もかも見ぬいていることはわかったが、俺は怖い気はしなかった。

俺はひょいと頭を垂《さ》げ、照れ隠しのように、にやりと舌で唇を舐《な》め、燐寸の火を兄貴に近づけた。

「ああ」

兄貴が意味もなく呟《つぶや》いた。俺の笑顔への返答のような気がした。ふと俺はあの墨の痕も、兄貴がわざとつけたものではないかと思った。

――事件というのはその年の末、そんな兄貴と俺の関係から起きたものだが、その前にもう一つ話しておきたいことがある。

あの女の話だ。

二

親分が伊豆から戻り、半月も過ぎると、時おり夏の陽ざしの透きまを、川風が上手の柳や小波の影で埋めるようになった。秋の気配にはその夏に始まった事変の暗い影があった。

そんなある日、俺が玄関先でひとり油を売っていると、

「貫田は?」

姐さんが近寄ってきた。

「へい、ちょいと用足しに――夕方には戻ると言ってましたが」

「どこへ?」

「さあ――」

親分が戻ってから、兄貴は俺にも行先を告げずよくひとりで出かけるようになっていた。

「じゃあ、番代を呼んできとくれ。親分が秋祭りのことで話があるからって——さっき喉《のど》が乾いたと言って出かけたから、電車道のいつものミルクホールだと思うけれど……」

言われた「ゴンドラ」という名のミルクホールで、入口の色ガラス越しに覗くと、番代の背があった。

番代の肩が広いので、俺は傍に近寄るまで番代の前に座っている一人の女に気づかなかった。その女は番代に何かを喋《しゃべ》ろうとして、ふと俺に細い目を停めた。ひさし髪に丸顔を包んだ三十ぐらいの女だった。細い眉で気丈そうな目を柔らかくつつみ、白い肌に唇の色が目立った。臙《えん》脂《じ》の着物を撫《な》で肩に妙に静かに流していた。

女に袖をひかれ、ふり返った番代は、

「なんの用だ」

と怒ったような声で聞いた。いつの間にか背後に迫っていた俺に驚いたらしかった。

「へい、親分が話があるそうで——」

「そうか——すぐいくと伝えてくれ」

「へい——」

俺が頭を垂《さ》げるとそれを機に女も立ちあがった。

「じゃあわたしもこれで——」

番代はテーブルの上の小さな風呂敷包みを女の方にさし出した。女はそれを拝むように受け

取り、

「済まないわね。来月にはあてがあるんだけど、ひと月の都合がつかなくて……勘当同然の身なのに、郷里《くに》の母もいざとなるとわたししか頼るあてがなくて」

「いいえ、これぐらいのこと、心配していただかなくとも――」

女は首を振った。

「ほんとうはもう、秀さんにこんなこと頼める筋合いではないんですもの――でも今度だけはほんとにどうしようもなくて、済みません、来月には必ず返しますから」

胸もとに包みをしまいこんだ女は、日傘を取ろうとして、その手を滑らせた。日傘は俺の足許に倒れた。俺が拾って手渡そうとした指に、女は視線をとめた。

「秀さん――この人……」

目で番代にたずねた。

「ああ、これはこの春貫田が拾ってきた新顔で次雄と言います。貫田の面倒をみてます」

「前の人は？」

「あれは一月《ひとつき》も保《も》たなかった。これは素直な奴で、貫田も気にいってるのか、長く続いてます」

「そう」

俺は頭を垂《さ》げようとしたが、その前にもう女の目は俺から離れていた。俺のことなどもう忘れてしまったような横顔だった。

「じゃあ、これで」

番代だけに挨拶《あいさつ》し、店を出ていった。夏の最後の光に白く焼かれた路上に女の影が小さく落ち、と思うと、それは広げた傘の影に消えた。すれ違い際《ぎわ》に、女の襟足《えりあし》からふっとこぼれた甘酸っぱいような匂いは、傘の影が消えた後も俺の鼻に残っていた。一時ではあったが俺はその匂いに全身の肌を嘗《な》めつくされた気がした。白粉《おしろい》や紅の匂いでもなければ、俺が遊郭で抱く普通の女の匂いでもなかった。

「いいか、今俺が誰に逢っていたか、貫田には何も言うんじゃねえぞ」

番代はミルク代の釣り銭を俺に握らせると、女の後を追うように店を走り出ていった。

番代が女に渡したものは金らしかった。女は郷里の母親が病気になったかで急に大金が要《い》り用になり、番代に借金を頼んだものらしい。

それだけの関係をなぜ兄貴に黙っているよう口止めされたかわからなかったが、言われたとおり、兄貴にはなにも言わなかった。

だが——

それから十日後、俺はその貫田の兄貴の手引きで、その女と再び顔を合わせることになったのだった。

時々兄貴は遊郭へ遊びに行った。そんな時も必ず俺を連れていく。兄貴が女と遊んでいるあいだ、俺は、階下でビールを飲んだり、兄貴に貰った小遣い銭で別の楼《ろう》に上ったりした。兄貴に馴染みの妓《おんな》はなかった。めったに同じ楼に上ることもなかった。珍しく同じ暖簾をくぐっても必ず前のときと別の女を選んだ。一人の女と一夜以上の繋がりを持つのを怖れているようだった。

遊郭へ行くとき、兄貴はいつも羽織をはおっていく。麻の葉をすかした藤色の、いつも地味な着物を墨衣のようにまとっている兄貴には珍しい粋《いき》な羽織だった。兄貴は裸になってもその羽織だけは肩に流し、指のない右手を袖に隠している——と、これは、ある夜偶然俺が上った楼で、前に一度兄貴と手合せした妓から聞いた話だ。兄貴は女に紅をぬぐわせ、それでも女の唇が触れるのを怖れるように、そのあいだずっと女に横を向かせていた。女が冗談に肩を噛《か》もうとすると、突然つき離し、女に平手打ちを浴びせたという。

たとえ女であっても、兄貴は誰か他人の痕を自分に残したくなかったのかもしれない。女を抱くときでさえ兄貴はひとりでいたいのかも知れないと思った。

「そのかわり、面白いことされたわ」

その妓は朱《あか》すぎる紅の唇に卑しい笑いを泛《うか》べ、

「わたしが着物を脱ぐと、あの男《ひと》、羽織の袖から細かい花いっぱい取り出して……わたしの肌にぱらぱらと降らせて……後《あと》で、その花の痕が青痣《あざ》みたいに点々と残って、困ったわ」

「花って何の」

「桐のような花——あれは夏の始めだったから」

九月の終りのある夜、そんな遊郭からの帰り途《みち》、兄貴はふと足を停め、

「次《つぎ》、お前に一人抱いてもらいたい女があるんだが——」

と言った。その晩、兄貴が小遣い銭をくれず自分ひとり妓と遊んだのはそのためらしかった。兄貴は俺の返事を待たず、帰途とは別の道を歩き出した。欠け始めた月は秋らしく澄み、白く浮きたった夜道に落ちた兄貴の影を踏みながら、俺は黙って後についた。

法印川をかなり上り、逆縁橋を渡ると、立ち並ぶ船宿の反対側に迷いこむような小道があり、長屋になっていた。入口に街燈が立っていた。そこで兄貴は足を停めると羽織っていた羽織を俺の肩に掛け、

「いちばん奥の家だ。黙って入っていけばわかる」

俺は兄貴に背を押されて歩き出した。その家の格子《こうし》窓にだけまだ燈が点《とも》っていた。戸口のところでふり返ると、兄貴は街燈の燈影をかぶり、いつもの右手を袖に潜めた姿で立っていた。

そっと硝子《ガラス》戸をあけると、土間に女の下駄が置かれている。上り框《がまち》に立てかけた日傘に見憶えがあったがすぐには思い出せなかった。

物音ひとつしない。覗くと、四畳半の狭い部屋で、卓袱《ちゃぶ》台《だい》に女の髪が伏せていた。眠っているように見えたが、

「お上がり」

そう言って顔をあげた。髪は乱れているが、十日前ミルクホールで番代と話していた女にまちがいなかった。俺は驚いたが、女は別に驚いた容子《ようす》も見せず立ち上がると、電燈を消した。月明りの淡い闇の中で女は背を向けて、帯をとき始め、思い出したように、首だけふり返り、

「何をしてるのさ、着物を着てちゃ何もできやしないじゃないか」

と言った。酔っているらしく、十日前とは別人のような投げやりな声だった。

俺が裸になって部屋の隅に敷いてあった蒲団《ふとん》の上に座ると、女は手にしていた帯紐を俺の右の手首に巻きつけてきた。

俺はされるままになっていた。女は手首をしばりあげると、紐の片端を、柱に結んだ。右手が動かなくなった。「あの男《ひと》、片手は羽織の袖にずっと突っこんだままだった」と言った遊郭の妓《こ》の声を思い出した。縄目を受けて白州にでも座らされたような気分で、俺はその闇の中にうな垂れ、黙りこんで座っていた。

女の肌より先に、あのミルクホールで一瞬俺の鼻をかすめた不思議な匂いが俺の体に触れた。闇の中だけにいっそう匂いは濃かった。その匂いに俺の体は足の先まで赤く染めあがった。

「いつものようにすればいいわ」

女はそう言うと俺の動かない右手を助けるように自分で片胸を掴み、もう一方の手で俺の体を引き寄せながら、闇の底に横たわった。そのちょっとの身動きが、それまで月明りにまじって闇に蒼白く翳っていた女の香りをふいに荒々しく波うたせた。女の肌の柔らかさより、その匂いが俺をそそった。俺はその匂いに溶けこむように熱い血のたぎりを女の体に吐き出していった。

——そのあいだ中、女がずっと顔を横に背《そむ》けていたことに気づいたのは終わった後だった。

あの男《ひと》、ずっと顔を横に向けてろと言ったわ——遊郭の妓の声を俺はまた思い出した。

「なにも訊かないんだね……」

俺が着物を着てその家を出ようとするとき女は言った。ふっくらとした頬に、小馬鹿にしたような細い笑みを停めていた。それでも俺は黙っていた。

「何も訊いちゃいけないって貫田に言われたのかい」

俺は首を振った。

「そう——どのみちいつかはわかることだけれど——足音をたてないように帰っておくれ」

そっと硝子戸を開くと、道の端で街燈の燈を人影が切り、つと物陰に消えた。一瞬だったが兄貴の影にまちがいなかった。

だとすると兄貴は、俺がその家で女を抱いていた小半刻《こはんとき》、ずっとその街燈の燈影に立ち、家の気配を窺《うかが》っていたことになる——だが何故……わからないことばかりだった。

おぼろげに兄貴と女が得体の知れぬ暗い絆《きずな》でつながりあっていることはわかったが、兄貴が俺に女を抱かせた意味も、女が右手を使わせなかった意味も定かには摑めなかった。

浅茅《あさじ》が原で幽霊でも抱いたような気分で、俺は染屋町の兄貴の家に戻った。

俺が戻ってすぐ、兄貴も戻ってきた。立ち上がって電燈をつけようとするのを、兄貴の声が制した。

「そのまま、背を向けて立ってろ」

いつもの呟くような低い声だが、どこかにおどしでもかけるような鋭さがあった。

言われたとおりじっとしていた。兄貴の気配が近づき、俺の肩に手が置かれた。それは何か見知らぬ生き物の舌が嘗めるように、腕へと流れ落ちていった。

背裏の闇が固まった気がした。月明りがあの女の家と同じように畳を蒼く染めていた。二つの影が貼り合わされて浮かんでいた。兄貴のひとまわり大きい影が俺の影を呑《の》みこみ、それがひと揺れして畳に砕けたとき、俺の胸もとから、体に染みついていた先刻の女の匂いがわきあがった。

俺は花札でしか桐の花を知らなかったが、なぜか、その匂いが桐の花に似ていると思った。

三

それからも遊郭に行く度、帰り途で兄貴は必ず、俺の肩に羽織をかけるようになった。俺は女の家へ行き、待っている女を抱き、戻ると兄貴の手が待っている。

ひと月のうちに四度は行ったろうか、だがいつも初回と同じだった。俺は闇の中で黙って女に右手を縛られ、その家ではほとんど無言のまま通し、女の体臭の染みた体を羽織で大切に包んで兄貴のもとへ運んでいく。

二度目のとき、女は、

「肌が白いのね、やくざになるために生まれてきたような色――」

と言ったが、その白い体を、つまりは文《ふみ》がわりに伝書鳩のように兄貴と女のあいだを往き来していたわけだ。

おぼろげながら、女にとっては俺は兄貴の代役であり、兄貴には、女の代役をつとめている気はしたが、女の名さえ知らない以上、二人を結ぶ糸を見つけることはできなかった。

たしかに何かはあった。三度目のとき帰りがけに、

「これを貫田に渡しておくれ」

と言って折りたたんだ手ぬぐいをさし出した。その次のとき今度は兄貴の方から、

「これを返しておいてくれ」

と言って同じ手ぬぐいを俺のはおった羽織の袖に落とした。その手ぬぐいの中に、何か薄いものが包みこまれているらしいとはわかったが、それが何であるか、見当もつかなかった。

せめて女の名を知りたいと思い、あるとき思いきって、

「姐《ねえ》さん、名前は?」

と尋ねると、女は、

「じきにわかるわ」

と言って意味ありげに薄笑いを泛べるだけだった。

尤もそれから間もなく俺は本当にその女の正体を知ることができたのだが——

秋祭りが終わって十月の末、先代の二十周忌が盛大におこなわれた。

先代は明治の末まで近郷に名を轟《とどろ》かせるほどの大親分だっただけに、組の近くの寺でおこなわれた法会《ほうえ》には次々と黒羽織の親分衆が俥《くるま》で乗りつけた。

唐津の親分も十人近い子分を連れてやって来た。秋祭りで木遣りの先頭を、うちの組が切っ

たことが唐津としては面白くないらしかった。それまでなんとか表沙汰にならず平穏に切りぬけてきた組の間の空気が、その小事を機に不意に慌《あわただ》しくなった。祭りの縁日でも小喧嘩が絶えなかったし、この数日は境界の法印川まで秋風に煽《あお》られて荒波を狂わせていた。

だが唐津はそんな気配をおくびにも出さず、焼香を済ませると機嫌のいい顔で、

「体が良くなったと聞いて喜んでいる。これを機にますます組を盛りたててくれ」

とうちの親分に挨拶した。唐津の子分とうちの若い者が体をぶつけ、因縁をつけあうのを、

「どうも若い者は気が早くていかん」

と笑顔で停めた。

昼間の法会が盛大だっただけにいつもより閑散として見える組の玄関に、夕刻になって、一人の女が立った。秋風が一陣通りすぎたと思うと、憶えのある匂いを、墨色の着物に包んで立っていた。

「鳴原きわが来たと、奥へとりついで下さい」

驚いている俺の顔に、女はなに事もなく言った。俺がすぐに返事ができずにいると、

「まあ、おきわさん、よく来てくれました。さあ、上がって下さいな」

ちょうど姐《あね》さんが奥から出てきた。

「済みません。今朝から気分が悪くてさっきまで横になっていたもので、お寺の方へは行けずに……」

女は白足袋の音を残して奥へ消えた。

鳴原きわ——とすると女は二年前死んだ鳴原礼三の身内らしい、いやおそらくは鳴原の女房だったのではあるまいか——しかし鳴原と言えば貫田の兄貴の、そのまた兄貴分だった男ではないか。

やがて奥で親分をまじえて話が始まった容子である。その話に兄貴の名が出た。俺は思わず耳をそばだてた。

「征さんとは去年、うちの人の命日に顔を合わせたっきり——でも盆と彼岸には必ず墓に花を供えてくれてます。わたしが堅気《かたぎ》で暮したいと言ったので遠慮してるんでしょうけど」

「征さんなら、さっきまでそこにいたんだけど——ねえ、次《つぎ》、お前征さんどこへ行ったか知らないかい」

姐さんが廊下に首を出した。

「さあ——そこらにいると思いますが……」

「ちょいと探してきておくれじゃないか——ああ、いいよ私が探してくる」

姐さんが飛び出していったあと、奥はしばらくひっそりとしていたが、やがて親分の声がしんみりと始まった。

「なあおきわさん——ちょうどいい機会なんで話すんだが、俺は今年中にでも、お慎の奴を征五郎と添わせようと思ってるんだ」

女の返事はなかった。

「いやお前さんには突然の話で吃驚《びっくり》したかもしれねえが、俺はもうだいぶん前からそうと心中で決めていた。俺の命ももう余り長かねえ。いや伊豆から戻ってここんとこ外歩きもできるほどによくなってはいるが、これも所詮燃えつきる前の炎、今度発作が起こったら最後だ」

「親分、そんな――」

「いや自分の体は自分がいちばんよく知っている。長くてあと半年――まあ組の方は番代に襲がせればいいものの、お慎の奴の身の振り方だけが気にかかってな。いや俺はなにも親分の権威を盾に、自分の手のついた女を征五郎に押しつけようってわけじゃねえんだ。お前さんも知ってるとおり、お慎をこの家に入れてすぐ俺は体を悪くしちまったから、ここ数年あいつの体は生娘《きむすめ》も同然――それに俺は前々から感づいていたが、あいつ、征五郎の奴に惚《ほ》れてるらしくってな」

「――」

「征五郎にもこのあいだ、ちょいと話してみた。あいつのことだから、はっきりした返事は寄越さなかったが、満更でもない容子だった。あいつも、いつまでも若い者に身の回りの世話をさせておくような齢でもないし」

「――」

「俺はお慎を娘のようなつもりで傍においてきたし、征五郎も死んだ息子の代わりだと思って可愛がってきた――だからこれがいちばんいい方法だと思ってるんだが、おきわさん、お前はどう思うね」

「それは親分がそう思われるなら――それに鴫原も征さんのことは可愛がってたし、生きてりや喜んだと思います」

「そうかい――そう聞いて安心した」

「――」

「なあ、きわさん、俺はお前さんには済まないことをしたと思ってる。知ってると思うが鳴原が殺されてから、ますます唐津は大きな力をもってきた。結局鳴原の死も犬死にになっちまった。不甲斐ないと思うだろうが、今唐津に刃向かってみても負けは目に見えている。これも時世と諦めるほかないいんだ――」

「親分さん、もうその話は……。鳴原の女房になったときから私は諦めてましたから。唐津を恨んでもいませんし、ましてや親分さんを不甲斐ないなんて……これでいいと思ってるんです。髪結いの仕事の方も上手くいってますし……」

「そうかい、まあお前さんはお慎と違ってしっかり者だからその点は心配しちゃいないが、その若さだ――好いた男ができたら、鳴原に義理立てせず、倖せになっとくれよ。鳴原もその方が安心して成仏できるだろう」

しばし言葉が跡切《とぎ》れた。

「どうかしたかい、きわさん――顔色が悪いが」

「いいえ、ちょいとまた気分が悪くなって……すみません、せっかくお慎さんが征さん呼びに行って下すったのに、わたしこれで帰らせてもらいます」

「そりゃいけねえ、俥を呼ばせよう」

「いえその心配は——それより親分さんの方こそくれぐれもお体に気をつけなすって」

ちょうどそこへ番代が戻ってきた。

「ああ、秀さんちょうどよかった」

奥から青い顔色で出てきた女——いや鳴原きわは、

「これ、先日借りた——」

と言って、いつかミルクホールで受けとった風呂敷包みをさし出した。

「きわさん——それは」

「いえ約束通り都合ついたからいいのよ。ほんとに悪かったわね」

番代の懐《ふところ》に無理に押しこむと、

「じゃあ」

とだけ言って逃げるように出ていった。

番代はちらりと怖い目で俺を見ると、奥へ入っていった。

「親分、今ちょいと花五陵で、うちの隆二の野郎が唐津の若い者とつまらぬ喧嘩を始めまして……」

俺は何となしに外へ出た。夕影の道にもうきわの姿はなかった。浜の方へ歩き出した俺は、ふと二つの人影が製材所の裏手へ回るのをみとめ、足をとめた。兄貴とお慎姐さんらしい。

俺はそっと製材所へ入っていった。

もう皆引きあげ、薄闇のしんと立ち籠めた中に、丸鋸《まるのこ》の歯だけが光っていた。兄貴が右手の指四本を落としたのがその丸鋸だと聞いていた。倒れてきた材木をよけようとして、回転している歯の上に手を置いたらしい。去年の夏の話だ。四本の指が血しぶきと共に一ぺんに飛び散ったらしいが、兄貴は呻《うめ》き声ひとつあげなかったという。八つ裂きにされても黙って死んでいくような奴だ——と番代も言っていた。皆が怖れていたのは、そんな兄貴の、自分を捨ててしまったようなところだったかも知れない。

窓から覗くと、川縁に二つの背が並んで、川面《かわも》を這う、波の影を眺めていた。

「ねえ、征さん、親分だってああ言ってるんだし、お前さえ良けりゃ、私と一緒になってくれないか。——それとも私が嫌い？」

「いえ、そういうわけじゃ——ただその話はもうちょっと待っていただきたいんで……」

「厭《いや》なら厭ではっきりそう言ってくれればいいんだよ。私は親分のことを父親のようにしか思っちゃいなかったけど、ともかく形の上じゃあ十年間女房だったもの、古女房がいやだってなら、それでも構わない——ただ私のこと嫌いじゃないんだったら、ま、一度考えるだけは考えてみておくれ」

兄貴は頭を垂《さ》げ、その拍子に咳《せき》こんだ。

「征さん——あんた体が悪いんじゃないかい」

「いえ、どうしてです」

兄貴は苦しそうな咳を押えながら聞き返した。その咳は最近俺も気になっていたものだった。

「隆二がね、あんたを二、三度、地蔵池の病院の近くで見かけたっていうから——それにあんたこの頃よく一人でふらっとどっかへ出かけたりするだろ、こっそり病院に通ってるんじゃないかって心配してたんだけど――」

「いいえ、あの病院には知り合いがいるだけで……別に姐さんに心配してもらうようなことは何もありません」

「そう、それならいいけど――じゃあおきわさんも待たせてあるし、そろそろ行こうか」

俺は先回りして、組の玄関に戻り、二人を待った。

お慎姐さんは入ってくると、女の下駄がなくなったのに気づいたのか、

「おや、おきわさん、もう帰っちまったのかい」

と言った。

「へい、今しがた――また気分が悪くなったと言いなすって」

そう答えながら、俺は兄貴の顔を見た。俺があの女の正体を知ったことに、兄貴は気づいたはずである。だが兄貴の顔に何一つ変化は出なかった。いつもの無言と少しよそよそしい横顔で、なに気なく、姐さんの後について奥へ消えた。

四

それから三日後、俺はまた兄貴の羽織をはおって女の家へ行った。

「驚いただろ?」

いつものように事が終わると、女はすぐに俺の体を離れず、指で俺の痩せた胸に浮かびあがったあばら骨を一本一本なぞりながら、そう聞いた。俺の右腕はまだ縛られたままだった。

「貫田がなぜ、もとの兄貴分だった男の女房のもとへ、あんたを送ってくるか、その理由を聞きたくないかい」

俺は黙っていた。

「聞きたくなくても教えてあげる。そのうちわかることだし、知っておいた方がいいわ。——貫田はね、わたしを殺させるためにあんたをここへ送ってくるの」

「殺させる?」

思わず聞き返した。

「そう——そのうち必ず言うわ。一人殺してもらいたい奴がいるって——そしてあんたに匕首《あいくち》渡してこうも言うわ——右手でやれ——って。そうすれば自分に嫌疑がかからないで済むから、わたしがあんたの右腕を縛っておいたのは、その用心のためだわ。まさか最初からそう命令されて来てたとは思わなかったけど……でもそのうち必ず命令が下るわ」

「——」

「どうする?」

「え?」

「その時になったらどうする? 貫田の言うとおりになって、匕首もってここへわたしを殺しにくる？」

　俺はすぐには何も答えなかった。女が言い出したことは突飛すぎたが、しかし充分ありうることでもあった。兄貴は俺を抱いた。それは、俺の体を自分に縛りつけることで、俺の意志の全部を手中におさめておきたかったからではなかったのか。

「姐《ねえ》さんはどう思うんです？」

「どうって？」

「俺が兄貴の言うとおりにするか」

　薄闇の中で俺は初めて女の顔をじっと見つめた。女も俺と同じ烈《はげ》しさで俺の眼を見返してきた。しばらく二人は黙っていた。いつ降り出したのか、雨の音だけが聞こえていた。

　やがて女は吐息をつくと、

「きっとそうするわ。あんたは今まで貫田が送ってきたどの男より賢いわ。貫田に騙されていない、貫田の卑怯なことを知ってる、知ってて黙ってる、黙って言いなりになってる――自分でも気づいていないかもしれないけど、あんたは貫田を憎んでるわ」

　俺は黙っていた。

「憎んでるけど、だから却《かえ》ってあんたは貫田から逃れられない――きっと貫田の言うとおりになるわ。でも」

　と言うと女は素肌に長襦袢《じゆばん》をひっかけ、電気を点けた。箪笥《たんす》から袱紗《ふくさ》の包みを取り出すとそれを広げた。

中から短刀が出てきた。刃先が電燈の光を集め、生き物のように跳《は》ねて見えた。

女は、短刀の柄を袖で丁寧に包むと俺に近づいてきた。殺される――一瞬そう思った。

だが女が切ったのは、俺の右手と床柱をしっかり結んだ帯紐であった。帯紐は、女の、全身の力を籠めた手で、音もなく、だがすっぱりと二つに切れた。刃先より、女の眼に鋭い光があった。

「でも――」

女は能面のように白い顔に、冷たい微笑を泛べて言った。

「貫田の思うようにはならないわ。私にだってこれがあるもの――」

その夜、帰り際に女は、また、畳んだ手ぬぐいを俺に渡した。兄貴に持っていってくれと言うのだ。

俺が懐にそれをつっこむと、

「傘を持っておいき」

と言った。土間に傘が二本たてかけてある。

「柄の黒い方は死んだ鴫原の形見だから、もう一本の方――」

俺はニカワ色の柄の番傘を取って外に出た。

――兄貴が鴫原の女房を殺そうとしている。そのために俺をあの女に送りこんでいる――だがなぜ……

夢中で、そのことに考えをめぐらせていたせいだろう、逆縁橋を渡った街燈の下で俺は、石に躓《つまず》いて転んだ。懐からこぼれ出た手ぬぐいを拾いあげたとき、中からはらりと黒いものが舞い落ちた。四角の黒い紙——

雨が街燈の光を銀糸に烟《けむ》らせる中で、俺はそれを表に返した。

おやと思った。

花札である。

黒枠に囲まれ、闇に葬られたように暗い影で、桐の花が咲いていた。

五

翌日が明治節でそれから二日程たった夜、俺は兄貴について賭場に行った。

十月の半ばごろから兄貴はよく賭場を覗くようになっていた。官憲の眼が厳しくなり、賭場はどんどん地下に潜るようになっていたが、その賭場も町はずれの小料理屋の薄汚い屋根裏だった。窓もないのに幌をかけた電燈の下で、盆茣蓙《ござ》だけが、真新しい白さだった。

大江組という唐津の配下の小組が開いていた賭場だったが、兄貴は顔が効くとみえ誰もが慌てて一歩退《さ》がり頭を垂《さ》げた。兄貴の左袖に拳銃が潜んでいると囁《ささや》かれていたせいかもしれない。

事実、唐津との不仲が表面化するようになってから、兄貴は左袖の闇の中でいつも拳銃を握りしめていた。袖の動きがさり気ないだけに、見えない拳銃は生々しかった。

兄貴の張り方は大胆だった。一気に勝負をつけるように、思わぬ額を賭ける。自然勝ち敗けの差が激しくなる。負けるときは半刻足らずで無一文になる。そんな時でも兄貴は顔色一つ変えないのだが、それでも分厚い札束を莫蓙の上に投げる左手の指に、俺は、以前の兄貴にはなかった荒んだものを感じた。

黴《かび》くさく、烟《けむり》が蒼くたちこめる中で、人影が墓場のように蠢《うごめ》く、賭場の空気のせいかもしれない。

その夜は珍しく、すぐに勝敗が決せず二時間近く粘《ねば》った。適当に切りあげ、外に出ると兄貴は、羽織を俺に渡し、

「これを届けてくれ」

先夜鳴原きわが渡した同じ手ぬぐいを袖に落とし、一人で染屋町へ戻っていった。

三日前の晩閉じた硝子戸を俺は、また開いた。きわは手ぬぐいを前のときと同じように箪笥にしまうと、その夜は俺の右手を縛らず蒲団に招きいれた。

その代わりに敷布団の下に先夜見せた短刀を忍ばせていたようである。初めて自由になった右手で烈しく女の体を抱きしめ、いつものように花の匂いに埋もれきって、血のたぎりの最後の一雫《ひとしずく》を吐き終えたときも、蒲団の下にさしこまれたきわの手は動かなかった。

——その翌日である。

ちょっとした用で俺と兄貴は六仙町に出かけた。その帰途、朝止んだはずの雨が薄い霧のよ

うに町を包み始めた。

小走りに逆縁橋を駆けぬけ、河岸を二、三歩進んだところで、つと兄貴が足を停めた。雨、というより風に揺れる柳を避《よ》けるように傘をさして、女が歩いてくる。鴫原きわである。髪結い仕事の帰りか道具箱をさげていた。

兄貴に近づくときわは傘影で白い顔を嫣然《にっこり》ほころばせ、

「征さん、お久しぶり。この間先代の命日に組へ顔を出したけど、逢えなかったわ。お慎さんに聞いたけど、変わりなく?」

「へい——姐さんもお達者そうで」

兄貴は頭を垂《さ》げた。

俺は前々から、二人が顔を合わせたときのことをあれこれ想像していたが、二人ともまったくいつもと変わりない。微笑《ほほえ》みを淡く残して、きわは静かな目だった。

「そうそ、彼岸に鴫原の墓に花を有り難う。もう、花を供《そな》えてくれるのも征さんしかいなくなってしまったもの——それから」

となにげなく、

「昨日の晩も」

と結んだ。昨日の晩俺が届けた手ぬぐいへの礼のようであった。

「へい」

とまた兄貴が頭を垂げる。二人は同い齢ぐらいだし、きわの背は兄貴の肩までしかなかったが、兄貴の方が幼く見えた。

「じゃあ」

と俺と兄貴のどちらにともなく挨拶したきわは、去り際に兄貴の肩に自分の体をぶつけた。ぶつかり、すぐに兄貴の体を離れた。だが、その束《つか》の間《ま》の、無言の触れ合いのうちにきわの持っていた傘が、兄貴の左手に移っていた。おや——と思った。きわは、家がすぐ近くだから兄貴に傘を貸したのだろう。だが二人はなに一つ言葉を交わさなかったのである。いや言葉を交わす余裕もない一瞬のことだった。袖と袖をすり合わせただけの刹那《せつな》、かねてからの約束事のように、女の手から兄貴の手へ一本の傘が渡されたのだ。

傘ではない、なにか俺にはわからぬ言葉をきわが兄貴に渡したように思えた。

兄貴は、女の後ろ姿をじっと見送った。その背が逆縁橋を渡り、やがて雨霞の影と消えると、兄貴は、

「次《つぎ》、袂紙《たもと》に火を点けてくれ」

と言い、川縁にしゃがみこんだ。雨脚が川の淵に落葉を集めている。

俺が言われたとおり、袂紙をねじって端に火をつけると、兄貴はそれをひょいと口にくわえ、開いたままの傘の破れ目に近づけた。

そのとき思い出したのだが、柄の黒いその傘は先夜、きわが、鳴原の形見だと言ったものである。

破れ目に移った炎は、風に煽られて、傘の縁を走り出した。火の粉が兄貴の手に飛び散った

が、兄貴は手を動かさずにいる。炎が輪になり、一揺れして大きく燃えあがると、兄貴は手を離した。

水面に泛んだと思うと、淵に巻いていた渦に炎の輪はくるくるまわり、やがて見えない糸にたぐり寄せられるように、すっと川面を切って流れ出した。二日続きの雨ではやくなった流れに炎は鳥でも飛ぶように尾をひいて遠ざかっていく──昼間なのに雨脚で暗く烟るなかを、送り火を思わせる薄い炎で遠ざかるそれを、兄貴の背はじっと見送っていた。

やがて小さくなった火が、周囲に影を吐いて最後の炎を一瞬大きく燃えたたせ、と思うと屋形舟でも崩れるように、濁り水に呑みこまれると、兄貴の背が、思い出したようにぽつんと言った。

「次《つぎ》、お前に一人殺してもらいたい奴がいる」

六

十一月の半ば、兄貴は通いつけた賭場で小さな失錯を演じた。

その夜、賭場に見慣れぬ顔があった。まだ俺と変わらぬ年頃で、生意気に新品の背広を着こみ、髪を油で撫でつけたその若僧は、いやが応でも人目を惹いた。服装でもわかるが明らかに賭場は初めてらしかった。やたら目をきょろきょろさせ、慣れぬ手つきで分厚い財布からかなりの札を盆茣蓙に置く。中途で張り方を何度も変えたりする。いつもの熱気が、その若僧のために、妙に白けた空気に変わっている。

若僧は兄貴の対座に座っていたが、すぐに、兄貴の張り目を真似ているのがわかった。最初半方につきながら、兄貴が丁方につくと慌てて目を変える。兄貴につきがあり、勝ち進んでいったのはいいが、その末に陥《おと》し穴にひっかかったように敗けた勝負があった。だがその時だけ、兄貴の敗けを見抜いていたように、若僧は兄貴とは逆の目に賭けたのである。兄貴の金が若僧の手もとに流れた。若僧のニタニタした顔が面白いはずがない。顔色は変えなかったが兄貴が苛立《いらだ》っているのがわかった。

二度兄貴は勝ち、三度目にまた同じことが起こった。兄貴の敗けを見抜いたように今度も若僧が反対の目を張っていた。

「そこの若いの――」

兄貴の低い声が賭場の空気を切った。

「お前、賭場のイロハも知らねえで、遊びに来ちゃあいかんな。金だけあれば遊べるってとこじゃねんだ」

それまで陰に隠れて見えなかったが、そのとき若僧の横から顔が一つ光の中に突き出た。時時見かける唐津の子分衆の一人である。その男が何か言おうとしたのが、余計兄貴を怒らせたようだった。

茣蓙を跨《また》ぐと、驚いて立ち上がった若僧の頬に兄貴の左手が飛んだ。竹刀でも叩いたようにビシッと鳴り、細い白い鼻から、赤い血が流れ落ちた。

唐津の子分は何か言いたそうに兄貴を見たが、結局何も言わず、若僧の肩を引き立てて出ていった。血相を変えた大江の連中が何とか兄貴を宥《なだ》めて、もとの座に座らせた。

起こったのはそれだけである。そんなに自分を崩した兄貴を見るのはそれが初めてだったが、大して不思議にも思わなかった。春の頃と違い最近の兄貴は、賭場では自分を見失っているように見えた。

賭場を出ると、兄貴は羽織を俺に渡した。

いつもは、

「行って来い」

とだけ言うのを、その晩に限って何か他にも言いたげだった。賭場に来る前、風呂場でいつものようにしゃがみこんで兄貴の足を洗っていた俺に、やはり兄貴が何か言いたげだったことを俺は思い出した。

「次《つぎ》——」

いつも以上に眼を暗く濁らせて兄貴は何か言いかけたが、すぐにその声を飲みこみ、

「いや何でもない」

そう言って俺の背を押した。兄貴の翻《ひるがえ》った左の袖に偶然俺の手があたった。何かちくりと痛みが走ったがそのときは気づかなかった。

きわの家へ行くと、手の甲に血の線が走っていた。まちがいない。兄貴は、十一月の初め、

あの川端できわとすれ違った直後、一度言ったきりでそのまま口裏に潜めていたその言葉を言いたかったに違いない。

——一人殺してほしい奴がいる。

俺に渡すつもりで左袖の中に兄貴は匕首を持っていたに違いなかった。

その夜も、別れ際に、きわから手ぬぐいが渡された。

俺は街燈の下でこっそりその中身を改めた。

花札が桐の役札をまじえ五枚ぞろいで入っている。前のときは四光だったから、雨の札が増えたことになる。

俺にもうすうす兄貴ときわのあいだでやりとりされている品がわかってきた。

丁寧に手ぬぐいを畳みなおし、家へ戻った。兄貴はまだ戻っていなかった。

後で知ったのだが、このときまでに——俺がきわと寝ているあいだに、組では一騒動が持ちあがっていたのである。

兄貴が賭場で平手打ちを喰わせた若僧は、唐津と手を組んでいる某公爵の知人の息子だった。久しぶりに英国から帰国したその息子の夜の遊び場めぐりを公爵に頼まれた唐津が子分に案内させていたのだという。

兄貴が組に戻った直後、唐津の代貸が子分数人を引きつれ、決着《おとしまえ》をどうつけるか迫った。ある意味でこれは、かねてから萱場組と一戦を交えたがっていた唐津の仕組んだ罠とも思える事件だった。だが罠とわかっていても頭を垂《さ》げるしかない親分が、両手を組んで弱り果てていると、ふと兄貴が奥へ姿を消した。

一分も経たずに戻ってきた兄貴は、わずかに顔色を蒼ざめさせていただけで、いつもと少しも変わりなかったという。右手を包んださらしが血に染まっていた。兄貴はもう一方の手で半折りの手ぬぐいを唐津の代貸に渡すと、

「これを親分さんへ」

平静な声で言ったという。兄貴の右手に残っていた最後の指だった。

たかが小指一本と言え、詰めるとなればかなり度胸のある者でも気を失ったり、のたうちまわることがあるという。顔色一つ変えない兄貴に、唐津の子分の方が蒼ざめ、黙って引き退った。

その晩戻ってきた兄貴は、右袖に隠した手に包帯が巻かれていることも告げず、いつものように、女の匂いの染みた俺の体に黙って手を伸ばした。

翌日、唐津の若い者が、

「これで指を葬《ほうむ》るようにと親分の伝言で」

と言って、前夜の手ぬぐいに札を包んで組に持ってきた。兄貴は、それを受けとると普通なら土に埋めるというのを、ごみでも捨てるように川へ投げこんだ。

唐津としては太っ腹を見せたのだろうが、もちろんそれだけで引き退る相手ではない。その賭場での一件が引き金をひいたように、その晩から、うちの縄張での嫌がらせが大っぴらに始まった。

それが十日ほど続き、「今、喧嘩を買ったら負けだ。我慢していろ」と子分衆に言い聞かせていた親分の忍耐も限界に達したころである。夕刻、染屋町の長屋の縁に座って裏庭をなんとなしに見ていた兄貴が、いつもの手ぬぐい包みを俺の方に放り投げ、

「二、三日中でいいから、これをいつもの所へ届けてくれ」

と言った。

「それから次《つぎ》――お前に一人殺してもらいたいんだが――」

なにげなく、後ろ姿のままでそう続けた。きわと逆縁橋のたもとですれ違ったときと同じ声だった。俺はとうとう来たと思った。ふときわの白い肌が俺の頭を掠《かす》めた。

「なぜ聞かないんだ。俺が誰を殺したがってるか」

「――――」

「お前、知ってるのか」

「いえ――」

兄貴はふり返り、しばらく色のない目で俺を見ていたが、

「そうだろうな。俺が殺してもらいたいのは親分なんだから」

「親分？　――唐津の」

俺は、意外な言葉に思わず聞き返した。その瞬間まで俺は殺す相手が鳴原きわだと頭から思いこんでいたのだ。

「いや、唐津なんか殺《や》っても仕方がない」

そう言って兄貴が続けた言葉は、さらに予想を外れていた。

「うちの親分だ――萱場辰蔵。そうだな、明日の晩にでも殺ってもらおうか」

明日の天気でも占うように、廂越《ひさし》しに、雪でも降りそうな鼠《ねずみ》色に冷えた空を見あげて、兄貴は言った。

七

翌日、夕方から雪になった。秋の終りの、例年より早い初雪が夜を白く染めぬいた刻《ころ》である。

俺が組で五、六人の仲間と背を縮めて骰子《さいころ》遊びをしているところへ、

「次《つぎ》、ちょいと用ができた。萩緒町まで一走りしてくれ」

兄貴が来て言った。萩緒町までの往復はこの雪道だと二時間はかかる――つまりは俺の留守中の出来事として、それは行われたわけだ。

俺が玄関を出てまもなく、親分が番代を連れて戻ってきた。親分はこの二、三日の唐津のやり方を見るに見かねて、直談判に出かけていたのだ。話し合いが上手くつかなかったらしい。戻ってきた親分の顔色はすぐれなかった。

八時――まるで事件と符牒を合わせるようにその時刻から、雪は急にひどくなった。雪の白刃が音もなく、夜の街を切り刻んだ。

遊びに出ていた隆二という三下が飛びこんできた。

「大変だ、唐津の奴らがシマの居酒屋で――」

この二、三日毎夜同じ時刻になると誰かがそんな声で飛びこんでくるので、驚くこともなかったろう。番代は動じた風もなく、

「ついてこい」

組にいた連中を全部ひきつれて出ていった。

兄貴もついていこうとするのを、

「貫田、お前は顔を出さん方がいい」

番代が制した。賭場での一件が何より唐津の反撥をかっていることへの配慮だった。

組に残ったのは兄貴と姐さんだけである。奥へ戻ろうとする姐さんを兄貴が停め、二人は玄関先で立話を始めた。

雪の音に閉じこめられた家の中から、完全に人気が絶え、静寂が氷のように張りつめるのを待って、俺は柩の中で物音をたてた。玄関から出た俺は、裏口から奥座敷に入り、親分が戻る前にその柩の中へ身を隠したのである。柩に近づく者は、ほとんどないので安全な隠れ場所だった。返り血を浴びないよう合羽を蒲団のように被った俺はこつこつと柩をうち続けた。

何度目かの音で、やっと隣室に寝ていた親分の起きあがる気配がした。足音が畳を踏んで近づいてくる。俺は神棚から取っておいた守り刀を両手で握りしめた。押し殺した息が出口を塞《ふさ》がれた体の中で暴れまわり、汗となって噴き出す。蓋《ふた》がゆっくりと開き、親分の不審げな顔が

覗きこむと、俺の必死に押えつけていたものが一挙に爆発した。俺は親分の小さな顔から目をそむけるように、ただその首筋だけを狙って刀を突きあげた。——俺の手ではない。このときも俺の手は兄貴の代役を勤めただけだ。燐寸をするように、体を洗うように、兄貴の意志が俺の手になり、親分の首を貫いたのだ。

お慎姐さんが死骸を見つけ、当然のことだが番代達が戻ってくると大騒ぎになった。血まみれになった親分は、家の守り刀を握り、すぐにでも火葬場に運べるようにきちんと柩に納まって、死んでいた。

自害——そうも思えた。唐津とのいさかいが熾烈《しれつ》になり、一家を守れなくなった親分が責任をとったとも思える。

一方唐津の仕業だと疑うこともできた。唐津がその晩居酒屋でわざと喧嘩を起こし、組の者が出払った間隙《かんげき》を狙って刺客を遣《おく》ったのだと——

どちらにも疑問はあった。廃《すた》れたといえ一家をなす組の親分が、跡目のことを何一つはっきりした文書に遺さず、突然自害するとは思えなかったし、唐津の仕業としても、今の唐津の力ならそんなまわりくどい方法をとらずとももっと簡単に親分を殺せたはずである。

だがどちらにしろ、今親分が死ねば、その死が唐津との不仲が原因だと誰もが考えるに違いない——兄貴の狙いはそこにあった。

その晩十時を回る頃、俺は、きわの長屋の入口で、雪と街燈の燈影に体を埋めてきわの帰りを待っていた。染屋町に寄って風呂を浴びていたが、体からまだ血の生臭さがぬけなかった。

組を逃げ出るときから始まった震えはますますひどくなっていた。

やっときわの影が現われたのは真夜中に近い時刻だった。俺の体は雪の白装束を厚くまとっていた。

「こんな時になにしてるの——親分が死んだこと知ってるだろ？　わたしも今、慌てて顔を出してきたんだけど」

きわはいつかの墨色の着物を着て、手に数珠をかけていた。

「兄貴がこれを——」

俺は懐からとり出した手ぬぐいを、手だけでさし出した。きわの顔が見られなかった。

「こんな時に？　貫田が？」

「昨日——二、三日中に届けるよう言われていたんで……」

「そう——」

と言いながら、怖れるように半分背を向けた恰好の俺を、傘ごしに覗きこんだきわは、

「ついておいで」

来た道を戻り始めた。

きわが停まったのは逆縁橋の上だった。雪が街燈の燈を影で切り、暗い川面に吸いこまれていく。人影は絶え雪の音だけがしていた。

犬のようにくっついていた俺に傘を渡すと手ぬぐいを開いた。俺は今まで兄貴の渡すその手ぬぐいの中身を盗み見たことはなかったが、想像通りそれは札束だった。百円はある。ちらり

と俺を見上げてから、きわは思いがけないことをした。白い指で、その札を細かく千切ると、欄干から川に放ったのだ。紙吹雪は雪にまじり、闇に散った。

次にきわは胸に手をさし入れ、何かをとり出した。一本の白扇である。それを広げると、

「火を貸して――」

俺の震える指から燐寸をとり、扇の端に火をつけた。

「死んだ鳴原の形見――肌身離さずもってきたけど、とうとうこれが最後になったわ」

きわの赤く染まった指を離れたそれは、一度風に舞いあがり、闇に炎をひらき、ほんの短いあいだ、雪の流れのなかを波間でも漂うように揺れると、闇の底に落ちていった。その炎を追い続けていたきわには、いつかこの橋のたもとにしゃがんでやはり鳴原の形見の傘を見送った兄貴と同じ静かさがあった。

最後の炎を見届けると、きわは闇に向かってふっと微笑み、

「抱くかい」

少し空ろな声で聞いた。俺の体の震えはもうどうしようもなくなっていた。

「いいのよ抱いても――こんな時は皆、女を抱きたくなるって聞いたわ。だから来たんだろう――ここでお抱きよ。震えがとまるわ」

思わず首を振り、むけようとした背を女の手がとめた。俺は叱《しか》られてでもいるようにうな垂れ、首を振り続けた。震えで全身が揺れ出したのがわかった。

「いいんだよ、本当に」

それでも首を振り続けた。きわの言う通りだった。無性に抱きたかった。何度も抱いたきわの肌が、その甘い、どこか暗さを秘めた匂いが、初めての女のように迫っていた。それなのに俺は首を振り続けているのだった。初めて兄貴に逢ったとき、目の前に並べられた御馳走を思い出していた。あのときと同じように俺は飢えきっていながら、手を出せずにいた。惨めさから、その橋の上でも突然俺は泣き出していた。

きわは数珠の絡《から》んだ静かな手で、俺の震える手を包むと、それを自分の胸にさし入れた。指が女の柔らかさに触れたとき、俺の血は堰《せき》を切った。手から傘が落ち「わっ」と獣のような声を挙げると、俺は狂ったように女の体に襲いかかっていった。

欄干から体をのけぞらせたきわは雪を含むように唇を開いた。その頰から首すじへ涙がすべり落ちた。きわの涙か俺の涙かわからなかった。

「馬鹿だよ、お前馬鹿だよ、貫田なんかの言うとおりになって——あんな男の言うとおりになって……」

きわは苦しそうな息のあいだから、どこか冷えた声でそんな言葉を呪文のように呟き続けた。

——そう、きわは知っていたのだ。俺が親分を殺したことを。俺の気配だけで気づいたとは思えない。兄貴が俺にそう命令を下すことを前々から薄々感づいていたにちがいないのだ。だがなぜ——きわは、親分ではなく自分が殺されると言っていたのだ。

「貫田には、わたしを殺すか、親分を殺すか、どちらかしか道はなかったの」

長屋に戻り、雪で冷えきった体を蒲団の中であたため直したあとで、きわは言った。枕に頰杖をつき、指で賽《さい》を振って遊んでいた。

「それまではずっと私を殺すつもりでいたわ。でも昨日になって親分を殺すことに変えたのよ」

「なぜ――」

俺には兄貴がきわを殺す理由もわからなかったが、それ以上に俺が何故親分を殺さなければならなかったか、それがわからなかった。兄貴は跡目を襲《つ》ぎたかったのか――いや親分が死んでも跡を襲ぐのは番代だとわかっていたはずである。お慎姐さんと添いとげたかったのか――しかしそれは親分の希望だったたし、だいいち親分の体は長くてあと半年もてば良かったのだ。その半年が待てず危ない橋を渡ってまで俺に親分を殺させるどんなわけがあったのだろう。俺は依然兄貴ときわのほんとうの関係を知らなかった。それと同じように、俺の知らない兄貴と親分の関係でもあるのだろうか。

「いったい、姐さんと兄貴は――」

俺の声など聞こえなかったように横顔を向けたままだったきわは、壺がわりの湯呑みから賽を畳に転がすと、

「骰子ごっこ――」

俺への答えのつもりか独り言のように呟き、

「ねえ、何もかも忘れちまって、わたしと一緒にならないかい」

弟ほどの齢の俺の肩に乱れた髪を埋めた。

「兄貴を殺して――か」

「そう、貫田を殺してね、あんたがもし私に惚れてるなら、殺せるわ」

ふと声が真剣味を帯びたが、それをごまかすように笑うと、

「冗談よ。あんたにまた同じことをさせたくないもの」

と言った。同じことと言ったのは、親分を殺した俺にもう一度人殺しをさせるという意味だと思ったが、今から思うとそれには別の含みがあったのである。

二日後の葬儀は何とか無事に終わった。警察は事件を自害で片づけた。若い者はいきりたっていたが、唐津の仕業だと断定できる証拠のあるはずがないし、殴りこんでも返り討ちは目に見えている。

十数人の子分を従えて焼香に来た唐津にも皆目だけで怒りを訴えるほかなかった。以前から言われていたように番代が組を継ぐことにはなったが、どことなく組の空気が薄くなった。あんな親分でも生きている意味はあったのかもしれない。

その親分は白木の箱になって戻った。奥座敷が広くなり柩のあとだけが畳に白かった。

兄貴は葬儀のあいだ、いつもの無言で通し、俺もいつもと変わりなく兄貴の肩陰に隠れていた。

きわの姿も葬列のなかにあったが、きわと兄貴は視線も交えず、ただどちらともなく頭を垂《さ》げあっただけだった。兄貴の肩越しに、きわが人目を避けるように誰もいない小路を選んで遠ざかっていく姿を俺は見送った。

番代は、喧嘩をするのは死んだ親分の本意ではないという言葉を盾に、組の者の怒りを宥め

ていたが、その後の組の経過を俺は詳しく知らない。葬儀が終わってまもなく俺は兵隊に取られ、日本を離れたのである。夏に勃発した事変は戦火の収拾がつかなくなり、組では俺が二人目だった。

戦地に旅立つ前夜、俺はきわの家を訪れたが、きわは留守だった。燈が点っていたので俺に逢いたくなかったのかもしれない。きわは俺が出征することを知らなかった。諦めて他の女を抱き、翌朝組の三下二、三人に見送られて戦地へ旅立った。

家を出るとき兄貴は何か言おうとしたが結局何も言わなかった。俺が頭を垂げると「ああ」と言い、袖から煙草をとり出しただけだった。俺はその煙草に燐寸の火を点け、もう一度頭を垂げた。兄貴と俺との、それが最後の縁となった。

八

戦地で、俺は、木を櫓《やぐら》に組んだ上でたくさんの死骸が焼かれるのを見た。炎は大陸の砂塵に溶けながら、兵隊服のままの死骸を黒い影に包み、やがて灰に崩した。火葬ではあったが、戦場では棺桶を用意する余裕などあるはずがない。死骸を焼くのに棺桶はいらない——異国の野辺に燃え立つその炎を眺めながら、そのときふと俺はこう考えたのだった。

——死骸を焼くのに棺桶は要らない。だがしかし、柩を焼くには死骸が要るのではないか。

俺は自分が親分を殺した理由を、その戦場でもしばしば考えた。明日の命がわからぬ戦場である。地獄に落ちたとき、殺したわけも知らないでは、閻魔《えんま》様に申しひらきができない。

兄貴は親分に何の恨みもなかったし、邪魔に思う理由もなかった。普通の人殺しのような理由は何もなかった。だが、人が誰かを殺すわけは、それだけではない。もう一つだけ俺がそのときまで考えもしなかった動機があった。

――柩を燃すには、死体が要る。

兄貴はあの奥座敷に飾ってあった親分の柩を、あの桐の柩を燃したかったのではないか。親分を殺す必要はなかった。柩だけ燃せばよかった。だが親分が家宝のように大事にしていたあの柩を始末する方法が見つからなかった兄貴は、それで死体を用意したのである。火葬場で焼かれるのが柩の方だなどと誰も考えはしない。兄貴はそこを狙ったのではないか。俺の手で引き起こしたあの事件では、親分の体の方が柩の役目をした。普通なら、死体のために柩が燃される。だがあの事件では柩のために死骸が燃された。柩が死骸を人目から覆ったのではなく、死骸のために柩が人目から覆われてしまったのではないか。

だが、そう考えたところで今度は、何故兄貴があの柩を始末したかったか、そのわけがわからなくなる。うっすらと思いついたことはあったが、それは半年後俺が再び日本の土を踏むまではっきりした形をとらなかった。

戦闘で負傷をおった俺は、除隊され翌年の春の末にはまた日本へ戻ることができたのだった。わずか半年だったが、何もかもが変わっていた。後に聞いた話では、その年の春、番代が萱場組を唐津に譲り渡し、今では唐津一家の貸元におさまっているということだった。

だがそれより俺が驚いたのは、俺が出征してまもなく、きわが兄貴を殺し、今は隣県の監獄で罪に服しているという話だった。鳴原の命日に墓参りに来た兄貴を待ち伏せ、きわは兄貴の胸を三度短刀で突いたという。

俺はその話を、街に戻り、まっ先に訪ねたきわの長屋の、隣に住んでいた大工から聞かされた。五年の刑期らしかった。

立ち去ろうとした俺を、その大工が停めた。

「お前さん——六車《むぐるま》次雄という名ではないかね」

そうだと答えると、

「きわさんから預かり物がある。色の白い人だと聞いてたんですぐにわからなかったが」

俺は大陸で砲弾焼けした浅黒い顔に変わっていた。きわは兄貴を殺す前日、しばらく留守にするから、俺が訪ねてきたら渡して欲しいと言って、その紙包みを大工に預からせたという。

受けとったその包みを逆縁橋のたもとで開いた。何重にも包まれた中から出てきたのは一本の短刀だった。いつかきわが俺の手首を縛った紐を断ち切った短刀だった。その柄《つか》に血の痕らしい黒いものが点々と残っていた。誰かの指の痕である。この短刀で以前、誰かが、誰かを殺した——俺は、きわが紐を切ったとき、その短刀の柄を袖で大事そうに隠していたこと、そしてまた最後の晩にきわが「あんたにまた同じことをさせられない」と言った言葉を思い出した。その言葉の別の意味に思いあたった。俺が兄貴を殺す——という話をしていたとき、きわはそう言ったのだ。とすればきわは、以前にも、弟分が兄分を殺す同じような事件があったことを知っていたのだ。
貫田の兄貴が鴫原を殺した――その短刀で。残っている指の痕は兄貴の失った右手のものではないのか――
その時、俺の頭の中で、やっとその短刀の指の痕が、親分の柩に兄貴が昔染みをつけたという黒い墨の痕と重なった。
そう――兄貴はその柩の自分の指の痕跡を消すために、柩を、つまりは親分の死体を焼こうとしたのだった。

九

貫田の兄貴ときわは、鴫原を裏切って惚れあっていたのではないか――俺はそう考えた。兄貴はそのために邪魔な鴫原を殺した。だが、殺したことで却って兄貴は、きわの体を失ってしまったのではないか。

その短刀をきわが持っていたことから、俺は兄貴が鴫原を殺した直後、きわのもとを訪れたのではないかと想像する。鴫原の血がまだ乾かぬ手で兄貴はきわを抱こうとした。だがきわの体を自由にしたくて人殺しまでしながら、その最初から兄貴はきわを抱けなくなったのではないか。兄貴がそこまでするとは考えていなかったきわが、その夫の血に濡れた手を拒んだのかもしれないし、実際には小心な男だった兄貴の体が、罪の呵責《かしやく》から、きわに対してだけ男としての命を失ったのかもしれない。

ともかく殺しは裏目に出て、一本の短刀は二人の体を引き離す結果になったのだった。

兄貴は狂ったように他の女を漁った。そしてそれがまた二人の歪んだ関係をさらにねじったのである。

鴫原を殺されてからの、きわの兄貴への暗い心情は、きわ自身にも説明のつかないものだったろう。夫をそんな形で葬ってしまった女房としての自責、自分を失ったために他の女を夢中で抱き続ける小心な男への怒り――複雑に絡みあった糸屑に似たさまざまな感情からきわが抽《ひ》き出したのは、憎悪としか呼べない暗く濁ったものだった。

その憎悪から、きわは、兄貴が鴫原を殺した晩置き忘れていった短刀をネタに、強請《ゆす》りを始めたのだ。もちろんその強請りは、郷里に病身の母を抱えているきわが、いつも金の要り用に迫られていたせいもあるだろう。

兄貴は鴫原を殺した翌年の夏、事故で指の四本を失っていた。鴫原を殺した右手である。偶然とは思えなかった。この世界の掟を破り、仁義を外し、外道の極に等しい行為をした罪の報いだと考えた。だからこそ、ますます自分の犯した罪が恐ろしく、きわを遠ざけたのだが、奇跡的に小指一本が残った。きわは兄貴の命に繋がったその最後の指に賭けたのだった。

花札の文数で、金額を請求し、金が届けられると証文がわりに鴫原の形見を一つずつ兄貴に渡していった。

金だけではない。兄貴が使いに来させた三下を抱いたのはきわの方からだったと思う。他の女を狂ったように抱いている兄貴への、それは面当てに似た気持からだったかもしれない。

それを知った兄貴は兄貴で、きわの歓心を買いでもするように進んで男をきわのもとへ送りこむようになった。致命的な弱味をきわに握られている。自分の体できわを縛れなくなった兄貴は、せめて弟分の体を縄がわりにきわの気持の一端を摑んでいたかったのだ。兄貴のそんな卑劣なやり方がまたきわの憎悪を煽った。自分を抱けなくなった兄貴を嘲笑《あざわら》うようにきわはきわで若い男の肌を貪《むさぼ》った。

九月に入って凡《すべ》てが一挙に火ぶたを切った。きわは兄貴とお慎姐さんの噂を耳にしたし、またその頃郷里の母親の病が悪化し大金の入手に迫られたし、ミルクホールで偶然俺に出逢った。きわは自分から俺の体を兄貴に請求し、しばらく中断していた強請りを再び開始した。きわがその金を破り棄てたことから考えると、番代から一時借りた金も空《むな》しく郷里の母は死んだらしい。きわが俺の手を通して得る金は必要のないものだった。だがその無意味な恐喝にきわは今まで以上の大金を要求したのである。

兄貴はその途方もない額に、きわが最後の賭けに出たことを知った。事実、きわにとってそれは自分の命を捨てることも省みず打った最後の博奕だった。親分から、兄貴と姐さんが添い遂げるという最終的な言葉を聞かされていた。兄貴が他の女と倖せになることだけは、許せなかった。兄貴を追いつめられるところまで追いつめ、全てを奪おうとした。

兄貴は地蔵池の病院にしばしば通っていたという。その病院の医師が兄貴の金蔓《かねづる》ではなかったかと、やはり俺は想像するのだが、それだけで足りる額ではなかった。賭場での勝負にも賭けたが、それも所詮は一時凌《しの》ぎである。――兄貴の方も最後の賭けに出る他はなかった。

きわを殺すか、この世から自分の指の痕を全て消し去るか――二つしかない方法のどちらを選ぶかで、兄貴は兄貴なりに悩んだだろう。だが結局兄貴は後者を選んだのだった。それまでも兄貴は自分の拾ってきた三下に手の代役をつとめさせ、女を抱く際でも羽織の袖に右手を隠し、小指の痕を残さないよう気を配っていたが、しかしどうしても拭えない二つの指紋があった。

一つは親分の柩に残った墨の跡――そして今一つは自分の小指そのものに残っている指紋――好都合なことに、この世界には誰にも怪しまれることなく小指を切り落とす儀式がある。

あの賭場での一件はすべて兄貴の謀りごとだったのだ。兄貴は自分の指を詰めるために、唐津の客と承知でわざとあの若僧に喧嘩を売ったのである。

いくら自分の命を守るためと言え、自分から指を切り落とすのは並大抵の苦痛では済まない。だがしかし、俺は兄貴がもっと容易に事を運んだのではないかと疑ぐっている。病院の医師と接触していた兄貴なら、簡単に麻酔を手に入れられた筈である。兄貴は麻酔を打って無痛のうちにその指を切り落としたのではないか――あの賭場の帰り途、兄貴の袖に触れてできたかき傷は、実際にはそのための注射器の針だったのではないか。

ともかく、兄貴は首尾よく小指を葬り終えると、今度は親分の柩に残った自分の最後の指の痕を葬る企てに手をつけたのだった。

「骰子ごっこ」

ふと俺は、親分を殺した晩、きわが呟いた言葉を思い出した。あの時きわの手から転がり落ちた二つの賽が、兄貴ときわに似ていると思った。

二人はたがいに憎み合い、強請り強請られるだけの関係だったのか——俺は首を振った。そうではない。俺の体はある意味で二人が交わし合った恋文だった。兄貴は自分のかわりに俺にきわを抱かせたのだ。自分の失った指に似た指をもつ俺に、自分の羽織を着せて——きわの方も俺を兄貴のつもりでいた。俺の右手を縛ったのは、自分の命が惜しかったからだけではない。俺の体を必死に兄貴の体だと思いこもうとしたのだ。

そしてまた兄貴が俺を抱いたほんとうの意味——兄貴は俺ではなく、俺の肌に染みたきわの花の匂いを抱いたのだ。それだけが鳴原を殺した兄貴に許された、きわへの情愛の吐け口であった。二人は鳴原の形見を焼いた炎を別々の日に別々の場所で、だがしかし同じ目で見送ったのだった。

ただ——一本の短刀が二人の体を引き離したために、二人は互いの心情を確かめる術《すべ》を失ってしまい、互いに相手の出方を待つ他なくなった。そしてたがいの気持を手探りするうち、殺す殺される——そんな裏目の絆に自分たちの烈しさをねじったのである。それは実際、壺の闇に踊りながら、自分がどんな目を出そうと、相手の目ですべての勝敗が変わってしまう二つの骰子に似ていた。闇に鎖され、相手の目の出方がわからぬまま一人空しく踊っている他はない関係であった。

鳴原を殺すしかなかった兄貴も、その兄貴を殺すしかなかったきわも、俺には哀れに思えた。

長屋の大工から短刀を受けとった翌日、俺は隣県の刑務所に行った。きわは何故か俺に逢おうとしなかった。無為に七日を通いつめ、八日目に、裸電球一つの暗い、兵舎に似た面会室で俺はきわと再会した。

金網のむこうで獄衣を着た半年ぶりのきわは、前よりやつれてはいたが、以前にはなかった、何かを吹っきったような澄んだ明るい色があった。微笑を泛べると、七日間逢わなかったことを詫び、早く帰ってこられて良かったと言った。金網の影が蒼い獄衣に絞り染で落ちていた。

きわは、俺の戦地での話を聞きたがった。兄貴や組の話を避けたかったのかも知れない。

時間が来ると、ふと微笑を静かな顔に結び、

「元気でおやりよ。せっかく命あって戻ってきたんだもの、貫田の分まで生きてやって」

とだけ言った。

立ちあがろうとしたのを、俺の声がとめた。

「姐《ねえ》さん、俺と――骰子ごっこって奴を、俺とやらんですか」

ふと俺の口からそんな言葉が零《こぼ》れだしていた。

俺がきわに逢いに来たのは、きわが一本の短刀で俺に託した事件の真相をきわ自身の口で確かめたかったからでもあったが、きわの顔を見たときから、もうそんなことはどうでもよくな

っていた。

　きわは驚いた顔でふり返った。

「こんな時世だから、どこまで生きられるかわからんが、姐さんがここを出たら二人で暮さんですか。二人で一緒にやらんですか。どん底に這いつくばったまま、一緒にやらんですか」

「でも私は貫田を殺した――鴫原だって私が殺したようなもんだわ。そんな私が……」

「俺だって同じだ、あれが兄貴の命令だったとしても――戦場でも二人殺した。それに――姐さん、それに、姐さんの罪は俺の体でもう、償ってる」

　そう言うと俺はそれまですり切れた兵隊服に隠していた右手を金網にあてた。その手に指は一本もなかった。それが戦地で俺が受けた傷だった。

「俺に兄貴の命まで生きろと言うなら、この手でもう一度俺に姐さんを抱かせてくれんですか」

　きわは金網ごしに俺のその兄貴と同じになった手を握った。きわの目から涙が一筋落ち、俺の目も霞んだ。霞んだきわの姿から、またあの香りがした。何もかもが変わった中で、その匂いに思い泛べた桐の花だけが同じだった。

　涙より、その匂いに俺はきわの答えを聞いた気がした。

能師の妻

一

昭和四十×年、東京都中央区銀座六丁目の工事現場から発見された右大腿部《だいたいぶ》ならびに脛部《けいぶ》の人骨は、人為的な切断の跡がみられることと、百年近く前のものと推定されたために、一時期マスコミの話題になった。発見された場所が、日本一の繁華街と言える銀座通りに近かったこともニュース性に加味された。大通りから少し奥まっており、昼間は車の音を遠くに、森閑《しんかん》とさえしているのだが、夜になると、四丁目交差点の近代的なネオンがすぐ近くに見える場所である。

駐車場をとり壊し、ビジネスホテルを建てる工事が開始されてまもなくだった。ブルドーザーが掘り起こした長さ六十センチ足らずの右脚の骨は、地中一メートル近くの所に埋められていた。なにぶん百年近くもの歳月に浸蝕《しんしょく》されているので正確なことはなに一つ言えないが、おおよその推定では二十歳前後の男ということである。

この記事を新聞で読んだ時にも私には引っ掛かるものがあったが、半月後、今度は週刊誌を読んで確信を得た。週刊誌にはKという年配の作家が〝銀座昨今〟と題して短いエッセイを載せていた。終戦後、復興して間もない頃の銀座の思い出を一通り述べ、最後にKはこう記している。

「先日、明治初期の物らしい人骨の一部が発見された場所は、私には思い出深い場所である。いつから駐車場になっていたのかわからないが、戦後まもない頃、あの周辺は広い空地で、その中央に恰度《ちょうど》芝居の小道具のように桜の木が一本植っていた。枝垂《しだ》れ桜《ざくら》というのか、細い枝が地を舐《な》めるほどに降りかかり、冬枯れた時など銀座名物の柳と区別がつかなかった。その細い枝を糸に、珠《たま》を通しでもするように、春になると白い花が繋がる。焼跡を見慣れた目に、花の色は眩《まぶ》しかった。それから数年、花見といえば私にはその一本の桜だった。花も美しかったが、春の光がいっぱいにふり注いで白砂でも敷きつめたように浮びあがる空地に、花の影が揺れる様は、今思い出しても溜息《ためいき》が出る。先日の白骨事件で久しぶりに私は、その空地を訪れてみた。桜の木はもうどこにも見当らず周辺は見違えるほどに近代的になっていたが、おぼろげな記憶をたどってみると、白骨が発見された地点は確かにその桜が植っていた場所である。桜の根元には死骸が埋められている、という伝説があるが、あの桜の下にも人の命の一片が埋まっていたのである。そう言えば蕾《つぼみ》は血が滴《したた》るような朱《あか》さだったのに、開いた花が潔癖なほど白かったことを覚えている。当時も人の命の最期の血が、開いた花のそんな白さに昇華していくような印象を抱いたものである」

この一文を読んで、私はもしかしたらと思った。桜の下に埋められていたとすると、その白骨の脚は、明治二十二年、奇怪《きっかい》な殺され方をした、若い能楽師、藤生貢《ふじおみつぐ》のものではないのか。

藤生貢の名も、藤生流という流派も、しかし能の正史には登場しない。大東亜戦争が勃発した年に死んだ鷹場《たかば》伯爵がその回顧録で若い頃（明治初期）に貢の父にあたる藤生信雅《のぶまさ》という能楽師を後援していたこと、明治二十二年、五年に亙《わた》る欧州生活から戻った鷹場伯爵の帰国を祝う宴席で、貢がその前年に死んだ父の遺志を継いで『井筒《いづつ》』を舞ったことがわずかに述べられている程度である。

従って、これは二三の文献に頼った私の想像になるのだが、藤生流というのはもともと金剛《こんごう》か喜多《きた》の一流派で、徳川時代中期に独立し、江戸を離れ、近江《おうみ》近辺で独自の流派を築きあげたものらしい。今度の戦争が始まるまで、滋賀県の一画には確かに藤生流という流派が残存していた記録が残っている。

貢の父、信雅がこの藤生流の直系か、それともツレ家の末裔《まつえい》かはわからないが、ともかく、信雅は維新前後、三十歳半ばで東京に出、新しい能の灯《ひ》を新しい時代の流れに点《とも》そうとした人である。新しい時代と言ったが、御一新直後といえば、能が衰微の一途をたどり、滅亡の危機に瀕《ひん》した時期である。観世《かんぜ》流は徳川への忠心から静岡に下り、能の家は大半が離散している。この能の歴史の暗黒期に、単身上京した藤生信雅の胸中にあったのが、能の灯を守り通そうという意志だったのか、長い期間、五流の陰に沈んでいた藤生流をこの機に乗じて世間に浮びあがらせようという野望だったのかは定かではないが、東京に出てからの信雅の苦労は想像に難《かた》くない。信雅は、廃業した春藤《しゅんとう》流などツレ家の二三と手を結び、神社の境内、或《ある》いは空地などで河原乞食同然に能の上演を続けたようである。

これが、しかし、好運にも鷹場伯爵の目にとまったのだった。鷹場伯爵という人は維新の際の陰の活躍が認められ、大した身分もないが三等級の爵号を与えられ、その後も明治期全般に亙り、政府を陰で支え続けた人である。こういう境遇が、名もない能の一流派に共感を覚えさせたのか、否《いや》、信雅自身にも秀でた技倆《ぎりょう》があったのだろう、生涯独身を通し、唯一の道楽が能であった伯爵は、藤生信雅に相当な援助を始めるようになったのだった。

明治十年頃には、小川町の旧徳川藩主の広い邸宅を与えられ、敷地内に小さな能楽堂を持ち、暮しむきも安定した。伯爵に囲われた形だったのかそれとも対外的にも活躍したのかこれもわからないのだが、ともかく明治十年代前半が藤生流の最盛期だったことは間違いないようである。だが、これも数年の短い花だった。

明治十七年、鷹場伯爵の洋行が決まり、五年後の帰国の祝宴で、信雅は伯爵の愛曲であった『井筒』を舞う約束をしたのだが、伯爵が日本を離れると同時に、運も逃げたように、その後連続して不幸に見舞われた。まず家から火を出し、邸内のまだ木目も新しい能舞台を半焼させたことである。この火事で嫡子《ちゃくし》の信秀が神経を痛め、二年後に狂い死にした。翌年には妻の紀世が、その後を追うように病死し、火事で脚の骨を傷《いた》めた信雅は、とうとう起き伏しさえ自力では無理になった。さらに追い討ちをかけるように心臓を悪くし、伯爵の帰国一年前には病床に伏すようになったのだった。

皮肉なことに、恰度この頃より世間では能復興の兆《きざし》が色濃く見え始めていた。能の歴史に逆らうように闇に咲かせた花は、これも時代に逆流して朽《く》ちようとしていた。信雅の最後の頼みの綱は、十五になる次男の貢であった。貢は幼少時より能に並ならぬ才覚を示し、その歳で既に死んだ兄の信秀より確かな技を身につけていた。信雅は、なんとかしてまだ若い貢に『井筒』を演じるに足る花を植えつけたいと願ったに違いない。『井筒』は名曲であるが、それだけに信雅自身にさえ極めきることのできぬ難曲である。それを、まだ年端《としは》もゆかぬ貢に演じさせるというのは不可能に近いが、信雅のせっかく自分の手で開かせた花を後世に残したいという願望は、末期の焦りと絡《から》んで執怨《しゅうおん》になっていたのだろう、病身に鞭《むち》うち、貢の指導に励んだ。

信雅は二十一年の末に死に果てたが、一念が天に通じたか、一年後の秋、約束通り鷹場邸で開かれた帰国の祝宴で、貢は見事な『井筒』を舞ったのだった。庭に仮舞台を設け、澄んだ夕風に楓《かえで》の葉が緋《ひ》色の滴《しずく》を点々と落とす中で舞われた様を、鷹場伯爵は〝この世ならぬ光景〟と評し、〝まだ技に硬さ幼さは残るが、信雅は散らでの花を確かに貢の小さな命に遺《のこ》しおいた〟と絶讃している。そのままゆけば、藤生流は近代能楽史に一花を咲かせ得たかもしれない。だが藤生信雅が文字通り命を賭して守り通そうとした能の花は、その祝宴の夕《ゆうべ》だけに束の間の命を開き、まもなく予想もできない形で踏み潰《つぶ》されてしまった。

貢は宴《うたげ》の夜から三日目に失踪《しっそう》し、およそ十日後には変死体となって発見されたのだった。

この若き能楽師の唐突な最期を文字に留《とど》めるのが忍びなかったのだろう、鷹場伯爵は回顧録に、当時新聞などでも騒がれたその事件について何も記していない。ただ宴の成功を歓《よろこ》び、貢がこれだけの技倆を発揮した陰には深沢篠《ふかざわしの》という婦女《おんな》の力があると、その女性をも褒《ほ》め讃《たた》えているのみである。鷹場伯爵の回顧録ではこの女の身元等はいっさいわからない。深沢というと明治初期の能の衰退期に断絶したツレ家に同じ名があるから、その流派の末裔かもしれない。ともかく仕舞や謡《うたい》の心得は相当あったようである。回顧録のわずかな記述によると、この女は信雅の死ぬ直前に藤生家に正妻として入り、貢の義母としてその後の一年近く貢の指導にあたった、とある。

寧《むしろ》、この深沢篠や藤生貢の名を後に伝えることになったのは、能楽史ではなく、犯罪史の方である。

深沢篠は当時三十六、歿《ぼつ》年五十四歳の藤生信雅とは十八年齢《とし》が開き、貢とも二十歳の年齢差がある。現代の感覚で言うなら、まだうら若いと言ってもいいこの義母が、貢の初舞台ともいえる重要な舞台の成功の後三日目に貢――つまりまだ少年の面影《おもかげ》さえ残していたと想像される十六の義子を殺害し、その死骸を切り刻み近辺の桜の木の根元に埋めた、今で言うバラバラ事件は、当時の世相を相当騒がせたようである。

当時の新聞の誇大表現は信じられないとしても、事件には確かな記録が数点残されている。それらを綜合《そうごう》すると、事件の経過は、次のようなものである。

――貢が消えたのは、伯爵邸の宴の晩から三日目である。信雅が死んでまもなく藤生家に入った多加《たか》という年若い女中が、夜半に庭に立っている貢の姿を見たのが最後である。

藤生家の庭には、事件が起こる数カ月前まで土塀《どべい》を凌《しの》ぐ丈で桜の木があったという。（記録は花の種類について何も残していないが、後に私はこの事件全体に花吹雪を舞わせている桜に何故か、江戸彼岸と呼ばれる花片《はなびら》の細く薄い少し淋《さび》しげな風情《ふぜい》のある桜を連想するようになった）事件の年の春、藤生家では火事を出した。ぼや程度で家に被害はなかったようだが、その火事で桜の木が焼けた。焼けた残骸を土中に埋めたというが、貢はそのまだ土が起こされてまもないところに立ち、顔につけた能面に月光の露を浴びるように上方を仰ぎ見ていたという。

貢がこの時面《おもて》をつけていたというのは、いかにも維新後間もない頃の事件らしく物語めいてはいるが事実と想われる。貢は春の火事で顔半分に火傷《やけど》を負い、爛《ただ》れた顔を恥じて人前では面を顔から離さずにいたと言う。藤生家の凋落《ちょうらく》に火は重要な役割を果たしている。その火事の後、貢はいっそう性格を暗く沈め、弱法師《よろぼし》に似た目を閉じた面に、すべての感情を包み隠してしまうようになったのである。

——翌朝、貢の姿が見えなかったが、篠は心配する気配も見せず、多加に三日の暇を与え家に戻るよう言った。この間に篠は貢の死骸を切断して処理してしまったようである。

五日後、当時の警察署に投げ文があった。小川町の外れにある神社境内の桜の根元を掘り起こすよう書かれており、警察で掘り起こしてみると白い片腕が土中より出てきた。翌日偶然近くの桜の根元から今度は胴の半分が発見され、それから数日のうちに市民の協力もあり、小川町近辺の桜の木の根元から、片腕と片脚を除く大部分が発見された。片腕と片脚はその後遂《つい》に発見されずに終ったようだが、最後に、やはり警察に送られてきた手紙で首が、衣懸橋《きぬがけ》の畔《ほとり》の桜の下から見つかった。土中の首は面をつけており、底の闇を剝《は》いだ白いその面に、折から色づいた桜の葉が朱い血のように滴り落ちたと、新聞の記述にある。

面の下から現われた顔は、半分が土の闇に溶けるように痣《あざ》で覆われていたが、残りの半分は面と区別がつかぬほど白いままで、藤生貢に間違いないと判った。この首を改める際、篠は顔色一つ変えず寧《むしろ》、唇《くちびる》に不逞不逞《ふてぶて》しい笑みを浮べていたとあるが、それは篠が犯人と判明した後の記述で信ずるには足りない。ともかく、それから三日後、十月が晦日《みそか》を迎えるまでに、貢の胸部や片腕が見つかった地点で深沢篠と思われる女が土を掘っている姿を見たという証人が数人現われ、深沢篠の犯行と決定された。

係官が藤生家に踏みこんだのは、葬儀の当日だった。そこには、出棺の刻限も迫り、切断されたまま柩《ひつぎ》に納められた死骸が薄気味悪かったのだろう、釘《くぎ》を打ちつけるのを急ごうとする葬儀屋に、柩ごととり縋《すが》るようにして泣きわめく多加の姿があった。多加は、奥様が戻ってくるまで待って下さいとしきりに訴えている。係官が事情を尋ねると、前夜から篠の姿が見えない、と言う。そればかりでなく多加が言うには、篠は、貢が最後に立っていたという庭の桜の残骸を埋めたところから消えたというのである。前夜、葬儀の段取りを終えた篠は縁に座りこんでしばらく月明りに浮ぶ庭を見おろしていたが、多加が近づくとふと「貢殿が呼んでいる」そう独り言のように呟《つぶや》いて、足袋《たび》のまま庭におり、何かに憑《つ》かれたように桜を埋めた所まで歩いていった。篠の背は、貢の時と同じように蒼い月明りに濡れて、しばし静かだったが、やがてすうっと月明りに溶けていき消えてしまった。後には土のみが残った。

多加は慌てて、客人の数人を呼び、庭はもちろん、邸内を隈《くま》なく探しまわったが、篠の姿はどこにもない。表門や玄関口には弔問客が何人もいたし、裏木戸などは内側から閂《かんぬき》がおりたままで、外へ出た形跡もなかった。

当時の新聞の誇張的表現では、まるで怪奇譚である。多加がこの通りに語ったというより、新聞の創作だろう。新聞は篠を稀代《きたい》の鬼女として扱っている。たとえこれに近いことが起こったとしても、仕舞をたしなむ女なら、身軽に土塀を越えて逃走することはできたに違いない。

奥の間から、「貢殿を殺害したのは私である。私はこの世から消えるので行方を追っても無駄である。貢殿の灰は、私の消える桜の木の根元にまいて欲しい」と記された書き置きが出てきたという。これなども新聞の過飾な言い回しで眉唾《まゆつば》物と思えるが、殺害を認《したた》めた書き置きが残っていたのは、警察関係の記録にもあり、事実と考えてよい。

ともかく、葬儀の前夜、失踪した深沢篠はその後、どこかの地で自害でもしたのか、逃げおおせて天命を全《まっと》うしたのか、捕縛されることなく、行方はわからぬまま終った。

身元についても正確なことは判明していない。さまざまな憶測が流れたようだが、その中で信ずるに足るものといえば、藤生の屋敷があった小川町から一里ほど下町へ下った千賀町の長屋の一軒に暮し、十年近く信雅の妾《めかけ》をしていたというものだろう。信雅の妻、紀世は貢を産んでから、躰《からだ》が弱かったというし、その頃は信雅が、伯爵の加護で金銭的に、最も裕福な時期だったから、充分考えられることである。

後に多加の証言で、篠が正妻の子供であり、自分とは血の繋がりのない貢を、能の稽古《けいこ》を口実に、血をみるほどの虐待を続けていたことがわかり、世間は残忍な継子《ままこ》いじめの鬼女として、事件自体もその果てに起こった猟奇事件として葬ってしまった。

新聞の絵に刷られた篠の顔は、しかし鬼女というイメージからは程遠い。篠の顔をそのまま写したとは思えないが、目つきなどは刃のように残忍な光を潜めて描かれているものの、細い鼻筋や小さな口もとには、童女にも似た影が残っている。

二

深沢篠が、小川町にある藤生信雅の家の門を潜《くぐ》ったのは、明治二十一年末、年の瀬も迫って東京の町並に霜の下り始めた頃である。昼すぎに使いの者が来て、身支度だけを整えて至急来るようにとの信雅の言葉を伝えた。

篠には、何故自分が招《よ》ばれたか、すぐにわかった。使いの者に尋ねると信雅はその朝三度目の発作で倒れたという。一月《ひとつき》前、最初に発作を起こした直後、篠は信雅から、「私の余命も幾《いく》許《ばく》もあるまい。いざという時には再び使いの者を遣《や》るから、それまでに身辺を整理し、身一つで来るように」と認められた文《ふみ》を受けとっていた。臥《ふ》した床で書いたものか、筆は、これが五年前、『船弁慶《ふなべんけい》』を豪快に舞った人と同じ手かと疑われるほど、脆弱《ぜいじゃく》に震えていた。それでも自筆であることに、篠は死を目前に控えた人の確かな決意を、読み取った。縁に出て読んでいると文にあたった陽ざしの中に、落葉が一枚降りかかった。この時篠は信雅がこの年を越せまいとはっきり感じとったのだが、不思議に悲しさはなかった。その日から言われた通り、調度などを売り払い、いつでも身一つで藤生家の門を潜れるよう支度を始めた。家具といっても、千賀町の片隅に痩《や》せた屋根を連ねた長屋の一軒には目ぼしいものなどなく、どれも十年の垢《あか》に汚れている。大半は長屋の連中に見つからないよう、夜こっそり裏庭で焼き払った。着物や小物など身の周りの品には金目の物があったが、それらは大半が、一昨年死んだ信雅の奥方から形見分けに譲り受けたものである。年を越せるだけの金に替えると、残りは長屋のかみさん連中に只《ただ》でやった。どのみち身につけたものは一つもない。十年間、妾暮しをしている得体の知れぬ女に声一つかけてくれなかった長屋の連中がそれから急に愛想よくなった。長屋の住人には近々静岡の郷里へ戻るのだと嘘をついた。

信雅から二度目の使いが来たのは、そんなふうにして、家の中がすっかりがらんとして、僅《わず》かに手許にあった金も底をついた頃である。

篠はまず、畳のすみずみまで、わずかの埃《ほこり》も残さぬよう丁寧に雑巾《ぞうきん》をかけると、湯屋に行った。禊《みそぎ》でもするように髪のひと筋まで丹念に洗い、結床《ゆいどこ》で丸髷《まるまげ》を結わせた。家に戻ると、何もなくなって畳目だけが浮きたつ真ん中に座りこんだ。心情《きもち》は妙に、しんとしている。部屋と同じように何もかもが取り払われ、心は空虚なままに凍《い》てついていた。刃を胸に突きあて死のうとでもしているような、そんな切迫した白さが、ただ広漠と眼前に広がっている。

事実、将来にあるのは、死だけかもしれない——

だが、仮令《たとえ》待っているものが死であるにしろ、自分は藤生家の門を潜らねばならない。信雅に頼まれたというより、二年前信雅の奥方が倒れたとき、篠が自分に言い聞かせた固い決意である。その決意が、今篠の躰を縛りあげ、心情までも凍りつかせているのだった。そんなふうに何刻《とき》、座りこんでいたのだろう、師走《しわす》の早い入り陽が畳に伸びきる頃、篠はやっと立ちあがると、隅の方に夜具と共にたった一つ残された蒔絵《まきえ》の箱に近寄り、中から舞扇と面《おもて》をとり出した。紅色の波に松の雲を漂わせ桜花を吹雪《ふぶ》かせた扇も、若女《わかおんな》の面も共に、篠が十八の歳に死んだ父孫平の忘れ形見である。深沢家はもともと金剛流の流れをくむ能の一流派だった。徳川家の扶持《ふち》で支えられていた能世界は、御一新と共に滅びた。他の能役者のように俄《にわか》商《あきな》いを始めるには年老いすぎた父の孫平は、ただ能の滅び果てることだけを懸念して、御一新四年目に死んだ。

父の孫平がもう一つ心配していたのは、深沢の血が絶えることであった。孫平は不思議に子宝に恵まれなかった。正妻以外にも何人かの女に子供を産ませようとしたが、その誰にもできなかった。篠は晩年にひょっこり産まれた子供だった。おそらくこれが最初で最後だろうと思われた子供が女児だったことで孫平は諦《あきら》めたようである。孫平は篠に男児と同じように厳しく能を仕込んだ。「大きくなったら必ず男児を産め、その子供に深沢の血を継がせるのだ」そんな父の呪文に似た呟きで、篠は育てられた。今わの際《きわ》まで父は、「必ず能の花が世に甦《よみが》える日が来る。その日のために稽古を怠るな——そうして産まれる男児に深沢の血を継がせてくれ」そう言い続けて死んだ。

だがこの父の遺志は実らなかった。孫平の死後、没落した能の家に嫁いだ篠は、姑《しゅうとめ》に石女《うまずめ》ではないかと詰《なじ》られ続け、五年後その家を出された。名目は子供ができないことだったが、本当の理由は夫より自分の方が遙《はる》かに秀でた技倆をもっていたためであるのを篠は知っていた。

信雅と識《し》り合ったのは、離縁されて三年後、動乱の世を女一人でどう暮していくか心細かった頃である。ある日使いの者が来て、どこでどう聞き知ったか、若い頃父上の能を見て痛く胸をうたれた、貴女《あなた》は女人ながら父上の芸を取得されていると聞く、一度拝観したい――信雅の文を届けた。藤生流という名は知らなかったが、言われた通り料理屋に赴き、一さし舞った。この時、信雅は物思わしげに重い盃《さかずき》を重ねていただけで何の讃辞もくれなかったが、それからしばらくすると、今度は別の男が来て、信雅に囲われる気はないかと持ちかけた。貴女の技には教わる所大なり――という口実だった。勿論《もちろん》、女一人を囲うことがどういう意味か篠にもわかっていた。それを承知して、しかし篠はためらわずにその話を諾けた。事実この長屋に移り住んでからも、信雅は訪ねてくる度に、篠に一さし舞わせ、その姿を喰《う》いいるように見つめ

「お前が男に産まれていたなら」父と同じ吐息《ためいき》をついた。信雅の気むずかしそうな所に篠は、むしろ好ましさを覚えていた。若い頃の父に似ていた。いかつい顔や体軀のどこかに丸みがあり、能役者らしい艶《えん》があった。それにこの頃の篠はまだ父の遺志を諦めきってはいなかった。信雅との間に男児をもうけることができれば、申し分なかった――しかし、その夢も叶うことなく十年が流れた。その十年間、たとえ男に勝る秀《すぐ》れた能の花を躰に持っていようと、篠にあったのは、妾という世間の笑い者の立場だけであった。

篠は扇をとり、面をつけると、畳に静かに足を運んだ。

忘れ形見もよしなしと、捨てても置かれず取れば面影に立ちまさり……

扇は、十年の月日を断つように、躰に流れる深沢の血を最後の一雫《ひとしずく》までふりきって烈《はげ》しく空《くう》に舞った。扇をつかむ指に丹念に籠《こ》められた力が、やがて気持を離れ、目の前に闇だけしか見えなくなるまで、篠は舞い続けた。心を無くすこと――花を忘れることが最も美しい花となる、この父の教えを守り、今日まで何度自分は、こんなふうに闇だけを見つめ、舞っただろう――

面をとると、もう夕闇が畳を深く沈めている。篠は庭に降り、落ち葉を集め火をおこすとその炎で扇と面を焼いた。面の塗り物は瞬《また》く間に炎に剝がれた。それは一つの顔が皺《しわ》に縮み、爛れ崩れていくように見える。やがて塗り物の下から現われた木目の所々で火が噴かれると、篠はこの面に残った父の血が流れ落ちていくのだ、そう思いながら、面が炎に呑《の》みこまれるまで見届け、それから着ていた木綿の着物を脱いで火にくべた。

そうして押し入れから、藤《ふじ》色の鼓重《つづみかさ》ねの着物を出した。一昨年死んだ信雅の正妻の紀世が死ぬ前に形見分けだと言って届けて寄越《よこ》した着物の一枚である。齢《とし》の離れた紀世の着物はどれも地味なものばかりで、篠の艶《つや》のある肌《はだ》や、幼ささえ残した顔立ちには合わなかった。紀世がそんな地味な着物を贈ってきたのには、自分の死後、藤生の家を自分に代って守り通してほしいという願いがあったのだろうが、篠には、そんな先の先まで自分の生涯を紀世の着物の色で縛られると考えるのは耐えられないことだった。行李《こうり》に眠らせておいた着物は、その藤色の一枚だけを残してこの半月の間に売り払ってしまっている。

初めて袖《そで》を通すと饐《す》えた匂《にお》いがした。長い間、風を通さなかったせいだろうが、その匂いに篠は、遂に一度もまみえることなく終った正妻の生々しさを嗅《か》いだ。香を焚《た》く用意もない。ふと庭を見ると夕靄《ゆうもや》をふきあげて立ちのぼる烟《けむり》の中に、ぱらぱらと小粒な影が落ちている。この時季にまだ、木犀《もくせい》の花が残っているようだ。帯をしめて庭に降りると烟にまじってわずかに木犀の匂いが流れている。手を伸ばし一枝をむしりとると、それで躰を叩いた。花の屑《くず》が匂いごと着物の色に散って、畳目に零《こぼ》れた。この冬最後の花の匂いは弱々しかったが、何とか紀世の匂いを追い払ってくれた。畳に落ちた花屑を拾い、袂《たもと》に入れ、篠は花の匂いに包まれて、家を出た。

小川町まで一里の道を、篠はゆっくりと歩いた。囲われて最初のうち、信雅の足が遠のくと、夢中でこの道を小川町まで駆けたものである。信雅の邸《やしき》は、静寂を白い土塀に潜めていた。その土塀の陰に立ち、夜が更《ふ》けるまで邸内から漏れる燈《ひ》を見守り続けた。当時信雅は盛りにあったから、家の燈にも豊かさや和やかさがあった。それを見つめる自分の目が夜叉《やしゃ》の目だと気づいても、篠は目を離すことができず、やがて足が躰を支えきれなくなると、やっと諦めて重い足を引き摺《ず》るようにして家に戻った。足の痛みだけがあの頃、信雅や、日陰者の自分の立場を諦める術《すべ》であった。

しかし、もうこの道を二度と歩くこともないだろう——

篠は十年の月日を消すように、前方に落ちる自分の影をしっかりと踏みつけて歩いた。

小川町に着くと、もう周《あた》りは暗かった。それでも西の空に、闇を押し分けて夕焼け空が覗《のぞ》いている。黒い、石のような一塊りの雲がその中に、張子《はりこ》のような軽さで浮んでいる。一日の終りの光が、細い幾筋かの亀裂で、その石の雲を砕いていた。

篠は門の前で立ちどまり、しばらく土塀に閉じこめられた家の静寂を窺《うかが》っていた。

初めて潜る門である。篠の立場は、病がちだった紀世の認めるところで、今までも紀世から訪ねて来るよう文が届いたことがある。好人物と聞く紀世なら、歓んで迎えてくれただろう。だが紀世が生きているうちは、門から一歩も踏みこんではならぬと、篠は自らを戒めていた。紀世に済まないという気持より、篠の気丈さが、その家の中で自分の受ける辱《はずか》しめを許さなかった。

十年固守した、その境界の一線を、だが篠は、あっ気ないほど幽《かす》かな下駄《げた》の音で潜った。

玄関は暗い。衝立《ついたて》の松の絵が色褪せ、枯れ枝を描いたように見えた。暗がりに、この時も篠は正妻の死臭を嗅いだ気がして、袖を振った。木犀の花の匂いが闇を払いながらすっと流れた向こうに人影が浮んだ。玄関に続く縁にでも立っていたらしいその人影はすぐに奥へ消えた。貢のようであった。篠は、八年前に一度だけ、町中で貢を見たことがある。人影は、もうあの頃の貢とは別人のように大きくなっている。

「御免くださいませ」

篠は奥の静寂にむけて、凛《りん》と声を放った。声は、しばらく奥の、果てのないような闇に空《むな》しく響き渡っていたが、やがて白髪の老女が姿を見せた。この女は紀世の使いで何度も千賀町に来たことがあるので、篠はよく知っていた。真木《まき》という名で、東京に移り住む以前より紀世や子供達の世話をしていた女である。老女は本家へ堂々と乗りこんできた若い妾に、馬鹿にしたような憐《あわ》れむような、一瞥《いちべつ》を投げたが、事情は聞いているのだろう、何も言わず、奥へと篠を導いた。

障子の桟《さん》の細い影に切り刻まれて、信雅は横たわっていた。足音だけでわかったのか、うっすらと目を開いた信雅は、篠の方に首をねじ曲げようともせず、肯《うなず》いた。

「お申付どおり、躰一つで参りました」

篠は丁寧に指を揃《そろ》え、信雅の枕元に頭を垂《さ》げた。一月《ひとつき》前より、顔がひと回り小さくなっている。顎《あご》の薄い皮に、骨が内側から突き刺さって見えた。こんなに骨の細い男だとは知らなかった。

目の下の黝《くろ》い隈を見ながら、篠はこの人の命ももう長くはあるまいと思った。咽《のど》の皺を絞って、信雅が「何もかも捨てて来たのか」声にもならぬ声で聞いてきた。篠は「はい」と答えると、

「深沢の血も——」

小声でつけ加えた。その声はもう信雅の意識には届かなかったようだが、それでも天井を見上げたまま、信雅は何度も満足げに肯いた。目は瞼《まぶた》の皺に粘《ねば》って半ばしか開かれていないが、死へと濁り始めたその目には、しかし何もかも納得したという安らぎがあった。信雅は、静かに目を閉じた。

このとき障子に明るみがさし、篠は庭の方に目をやった。ただでさえ枯れ草が生い茂って暗い庭には夕闇が重くおりている。その枯れ草の丈に呑まれるようにして、四年前に半焼した能舞台が、まだ煤《すす》臭い残骸を曝《さら》けていた。何もかもに町中と思えぬ荒廃がある。その荒廃の真っ只中へ、篠の視界にはない空のどこかから、夕闇を切って一条《ひとすじ》の光が射しこんでいた。落ちきる間際だけに鮮烈なその光は、まだわずかに残っている能舞台の板に錐《きり》のように突き刺さっている——この光なのだ、と篠は思った。荒れ寺に似た屋敷でこの後、自分はこれと同じ一条の光を、たとえ命を賭しても守り通さねばならない——幻でもあったかのように光はすぐに消え、後にはただ暗闇と静寂だけが残った。篠はまだその光を見守っているように、微動だにせず、闇に目を据《す》え続けていた。

婚礼は、その晩のうちにとり行われた。

婚礼といっても、床《とこ》に起きあがることもできなくなった信雅は臥したままで、席に連なったのは、貢と老女中の真木だけであった。その真木が用意した盃を、篠は信雅と二人でほした。信雅は、篠が手を添えても祝酒を口に含みきることができず、歪《ゆが》んだ口から筋をたらしただけだったが、篠は自分の分を確かに飲んだ。

灯影《ほかげ》で目を伏せた貢が、『高砂』を謡《うた》いだした。その声と鼓の音が、奥行きも底も空しく広がった夜に響き渡っただけの華燭《かしょく》であった。

軈《やが》て信雅が何かを言うように口を動かしたので篠は耳を寄せた。この時、真木の顔色が変ったが、信雅の息にもならない声を聞きとろうと必死だった篠には、そんなふうに信雅の顔へと屈《かが》みこんでいる自分の姿が、真木の目には死人の最期の命を吸いとろうとする死神のように映じていたことに気づかなかった。

信雅は「頼む」と言いたかったようである。

その夜のうちにも死ぬと思われた信雅は、絶えかけた息をなんとか、か細い糸に繋いで、十日後、その糸を音もなく断つように静かに死んだ。元来《もともと》、信雅は異郷の出であり、唯一の支援者である鷹場伯爵は洋行の途上なので、葬儀には目立つ客人もなかった。しかし、その少ない客人に、篠は正妻として対した。出棺の際、釘で棺の蓋《ふた》を初めに打ちつけたのも篠の手であった。葬儀の日は夕刻から雨になった。雨足に暮れなずむ中を進む葬列でも篠は、先頭に立つ貢のすぐ後ろを歩いて真実《ほんとう》の母親のように貢を自分の傘《かさ》で庇《かば》い、道行く人にも貢にかわって頭を垂《さ》げた。

初七日の供養《くよう》が終って、篠がまずしたことは、老女中の真木に暇をとらせることであった。婚礼の晩から、覚悟はできていたようである。真木はその晩のうちに荷を纏《まと》めて出ていった。

篠が自分の部屋に入ると、蒲団《ふとん》が敷かれていた。真木が出ていく前に敷いておいたものらしい。不思議に思って掛蒲団をのけると、中から黒髪が現われた。敷蒲団の真ん中に五寸ほどに切り揃え紙で束ねた髪が置いてある。信雅の口から、紀世が髪の美しい女で、死の床でも髪だけが、まだ艶のある命で枕元から畳へ波うつように広がっていた、という話を聞いたことがある。今もその髪は一人の女の生前の命の生温さまで伝えてくるようであった。何も言わず去った真木の、これが唯一、最後の復讐らしかったが、篠は何事もないように、表の溝《どぶ》へそれを捨てた。死んだ紀世に何ができるだろう――今、荒れ果てたこの家に跡絶《とだ》えかけている幽かな灯を守りぬくことは、自分にしかできないのだ。

門にしっかりと門をおろすと手燭に火をついで、篠は、貢の部屋へと暗い廊下を渡った。貢の部屋は、庭の隅の土蔵の陰になっている。土蔵が迫っているので、貢の部屋の前の縁だけが狭くなって見える。障子越しに薄くなった燈が土蔵の壁のひび割れを昼中より深く彫っている。篠が声を掛けて中へ入ると、文机《ふづくえ》に対《むか》って書物でも読んでいたらしい貢は、むき直り、丁寧に膝《ひざ》を揃えた。貢と間近に対峙するのはこれが初めてであった。真木の目があるうちはやはり遠慮があったし、貢の方でも、無口で温順《おとな》しいと信雅からは聞いていたが真実、寡言らしく、廊下ですれ違う時にも、人の気配すら感じさせず、影のように通りすぎてしまう。背はもう篠を凌ぎ、恰幅《かっぷく》も父親譲りで、外見は充分大人なのだが、前髪の下は、固い蕾のような瞼に隠れた目にも、唇の赤さにも幼さがある。まだ十五歳であった。

篠は、ただ、これからは自分のことを本当の母親と思うように、明日からの稽古は厳しいものとなるが、自分の言葉は全部亡き父信雅殿の言葉と思い従うように、とだけ言って立ち上がろうとしたが、この時、目が貢の額にとまった。

篠は、両手で貢の顎を挟むと、恰度、生首でも持ち上げるような恰好でその顔を行燈《あんどん》の灯に捻《ねじ》った。貢は目を伏せ、されるままになっていた。篠の指が前髪を払うと、額の、まだ青い生え際に椎《しい》の実ほどの痣がある。行燈の灯で、絹でも被ったように透けて見える肌の一カ所だけ

が黒ずんでいる。篠は胸の底へ血が一滴したたり落ちたような怯えを感じたが、顔には出さずに立ちあがり、

「随分大きくなられましたね」

そのまま部屋を出ようとして、ふと尋ねてみる気になった。

「お前とは昔一度遭ったことがありますが、憶えておりますか」

「はい」

貢は今度も素直にうなずくと、篠が出ていくのを確かめるように顔を上げた。白い顔である。子供らしく曇りがないというより、暗い影を下に敷いて、薄い膜で浮びあがっている白さだった。目鼻だちがその白さに呑みこまれている。篠を見上げている切れ長の目にはなんの色もなかった。

「そうですか」

事もなげに答えたが、障子を閉める指が慄《ふる》えていた。部屋に戻ってからも最前の貢の顔が気持から離れなかった。

あの時の顔と同じである。

もう八年前になるだろうか。その頃の篠はまだ若かった。妾暮しに馴《な》れておらず、信雅の足が少しでも遠のくと悋気《りんき》の炎が胸に燃えあがった。長屋の者の目もある。昼日中はじっとしておられず、町中をあてもなく彷徨《さまよ》い歩いた。その真夏の夕刻も篠は、衣懸橋の擬宝珠《ぎぼし》に届くように低く枝を這わせた桜の根元にしどけない姿でしゃがみこみ、所在なく小石を川に投げてい

た。恰度そこへ真木が幼な子の手をひいて橋を渡ってきたのである。子供は七八歳だろうか、信雅の次男だとすぐにわかった。真木は買物先に忘れ物でもしたのを思い出したのか、橋の真ん中に子供を一人残して、道を引き返していった。篠は桜の青葉に深く身を隠した。子供に見られることより、その子供の顔を見たくなかった。次男の貢は紀世に生き写しだと聞いていた。その子供の輪郭に正妻の顔を見てしまうのが怕《こわ》かった。吐息《ためいき》をついて篠は土手の上から石を放り続けた。青葉は生臭く篠の躰を包み、川は夕日の重さに敷かれ、朱い脂《あぶら》を浮べるようにねっとり流れている。波紋は次の波紋に粘りつきゆっくりと広がる。その様に気を取られていた篠は、子供がいつの間にか土手を下り、恰度自分の真下に背を向けて立っていることにすぐには気づかなかった。川縁に小さな足を置いている。その幼い撫で肩の背も、どこからか降ってくる小石が川面《かわも》に広げる波紋をぼんやり眺めている。

篠は手を止めると子供がふり返りそうな気がして、小石を投げ続けた。ところが手が滑り、そのうちの一つが子供の肩に的《あた》った。

子供はふり返った。子供らしくない鈍重な動作だった。貢には三歳の頃から稽古をつけていると聞いたが、確かに仕舞のような、腰が下の方に重くおりた動きである。子供は土手の上の葉陰に座りこんでいる女をすぐに認めたようである。視線をとめて、不思議そうに篠を見上げている。いや不思議そうに思ってもいない、何の気持も現われない、盲目《めしい》を想わせる虚ろな目である。篠は、子供から目を外《そむ》けたい意思とは逆に、その子供の顔を思わず凝視していた。子供の細い鼻筋や小造りの唇のどこかおっとりした顔に、自分を妾と承知で反物や簪《かんざし》などを病床から送り届けてくる一人の女の顔を見ていた。篠の手はひとりでに動き、小石を拾うと、今度は子供の躰にはっきり的を置いて、投げつけた。石は子供の胸にあたった。二度三度──篠は同じことを続けた。

不思議なことに子供はじっとしている。普通の子供なら泣き出すか逃げ出すかするのを、色濃くなった夕陽に染まることもない白い顔でただ篠を見上げている。偶然視線がとまっているだけのような黙《もく》した目である。苛立った篠の手に力が籠《こも》った。思いきり投げた石は、夕闇を火矢のように蹴ってまともに子供の躰を襲った。それでも子供は動かない。いやその顔は益々《ますます》白くなっていく。石はみな子供の躰にぶつかる刹那《せつな》に消え、小さな躰は痛みもなく石飛礫《つぶて》を呑みこんでしまうようである。袖ごと夢中で振られる腕は、空白の的を射るだけである。篠はもう紀世のことも忘れ、ただ何とかその子供から何かの手応えをひき出そうとするように、袖を翻《ひるがえ》して石飛礫を浴びせ続けた。

最後の石は、子供の額に命中した。ビシッと骨を打った音は、土手の上からもはっきりと聞こえた。この時子供は流石《さすが》にゆらりと顔を揺らした。提燈《ちょうちん》が一揺れでもしたように、しかし、すぐに顔も目も元に戻った。髪の間から血が流れて目を切ったが、その目は何の痛みも訴えようとしない。子供の表わそうとしない痛みを、篠は自分の躰で感じとり顔を歪めた。気がつくと余程強く石を握りしめたのか手には血が滲んでいる。ふり乱した髪の一筋が脂汗で唇の端に粘りついている。青葉の生臭さが自分の躰から噴き出している気がして、篠は逃げるようにその場を去った。自分は鬼のような恐ろしい形相をしていたに違いない、その顔を紀世の子供に見られた恥かしさというより、自分の石飛礫に何も応えなかった小さな顔に得体の知れぬ怯気《おじけ》を覚えた。

最前の貢の顔は、あの時と同じである。目鼻だちは大人らしい確かな線をもつようになったが、何も受け容れようとしない、何も語ろうとしない摑《つか》みどころのない白さは変らなかった。その顔で貢は「はい」と応えた。だが本当に貢はあの時のことを憶えているのだろうか。あもはっきり痣が残ったのだから、誰かに石を投げられたことは憶えているかもしれない。しかし七八歳の子供が、たった一度青葉の陰に潜んでいた一人の女の顔をいつまでも憶えているとは思えなかった。貢が「はい」と応えたのは母になったばかりの女に逆らいたくなかったせいだろう。それにあの川縁でも子供はただ余りの恐ろしさに声が咽をつかず茫然としてしまっただけのことに違いない――そう考えても、益々胸に白い炎となって燃え上がってくる得体の知れぬ恐ろしさを闇に溶かそうとして、篠は、行燈の灯を落とした。

三

一月《ひとつき》は瞬く間に過ぎた。喪中であったから正月の祝いもせず、篠は貢に稽古をつけた。朝は夜が明け切る前に起き、夜は近くの寺の鐘が、子《ね》の刻を告げるまで、真冬だというのに火の気のない板の間で稽古は続いた。正月が過ぎる頃、篠は駿河《するが》の遠い縁戚から多加という娘を呼び寄せた。貢とは一つ違いのその小娘に家事の一切を託《まか》せ、自分は稽古に専念した。

稽古をつけ始めて篠は十五の貢がもう何一つ不足のない技を修得していることに驚いた。能楽師の血というか、信雅の教伝が巧みだったのか、指や足の運びは信雅にも篠にも優《まさ》るとも劣らぬものである。謡の声も立派であった。扇を静止させたまま空《くう》の見えない糸を繋いで滑らせる様には在りし日の信雅の姿を見る思いがした。

しかし幾ら形が完璧でも、その形に人の心が伴わねば能ではない。貢の秀でた技倆に心が全く宿っていない事にも篠はまた、驚かなければならなかった。『井筒』は難曲である。秋の夕暮れの廃寺で、女の霊が業平《なりひら》への妄執《もうしゆう》に狂い、果ては恋する男の姿に化けて井戸にその姿を映して面影を偲《しの》ぶ——男への恋慕に現世と断ち切れぬ情を繋ぐ女の霊の心を、十五の年端もゆかぬ若者に演じさせるのは無理な話であった。だがその無理をこの秋までに成し遂げねばならぬのである。一月《ひとつき》の指南で貢の技倆にはさらに磨《みが》きがかかった。形が極められていく程にしかし、心情の欠落は空しい穴を広げていく。

睦月《いちがつ》も末になると篠は焦り始めた。初日の稽古から手心を加えず、叱責《しつせき》の声を飛ばし、型を僅かでも崩すと白扇で肩を打ったが、声にも白扇を握る手にも以前に増して凄まじさが籠ってきていた。貢は連日の稽古にも何一つ文句を発することなく、叱責の度に「はい」と素直に返事をする。だが演《や》り直しても一向に良くならない。屋敷中に響き渡る譴責《けんせき》の声も空《くう》を切って振りおろされる白扇も、あの土手の石飛礫と同じに貢の躰には何の手応えもなく呑みこまれていってしまう。底のない沼に脚を沈めていくような言い知れぬ焦燥から、気持より先に篠の手は動いた。

　篠はまた、父深沢孫平が自分につけた稽古の厳しさを貢に語って聞かせた。父の孫平が能楽師の血を守るために、まだ幼い自分を一晩中木に縛りつけたり、稽古を厭がると二日も三日も食事を取らせず、土蔵に閉じこめたことを話した。

「父は女子供とて容赦しなかったのです。しかし私はその厳しさから能の本当の心を学びました。あの頃の私に比べれば、お前は既に大人、男児でもありましょう。決して音《ね》をあげてはなりません」

　そんな篠の言葉に、貢はやはり「はい」と肯く。だが篠は自分の声が貢の躰に空ろに響いていると思わずにはいられなかった。それに貢は連日の稽古にも一度も音をあげたことはないのである。篠の言葉は意味がなかった。

　貢が弱音を吐かないのは強靭な意志からではなかった。寧《むし》ろ意志というものがまるでないために、空洞にも似た躰がどんな呵責《かしやく》をも受け容れてしまうのである。篠は信雅が、紀世を一度も口応えしたことがない女だと言っていたのを思い出した。そんなおっとりした紀世を、篠は時々貢の顔に見出し、一層叱咤《しつた》の声を荒《あら》げた。

　如月《にがつ》に入ったある日、雪が降った。鼠《ねずみ》色の空は、白い色をどんどん地上に吸いとられていくように益々暗くなり、雪は終日降り続けた。

　その日、篠は貢に面《おもて》をつけさせ、唐《から》織りの装束をつけて舞わせた。秋草模様の唐織りは恰幅だけは立派な貢によく映り、篠は信雅その人が目の前に現《うつ》し身となって姿を浮べた気がして涙さえ覚えたのだが、しかし肝心の面が完全に死んでいる。信雅が名人に造らせたその女面《おんなめん》は、手にとって見るだけでもさまざまな表情を見せるのだが、貢の顔につけると顔そのものすら喪《うしな》って、開いた唇が痴呆《ちほう》のようにたるんで見えた。そのせいか指の動きまでいつもより稚拙に見える。

序の舞を始めたばかりで、篠の叱責の声がとんだ。貢を叩き伏せ、怒りに慄える手で面を剝ぎとると、中からは面と同じ、いや面よりもさらに陰影のない白い顔が現われた。人の顔ではない、人の血が通った顔ではない――篠の中で鬱積したものが一挙に堰《せき》を切って流れ出した。篠は思わず罵《ののし》りの声を挙げると後襟《うしろえり》を貢の髪ごと鷲摑《わしづか》みにして、躰を引き摺った。何ひとつ抗《あらが》おうとしない貢の躰は、もう篠を凌ぐ体軀なのに、子供のように軽く思えた。そのまま縁から雪の降りしきる庭に引き摺りおろすと、すっかり雪の衣を纏《まと》った地面の真ん中に叩き伏せた。貢は揺《ゆら》いだ躰を両手で支え、土下座の形で篠の足許に蹲《うずくま》った。

篠は肩で荒い息を吐いた。全身の力はすべて怒りになって咽もとを衝《つ》きあげてくる。余りの烈しい怒りで声も出なかった。素足の裏を痛みが刺している。踏み石で切ったのか、紅い血が白い雪に滲んだ。篠は声にならない怒りを足の裏にこめて、貢の手を踏みつけた。躰ごとその足を強く捻《ねじ》った。

雪の表面は、土中に灯《ひ》を埋《うず》めたように光だって、天からの雪を落ちきる間際にすっと舞いあげる。牡丹《ぼたん》の花びらのように透けた雪は重なり合った篠の足と貢の手を光の屑で浮びあがらせている。貢の唐衣の裾《すそ》は乱れ、もう半ば雪に埋まってそのところどころに模様の桔梗《ききょう》や萩《はぎ》や小菊がうち捨てられ散っている。

貢がその痛みをどんな顔で耐えているのかわからなかった。篠は足の裏に最後の力をこめると、ふらふらと自分一人板の間に戻った。

この頃になって、篠はやっと信雅が自分に貢の指導を任せた理由が判ってきた。信雅も貢の芸に心が欠けていることを知っていたのだろう、篠の能の腕より、何より篠が女であることに信雅は意義を見ていたのだ。『井筒』の女の霊の心情を貢の躰に宿らせるには、女である篠こそふさわしいと考えていたに違いない――だが自分にはできない。人の血が僅かも通っていないあの子供に女の心を教えるなぞできはしない。

篠は冷え冷えとした部屋で、ただ凍りつくような寒い溜息をつき続けた。

何刻《なんどき》が過ぎたのだろう、篠は庭の静寂が気になって縁に出た。

雪は小止《こや》みになっていたが、庭は白一色に覆われている。植えこみの一つに紛れこんで、雪を纏った貢の姿がある。渡り廊下の陰で心配そうに庭の容子を窺っていた多加が篠を認めると慌てて顔を隠して逃げだした。篠は再び素足のままで庭に降りると、扇をひらいて貢の躰から雪を払い、仏間に導きいれた。

「装束をとりなさい。下の物も全部――」

篠に言われた通り、貢は装束を脱ぎ始めたが、凍りついた躰が思うようにならないのか、流石に恥じいるものがあるのか、仕草はぎごちなかった。最後の薄物が篠の手を借りて畳に落ちた。

夕暮れ時だが、障子に雪明りが射して、古びた畳目にも襖《ふすま》にもいつになく光が溢《あふ》れている。雪明りは、貢の躰を砥石《といし》にして刃先を研《と》ぐように切りかかり、蒼い影で濡らした。岩の塊ほどに頑丈だった信雅の躰は土色だったから、このぬけるように透けた肌は紀世譲りに違いない。篠は、貢の、首を垂れ、板戸に打ちつけられた恰好に両肩を張って動かずにいる躰をしばらくじっと見上げていたが、聽て、仏壇から骨壺をとって、中から信雅の骨をとり出した。片手でその骨を砕くと、流れ落ちる灰をもう一方の手で掬《すく》った。

「父上の命をいただくのです」

篠はそう言うと、まず貢の首筋にその灰を塗りつけた。肌は信雅の灰を薄く纏ったが、いくら力を籠めて塗りつけてもその下から浮びあがってくる蒼白い光を覆い尽すことはできなかった。

貢の手は握りしめた形のまま、寒さで凍りついている。篠は、自分の息をその手に吐きかけた。生温い息を何度も浴びせ、やっと指を解《ほど》くと、貢の指間に自分の指を絡めながら灰を塗ったが、その時である。剝《む》かれた貢の腿《もも》の内側で、肌が縮み、さっと漣《さざなみ》だつ気配がした。

篠は、おや、と思ってその腿の翳《かげ》りを手で触れた。今度は篠の掌《て》の下で、かすかだがはっきりと肌は漣だった。

貢は少し首を捻って、前髪に深く顔を隠している。恥じいっているふうに見える。その顔を覗きこみ、

——この若者は、まだ女を知らないのだ。

篠は貢の顔色を窺い続けた。

前髪から、雪の雫が垂れて篠の手に刺すように滲むと、篠はやっと貢の腿から手を離した。

四

翌日の晩から、半月余り、篠は毎晩のように貢を御影町《みかげちょう》の郭《くるわ》に通わせた。最初の晩は自分で付き添い、何も知らない貢にかわって格子《こうし》窓や暖簾《のれん》から顔を覗かせた。熱を帯びた目で物色する一人の女の顔を店の者も女郎達も胡散《うさん》臭げに見返したが、篠は構わずに次々と店を回った。何軒目かで篠は一人の娘に目をとめた。十六七の黒目が勝った娘である。器量も良いが、小さな唇をだらしなく開けた様がいかにもこういう世界で育つために生まれついた気がした。篠は貢に銭を渡し、その女を買うように命じると、自分は、まだ昨日の雪を数珠《じゅず》に繋いでいる柳の枝影に隠れて、貢がどの部屋に這入《はい》ったか、二階の障子の燈《あかり》を探りながら待ち続けた。一刻《いっとき》も経って貢は無言で紫の暖簾を潜って出てきた。篠は待ち兼ねたように貢に駆け寄ると黙ってその肩を自分の袖で庇い、家へ連れ帰った。多加に風呂を焚かせると、自分の手で帯を解《ほど》いてやり、貢の躰を改めた。白い肌が、女の紅や白粉《おしろい》の香で影を帯びて見える。

翌日の晩からも、貢が戻ってくる度に、その躰を篠は検分した。三日もすると貢の躰に変化が顕《あら》われてきたように思えた。元来《もともと》柔らかい肌が一層柔軟さを増し、白い肌に大人びた翳りがさしてきたようである。女の肌に触れて貢の躰に隠されていた男としての体臭が匂うようになった。七日目の晩、貢の腕のつけ根に女の歯形が残っていた。その歯形を指で刺し、

「その時、女はどんな顔をしていたのかえ」

篠はわざと言葉を崩して尋ねた。貢はしばらくうなだれていたが、責めるような篠の言葉にわずかに顔をあげ、眉根を寄せ喘《あえ》ぐような顔を造った。すぐに元の顔に戻ったが、篠は満足げに肯いた。

しかしその満足感のどこかで自分を偽っていることに、この時篠はまだ気づいていなかった。だが半月も経つと、篠は御影町に貢を通わせるのが無駄だと判ってきた。確かに貢の躰は大人びたし、細い眉も濃さを増してきたが、芸に相変らず、微塵の心も籠ってこない。

女を抱かせるのは、篠にしてみれば最後の縁《よすが》であった。その試みが破れては、もうどうしたらいいのか判らなかった。信雅の六十年の生涯を貢に半年で生きさせるのは無理な話である。だがその無法な賭けに自分はどうしても勝たねばならない。それは誰より自分のためである。父孫平の遺言を果せなかった篠にとってせめてこの自分と血の繋がりのない一人の若い能楽師に自分が父から受け継いだ花を残していくのは余生の枷《かせ》である――以前にも増して篠は焦りだした。

その荒稽古が祟《たた》ったか、貢は足を挫《くじ》いた。仕方なく篠は稽古を休んだが、その夜貢の部屋を覗くと貢の姿がない。多加の部屋に燈がともり、中から笑い声が響いていた。貢の声も混じっている。篠が一度も聞いたことのない子供らしい屈託のない声であった。篠が障子を開くと二

人の躰は障子の影よりずっと近くにあった。多加は顔色を変えて項垂《うなだ》れたが、ふり返った貢は、笑っていたのが嘘のようないつもの白い顔に戻っている。

「歩けるのなら、今からでも稽古を始めます」

すっかり夜の更けた板の間に燭台《しょくだい》を灯してすぐに稽古を始めたが、やはり貢は足首が元に戻っていないのか、型が何度も崩れた。いや足首を挫いているせいだけではない。この数日の荒稽古が逆目に出て、この所の貢には以前になかった型の乱れのようなものが荒んだ形で出てきていた。だがこの乱れた時期を通りこすと芸が一段向上することを篠は経験から知っていた。篠は容赦しなかった。

振り上げた白扇が、貢の着物の袖口にひっかかり、袖を腕のつけ根までたくしあげた。女郎の歯形は黒い痣になって残っている。油が尽きてきて弱まった燈に、それは一層生々しく浮ぶ。篠は一度見たきりの女郎の紅い唇を思い出した。次の刹那、憤《いきどお》りのようなものが篠の指に走った。篠は白扇の軸を刃にしてその歯形を抉《えぐ》るように、貢の腕を切った。糸のような扇の軸の跡にすっと血が滲み、一筋が腕を伝って手の指まで流れ落ちた。篠はその血で我にかえったが、貢の方は蹲った両肩で頭を隠したまましんとしている。

「なぜ痛いと言わぬのです――なぜ、こうまでされて抗いません。それだけの気骨もないと言うのですか」

声を吐き出して、貢の顔を自分の方に向けようと摑みかかった篠は、思わずその手をひっこめた。

面《おもて》が笑っている——

いやそれは面ではなく、貢の顔である。今屈みこんだ拍子に垣間見た貢の顔は、確かに笑みを薄く浮べていたのである。燭台の灯影になって、恰度面が、それに籠められた人の魂を奥深い闇から滲み出させて笑うように——

篠は貢が何に対して笑ったのかわからぬまま、その笑みに背筋の寒くなるのを覚えた。貢は蹲ったまま、顔を隠し続けている。恰好からして貢は自分の手へと流れ続ける血をじっと見守っているように見える。その顔はまだ笑みを浮べているのだろうか。

「もうよい、今夜はこれでお寝《やす》みなさい」

篠は魘《うな》されたような声で、それだけの言葉をやっと掛けると、逃げるように部屋を出た。

五

貢の足の腫《は》れが非道《ひど》くなったので、篠は癒《なお》るまで稽古を休むことにした。その間に自分も今後の稽古についてじっくりと考えてみたかった。だがいい知恵は浮ばなかった。今まで以上に厳しい稽古をつけ、貢が自分の躰で何かを取得するのを待つ他はなかった。篠は仏間に長い間座りこみ、信雅や紀世の霊に自分の気持を訴え、近くの神社で御百度詣《まい》りをし、朝は依然夜の明け切る前に起きて、井戸の氷を砕いて冷水を浴びる行《ぎょう》を続けた。

弥生《さんがつ》に入り、足の腫れがひいたので、次の日からまた稽古を始めようという夕方であった。多加が夕餉《ゆうげ》の膳《ぜん》を貢の部屋に届けにいったあと、篠はふと貢の部屋の前を通った。また雪でも降るのか空は鼠色に冷え、いつもより重い夕靄が庭の踏み石や植込みに影をかためている。暗い障子の内側から声が聞こえた。

「貢様は、なぜあのような恐ろしい奥様の仕打ちに耐えておられます」

多加は、言葉の中途で廊下の篠の気配に気づいたらしい、語尾を濁したが、貢の方は気づかぬ容子で、

「先人も稽古は強かれ、情識は無かれと言っておられます。母上が厳しくなさるのも私の将来を思えばこそ。母上は幼い頃に稽古を怠《なま》けて御父上に一晩樹《き》に縛りつけられたこともあると言います。それに比べれば私への扱いはまだ生易《なまやさ》しい。母上にも他人《ひと》の子という遠慮があるのでしょう」

篠は黙って部屋を通りすぎた。その晩、厨房《くりや》に入ると、薪《まき》を竈《かまど》にくべている多加の後ろ姿が肩を無理に狭くして何かを読んでいる気配である。篠が声をかけるとふり返った多加は慌てて後ろ手に何かを隠した。厭がる多加を殴りつけるようにして無理矢理摑みとると、それは古びた絵草紙である。若い男が荒縄で胸を十字に縛られ、磔《はりつけだい》台に上げられた様が陰湿な墨で描かれている。見ている者の胸まで縄で縛りつけてくるほど残忍な絵であった。篠が問いつめると、多加は泣く泣く貢に借りたことを白状した。

「このようなものを――」

竈の火が赤く照って、罪人の姿は益々苦痛に身悶《みもだ》えする。篠は吐き気を覚えながらも、何事もなく装って、それを竈の火にくべた。

その翌日である。隙間風の冷たさで篠が目を覚ますと、前日の晩積った雪でうっすらと明るい障子がわずかに開いている。その隙間から畳に二尺ほどの細長い影が忍びこんでいる。

それはするすると先端を振った。

蛇——

篠は真冬だということも忘れて思わず起きあがったがそれきり、それは動かなくなった。行燈に火をつけて近寄せると、それはただの荒縄であった。障子を開けるとそのわずかな震動で、縄はぬらぬらと尾を揺して廊下を切り庭の暗がりへ落ちた。縁の下を覗きこむと本物の蛇のように、黒い影は、塒《とぐろ》を巻いている。先刻、端が揺れたのは風のためだろう。雪は止んでいたが、庭にうっすらと積もったその表面を這って流れる風が、雪煙をあげている。ひゅうひゅう鳴る風が、闇に潜んだ蛇の息遣いに聞こえる。貢の部屋を覗くと、まだ闇に溶けて、背は静かに眠っているようである。多加を起こしたが、多加は何も知らないという。薄気味悪さを残して、篠の胸から黒い縄はなかなか離れなかった。

その朝から再び稽古が始まったが、やはり四五日休んだうちに貢の技倆はすっかり落ちていた。足がまだ痛むのか、型を踏み外してはさかんに足をさすった。しかし腫れはすっかりひいているのである。休んでいる間に怠け癖がついたのだと思い、篠は前にも増して強い声を放《きつ》った。だが貢は何度も足をふみ外してはしきりにさするのである。最後には篠の声が届かないかのように、だらしなく足を伸ばしてしゃがみこんでしまった。そうしてしきりに足をさする。

篠は飛びかかって白扇をふりあげたが、白扇が空《くう》の頂きを突いた所で篠の躰は雷に打たれたようにとまった。

貢の手には嘘がある――

真実痛そうに足首をさする手のどこかに嘘がある。怠けているのではない。怠けた振りをしているのだ、わざと――

「このような稽古が辛いと申すのか」

自分の胸にさした影に呑まれまいと、篠は声を荒げた。すると貢が、

「いえ――」

珍しく返答をしてきた。いや稽古を始めて三カ月がたち、それが初めてのことであった。

「母上はまだ手心を加えておられます」

初めての声に篠は一瞬怯《ひる》んで、茫然《ぼうぜん》と貢の顔を見守った。静かに見返している貢の顔は平素と変わりない。いつも通りの子供らしさを残した顔である。

しかし子供ではない、自分の思っていたほど、この若者は幼くない――

今の貢の返答は、聞き様では素直なものといえた。もっと厳しい稽古を従順に望んでいると も受けとれた。だが決してそれだけではない。貢は確かにわざと怠けた。わざと篠の怒りを煽《あお》り、それなのにもっと厳しい稽古を望んでいると口では言っている。そこに、ただの従順さではない、何か自分へと挑みかかってくるものを篠は感じとった。

「もっと非道い罰を望むというのですか」

篠は気おくれを怒りで払いのけると、慄えだした手に全身の力を吐き出して、この前と同じように襟を鷲摑みにして貢の躰を庭に引き摺りおろした。篠の頭に、今朝の縄が浮んだ。その縄を縁の下からとり出し、それで貢の躰を桜の樹に縛りつけた。貢は珍しく抗ったが、そのために一層縄は深く躰に喰いこんだ。枝が揺れて流れ落ちた雪は、貢の躰をまっ白に濡らした。篠は自分の腕が千切れるほどに、縄を結んだ。多加が泣いてとめに入ったが、その多加をも恐ろしい声で叱り、篠は自分の部屋に入った。

まだ慄えている掌には縄目の跡が赤く腫れて残っている。貢は自分を憎んでいるのだと、篠は思った。温順《おとな》しく従うふりをしながら、その裏の気持では、実の母にかわってこの家に入り、主《あるじ》の座におさまり、情け容赦もなく叱り白扇を切りつけてくる継母のことを憎んでいるのだ。そんな継母に対し、従順そうに装うことで貢は反抗していたのだ。篠は先夜の貢の笑みを思いだした。幼そうな面をかぶって、その裏のあんな笑みで、鬼女のように怒り狂う継母を嘲笑《あざわら》っていたのであろう。今日だけではない、気づかなかったが、今までだってわざと手を抜いていたのではないだろうか。

貢は継母である自分に逆《さか》らっているのだ。そう納得した。いや無理にもそう納得することで、篠は先夜の貢の笑みに感じた得体の知れぬ恐ろしさを忘れようとした。

夜がすっかり更けて、篠が庭に降りてみると、貢は気を喪って項垂れていた。薄物一枚では凍え死んでも不思議ではない、冷えこみの烈しい夜であった。

六

それからも貢に稽古を怠ける素振りがわずかでも見られると篠は、その躰を樹の幹に縛りつけた。夜明けまで縛りつけたままでも貢は音《ね》をあげなかった。音をあげる前に寒さと疲労から気を喪った。篠は貢の強情さに感心するというより、それだけの苦痛にも何も応えようとしない貢の躰に人並でない薄気味悪さを覚えた。ただ不思議なことに、この頃から貢の舞には、艶のようなものがでてきた。面にも陰影がさすようになった。それはまだ『井筒』を極めるにはほど遠いものだったが、以前には全くなかった心がかすかにその姿に滲み始めた。

しかしそれは時分の花に過ぎなかったのか、貢の芸は元の無味に戻った。面が再び死んだ。篠にはそれが何に原因しているのか、はっきりとはわからなかった。わからないまま束の間の花をもう一度とり戻そうと、叱責の声を荒げるのみだった。

そうして何度目かに貢を樹に縛りつけた時である。「深く自分を見つめ直しなさい」いつも通りの言葉を浴びせ、背を向けようとした刹那、その刹那を狙って貢の口が篠の着物の後襟を咬《か》んで引きとめた。驚いてふり返ると、貢は黙って目を篠の頭の上方へと上げた。篠も貢の目を追ってふり仰ぐと、桜の枯れ枝の一本に引っ掛って太い縄が垂れさがっている。それまで気づかなかったが、縄の端は篠の髷《まげ》に触れそうな所まで下がっている。今貢の躰に巻きついている縄を何本か縒《よ》り合わせたほどに太い縄は、風に揺れて時々端を鎌首《かまくび》のようにもちあげた。

貢はその縄をただじっと見つめている。いつの間にか篠の息遣いは激しくなった。「誰がこのようなところへ――」息遣いをそんな言葉で誤魔化し、篠は何も感じなかったふうに部屋へ戻ったが、すぐに多加を呼び、桜の枝に縄をつるしたのは誰かと問いつめた。多加は返答をためらっている。「貢ですね。貢なのですね――」篠の思わず張りあげた声に、しばらくして多加は肯いた。多加を呼んで尋ねるなど、しかし無用であった。篠には、その縄をじっと見あげていた貢の目の意味はわかっていると思う。貢は「あのもっと太い縄で自分を縛ってほしい」そう篠に伝えようとしたのだろう。

この十日ほどの間に、篠は貢が何を望んでいるかに徐々に気づき始めていた。気づきかけてはいたが、信じまいとし、凡《すべ》てを継母である自分に逆らっているせいだと思おうとした。だが先刻の太い縄はそれだけでは説明ができなかった。もう何度も貢を縛りあげ、篠の掌には、縄の目が鱗《うろこ》に似た痣で残っている。初めて貢を樹に縛りつけた朝、篠の部屋に縄をさし入れておいた者がいる――あれも貢の仕業だったのであろう。あの日、貢を縛ったのは自分の意思だと篠は思っていた。しかし、庭に貢を引き摺りおろし、咄嗟《とっさ》に樹に縛ってやろうと思い縄を握ったのは、前日の夕方、貢が多加に語っていた言葉が気持に残っていたからではないだろうか。「母上は幼い頃に稽古を怠けて御父上に一晩樹に縛りつけられたこともあると言います。それに比べれば私への扱いはまだ生易しい」あの言葉が、多加にではなく、廊下に立っていた篠の耳を意識して語られたのだとすれば……そしてあの朝、篠の目をひくよう、わざと縄を障子の隙間からさしこんでおいたのだとすれば……自分の意思ではなく、貢が篠の気持を巧みに操り、縄を握らせたのではないだろうか——あの日だけでなく、今日まで、そして今日も。

篠は首をふった。だがいくら打ち消そうとしても、掌に縄目がくっきりと残ったように、篠の胸に深く彫られた先夜の貢の、正体の摑めぬ微笑は消えなかった。

その日も庭の気配はただ静かであった。夜が落ちると、篠は手燭《てしょく》に灯を点し、庭におりた。雨でも降りそうな、月のない夜であった。近づくと、貢は気を喪い、頭を垂れている。「貢……」と呼びかけた時である。風が手燭の灯を揺らし、炎の影が項垂れた貢の首をもちあげるように、首筋から頰へと這いあがった。篠は咄嗟に息で灯を消した。闇が残った。しかし闇は、篠の胸に刻まれた貢の顔を消すことはできなかった。髪を乱し、炎の影に焼かれた一瞬の顔は、首の曲げ具合までが先夜、篠が多加の手から奪いとり竈にくべた絵草紙の顔とそっくりであった。炎の波紋は顔に、苦痛に歪むとも笑っているともつかぬ不思議な表情を与えていた。

あの絵草紙も貢はわざと自分に見せたのではないか。多加に命じ、篠が厨房《くりや》に入ったときそれを見ているように仕向けたのではないか——絵草紙の男と同じものを味わおうとして、篠の手に縄を握らせたのではないか……

貢の顔が吸った火は、青白い光となってかすかに闇に沁《し》みだした。生と死の狭間にうっすらとした光で、貢の首が浮んでいる。篠は一歩退いた。その時何かが髷に触れ、ずるずると音をたて肩へと崩れ落ちてきた。枝に吊《つる》されていた縄であった。叫びを咽もとに押えつけ、篠は多加を呼ぶと、後は多加にまかせ、部屋に戻り、しっかりと障子をたてた。胸が激しく波うっている。

篠はそれを恐ろしさのせいだと思い、何を馬鹿げたことを考えているのだ、たかが子供ではないか、ただその言葉を自分に言い聞かせ続けた。

翌《あく》る日の稽古も思う通りにならなかった。指貫《さしぬき》と面をつけて舞わせても功はなかった。女の霊が愛しい業平の姿に身を替えて、井戸の水を鏡に、映った業平の、つまりは自分の姿に見入って業平を偲ぶという『井筒』の最も難しい箇所である。数日前演《や》らせた時には、まだ水鏡を見守る面の目に確かに『井筒』の女がいた。しかし今は元通りの木偶《でく》の顔である。篠は鞭うつように扇をおろした。余程強かったのか、貢の躰はうっと小さく叫んで床に崩れた。

「立つのです、立ってもう一度演るのです」

だが貢の蹲った背は動こうとしない。その背から聴て声が洩れた。

「貴女は……母上はそれほど私が憎いのですか……いいえ私ではありません、もとの母上が憎いのでしょう」

「何を言うのです。そのような言葉で誤魔化すつもりか……」

貢の声に怒りを煽られて、篠は前より強く扇をふりおろした。扇はびんと空《くう》に唸った。薄闇の底に面が落ちた。貢は静かに顔をあげた。薄闇と烏帽子《えぼし》に包まれて小さな顔がある。額から血が一筋流れて、その目を切った。

「しかし、今の母上はあの時と同じ顔をしておられます」

篠は、全身の力を出しきった反動か、今の言葉に虚をつかれたのか、足の力が脱けたようにその場に座りこんだ。あの時とは八年前土手の上から貢に石を投げつけた時のことに違いない。貢の言う通りかもしれない気がした。自分は能の稽古と偽って自分に十年妾暮しを強《し》いた一人の女への怨みを吐き出しているのかもしれない、あの頃の地獄の苦しみを、この貢の躰に流れる紀世の血に嘗《な》めさせようとして扇を振い、罵倒の声を浴びせているのかもしれない――篠の目の前に貢の顔はあった。あの時と同じように自分の額には脂汗《あぶらあせ》が流れ、髪をふり乱している。貢も、あの時と同じ遠い目で自分を見ている、その目には夜叉と化した一人の女の顔が映っているのだろう――篠は恥かしさと恐ろしさから、思わず床に落ちた面を拾い、自分の顔を覆《おお》った。闇に篠の荒れた息遣いが響いた。

　篠は面を片手でおさえたままよろよろと立ちあがったが、それを制するように、貢の腕が鬘《かずら》帯《おび》に回った。思いもかけぬ貢の腕であった。

「離しなさい……離すのです」

　自分の声とも思えぬ空《うつ》ろな響きであった。気持が脱けて、貢の力にまかせている躰も自分のものとは思えなかった。

　鎮《しず》まった気配の後で、つと貢が片腕だけを篠の腰から離し、その手で篠の顔から面を外そうとした。貢の指はしばらく篠の首筋をまさぐると、面を掴んだ。見ると貢は篠の帯の脇に頭を埋《うず》めている。片腕で雛鳥《ひなどり》のようにしっかり篠の腰にしがみついたまま、もう一方の手で面をつけるとそっと顔をあげた。篠の肩ぬぎになった袖が陰をつくり闇を集める中に、白い面が浮んだ。面は泣いていた。たとえようもない悲しみを帯びて目はじっと篠の顔を見あげている。篠の目をうかがい、しきりに声にはならないものを訴えている。篠が何も答えられずにいると、その無言の冷たさを詰るように貢は首を振った。面は右に左に揺れ、その度に悲しみを深めていく。面は貢の顔であった。今初めて面には貢の心が顕われていた。面と一つになり、素顔では顕わせない自分の心をその面に託して、悲痛に訴えている——もう一方の手でいつの間にか貢はしきりに篠の袖をひいていたが、しばらくするとその手で篠の手首を摑み、篠の手に握られた白扇を手ごと自分の肩に振りおろした。何度も貢はその白扇を篠の手と共に自分の肩へと打ちつけた。篠の意志を喪った手は貢の手にひかれるまま白扇で貢の躰を打ち続けた。

　貢は自分の躰を打って欲しいと訴えているのだ。先刻のわざと逆らった言葉もこの叱責を望んでのことに違いない。いや貢は叱責よりもっと恐ろしいものを望んでいる——篠にはもう、貢が望んでいるものが何であるか、誤魔化すことはできなかった。ただ継母に抗っていたわけではない。むしろ篠に望みをかけ、それを餌のように強請《ねだ》っていたのだ。篠の手が餌を投げるよう、あれこれと術を施し、それでも篠が応じようとしないので、今度は篠にとり縋り悲痛に訴えているのだ。犬か小狐のように……

　信じまいとしたのは貢の気持だけだろうか。篠はもう自身の気持も欺《あざむ》けない気がした。確かに自分は今日まで稽古と偽って、貢の躰に正妻だった女への憎しみを吐きだしていたのだと思う。だが本当にそれだけが理由だったのだろうか——貢に白扇を切りつけながら手から迸《ほとばし》りだした血のたぎりのようなものは、本当にそれだけが理由だったのか。昨日桜の枝から垂れさがった縄に覚えた荒い息遣いは、炎の影に焼かれた貢の顔に覚えた胸の波だちは、何だったのか……篠はいつの間にか貢の手を離れ、自分の手だけで貢の肩を打っている。ただ茫然と面を見おろし、宥《なだ》めるようにいつもより優しく柔らかく白扇を打ちおろし続けた。

濃くなった闇に溶けながら、面は胸の奥底から悲しみを訴え続けている。その目には涙すら浮んで見えた。篠の目にも涙が滲んだ。樹に縛るようになって艶のでてきた貢の芸が、再び色を喪った理由はわかっていた。細い縄に馴れが出て、それはもう貢の躰に痛みを与えていないのだ。貢はもっと強く自分の肌に喰いこんでくるものを望んでいる。しかし貢がこうまでして望むものを、これ以上のものを自分は与えてよいものだろうか――面はまるで母親にとり縋るように訴え続けている。篠の胸に、ためらいが開いた細い隙間を狙って一匹の犬は鳴き声をすり寄せてくるのであった。篠には何故と問うことはできなかった。何故、お前はそれほど恐ろしいものを望んでいるのか――篠はただこの時ふっとそんな子供が不憫《ふびん》に思えた。本当に自分の血を頒《わ》けた子のように愛《いとお》しく思った。

篠は親鳥の翼のように袖で貢の肩を抱くと面に自分の顔をすり寄せた。篠が流した一条《ひとすじ》の涙は面の目に落ち、次にはその目から流れ出したように面の頬をすべり、光の露となって闇の底へ落ちていった。

「わかりました」

しばらくして、篠は貢の躰をそっと離すと、

「さあ、稽古を始めましょう」

と声をかけた。篠が貢に優しい母親らしい声をかけたのは、これが初めてのことであった。

その夜の貢の芸は恐ろしいまでに見事であった。一度貢の心を吸った面は、それ自体に命を与えられ、『井筒』の心情を、その襞《ひだ》を表わした。夢中になった篠は先刻の涙も貢の肩を打つ手の躊躇《ためらい》も忘れ、以前通りの真剣さで白扇を切りつけていた。

いや、貢を打つ自分の手が、以前とはわずかに違っていることに篠は気づいていた。怒りに託《まか》せて振りおろす手のどこかに、恰度、雪の朝、痛くもない足をさすっていた貢の手と似た嘘があった。

翌日の稽古で貢が些細な間違いを犯すと、篠はその躰を庭へ引き摺りおろし、枝に吊されたままになっていた縄で、桜の樹へと縛りつけた。

七

「私にはまだ『井筒』の女の気持がわかりません。あれほどまでに女とは男を慕うものでしょうか……母上、私にもう一度御影町へ行かせては貰えませんか」

貢がそんなことを言い出したのは、暦が春に近づき、最後の冷えこみが始まった頃である。半月前の一件から貢は見違えるほどの上達を見せていた。まだ固い蕾だがそれでも花の基が貢の躰に宿り始めたのだと篠は思った。あの一件以来、篠は時々ふりあげた白扇を空《くう》でとめることがあった。思わず面をひき寄せ、顔を隠そうとした。貢を叩きつけながら、いつかの晩の貢の笑みが自分の顔に浮んでいる気がするのである。すると貢は、半月前の夕刻のように白扇を篠の手ごと握って、もっと打ってくれとせがみ自分の肩にふりおろすのだった。またある晩、稽古を終えようとすると最近叱責が少なくなったのを詰るように、篠の着物の袖をひいて篠を制《と》め、再び面で悲しみを訴えたりもした。

篠は貢に合わせ、自分の気持にも面をつけることにした。わざと夜叉のように装い、怒り狂い、自分の手が痺れて動かなくなるまでその躰を殴りつけ、桜の樹へと引き摺った。そして、その度ごとに、貢の面には『井筒』の女の悲しみが深く彫られていく。

篠は満足だった。しかも貢の上達はただ自分が餌を与えているせいだけとは思えなかった。上達を意識するのか、貢は以前にはなかった熱意を見せるようになった。無口は相変らずだが、時には驚くほど能弁に自分から工夫を語ることもあった。どんな形にしろ、やっとこの子は能への目を開いてくれたのであろう、篠はそう思った。

だから貢が、御影町に行きたいと言った時、その言葉を額面通りに受けとって、寧ろ喜んで金を渡したのだった。その夜貢の帰りは遅かった。蒲団の上で眠らずに待っていると、廊下を踏む足音が忍ぶように聞こえ、月明りに蒼く濡れた障子に影がさした。「貢か、今夜は遅うございましたね、明日はまた早いのです。早くお寝《やす》みなさい」声をかけると、影は「はい」と静かに答えて障子の桟を切っていった。

翌日の晩も貢は御影町に出かけた。貢が郭町《くるわまち》に出かけるようになると、多加に変化が見られるようになった。多加は貢に頑固《かたくな》な態度を見せるようになり、その晩も貢が出ていった後、部屋からすすり泣く声が聞こえた。自分では確かに意識していたわけではないが、多加が悲しむ様を小気味よく思って、篠は喜んで貢を御影町に送り出すような所があった。

この所、貢が口数少ないその端々に多加の名を出すことや多加が貢に注ぐ目が普通でないことに篠は気づいていた。貢が多加と笑い声をあげていると篠は、癇《かん》にさわって、二人の笑い声をひき裂くために貢を稽古場へ戻した。このような小娘と興じている時間はないのだと自分の気持に言い訳した。だが、貢の外出が度重なると、篠は多加が辛がる様をどこかで楽しんでいる自分の気持を認めないわけにはいかなくなった。五日目の晩、篠は多加の耳が傍にあることを承知で、「こうも繁々《しげしげ》通うとは余程気に入った娘でもできたのですか」と出かけようとする貢に尋ねた。「いえ初めての晩、母上が選んで下すった娘しか相手にしたことはありません」と答えた貢の言葉を、多加は背中で必死に堪えていた。その背に向けて自分が笑みを投げつけているのに篠は気づいたのだった。だが貢を御影町に送り出すことで、多加を痛めつけるより何より、自分を痛めつけていることに篠はまだ気づいていなかった。

さらに御影町通いが重なると、篠もさすがに貢の気持が測りかねた。本当に貢は郭の娘に惚《ほ》れたのではないかと思えた。帰りの遅い貢を眠らずに待ちながら、闇に、一度きり見た娘のしどけない唇が浮んだ。娘の顔は何より貢のつける面に現われた。御影町に通うようになってから面には女のふくよかさのようなものが顕われるようになった。面の表情に娘の貢の肌を嚙む顔が覗いた。篠はその娘の影に胸を締めつけられるほどの息苦しさを覚えた。それは以前、信雅との関係で、紀世に覚えたものと同じ灼《や》けつくほどのものであった。

ある日稽古の最中に、『井筒』の面が郭の娘の顔となって篠に迫った。篠は思わずその面を叩きつけた。「お前はあの娘に腑《ふ》ぬけにされたのですか、今の仕草は何です」白扇と共にこの数日胸にわだかまっていたものを叩きつけた。すると貢は「母上はあの娘を何故選ばれたのです……母上は自分に似た娘を選ばれたのではありませんか」面に顔を隠したまま、貢はそんな声を返した。「馬鹿なことを――」篠はもう一度白扇を振りおろしたが、背に冷水を浴びせられた思いだった。何もかも見透かされている、この子には自分でも気づかない自分の気持まで見透かされている、いやただの子供ではない――篠は半月も前、貢が篠の近づく気配を感じとったように不意に多加に躰を寄せわざとらしい笑い声をたてたのを思い出した。郭通いを始めたのも謀り事ではなかったのか、篠の胸に嫉妬の炎を燃やそうとしたのではなかったのか。貢は昔嫉妬に狂った一人の女が自分に投げた石を、もう一度自分に向けて投げさせようとしたのだ、嫉妬の火が篠の胸を焦がし、自分に叩きつけてくるのを待っているのだ――

その晩、篠は寝つかれなかった。火照った躰を鎮めようと水垢離《みずごり》をしに庭におりた篠は、ふと井戸を覗いた。月明りを沈めて浮びあがる水面に、女の顔が落ちている。その顔に篠は確かに貢の言った通りの女郎屋の娘の顔を見た。

貢は夜の白む刻《ころ》に戻ってきた。篠は一晩眠らず、池の縁にしゃがんで貢の帰りを待っていたのだが、足音も聞こえぬままに誰かの目を感じてふり返ると、縁《えん》に立って、貢の姿があった。「只今《ただいま》、戻りました」と頭を垂《さ》げ、貢は静かに篠の顔を見おろした。

この子は面をつけているのだ、と篠は思った。その面の下で凡てを企んだ。篠の気持を読みとり、巧みに操り、多加や女郎への嫉妬を植えつけた。その嫉妬が怒りの火となって、自分にはね返ることを、篠がもっと大きな餌を投げ与えてくれることを望んで……だがこれ以上のものを貢に与えることはできなかった。芸は一層の艶を放つかもしれない。しかしそのかわりに、自分の手は貢の躰を壊してしまうことになる。

篠は掌の中の小石に気づいた。いつの間に握っていたのだろう、憶えのない石は篠の中の底知れぬ悲しみが躰の外へと溢れだし、そこに小さく露を結んでいるようであった。八年前と同じで、手はひとりでに動いた。篠の手を放れ、ゆるやかに弧を描いた小石は、貢の躰をそれて背後の障子を破った。篠はもうひとつ拾って投げたが、それも桟にあたり、空の白みをうつした障子を揺らしただけだった。

幾つか障子に穴があき、石はやっと貢の胸にあたった。そうして一度的《まと》を得ると、篠の手の石はもう貢の躰をはずすことはなかった。

篠は庭から貢を見上げる恰好で石を投げていた。飛礫を浴びながら貢はあの時と少しも変わりなく面のような無表情を保っている。以前にはその顔に宿った紀世の面影にむけて投げた石を、しかし今、貢そのものにむけて投げている。

わかったのはそれだけだった。あの時と同じように、貢にむけて投げる石のひと石ごとに自分の指が何故熱く激しくなっていくのか、篠はその理由を知らなかった。

弥生《さんがつ》も末になり、桜の蕾が柔らかく赤味を帯びる頃、冬が戻ったように底冷えのする数日があった。その日も貢は朝帰りして、そのまま稽古を始めたのだが、一向に身が入らない容子だった。篠の叱責の声を浴びても白い顔のままだるそうに腰をさすり、障子に倚《よ》りかかって庭を見ていた貢は、ふと尋ねるともなく「母上は土蔵に閉じこめられたことがあると言いましたね。二晩何も食べずに……土蔵の中では縛られていたのですか」と呟いた。篠は荒い息遣いを返しながら、貢の眼差《まなざし》を追った。寒風が桜の枝を揺らすむこうに土蔵が見える。寒風と共に叩きつけられる朝の光を、朽ちかけた土蔵は目を射るほどの白さで撥《は》ね返していた。

翌日の朝、起きて着物を羽織ると袖から何かが零《こぼ》れ落ちた。拾って行燈の灯に寄せると、南《ナン》京《キン》錠である。土蔵の錠に違いなかった。錠にはまるで篠に本心を開けと命ずるように鍵がさしこまれている。

篠は錠を手から払いのけたかったが、その恐ろしさに逆らい、指は凍りついた錠を硬く握りしめた。

八

銀座六丁目の駐車場跡から発見された右大腿部の骨が本当に八十年前継母の手で惨殺された藤生貢のものなら、何故その右脚だけが、小川町から離れた地点に埋められたか、その点に、私は疑問と興味を抱いていた。

国文学者である私にはNという作家の友人がいるが、秘本の収集で名高いNが、偶然訪れた私に、

「ああ、あの藤生何とかの事件なら、面白いものがある」

と言って古びて黄ばんだ冊子を書庫から出してきてくれた。明治末期に書かれた物らしく、作者の名は全く聞かないものだが、その作者が藤生家で起こった惨殺事件の唯一の証人である女中から後に聞き出したと思われる或る一夜の話が書かれているという。

私はすぐにその薄い冊子に目を通した。実名は出てこないが、確かに設定は藤生貢と深沢篠の関係を忠実に踏襲している。継母が若い能楽師を、稽古を怠けたという口実で土蔵に閉じこめる。若者に同情した光《みつ》（これが作中の女中の名である）が天窓からでもこっそり入れてやろうと飯を握っているところへ継母がやってきて、白飯を土の上に投げつける。泥にまみれた白飯を見て継母は笑みを浮べると、それを袖に入れ、今夜、丑《うし》の刻に土蔵を覗くよう命じる。

その晩、光が土蔵の中に見た光景を興味本位の猟奇趣味で書いたものである。

天窓からさしこむ月の光に、裸に剝かれ荒縄で縛られて転がった若者が浮びあがっている。冷えきった土蔵の中に二晩何も食べず閉じこめられた若者の肌はもう薄氷のように冷たく透けて、蒼い月光に濡れている。その躰を見下ろすような影で立った継母は袖から泥まみれの白飯をとり出しては投げ棄てている。若者は飢えた犬のように這いずり回っては嬉しそうにそれを食べている。継母の方も祝いの宴で舞いでもするように楽しげに影を揺らしながらしきりに笑

い声をたてている。髏て袖の餌が尽きたとわかると若者は女の裾を噛んで首を揺らしてしきりに訴える。すると女は帯から扇をぬき、その軸で若者の肌を抉るように傷めていく。さながら地獄絵だが、二人にはまるで天国に戯れるような喜悦がある――これだけの事が蜿蜒《えんえん》と描かれ、最後に――〝光は二人が面《おもて》をつけているのだと思った。かような残忍極まる所業に身を任せながら、静謐な笑みを浮べた二人の顔は月光に蒼く凍てついているのであった〟といった文で締めくくられている。

誇張はあるだろうが、しかしこれに似た出来事は深沢篠と藤生貢の関係にあったのではないか――冊子の黴《かび》臭い異臭と内容の陰湿さが絡むのにやりきれないものを覚えながら、私はもしかしたらこの異常な関係から藤生貢は右脚に人目につくような傷を負ったのではないかと思った。深沢篠はその傷で二人の異常な行為が知れるのを恐れ、右脚だけを遠い発見し難《にく》い場所に埋めたのではないかと考えたのである。

正月過ぎにIという能役者と談笑した機《おり》、私はこの考えを一歩進めることができた。『井筒』を舞い終えたIに私が『井筒』のどこが一番難しいかと初歩的な質問を向けると、「やはり男である私が、舞台で女を演じ、その舞台の中でまた女の変装として男を演じなければならないことでございましょうか」と答えた。

能楽史の研究家でもある私は勿論その事をよく知っていたのだが、老役者の返答で私にはそれが初めて実感となったのだった。私はこう考えた、『井筒』の、男（能楽師）から女（井筒の女の霊）へ、さらに男（業平）への三段階の変身をもう一段階ふやしてみたらどうだろう

——つまり一人の女が、能楽師のふりをして舞台に上がったとすれば、その舞台で女を演じ、さらに男へと——という四段階の変身をすることになる。

——鷹場伯爵の帰国を祝う宴席で本当に『井筒』を舞ったのは深沢篠その人だったのではないか。

藤生信雅の意を継いで貢の指導にあたったと言うのなら、女でも十五の若者を凌ぐほどの能の心得はあったに違いない。それに貢は春に火傷を負いずっと面をつけて暮していたし、極度に無口で喋らなくても人に不自然さを与えなかったろう。十五の若者と篠とでは体軀もさほど差異がなかった筈だし、面からはみ出す顎は貢の顔だちが女のように花車《きやしや》だったならわからなかったろう。謡の低い声も男女の区別がつけにくい。鷹場伯爵は〝技に硬さは残るが〟と評しているが、そのぎごちなさは、女が能を演じている違和感ではなかったか——

伯爵の帰国を待つまでに貢の足は致命的な傷を負い舞台に立つことが不可能となった。信雅の遺志を果さなければならぬ篠は、そこで自分が身替りになって祝宴の舞台を勤めたのである。そうしてその後、貢を殺害し、最早舞台に立つことができず無用の長物となったその躰を切り刻んだ。右脚だけを発見し難くしたのは、その傷で何より最後の舞台を勤めたのが藤生貢ではなかったことを知られるのが怖かったからだろう。

深沢篠は鷹場邸の宴席での能をあくまで藤生流という一流派の最後の花として葬るために、貢の脚を土中に葬ったのである。

九

庭の桜が爛漫《らんまん》と咲き乱れる頃、篠は多加に土蔵の中で見たことを決して他言しないよう固く誓わせて、十日の暇を与えた。土蔵での自分と貢の所業を多加にわざと見せたのは、土蔵――というより恐ろしい牢獄で自分が犯した罪の唯一の言い訳であった。鬼の所業にも等しいその罪が、決して許されるものでないことを、他人に知っておいてもらいたかったからである。

多加の留守中に篠にはしておかなければならないことがあった。篠はもうこの秋の鷹場邸に貢を出すことは諦めていた。土蔵での事があって半月、貢との間はもうどうにもならなくなっていた。このままいけば秋になるまでに自分の手が貢の躰を破壊してしまうのは明らかであった。それに自分が貢の身替りに最後の舞台を勤めるのは、畢竟《ひっきょう》一番良い策であろう。自分なら藤生の最後の花にふさわしい『井筒』を演じられるだろう、そうしてまたそれは深沢の父の形見の花を、たとえ一夜でも、この世に開かせる機《おり》でもある。またそれは、女でありながら能楽師として育てられた自分が、その女を決して受け容《い》れることのない能世界へのただ一度の報復の場にもなるであろう。

だが、今から自分が為そうとしている事は、本当にそれだけが理由だろうか――秋の舞台でのすり変わりを自然に見せるには日頃から貢に面《おもて》を被る暮しをさせておく方がいい。舞台上では問題がないが、邸の出入りにも面をつけ自分を貢だと人に信じこませねばならない。そのために篠は貢の顔に火傷を負わせることに決めたのだった。しかし、本当にそのためだけだろうか。貢の躰があの絵草紙の炎を望んでいるなら、自分の躰や手も、その炎を貢に与えることを望んでいるのではないか――

土蔵での事があってから、篠はもう自分を見失なっていた。年若い貢に翻弄され、躰も心も別の女に変わってしまった気がした。

貢はあたかもそんな篠の心を読み取ったようであった。多加が出ていってから、稽古を怠け始め、それでもいつになく篠が茫然として、手応えを示さずにいると知ると、

「母上、私はもう能を続けるのが厭になりましたよ……私は多加を好いております。多加と添い遂げて商いでも始めたいと思っております」

その晩、とうとうそんな事を言うと、能の面を剝いで板の間の柱に投げつけた。言葉や仕草とは裏腹に、白い無心な顔が覗いた。

――この子は、また面をつけている。

篠は本当に恐ろしい子だと思った。卯月《しがつ》に入ってからの自分の企みを見ぬいて、自ら機会を投げて寄越したのではあるまいか。犬のように篠の気持を嗅ぎつけ、まだ逡巡《しゅんじゅん》している篠の気持に決着をつけさせようと、自ら機会を与えてきたのではないか。篠は貢の芝居に合わせて自分も面をつけることにした。

静かな笑みを浮べ、

「それほどまでに言うなら、お前が能楽師以外の道が辿《たど》れぬように……面を生涯顔から外せぬようにしてあげましょう……お前の見たい地獄とやらを見せてあげましょう」

と言うと、貢を土蔵に入れ、その躰をいつもより硬く縛りあげた。それから油樽《あぶらだる》をとって庭に出た。

春の宵《よい》は、花霞《はながすみ》をひいてゆったりと流れている。土塀の上に低く浮んだ月は、夜空を青くのどやかに薄めている。

桜はこの夜を盛りに咲き乱れ、その暈《かさ》に自分でも堪えられないように、風もない中で、花の雫を庭いっぱいに降らせている。

こんな美しい春を見るのも今年が最後になるだろう、篠はすでに逝く春を惜しむ目でしばし何もかも忘れて山のように花を重ねあげた桜を無心に眺めていたが、驚て思い出して油樽をとりあげると油を柄杓《ひしやく》に受け、最後の水でもやるように念入りに幹から下の方の枝まで掛けていった。幹のかぶった油に照って、花までがねっとりと艶を帯びて見える。しかしそれも、篠が火を放つと同時に根元から這い上がった火の勢いと夜空を噴きあげて広がった白煙に、またたく間に呑みこまれた。

煙はそこだけ、霞が濃くなったように見え、その中から、音が爆《は》ぜるのに合わせて、火花と花片がどちらともつかず夜にとび散った。花だけがしばらく霞の中を舞って、篠の躰に降りしいた。

幹の炎がうねって、幹に繋がったまま花の辺りを燃やしている。枝の一本を、篠は満身の力でむしり取ると、土蔵に入った。花の松明《たいまつ》は、土蔵の中を闇と炎にくっきりと分けた。

花と炎の間から幾条《いくすじ》も筋をひく煙が、炎に映えた壁に影の奔流となって流れた。貢の影も床に漣《さざなみ》のように広がった。貢の顔にはなんの変化も顕われなかった。だが無言の顔の下で、その影のように波うっているものを篠は、はっきりと見てとった。貢の躰は人間ではなく、死が白い肌を纏っているだけのように見えた。

「お前は、こんな際《きわ》にも面をつけているのですね」

頭だけを、恰度雛鳥に餌をやるように片方の袖で抱きおこして呟いた篠の声に、応えるように、この時貢の、白い——本当に白い顔の目から細い涙が一筋すべり落ちた。涙はしかしすぐに炎の影に呑まれ、貢の顔はその影でもう半分が爛れて見える。貢は篠の腕を枕にして寝入るかのごとく静かな顔をしている。声を挙げないように袖の端を噛ませると、篠は躊躇《ためらい》なく、炎の剣を貢の顔に振りおろした。石がぶつかるような重い音に続いてうっと声が挙がった。いや、声ではなくそれは貢の咽が攣《ふる》え、躰がうねった音であった。

篠は、ひどく静かな顔で、この時ふと長屋を発《た》った夕刻、焼いた若女の面を思い出して、自分はあの面をもう一度焼いているのかもしれないと思った。

異臭と黒い煙があがる中に、とび散った最後の花は、一人の若者の命の片隅を焼いた灰のように、篠の袖陰へと降りかかった。

十

私が、八十年前の事件に自分なりの解釈を見出したのは、その年の春である。四月半ばに弟夫婦が引っ越すことになったので私は手伝いに出かけた。何もかも片付いたあと、弟夫婦は庭に一本残った、若い、まだ丈の低い桜の樹の始末に困っていた。子供が悪戯《いたずら》で幹の皮のほとんどを剝ぎナイフで字を彫りつけたので売り物にもならないし、人にあげるわけにもいかないという。掘り起こして棄てるというので、私は少し憐れになり自分が貰い受けることにした。だがマンション暮しの私は庭をもたないし、第一、樹ごと全部は重くて持ち帰れそうにない。そこで鮮やかな花を咲かせている数本の枝だけを切って持ち帰り、せめて数日の命を永らえさせてやることにした。

花の落ちないよう柔らかい紙に包んで細長い箱に入れてもらった私は、この時ふと枝を切り落とした幹だけの淋しそうな姿に、手脚のない人の胴を連想した。人ならば恰度十四五のまだ幼さの残った樹であった。すると、当然のように私の連想は、箱に納まった桜の枝と、柩に納められた藤生貢の手や脚とを結びつけた。そしてその小さな相似から私はこう考えたのだった。

——あの時、藤生家から出た柩の中も、やはり枝だけ、つまり手脚だけで胴がなかったのではないか。

勿論、胴も上下二部に切断されて発見されたのだが、しかし篠の手でその胴部だけは柩からぬきとられ、出棺されたのではないか。

私がそう考えたのは、篠が、貢の躰を切断した一つの理由に思い当ったからである。篠が貢の躰を刻んだのには、勿論警察や世間が考えたような猟奇的な動機もあっただろう。一年近く貢との異常な関係を続けた篠の手が死後の貢の躰にも振り降ろされたのだろう。だがこの本能的な動機に隠れて、もう一つ篠が貢の躰を切断しなければならなかった意図的な動機があったのである。深沢篠は、出棺の際、胴だけをぬきとりたかったのだ。

問題は、重さである。篠は、私が幹ごと運ぶのは重すぎるので枝だけを箱につめたように、胴も一緒では重すぎるので、首と手脚だけを柩に入れたのだ。

なぜそうしなければならなかったのか。

柩を運び出す者はその胴をぬいた軽さに気づかなかったに違いない。なぜならその柩は恰度ほぼ一人分の死骸の重さだったからである。篠は胴をぬいた分を他の物で埋め合わせておいたのだ。いやなによりその物を重量の点で誰にも不審をおこさせず、こっそりと火葬場に運び灰と化すために篠は胴をぬいた、つまりは貢の死骸をバラバラにしなければならなかったのだ。

私には篠が何の重量で、胴の重量を埋め合わせたか容易に想像できた。それは、葬儀の前夜、藤生家から消失したもの——深沢篠その人の重量である。

その年の春、既に篠には秋の祝宴の後で貢を殺害し、この異常な自害方法をとる決意はあったのだろう。継子の顔を焼く業火でいつか自分も躰を焼くのだと考えることだけが、鬼畜にも等しいその行為への、一人の、苛酷な宿命を背負わされた女の弁解だったのだろう。能の花を祝宴の一夜に咲かせるという、女の肩には重すぎる宿命を背負わされた一人の女の、この異常な自害方法——またの意味では貢の死骸と同じ火に焼かれて死ぬという異常な情死方法、をとることで篠が何より心配したのは、柩の重量と火葬後の灰の量で、柩の中の躰が二人分だったこと——つまり自分の自害を他人に気取られてしまうことだった。そのためにも貢の死骸を切断しなければならなかった。

女である自分の細い躰と、男である貢の胴とが恰度同じぐらいの重さであることに篠は目をつけたのだろう。こう考えると、当時の瓦版《かわらばん》、新聞の記述もみな事実に基づいていたと考えていい。葬儀の前夜、篠は庭から消えたように見せかけて実際にはこの時土蔵の中か庭の植えこみにでも一時的に姿を隠し、深夜、通夜《つや》の席から多加や客人の目がなくなる隙を狙って柩の中から貢の胴をとり出し、かわりに自分が柩に入ったのである。

バラバラ死体をいくら柩の中でもそのまますぐ人目に曝すような納め方はしなかったに違いない。一応人体の形どおり納められ舞衣《まいぎぬ》か法被《はっぴ》などの広袖《ひろそで》の能装束で覆ってあっただろう。篠はその中におそらくは貢の首でも抱いて忍びこめばよかったのだ。

いや、私はこれには、多加の協力があったと考える。多加に事情の全部を話し自分に力を貸させたのだ。多加は篠に言われたとおり、庭からあたかも影のように消え去ったと警察に陳述したのではないか——出棺の際多加が柩にとり組って泣いたのは、そこに篠がまだ生きて代っていたからではないか。胴はおそらく貢の灰――実際には篠自身と貢の首の灰を埋めてくれと書き遺した、桜の木の残骸を埋めたその場所に埋められたのだろう。

篠は炎に焼かれる最後の時、貢の首だけを抱いていられるならそれでいいと諦めたに違いない。首は貢の命そのものであり、またその首には藤生の花を守るためにしろ、恐ろしい欲望からにしろ、自分の犯した罪が火傷の跡で残っていた。その火傷を負う際、貢が堪えたものを今自分も堪えるのだ――そう思うことだけが柩の中で最後の際を迎えた時の篠の慰めだったかもしれない。

一年近い異常な関係を通して、継母と継子の間には愛情のようなものが育っていたのではないだろうか――それが世に言う男女の愛だったのか、それとも母子《おやこ》の愛に近いものだったのかわからないが、ともかくそれが一つの愛の形だったことは間違いないように思える。

その愛の炎に、深沢篠は、文字通り身を焦がした女だったようである。

私は前にも藤生家の滅亡には、火が重要な役割を果たしていると書いたが、深沢篠の命と貢の命を同じ柩に焼いたその火で、藤生家の悲劇は最後の幕をおろしたのだった。

それからしばらくして、私は小川町の藤生家の跡があったと思われる辺りを訪れたが、現在はもうビル街に変り、誰も藤生の名すら知る者はなかった。

しかし私の想像があたっているなら、このビルの谷間の土中深くには桜の木の残骸に混じって、今も二人の男女の命が、灰と骨の形で埋まっているのである。だが、アスファルトとコンクリートだけが今道を歩く人の影すら呑みこんでしまう大都会は、そんな幻を追うことすら許してはくれなかった。

文明の無表情は八十年の歴史の闇を完全に包みこんでもう何も語りかけてはこない。

ベイ・シティに死す

雨、というより霧に似ていた。

波止場は紗幕《しやまく》越しの景色のように、ただ灰色にけぶっている。海も空も、濡れて、一つの色に溶けこんでいる。

ときどき風が、雨の色に襞《ひだ》を与えて流れ、沖に停泊している貨物船や客船をかき消した。霧笛《むてき》が鳴り響くと、呼応するように鷗《かもめ》が騒ぎだした。海面を這《は》ってとぶその羽の色と、沖に届くほどに伸びた桟橋《さんばし》にぶつかる波頭だけが、灰色だけの景色を白く破っている。

雨と暮色のせいだけではなかった。このホテルの窓から見える港は色がない。さいはての港町だが、貿易港として戦前は名が通っていた。現在も外人の往来がある。夜は、湾から吹きこむ風に、あちこちでネオンの花が揺れる。

この船員相手のホテルも表は、繁華街に臨んでいるが、私の入った部屋は裏手で、波止場だけしか見えなかった。遠い水平線のむこうには本州がある。港は町の玄関だが、窓から見ると、却《かえ》って町の死角のようだった。日中でもただの灰色だった。

五日前、初めてこの部屋で目をさましたとき、まだ刑務所の中にいるような気がした。刑務所は一カ月前、夏の終りに出ていた。だが窓から見える灰色の港は、刑務所の中庭に似ている。こんな風に夕暮れで、雨が降っているとなおさらだった。空は水平線に沿って果てしなく広がっているのに、刑務所と同じ、灰色の見えないコンクリートの壁で、鎖《とざ》されているように見えた。

事実、私は、まだあの鉄格子の中にいる。七年の刑期を六年で終え、出所したが、六年前の事件はまだなにも清算されていなかった。私は事件にカタをつけるために、この町へ来たのだった。

階下から、口笛が聞こえてきた。昼間、食堂で会った黒人の船員が、故国《くに》を思いだして吹いているのだろう。カウボーイの歌だったか、黒人霊歌だったか、メロディは憶えているが、名を知らない曲だった。霧笛にとぎれながら、口笛は、灰色の雨の中を漂い続けた。

黒人は、国を離れて六カ月になると言っていた。懐しさと諦《あきら》めの混ざった顔だった。私も刑務所では、半年目には諦めていた。たった一つ諦められなかったのは、あの事件とあの二人のことだけだ。いや、それすら一年が経つ頃には諦めていた。ただ忘れきることができなかっただけだ。

刑務所でいちばん辛かったのは、不思議に最後の一カ月だった。出所が間近に迫ったこの夏だった。娑婆《シャバ》の空気にああも飢えたのは、六年間で初めてだった。天窓から溢《あふ》れこむまっ白な光と、うだるような暑さの中で、私はあの二人の顔を思い浮べた。二人の顔が一時《いっとき》も頭から離れなかった。憎んでいるより懐しがっているようにさえ思えた。夜は、再び警察に逮捕される夢にうなされた。刑事の顔が近づく。パトカーのサイレン。手錠――私は自分が殺《や》ったのではないと訴えようとするが、声が口をつかない。パトカーの窓に群がる通行人たちの顔。その中に二人の顔があった。二人は、同じ憐《あわ》れむような遠い目で私を見ている。私は女の方の名を叫ぼうとするが、名前を思い出せなかった。苦しさで目をさました。目をさましても、だが、まだ夢の中にいるように、すぐには女の名を思い出せなかった――どうしても二人に逢わなければならない。私は二人を追って、この町に来たのだ。

口笛はまだ続いている。夜の気配は、まず海面を暗くした。方々で灯《ひ》がともった。その一つが沖の方へ流れていく。巡視船のようだった。

部屋の中はもう暗い。時計を見るために、ベッドの横の小さな洋灯《ランプ》をつけた。五時半だった。洋灯の埃《ほこり》くさい笠にとまっていた蠅《はえ》が一匹、部屋を飛び始めた。北の港町は、初秋というより、もう冬が始まったように冷えている。蠅は力なく飛び交っていたが、やがて床に金色の点々と煌《きら》めくものを見つけてとまった。金の鎖だった。昨夜、連れこんだ女が忘れていったネックレスだろう。床に手を伸ばしたとき、電話が鳴った。

「あんた?」

昨夜の、髪を赤く染めた女だった。昨日の晩、埠頭《ふとう》の反対側の酒場で知りあっただけで、名前は知らなかった。

「あんたが探してる女の居所がわかったわ。教会へ上る坂があるでしょ。その中途に、新港小路っていう最近出来た酒場街があるの。その中の〝レインボー〟という店……店ではリエって名を使ってるらしいけど、片脚を少しひきずるっていうし、まちがいないわね。今夜も来れる？」

「今夜はだめだ。二、三日うちにまた行く」

ネックレスが忘れてある、と私は言った。

「わざと落としておいたのよ。昨日の晩一晩きりっていうのは嫌だわ。気が向いたら、届けに来て」

女は電話を切った。

私は、もう一度時計を見た。まだ出かけるには早すぎる時刻だ。もう少し夜が更けてからの方がいい。六年間待ったのだ。慌《あわ》てる必要はなかった。

それでも、やっと恭子《きょうこ》に会えると思うと胸に高鳴るものがあった。私はベッドの端に掛けてある上着をとると、内ポケットから拳銃をとりだした。少し慄《ふる》えていた指が、拳銃を握ると鎮《しず》まった。刑務所に入ってからは、恭子のことを思いだすたびに、指の先がわずかに慄えるようになった。私は慄えをとめるために、よく指だけで拳銃を射つ真似をした。同じ房《ぼう》の男が、ここを出たら誰かに復讐するつもりなのか、と尋ねた。私は何も答えなかった。私は無口で陰気な男だと思われていた。出所すると、二人の行方を探す前に、まず、昔の知り合いを訪ねて、拳銃を買った。拳銃は、あの鉄格子とコンクリートの壁の中で、私が諦めきれなかった最後の夢だった。

1

六年前、私は、新宿の小さな組にいた。土建業と銘《めい》うってはいたが、要するに馬鹿馬鹿しいただの暴力団だった。私はまだ三十そこそこだった。幹部ではなかったが、若い連中の間では、古顔だった。三下の連中からは、兄貴と呼ばれ、顔が効いた。

征二《せいじ》は、そんな、私を兄貴と呼んでいた一人だった。私より四つ年下で、私がその頃、一緒に暮していた恭子と同い年だった。私は征二をいちばん可愛がっていた。単純で馬鹿で、やくざになるために生まれついたような男だった。九州から集団就職し、大都会の夜のネオンの色に魅せられて、後は決まりきった道の踏みはずし方をした男だった。私は自分がヤクザでありながら、ヤクザを馬鹿にしている所があった。こんな馬鹿げた世界に自分を貶《おとし》めていることに快感をさえおぼえていた。そして、そんな自分も馬鹿にしていた。私に比べると、征二は根っからのヤクザ者だった。上着の袖《そで》をひらひらさせて歩き、街角で若い娘をからかったり、素人《しろうと》に喧嘩を売ったりするのを得意に思っていた。血の気の多すぎるところがあったが、それだけに情にもろく、人の好い所があった。組でも、あいつは頭が弱い、と馬鹿にされていたが、誰も嫌う者はなかった。剽軽《ひょうきん》で、人を笑わせるのが上手かった。動物のように本能だけで周囲を嗅《か》ぎとっているところがあった。私はそんな征二に、半ば羨望《せんぼう》さえ覚えながら、どこへ行くにも連れて歩いた。実際、征二は野良犬のように私につき従っていた。

私と恭子が一緒に暮している部屋にも、よく征二はやってきた。私と恭子は共に無口でベッドの上以外では、関係をもてあましていたところがあったから、征二が来ると部屋の空気が明るくなった。恭子が、征二の前ではめずらしく声をたてて笑った。恭子は、征二のことを弟のように可愛がっていた。子供の頃に死んだ弟と似ていると言っていた。事実、白い艶《つや》のあるまだ若い肌に、ふけた大人の表情をいつも翳《かげ》らせている恭子と並ぶと、童顔の征二は、同い年でも四、五歳幼なく見えた。弟の死んだ話を恭子が語ったとき、征二は腕で涙をぬぐって、泣いた。

征二は、私と恭子の関係に、ひどく自然にとけこんでいた。旅行のときなどは、どちらともなく征二の名を出して、一緒に連れていった。私が忙しいときは、私の方から征二に恭子の相手をさせ、映画や買い物に行かせた。

その晩も、征二を連れて三人で横浜へでも食事にいこうという話になっていた。七時に組で征二を待っていると、征二が事務所のガラス窓から顔を覗《のぞ》かせた。中には入ってこず指でガラスを叩いて私に合図した。路地へ出ると、「谷沢《やざわ》の兄貴が呼んでいる」と言った。征二は心配そうな目だった。谷沢がひどく不機嫌な顔だったという。

谷沢は、幹部のひとりだった。組といっても、昔気質《かたぎ》の親父さんを中心に、皆が家族のように肩を寄せあっているような小さな組で、幹部連中にも好人物が多かった。谷沢だけがただ一人例外だった。当時の谷沢は、今の私と同じぐらいの齢《とし》だったが、やたら兄貴風を吹かせて、下《した》っ端《ぱ》の連中をどやしつけてばかりいた。高い頬骨《ほおぼね》の銃弾の痕《あと》や、前科三犯の過去をひけらかし、組のやり方は生ぬるいといっては、何かにつけ暴力で解決しようとした。

谷沢は、とりわけ私を嫌っていた。些細《ささい》な事に言い掛りをつけ、「大学を中退したからと言って生意気な面《つら》をするな」口癖のように私に怒声を浴びせていた。殴られたことも一度や二度ではなかった。

征二はそんな谷沢がまた言い掛りをつけて私を虐《いた》めつけるのではないかと心配していたようである。私は征二に、三十分ほどしたら谷沢のマンションの玄関で待っていてくれと言った。それからアパートに寄って恭子を拾い、三人で横浜へいくつもりだった。

なぜ谷沢に呼ばれたか、私にはわかっていた。その前夜、私は偶然、池袋のバーで谷沢を見かけたのである。谷沢が私を認めて驚くと、背を向けて谷沢と話しこんでいた男も私の方をふり返った。新英会《しんえい》の幹部の一人だった。私は何気ない顔ですぐにその店を出たが、谷沢が組を裏切って新英会に通じているのはまちがいないと思った。うちの組と新英会はもともと同じ安《やす》川《かわ》組から派生した組だが、二年前から表通りのミサキというキャバレーをめぐって一種の縄張り争いを続けていた。新英会ではまだ若い安川の三代目を動かして、ミサキを奪《と》り何とか手打ちにもっていこうとしていたが、ミサキを奪われたらうちの組としては安川への上納金も満足に支払えなくなる。事実上は組を引き渡すことになるのだ。どんなことをしても組を潰したくないという親父さんの言葉に組の者はみな従っていたが、ただひとり谷沢だけが「新英会が安川の三代目の気持をつかんでいる以上どうしようもない。この際思いきってミサキを新英会に渡したらどうだ」と真っ向から反対意見を唱えていた。他の幹部とも摑《つか》みあうほどの喧嘩もした。ところがその一ヵ月ほど、不意に谷沢は何も言わなくなった。みなが、谷沢の沈黙を由縁《いわく》ありげに考えていた。谷沢が新英会の幹部と昵懇《じっこん》そうに話しているのを目撃したのは、そんな矢先だった。谷沢が、組に見切りをつけ、新英会に身柄を預けようと考えているのはまちがいない。その日、突然私を呼び出したのも、その証拠だった。谷沢は、私に口止めするつもりなのだ。

思ったとおり、マンションの居間に私を通すと、谷沢はスタンドだけの薄明りの中で、鼻《び》梁《りょう》に皺《しわ》を寄せて卑《いや》しい笑顔を造った。酒や猫撫で声で私の機嫌をとり、昨夜見たことは誰にも話してくれるな、と言った。それだけではなかった。「新英会は近々、最後の行動に踏みきるつもりだ。あんな先の見えた組にいたら怪我《けが》するか、下手すりゃ命だって危ない。どうだ、俺と一緒に新英会へ行かんか。お前だけの器量がありゃ、新英会でもっと大きくなれるぜ」谷沢はそんな風に勧めてきた。

私は、はっきりと否定の返事をした。組を裏切ることよりなにより、目の前の男に嫌悪感を覚えていた。私が黙って立ちあがろうとしたとき、谷沢の笑顔が停《と》まった。

「このままで、黙って帰れると思っているのか」

そう言った谷沢は、素早く拳銃をとり、私に銃口をむけた。谷沢は冗談だと思うな、と言った。私は銃口と谷沢の目を交互に見ていた。冗談でないことはわかっていた。最初からそのつもりだったのだろう。私が誘いにのるはずがないことは、わかっていたはずだ。私が射殺されても、自分に罪がかからない手筈は整えてあるにちがいない。ソファから立ちあがろうとした谷沢が、テーブルに膝《ひざ》をうって怯《ひる》んだとき、私はとびかかった。

あおむけに倒れた谷沢の体を、私は全身の力で床に押えつけ、その手から拳銃を奪いとろうとした。しかし体格も力も谷沢の方が上だった。体位が逆転しかけたとき、二人の縺《もつ》れあった手の中の拳銃が、閃光と銃声を同時に放った。

衝撃を感じたのは、私の方だった。一瞬自分が射たれたのだと思い、私は痛みに似た声を挙げた。数秒、私は、なぜ谷沢がのけぞり、喉《のど》を痙攣《けいれん》させているのかわからぬまま、やっと自分のものになった拳銃を必死に握りしめていた。谷沢が震える唇で、なにか喋《しゃべ》ろうとしたとき、私は拳銃を棄《す》て、部屋をとび出した。

玄関に、征二の姿はまだなかった。夏は暑く、熱気に開け放たれた夜に、繁華街の喧騒《けんそう》は、遠慮なく叩きつけられていた。このときほど、新宿のネオンの色を鮮やかに感じたことはなかった。私は右手と白いシャツの胴のあたりを血に濡《ぬ》らしていた。裏道を選んで、恭子の待っているアパートに行った。

ドアを後ろ手に閉めたとき、恭子は鏡にむかっていた。

「どうしたのよ、遅かったわね、今からじゃ横浜へ着くのが九時を過ぎてしまうわ」

楽しそうな鼻歌が、私をふり返って不意にとまった。恭子は、紫色の、胸もとに花の飾りを三つ縫いつけた華やかなレースの服を着ていた。口紅がいつもより濃かった。恭子は微笑を停めて、私のシャツの血の色を信じられないような顔で見ていた。その血が、その夜の予定だけでなく、すべてを台無しにしてしまったことに恭子はまだこのとき気づいていなかった。もちろん私も何も知らずにいた。恭子は私が傷を負ったのだとまちがえて、「医者を呼ぶわ」と言った。

「それで……谷沢は死んだの」

私が事情を話すと、恭子は震える声で聞いた。私は首を振った。私にはわからなかった。私が憶えているのは、床に倒れたスタンドの灯に、谷沢がのけぞる度に油のような光を放って揺れていた髪だけだった。谷沢の体はソファの陰になっていたし、私は銃弾がその体のどこに的《あた》ったかも確かめず、部屋をとび出していた。

私は、征二がこの時刻なら、もう谷沢のマンションの入口で待っているだろうと思い、行って征二に谷沢の部屋を確かめさせてくれと、恭子に頼んだ。

とび出していった恭子は、三十分後に鉄階段に力のない足音を響かせて戻ってきた。右脚をひきずる癖がいつもより、はっきりと聞こえた。

恭子は、私が尋ねる前に黙って首を振った。

私は覚悟ができていたので、さほど驚かなかった。恭子を待っているあいだに、私は、谷沢がもし死んでいたら、すぐに組へ行って全部の事情を話し、警察に自首してでようと考えていた。私の行為は正当防衛だった。それを証明することもできるはずだ。格闘の跡が部屋には残っているし、拳銃には谷沢の指紋が残っているし、それは、また、谷沢自身の拳銃だった。

「何も心配しなくていい」そう言って立ちあがろうとした私の手首を、恭子は摑んだ。

「逃げてもいいのよ……このまま、あんたと……逃げても……」

恭子はそう言った。呟《つぶや》くような低い声だった。横顔を長い髪に包み隠し、私ではなく、どこか遠くにいる別人に語りかけたように見えた。ただ手だけが、私の気持までも摑みとろうとするように、必死に私に縋《すが》っていた。

「大丈夫だ」

私はその手をふりほどいた。恭子の躰は畳に崩れた。紫のレースが、私の視線の底に美しく模様をひろげた。私はそれ以上、恭子に声をかけず、部屋を出た。

征二は、鉄階段の下で待っていた。足で鉄階段を蹴っていた。私は、この時、征二の右手に包帯が巻かれていることに気づいた。七時に組の事務所の裏手で話したときは気づかなかった。たぶんポケットにでも手をつっこんでいたのだろう。尋ねると、昨日の晩、ちょっとした喧嘩の際、ガラスを手で殴ってしまったと征二は答えた。私は、包帯が解けかけていると注意した。征二は包帯をちょっと見ただけで、なにか言いたそうに口を開いたが、私が黙って歩き出したので、何も言わず背後に足音をつけた。

組長も兄貴たちも、真相を話すと、私に同情してくれた。悪いのは谷沢だから、罪にはならんだろうと慰めてくれた。私は征二を連れて警察に行った。征二とは署の前で別れた。署の玄関に入るとき、ふり返ると、征二は両手をポケットにつっこみ、このときも、半ば私に背をむけるようにして、靴の先で舗道の縁《ふち》を蹴っていた。

私は、刑事に事実を話し、正当防衛を主張した。刑事は、納得したように肯《うなず》き、

「確かに正当防衛だったよ。ただしそれは最初の一発だ。右腹を掠《かす》めている方だ。もう一発、心臓に命中している銃弾を射ったときは、はっきり谷沢を殺る意志があったんじゃないか」

「二発?」

私は笑おうとした。私が射ったのは一発だけだ。あのときは無我夢中だったが、それぐらいは、はっきりと憶えている。だが、刑事が見せた写真の、谷沢の剝《む》かれた体には確かに二つの傷があった。一つは右腹を掠め、もう一つは心臓に黝《くろ》い穴をあけていた。腹を掠めた弾丸は床からみつかった、と刑事が乾いた声で言った。それが、私と谷沢のもつれた指から発射されたものだろう。谷沢はもちろんそれだけでは死ななかった。苦痛に顔を歪《ゆが》めただけだ。そのあと、二発目の弾丸が、今度は、はっきりとある意図をもって、谷沢の命に射ちこまれた。だがそれは私ではない。私が射った一発目の傷は掠り傷程度だったので、警察ではどちらが先に発砲されたかはわからなかったらしいが、心臓に命中した方が後に発砲されたことは明らかだった。つまり誰かが、私が現場をとび出した後に入ってきて、倒れている谷沢を見つけ、同じ銃で谷沢を殺害したのだ。ただの偶然とは思えなかった。二発目を射った犯人の意図は、谷沢を殺害することより、私に濡衣《ぬれぎぬ》を着せることだったのではないか。

三日間、無実を主張し続けた。四日目に、刑事が恭子と征二の証言を聞かせた。二人とも口を揃えて、現場から逃げ戻った私から「谷沢を殺した。弾丸は二発射った」という言葉を聞いたと語ったという。私は刑事に「恭子を呼んでくれ」と怒鳴り続けた。「恭子の奴を呼べ。あいつを呼んでくれ」私が生れて初めて口から吐きだした烈《はげ》しい怒声だった。「恭子が会いたがらない」と聞くと、私は完全に自分を喪《うしな》い、刑事に殴りかかった。壁をかきむしり、頭をうち続けた。その晩、一晩中、私は鉄柵に頭や手首を叩きつけ、獣のような叫び声を挙げた。そして翌日の朝、白い光の中で、私はすべての罪を認めた。

裁判所で、私は恭子を二度、征二を一度見かけた。恭子は二度目の証言の際、突然ふと被告席に私がいることを思い出したように、一瞬だけ、私の方をふり返ったが、すぐに目を外《そ》らすと、乾いた声で偽証を続けた。征二は一度も私の方を見ようとしなかった。不貞不貞《ふてぶて》しい横顔に、私は、初めて、小賢《こざか》しい大人の男の顔を見た。証人席から離れた征二は、いつもの癖《くせ》で右手をポケットにつっこんだ。もう包帯を巻いてはいなかった。あの晩包帯が解けかかっていたのは、二発目の銃弾を谷沢の心臓にぶちこんだとき、無理に指を曲げたからだろう。恭子がアパートをとび出し、戻ってくるまでの三十分に、二人はすべてを決めた。恭子と征二が現場に入ったことを承知していたのに、私はなぜ、濡衣をかけた犯人が二人であることにすぐ気づかなかったのだろう。いや、気づいていたかもしれない。しかしそれが私のいちばん認めたくなかったことだったから、私は自分の気持をごまかしたのかもしれない。傍聴席に戻ろうとする征二に、私は何か言おうとした。弁護士が制《と》めたが、制止されなくとも、結局、私は何も言わなかっただろう。私には、何を言ったらいいかわからなかった。

最初の発砲が正当防衛であることは認められたが、二発目を射った際には、錯乱状態の中にもはっきり殺意が認められるとして、七年の実刑がおりた。

刑務所に移って六日目に恭子が面会に来た。私は恭子がもう一度だけは、私に会いに来てくれると思っていたので、思いどおりだったことがむしろ、嬉しかった。私はもう長年会っていなかったように、懐しい目で恭子を見ていた。恭子は黄色いブラウスに、真珠の耳飾りをし、真珠に届くように髪を短く切りそろえていた。私は、その髪型は似合わないと言った。ガラスが二人を拒《へだ》てていた。共にほとんどなにも喋らなかった。

ただ私は、

「征二とは、いつからできていた」

と聞いた。恭子は顔を挙げた。そんなことは重要じゃないというように淋しい目だった。

「あのとき、逃げてもいいと言ったな。俺を裏切る工作をしたすぐ後に、なぜあんなことを言った」

「わからないわ。……でも本当の気持だったから」

結局、最後のとき恭子が言ったのはそれだけだった。面会時間の半分で出ていったが、立ちあがる前に、ふと、右の手を私の方にのばし、掌《てのひら》をガラスに押しあてた。そうして、数秒そのままの姿勢でいた。掌の脈に沿って、一筋黒いものが流れていた。血痕のようにも見えたが、ただ何かで汚れているだけだろうと思った。指の端で、銀色のマニキュアが光り、耳に真珠が煌めいていた。涙はないが、泣いているより悲しい目で私を見ていた。濃い化粧が消えてしまうほど、白い淋しい顔だった。躰も静かだったが、その静かさの裏で崩れていくものを、ガラスにあてた右手で必死に支えているように見えた。

こんな綺麗《きれい》な女を見たことがなかった。私の体が少しだけ、恭子の方に動いた。私はこの時、自分の手で目の前の恭子を殺したいと思った。そして同じぐらい、自分の手で抱きしめたいと思った。恭子が出ていくと、看守が立ちあがったが、私は面会時間が終るまでここに座らせておいてくれと言った。

その晩に、恭子と征二がどこかへ逃げたことを、十日後、面会に来た組の若い者から聞いた。私は何も驚かなかったし、何も答えなかった。

恭子が逢いに来た翌日から、私は静かすぎる囚人になっていた。無口で、ただ時々、思い出したように、指で引き金をひく恰好をした。


出所してもすぐには、二人の行方はわからなかった。組は、私が刑務所に入った年の末に結局新英会の手中におち、翌年、親父さんは癌《がん》で死んでいた。昔の顔馴染の何人かは、征二のことを既に死んでしまった男のように話した。誰もが憶えている征二は、いつも肩を丸めてポケットに手をつっこみ、目立たないように人影に隠れ、そのくせ絶えず獲物を狙うように目をきょろきょろさせた、飢えた野良犬に似た男だった。狂犬のように威勢よく、乱暴で、涙もろいお人好しの馬鹿だった征二を思い出す者はなかった。長い歳月が経つと人は真実だけを記憶に残すものだ。一カ月後、最後に訪ねた久美《くみ》という女から、この町の名を聞いた。

久美は昔、恭子と同じ店に出ていた女だった。何も知らないと言ったが、不審に思って力ずくで問い質《ただ》すと、一枚の絵葉書を見せた。私もよく知っている北の港町は、絵葉書のつくられた空の青さの下で、架空の町のように見えた。三年前の葉書に、恭子は、今金に困っているから、五万ほど都合がつかないかと書いていた。自分の足音のように少し文字をひきずる癖は昔と変わらなかった。金の送り先に駅の中の郵便局が指定されていた。久美は恭子の住所を知らないし、金も結局は送らなかったと言った。五万ぐらいの金は持っていたが、おかしなことに関わりあいたくなかったのだと言った。私は久美を殴った。久美は右手で頬を庇《かば》いながら、「あんた、まだ恭ちゃんに惚《ほ》れてるの。もう昔の恭ちゃんじゃないはずだわ。六年が経ってるのよ。あんただって昔通りじゃないでしょ」と言った。それはわかっていた。私は黙って久美の部屋を出た。恭子が今もその町にいるかどうかはわからなかったが、翌日、私は東京を発ち、海を渡った。

夜の海峡は、ただ黝い波のうねりだった。波にのみこまれそうに、星は低く落ちていた。秋が始まったばかりだったが、夜空は凍りつくように冷たく、星は、その冷たさの雫《しずく》のようだった。私は長い時間、甲板に立って、夜の海を見ていた。

潮風は、私の体をつきぬけて流れていた。

六年前、恭子もまたこの果てしない闇だけの世界を眺めただろうか。私は六年前、いったい恭子がどんな気持でこの海を渡ったのか、考えてみようとした。だが何もわからなかった。征二と二人楽しそうに笑っているようにも、たった一人、すべてを忘れるために、夜の海を眺めているようにも思えた。

私にわかっていたのは、六年前まで私が幸福だったこと、その幸福を一人の女が裏切ったことだけだった。

2

夜は、もう暗かった。港の灯が霞《かす》んでみえるので、まだ霧雨が降っているのがわかる。九時になっていた。私は、もう一度、胸ポケットの拳銃を確かめると、上衣を着て、ホテルを出た。

雨の中を、しばらく運河沿いに歩いて、通りかかった車を拾った。運転手は「レインボー」という店を知っていた。まだ最近できたばかりだが、女たちに美人が揃っているのでちょっとした評判になっていると言った。

「リエという女を知らないか」

「さあ、私はお客さんを送り届けるだけで、中に入ったことはありませんから……」

運転手は、ちらりとルームミラーを覗いた。

「お客さんも組の方ですか」

「組？——暴力団のことか」

「ええこの周辺をとりしきっている松尾《まつお》組の縄張りなんですよ、レインボーは。うちの社が組の事務所の近くなので、よく組から呼ばれて、レインボーへ行くんです」

運転手は、組の者に通じているようであった。私は、古川《ふるかわ》征二という名を聞いたことがないか尋ねた。この町でも征二は暴力団員を続けているに違いないと思っていた。ヤクザになるしか生き方のない男だった。

「古川というと、三十二、三の痩《や》せて色のない目をした？　去年、幹部になった奴でしょう？　それなら五、六度、乗せたことがありますよ。レインボーに行ったことはないですが、夜遅くにホテルから呼ばれてね。いつも違う女で、非道《ひど》い所を見せつけるんですよ。その席で――」

私が黙りこくっているので、運転手は余分なことを喋ったと思ったのか、ひょいと謝まるように頭を垂《さ》げ、ハンドルを右に切った。道はゆるやかな坂になった。商店街らしい家並は、石畳の坂の両脇に、すでに灯とシャッターをおとして、静まり返っている。車のライトにさからって、石畳をすべりおちてくる霧雨の流れにネオンの色がまじった。運転手は、ネオンの色に車を踏みいれて、すぐにとまった。さまざまな色とさまざまな名で店のネオンはひしめきあっている。霧雨は、色彩の喧騒を静めるように、音もなくふりかかっていた。この雨の中を、車のライトが次々に訪れてくる。車を降りて、見上げると、レインボーと英字が赤いネオンで読めた。雨に滲《にじ》んだ赤は、目を離しても、すぐには消えなかった。私は、青銅のような重い扉《ドア》を開いた。

店の名とは不釣合に中は暗かった。思ったほど広くはなかったが、奥に大きな窓があるのでさほど狭くは見えなかった。窓がなければ穴倉のように息苦しい店だろう。ボックスはどれも客で埋まっていた。外から霧が流れこんだように、うっすらと層を重ねた煙草《タバコ》の煙を、時々笑い声が破った。薄暗いので、客も女の顔もはっきりとはわからなかった。入口から短い石段が階上へ上っている。階上といっても、バルコニーのような木の柵が一階に覆《おお》いかぶさって張りだしているだけである。私がその下のカウンターの隅に座り、バーテンに酒を頼むと、黒い絹のハンカチが、私の体へとふりかかってきた。顔をあげると、木の手摺《てすり》の陰になった闇に紫のハイヒールがラメの光を放って見えた。恭子かもしれないと思ったが、やがてハンカチをとってくれと顔を覗かせたのは別の女だった。私が馴染の客か顔を見定めようとしただけだった。

私は、店中に響いている騒々《そうぞう》しい唄から耳をそむけるように、蹲《うずくま》って、ただグラスを時々思い出したように口に運んだ。長い時間が経った。客の出入りがあり、そのたびに女たちが派手な声をあげたが、騒がしい音楽で、声の特徴はつかめなかった。やがて、グラスが空《から》になっていることに気づいて、バーテンを呼ぼうとした時である。

ふと、誰かが私の背中に、崩れるように、寄りかかった。女だった。女は、私の右肩に顔を埋めた。髪が私の右腕に波うって流れた。酔っぱらって、女は立ったまま私の背にすがりついている恰好で、じっとしていた。突然だったが、私は驚かなかった。私は、女が誰かを確かめようともせず、ただ空のグラスを見ていた。酒の匂いに混じって、香水の匂いが漂った。六年前とは違う、強い下卑《げび》た香水だった。女の髪の感触と眠るように静かな息が、私のうなじにかかっていた。肩に埋められた女の頭に、私も自分の頭をもたせかけた。私は二十三の時、組に入って最初の喧嘩をしたときのことを思い出した。傷ついて地面にぶっ倒れた際、土の匂いに感じたあの安らぎを、恭子の髪の匂いに感じていた。私たちは、長い間じっと、そうしていた。疲れ果て、ただ眠りに落ちることだけを望むように。

やがて、背後から、抱きしめるように、恭子は手を私の胸にまわした。爪は赤かった。六年前恭子がいちばん嫌いだと言っていた色だった。恭子の手は、上衣の上から胸ポケットの拳銃に触れていた。拳銃だとわかったにちがいないが、恭子の指は静かなままだった。吐息《といき》とともに、低い声が私の背に触れた。

「征二を殺して……」

声はそう呟いたようだった。六年前、私に逃げようと言ったときと同じ声だった。

私が黙っていると、恭子は私を離れて、

「奥へきて」

と言った。私は、恭子の背について、いちばん奥の席へ行った。酔っているのか、恭子の、黒いスリップのようなドレスを着た背は少しふらついていた。右脚をひきずるのは昔と変らなかった。恭子は私と出遭う前の年に一度自殺に失敗していた。車にとびこみ、そのときの傷を右脚に残した。二人は、窓際の席に、対《むか》いあって座った。

恭子は、私から目をそむけるように髪に横顔を隠して、窓の外を眺めていた。

「知っていたのか」

何も答えず、恭子はぼんやり外を見ていた。ずいぶん時間が経ってから、

「何を？」

今やっと私の声が聞こえたというように、髪をかきあげながら、ふり返った。私が目の前にいることにも今やっと気づいたというように、ちょっと驚いた顔だった。

「知っていたのか、俺がこの町へ来ていることを……」

「……ええ、久美が手紙で報《し》らせてきたわ、あなたが訪ねてきたって……でも知らなくても、さっきすぐにわかったはずだわ、あなたは後ろからだと、右の肩が妙に落ちて見えるから……」

「久美は、お前の住所を知ってたのか」

「ええ……町の名だけは教えてしまったから、すぐに逃げた方がいいって……」

「なぜ逃げなかった……」

「どこへ……」

「――――」

「どこへ逃げるの」

「どこか、俺が追いかけられないような遠い所があったはずだ。どこか遠い……俺はこの町にお前たちがいなければ諦めるつもりだった」

「そうね。征二なら、今度も逃げてくれたでしょうね、あなたと違って――私が逃げようと言いさえすれば……でも」

恭子は小さく、投げやりな微笑を浮べた。

「でも逃げられないのは気持だわ……あなたは六年間、私を追い続けていたわ、刑務所の中にいても……」

私は恭子に、六年前より少し瘦せたと言った。少し瘦せ、茶色に髪を染め、濃い化粧で目の下の隈《くま》を隠そうとしていた。

恭子は目を、バーテンの背後に掛けられた絵に流した。外国の港町を描いた絵だった。夕陽が港と海を染め、沖の方に、マストの影を長くひいて、船が一隻《いっせき》描かれている。

「店の娘《こ》たちが賭《か》けをするのよ。あの船が港から出ていくのか、港に戻ってくるのか、客がどっちを答えるかって……」

私には、どちらにも見えなかった。あの船には戻る港も、出ていく町もないように見えた。そこに停まって、ただ夕暮れの波に漂っているだけの船だった。恭子は、私と同じ目で、しばらくその船を見ていた。

「それでも逃げられたはずだ……どこかへ」

私はもう一度言った。恭子は、首をふった。

「私はあなたを待ってたのよ、逃げるつもりはなかったわ」

立ちあがると恭子は、バーテンから自分のバッグをとってきた。バッグの中から銀色の蓋《ふた》の口紅をとりだし、ふとその手をとめて、

「六年前、東京を離れる前の晩に、私たちは私たちなりに仁義をつけたわ」

私は、仁義などという言葉は問題ではない、自分はもうあの世界の人間ではない、と答えた。恭子は口紅の蓋をとろうとしたが、思い直したようにバッグに戻し、別の口紅と手鏡《コンパクト》をとりだして唇の紅を直した。

「俺がこの町へ来たのは、そんなことのためじゃない」

私は、胸から拳銃をとりだして、握ったまま、テーブルに置いた。

「わかってるわ……だから、征二を殺して、と言ったわ」

「俺を裏切ったのは、征二だけじゃない」

恭子は口紅をとめ、冷ややかなほど黙りこんだ眼差《まなざし》を鏡にむけていたが、やがてバッグにしまうと、顔をあげた。酔ってはいるが、目の奥に、私をしっかりと見つめる光があった。恭子は思いだしたように肯いた。

「六年前、私たちの偽証をあなたが認めた、と聞いたときにもうわかってたのよ、あなたが自分の手で私たちを殺すつもりだってことは……だから待ってたって言ったわ」

「黙って殺されてもいいと言うのか」

「あの晩、逃げようと言ったわ。本当にあなたと逃げるつもりだった……どこまでも逃げて、最後に一緒に死ぬつもりだったわ」

「しかし、実際にお前が選んだ相手は、征二だった……」

「そうね、征二にあなたを裏切って逃げようともちかけたのは私だったわ……」

恭子は疲れ果てたように、窓に頭を当てて外を眺めた。港の夜景は、雨に濡れて、海へと滑《すべ》り落ちていた。湾の影は、夜を深く掘って、底に灯が二色にわかれて、広がっていた。街の極彩色と、湾に浮んだ船のただ白い灯だった。この美しい夜は二人に似合わなかった。二人は、裏切った女と裏切られた男のまったく別の立場だったが、実はよく似ていた。二人とも六年前の事件で、全部を喪っていた。私は今も恭子を必要としていると口にすることもできたし、それはたぶん本当の気持だったろう。たがいに黙っていると、それがよくわかった。私には拳銃を握りしめ、恭子を殺そうとしている気持の方が嘘のように思えた。だが、その嘘に自分が従うことも同じようによくわかっていた。店の中でどっと笑い声がおこった。恭子はそれを真似るように、横顔のままで、笑い声をたてた。自分を蔑《さげす》んで、笑っているような声だった。自分を――私を、征二を、すべてを笑ったのだろう。恭子が私を待っていたのは、本当だろう。目の前の女は、完全に自分を捨てていた。それだけが私と違う点だった。私には、まだ一つだけ、この女と征二にむけて拳銃の引き金をひく瞬間が残っていた。

恭子はもう一度笑った。蠟燭《キャンドル》の火がつきかけていた。炎の影は、恭子の首筋を淡い黒で燃やした。影は私たちの六年間の最後の頁《ページ》を焼こうとしているようだった。私は今夜中に、決着をつけたいと言った。

「今夜は駄目だわ。征二は今、他の女と暮しているから……明日五時に第三桟橋へ来て。明日組へ征二を迎えに行って、必ず連れていくわ。征二はまだあなたがこの町へ来てることを知らないでいるから……」

「征二に棄てられたのか」

恭子はどうでもいいことだというように横を向いた。

「そうね……きっと」

他人《ひと》事のように言った。

「棄てられたのね。去年、幹部になるとすぐ他の女を抱いたわ。今は三人目の女……でも今でも私たち時々逢って、あんたを裏切ってるわ……征二も私も、最低だわ……非道すぎるわ、私たち」

　恭子はもう一度笑った。

「だから、俺に征二を殺れというんだな。なぜ、そんな男を選んだ――六年前、お前はあいつを選んだ」

「ええ……」恭子は肯いた。「私には、征二のいる所へ自分を陥《おと》す方が、あなたの世界へ自分をひきあげるより楽だったから。谷沢はあなたを利口ぶってるっていってたわね、あれは本当だったわ」

　私は立ちあがった。私は、そんな立派な男ではない、最低なのは征二ではなく、俺だ、自分を裏切った者が許せず殺そうとしているだけだと言った。胸に銃をしまおうとした手を不意に恭子は握った。

「その銃に弾丸は、何発入っているの」

「二発だ――俺が殺したいのは二人だけだ」

「もう一発入れておいて……三発……」

　私はしくじる心配はないから二発で充分だと言った。恭子は首をふった。目を隠すように垂れた前髪が揺れた。目は動かなかった。私を見上げていた。この夜、初めて見せた訴えるような目だった。

「誰の分だ」

「――谷沢の分だわ」

「谷沢?」

恭子は黙って肯いた。私にはなんのことかわからなかった。谷沢は六年前、征二の手にかかって死んでいた。私はその冤罪で六年の刑務所暮しを勤めた。真犯人を自分の手で殺す権利を手にいれるために、私は黙って空しい六年の月日を支払ったのだ。私が尋ねようとしたので、恭子は首をふった。

「何も聞かずに約束して、三発用意しておくと……そうすれば私も必ず約束を守るわ……明日の五時、第三桟橋……」

恭子は、第三桟橋という言葉を、夢の言葉のように二度くり返した。私は、肯いて店を出た。車が停っていたが、私は坂を歩いて下った。恭子との再会は無駄だった。私たちは重要でないことを語り合っただけだった。恭子が私を待っていたことも、すべてを蔑んで笑い声をあげることも私にはわかっていた。私はただ恭子たちを殺すためにだけこの町へ来たのだ。殺そうとしている女に、最後の言葉を語りかけても、何の意味もなかった。

雨はもう小止《こや》みになり、霧と見わけがつかなくなっていた。私はやはり恭子には逢わず黙って今夜中に決着をつけるべきだったと考えた。そして、そうしなかったのは、たぶんこの霧のような雨のせいだろう、と思った。

3

翌日、午後五時少し前に、私はホテルをひき払った。私は宿の主人に、部屋に落ちていた金のネックレスを渡し、一昨日連れこんだ女が訪ねてきたら返しておいてくれと言った。

主人はその女のことを憶えていなかった。私も顔を忘れていた。ただ赤い髪の女だとだけ言った。私が、第三桟橋がどこか尋ねると、私の部屋の窓から見えるいちばん遠くの桟橋だと言った。石炭の山で先端しか見えない桟橋らしかった。主人は白髪の下で顔を曇《くも》らせ、

「あのあたりは、暴力団がよく殺し合いをする所だから気をつけた方がいい」

と言った。私は礼を言い、最後の金で部屋代を払った。昨日の黒人船員が、ちょうど口笛を吹きながら階段を下りてきたが、私は何も声をかけずにホテルを出た。

運河を二つ渡り、長い倉庫に沿って歩いた。石炭の山を通りぬけると、港が開けた。ちょうどホテルの窓からとは反対の角度から見る港だった。ここからの方が港も湾も広く見えた。

昨夜小止みになった雨は、結局止みきることなく、静かな雨音で今日も一日町を濡らし続けた。薄い雨雲は、夕暮れらしい光を透かしながら、本土へ渡った風の跡のように、水平線にむけて流れ落ちていた。

恭子は、桟橋に立っていた。ひとりだけで他に人影はなかった。白いレインコートを着て、

髪の色に似た茶色のスカーフで頭を包んでいた。背をむけて海を見ていた。声をかけるまで、私が近づいたことに気づかなかった。ふり返ると、雨に濡れた額《ひたい》の髪をかきあげた。口紅をさしていない唇は、灰色がかっていた。

「征二はもうすぐ来るわ——今夜、東京から来る客を接待することになっているから、その前に来るって……そこの倉庫の中で待ってるって言ったわ」

「征二にはどう話した？」

「嘘を言ったわ、あなたが昔のことなどもう全部忘れて、ただもう一度だけ私たちに逢いたがってて、わざわざ訪ねてきてくれたと」

「そんな嘘をあいつは信じたのか」

「ええ——征二、とても喜んでた、あなたが昔のことは何も恨みに思っていないと言ったら……あなたも知ってるはずだわ、征二がどんな嘘でも信じてしまう馬鹿な男だってことは……六年前、谷沢の部屋でも、私が本当に好きなのは征二だって言ったら、簡単に信じたわ……」

脚の傷で踵《かかと》の低い靴をはいている恭子は、昔のように、私の肩の高さから、私を見上げていた。雨が光の粒となって顔に弾《はじ》けていた。私は背をむけて、倉庫へと歩いた。

倉庫の戸は少し開いていた。私は、もしかしたら、恭子が嘘をついていて、中に征二が待ち伏せているかもしれないと思ったが、ためらわずに戸を開けた。そこまで恭子が私を裏切るなら、殺されてもいいと思った。

中には誰もいなかった。積荷が散らばって置かれ、闇の匂いがした。雨音が聞こえるだけで静かだった。戸口から灰色の光が、帯となってコンクリートの床に流れこんでいた。私は暗い積荷の陰によりかかって煙草を吸った。聞きなれた足音で、恭子は近づいてくると私と並んで積荷に寄りかかり、私の肩に頭をもたせかけた。

「征二を先に殺って……征二も拳銃をもっているはずだわ、近づいたらすぐに殺って……」

それだけ言うと、眠るように目を閉じた。

私は片腕を恭子の躰にまわした。数分後にはこの手で、この女を殺そうとしているのが自分でも信じられなかった。恭子も、一分先のことすら考えられないほど疲れ果て、せめて最後の安らぎを、束の間でいいから、私の肩に求めているように見えた。

十分が過ぎた。その間、二人は何も喋らなかった。たがいのかすかな息遣いだけを聞いていた。

「遅いな――」

私はやっと呟いた。

「でもまちがいなく来るわ」

「一人だけで来るだろうな――」

「ええ……必ず一人で来てくれって念を押したから」

その恭子の言葉が終らぬうちに、外に車の近づく気配がした。私はポケットの中で拳銃を握りしめた。車は倉庫のすぐ近くで停まり、ドアの開く音が聞こえた。足音が水溜りを蹴って近寄ると、人影が現われた。

男の影は、戸口で肩の雨をはらうと、恭子の名を大声で呼んで、中へ入ってきた。征二の声だった。征二は床の光の中に、影を長くのばしてさらに中へと入ってきた。物陰にいる私たちがわからず、何度も恭子の名を呼んだ。

私はやっと光の中に足を踏みいれた。征二は突然現われた私に驚いて、足をとめた。私と征二は数歩離れていた。私の靴先に、征二の頭の影が届いていた。

征二は腕を通さずにコートを羽織り、下は白い盛装だった。豪華な場所へ出かける途中に、ちょっと立ち寄ったという恰好だった。胸に、本物か造り物かわからないカーネーションを飾っていた。少し太り、肩巾が広くなっていた。私と同じぐらいの年恰好に見えた。髪の長さだけが昔と同じだった。

私の方も変わっていた。征二は、一瞬、私が誰かわからぬように、不思議そうに眺めたが、

「兄貴――」

懐しそうな声で呼びかけ、両手を広げて近寄ろうとした。私は拳銃を出し、銃口をむけた。征二は、驚いて一歩を踏みだしたまま、棒だちになった。そのとき、恭子が私にすり寄り、私の肩に、さっきと同じように頭をもたせかけた。恭子は唇にかすかな微笑を浮べて征二を見ていた。目は、見知らぬ他人か、遠い昔に忘れてしまった男を見ているようだった。

「射って――」

恭子は、耳もとで囁《ささや》くように言った。

小声だったが、それは、はっきり征二の耳を意識した言葉だった。

征二は顔を歪め、笑おうとした。何かの失敗に気づいて、ごまかそうとするような微笑だっ

た。私は征二の右目の下に黒子《ほくろ》があることを初めて知った。

征二は、口を開きかけ、開いたままでとめた。私と恭子のどちらの名を呼んだらいいかわからないようだった。ほんの一瞬、私と恭子の顔を交互に眺めた。恭子が裏切ったことはすぐわかったのだが、それが信じられずにいた。征二は、なにか弁解するように、片手を私の方にさしだし、歩み寄ろうとした。冗談なんだろうと言いたそうな笑顔だった。結局、征二はあまり変わっていなかった。昔と同じ笑顔だった。私が昔弟のように可愛がっていた男だった。私も笑って「セイジ」と呼ぼうとしていた。私は引き金をひいた。

征二の体は、背後に数歩、退《さが》って、あおむけのまま、床に倒れた。私はゆっくりと征二の体に近づいた。床に倒れた征二の体は、昔のように痩せて、小さく見えた。征二は最後の目で私を見あげていた。苦痛に顔を歪め、それでも笑おうとした。本当に、馬鹿な、どうしようもない馬鹿な奴だった。私の名を呼ぼうとしたが、声にならないうちに頭は床に落ちた。雨の音だけが残った。

弾丸は、征二の心臓に命中していた。血は、胸に飾られた真紅の花から流れ落ちているように見えた。その色だけが、この、やくざに生まれついた男の勲章だった。

私にすり寄って冷やかに、死体を見下ろしていた恭子は、ふと思い出したように、私の手から拳銃をとると、征二の体に一歩近づき、引き金をひいた。弾丸は、死体の上着の裾《すそ》に穴をあけたが、腹部をかすめただけだった。

恭子は横顔を、髪に隠してうなだれていた。

髪のすきまから声がもれた。

「……私は今、谷沢の体を射ったのよ……」

「谷沢？」

「六年前、征二は今の私と同じことをしたの……死んでいる谷沢の体を射ったわ。右腹をかすめるようにして……征二がしたのはそれだけだわ」

私が動こうとしたので、恭子はふり返ると銃口を私にむけた。静かな顔だった。

「黙って聞いて……銃にはもう一発残っているわ。それで私を射てばいいわ、でもその前に、征二のかわりに、私が本当のことを話しておきたいから……」

恭子の静かすぎる顔は、怒りに似ていた。恭子は言った。

「六年前、谷沢を殺したのはあんただったわ。――谷沢は、あんたが射った最初の一発で、死んでいたのよ」

4

六年前のあの晩、谷沢のマンションに駆けつけた恭子は、玄関の陰で所在なさそうに待っている征二を見つけた。恭子は征二に経緯《いきさつ》を話し、征二の後について、谷沢の部屋へ上がった。ドアがわずかに開いていた。二人は音をたてずに部屋に入った。谷沢は居間に、あおむけに倒れていた。心臓部に穴があき、既に死んでいた。私が格闘の際、ひいた引き金は、ただの一発で、谷沢の命をぶち破ったのだった。征二は、傍に落ちていた拳銃を拾って、長い時間、拳銃と谷沢の顔を交互に見ていた。征二には珍らしい怒ったような顔だった。

恭子が「帰ろう」と言って腕をとると、征二は乱暴な手でふりきった。「このままにしておくわけにはいかない」と言った。そして、もっていた銃で、谷沢の死体を射った。わざと外《そ》らして射ち、弾丸は死体の腹部を掠めただけだった。征二は弾丸を射った衝撃で恭子の躰に崩れかかった。何をしたかわからず、自分でも驚いている顔だった。

「なぜだ……征二はなぜそんなことをした」

「あなたの身代りになるつもりだったのよ。自分が谷沢を殺したことにして、自首するつもりだったわ……」

「俺が聞いたのは、なぜもう一発射ったかだ——身代りに自首するだけなら、銃から俺の指紋をぬぐって、自分の指紋をつけておけばよかっただろう」

恭子は、私を憐れむように見た。

「そんなことをしても、あなたが承知して？　あなたは黙って征二を身代りに送り出すようなことができた？……あなたはそんな卑怯《ひきよう》な男じゃないわ。絶対に征二をとめて、自分の過失は自分で償おうとしたはずだわ、あなたがそういう男だということを誰より知ってたのは征二よ……征二は馬鹿な男よ。でもその馬鹿な頭で必死に考えたんだわ、どうすれば、あなたにも警察にも気づかれず、谷沢を殺したのが自分だということにしてしまえるのか……そのためよ、征二が二発目を射ったのは……」

　弾丸が谷沢の心臓部を射った一発だけなら、それは、まちがいなく私が射ったものだとわかってしまう。そこで征二は自分がもう一発射ち、二発の弾丸で射った人物をすり替えようとしたのだ。私が射った弾丸は谷沢の腹部を掠めただけで、二人が谷沢の部屋に入ったとき谷沢はまだ生きていた、その谷沢を自分が殺した――征二はそう警察で申したてるつもりだったのだ。警察ではなく、誰より私のためだった。私に、当の私に、自分自身が犯した罪を気づかせないために――

　その日、征二は偶然右手に包帯を巻いていた。包帯をとり、銃に自分の指紋をつけようとしたのを、恭子が制《と》めた。恭子は、「あんたにそんな真似はさせたくない」と言った。それから、「あの人を裏切って二人で逃げよう」とも――その半年前から二人は、私の目を盗んで関係をもつようになっていたのだ、と恭子は言った。

「征二は拒《こば》んだわ、そこまで兄貴を裏切ることはできないって。征二には、あんたに隠れてこっそり私と寝ていることだけでも恐ろしい裏切りだったのね。いつも、あんたに済まないって顔してたわ。そのために身代りになろうとして……征二は、私に惚れてたけど、同じようにあんたのことも好きだったのよ。いつも言ってたわ、兄貴は立派だって――いつかこの世界で大物になるって」

　そんな征二に最終的に決心させたのは、恭子の「私が好きなのはあんたの方よ」という言葉だった。征二は唇を嚙み、泣きだしそうな顔で肯いた。上目づかいで、救いを求めるように恭子を見ていた。

偽証するよう説得したのも恭子だった。征二が、私を救うために射った二発目の弾丸は、逆に私を追いつめる結果になった。二発目の弾丸が射たれたために、私は、谷沢を殺したのが正当防衛だったことを証明できなくなってしまったのである。征二の最初の意図はある意味で果たされていた。私は征二の意図どおり、谷沢の心臓を射ったのは征二だと、六年間考え続けてきたのだ。

「なぜ、それを昨日言わなかった……」

「言っても信じてくれなかったはずだわ、征二を射った後でなければ……あなたに信じてもらうには征二を射たせる他なかったわ」

「それだけのために、征二を射たせたのか」

恭子は首をふった。

「去年、征二は私を裏切ったわ。でもずっと前から、この町に流れてきたときから、私たちはもう終ってたのよ。この町に着いたときから、私はあんたが来る日を待ってたわ」

「どのみち、お前たちは、俺を裏切った」

と私は言った。そして、もしかしたらこれは恭子が言いたかった言葉だったろうと思った——どのみち私たちはあなたを裏切ったのだと。恭子は肯いた。それでもまだ銃口を私にむけていた。淋しそうに——本当に淋しそうに恭子は私を見ていた。銃口がのみこんだ穴より、虚ろな目だった。

結局、恭子は私を射たなかった。残された弾丸が、自分のためのものだということを恭子は私よりよく知っていたにちがいない。恭子は引き金をひかなかった。だが、私に銃をむけて、淋しそうに私を見ていた数秒の間に、恭子はまちがいなく、私を射ったのだと思った。恭子は私の生命の最も大事な部分にむけて、たしかに引き金をひいたのだ。その淋しすぎる目で——

恭子の唇から吐息がもれた。それは、何もかもが終った合図だった。

恭子は、スカーフをとって銃をぬぐい、自分でもう一度しっかり握りしめた。それからスカーフに包んで、銃を私の手に握らせた。警察に、この事件が私には無関係で自分が征二を殺したあと、自殺したと思わせるためだった。

恭子は、両腕をまわし、私の首にぶらさがるように抱かれた。私がスカーフの上から握った拳銃の先が、恭子の胸にくいこんだ。恭子はさらに躰を押しつけ、

「射って——」

と私の耳もとで、さっきと同じように囁《ささや》いた。恭子は私の肩に、私は恭子の髪に、それぞれの顔を埋めていた。恭子の髪は甘く柔らかく、昨夜と同じ、私が遠い昔にかいだ土の匂いがした。私は引き金をひいた。銃声が倉庫の闇に響きわたった。だが私には何も聞こえなかった。

ただ、瞬間、恭子の顔がのけぞったので、私には、まちがいなく引き金をひいたのがわかった。私は反射的に、崩れおちようとする恭子の躰を抱きとめていた。ずり落ちようとする躰を、全身の力でひきあげ、抱きしめていた。恭子の髪に顔を埋め、私は二度その名を大声で呼んだ。私は、やっと——六年ぶりにやっと、恭子を抱いているのだった。

雨の音が、少しずつ私の耳に蘇《よみがえ》ってきた。恭子の躰は、私の体が生命の最後の温かさを全部吸いとったように冷えていた。

私は、恭子の躰を、征二の横に寄り添うように並べた。そんなことをしても何の意味もなかった。恭子の目は、死んだ後も、征二を、私を——すべてを拒むように、闇にむけてそむけられていた。結局、恭子は二つの夢に失敗したのだった。私と、征二と——六年前、私と征二が別々に射った二発の銃声は、谷沢の体ではなく、恭子の夢を射ち砕いたのだった。

私は恭子の目を閉じさせた。そのとき、恭子のポケットから零《こぼ》れおちているものに気づいた。すでに戸口からさしこむ光は暗く、薄闇に銀の光を放っている。昨夜、恭子がバッグから一度とり出した口紅だった。

蓋をとると、薬くさい綿に包まれて一本の指があった。

昨夜、その口紅を見つめながら、恭子が仁義と呟いたのを、私は思いだした。そしてまた、東京を離れる最後の午後、面会室のガラスに恭子が押しあてていた右手の黒い筋を。

あれはやはり血だった。征二の血だった。恭子は、逃げる前に、征二の指をつめさせ、その血を、私への唯一の謝罪にしたのだ。

恭子の口紅のない唇は、蒼ざめていた。私はふと、私と出遭う前の年に、恭子がなぜ死のうとしたのだろうと考えた。「車にとびこんだことがあるわ」と言った恭子に、私は一度だって理由を尋ねたことがなかったのだ。だが考えても意味のないことだった。死んだ恭子の唇に、その理由は永久に閉《とざ》されていた。私にわかるのは、ただ、恭子が私や征二と出遭う前に、すでに何かの夢に失敗していたことだけだった。恭子が許せなかったのは、私や征二ではなく、誰よりそんな自分だったのだろう。

私は口紅を自分のポケットにしまい、征二の片方の手から手袋をはいだ。思ったとおり、小指がなかった。薄い闇に、象牙《ぞうげ》色になった顔は、まだ、私の名を呼ぶように、口を開いていた。馬鹿な、どうしようもない馬鹿な、単純な、やくざに生まれついた男だった。征二と恭子と私——この三人の中で、だがいちばん馬鹿なのは、私だったろう。六年前、谷沢の部屋に響いた二発の銃声のうちでは、死んだ後に射たれた、意味もなく死体の腹を掠めただけの一発の銃声に、私は似ていた。拳銃から恭子の指紋をぬぐいとり、あらたに自分の指紋をつけるために、しっかりと手で握りしめた。

それから外に出た。波止場はもう薄暗く、夜が迫っていた。まだ雨は降り続けていた。今夜も、それは雨というより霧に似ていた。

私は、桟橋の先の方まで歩き、先刻、恭子が待っていた場所で立ちどまった。そこからは何も見えなかった。ただ海面だけが、果てしない空白のように広がっている。その海の色が、夕闇が訪れ、灯が点《とも》る間際の、あの部屋の壁の色に似ていると思った。

灰色の壁が、ふたたび私を待っていた。その壁に鎖されて、今度こそ私は、完全に無口な囚人になるだろう。

口紅を海に捨て、私は、巡視船の灯が通りすぎるのを待ちながら、最後の自由な手で煙草を吸った。

黒髪

1

道は、ゆるやかな上り坂である。

洛西にあたるこの辺りは紫野と呼ばれ、道は、鷹ケ峰へと続く街道であった。舗装はされているが、ところどころに昔ながらの民家が残り、道は古びた静けさに包まれている。京都駅に着いてタクシーを拾った時は雨でも降りそうに曇《くも》っていた空に、いつの間にか陽が蘇《よみがえ》っている。晩秋の陽はもう西の端に崩れているが、時々尽きる前とは思えぬ烈《はげ》しい陽ざしを人家越しに見え隠れする京の街並に浴びせた。道を上るにつれ、街は残照の下へと少しずつ沈んでいく。

車は北大路通りで降りた。長い坂だが、十五年前と同じように自分の脚で歩いてみたかった。道は変りないが、長い歳月は高沢《たかさわ》の軀《からだ》を老いさせている。十五年前は一息に歩き通した坂が、五十間近になった軀にはこたえた。

高沢は坂の中途で、何度も立ちどまり息をついた。

足がとまるのは疲労からだけではない。この坂に繫《つな》がる光悦寺へ近づくにつれ、足に気持のためらいが伝わる。

十五年前、高沢はその寺で一人の女と別れた。女は別れ際に「十五年経《た》ったらまたこの寺で逢って下さい」と言い、十五年後のある日時を指定した。それが今日、この時刻である。

ある意味では、今日この日が来るのを高沢は十五年間待ち続けていた。多忙な仕事に追われ、ふり返ってみれば瞬《また》く間に過ぎた十五年だったが、その多忙な生活の隙間《すきま》に、ふっとこの道が浮び、高沢を苦しめた。

道は女の肌につながっている。十五年前、高沢が愛し溺《おぼ》れた一人の女の、柔らかい白い肌である。その肌に溺れきることができるならすべてを棄《す》てるつもりでいた。

十五年――夢の中で何度この道を歩いただろう。夢のなかでは高沢のまだ若い軀が、荒々しい足音をたて、一人の女の肌を求めてこの道を歩いていった。十五年が流れ、高沢の軀も気持も老いたが、その肌への執着だけが十五年前とおなじ激しさにとどまり、涸《か》れずに残った。今、自分はその夢の道を現実の足で踏み、今夜、十五年ぶりにやっと女の肌を現実の手で抱こうとしている。その意味では一刻も早く女に逢いたいと気は急《せ》いている。

しかし反面、この日が来るのを高沢は十五年間恐れ続けていた。高沢はこの十五年、一つの疑惑に苦しめられ通してきた。女を抱いたあとその十五年の疑惑に終止符をうち、今日中にすべての決着をつけるつもりでいた。今日まで何とか気持を偽って信じまいとしてきた一つの疑惑がはっきりと形をとり、明らかになる。

今夜中に真相を知ることになる――それを恐れる気持が足をためらわせるのである。

女の軀をもう一度この手で抱いてみたいと思う気持と、今夜明らかになる真実から逃れたい気持と――心は二つに乱れたまま、それでも足はゆっくりと道を上っていく。

やがて気持そのままに、道は三叉路《さんさろ》に行きついた。まっすぐ進めば、すぐ先が光悦寺である。左へ曲れば街中に戻ることができる。

足は三叉路でしばらくためらった後、まっすぐ進んだ。今日を逃せば二度と女に逢うこともないだろう。そうすれば、自分はまた死ぬまで夢の中でこの道を歩き続けなければならない。それに今夜が過ぎたら、真相を知る機会は永遠に失われることになる。そうしたら、やはり死ぬまで自分はその疑惑と戦い苦しみ続けなければならないのだ。

光悦寺の入り口は、人家と区別がつかないほどに小さい。高沢はその入り口に足を踏みいれ、木戸に続く石畳を歩いた。陽が没したのか、再び雲が出てきたのか、石畳には薄く闇がおりている。石畳の尽きた所で観覧料を払い、高沢は木戸を潜った。

光悦寺は桃山時代、書画や茶碗で名高い本阿弥光悦が都を逃れて結んだ庵《いおり》である。規模は小さいが、その中に池や茶室、小道が様々な意匠で織りこまれている。

この寺では、空気までが光悦の手にかかり、釉《うわぐすり》を塗ったように独自の色をもっているのだが、足を踏みいれた高沢の目をまず奪ったのは境内いっぱいに溢《あふ》れた紅葉の色である。

夕靄《ゆうもや》に朱墨でも掃《は》いたように色は浮きあがって見える。色の微妙な濃淡に目が移ろうので、風もないのに葉は揺《ゆら》いで見えた。緋色には、しかし燃え盛るといった激しさはなく、暗い波間に炎が漂っているような閑《しず》かさと淋しさがあった。

高沢が驚いたのは、東京での多忙な生活で今が紅葉の季節だということを忘れていたせいもあるが、十五年間、記憶の中に焼きついていたこの寺が冬景色だったからである。十五年前女とこの寺で最後に会ったとき、紅葉の季節はもう早《とう》に終り、何もかもが冬枯れ、寒々としていた。その印象で記憶にとどめてしまった寺が、今、残り火を燃えあがらせているのである。

緋色を絞りこむようにして、竹垣がゆるやかなカーヴを描きながら奥へと流れている。

竹垣に寄りかかるように女は佇《たたず》んでいた。白地に近い着物の裾《すそ》には、紅葉の模様が降りかかっている。白足袋の足を波うつ苔《こけ》が掬《すく》っているように見える。

女が間違いなく来る、という確信があったので、高沢はさして驚かなかった。

女の方も入ってきた高沢を、十五年ぶりとは思えぬ静かすぎる目で見守っている。

白い顔に紅葉が映え、その視線までも赤く染めている。

鎮谷尚江《しずたにひさえ》——

十五年前、高沢が愛し、すべてを棄ててもいいと思った女だった。事実高沢はすべてを投げだしてしまったのかもしれない。十五年前の今日、高沢はこの女のために、妻を自分の手で死に追いやったのである。そして鎮谷尚江はもしかしたら、自分の共犯者か、も、し、れ、な、い女であった。

女の方に近づく前に、高沢は腕時計にちらりと目を投げた。

午後四時——

十五年間、発覚せずに終った一つの犯罪の時効が成立するまでには、まだ八時間が残されていた。

2

高沢義如《よしゆき》が尚江と関係をもつようになったのは妻の死ぬ一年前であった。高沢は、某出版社で、現在では出版部の部長をしているが、当時は婦人雑誌を担当していた。その雑誌で、女性染色師である尚江の特集をすることになったのが識《し》り合う縁となった。尚江は当時まだ三十を越したばかりの若さだったが、大胆な京友禅の染物で、一部では高い評価を受けていた。柄や配色に若い女性らしい現代感覚があった。三日間つきっきりで取材をし、東京へ戻る前の晩、夜の街を案内してくれた尚江をそのまま自分の泊っている旅館へ連れこんだ。染色一筋に賭けた尚江は、その歳でまだ独身を通していた。「男嫌いなのかしら」酒を飲んで笑っていたが、通りすがりの旅客にすぎない高沢の手はこばまなかった。

高沢が担当している婦人雑誌では毎月のように京都をとりあげるので、月に一度か二度高沢には出張がある。その後も京都に赴くたびに高沢は尚江と連絡をとり、鴨川のせせらぎが聞こえる旅館で肌を重ねた。

高沢は、鎮谷尚江のような女に言い寄る男がいないと聞いて驚いた。眉《まゆ》の細い美しい顔立ちだし、肌には東京の女にはない濡《ぬ》れた白さがある。男が放っておける女ではなかった。ただいつも前屈《まえかが》みで仕事をしているせいか、尚江は少し猫背である。その姿勢がいつも静かに自分の殻《から》に閉じこもっているような印象を与える。その静かさが男には近づき難く思えるのかもしれない。

しかし尚江は男を知らない軀ではなかった。

五度目の出張の際、寝物語に尚江は二十歳の頃、ある大学生と恋仲だったことを語った。その若者は大学を出ると親の命令通りの結婚をし尚江を棄てた。尚江が染色の仕事一筋に生きようと決心したのは、その命がけの恋に破れたためだった。

「復讐なのか?」

高沢の言葉がわからなかったのか、尚江はすっと流した目で問い返した。

「復讐なのか? 昔男を奪われたから――」

「あなたを奥さんから奪うつもりはないの。……それに私、そんな酷《ひど》い女ではないわ。こんなことになって奥さんに済まないと思っています……」

「だったら何故俺の誘いに従った……俺に女房がいることは知っていたはずだ」

「一晩でいいと思っていたから……」

尚江は静かに目を閉じた。

「高沢さんに遭う三日前に、私、ある人が勧めてくれた見合話を断ったの。恰度《ちょうど》、一生結婚せずに、男の人のことは全部忘れて染物だけで生きていこうと決心したところだったわ。でもその決心のどこかに嘘があって……高沢さんに誘われたとき一晩でいいからと思ったの。この一晩で男の人のことは全部諦《あきら》められるって……逆に一晩で何もかもが決ってしまったけれど……」

高沢には尚江の言いたい意味がよくわかった。高沢の側でも最初は一晩の浮気のつもりだった。高沢は妻以外にも何人かの女を知っている。女性経験は豊富な方だと思っている。しかし、女と男が軀だけでも繋がることができることは、尚江を抱いて初めてわかったことである。

「別れるか……奥さんを騙し通すか、どちらかしかないから……」

尚江は目を閉じたまま、譫言《うわごと》のような細い声で呟《つぶや》いた。一月の終りだから、三度目の晩だったが、高沢は妻が病床に臥《ふ》していることを尚江に話している。妻の路子《みちこ》は前の年の夏に突如心筋梗塞を起こし、それがもとで病床に就いた。発作がひどければ死も覚悟しなければならない病気だから、入院を強く勧めたが、日頃は夫に従順な路子がこれだけは受け容れず、自宅療養をすると言い張った。好都合にも阿佐ケ谷の高沢の家のすぐ近くに大学時代の親友が医院を開いている。つい最近まで大学病院で同じ病人を何人も扱っていたというその親友が、日に一度の回診と発作が起こったらすぐに駆けつけることを承知してくれた。これなら入院しているのとさして変りはない。経験の豊かな付添看護婦を一人雇《やと》い、庭の見える居間を病室にした。路子は入院を拒む理由を、ただ病院の匂いが嫌いだからとしか言わなかったが、高沢は、妻が自分の死期の近いことを本能的に感じとってどうせ死ぬなら自分の家で死にたいと思っているのではないかという気がしていた。もちろん妻には話してないが、親友は一年の命が保障できないと言っていた。それならできるだけ自分が傍にいてやれる自宅療養の方がいいと高沢も思った。「こんなことなら子供をつくっておけばよかったわ……それともつくらなくてよかったのかしら」あるとき明らかに自分の死を予感した言葉を呟くと「あなた遊んでらしていいのよ」微笑を泛《うか》べていった。病床での路子は以前以上に素直になり温順《おとな》しくなっていた。自分が病床についてから高沢の帰宅時間が早くなったことを却《かえ》って気遣う妻の汚れのない微笑を見ていると高沢は妻の死期が近づいていることを感じないわけにはいかなかった。「遊んでらしていいのよ」は、それから妻の口癖になった。遊びの中には女も含まれている。「あなたはまだ若いから、私につき合わせるわけにはいかないもの」と妻は言った。

「別れるか、奥さんを騙し通すしかないから」

同じようにそれが尚江の口癖になった。高沢は、妻に公認されているようなものだからと、安堵させるために妻の病気のことを話したのだが、尚江は高沢の妻の病気を知ってそれにこだわった。「奥さんには二人のこと絶対に知られてはいけないわ」却って妻に知られるのを恐れるようになった。勿論高沢も妻が死ぬまで騙し通すつもりであった。「どのみち長い命ではないから」高沢がそんな言葉を口にすると、尚江は烈しく首を振り、今までにはない冷やかな眼で高沢を見つめた。尚江を知ってから高沢の気持のどこかに妻の死を望む部分が巣喰っている。その部分に尚江は男の身勝手さを感じとり冷たい目を向けたのだった。しかし、その目でまた尚江は自分自身の気持を見ている。理性でどう否定しようと尚江自身の気持の中にも高沢の妻の死を願う部分があった。

「別れるか、騙し通すしかないから」

そんな口癖で、尚江は自分の罪悪感を偽ろうとしている。

「奥さんの具合はどうですか」

やはり目を閉じたままで尚江は聞いた。

思わしくない、と高沢は正直に答えた。

「寒いのが軀に響くらしい」

「奥さんの病気に効くいい薬があるのだけど……親しい医師がいるから」

「いや、薬は大丈夫だ」

そう言って、高沢は尚江の軀にもう一度手を回した。

尚江は、その手を逃げ、素肌に浴衣《ゆかた》だけをまとって、障子を開けた。鴨川が蒼い帯で流れている。川縁の街灯の光が浴衣を透かして女の裸身の影を浮きあがらせている。真冬の凍てついた風が流れこんでいるが、尚江はただじっとしている。その寒さで、今東京で苦しんでいるかもしれない高沢の妻の影をかき消そうとしているようであった。

高沢は裸のまま起きあがり、尚江の軀を背中から抱いた。尚江は髪を乱すほど烈しく首を振ったが、しかしその手は高沢の手を強く握りしめている。罪悪感から逃れるためには尚江もまたさらに罪を犯すしかないようだった。

こんな風に三カ月が過ぎた。

冬が終り、桜が咲き、その桜が雨で流れ、青葉の季《ころ》になった。

尚江を知って高沢は初めて京都の四季に目を向けるようになった。雪にしろ桜にしろ、じっと見つめると光を含んで見えることを初めて知った。訪れる度に京の街の色は変化している。

女の軀にも冬や春があるのを知ったのも尚江を抱くようになってからである。真冬にはちょうど雪に埋み火《うずみび》をしたようにひんやりした肌の下からぬくもりが伝わってくるが、春が近づくにつれ、逆に生温かくなった肌が底の方に冷たいものを澱《よど》ませた。女の軀の奥深くを探る高沢の尖端が、その冷えたものを探りあてると熱い雫《しずく》で溶かした。桜の咲く頃には、その冷えたものが自らの熱で溶け、ゆったりと揺れながら、男の軀が入ってくるのを待っていた。春情という言葉の意味を高沢は初めて自分の軀で知った。

尚江の肌も底の方に柔らかい光を含んでいる。その光の眩《まばゆ》さの中で、高沢はいつも果てた。出張の日が待てず、高沢は路子に偽って週末に京都に出掛けるようになった。尚江は「奥さんに知れるから」と口では拒み続けながら、その軀は東京から三時間かけてやってきた男の軀を拒みきれなかった。「そう、奥さん具合がいいのね」安堵のため息を深くもらし、それだけを弁解にして、高沢の軀に溺れた。

春先から妻の体調が良くなったのは事実だった。冬はよく心不全の発作に苦しんでいたが気候がよくなったせいだろう。以前に比べると別人のように痩《や》せ衰えたが、顔に色艶《いろつや》が戻っていた。しかし体が良くなった分だけ表情や言葉に暗さが出てきた。「あなたに済まないわ。早く死んでしまった方があなたのためにはいいのに――」よくそんな言葉を呟くようになった。

初夏を迎える頃、付添看護婦が「この頃奥さんはノイローゼのようだ」と言った。確かに高沢の顔を見る度、路子は「済まない、申し訳ない」ばかりをくり返している。高沢が語りかけてもぼんやりしていることがある。切れ長の細い目の光が鈍くなっている。「済まない」という言葉が、高沢の後ろめたさに針を刺した。その分だけ高沢は妻に優しくしたが、その優しさに路子はまた「済まない」と言った。

五月末に高沢が京都に出かけようとした朝である。路子の部屋を覗《のぞ》くと、布団に横たわったまま路子が手に剃刀《かみそり》を握っているのが見えた。高沢は驚いてその手にとびかかり、剃刀をとりあげた。荒い息を吐いている高沢を路子は不思議そうに眺めて、

「なにをするとお思いになったの。毎日することがなくて、一本、二本って……髪を数えると時間が流れていくから……長いままにしておいたのだけれど……暑くなって耳のあたりがさすがにうるさくなったので、少しだけ切ろうと思って……あなた切って下さらない」

路子はそう言うと右耳に懸《かか》っている髪を一ふさ握りしめ、ぴんと張った。病床で伸び続けた髪はいつのまにか胸まで届いている。長くなったぶん、髪は細くなって見える。高沢は剃刀の刃をあてた。

小雨の降る朝で、雨音が庭の石榴《ざくろ》に痛々しく降りかかっていた。石榴は路子が一番大切にしていた樹だが、路子が倒れてからは、まるで路子の病状をまねるように、虫に犯され、枯れかけている。

刃の光が筋をひいて髪に流れた。

「もう少し長く……」

言われたとおり、刃をずらして長目に切った。絹を擦《こす》るような音をたてて、髪は切れ、高沢の手に残った。雨のせいか、髪はじっとりと湿っている。

自分の軀から離れた髪を淋しそうに眺めていた路子は、

「京都へ行ったら、その髪をどこかの川に捨てて下さい」

と言った。不思議なことを言うと、目だけで問い返した高沢に、

「京都にはまだ水のきれいな川が残っているでしょう……」

答えともつかず路子は細い声で呟いた。

京都に着いてその髪を捨てかねているうちに、尚江と落ち合う時刻になった。

その夜も尚江を抱き、翌朝目をさますと、既に着物に着替えた尚江が、高沢の上着を片腕に抱きかかえたまま座りこんで、畳に蒼ざめた視線を落としている。雨の音はやみ、障子越しの柔らかな朝の陽ざしが畳目を浮びあがらせている。その畳目を切って幾筋も髪が散らばっていた。尚江は高沢の上着にブラシをかけようとしたらしい。その上着の内ポケットから、白い封筒に入れておいた路子の髪が零れだしたのである。

「誰の髪――」

少しふるえる声で尋ねる尚江に、高沢は起きあがって事情を話した。

「そう……」

なに気なく尚江は答えて、その髪を一筋ずつ丁寧に拾い始めたが、ふと指を停《と》めると、

「――知ってるわ、奥さん、私たちのこと」

横顔のまま、畳から目を離さず、ひとり言のように呟いた。尚江の視線を吸って畳までが蒼ざめて見える。

「そんなことは絶対にない」

高沢は言い切った。布団の上だけが生活の路子には、遠く離れた街での高沢の行動に疑問を感じとることなどできるはずがなかった。高沢も家に戻るときは細心の用心をしている。

「――いくらごまかそうとしても女にはわかるのよ。十年前、湯原《ゆはら》に別の女性ができたときも、私にはすぐわかったから……湯原はいつもと少しも変りなかったけれど……」

湯原というのが十年前、尚江を棄てた男の名らしかった。

「おかしな心配はするなよ」

高沢は言ったが、半分はふと自分の胸にわいた不安に掛けた声であった。

尚江は一筋ずつ髪をすくい、左手にたまった髪を、封筒に流しいれ、自分の胸にさしこんだ。

「奥さんの髪、私の手で捨てさせて下さい」

言ってふと左手に目をあて「あっ」と小声で叫んだ。高沢が覗くと、尚江の白い掌に、掌紋にまざってかすかな蒼黒い筋が何本も染みている。いま握っていた路子の髪が、尚江の白すぎる掌に、蒼黒い跡を残したように見える。高沢の背に冷たい雫が流れた。

尚江は唇をふるわせ、喰いいるようにその掌に残った筋を眺めていたが、

「昨日使った染料だわ。洗い忘れたのよ」

立ちあがり、手を洗いに行った。やがて戻ってくると、尚江は静かに高沢の目を見あげ、

「奥さん、今度あなたがここへ来るときも必ず髪を切ってくれと言うでしょう。そうしたらその髪を私の手で棄てさせて下さい……」

呟くように言った。

尚江の言った通りになった。六月に入り、また京都へ出かけようとした朝、路子は病床から、今度も一ふさ髪を切ってくれと高沢に頼んだ。髪に剃刀の先をあてながら、何気なく高沢は路子の顔を探ったが、路子の顔にはわずかも疑いの色は出ていない。高沢を信じきった無心ともいえる微笑を淡く浮べている。晴れた日だったが、この時も路子の髪は、高沢の手に湿った感触を残した。約束通り、その髪を尚江に渡した。

例年になく暑かった夏も、九月の声を聞いてやっと緩《ゆる》み始めた頃には、路子の髪は、肩の辺りに、禿《かむろ》のように切り揃《そろ》えられた。病気で倒れる前と同じ髪型だった。病床で伸《のば》した分だけを一ふさずつ、路子は夫に切らせ、京都へ運ばせたのである。切りとられた髪の長さに、高沢は路子を抱かなくなった日数と、尚江を抱いた日数を同時に見ていた。

「奥さんの軀、よくないのね――」

最後の髪を渡したとき、尚江はそう呟いた。

「どうしてわかる?」

確かに路子は、夏の終り頃からまた病状を悪化させていた。残暑がいけなかったのか、九月に入ってからもう二度も夜半に非道《ひど》い発作を起こし、親友を叩き起こし往診を頼んでいる。しかし尚江が変に気にするので、そのことは黙っていたのだった。

「奥さんはこの髪に心臓の音を残しているから……髪に奥さんの動悸がきこえるから……」

尚江の声は、暗かった。出逢った当初から口数が少なかったが、最近はその薄い唇が開くことがますます少なくなった。しかしその分、床の中で尚江が高沢にぶつけてくるものは烈しくなっている。高沢は尚江の肌の熱さに、はっと愛撫の手をとめることがあった。熱さは、以前のように只《ただ》の情交のためだけではなかった。肌を燃えあがらせる炎は、尚江の妻への嫉妬《しっと》の炎ではないかと高沢は思った。

静かな顔に装っているが、高沢が髪を運ぶようになってから、その髪に尚江は一人の女の存在をはっきりと感じとっているようである。その嫉妬が、後ろめたさの黒い影を放ちながら、こうも烈しく尚江の軀を燃えあがらせるのだと高沢は思っていた。

「君はその髪をどこの川に棄てているんだ」

夕風が鴨川に秋らしい澄んだ小波《さざなみ》の音を流している。窓辺に寄りかかりその音に聞きいりながら、高沢が尋ねると、

「あなたの知らない小さな川――」

尚江は、ため息のようなかすかな声で答えた。

3

京都から戻った晩、路子を再び発作が襲った。今までていちばん激しい発作で、路子は布団の上をのたうちまわり、苦痛に顔をゆがめ、喉から獣の呻《うめ》き声のような咳《せき》を絞りだした。その軀を夢中で押えこみながら、高沢は、路子をこうも苦しめているのは、尚江のあの炎ではないかと思った。高沢の軀にまだくすぶっているあの熱い嫉妬の炎である。

駆けつけた友人の医師がうったモルヒネで路子は発作を鎮《しず》め、翌朝はいつもどおりの静かな顔に戻っていた。発作が一度過ぎるごとに路子は、さなぎのように、人間らしい皮を一枚ずつぬいでいって、死へと透明になっていくように思えた。

友人は今度発作がおきたら命は保障できないから入院させるよう勧めたが、その発作を最後に路子の病状は和《やわ》らぎ始めた。

路子が落ち着くと、高沢の軀はすぐにまた尚江を求めた。九月末から十月初めにかけて同僚が一人不意に社をやめたために東京での高沢の仕事がふえた。忙しい仕事の真っ只中にふっと尚江の肌が白く浮ぶ。

京都に出かける仕事もなく、耐えられなくなると、受話器を握った。

受話器のむこうで尚江は、

「もう逢わない方がいいかもしれない――」

同じ言葉ばかりをくり返した。しかし決して自分から受話器を置くことはなかった。

沈黙には、口とは裏腹に、高沢への断ちきれぬ思いがこもっていた。

十月十日。高沢は仕事を終えてから思いきって京都に出かけることにした。翌朝一番の列車で戻れば仕事に間に合うのである。一度家へ戻り、高沢は東京駅へ駆けつけた。尚江への電話は東京駅のホームからかけた。

九時過ぎにいつもの旅館につくと、女中が、

「お連れの方はもうみえています」

という。

襖《ふすま》を開いた高沢は、思わず息を呑《の》み、脚を凍りつかせた。

既に敷かれている布団に座っている女は尚江ではなかった。

路子である。

いや路子としか見えなかった。路子が元気な頃好んで着ていた鼠《ねずみ》色に赤い模様の染みだした結城《ゆうき》を着て、髪を肩のところで切り揃えている。黒と臙脂《えんじ》が太い縞《しま》で流れる帯にもはっきり記憶がある。

「路子――」

そう呟いて、高沢は背を向けているその女にゆっくりと近づいていった。寝たきりの路子が京都に来れるはずがない、という考えはわずかも高沢には浮ばなかった。それほど女の後ろ姿は妻そのものだった。

「路子――」

もう一度呼びかけ、それでもふり返ろうとしない女の肩に手をかけた。その時女の手が枕元のスタンドに伸び、部屋が闇にのみこまれた。

女の手がそっと高沢の軀にまわり、その軀を布団に倒した。

「そのまま、奥さんの名を呼び続けて――」

闇から聞こえてくる声は、低いが確かに尚江のものである。高沢は女の軀を突き離すとスタンドの灯を点《とも》した。

床に横たわって、路子の外装の中に、尚江の顔だけがあった。

「なぜ――」

尚江は顔をそむけた。横顔は、路子としか思えない髪に埋められた。

「なぜ、こんなことをする――」

「こうするより他ないから……」

尚江の声が、路子の髪のすき間からもれた。

「こうすれば奥さんを騙すことにならないから……あなたは奥さんを抱くことになるから」

「なぜ、君が路子の着物を着ている」

髪型は尚江も知っているはずだが、着物は説明がつかなかった。

「あなたの財布に奥さんの写真が入っているわ。八月に、偶然見てしまったの――」

確かに高沢の胸ポケットの財布には妻と一緒に撮った写真が入っている。三年ほど前二人で伊豆へ旅した際撮ったもので、確かにその写真の路子は、今の尚江と同じ恰好をしていた。

「それで……君は写真どおりに自分の手で着物や帯を染めたのか」

尚江はゆっくりうなずくと、

「――あなたは奥さんを愛しているわ」

と呟いた。

「写真をぬき忘れていただけだ。それに写真をぬいたら、路子に気づかれる心配があった」

尚江は首を振った。

「俺が愛しているのは君だけだ。君にもそれはわかっているはずだ」

「――それならなぜ奥さんと別れないの」

「妻は死のうとしている。後少しの辛抱じゃないか――なぜ今頃になってそんなことを言いだす」

「奥さんは死なないわ……」

小さいが烈しい声だった。尚江は八月の頃から高沢の妻に嫉妬していたのだった。いや最初に関係をもった時から、尚江は高沢の妻に嫉妬を抱いていた。それが八月に高沢の財布に妻の写真を見つけて一挙に爆発したのであろう。この二カ月、高沢が想像していた以上に尚江は妻への嫉妬に苦しんでいたのだ。自分とのことは単なる浮気であり、高沢が本当は妻を愛していると思いこみ、それに苦しんでいたのだ。

今夜も、妻の路子として抱かれようとしたのは罪悪感からだけではなく、一度でいいから高沢に真実愛されている女として抱かれてみたかったのだろう。

そんな尚江を不憫《ふびん》に思い、高沢は自分の気持を必死に説明した。考えてみれば、高沢は今まで一度も自分がどんなに尚江を必要としているか口に出して言ったことはなかったのである。

軀でこうもしっかりと結びついているのだから口に出す必要はないと考えていた。

「私とあなたの間に奥さんがいる限り、だめだわ」

尚江はそんな言葉とかたくなな横顔で、高沢の手を拒んだ。

その夜高沢は京都の宿で初めて尚江の肌を抱かずに寝た。東京での仕事で疲れていた高沢は、三、四時間眠ったが、朝目をさますと尚江の床には乱れがなかった。

尚江は窓辺に座り、高沢の上着を抱いていた。

「昨日、出かける前に奥さんに会った？」

高沢はうなずいた。

「その時、奥さんはあなたの軀に触れた？」

確かに路子は出かけようとした時、「上着の襟《えり》のところに埃《ほこり》がついているから」床の中から手をのばして払ってくれた。

「奥さん、また届けてきたわ……」

そう呟いて、尚江は高沢の上着から指を浮かした。

尚江の指からは、まだほの暗い夜明けの光を吸って、絹糸のように艶《つや》を放ちながら、女の髪がひとすじ垂れていた。

京都から戻ったその夜、路子は再び発作をおこした。

高沢は、尚江が言う通り路子が本当は何もかも知っていて、いやがらせに発作の真似をしているのかもしれないと疑ったが、苦しみようは芝居とは思えない。友人に電話を入れると、のたうちまわる路子の軀を押えつけて抱いた。抱きながら、しかし高沢の気持には以前にはなかった冷やかな乾いたものがあった。

奥さんは死なないわ——尚江の声が高沢の耳に響いた。友人が来てモルヒネをうつとやっと路子は眠った。友人はその夜も「今度の発作が危ない」と言った。しかし高沢は胸の中で首を振り続けた。路子は死なないだろう。今度の発作でも、その次の発作でも……

そんなことを思いながら高沢は簞笥《たんす》にもたれたまま眠ってしまったらしい。

「あなた——」

翌朝、声で目をさますと、昨夜の苦悶が嘘のように路子は静かな微笑を浮べ高沢の顔に見いっていた。

4

それから問題の十一月二十日までの四十日間に、高沢は三度京都を訪れている。

京都から戻るたびに、路子は発作をおこした。苦しみ方は非道いが、どんなに非道くとも翌朝にはもちこたえ、微笑を浮べている。

友人の医師はその生命力に驚いていた。

「芝居——ではないのか」

高沢は、そう尋ねてみた。

「芝居？　馬鹿なことを言うな。それともそんな風に考えられるわけでもあるのか」

「いや」と高沢はごまかした。高沢自身にもそれが芝居でありえないことはわかっていた。

旅館で落ち合うと、尚江はまず高沢の服装を隈《くま》なく点検した。そして必ず、女の髪の一筋を見つけだした。路子の髪は、必ず一筋だけ、上着のポケットや靴下の毛の間や、ズボンの折り返しにしがみつくように付着していた。

高沢はなにかの偶然だからとなだめたが、尚江はその髪の一筋を、指から垂らして、長い間じっと無言で見つめ続けた。

一回ごとに、その時間が長くなり、その目は暗くなっていく。

その暗い眼差《まなざし》を吸って、髪が膨《ふく》れあがり黒くなっていくように思えて、高沢は目をそむけた。高沢の胸に、その髪の一筋がべっとりと貼りついて離れないようになった。

高沢は今度こそ問い質《ただ》そうと思いながら、しかし静かに眠っている路子の顔を見ると勇気を失《な》くした。

「君の妄想だ。妻は何も知らない――」

高沢は何度も説得したが、尚江は首をふり、ただじっと空《くう》を見つめる。空に尚江は路子の髪のひと筋を見ているのである。

口をきくこともほとんどなくなり、高沢が手をのばすと、ただ人形のように高沢に軀をまかせ、凍りついたようにしている。

「これで終りにした方がいいわ」

尚江はそんな言葉を独り言のように呟くようになった。

こうして問題の十一月二十日が来たのである。

その前夜、高沢は九時頃京都に着き、いつもどおり旅館で落ち合って尚江を抱いた。

翌日は三時頃旅館を出た。いつもなら旅館を出たところで別方向のタクシーを拾い別れるのだが、この日は尚江が駅まで送っていく、と言った。車の中で高沢は尚江の横顔を凝視した。今日を最後に尚江は自分と別れるつもりでいるのだ——そう思った。前夜、抱こうとした時、尚江は「あなたは奥さんと私と——どちらを愛している？」と尋ねた。

「もちろん君だ。なぜそんなことを聞く」

尚江は、何でもないと首をふった。

「ただ、あなたの口からはっきりと聞いておきたかっただけだわ」

ただ最後に——そんな含みのありそうな口調だった。そして、尚江は、久しぶりに自ら高沢の軀に挑むように激しく燃えたのである。

その激しさに、高沢は尚江の何かの決意を感じとった気がしていた。

高沢は尚江が「別れる」と言いだしたら、何としてもその気持を変えさせるつもりでいた。

だが尚江は何も口にしなかった。ただ黙って横顔に自分の感情を閉ざしていた。

尚江はホームまで高沢を送ってきた。発車のベルが鳴り、高沢が「じゃあまた」と言おうとしたときである。

尚江は西陣の帯のすきまに、すっと手をさしこむと、薬包のような白い小さな包みをとりだし、それを高沢にさしだした。

「今度奥さんが苦しまれたら、これをさしあげて」

高沢から目を離さずに言った。

「なんの薬……」

尚江は首を振った。それには答えたくないと言っているようだった。白すぎる顔を包んで、前より少し伸びた髪が揺れている。路子の髪に心臓の音が残っていると言ったが、その、肩のあたりに揺れ動く髪にも、尚江の生命の鼓動が音をたてていた。

「奥さんが苦しまれたら、あなたの手であげて……」

尚江は押しつけるようにその薬包を高沢の手に握らせた。高沢はベル音に押されるように列車に乗りこんだ。ドアが閉まった。ドアのガラスのむこうで、尚江は高沢からわずかも目を外《そ》らさず、顔を凍りつかせていた。視線だけがすべての言葉だった。

東京に着くまで、高沢はその薬包の意味を考え続けていた。尚江が一度、「奥さんの病気に効くいい薬がある」と言ったことがある。それがこの薬なのか――尚江は別れるという言葉が言い出せず、この薬包にその言葉を託したのか。

あなたの手で奥さんの命を助けてあげて。あなたは奥さんと幸福に暮して下さい。一日でも長く奥さんと一緒に――

そんな気持をこの薬にこめて尚江は身をひこうとしたのか。

しかし逆だとしたら……もしこの薬で逆に妻を死に追いつめようとしたのだとしたら……親しい医師がいるなら良薬だけでなく、悪い、恐ろしい薬も尚江は手に入れられる立場にいるのである。「あなたの手で奥さんを殺して」それが尚江が最後に囁《ささや》くように言った言葉の本当の意味だったのではないか。

昨夜抱く前に「奥さんより私を愛しているという言葉をあなたの口から聞いておきたかった」と言ったのも悪い意味にとれる。この殺人をもちかける前に、尚江は高沢の気持を確かめておきたかったのではないか。

たしかに昨夜の尚江の肌は、何かの決意をしていた。しかしそれはどんな決意だったのか。罪悪感から身をひく決心をしたのか、嫉妬から路子を殺そうとしたのか。

薬を棄てればそれで済んだことかもしれない。しかしその薬を棄てたら、どちらにしろ尚江との関係は永遠に断たれる、という気がした。こだわればこだわるほど、高沢はポケットの中でその薬包を強く握りしめた。

結局、高沢はその薬を家にもち帰った。帰宅すると帰り支度を始めた付添看護婦が、出がけに「今朝、奥さん少し苦しまれましたよ」と言った。「大丈夫だろう」口ではそう答えたが、今夜も発作が起こるだろうという期待のようなものが気持にはあった。妻に優しい言葉をかけ、高沢は自分の部屋に引きこもると、ただ時計だけを見守り続けた。秒針の動きを追い続けながら、ポケットの中の薬包をしっかりと握っていた。

九時を回ったとき、路子の部屋から最初の咳が聞こえた。高沢は暗い廊下をゆっくりと歩き、部屋の障子を開いた。

路子は床柱にしがみつき、軀を真二つに折り重ねていた。その軀が恐ろしい苦悶の声と共にのけぞったのを、高沢はとびかかるように抱きとめた。しかし片腕だけである。もう一方の手はポケットの中の薬をぶるぶる震えながら摑《つか》んでいた。

あなたの手でこの薬をあげて――

尚江の声が頭に渦巻いた。

どっちなのだ、あの女はこの薬で何をしようとしているのだ――

尚江の声はますます頭の中で膨れあがり、薬を握りしめた右手から烈しい震動が高沢の全身につたわった。頭の中で膨れきった尚江の声を、路子の呻き声が引き裂いた。荒波のようにくねる路子の軀を片腕だけで押しとどめるのは不可能だった。路子の肩が恐ろしい力で、高沢の軀を突き離そうとしたとき、反射的に、無意識に高沢の右手が薬を離し、ポケットを出た。

どれほどの時間が流れたのか――

高沢の耳にまず蘇ったのは掛時計の秒針の音だった。それ以外は何も聞こえず、夜はただ静かだった。その静かさに高沢の腕の中の路子の軀はとけこんでいた。わずかも動かず、高沢は死んだ人間ではなく、機械仕掛けの人形でも抱いている気がした。機械のぜんまいが切れている、そう思った。高沢の右手は路子の口に押しあてられ、その毛深い男の手の上に、二つの空ろな目が覗いていた。いつその手を路子の口に押しつけたのか記憶はなかった。かすかに憶えているのは、路子の喉から迸《ほとばし》り出た咳が石つぶてのようにあたったときの痛みだけである。

その手は離そうとしても路子の口に貼りついてしまっている。高沢は肩を奇妙な形に曲げ、もう一方の手で右手の手首を摑み、釘でも抜くような力で、やっとその手を路子の口から剝《は》がした。

殺したという意識もないまま、高沢は風呂にとびこむと髪だけを濡らし、ガウンに着替え、友人の医師に電話を入れ、「路子が死んだ」と告げた。二、三分で駆けこんできた友人は、風呂に入っている間に発作が起こったらしい、風呂場のドアは厚いので苦しむ声が聞こえなかった、という高沢の説明を簡単に信じた。脈と瞳孔を調べると、友人はその手で路子の目を閉じさせ「今夜あたりが危ないと思っていた」と呟いた。

医師が戻ったあと、高沢は死体の傍に座りこんだ。方々へ連絡しなければならないのだが、すぐにその気にはなれなかった。

友人がいた間、ずっと握りしめていた手の指を高沢は一本ずつ開いた。

嘔吐のような音が、高沢の首に鳴った。

髪がひとすじ――

脂汗《あぶらあせ》で掌に貼りついている。それは生命線に沿って、まるで自分の命を高沢の命に重ねるように流れていた。

思わずふり払うと、高沢は思い出したようにポケットから薬の包みをとりだした。

白い紙包は、路子が死んでしまった後でもまだ二つの意味を秘めていた。

これが致死薬なら、高沢は自分の罪の手に、尚江の罪を重ね合わせているのである。

そうでないとすれば——

この時、掛時計の秒針がちょうど午前零時をすべりだした。

高沢義如はこの瞬間から、十五年という長い月日の坂を上り始めたのである。

5

「歩いてらしたんでしょう、坂を——」

十五年ぶりの女は昔と変りない声で言った。

高沢がうなずくと、

「なぜ、わかった」

「——聞こえるような気がしましたもの、足音が、ずっと……」

ずっと十五年のあいだ——女はそう言いたげだった。

四十代の半ばを過ぎたとは思えぬほど美しいが、やはり十五年前に比べると目鼻だちにわずかだが老いの崩れがあり、肌も艶をうしなっている。しかしそんな初老の滲《にじ》んだ女の顔を高沢はごく自然に受けいれ、この方が美しいと思った。十五年この肌を追い求めて、坂を上り続けた。高沢が老けるにつれ、夢に描く女の、幻の肌も少しずつ高沢にあわせて老《ふ》けていった。十五年という長い年月があったとはどうしても思えなかった。

女も同じ思いなのか、ただ静かに高沢の老けた顔を見守っている。

二人はごく自然に肩を並べ、寺の境内を歩きだした。十五年前と少しも変りなかった。十五年前と同じように二人は無言だったたし、十五年前と同じ女の静かすぎる顔の下に隠された気持を測りかねていた。

この女は路子を殺そうとしたのか――俺の共犯者なのか。

十五年前、路子の葬儀を無事済ませ、二七日《ふたなのか》を迎えた日に、高沢は京都へ電話を入れた。

「いつ？」

女はそう尋ね、高沢が妻の死んだ日を教えると「そう」とだけ答えた。十二月の半ばに出張があるからそのとき逢おうと言っても、何も返事せずに、ただ受話器を置く音だけが聞こえた。

来ないかもしれないと思った尚江は、風呂敷包みを抱えて、高沢の指定した時刻に宿へ来た。高沢の回した手を尚江は拒まなかった。高沢には自分が妻を殺したという意識はなかった。高沢は尚江のくれた薬を使わなかったが、結局路子を死に追いつめたのはその白い薬だという気がしていた。薬の意味がどちらだったにしろ、京都駅のホームで尚江のさし出したそれを受けとったときから、路子の死は決まっていたような気がした。責任を逃れるつもりはないが、もし尚江が薬をさし出さなければ、高沢は路子を殺そうなどとは考えもしなかったはずである。尚江の薬が高沢の右手を動かしたのだ。高沢に罪の意識はなかった。しかし尚江を抱きながら自分の右手がふっと尚江の口へとのびる気がして、その度に愛撫の手をとめた。手が勝手にのび、女の口を塞《ふさ》ごうとするのである。その右手だけが高沢の罪を知っているようだった。なんとか女の軀に、自分の軀を結び終え、高沢は疲れ果てて床に崩れた。右手がしびれていた。その右手に女は奇妙なことをした。

染料を水で溶き、筆を真紅に濡らして高沢の右手をその色で塗り始めたのである。それから風呂敷包みをほどいた。白生地の反物が薄闇の敷かれた畳に、真っ白に流れた。

白生地の中ほどに小さな手の跡が、そこだけ赤く染みている。

女は高沢の赤く塗った手をとると、白生地のその小さな手の跡に重ねるように押しつけた。高沢の五本の指と、既に染められていた女のものらしい五本の指とが、恰度鳥が翼を閉じかけたような恰好に白い生地を染めている。高沢はされるままになり、何も聞かなかった。疲れ果て、ただ染料が赤く染みた右手だけを見ていた。

翌朝、尚江は、「いつもこの宿ばかりだから、どっかへ出てみたい」と言った。タクシーに乗り、運転手に尋ねると、運転手はバックミラーでちらりと二人の気配をうかがい「光悦寺がいいでしょう」と言った。

事実その寺は二人の関係に似合っていた。何もかもが冬枯れた灰色の中にあった。ただ寒くポケットの中で白い薬包を握りしめた手がふるえていた。

君は路子を殺そうとしたのか――

そう口にするだけで良かった。尚江が「ええ」と答えても「いいえ」と答えても、高沢はすべてを忘れ、尚江の手をとり、残りの人生をこの女と共に歩き続けることができると思った。だが口にすることができなかった。たとえ口にしても尚江は何も答えなかっただろう。

竹垣に寄り添って尚江は、

「十五年経ったら、奥さんの亡くなられた日の午後四時ここで待っています。それまでは電話もかけないで下さい」

とだけ言った。十五年という言葉を白い息が包んでいた。できない、十五年も待つことはできない、女の軀を、今すぐこの場でももう一度抱きたいと思っている、女の肌を十五年も我慢することなどできない。

「わかった」

高沢はそう答え、背を向けると寺を出た。冬でなければ、寺の樹々が枯れ果てていなければ、もっと別の言葉を自分は答えていただろう。しかし目に入るすべては冬に枯れ果て、寺は、その冬の色一色に染まり、暗く寒く冷えていた。

結局、右手のしびれは、十五年、一つの疑惑と共に高沢に残ったのだった。

――君は路子を殺そうとしたのか、俺と君は共犯者だったのか、十五年待てという言葉は時効の成立を待てというその共犯者の言葉だったのか。

十五年が経ち、今もコートのポケットに高沢の右手は薬包を、その疑問を握っている。

夕闇は濃くなり、紅葉はますます赤く燃えあがっていく。

十五年前のあのすべてが枯れ果てていた暗い寺に、まだこんな残り火が燃えていたのである。道も、降りしいた葉に埋まっている。二人はその真紅の色を恐れるように、そっと足を運んだ。

裏手に、光悦の小さな墓がある。その墓に蹲《うずくま》り、尚江は手をあわせた。うしろ姿で見ると、尚江の着物の白さが目だった。境内中を燃えあがらせた紅葉が、そこだけ炎をともし忘れたように、白い物を残している。高沢はその白さに、ふと息苦しさをおぼえ、手で道に落ちた葉をつかむと、尚江の肩へと降りかけた。

色は、高沢の指の間からこぼれて、着物の白い艶をすべり落ちていった。葉のひと雫が襟首にふりかかったが、尚江は、行水でもするように、ただ黙って炎の色を浴びている。葉はまた、尚江の背のところどころに貼りつき、着物や帯を、一瞬の色で染めあげた。

高沢は、空《から》になった手を尚江にまわし、抱きあげるようにして、立たせた。

木戸の閉まる時刻が迫っている。

二人の足は自然に出口へとむかい、炎の寺を後に坂を下り始めた。坂の中途で高沢は車を拾った。

「君の家へ行こう」

高沢の言葉に、尚江は黙って従い車に乗った。二人は車中終始無言で通した。高沢は右手をポケットにつっこんだまま、左手首の腕時計をもう一度ちらりと眺めた。

午後五時——あと七時間である。高沢の犯罪は十五年前、友人が簡単に書いてくれた死亡届と共に、結局発覚せずに終った。だが問題は、警察でも法律でもなかった。高沢の手に残った罪の意識が、高沢に十五年という月日を要求したのだった。

高沢は、結局妻を殺したという意識を実感としてもてないまま十五年を過していた。しかし右手は、右手だけは、十五年前の妻の最後の咳の痛みをまだ憶えていた。その右手が、普通の犯罪者と同じように、高沢に十五年という時効の成立する日を待たせたのだった。今夜中に、決着をつけなければならない——

尚江は、黙ったまま自分の家がある高雄へと続く道を見守っている。

高雄へと上り道になる頃から不意に雨が流れ始めた。

「時雨《しぐれ》——」

尚江が呟いた。道はちょうど紅葉の谷である。すっかり暮れなずんだ空の裾模様のように、緋色が浮きあがっている。雨はその色を掬いながら、真紅の針となって車に襲いかかってきた。そして、紅葉は少しずつ雨に色を奪われながら、夜の闇へと消えていく。

高沢は坂の中途で車を停めた。そこからは雨に濡れながら尚江の家まで竹藪の細い道を歩いた。

尚江は丹後に住む両親のもとを離れ、この高雄の里に、古い民家の一軒を借り、染色の仕事に従事している。夜の漆黒と紅葉の真紅とを不思議な色に混ぜあわせた雨の中を二人は歩き続けた。

思えば、高沢が尚江の家を訪れたのは、尚江の仕事ぶりを取材に来た最初の一度だけである。しかし古木戸の朽《く》ち具合や、土間に並べられた大小さまざまの桶の形や、梁《はり》の太さまではっきりと憶えていた。何もかもがこの家から始まったのである。そして今、やはりこの家で、高沢はすべてを閉じようとしていた。

この十五年、尚江が何をしていたか尋ねる必要はなかった。尚江の無言のかわりに、家中に染みついた染料の匂いが、尚江の十五年の暮しぶりを語っていた。尚江もまた、白生地をさまざまな色に染めながら、一つの坂を上り続けたのだろう。

尚江は、灯もつけず暗闇の中で、濡れた高沢の背広を脱がせた。高沢がまわそうとした手を制《と》め、尚江は闇の底に布団を敷いた。闇に、帯を解く音が響いた。

ほの白く浮んだその軀におおいかぶさり、左手だけで高沢は女の肌を愛撫した。右手は、布団の端を摑んでいる。闇に、高沢は雨の音と自分の息づかいだけを聞いた。

やがて左手で、高沢は尚江の片胸をつかんだ。指がなんの抵抗もなく、肌に沈みこんだ。ただの柔らかさではなく、いくら手に力をこめてつかもうとしても、その胸はつかみきれない。

「君は――」

驚愕が、声になって喉を突いた。

「君は……もう死んでいるのか」

離そうとした手を、尚江の手がつかんだ。尚江の手につかまれたまま、高沢の手は女の肌の下方へとすべりおちていった。

十五年間、夢の中で追い続けた幻の肌をやっと現実に抱いているという実感はなかった。高沢の脳裏を、ただ夜の雨が、炎の色で流れ続けた。

果てると同時に、高沢の軀は、女の肌へと沈みこんだ。肌にはなんの手応えもない。雨の音とともに、高沢は、その肌につながる深い闇へとどこまでも落ちていく気がした。

「おかしいわ。死んだ奥さんが十五年経ってまだ生きているのに、生きている私が、十五年の間に死んでしまったんですもの……」

闇の底から静かな声が響き、女は高沢を離れた。

灯がともされた。

箪笥《たんす》二つと小卓が置かれただけの部屋である。閑寂な部屋は、障子の桟《さん》ばかりがめだった。障子だけが真新しく貼りかえられ、畳も壁も朽ちて饐《す》えた匂いを漂わせている。

尚江は素肌に雨に濡れた着物をかけて座った。今まで帯に隠れていて気づかなかったが、白に近い無地の着物には、緋色の手形が二つ染めぬかれている。大きい方は自分の手であり、いま一つは尚江のものであろう。十五年経ってもその罪の色はわずかも色あせていない。紅葉を二まい重ね合わせたような形で色は燃えている。

尚江は、襟首《うなじ》の上に束ねていた髪を解《ほど》いた。束ねていた時はさほどでもなかった髪は、尚江の白い指に操られ、ふいに広がって背を覆いつくした。

静かな横顔から、黒い川のように漣《さざなみ》だって、畳へと流れている。

その漣を掌に移しとるように、尚江は髪の下端を掬いあげた。

髪は、さらさらと音をたて、畳に細いすじをひいた。

嵩《かさ》は豊かだが、髪には色も艶もなく、いくら目をこらしても、命が見えてこない。端の方にゆくほど細くなった髪は、畳の饐えた匂いにとけこんで、死に繋がって見える。

尚江は、髪の一筋をぬくと、高沢の上着をひきよせ、襟の後ろへと忍ばせた。

尚江は無言だったが、高沢には思い当たることがあった。十五年前尚江はそんな風にして、路子がいやがらせをしているように見せかけたのだ。高沢の衣類に付着していたのは尚江自身の髪だった。高沢に妻を疎《うと》ませ自分への同情をひこうとしたのである。

尚江は今、無言のうちにその行為で高沢に自分の罪を告白したのではないか――

「ビールが欲しいな」

高沢は掛時計が九時をさしているのを見て呟いた。尚江は着物を帯紐だけで着つけて、奥へ行った。戻ってくるまでに高沢はコートのポケットから薬包をとりだし手に隠しもった。尚江が二つのコップにビールを注ぎ終えるのを待ち、コートをハンガーに掛けてくれと頼んだ。尚江が背中になったすきに、高沢は薬包の白い粉を尚江のコップに入れた。白い粉はまたたく間に黄褐色の液に消えた。

十五年の歳月もその粉と共に消えたのである。高沢にはこうする他なかった。口に出しても尚江はきっと何も答えないに違いない。いや、それより何より尚江自身の軀で試すのが一番いいのだ。もし尚江が妻を殺そうとしたのなら、十五年前の自らの罪に倒れて死ぬことになる。そうでなければ――

その後のことは何も考えられなかった。自殺に見せかけてこの家を出るか、自分もまた同じ罪に果てるか――

「十五年ぶりの再会だ。乾杯しよう」

高沢は自分のコップを尚江のコップにあてた。高沢につきあうように尚江はゆっくりと一息に液を空けた。不意に高沢の耳に、掛時計の音が高まった。

やっと坂を上りつめたのだ。高沢はため息をつき、疲れ果てたように十五年の疑惑の結論が尚江の軀に現われるのを待った。

しかし尚江はコップを置くと卓を離れ、障子を開いた。高沢は思わず息をのんだ。障子のすぐ近くまで真紅の炎が迫っていた。部屋の灯に照らされ、紅葉は雨風に煽《あお》られ、真っ赤に夜を焼いている。炎の枝が障子を打ち、今にも部屋の中にまで流れこみそうであった。

「十五年前、奥さんを死に追いつめたのは私です」

尚江の静かな声が響いた。

なぜもっと早くに……十五年前にこの言葉を聞いていたら二人にはもっと他の道があったというのに……今ではもう遅すぎるのだ。

「妻が死んだのはあの薬のためではない。妻は俺が自分の手で殺した。あの薬は、今、君が飲んだ」

「え」

尚江は小さく驚くとふり返り、空のコップに視線を流した。静かな顔のままである。その顔に奇妙な表情が浮んだ。それが薄い笑みであることが高沢にはすぐにはわからなかった。尚江は箪笥の中から大きな風呂敷包みをとりだすと、卓上に置き、結び目を解いた。

数え切れない手紙の束が卓上に崩れ、一通が高沢の膝に落ちた。

鎮谷尚江様――

封筒にそう記された文字は、間違いなく十五年前に死んだ路子のものである。驚いて見上げた高沢の目に、尚江は和紙の包みを開いて見せた。女の黒い髪が無数に筋をひいている。

「捨てなかったのか、川に――」

尚江はそれには答えず、

「きれいな艶でしょう。私、ときどきとりだしては染めてたんです……自分の手で」

白い指に、薄い微笑のまま視線を落とした。指をふちどる翳《かげ》は、黒い染料がしみついたように見える。十五年のあいだ、そんな自分を虐《いじ》めるような微笑を浮べながら、尚江は、死んだ妻の髪を染め続けてきたのだろうか。

「染めるたびに少しずつ伸びていくんです……奥さんやはりまだ生きてるんです。そしてとうとう私を殺したんです……」

独り言のようにそう呟くと、布団の上に横たわり、静かに目を閉じた。

「その手紙を読めばわかります。奥さん、看護婦さんを使って興信所で調べさせ、私の名前を知ると毎週一通ずつ送ってきたんです。恐ろしい言葉ばかりです。あなたなんか人間じゃない、夫は私を愛している。夫は財布の中に私の写真を入れて肌身離さずもっている。鬼、淫売、泥棒猫――私には一言の返事も許されませんでした。一言の言葉さえも――私にできたことといったら、私の髪を一筋服につけてあなたを東京へ帰すことだけでした。でも奥さんは気づかなかったようです。次にあなたが来たとき、私はいつも服を改めたけれども、髪がもとの位置に残っていたことがあるから。ある時そこをあなたに見つかったので、私、それが奥さんの髪だと偽ったんです……私が奥さんに送った髪は、でも十本にもなりません。奥さんはそんなにたくさん届けてきたのに……」

尚江は、静かに声をつないだ。

「最後に奥さん、あの薬を送ってきました。死になさい、あなたなんか生きている価値はない……庭の害虫を殺す薬だそうです。もちろん人間が飲んでも死ぬ薬だけれど、私は人間じゃなかったんです、庭の樹を腐らせる一匹の虫だったんです。奥さんにとって私は……奥さんの言う通りにしようと思いました。最後の最後まで迷ってました。でもどたん場になってあのホームで……私……」

尚江の声はそこでとぎれた。高沢の軀の中で十五年の月日が音をたてて崩れ落ちた。疑惑と欲望と罪の意識だけの十五年間は空白に等しかった。しかしその空白の裏に、もっと無意味な空白が隠されていたのである。高沢は小さな愚かな誤解で十五年を棒にふってしまったのだった。

最初に妻の方が殺そうとしたのだ。尚江を死に追いつめようとしたのは路子だったのだ。尚江はふりかかってきた路子の殺意を逃れようとして、正当防衛のように、それを自分の殺意にすり変え、路子に返しただけである。

高沢は慄《ふる》える指で封筒の一通から便箋《びんせん》を取りだした。混乱した頭は、文を読むことができず、便箋をびっしり埋めつくした細かい字を拾うだけである。この数えきれない封筒には一体どれだけの文字が詰っているのか。

あの無口な、静かすぎる微笑の下に、路子はこんなにも多くの言葉を、声を隠していたのである。数時間前、一つの寺を焼き焦がしていた炎は、高沢や尚江の未練の残り火ではなく、一人の女の嫉妬だった。

路子の髪は、死んで十五年経ってなお、黒々と艶を放ち、風にうねっている。電灯の光を孕《はら》み、うごめきながら、十五年の生命を謳《うた》っている。尚江が染めずとも、黒髪は同じ色と艶を今日まで残しただろう。妻はたしかにまだ生きている。高沢がその手で殺したはずの女は、この髪に命を残した。命とともに尚江への殺意を——十五年前は失敗したが、十五年経ってとうとう尚江を死に追いつめたのである。しかも自分を殺した夫の手を使って。路子は自分を殺した夫の手で、尚江を殺させたのだった。

死者の完全な復讐であった。十五年の歳月は時効ではなく、一つの犯罪を成立させたのである。

尚江の息遣いが聞こえなかった。しかしまだ脈はうっている。今から救急車を呼べば間に合うかもしれない——そう思った次の瞬間、高沢の目は、尚江の着物の胸の下を染めた手形に奪われた。尚江の手首を握ったまま、高沢はその手を女の方の手形に押しあててみた。手形の指は、尚江の指より少し長かった。

路子の手の跡なのだろう。路子はいやがらせに自分の手を染めぬいた白生地の反物を尚江に送ったのである。尚江はあの薬が路子を死に追いこんだと思いこみ、せめての謝罪に夫の手をその手と同じ色で並べたのだ。

夫と妻と——二人の手は真紅に重なり合い、十五年経って今、一人の女を死に追いつめた。共犯者は尚江ではなく、路子だったのである。

高沢は座りこんだまま、死のうとしている女の着物に染めぬかれた二つの手形を茫然と眺めていた。

強風にあおられて、紅葉の一枝が部屋へと流れこんだ。火の粉を吐いたように、なん枚かの葉が枝を離れた。それは、畳に散らばった路子の髪にまぎれこむように落ちた。

女の髪は、真紅の葉から炎をうつしとると、音もなく、ただ静かに、燃えはじめた。

花虐の賦

女の手首から、血は小指を伝い、川へと流れ落ちていた。絶え間なく流れる血は、川面《かわも》と、橋の欄干《らんかん》に崩れている女の手首とを一条《ひとすじ》の赤い糸で繋《つな》いでいる。もう大分以前に、女の愛した男の命が流れていった川である。

今夜、女は死んだ男の後を追うために、この橋に立ち、手首を剃刀《かみそり》で切ったのだった。女が橋に立ち、剃刀で血を流したのは今夜だけではなかった。男に死なれてから、女は時々人目を盗んでは橋から一筋ずつ自分の血を川へと葬《ほうむ》ってきたのである。

一夜に一筋ずつ、この川を先に流れて逝《い》ってしまった男の命に自分の命を繋ぐために——一晩ごとの血は、川の流れにのって、先に逝った先生の命に無事に追いついただろうか。月の光に意識が少しずつ溶けこんでいくのを覚えながら女はそんなことを思っていた。

たとえ追いつけなかったとしても今夜の最後の血だけは確かに男の命まで辿《たど》りつき、自分の命を永遠に男の命に繋いでくれるにちがいない——

冬の月の蒼い光で、喪服の袖《そで》から欄干の隙間《すきま》を縫《ぬ》って川へと垂れた女の細い腕を包もうとするのだが、包みきれぬ白さがその腕には残っている。血はさらに腕から色を奪いながら、流れ落ちていく。

——今やっと私は先生の所へ参ります。

女はそう呟《つぶや》きながら、残っていた命の一片を最後の赤い糸に縒《よ》って、手首から流し出した。女の表情にはわずかの苦痛もなく、ただ目には月の光と共に悦《よろこ》びの色が染みて、眠るように静かに川の流れを見守っている。この時不意に月の光が輝きを増し、女が最後に見たものは、光の帯となった川を、一人の男の命を求めて流れていく赤い糸である。

無数の光の条《すじ》に紛れこんで、赤い糸は蛇のように蜿《くね》りながら、どこまでも男の命を追いかけて突き進み、やがて果てしない光の闇へと消えていった。

一

津田《つだ》タミが、絹川幹蔵《きぬかわかんぞう》の後を追って自害したのは大正十二年二月二十三日の夜のことである。

津田タミとは、大正末期に浅草にあった佳人座という小劇団で短い間人気の花を咲かせた女優川路鴇子《かわじときこ》の本名であり、絹川幹蔵はその劇団の主宰者であり劇作家だった。

演劇史的には、この二人の名は、同じ大正期に芸術座を主宰し、一世を風靡《ふうび》した松井須磨子《まついすまこ》と島村抱月《しまむらほうげつ》の大きすぎる名の陰に隠れた恰好《かっこう》である。

絹川幹蔵が佳人座を創立したのは、須磨子が抱月を追って自害した年、つまり大正八年末である。

須磨子の人気と翻訳劇の斬新さは、それまでの演劇界を一新するほどであったが、須磨子の死後、絹川幹蔵はそういった時流に逆らうように、新派劇の流れを汲《く》む佳人座を興したのである。新派といっても、明治中期に歌舞伎に対抗して創られながら、外観はいかに変ろうと内容は大時代がかった人情噺を売り物にしており、活動写真と近代劇に押されて大正中期には古めかしさが拭《ぬぐ》いきれなくなっていた。その時期に人の涙のみに訴えるような人情噺を舞台にかけるのは軽挙妄動《かんげき》ともいえることだったが、恰度《ちょうど》、松井須磨子という大きな星が墜《お》ちた直後の新劇界の間隙に乗じたのか、絹川が描き舞台にのせた数々の人情噺や忠義物語、また悲恋物語は、東京ではなかなかの評判を集め、婦女子の涙を誘った。

幕末を背景に勤皇の志士とその志士を命を犠牲にして救う芸妓《げいぎ》との悲恋を描いた、旗あげ公演の『維新の花』以来三年の間に、『女　鑑《おんなかがみ》』『白雪物語』『露草の唄』『夢化粧』といった名舞台を産み、澄田松代、林香子《はやしきょうこ》、上村竜子等《ら》の人気女優を輩出した。

だが佳人座が高評を受け、真の意味で開花したといえるのは、三年後の大正十一年六月川路鴇子という女優を世に送り出してからである。

その年の六月、絹川は新作『貞女小菊』の公演に鴇子を抜擢《ばってき》した。鴇子は当時二十六歳。二十歳前後の三年間近く某演劇研究所で研究生として女優を志したこともあるので、演技の素養はあったが、その後演劇の道を断念し、津田謙三という若い詩人と世帯をもち、子供を一人儲《もう》けていた。津田は結婚して間もない頃より躰《からだ》を悪くし、四年目には病床に臥《ふ》した。病人と子供を抱え明日の暮しもおぼつかない頃、ひょんな偶然から、絹川に見初《みそ》められたのである。

演技の素養があるとはいえ、座員でもない素人《しろうと》同然の女を主役に据《す》えたこの異例の抜擢は、だが大きな成功をおさめた。『貞女小菊』は、半玉《はんぎょく》の頃にある老歌舞伎役者に見初められ、囲われ者となった小菊が、その役者の死後、墓を抱きながらまだ若い命を落とすという古めかしい貞女物語である。が、老役者にある時は子供のように甘え、ある時は長年連れ添った妻のように尽す小菊に、可憐《かれん》さと妖艶《ようえん》さを併《あわ》せもった川路鴇子は適役であった。その美貌は、瞬《また》く間に評判となり、客を集めた。佳人座という名もこの女優の出現を予期して付けられたのではないかとさえ思わせるほどであった。器量と色香だけに限れば、鴇子は松井須磨子を凌《しの》いでいた。

病床の夫と子供を捨て女優として開花した鴇子は間もなく師にあたる絹川幹蔵と愛し合うようになり、二人は浅草の外れに家を持って夫婦同然に暮しながら、『貞女物語』『夕暮坂』『闇夜の月』といった舞台を次々に送り出した。

そして翌年の正月、新春公演と銘うたれた『傀儡有情《かいらいうじょう》』は佳人座創立以来の大評判をとった。人気を呼んだ理由の一つは、物語が、絹川幹蔵と川路鴇子の現実の関係を下敷きにしてあるからである。時代背景は明治中期、歌舞伎に対抗して新派、近代劇が産み出された頃に変えられてはいたが、劇中の劇作家と女役者の異常ともいえる愛の物語は、巷説《こうせつ》にもなっていた二人の関係そのものであった。

人気が出てくるにつれ、鴇子の夫と子供を犠牲にした不道徳な愛への非難も巷《ちまた》では聞こえるようになった。二人が愛に溺《おぼ》れてどんな暮しぶりをしているか、おもしろおかしく語る者も出てきた。絹川はそういった中傷や誹謗《ひぼう》に、舞台をもって答えたのである。自分達の関係をありのまま舞台にのせることで、二人の愛を世に問い、訴えたのだった。

尋常とはいえぬ愛を、堂々客の前に発表した鉄面皮ぶりを一部では以前にもました烈《はげ》しい語調で詰《なじ》る者もあったが、多くの人々は舞台に美しく描かれた愛のかたちに魅了され、二人を繋ぐ絆《きずな》の強さに酔い、佳人座最高の舞台という評判もでた。絹川と鴇子は自分達の愛の関係を世に認めさせ、納得させたのである。絹川は浅草の小劇団にすぎなかった佳人座を、自分自身の体験を暴露することで初めて大花として開かせたのであった。

直ちに全国巡演が決まった。絹川はすぐ次の舞台の準備にとりかかり、佳人座の将来に初めて大きな展望がひらけた。

その前途洋々たる船出の最中《さなか》、だがしかし、絹川幹蔵は突如、自らの命を断ったのである。実際、唐突としか言い様のない死であった。

一月六日、『傀儡有情』が元旦《がんたん》に幕をあげて六日目、舞台の大成功を座員一同で祝った夜、絹川幹蔵は、隅田川《すみだがわ》にかかった千代橋という橋上から身を投げて死んだのだった。隅田川の川下の杭《くい》に引っ掛り発見された死体は手に剃刀をしっかりと握り、手首や咽《のど》や胸や躰の方々に、剃刀で切ったらしい傷跡があった。

絹川は、剃刀で躰の方々を切ったが死に切れず川にとびこんだ模様であった。捜索の結果、絹川と鴇子が一緒に暮していた家の近くにかかった千代橋の欄干や橋板に相当量の血痕が発見された。その橋上で全身を切り、死に切れぬまま欄干を跨《また》ぎこえて川に身を投げたと考えられた。

　その夜は、舞台のはねた後、座員一同が浅草の欧州亭《おうしゆうてい》という洋食屋に集まり、公演の成功を祝い、十時半頃解散した。絹川は皆と別れた後、舞台で劇作家役を演じた片桐撩二《かたぎりりようじ》という若い俳優に、君の家で飲み直そうと言った。鴇子と片桐を従えて歩き始めた絹川は、しかししばらくして、やはり疲れたから家に戻ると言いだした。鴇子は自分も一緒に帰ると言ったのだが絹川は一人で帰りたいと譲らず、結局、鴇子と片桐は、絹川を見送り、二人だけで片桐の家へ赴《おもむ》いたのだった。

　隅田川の川下に引っ掛った絹川の死骸は、鴇子達が別れたときと同じ外套《がいとう》を羽織ったままの姿であった。二人と別れ、家路の中途に渡る千代橋の上で自殺を図ったと思われる。発作的なものではなかった。その朝、劇場の楽屋で剃刀が一つ紛失し、一寸《ちよつと》した騒ぎになっていた。絹川の死骸は同じ剃刀を握っていたのである。少なくともその朝から絹川は決意していたことになる。

　とはいえ、そんな気配はその日の絹川には微塵《みじん》も見られなかった。当日ばかりでなく、初日をあけて以来、連日の大入満員と好評に、その数日の絹川は上機嫌続きで、祝賀会でも何杯も盃《さかずき》を重ね心底楽しそうに笑っていたという。

　気配だけではなく、どう考えてもこうも突如自分の命を断つ動機は何一つ見つからなかった。今度の公演の成功に気を良くし、すぐ次の舞台の準備を始めていた。草稿もできあがったところであったし、鴇子との関係も上手くいっていた。祝賀会でも、今度の公演と全国巡演が一段落したら正式に鴇子を妻として迎えるつもりだと皆に語り、二人は幸福の絶頂にいるようにすら見えたのである。二人の結婚の妨《さまた》げになっていた鴇子の病床にあった亭主も、前年十一月には死んでいた。

何もかもが成就した矢先の死であり、寧《むし》ろ自害を否定する材料ばかりが出てきた。絹川は前日に洋服の仕立てを頼んでおり、また当夜、別れ際《ぎわ》に座員の一人に、翌朝楽屋で会う約束をしている。皆と別れる最後の最後まで幸福そうな笑顔であった。

そんな事から、殺されたのではないかという疑いも出た。自我の強い絹川の性格は、座員の中でも憎んでいる者がいたし、絹川には過去に何人かの女がおり、そういった女達の中には鴇子との関係を快く思っていない者も多かった。動機の点では他殺と考えた方がいいのだが、やがて一人の証人が現われ、他殺説を簡単に否定してしまった。

その男は、一月六日の夜十一時頃、偶然隅田川の土手を歩いていて、千代橋上に絹川らしい人影を認めたのだった。容姿や服装、また皆が絹川と別れた時刻も合致することから考えて、橋上の男が絹川であることは間違いなかった。橋の真ん中に立ってしばらくじっとしていた絹川は、やがて欄干に倒れかかり蹲《うずくま》った。通行人は単なる酔っ払いと思って行き過ぎてしまったのだが、絹川の蹲った位置と翌日血痕の発見された位置が同じだったので、通行人が見た時に絹川が死のうとしたと考えていいことになる。証人は、その時、橋上には絹川以外の人影は絶対になかった、と断言したのである。

自害は間違いないらしいことはわかった。しかしその動機は依然謎であった。絹川のことを最も知っている筈の川路鴇子も、心当りはない、と首を振るばかりだった。そして絹川の死の理由が判らぬままに、鴇子は正月公演を何とか二十八日の千秋楽まで勤め、二月二十三日、絹川の四十九日の法要を無事済ませたその晩、同じ千代橋上で手首を切り自害したのだった。遺書はなかったが、二人の関係からみて後追い自殺は明白だった。絹川の死がまた大きな話題を集め、小屋には客が押しかけたが、絹川に死なれた後の鴇子は、魂のない脱け殻で、演技にも精彩がなくなり、死人同然だったのである。

皮肉なことに『傀儡有情』の芝居は最後に二人が手と手をとりあい、暁光《ぎょうこう》を浴びながら明日の幸福を願うという明るい幕切れで終る。現実の二人は、芝居とは余りにかけ離れた悲劇的な幕切れを迎えたのだった。

尤《もっと》も、鴇子の死は、不倖《ふこう》とばかりも呼べない。絹川の突然の死に悲嘆にくれた鴇子にとって、絹川の後を追うことは唯一の救いだったとも想像される。鴇子が初めて佳人座の舞台に立った『貞女小菊』では最後に小菊が愛する男の墓を抱きかかえながら笑顔で死んでいったが、鴇子もまた愛する男の後を追うことだけが唯一の喜びであり倖《しあわ》せだったのかもしれない。

二人の関係も後追い自殺という結末も、数年前の抱月と須磨子に似ていたが、この事件の方は当時東京では騒がれたものの、地方までは知れ渡ることもなく終ってしまった。川路鴇子には、松井須磨子ほどの人気も知名度もなかったし、半年後の大震災で佳人座は壊滅してしまった。二人の死は大震災という大きな事件にのみ込まれてしまった形であった。

佳人座は、最後の舞台『傀儡有情』で開かせた大花の命を、時の流れに繋ぎとめることができぬまま消滅し、その名が演劇史に蘇《よみがえ》ることは二度となかった。

川路鴇子の名も、絹川幹蔵との一年に充《み》たぬ愛の物語も、その絹川の自害の理由も、やがては、歴史の闇に埋没してしまったのである。

尤も二人の死は、私には生涯忘れ得ぬものとなった。私は当時の佳人座の座員だった。前述した『傀儡有情』で、絹川幹蔵そのものともいえる劇作家役を演じた、片桐撩二というのがこの私なのだが、私は絹川先生になりきったつもりでその役を演じながら、しかし先生の突然の自害の理由だけはどうしても理解することができなかったのだった。

二

絹川幹蔵が、一人の女と出遭ったのは、死ぬ前年の四月、下町の、隅田川沿いにある暁永寺《ぎようえいじ》という小さな寺であった。寺の裏手に、絹川の恩師になる鴇島玄鶴《ときしまげんかく》の墓がある。その春の一日は鴇島の命日で、墓参に出掛けた絹川は、その墓から少し離れて置かれた小さな苔《こけ》むした墓石に、蹲るようにして合掌している女の姿を認めた。通りすぎようとして、女の横顔を見下ろした絹川は、ふと足を停《と》めた。

単衣《ひとえ》の木綿の袖口がすり切れて貧しい身装《みなり》だが、肌が透けるほどに白い。春の陽ざしは苔に照り映え、女の横顔を光の筆で細くなぞっている。光が戯《たわむ》れて、その場に束《つか》の間《ま》の絵姿でも描いたように見えた。

絹川が足を停めたのは美しさのためだけでなく、女の顔に見憶えがあったからである。確か四年ほど前、舞台で一度だけ見たことのあるある劇団の研究生だった。小さな役であったが、微笑《ほほえ》むと蕾《つぼみ》のような硬さが消えてすっと桃色に色づく頰《ほお》や、か細い糸を弾くような可憐な声は、深く胸に刻まれている。赤毛の髢《かもじ》が鼻筋の細い日本的な顔だちに似合わず、哀れにさえ見えたのをはっきりと憶えている。その後気にはかけていたのだが、噂《うわさ》も聞かぬまま四年の月日が流れていた。余程貧しい暮しむきなのか当時に比べると窶《やつ》れて見えたが、肌の白さだけは身装の貧しさを受けつけず、大人びた色香に匂いたっている。美しさは絹川の目ではなく肌に滲《にじ》んでくる。

「この女なら小菊ができる――」

胸の中で呟きながら、絹川は静かに目を閉じて経を吟じている横顔を見守り続けた。恰度その頃、二カ月後に公演予定をしていた『貞女小菊』の女主人公にふさわしい女優が見つからず、困っていた所だった。小菊は、自分を無にして旦那《だんな》である老役者に仕え、指一本の動きまで男の命令に素直に従いながら、いざとなれば祖父ほど歳の離れた男を母親のように慰め庇《かば》う芯《しん》の強さを併せもった難役である。しかし演技力よりまず絹川の頭にある小菊の顔にふさわしい女優が、佳人座にはいなかった。

目の前で墓に手を合わせている女は、最後に老役者の墓を抱きながら後を追って死ぬ小菊そのものの顔である。顔立ちの幼さに、肌の白さが大人の女の翳《かげ》を落としている。

「私は経を読めないので、代って師の墓に経を一巻読んでいただけまいか」

　女が立ちあがったとき、絹川の口から自然にそんな言葉が流れだしていた。女は「ええ」と素直に従って、絹川が導いた鴇島の墓の前に座ると、絹川の手から花をとり細やかな指遣いで墓に活《い》け、静かに経を読み始めた。絹川は墓に手を合わせることも忘れ、女の横顔を見守り続けた。見れば見るほど、その顔は小菊である。師の縁が闇の世界から、絹川の頭の中の幻にすぎなかった女を、今目の前に、現実の姿形で送りこんできてくれたとしか思えなかった。

「これでよろしいでしょうか」

　やがて立ちあがった女に、

「あなたは以前、維新座で女優をしていた――」

　絹川は思いきって声をかけた。

　女は驚いて、ふっと視線を遠めた。

　絹川が自分の名を明かすと、佳人座の噂は聞き知っているらしく「あ」と小さく息を呑《の》み、一歩退くと改めて頭をさげた。

　短い立話で、絹川は女の口から、女が四年前、絹川が舞台で見た直後に、津田謙三という詩人と結婚して女優をやめたこと、その夫が子供を儲けて間もなく胃病で倒れ、今も病床に臥していること、自分が手内職をし、夫が病床で書く詩を売りながら細々と暮しをたてていることを知った。津田謙三なら、三十八になる絹川と同年代の男で、一時詩人として名も売れていたので絹川も知っている。その後名を聞かないと思っていたが、そんな不倖な事情で目の前の女と繋がっていたのだった。

女は花の蔭に置いた紙の束を抱きかかえた。夫が書いた詩を、神田の書店へ売りにいく途中思い出して、子供の頃に死んだ両親の墓に参っていたと言う。

「そうですか」

絹川は落胆の溜息《ためいき》を長く曳《ひ》いて、

「そういう事情なら、もう一度舞台に立つという気などありますまいね」

絹川は率直に、自分が一人の女優を捜している事情を語り、

「先生にあたる方の墓前であなたに逢ったのも何かの縁と思い、頼んでみようと思ったのですが、まさかご主人と子供を棄てる気はありますまい。——いや失礼をした」

頭をさげた。女は絹川の言葉を打ち消すでもなく受け容《い》れるでもなく、ただ黙って絹川を見上げていた。黙っているのは、勿論《もちろん》絹川の唐突な申し出など受け容れるわけにはいかないからだろうが、その目は男の言葉をそれがどんな言葉であろうと柔らかく自分の中へ溶かしこんでしまいそうな目である。これこそ小菊の目だと思いながら、未練で女の顔を見守っていた絹川は、

「万一事情が変ってまた舞台に立ってもいいという気になったら、いつでも私を訪ねて下さい」

女に所番地を教え、もう一度頭をさげ、背をむけようとした。その時である。絹川の着ていた結城の袖に、すっと女の手が伸びて、端を摑《つか》んだ。

ほんの刹那《せつな》である。

絹川が驚いてふり返ったときには、もう女は、絹川の袖から手を離し、足許に落ちた夫の詩の原稿を見守っていた。絹川は紙片を拾って女に渡し、女の言葉を待ったが、女は無言のまま、何事もなかったように静かに頭をさげただけであった。

寺を出て、隅田川の土手を歩き始めた絹川が、しばらく進んで、ふとふり返ると、女も同じ道を絹川より数歩離れて、歩いてくる。絹川は立ちどまって女が自分に追いつくのを待とうとした。だが絹川が立ちどまると、女も離れて立ちどまり、歩きだそうとせず、じっとしている。絹川が自分の方から女に近寄ろうとすると、女は人形のように首を振った。かすかだが、首の振り方に、自分の方へ歩き寄ってきてはいけないと訴えるものがある。

仕方なく軽く頭をさげて、土手を進んだ絹川がしばらくしてもう一度ふり返ると、女はまたも下駄音を停めて首を振った。

何度も同じことが繰り返された。絹川が歩きだすと自分も歩きだし、絹川が立ち停まると同時に下駄音をとめる。決して自分から絹川との距離を埋めないかわりに、また距離を離すこともなく、絹川の数歩後ろを野良犬か何かのように尾《つ》いてくる。そうして立ち停まる度に、静かな目で絹川を見返しながら、小さく首を振った。

土手に連なる桜は今が盛りで、白い道にくっきりと影を落としている。川風は一瞬、花を攫《さら》って帯のように流れると、すぐに彼方《かなた》へと吹きぬけてしまい、置きざりにされた花は、枝を遠く離れた所から、不意に雨脚のように条をひいて道に降った。その度に白い道の表面へと花の影も点々と浮かびあがる。影は、落ちてくる花と重なる間際《まぎわ》に色を帯び、道は花の色とそれより淡い影の色とに染め分けられた。

その、二つの色が花と影とに揺れ動く中で、絹川がふり返る度に女はひどく静かに佇《たたず》んでいた。

花の道はどこまでも続いている。

女はそんなふうにしてとうとう千代橋まで、絹川に尾いてきた。神田へ曲る道はもう外れているから、女が自分に尾いてきたのは間違いなかった。橋を渡ったところでふり返ると、女は橋の半ほどで、欄干によりかかっている。絹川は女の所まで戻り、

「その詩を私が買いましょうか」

と尋ねた。女は首を振ると、横顔になってつと手にしていた詩の原稿の一枚をとり、それを川へと投げ棄てた。

続いてもう一枚――また一枚。

白い紙は花吹雪に混って川風に翻《ひるがえ》り、川面に落ちると少しずつ沈みながら流れていく。

これが女が自分に尾いてきた理由だったのか――

絹川は驚いて女の横顔を見守った。女は最後の一枚だけは棄てかねて、指に躊躇《ためらい》を覗かせている。「妻よ」と題された詩には「妻よ、あなたは何故その手に刃《やいば》をとらぬ」という一行が力ない弱々しい字で書かれている。絹川はその一枚を自分の手で摑みとり力いっぱい川へと放り投げた。女ははっとしてふり返った。

「なぜ尾いてきたのです」

絹川の質問に、女はぼんやりした目を返してくるだけである。絹川がもう一度、今度は声を強めて尋ねると、女は「えっ」と小さな嘆声を唇《くちびる》から零《こぼ》して、

「尾いてきたのでしょうか、私」

呟くと、自分でもわからないというように首をふり、

「ただ……先生が、いつでも訪ねてくるようにと……」

それが自分の声だと確かめるようにゆっくりと言った。「いつでも訪ねてくるように」初めて逢った男のそんな一言に引きずられて、女はその場から夫や子供を棄てて絹川に尾いてきたのだった。しかし女は自分の決心にさえ気づかずにいる。墓の前で突然、絹川の袖を摑んだ意味も、絹川の背に従って歩き始めた意味も、夫の詩を棄てた意味もわからずにいる。わからぬまま、自分の決心を信じられぬまま、何もかもが嘘だというように首を振りながら、花の道を絹川に尾いてきたのだった。もしかしたら、病床の夫と子供を抱え疲れ果てていた女は、死ぬ決意で両親の墓に手を合わせていたのかもしれないと絹川は思った。絹川の一言は、溺れかけた女が摑もうとした最後の藁《わら》だったのかもしれない。何もわからぬまま夢中で、女は藁を摑んだのではないか──

「もう一度、舞台に立ちたいというのですね」

絹川の言葉に答えるかわりに、女の目から涙が一筋頰をつたい落ちた。咽を突きあげてくる嗚咽《おえつ》を、唇を震わせて必死に堪《こら》えようとしている。

絹川は、自分の指を女の唇に押しいれた。

「泣いてはいけません。あなたが本当に女優になりたいというなら、涙を堪えなさい——私の指を噛《か》めばいい」

女は絹川の腕に髪を埋めて、言われた通りに絹川の指に歯を喰いこませた。意志ではなく何もわからぬまま無心に絹川の言葉に従っていた。女はただそっと歯をあてているだけなのだが、絹川は自分の血が膚《はだ》を突き破って女の躰へと流れこみ、溶けこんでいくのを感じとった。

小菊——

自然に絹川の胸でそう呟く声があった。

橋にはいつの間にか夕靄《ゆうもや》がたち籠《こ》め、重くなった暮色に、土手の花は糸を伝い落ちるようにゆっくり静かに降っている。

絹川は女を抱きかかえるようにして橋の近くの家へ連れていくと、二百円をさし出し、

「今日のところはひと先《ま》ず家へ戻り、この金で身辺を整理してもう一度訪ねて来なさい。もちろん一日も早く来てもらいたいが」

まだぼんやりとしている女に、しっかりと目を据えて絹川は言った。

二日後女は風呂敷包みを一つ抱え、継田《つぎた》町の絹川の家を訪ねてきた。百円で、長屋の隣に住む大道芸人の女房に病床の亭主の世話を約束させ、残りの百円で錦糸《きんし》町の姉の許に子供を預けてきたという。亭主が反対しなかったかと尋ねると、女はただ黙って首を振った。絹川は既に用意してあった着物や装身具を女の方にさし出した。全身に小菊をちりばめた錦紗《きんしゃ》の着物、紋

りの手絡《てがら》、藤《ふじ》の花簪《はなかんざし》、蒔絵《まきえ》の櫛《くし》、蝶《ちょう》の帯留——皆十五六の娘の物である。

女は花簪を手にとって怪訝《けげん》そうに絹川の顔を眺めている。

「少しでも早く小菊の役に慣れさせたいと思って用意しておいた。小菊は半玉で十六歳だ」

絹川が説明しても、女はなお問いたげに墨色に目をぼんやりと溶かしこんで絹川を眺めている。絹川はそれには構わず、近くの女髪結を自分で呼びにいくと、桃割れに髪を結わせた。髪結が帰ると、絹川は着物を替えさせ、これも用意しておいた化粧道具の箱をとり出した。白粉《おしろい》だけを自分の手で塗らせると、絹川は素彫りの面のような女の顔を片手でもちあげ、恰度人形造りが人形に目鼻を描きこむように、自分の手で眉棒や紅棒をとり、頭の中にある小菊の目鼻立ちを、女の顔に描きつけていった。指先に神経を集め、丹念に眉や目、唇を描きあげると、しばらくその顔を両手に包みこんで、どこかに乱れや狂いがないか厳しい目で調べていたが、やがてふっと安堵の吐息を洩らすと最後の仕上げに簪や櫛を挿《さ》し、少し離れた所から出来あがった一人の女を眺め、満足げに頷いた。薄く降り始めた暮色を弾《はじ》くように光の屑《くず》を撒き散らして、実際十五六としか見えぬ女は、小菊そのものである。絹川の夢に浮ぶ幻の顔を完璧に模して、一分の隙もない小菊が仕上がった。驚きに打たれながらも、余りの完璧さに不安を覚えたように、絹川は、女の髪から小指で一筋を掬《すく》うと、その一筋を指の腹で鞣《なめ》すようにして眉の端へと、ふり乱した形に垂らした。そんな絹川を、女は何かを問いたげな眼で見守っている。

「なにか訊《き》きたいのなら口に出して尋ねなさい。さっきからよくそんな目をするが」

「——なぜ」女は遠慮がちに「なぜ先生は、私が本当にここに来ると思ってらしたの。なぜ私を信じてらしたのでしょう」

言葉には、二百円を持ったままどこかへ逃げてしまうと疑わなかったのか、という含みがあった。絹川は余裕ある笑みを浮べた。

「わずかも疑わなかった。必ず来るという確信があった」

「――なぜ……」

「君は自分の気持をあの桜の道に棄ててきた。もう既に僕の与えた気持を生き始めている――」

女の目の奥深くで煌《きら》りと光るものがあった。

「――本当に?」

自分事ではないように女は尋ね返した。目に光ったのは絹川を信頼しきった色である。自分でも判らぬ自分の気持を、絹川の言葉で測ろうとしている。絹川は頷くと、改まって女の前に正座し、女の膝に『貞女小菊』の脚本をのせた。

「君は松井さんの〝人形の家〟を見ただろうね。松井さんは確かに素晴らしかったが、僕の欲しているのはあのノラのような女ではない。人形になれる女だ。女優になるということは、僕の人形になるということだ。動きだけではない。指一本、髪一筋も僕の指示がなければ動かせない人形になるということだ。動きだけではない。まだあの桜の道に棄て忘れた自分があるなら、残りなく棄てて、今この瞬間から僕の与える気持だけを生きてもらわなければならない。その覚悟はできているね」

女は小さく、しかしはっきりと頷《うなず》いた。

絹川は女の眼差《まなざし》に自分の眼差をしっかりと結びつけて頷くと、庭に面して置かれた文机《ふづくえ》の洋灯《ランプ》を点《とも》し、女をその前に座らせた。巻紙を机に流し、墨を磨《す》ると女に筆をとらせた。女を背から抱きこみ、絹川は自分の手で、女の手を筆ごと取ると、まるで子供に手習いでもさせるように、紙に『誓詞』と書かせた。

一つ、私は先生の人形になります

人形遣いのように絹川は自分の手で、女の手を操りながら、洋灯の炎を吸って目を射るほどに白い巻紙に、墨を滲《にじ》ませていった。

一つ、私は先生の命《めい》通りに動き、望む言葉を喋り、髪ひと筋までも先生に預けて暮します

一つ、先生の与えて下さる気持のままに泣き、先生の教えて下さる気持のままに笑います

一つ、先生のみを信じ、先生のみを心の支えにし、先生のみを愛します

最後に筆は〝川路鴇子〟という名を結んだ。師の鴇島と自分の絹川から一字ずつをとって考えておいた芸名であった。絹川は血判のかわりに、女の指を墨に浸そうとしたが、この時、それまで絹川の手に委《まか》せきって軽かった女の手にすっと小さな力が籠った。女の手に力が入った分だけ、絹川は自分の手の力を抜いた。重ねたまま女の手に導かれるままにしていると、女は自分から指を墨に浸し、名前の傍にしっかりと押しつけた。女の指に籠った力が絹川の指に伝わってくる。力は女の意志である。血判だけは自分の意志で押したことで、女は誓詞に書かれた文字の全部を認めたことになる。

絹川は女の項《うなじ》に沿って視線をまわし、横顔を覗きこんだ。閉じた目の睫毛《まつげ》は静かに揃ってい

るが、緋縮面《ひぢりめん》の半襟《はんえり》に染って頬は上気したように見える。胸の昂《たか》ぶりを押えつけて、帯がかすかに漣《さざなみ》だっている。

「この、胸に熱く燃えあがってくるものも、先生の与えて下さった気持でしょうか」

声は唇に合わせてわずかに顫《ふる》えている。絹川が頷くと、

「今——こんな時に何を言ったらいいのか、教えて下さい」

幽《かす》かな声でそう呟くと、実際細工物のように小さな唇を静かに結んだ。

三

二カ月後、六月の『貞女小菊』の公演は大変な評判をとった。川路鴇子は、美しさばかりでなく、芝居までも浄瑠璃《じょうるり》人形を思わせると評する者もあった。美しい人形は、ただの木偶《でく》ではなく、浄瑠璃人形が人形遣いの命を吸って生身の感情を生き始めるように、川路鴇子の芝居も、眉一つ動かぬ静かさの中に命が点っていると言うのである。絹川幹蔵の企らみは見事に成功したのだった。舞台の上でも鴇子は指一本の動きまで、小菊になりきっていた。絹川の指導の賜《たまもの》であったとはいえ、指一本の動きまで教授したというのではない。稽古《けいこ》を始めてすぐに気づいたのだが、鴇子は小菊を演じているのではない。台詞《せりふ》を喋るのではなく胸の中にもともと持っている言葉を声に乗せるだけである。鴇子と小菊は同一の女なのである。絹川はただ鴇子

そのものが出るよう、緊張を解くことに気を配り、相手役や他の俳優を、鴇子の呼吸に合わせるよう指導するだけで良かったといえる。

それでも初日が近づくと、舞台に四年の空白がある鴇子に緊張のための硬さが見えるようになった。初日の晩である。絹川が夜更けに目を醒《さ》ますと、隣の蒲団《ふとん》に鴇子の姿がない。

茶の間を覗くと、縁側にしゃがみこんで夜の庭を見下ろす恰好で鴇子の背があった。月明りがあるので、電灯を点そうと、一旦伸ばした手を停めて、絹川がその背に近づくと、鴇子はただぼんやりと庭を眺めていたのではない。手にした手鏡に、月明りが映す自分の顔を見入っているのだった。

稽古を始めた頃、「もっとよく小菊という女を教えて下さい」という鴇子に、絹川は手鏡を与え「鏡の中を覗いてご覧。小菊が見える」と答えた。しばらく不思議そうに鏡を見つめていたが、やがて絹川の言葉の意味がわかったようである。それからは自信を喪《うしな》う度に、呪《まじな》いのように手鏡をとっては自分の顔を見つめる癖がついた。今も鴇子はその、いざ幕あけが明朝に迫った緊張や苛立ちを和めているのである。絹川の気配を感じとっても鴇子はふり返ることはせず、鏡の中に絹川の顔を探っていた。鏡の中で鴇子と絹川の目が合った。鏡は、絹川の目には鴇子の顔を、鴇子の目には絹川の顔を映しだしている。絹川が、自分がついているから何も心配はない、というと、鴇子はそれには答えず茶の間に逃げ、今度は縁に立った絹川に背をむけて座った。縁側の廂《ひさし》から夜を裂いて一条《ひとすじ》、月光が畳へと切りこんでいる。鴇子は月光の筋を掬うようにしばし、手鏡を揺らしていたが、やがてある位置に停めた。月の光は鏡にはねかえって、幻の筋を鴇子の左胸にあてている。鏡がはねかえすその月光を自分の胸に注ぎこんでいるように見える。縁に立った絹川から見ると、鏡の中には光に照らされた鴇子の左胸の部分が見える。何をしているのか、と絹川は声をかけた。

「先生、そのままじっとしていて」

鴇子は声を放った。誓詞を守り、この一カ月半、絹川の許しがなければ口も利くことのなかった鴇子が初めて自分から発した声であった。驚くと共に、やっと絹川には鴇子が何をしているのかわかった。鴇子が胸に注ぎこんでいるのは月光ではない。その月光を逆光にして縁に立っている絹川の顔を、鏡に月の光ごとはねかえして自分の胸へと注ぎこんでいるのである。絹川の目に鏡は鴇子の左胸を映しているのだから、鴇子の左胸はその絹川の顔を受けとめているのである。

長い時間、鴇子は静かにその姿勢を保っていた。絹川は自分の躰が月の光に溶け、鴇子の胸へと少しずつ滲みこんでいくような気がした。

「もう大丈夫です。先生が私の胸の中に入りこんでくれましたもの」

やがて鴇子はそう呟くと、鏡を手から離し、深く安堵の息を漏らした。そして事実その言葉通り、翌日の舞台では四年間の空白が信じられない腰の座った自然な演技を見せたのだった。

鴇子には生来の天分があった。しかしそれは畑違いの近代劇研究所などでは花開くものではなかった。佳人座の舞台と絹川の描く女を得て鴇子の天分は初めて開花をみたのである。そしてまた鴇子は、絹川との出逢いで、女としても初めて自分にふさわしい愛の形を得たといえる。

鴇子は病身の夫と子供を抱え、自分が中心になって一家を支えて生きていけるような女では到底なかった。誰かが気持を摑んでやらないと、糸の切れた凧《たこ》となって何もわからぬまま空《くう》を漂っている他はない女である。自分の言葉も持たず、自分の気持すらわからずにいる人形である。誰かが手や足をとり命をふきこんでやらないと、いつまでも片隅に置きざりにされたままぼんやりしている女である。鴇子は恰度、恰好の時期に自分の気持を摑み、思いどおりに自分を操ってくれる男と出逢った。絹川に任せておけば、すっかり安心して、自分を生きることができた。その安心が絶対的信頼となって、鴇子の気持を絹川に繫げた。

男と女としてのこうした絆が、また劇作家と女優としての関係にも大きく利したのである。

座員の目には、鴇子が絹川に連れられて佳人座に現われた最初の日から、二人が夫婦同然に映った。鴇子は稽古を離れた場でも、絹川の命令どおりに動き、絹川の言葉がなければただ静かに絹川の肩に寄り添って座し、他の者と言葉を交わすこともほとんどなかった。

夫唱婦随というが、二人ほどに徹すると時に滑稽《こっけい》に見えることもあった。皆で談笑している際など鴇子一人が笑わず、やがて思いだしたように「先生、私は今笑いたいのですが笑えと言って下さいまし」と真顔で言い、絹川が頷くと一人遅れて笑い声をたてた。楽屋を出て絹川が俥《くるま》に乗りこんでも鴇子はなかなか小屋から出てこない。車夫を呼びにいけせると鴇子はぼんやり楽屋に座ったままで「先生から立てという言葉がなかったので」と言ったりする。

滑稽ではあっても、しかしこの奇異とも思える鴇子の追従ぶりを座員はごく自然に受け容れていた。人形遣いと人形のようにごく自然に二人は一体化していたし、絹川の過去の女性関係を知る座員には、絹川が望み通りの女を獲《え》たことが判ったのである。鴇子との間では以前林香子との間で連日繰り返されていた口論は皆無だった。とはいっても絹川は奴婢《ぬひ》のように鴇子を扱っていたのではない。以前には女達に我心をむき出しにしていた絹川が、鴇子にはいつも優しい言葉をかけ、細かな心遣いを見せた。表面は鴇子を自分の命令通りに動かしながら、自分のやっと手に入れた貴重な人形を、真綿でくるむように大事にしているところがあった。

鴇子という絶好の材を得て、絹川の創作にも以前に増した熱が籠るようになった。七月にはまた鴇子のために『貞女物語』を書きおろし、八月と十二月は『貞女小菊』を再演、その間、九月、十月にも新しい芝居をかけ、どれもが評判をとった。そして正月公演の『傀儡有情』という佳人座最高の舞台へと上りつめた頂点で突如絹川が自害した。その直前まで二人は、この信頼の一字で固く結ばれた関係を保ち続けたのである。座員等の傍目《はため》には何一つ不足のない、羨《うらや》ましいほど釣り合った師弟の関係であり、男女の関係であった。

四

私が二人の関係に、誰一人知る者のなかった、ある異常さを感じとったのは、十一月に入って間もなく、絹川先生に呼び出されてからである。

先生は正月の、『傀儡有情』の公演に万全を期して十一月は小屋を休み、師走《しわす》の興行も『貞女小菊』の再演で済ませることにしていた。『傀儡有情』の先生自身を模した劇作家役として私に白羽の矢がたった。『傀儡有情』は私達座員が知っている二人の関係が美しく描き出された傑作である。私には破格の大役であり、本を貰《もら》った日から私は夢中で役作りに取り組んでいた。

私を呼び出された日、先生は私にむかって「君は完全に私自身になってくれなくてはいかん。そのために、稽古を始める前にもっと鴇子のことを知っておいてもらいたい。今夜から二時間ほど鴇子を君の家に通わせるから頼む」と何気なく言われた。私は、鴇子とはそれまで口を利いたことがなかったから、もっとうち融《と》けるための機会を先生がつくって下すったのだ程度に考え、その夜、鴇子の来訪を待った。

鴇子が訪ねてきたのは、晩秋の夜もすっかり更けて、私が諦《あきら》めた刻《ころ》であった。玄関の硝子《ガラス》戸の陰に立った鴇子は口もとをショールで覆い、目だけで会釈《えしやく》した。深夜の訪問を不自然に感じはしたものの、愚かにも私は、鴇子が茶の間に上がり今度は襖《ふすま》の陰で帯を解き始めるまで先生の言葉にあった含みに気づかなかった。私は驚いて鴇子の手を制《と》めた。

鴇子はくるりとふり返り、

「先生は、あなたに何もかも話してあるからと言っておられたけど」

ただ不思議そうに、首を傾《かし》げている。

「あなたは自分が何をしようとしているのかわかっているのか」

私が思わず吐いた怒声に、鴇子は首を傾げたまま、「ええ」と頷いた。疚《やま》しさの微塵もない、

無心ともいえる顔である。私の方がむしろたじろいでいると、

「構わないのですよ。先生の命令なのだし……先生は今度の新作に賭《か》けておられるのですから、あなたも判ってあげて下さいな」

他人事《ひとごと》のように言う。幾ら先生の命令でもこんなことは聞けないと私が拒み続けると、最後には鴇子も諦めて、座りなおし、

「だったら私を抱いたことにして下さい。そうでないと私が叱《しか》られますし、いえ何よりあなたのためによくありません。あなたは役を下ろされてしまいますよ」

と言って、鬢《びん》を自分の指でわざと乱し、衣紋《えもん》を抜き、帯もしどけなく結び直した。

「しかし……先生に聞かれたら何と答えればいいのです」

「大丈夫です。あなたには何も聞かないでしょう」

鴇子はそう言うと、二時間ほどして戻っていった。鴇子の言ったとおり、翌朝、稽古場で顔を合わせても先生は何も訊ねてこなかった。私が鴇子を抱いたと思っている筈《はず》だが、そんな気配はわずかも見せず、いつも通りの顔で私や鴇子に演技をつけた。

その晩も鴇子は、私の家を訪ねてきた。

「あなたは嫌ならそこに座ってて下さいな」

と言って、自分から蒲団を敷くと、帯を解き着物を脱ぎ、藤色の胴ぬき一つになって静かに横たわった。

「私は、先生の言葉に叛《そむ》きたくありませんので」

と言って静かに目を閉じた。胸の薄物を幽かに波うたせ、既に眠りに落ちたような顔には安らいだ笑みが浮かんでいる。

「あなたは、先生に抱かれるときもそんなふうに笑っているのか」

尋ねると、目を閉じたままで「ええ」と小さく呟いた。

「それも先生の命令なのか」

今度も小さく頷くと「片桐さん、二幕目の先生の台詞を言ってくれませんか」と言った。

私は『傀儡有情』の本を引き寄せた。

二幕目はある夏の夜である。劇中では弥須子《やすこ》となっているが、実は川路鴇子と、これも竜と変っているが実は絹川幹蔵とが一緒に暮し始めてから三カ月が経っている。鴇子は絹川のために全てを棄て絹川の人形となって暮しているが自分をも棄てた鴇子が只一つ棄てきれずにいるものがある。姉に預けた三つになる男児である。鴇子は絹川の目を盗んで子供に逢いにいこうとするのだが、出がけに、手土産に買った線香花火を濡《ぬ》らしてしまう。浴衣《ゆかた》の袖で心配げに乾かしている所へ、絹川が戻ってくる。絹川は花火を見て鴇子が子供に逢いにいこうとしている事に気づくと鴇子を厳しい声で叱る。

「お前は私の人形となると誓ったではないか、あれは嘘だったのか」

怒り狂う絹川に鴇子は涙で訴える。

「先生、教えて下さい。それなら私がどうすればよいか――あの子に逢いたい気持だけは、押えることができません。先生、私にこの気持を忘れさせて下さい」

そんな鴇子を、絹川は縁側に座らせ、じっとしているように言うと、花火に火をつけた。絹川の指の下方に、光は小さな花を結んでは束の間に闇の雫となって消え落ちた。絹川はその、ジジジと夜気を焦がして弾きだされる火花を鴇子の胸に寄せた。

「お前の気持はこんな火の屑となって散っていくのだ。火花が一つ消える度に、お前は少しずつ忘れられないものを忘れていく——」

そう言って絹川は次々に花火に火をつけた。火花は、鴇子の胸を覆う浴衣を点々と黒く焦がすのだが、鴇子は熱さも忘れじっとしている。鴇子の胸にわだかまっていた一つの感情が絹川の言葉どおり、小さな光の花となって少しずつ流れ出しては闇に消えていく。鴇子の胸に安堵が染み、鴇子の顔には微笑さえ浮んでいる。

「これは、本当にあったことなのですか」

同じように安らいだ笑みを浮べて、私の声に聞きいっていた鴇子に、そう尋ねると、鴇子は答えるかわりに左の胸をわずかにはだけて見せた。雪に灰を撒《ま》いたように、白い肌に点々と薄くその跡が残っている。

「あなたは、先生のどんな言葉にも耐えられるというのか」

「耐えているのではありません。先生の傍にいると私の胸は空っぽになって先生の気持が私の中に自然に流れこんできて、私は先生の気持を生きることができるのです」

鴇子はそう呟くと、私にこんな話をした。

絹川は夏の終り頃から、しばらく絶えていた柳橋通いを再び始めるようになったが、出掛ける前に、鴇子を机の前に座らせ自分が戻るまで経文を書き写しているよう命じるという。言われた通り、鴇子は写経をするのだが二三時間して戻ってくると、鴇子の写した文字を一字ずつ丁寧に改める。その文字に鴇子の気持を読みとり、乱れがあると鴇子を叱責する。自分から出掛けるだけでなく、柳橋の馴染みの芸者を家に招《よ》び、鴇子にその女を持て成させて遊ぶこともある。そんな時も鴇子を傍に座らせて写経をさせる。女の笑い声や恥かしい言葉に字はどうしても乱れるのだが、女を帰らせた後でやはり絹川は写経を点検しては「お前はまだ完全に私の人形にはなっていない」と叱るのである。ある夜、鴇子は耐えきれなくなり涙を流した。女が帰った後、墨字が涙で滲んでいるのを見咎め、絹川は「お前はまだ私を心底信じられずにいるのだな」と怒声を荒《あら》げるとその紙を鴇子に投げつけ、「もういい、寝ろ」と言って電灯を消し、縁に出た。空には中秋の名月が掛り、月の光が蒼く流れこみ、縁に立っている絹川の躰の影を長く畳に伸した。頭の影が恰度、鴇子の膝《ひざ》もとに届いている。鴇子の手がひとりでに髷《まげ》から簪《かんざし》をぬき、鴇子は胸に黒く燃えあがった炎に煽《あお》られて、その簪で絹川の影を突いた。影を貫き、簪の刃は畳目に深く沈んだ。

その時である。

「もっと深く突けばよい——」

絹川の声が聞こえた。鴇子は、はっとした。絹川は自分に背を向けて縁に立っている。それなのに鴇子が簪で影を突いたのを見て取ったのである。

「先生はなぜ今——」

驚いて尋ねると、

「お前に今簪で突かせたのは俺だ。お前の胸に今炎を燃えあがらせている悋気《りんき》も俺の与えた気持だ——お前にはまだそれがわかっていなかったのか」

背を向けたまま、絹川は静かな声で言ったという。

「私が本当に先生の人形になることができたのはその時からです」

それからも絹川は柳橋の女を連れこむことがあるが、現在《いま》ではもう写経の字が一字とて乱れることはないと鴇子は言った。私には絹川先生の気持がわからなかった。鴇子の話が事実とすれば、先生は鴇子をいたぶって楽しんでいるようなものである。鴇子がどんな命令にも従うことを利用して、以前の女達に見せていた以上の我心をむき出しにして虐《いじ》めているようなものなのだ。だがそれ以上に私には鴇子という女の気持がわからなかった。普通の女なら耐えきれぬものをすべて耐え、あくまで一人の男の人形になりきろうとしている。

夜気に冷えた電燈の光を浴びて、鴇子の顔は血の通わぬ蒼白いものに見えた。目を閉じ、消えいるほどに淡い笑みを浮べた顔は、すべての人並の情念を離れ、まさしく人形の顔に結晶している。私が襲いかかれば、静かな笑みのまま黙って私の躰を受け容れるだろう。私はここまで一人の男の人形になりきった女に憐《あわれ》みを覚えた。しかし不憫に思うのは私の感情である。この女自身は、そんな自分をわずかも不倖とは思うことなく、人形である自分に、どんな女も持ち得ないような深い安らぎを見出している。

立派な女だとは思わなかった。むしろ私は、こうまで一人の男を信頼し、信頼の中に安息している女に、恐ろしさすら覚えていた。

鴇子は二時間もすると、その夜も鬢にほつれ毛を垂らし、わざとしどけなく着物を着て帰っていった。

同じことがさらに幾晩か続き、十一月十五日の晩である。いつもなら帰り支度を始める午前一時頃にやっと訪ねてきた鴇子は、

「今夜もここに来たことにしておいて下さいまし。明日から二三日来られぬかもしれませんが、先生に何か尋ねられたら、間違いなく来たと答えて下さい」

玄関先で、鴇子は珍しく慌てた声でそう告げると戸も満足に閉めずに帰っていった。

それから二晩、鴇子は訪ねて来ず、十一月十八日の晩であった。十時頃玄関に音がしたので鴇子かと思って出てみると、絹川先生が少し暗い顔で立っていた。

「鴇子は来ていないね」

三和土《たたき》に女の下駄がないのを見て取ると確かめるようにそう尋ねた。誤魔化しようもないので私が正直に答えると、

「いつからだ」

「それが――」

私が言い澱んでいると、

「口制《くちど》めされているのか」

怒声を投げつけ、私が何も答えないうちに「馬鹿な奴だ」吐き棄てるように言って戸を乱暴

に閉めた。「馬鹿な奴だ」という言葉は私のことのようにも、鴇子のことのようにも思えた。

　翌朝、稽古場へ行くと先生に急用ができたとかで稽古は休むということだった。私は二人の間に何か揉め事でも起こったのではないかと心配したが、次の朝、二人はいつもと変りない容子で現われると、いつも通りに稽古が始まった。私は、鴇子が来ていないことを正直に先生に話したために何か迷惑をかけなかったか尋ねようと機会を狙ったが、鴇子はいつも通り、絹川から一刻も離れようとしないので、取りつく島もなかった。

　鴇子を私の家に通わせるのは辞めになったのか、鴇子とは稽古場以外で顔を合わせることもなくなったが、二三日して、私は座員の口から、鴇子の病床に臥していた亭主が死んだという話を聞かされた。座員も詳しく知らないのだが、十五日頃だという。私は恰度その頃、玄関先で二三日来られないと言った鴇子の慌てた素振りを思い出した。おそらくその前後に夫は突然病状が悪化したのであろう。その連絡を受けて鴇子は夫の許に駆けつけた。絹川先生とこういう関係になった以上、名ばかりの夫ではあったが、ともかく臨終だけは見とっておきたいという気持だったに違いない。だが子供と会うことすら禁じていた絹川先生には何も報らせてはならないと考え、鴇子は私に口制めしたのである。

　嘘が露見して一悶着《ひともんちやく》起こっただろうが、しかしそれも解決したようである。稽古場での二人は以前どおり、いや以前以上に仲睦《なかむつ》まじく見えた。

　そんな二人を見ていると、一時期でも先生がただ鴇子を虐待しているだけだと考えたのは間違いだという気がした。

二人は、凡人の私などの測り知れぬ深遠なところでしっかりと結ばれているように思えた。それは紛れもなく、一つの愛の形であった。

五

正月公演は初日から大成功だった。先生自身も舞台の出来には至極満足の容子《ようす》で、私の演技も「まるで自分を見ているようだった」と褒めて下さった。佳人座全体が活気に溢れ、一同が意気に燃え、先生はその渦《うず》の中心にいた。ただ川路鴇子だけがそんな熱気から少し離れて静かすぎるほどに見えたが、これはいつものことであり、二人の仲も先生の機嫌がいい分だけいつも以上に睦まじく見えた。

問題の一月六日の晩である。十時に祝賀会を終えると、酔い潰れた先生は一人先に戻り、私は先生の命令で鴇子としばらくつき合うことになった。先生が特別の用もなく鴇子を自分の傍から離すことはめったにないことなので、私は先生が今度の芝居の成功を余程嬉しがっているのだろうとぐらいにしか考えず、上機嫌に手をふり、少しふらつく足取りで去っていく先生の背を見送って、鴇子を家に招《よ》んだ。つき合うといっても、鴇子はほとんど何も喋らずただ酌《しゃく》をするだけで、一時を回る刻《ころ》に帰っていった。

その鴇子が二時近くにまたやって来た。

「先生が家に戻っていない」という。あの後外《よそ》へ寄ったとも考えられたが、鴇子が余りに心配そうにするので、私は付き添って先生の家に戻り、帰りを待つことにした。翌日の舞台が始まる時刻になっても遂に先生は帰って来ず、隅田川下流に死体が上がったという報らせが入ったのは最終幕が上がる直前だった。なんとか舞台を勤め終え、座員全員で死体置場に駆けつけた。鴇子は楽屋で報らせを受けたときは、流石《さすが》に取り乱したものの、最終幕もいつも通りに演じ通し、莚《むしろ》を被った水死体と向き合った時も、ただいつもの顔色をいっそう蒼白くさせているだけで、静かすぎるほどに見えた。後で考えると楽屋で報らせを受けた瞬間に、既に後を追う覚悟が決まったようである。その覚悟が鴇子の気力を保たせ、千秋楽までの舞台を勤め通させたのであろう。

自殺の原因もわからぬまま、皆は千秋楽を無事終えるまでは先生が生きていると考えようと、葬儀だけは簡単に済ませ、七日ごとの供養もすべてとりやめ、舞台に賭けた。先生の霊がのり移ったように私の演技にも力が籠った。鴇子も気を確かにもち、以前通り舞台での演技も乱れることはなかった。

しかし舞台で鴇子の相手を勤めながら、私は鴇子という女が一日ずつ淡く霞《かす》んでいくような気がしていた。舞台で抱き寄せる際、その躰が一日毎に魂の重みを削っていき軽くなっていくように思えた。

葬儀を終えた翌日である。開幕直前に楽屋を覗くと、鴇子が一人、縹《はなだ》色の帛紗《ふくさ》を両手に捧げもってじっと座っている。帛紗には白い、人間の骨片のようなものが載せられている。先生のお骨の一片のようであった。私が声をかけると、鴇子はその骨を帛紗にそっと包みこみ、胸にさし入れた。舞台の上での鴇子の気力を支えていたのは、その胸に隠した先生の遺骨だった、と思う。しかしまた、私はその一片の骨が鴇子の魂を一日毎に吸って、鴇子の命を削っていくように思えたのだった。

　二月に入り、座員は連日集まって先生なき佳人座の今後の方針を検討し合った。鴇子は時々顔を出しても気分が勝《すぐ》れないからという理由で話し合いには加わらず、ほとんど家に閉じ籠っていた。座員が代わる代わる見舞いに出かけ励ましたが、一月の舞台が終ってからは、いかにも片羽を喪ったという印象で、実際、人形師に見放された人形のように声も言葉もなくぼんやりしていた。前からもの静かな人だったが、以前の静かさには光のようなものが滲んでいた。その光を与えていたのが先生だったと私は改めて思い知らされたのだった。

　四十九日の法要には座員一同が家を訪ね、手厚く先生の供養をすることになっていた。その前日の二月二十二日、私はふと鴇子を訪ねてみようと思いたち家を出た。浅草の街はずれまで来た時である。角の小さな仏具屋から出てくる鴇子の姿を見かけた。鴇子は手に線香の箱をもっていた。

「明日の法要の準備ですか――」

　私が声をかけると鴇子は、私の言葉がわからないと言った顔で、ぼんやり私を見上げた。

「明日が先生の四十九日の法要でしょう」

「明日――」

不思議そうに問い返して、この時鴇子はあっと声を挙げ、同時に手から線香の箱が地面へと落ちた。私が鴇子のうろたえた顔を見たのは、十一月半ば家を訪ねてきた時と、先生の死の報らせを受けた時と、この時だけである。鴇子は線香が折れていないか、拾いあげた箱の中身を急いで改め、

「私、明後日《あさって》だとばかり……一日間違えて……」

独り言のように呟くと、満足に挨拶《あいさつ》もせず、足早に去っていった。

大事な法要の日を間違えるのも先生を亡くした悲嘆のせいだろうと気遣ったが、翌日の法要では鴇子は落ち着いた所を見せた。沈みがちな座員の気を引き立てるように、鴇子は初めて自分からあれこれ皆に話しかけ、法要の場にはふさわしくない屈託のない笑い声をたてた。

実はこの法要の席で、私にはおやと思う事があった。読経《どきよう》の間に、ふと何かがおかしい、何か違っている事があるという感じがしたのだが、何に引っ掛りを覚えるのかもわからぬまま、焼香の番が来て、その方に気をとられた隙《すき》に忘れてしまったのである。

皆が帰る際、鴇子は玄関まで送り「いろいろと御世話になりました」と礼を言った。明るい顔色だったので私達一同も安堵したのだがしかし実はその何かを吹っきったような明るさをこそ警戒しなければならなかったのだ。

その夜、鴇子は自らの命を断った。

鴇子の死に顔を見ても私は涙を流すことができなかった。驚愕が大きすぎたせいもあるが、

白布の下から現われた顔は、静かな安らいだ笑みを浮べ、生きている頃と少しも変りはなかった。私の家に通ったあの十一月の幾晩か、深い眠りについたように淡い笑みで目を閉じていたのと同じ顔だった。死に顔が生きているように見えるのは、逆に生前の鴇子が、死んでいるように見えていたためだろうと私は思った。自分の全てを投げだし、自分を無にして一人の男を信じきった深い安息の中で、鴇子は既にずっと以前から死んでいたのである。

遺書はなかったが、絹川先生の後を追った自害であることは明らかだった。先生が何故死んだかもわからぬまま、鴇子は同じ千代橋から、先生を追って旅立ったのである。否《いや》——警察にも我々にも黙っていたが、鴇子だけは先生の死んだ理由を知っていたかもしれない。しかし仮令《たとえ》そうだとしても、その鴇子も死んでしまった以上、先生が死んだ理由は、依然大きな謎《なぞ》として残ってしまったのだった。

六

川路鴇子の葬儀は、先生の葬儀を出したのと同じ寺で行なわれた。先生の時以上の人々が境内に溢れ、私は改めて川路鴇子の人気に驚いたのだが、しかし女優としては余りに短い命だった。鴇子の身内では上野で古着屋をしている姉の浦上フミが列席しただけだった。この姉は鴇子の子供を預っているのだが、その子供は連れていなかった。浦上フミは佳人座の者とは挨拶すら避ける素振りで、焼き場で骨壺を受けとるとすぐに帰ってしまった。

焼き場からの帰途、私は偶然楽屋によく出入りする呉服屋と一緒になった。絹川先生はこの呉服屋がもってくる反物から自分の気に入ったものを選び鴇子に着せていた。鴇子の年齢には少し不釣合な、小娘の着るような派手な色柄が多かった。

その呉服屋が、鴇子さんは喪服で自害したそうだがあれは去年の末に仕立てたものだと言い、「もしかしたら鴇子さんは歳の瀬にはもう先生が自害なさることを知っておられたのではありませんかね」

意外な言葉を呟いた。詳しく尋ねると、昨年末の大晦日《おおみそか》も迫る頃、鴇子が一人で突然店を訪ねてきて、元旦までに喪服を仕立ててくれないかと頼んだという。正月早々縁起の悪い話だと思いながら、何とか言われた通りに間に合わせたのだが、絹川がその後、日を置かず死んだのである。

「只の偶然だろう」

私は聞き流すふりをしたが、気持ではこだわっていた。呉服屋の言葉通りとすれば確かに鴇子には正月明けに絹川が死ぬという予想がついていたように思えるのである。しかし、そんな馬鹿なことが――。

夜が暗くなるにつれ、呉服屋の言葉が重くなってきた。柱時計が十二時を打ったとき、私はひょいと時計を見あげた。長い針と短い針が重なり合い、一日の終りと新しい一日の始まりを告げている。この時私はふっと、先生の四十九日の法要の前日、鴇子が「私は明後日とばかり……一日間違えて」と狼狽《ろうばい》したのを思い出した。

鴇子は何故大事な法要の日を一日間違えたのか——単なる数え違いではなく、鴇子にとっては、絹川の死んだ日が皆の信じている一月六日ではなく次の日の一月七日なのだとすれば……

先生が死んだのは一月六日、私達と別れて間もなくの午後十一時頃だと考えられている。これにはその時刻に千代橋上に蹲っている先生を見たという通行人の証言があるのだが、しかしこの時先生はただ酔い潰れていただけでその後家まで戻り、死んだのが午前零時を回った一月七日のことだったとすれば……鴇子だけがそれを知っていたとしたら……

私の頭に恐ろしい想像が浮んだ。鴇子があの晩私の家を出たのは午前一時だった。「もう七日になってしまったね」出がけに確か私はそう声をかけている。鴇子は家に戻り酔い潰れて眠っている絹川を見つける。鴇子はその絹川を抱きかかえるようにして橋へと運ぶ。人形だった女が人形遣いだった男を操って、暗い坂を千代橋へと向っていくのである。人形は月明りに白い顔を蒼く染めて、橋の上に横たえた人形遣いを眉一つ動かすことなく冷やかに見つめている。やがて人形は袖に隠しもっていた剃刀をとり出し……

人形はその無表情の裏で、自分を思うままに操る人形遣いに、いつしか憎悪の炎を燃やすようになっていたのだとすれば……人形師が、人形に吹きこんだ命に復讐されたのだとすれば……そして人形は、その罪の意識に耐えかねて、後を追うふりで自らの命も絶ったのだとすれば……

鴇子には絶えず、自分が絹川を殺したのが一月七日だという頭があった。それがあの不用意な間違いを導いたのだとしたら……

私は何度もこの想像を追い払おうと頭を振った。しかし否定すればするほど想像は私の中で重くなっていく。

私はまんじりともせず、夜明けを迎え、暗い顔で座員一同が集まることになっている楽屋へ向かった。先生を喪ったばかりに、川路鴇子というやっと大きく輝き始めた星を喪い、今後の対策を新たに検討することになっていた。

皆が困り果てて雁首《がんくび》をつき合わせているとき、座員の一人が、ふと、

「ひょっとして川路さんは去年の末頃、先生が自害することをもう知っていたのではないだろうか」

と言いだしたのである。呉服屋と同じ言葉である。私はぎくりとして詳しい説明を求めた。するとと座員が言うには去年の大晦日の夕暮れ時である。その座員はまだ若く、よく先生の使い走りをしていた。その時も頼まれていた正月の標縄《しめなわ》を先生の家に届けにいったのだが、この時玄関口で先生と鴇子が奥で話し合っている声を立ち聞きしたのだった。話し合うというより鴇子も先生も言い争うほど烈しく感情をぶつけ合い、

「私は先生の後を追って死にます。先生がいない人生なんて生きていても意味がありません」

「しかし一月の舞台はどうする。あの舞台は私の命ともいうべき舞台だ。なんとしても無事に勤め終えてくれないと——」

「だから舞台だけは無事に勤めます。二月に法要が済んだら——」

鴇子は絹川先生に後を追わせてくれと泣き声で訴えていたというのである。その通りになった今では重要な意味をもった会話だったが、その時座員は二人がただ芝居の稽古をしている位にしか考えず、今まで忘れていたのだった。確かに『傀儡有情』の最後の幕にはそれに似た台詞が出てくる。「もっと早くに思い出していれば川路さんが後を追うのだけは防げたかもしれない」座員は後悔の声になった。私の驚きがいちばん大きかったろう。先生は年末には既に死ぬ決意だった。その決意を知り、鴇子はそれが制《と》められないとわかると後を追わせてくれと頼んでいたことになる。それだと、鴇子が年の瀬に喪服の準備をしていたことも納得がいく。鴇子が先生を殺害したという昨夜の想像が邪推とわかり、安堵を覚えたが、しかし一方、それでは、何故先生が年末には死ぬ決意であり、それを何故鴇子が知っていたか——新たな疑問が出てきた。

何もわからないまま、私には、先生と鴇子があの表面の仲睦まじさの裏に誰も知らない何かを隠しもっていたという気がしてならなかった。

空しく十日が過ぎ、三月に入って、川路鴇子の二七日《ふたなのか》の日に私は上野の浦上フミの家を訪れた。鴇子の位牌をお参りさせてもらいたかったのである。姉のフミは、葬儀の際と同じ冷たい目で私を見た。妹の人生を狂わせた佳人座という劇団のすべてを憎んでいるように見えたが、ともかく仏間にだけは導いてくれた。

古びた仏壇には、骨壺が二つ並べられている。共に真新しい。一つは鴇子のものであり、今一つは十一月に死んだという亭主のものらしかった。二つが並べられていることに私は、絹川と鴇子の関係は認めないという姉フミの意志を読んだ。気持では絹川先生を追いながら、遺骨だけは夫と並んでいるのが、私には憫《あわ》れに思えた。絹川を愛してしまった鴇子も哀れなら、その愛に置きざりにされた夫も哀れであった。

仏壇に供えられた線香の箱から一本をぬきとり、火を点そうとした私の手がふと停《と》まった。先生の四十九日法要の際、読経の間、妙に引っ掛っていた物の正体がやっと摑めた。線香の色である。

法要の前日、仏具屋から出てきたとき、鴇子が手にしていたのは鶯《うぐいす》色の線香であった。だがその翌日の法要で、烟《けむり》を噴いていたのは、茜《あかね》色の線香だったのである。

そして、今、鴇子と夫の位牌が並んだこの仏壇の線香は、鴇子があの日仏具屋で買い求めたのと同じ鶯色であった。

七

「ひょっとして川路さんは、亡くなる前日にこの家を訪ねてらしたのではありませんか。この線香を持って——」

私が尋ねると、浦上フミはお茶をさし出そうとした手を停めた。

「ええ確かに――自分はしばらく来られないからこの線香で先生の供養をしてくれと――今から思うと死ぬつもりでの暇乞《いとまご》いだったのでしょうが、それが何か？」

「先生の供養？」

私にはその意味がわからなかった。絹川先生の供養をなぜ無関係なこの姉などに頼まなければならないのか。ただでさえこの姉には絹川先生を恨んでいる素振りが見えるし、仏壇には絹川先生の位牌があろうはずもなく、死んだ亭主の――

その時である。私に閃《ひらめ》いたことがあった。

「川路さんの亡くなられた御亭主は、詩人で、川路さんとは年齢が大分離れていたと聞きましたが……」

「ええ」

「もしかして……もしかしたら川路さんはその御亭主を先生と呼んでいたのではありませんか」

思わず大声を吐いていた。私の胸は早鳴ったが、フミは私の動揺などに構うことなく、厚い一重瞼《ひとえまぶた》の下から冷たい目を覗かせながら、小さく頷いた。

「病気で倒れてからは大した作品も発表してませんでしたが、妹と識《し》り合った頃はあれで少しは名の売れた詩人でございました。だから妹だけでなく私達も皆、先生と呼んでおりましたけれど」

浦上フミはそこで居住いを正し、顔を一層厳しくした。

「世間ではいろいろ言ってますし、妹もそれらしく振舞っていたようですが、妹が女優になり、絹川とかいう男の妾《めかけ》同然の暮しを始めるようになったのは皆、先生の薬代のためだったのですよ。それは絹川さんには確かに月々大層な金銭を戴《いただ》いてはおりましたし、妹も一時期は気持があちらに動いたことがあったかもしれませんが、先生が死んでからは、気持をすっかり改めて、一月の舞台だけはどうしても勤めなければならないが、それが済んだら女優も辞めるつもりだと——こう申してはなんですが、絹川さんは妹を犬か何かのように思っておられたのではありませんか。あれでは金で女郎屋に身売りしたも同じでしたよ。なんですか、亭主の葬儀にも出てはならんと言われたとか。死ぬ前は毎晩二時間程目を盗んでは長屋に通ってきましたけれど、葬儀もみな私共の手で。先生は亡くなられる間際まで、妹の名を呼んでおりましたし、妹も先生にとり縋《すが》って……」

　目尻にたまった涙を浦上フミはすり切れた袖で拭うと、その目を仏壇の骨壺にむけて、

「ここへお参りにくることもままならず、骨壺から先生のお骨を一つとっていつも胸に隠しもっておりました。可哀相に、一月が過ぎたら女優をやめると言っていたのは、死ぬつもりだったからでしょうが……私達もこの貧乏では助けてやることもできず……」

　私の躰の中で何かが崩れ落ちた。フミの言葉は絹川への恨みで誇張されているとしてもその幾つかは紛れもない事実だと認めないわけにはいかなかった。十一月の半ば頃、私を訪ねてきた時の鴇子の狼狽ぶり、鴇子が楽屋で縹色の帛紗に包んで眺めていた遺骨——そして座員が大晦日に聞いたという鴇子の言葉。「私は先生の後を追って死にます」

「御亭主が——その詩人の先生が亡くなられたのは何日でしょうか」

「十一月十六日です」

私は慄《ふる》える指で数え始めたが、その必要はなかった。答はフミの口から出た。

「妹が死んだ日は恰度、先生の百箇日にあたります。新聞では妹が絹川さんの後を追って死んだように言ってますが、その日が絹川さんの四十九日になったのは単なる偶然でしょう。妹は、先生の——津田さんの後を追って死んだのです」


古着屋を出ると、冬の街並はもう暮れなずんでいた。店先で三四歳の男の子が地面に指で絵を描きながら、つまらなそうに一人遊びをしている。鴇子の子供であろうが、鴇子の面影《おもかげ》はないから父親似なのであろう。子供の顔だちから想像すると鴇子の夫は、男らしく目が切れ、鼻《び》梁《りょう》の通った美丈夫だったようである。鴇子が、いや津田タミという一人の女が愛し、全てを投げだした相手はその夫だったのである。鴇子が女優になり、絹川先生の囲われ者になり、人形になりきったのはすべて夫のためだったのである。鴇子があれほど自分を棄てきり、安らぎに満ちた顔をしていたのは絹川先生への深い信頼のためではなかった。鴇子はその振りをしていたが、あの顔に滲み出ていた静謐《せいひつ》さ、美しさは病床の夫のために自分の躰を自分のすべてを犠牲にしようとした女の気高さだったのである。夫の命のため——それだけを思って、鴇子は愛してもいない絹川先生のどんな行為にも言葉にも耐え、人形になりきったのである。

薬代——

鴇子と絹川先生の関係はそれだけだったのか。

浦上フミの声を耳に残したまま、暮色のおりた街並を歩いているうちに、いつの間にか隅田川に出た。

冬と夕暮れが暗く重なり合った中を、川は寒風に引きずられて力なく流れている。冬景色に痩《や》せた膚《はだ》でまとわりついた空を、桜の枝が骨のように這っている。土手を千代橋にむかって歩きながら、私は寒さも忘れて考え続けた。

浦上フミの言葉を信じるとしても一つ大きな疑問が残っていた。川路鴇子が死んだ夫の後を追って自殺したというなら、何故、鴇子は絹川先生と同じ場所で、同じ方法で死んだのか。それも只の偶然だったのだろうか。恰度、先生の四十九日と鴇子の夫の百箇日が偶然重なったように。

偶然——いや本当にそうなのだろうか。そこに誰かの意志が働いていたとすれば……四十九日と百箇日が重なり、先生と鴇子の死が場所と方法の点で一致していることに一人の人間の思惑があったとすれば……

私の頭の中でゆっくりとそれは逆流を始めた。私は桜の幹に手をつき、躰を支えた。

やっと、私には絹川先生の自殺の動機がわかったのだった。簡単なことであった。余りに明解すぎたために私も、誰もが見落していたのである。川路鴇子が死んだ後、「後追い自殺」という言葉を何度も新聞で読んだ。多くの人がその言葉を口にし、私自身も何度かその言葉を口にしている。しかし一度として、誰一人として、その言葉、「後追い自殺」こそが先生の自殺の動機だとは考えてもみなかった。

先生はある人物の後を追って自殺した。誰もそれに気づかなかったのは、その人物が、先生が自殺した時点では、まだ生きていたからである。川路鴇子が先生の四十九日に、その後を追って自害したのではなかった。絹川先生が鴇子の死ぬ四十八日前に、その後を追って自害したのだ。絹川先生はまだ生きている女の後を追って死んだのである。

八

川路鴇子は最初、死んだ亭主の四十九日の法要を勤め終えたその日に後を追う心算《つもり》であった。歳末に喪服を誂《あつら》えたのは、亭主の四十九日が年が明けてすぐの一月三日だったからである。その際の死に装束のつもりであったのだろう。絹川がその鴇子の決意に気づいたのは、年の瀬も押し迫った頃である。鴇子が呉服屋に喪服を誂えたことが耳に入ったのか、鴇子が胸に秘していた夫の遺骨を見つけたのか、それとも鴇子の遺骸の腕には相当数の傷跡が残っていたというが、夫の死後、夜自分の目を盗んで千代橋から一筋ずつ血を流しているのを知ったのか、絹川は鴇子の死の決意を嗅ぎとると鴇子に問い質した。鴇子は泣く泣く自分の気持を訴えたに違いない。夫に死なれた自分は後を追って死ぬ他ないこと、それほど自分にとって夫が唯一無二の存在であったこと——鴇子の決意が固いと知って、夫の四十九日に死ぬことだけは制《と》め、どんなことがあっても一月の『傀儡有情』の舞台を楽日《らくび》まで勤めてくれと頼んだ。『傀儡有情』は絹川が自分の命をこめて書きあげた畢生《ひっせい》の傑作である。鴇子は絹川の気持も汲みとり、その言葉に従って舞台だけは勤め終え夫の百箇日に死ぬ決意をした。これが大晦日のことである。座員が立ち聞きしたのはこの時のやりとりである。座員は、鴇子が夫のことを先生と呼んでいたのは知らず、先生の後を追うという言葉を絹川先生の後を追うと解釈したのである。

ともかく鴇子が二月二十三日に夫を追って死のうとしていることを、絹川は歳末には知っていた。そしてそれを知ったとき、絹川がまずしたことは、二月二十三日の四十八日前が何日であるか、数えることだったと思う。

絹川が鴇子の後追い自殺の決意を知ってそれを黙認した形になったのは、絹川には誰より鴇子という女がわかっていたからだった。鴇子は糸に繋がれた人形であった。誰かがその糸をしっかり握っていてやらないと生きていけない女だった。その糸が断ち切られたら死ぬしかない女だった。絹川は自分がその糸を握っていると信じていた。確かに絹川は何本かの糸を握り、鴇子を人形として操った。しかし一番大事な糸、鴇子の気持の糸、命の糸を振っていたのは病床の夫だったのである。

絹川はおそらく夏頃からそれに気づいていた。成程鴇子は絹川の人形のように振舞っていた。しかしそれは言葉であり仕草である。絹川への信頼に安息しているふりをしていたが、その安息は絹川ではなく、病床の夫を愛し尽し、その愛に自分を委《ゆだ》ねきった女の安らかさであった。それに気づきながら、しかし絹川はそれを認めようとしなかった。絹川は鴇子を愛していたのである。多くの女を渡り歩いた末に、初めてめぐり逢った理想の女に、絹川こそが自分の感情をすべて捧げつくしていたのである。その愛が、鴇子の夫にむける気持を認めさせなかった。恰度烈しい炎が鉄をも曲げてしまうように、絹川の愛は、その烈しさゆえに歪《ゆが》められた。他の女を引きこんだり、私のもとに通わせたり、まるで鴇子を奴婢同然にいたぶったのも、裏を返せば実は鴇子を愛しすぎたゆえの行為であった。川路鴇子という人形には気持だけが欠けていた。その欠けた分だけ、充たされない分だけ、絹川はさらに鴇子を人形へと追いつめていったのである。ある月夜の晩、鴇子が絹川の影を簪で突いたのは決して絹川への愛ゆえの嫉妬ではなく、愛してもいない男への単なる憎しみであったろう。この時、絹川はおそらく手鏡を手にして背後の鴇子の容子を窺っていたに違いない。その手鏡に映ったのは鴇子の自分を憎み卑しむ顔であったが、絹川はそれすらも認めようとせず、それが自分の与えた嫉妬だと思いこもうとしたのである。勝算のないこの闘いに焦燥し、苦悩し、その分またさらに絹川は鴇子に人形として従うことを要求したのである。

その絹川も、しかし鴇子の夫が死に、鴇子の後追い自殺の覚悟を知ったとき、遂には自分の敗北を認めざるを得なくなったのだった。自分が造りあげた人形に、遂に自分の思い通りの気持を与えることができなかったことを認めざるを得なくなったのである。数カ月にわたり空しく糸を操り続けた傀儡師に残されたのは死のみであった。永遠に充たされることのない愛の捌《は》け口を、絹川は死に求めるほかなくなったのである。絹川は、鴇子の死を制《と》めることができないなら、せめてその愛に殉じ、鴇子の後を追おうと考えた。そして絹川が何の策も弄《ろう》さず、鴇子が死んだ後に死んでいたならば、誰もがそれを鴇子を愛したゆえの後追い自殺と考えただろう。

　だが劇作家として名を成し、一人の女を人形として従えるほか愛の発露を見出せなかったほど気位の高かった絹川にとって女の後を追って死んだと思われるほどの屈辱はなかったろう。誰にも自分が鴇子の後を追うのではなく、あくまで鴇子が自分の後を追って死んだものと思わせたかった。それは難しい事ではなかった。ただ自分が鴇子の四十八日後ではなく四十八日前に死ねばよいのである。この前後を入れ替えるだけで、二人の気持を入れ替えることができるのである。人々に逆に鴇子が自分を追ったと信じこませながら、自分が鴇子と同じ場所同じ方法で死ぬことができるのである。

　いや、人に信じさせることより何より、最後の最後まで敗北を認めることができなかった絹川は、そうすることで自分の気持を偽り、鴇子が自分の後を追うという状況を信じこもうとしたのではなかったか。

　鴇子が絹川の意図に初めて気づいたのは、二月二十三日、自分が死ぬ決意だった日の前日であった。鴇子は絹川の死にほとんど関心をもっていなかった。その一月、鴇子の心を占めていたのは何とか一日でも早く夫の後を追うことのみだったろう。絹川の四十九日などおざなりに考えていた鴇子は、その日初めて絹川の四十九日と、夫の百箇日つまり自分の死ぬ日が一致することに気づいたのだった。その一致に絹川の意図を読みとり、鴇子はああも狼狽したのであろう。

『傀儡有情』は絹川が自分と鴇子の真実の関係を描いたものではなかった。それは周囲の皆が信じていた表面上の仲睦まじさをなぞっただけの物語であり、その裏には人形に自分の気持を与えようとして失敗した人形師の悲劇が隠されていたのである。『傀儡有情』という虚構の芝居の中で、せめて自分達の愛に実を結ばせることだけが、愛に敗れ、現実に敗れた一人の男に――一人の愚かな傀儡師に残された最後の夢であった。

私が最後までわからなかったのは、何故川路鴇子が病床で果てた夫の後を追うのに千代橋という場所を選んだかであった。

すっかり夜の降りた土手を歩き続けた私は千代橋まで辿り着いたところで、やっと、『傀儡有情』の第一幕がこの千代橋で始まることを思いだしたのだった。この場を実話と考えれば、鴇子は女優になる決心を絹川に示すために、夫の命ともいえる詩をこの橋から川に流したことになる。実際にはその時、鴇子は夫の薬代のために絹川に身売りすることを決意したのだが、夫の命である詩が水に濡れて川を流れて去っていくのを見守りながら、鴇子はいつか夫が本当に死んだら、この橋で後を追おうと決意したに違いない。

無数の文字となって川を流れていった夫の命、その後を追った鴇子の命、そしてまたその後を追った絹川幹蔵の命――

三筋の命を葬った川は、上り始めた月の光に白い薄衣《うすぎぬ》を纏《まと》って両岸を押し開くように滔々《とうとう》と流れている。

偶然から一人の傀儡師の悲劇を探りあて、私は今なら絹川幹蔵――先生と呼んでいたその人の役を演じきれる気がした。一人の女が身も心も捧げつくすほどの大いなる人物は私には夢よりも遠い存在である。しかし、一人の女を愛し、その愛に呻吟《しんぎん》し、虚栄のために死を選んだ、愚かな、卑小な男なら私にも演じられる、そう思った。私の中にもいる一人の愚かな男は、十一月半ば私の家を訪れた時先生の見せた暗い目を、必ず私のものとして演じられるはずであった。先生への尊敬の念はついえたが、そのかわりに一人の男への共感が私に残ったのだった。

佳人座の明日の運命もわからぬ時ではあったが、その橋に立ち川の流れを見送りながら、私はいつかもう一度だけ、『傀儡有情』を舞台にかけ、今度こそ本当の一人の男を演じてみようと固く心に言い聞かせていた。

紙の鳥は青ざめて

犬は歩くと棒にあたるらしいが、田沢軍平《たざわぐんぺい》は歩いていて犬にぶつかった。正確にいえば、大の男が昼日中から狭苦しいアパートでごろごろしているのも何だと思い、あてもなく歩いているると、突如、ある家の門から犬がとびだしてきて、足首に咬《か》みついたのだ。もっと正確にいえば、犬らしきものである。いったいどんな種類なのか、体つきは確かに犬なのだが顔は膨《ふく》れすぎた猫である。毛並が三色の斑《まだら》になっているのも、「あっ」と驚き、咬みつく間際にふり払って二歩三歩、しりぞいた軍平を見あげてたてた鳴き声の「みゃんみゃん」と妙に弱々しいのも、犬より大型の猫である。弱々しいながら何かを必死に訴えている。腹でも空《す》いているのだろうが、俺の腹も空っぽなんだ……構わず通りすぎようとして、軍平、ふと足をとめた。その家の石垣の下方に、夕化粧のひと叢《むら》が、はや暮れなずんだ夏の宵に、そこだけ午後の光を残したように白く咲き乱れている。ゆるやかな坂の両側にマッチ箱同然の家を連ねた安手の住宅街だが、花のせいでその家にだけ風情が感じられる。

どんな人が住んでいるのだろう——と訝《いぶか》る必要はなかった。軍平が立ちどまると同時に背後からふたたび襲いかかり、ズボンの裾《すそ》に咬みついた犬、いや犬のような猫か猫のような犬に引っ張られて、一分後には軍平、その家の居間で、家の住人と対面したのである。

その家の住人は三十一二、紺地の着物がよく似合う肌の白い女性で、居間のソファに横たわり、右手にはナイフを握り、袖から溢《こぼ》れだした左手の手首にはうっすらと血を滲《にじ》ませ、気を失っていた。

さらに正確にいえば、軍平、犬にではなく、その女性と一つの事件にぶつかったのだった。

1

「どなたですの……」

その美しい女《ひと》は、軍平が頬《ほお》をぴしゃぴしゃと叩くと、やっと薄く目を開き、最初にそう尋ねた。自分が何をしたかもすぐには思いだせず、幸福な夢から目ざめたように、淡い紅の唇《くちびる》に微笑を浮かべている。軍平、自分の名と二十六歳という年齢や歩いて一時間近く離れた小さなアパートに住んでいることを口上のように大声で述べた。髪が薄く、大きなどんぐり目に野暮な眼鏡をかけ、決して二枚目でないことは、相手の目に見えているから言う必要はなく、大学時代空手の試合で相手に生涯の傷を負わせてしまってからは、幸福に生きたらその男に済まない気がして、就職も棒にふり今もって定職ももたずぶらぶらしていること、つまり見かけによらず気弱で女々しいことは言えなかった。

「偶然この家の前を通ったら、それが……」

部屋の隅で、もう自分の用は済んだというように呑気な顔で尻尾をなめているそれを指さした。それの鳴き方が異常なので、玄関脇の窓を覗《のぞ》いたら、カーテンのすき間から血の滲んだ手首が床に垂れていた。鳴き騒ぐそれに導かれ、裏口から家にとびこんだのである。

「じゃあ犬が命を助けてくれたのね」

「…………」

「えっ？」

「……やっぱり犬でしたか」

真面目《まじめ》腐った言い方が面白かったのか、その女《ひと》は今度ははっきりと笑顔になり、だがそこで、軍平が応急手当に自分の白シャツを破って巻きつけた手首に気づき、視線を翳《かげ》らせた。

「大丈夫です。血はもうとまってますし、大した傷ではありません。後で薬でも塗れば……」

その女は起きあがると着物の裾を直そうとして、夏足袋《たび》の鞐《こはぜ》がはずれていることに気づいた。はめようとしたが、上手くいかないのか少し苛《いら》だった指で脱いでしまうと、絨毯《じゅうたん》の隅に投げた。若い男の前で片足だけ素足になるのは不精な仕草だったが、藍《あい》色の裾からこぼれだした片足はまだもう一枚薄物をまとっているように白く、仕草の崩れにもかえって年齢に似合った美しさのようなものがあった。

ほつれ髪を横顔に流して、その女はぼんやり部屋におりた夕闇を眺めていた。円《つぶ》らな目より眉《まゆ》の細さが気にかかる女だった。

「ほんとうに死ぬ気ではなかったの。本当に死ぬつもりがあるなら、血を見て気を失ったりしませんわ」

呟《つぶや》いてから、言葉もなく突っ立っている軍平をじっと見あげた。

「どうして死のうとしたか、聞かないのね」

「いや、話したいなら聞きます」

「……話したくないわ。これ以上恥さらすのは厭《いや》ですもの。私、この半年間自分の置かれていた立場を誰にも話していないの。どのみち近所づきあいもしてないし、特別な身寄りや友人もいないけれど」

「……体から血を流し出すより、声を出すほうが楽でしょう」

つぶらな瞳とは不釣合に、軍平を見あげて気丈に張りつめていた視線を、ふっと折り、

「あなた、お腹空いてるんじゃなくて」

唐突に聞いた。軍平の腹の虫の鳴き声が聞こえたらしい。軍平が赤くなると、

「晩御飯の用意をするわ」

「いや……あの」

「御飯食べながら話を聞いていただきたいの。不思議ね、通りすがりの人なのに、あなたには全部話してしまえそうだわ。お昼に買ったお肉があるの。心配なさらないで。やはり本気で死ぬつもりじゃなかったのよ。本気で死のうとしている人が、昼にスーパーでお肉なんか買わないでしょう」

自分に言い聞かせるように言ってから、部屋に灯を点《とも》し居間を出ていったが、すぐにまた男物のシャツをもって戻ってきた。

「ごめんなさい。あなたのシャツ破かせて……夫のですけどこんな古いのしかなくて。新しいのは出てく時にあの人みんなもっていってしまったので……着がえて下さい」

ひとりになって早速に着がえてみると中肉中背の軍平に恰度《ちょうど》いいが、大学時代空手で鍛えた太い腕だけが少し窮屈だった。十五分もしてスキ焼きの用意をして戻ってきたその女《ひと》はすぐにそれに気づき、

「明日にでももう一回り大きいのを買ってもっていきます」

詫《わ》びて、遠慮する軍平の口から無理に住所を聞きだした。

「遠慮しないで食べてください。命を助けていただいたお礼だわ……」

「いくらです、この肉……」

軍平、肉をつかみかけた箸《はし》をとめた。

「百グラム三百二十円。なぜ？　安い肉じゃお口に合わない？」

「いや……あなたの生命《いのち》も百グラム三百二十円なんですか」

「……」

「そんな安くないでしょう、生命は」

不意に怒りを帯びた軍平の声に、彼女はちょっと面喰《めんく》らった容子《ようす》だったが、すぐに軍平の言いたい意味に気づいたらしく、無理に微笑をつくった。

「でも時々安くなるのよ。三十分前にはこの牛肉より安かったわ」

「しかし」

軍平の言葉を遮《さえぎ》るようにそっと首をふり、しばらく弟を見る姉のような目つきで軍平のムッツリした顔を眺めていたが、

「優しいのね」

一言しんみりと呟くと、急に声を大きくし、先刻の軍平を倣《まね》るように「織原晶子《あきこ》。三十一歳。五年前織原一郎と結婚。一年前、亭主蒸発。正確にいえば夫織原一郎は山下由美子と駆け落ち。目下神田の料亭で仲居をしながら独り暮し」一気にいってから、視線を外らし、「山下由美子は私の妹なの」小声で言った。

一時間後、窓の外の小さな庭に夏の夜が落ち、鍋の中身が無くなるころには、軍平、織原夫妻の家庭の事情についてすっかりその妻の口から聞きだしていた。

恋愛結婚で幸福だった織原夫妻の生活に影がさし始めたのは、二年前夫一郎の勤めていた金属製品の会社が不況で倒産してからだった。明朗快活の見本のようだった夫が倒産と共に人が違ったように暗くなり、次の仕事も探そうとせず、終日ぶらぶらしては競輪やギャンブルに手を出すようになった。貯金はすぐに底をついたし、家のローンもまだ半分以上残っていた。見兼ねた晶子は神田の「鈴亭」という一流料亭旅館で仲居の仕事を始めたが、これが却《かえ》って夫婦の決定的な溝《みぞ》となってしまった。晶子が泊りの仕事で留守にしていた際、芸能プロダクションに勤めている二つ違いの妹の由美子が家を訪ねてきて、夫と親密になってしまったのである。

軍平も名を知っている芸能プロで働いている妹は、姉と違い、性格も派手で、以前からも姉の夫にはなれなれしい仕草を見せていたらしい。自分の稼ぎで夫と妹が新宿のホテルに行っていると知って、晶子はさすがに腹を立て、夫を咎《とが》めた。夫は二度と由美子と逢わないと言い、由美子もこの家の敷居はまたがないと約束したが、結局二人は晶子の目を盗んで関係を続けていたらしい。昨年の秋の終り、晶子が二日の泊りの仕事を終えて早朝に戻ってくると、テーブルに〝由美子とよその町で暮すことに決めた〟という簡単な置手紙が残されていた。新品の衣類だけを持って夫は妹とともに駆け落ちしたのだった。

行先の見当もつかず困っていると、一カ月が過ぎ年末も迫るころ、夫から一通の封筒が届いた。自分の署名だけをした離婚届が入っており、「これに二人分の判を押して区役所へ出してくれ。自分は由美子と結婚する決心だから俺のことはもう忘れてほしい」とだけ書き添えてあった。それだけが四年間の夫の別れの言葉だった。

妹の由美子にも同じプロダクションに勤める夏木明雄という婚約者がいた。同じ裏ぎられた立場である夏木に晶子は夫の失踪直後から相談をもちかけていたのだが、封筒を見て夏木は、「二人は金沢に行ったに違いない」と言った。切手の消印が金沢の郵便局だし、由美子は以前から一生住むなら金沢の町がいいと言っていたという。夏木はすぐに長期の休暇をとって金沢に行き、小さな部屋を借りて町中のアパートを探し、晶子も休日ごとに金沢まで通っては探索を手伝った。

町の片隅のアパートに夫と妹の愛の巣をやっと見つけたのは二月の初めだった。夏木からの連絡で慌《あわ》てて金沢にむかい、夏木と二人でそのアパートを訪ねた。妹は酒場勤めをし、夫は以前通り何も仕事をせずぶらぶらしており、日陰者のような荒《すさ》んだ暮しぶりだった。四人で話し合ったが何の解決もないまま、晶子はまた出直すつもりで、一人宿にもどったのだが、その晩のうちに夫と妹はアパートを引き払って再び逃げたのだった。そればかりではない、その晩を境に夏木の行方までがわからなくなってしまった。金沢で借りていた部屋にも東京のアパートにも戻っていない。夫たちが住んでいたアパートの管理人から二人が新潟の方へ行ったらしいと聞いて晶子はともかく新潟へ行ってみたが、どこをどう探したらいいか見当もつかぬまま、仕方なく東京に戻り、夏木の勤めていたプロダクションに行ってみた。そしてそこで意外な話を聞かされた。経理担当だった夏木は一千万を使いこんで、正月明けから行方をくらましているという。杜撰《ずさん》な経営をマスコミに叩かれると困るから警察には届けていないが、もし夏木から電話でも入ったら至急連絡をしてくれ、と反対に晶子のほうが頼まれて戻ってきたのだった。そしてそれから今日まで半年近く三人の誰からも連絡はなく、晶子はただ一人仲居の仕事を続けながら、この家のローンを払い続けているのだという。

「するとその夏木という人が一月に金沢へ行ったのは妹さんを探すためではなく、東京から逃げだすためだったのですか」

長い晶子の話を聞き終えて軍平は尋ねた。

「わからないの。私はただ休暇をとったという言葉を信じてたし、逃げているようには見えなかったし……でも私以上に必死に二人の行方を探していたのは事実です」

軍平には、夏木が一千万を使いこんだ事件と、織原たちの蒸発事件とがどこかでつながっている気がしたが、それを口には出さなかった。

「何度も、もう全部忘れて、離婚届もだしてこの家も引っ越そうと思ったのだけれど、やっぱり裏ぎられたのが口惜しくて……いいえ口惜しいというより淋しくて……さっきも仕事にでかけようと思って化粧した自分の顔、鏡でみてたら、ふっとみんなに棄《す》てられたのだと思えてきて、急に淋しくなって、気づいたらナイフ握ってたの」

しんみりとしてしまった軍平に気づくと、晶子はむしろ自分の方から慰めるように、笑顔になって麦茶を注いだ。

「でも不思議ね、誰にも話せなかったのよ、こんな恥ずかしい話。隣近所の人だって夫がまだ家にいると思ってるわ。この辺近所づきあいが全くないでしょ、私も隣の家に誰が住んでるかよく知らないけど……それがあなたにだけは話せたんですもの。あなたのいう通りだわ。血より声を出すほうが楽。ずいぶん気が楽になったわ」

事実、白粉《おしろい》をはいたような白すぎる肌にはほんのりと赤く、生命の色がもどっている。

晶子はテレビの上に置かれた写真に目を流し、

「私の右が夫。夫の隣が夏木……」

と言った。去年の春、遊び半分に妹の由美子が撮《うつ》したものだという。晶子の夫は男としては色が白く、頬が尖《とが》って神経質そうに見え、少し離れて立っている夏木は端正な顔だちだが、使いこみの話を聞いたせいか、浅黒い肌が健康的というより、どこか暗い影でも染みついたように感じられる。だがその写真より、軍平の目は横のサイドボードの鳥籠《とりかご》にひきつけられた。一人暮しで淋しいのだろうか、狭い居間には花を溢《あふ》れさせた花瓶がいくつも飾られ、金魚鉢も三つ置かれている。鳥籠の鳥も最初は本物かと思っていたのだが、よく見ると紙である。青い色紙で雲雀《ひばり》のような形に折られている。

「逃げてしまったの」

晶子がふと呟いた。

「……………?」

「いいえ、主人ではなく十姉妹《じゅうしまつ》……空《から》の鳥籠が淋しかったから、自分で折ったの」

晶子はそう言ったが、電灯の光に影を長くのばし羽を閉じてじっとしている紙の鳥は淋しそうに蒼ざめて見え、却って何もない方がいいのではないかと思えた。それを見守っている晶子の視線も青く染まっている。

軍平は何か晶子の気を晴らせそうな言葉を言いたかったが、結局何も言えないまま、晶子と犬に玄関まで送られてその家を出た。夏の夜にしては涼しい風が門灯の光と闇を揺りまぜる中に、石垣の夕化粧は夕暮れどきよりいっそう白く浮きたって見える。かぼそく震えながらも勝気にその静かな色を夜風に奪われまいとしている。

花の表情は、織原晶子が意識をとり戻した瞬間に見せた淡い微笑に似ていた。

2

翌日の朝早くに、織原晶子は軍平のアパートを訪ねてくると、約束のシャツのかわりに昨日の朝刊をさしだした。細い指がかすかにふるえながら、社会面の一隅の記事をさした。

群馬県白根山中腹の林の奥深くで、死後六カ月は経過した男女の腐乱死体が発見されたという記事である。推定年齢は男が三十代半ば女が三十前後、手首がネクタイで結ばれており情死したと想像されると記していた。

「今朝気づいたの……年齢も身長も主人や妹に似てるんです。六カ月前というと、ちょうど金沢のアパートから二人が消えたころだし。私、今から行ってみるつもりだけれど……もし時間があるなら、あなたにも一緒にいってもらえないかと思って……」

軍平は肯《うなず》いてから、時間はあるが金がないことに気づいた。

「費用は全部私がもちますから……」

軍平の気持を見透《みす》かすように言って、晶子は軍平の腕を握ると目で必死に訴えた。軍平、体中が赤くなって、そこで初めて下着一枚であることに気づき、慌てて服を着た。

「ごめんなさい。シャツのこと忘れてたわ」

軍平が着た昨夜のシャツを見てやっと晶子は思いだしたようである。新聞記事を見ていったいどうしたらいいかわからぬまま、昨日、自分の命を救い、話を聞いてくれた若者の顔を思い浮かべ頼ってきたに違いなかった。

一時間後、軍平は晶子とともに上野駅から上越線の列車に乗りこんでいた。窓際にさしむかいに座ったが、晶子は無言のまま視線をそらし、窓のむこうに夏の光とともに流れる風景を、ぼんやり見守っている。長袖のブラウスで手首を隠し、慌てて梳《と》かしつけてきたのか髪に乱れがあり、化粧っ気のない素顔の目尻には薄くしみもにじんで、今日の晶子はそのままエプロンをつけたら、ごく普通の主婦とかわりなかった。しかしそれだけに肌の白さはいっそう目立って、トンネルに入ると窓の闇がその白さだけを選《よ》りすぐったようにガラスに映しだす様は、やはり昨夜夜目に見た花であった。トンネルに入る度に窓の顔は白さを浮きあがらせていく。つき合わせた膝《ひざ》が気になり、軍平、両脚を揃えてぎこちなく座っていた。

弁当を売りにくると「お腹空いたでしょう」晶子はやっと言葉を口にし、弁当を買うと自分は食べたくないからといって、二人分を軍平の膝に置いた。そして閉じかけた財布をふたたび開くと、一万円札二枚をとりだし、いや一枚にするか二枚にするか細い指はちょっとためらってから結局二枚をとりだし、軍平のシャツのポケットに押しこんだ。

「お礼……少ないけど」

「いや、金じゃないから……」

軍平が割箸をつかんだまま慌ててポケットに突っこんだ手を、晶子の五歳年上らしい落ち着いた手が柔らかく包みこんだ。

「私の命、安くないって言ってくれたでしょう？　それにさっき管理人さんに部屋を尋ねたら、早く部屋代払うよう言ってくれって怖い顔されたわ」

微笑した目が軍平を黙らせた。礼とも肯くともつかず頭をさげ、軍平屈《かが》みこんで弁当をかきこみ始めた。今、この女《ひと》は淋しいのだと思う。夫や妹や、すぐ隣にいたはずの者がみんなどこかへ去っていって誰もいなくなったところへ、突然野良犬のような男が迷いこんできたのである。その野良犬に優しくすることで自分の淋しさを埋めあわせようとしているのだ。——事実、晶子は弁当を夢中でかきこんでいる軍平の顔を、優しい笑顔で見守っている。軍平「うまいですよ、これ」ぎこちなくお世辞を言いながら、ただ一生懸命に弁当を、その女の優しさを、淋しさを食べ続けた。

上越線から吾妻線に乗りかえ長野原で降り、土地の警察署に到着したのは午後一時をまわる時刻だった。死体は腐乱状態がひどく、見てもわからないからと遺留品だけを見せられた。男の方は紺の背広上下とコート、靴と靴下それに財布と腕時計、女の方は衣類だけでセーターとスカートが赤だった。死臭を伝えるように擦り切れや汚れがひどい。

「衣類は全部既製品だから、今ん所、身元の手懸りはこの腕時計だけです。舶来の年代物で何度も修理したらしいです。文字盤にはっきりSの字みたいな傷があるでしょう」

「この時計、どちらの手にはめてたのでしょうか」

「ええと……左手ですね」

「だったら違います。主人は左利きで普通の人とは反対に右手にはめてましたから……それに時計にも衣類にも全く心当りありません。妹は赤が大嫌いで、赤いものはいっさい身につけませんでしたから」

晶子はきっぱりと言うと、ふと声を落とし、

「この二人、殺されたということはないんでしょうか」

と聞いた。軍平はおかしなことを尋ねると思ったが田舎びた顔の係官は別に不審をおぼえた容子もなく、

「そういう意見もでてますよ。状況からは男がナイフで女の喉をかききり自分も胸を突いて死んだか、その反対かどちらかと思われるんですが、ナイフが死体からずいぶん離れた位置に落ちてましたからね。まあ死ぬ直前に思いきり投げただけのことかもしれませんが」

心なしか蒼ざめて係官の話を聞いていた晶子は丁寧に礼を言ってたち去ろうとしたが、すぐにその足をとめ、

「念のために遺体も見ておきたいわ」

呟くと、軍平の返事も待たず、係官のところへ戻った。

「大丈夫ですか。あなたがたで四人目ですが、昨日の女性は卒倒しましたけど」

係官の心配そうな声に、晶子は「大丈夫です」と小さいが勝気な声で答えた。連れていかれた一室には、蛍光灯の光だけの寒々としたなかに木目の新しい棺が二つ並んでいた。頭部だけにした方がいいと言って係官はわずかに蓋《ふた》をずらせただけだった。晶子は片手でハンカチを口もとにあて、もう一方の手で軍平の腕を握り、中の闇を覗きこんだ。横顔の視線は静かだが、

軍平の腕を握る手には信じられないほどの力がこめられている。もう一つの棺を覗き終えると、晶子は首をふり、

「やはり、違うようです」

ため息をつき、一度軍平を見上げてから目を閉じた。闇の中に今見たものを捨てたいというように――

「よかったですね、別人で」

駅にもどり駅前の小さな喫茶店に座ると、軍平は言った。晶子は窓のむこうの広場をぼんやり眺め、

「でも死んでくれてたほうがよかったのかもしれない……死んだら忘れるほか、することがないでしょう」

呟いてふと駅前にとまっているバスに目をとめた。

「白根火山へ上るバスがあるのね……いってみたいわ」

今からなら陽が落ちる前に駅へ戻ってこれそうである。軍平は賛成すると、すぐに立ち上がった。死体安置場で晶子が目に焼きつけてしまったものを、綺麗《きれい》な風景で洗い流したほうがいいと思ったのである。

夏休みに入ったせいで子供連れや学生風の若者でごった返すバスにのりこみ、一時間ほどこを走っているかもわからぬまま揺られて、火山口でバスから吐き出されると、突然、空が視界いっぱいに広がって見えた。バスは相当な標高をのぼりつめたらしい。休憩所のむこうに白

然の岩膚《いわはだ》が古代ローマの競技場を想わせる形状に浮きあがり、その内側が火口だという。人の流れについて、褐色というより白色に近い岩膚をのぼっていくと、突然思いがけない色が眼下に広がった。火口湖の色である。コバルトを溶かしこんだ鮮やかな空色が周りの岩膚の白色とくっきりと対比を見せ、視界にはその二色だけしかない。空はただ透明で、まるで夏の溢れるほどの光が、空にあった青味をすべてその湖へ払いおとしたように見えた。

だがその美しさはほんの一分も続いただけで、みるみるうちに空が灰色に翳り、と思うと、霧が湖の表面をすべり、瞬く間に湖の色を隠した。皆が慌てて引き返そうとする中で、晶子一人がその霧のむこうにまだ湖の色を追って静かな横顔で立ちつくしている。軍平が声をかけると「ええ」晶子は微笑でふり返り、下り始めるとすぐに軍平の腕にすがった。二十四時間前まではまだまったくの他人だった女《ひと》と腕をとりあいながら、霧に追われるようにして道を下り、何とか休憩所まで戻った。ふり返ると先刻まで聳《そび》えていた火口のコロセウムは、束の間の幻影にすぎなかったように、霧に覆いつくされ、視界から完全に消滅している。

「なにもかも消えてしまうのね」

晶子は淋しそうに言ったが、湖の色は気持の澱《おり》を洗い流したようである。警察署を出てからずっと暗かった顔に明るさが戻っていた。バスで駅に引き返し、軍平は晶子に、このまま寄りたいところがあるから一人で帰ってほしいと言った。

「どこへ？」

「大した所じゃないです。明日の晩には東京にもどります」

「じゃあ、明後日の午後にでも家へ電話して」

晶子は電話番号を何かに書きつけようとしたが二人とも筆記具の持ち合わせがなかった。晶子はバッグから眉墨をとりだすと、軍平の右腕をとり、そこに小さく七つの数字を書きつけた。

「囚人番号のようになってしまったわね」

悪戯《いたずら》っぽく笑ってから、ふっと真顔になった。

「お風呂に入っても、この腕だけは洗わないで戻ってきてくれる?」

軍平、黙って肯いた。晶子の列車が来るまで、二人は喫茶店に入り、その間に軍平は晶子の口から何気なく、金沢で夫や妹が仮住居していたアパートの名と所番地を聞きだした。三十分後、改札口に晶子を見送ると軍平は金沢までの切符を買った。軍平は何とか晶子のために蒸発している夫を見つけてやりたかったし、そのためには金沢へ行けば何か手懸りが得られるかもしれないと思ったのである。晶子に黙っていたのは、晶子ならそこまでしなくてもいいと反対しただろうし、行っても何がわかるか自信がなかったからであった。

3

北陸本線で金沢に到着したのは、早朝だった。駅前は他の都市と変わらず近代的だが、やはり東京とは違って夏の早朝の光にも静寂がある。駅を離れて五分も歩くと街並のところどころに旧式な家が残って、色褪せた中にかえって歴史の息吹が感じとれる。

晶子から聞きだした昭和荘というアパートは、四百年の城下町からはずれた工場街の一郭にあった。その薄汚れたアパートに晶子の夫と妹は、田中清、良子という偽名で住んでいたらしい。しかし名前は出さずとも、昨年末から二月初めまで部屋を借りていた男女だというと、初老の管理人にはすぐにわかった。軍平が、その男の方の友人で行方を探しているというと、管理人は丸眼鏡の奥の目を迷惑そうに歪《ゆが》めた。

「あの二人何か事件でも起こしたのかね」

「いや……どうしてです」

「二月初めにもやっぱりあんたのように男の人と女の人が連れだって訪ねてきて、部屋に入って四人で話し合ってたんだが、隣の部屋の学生さんが言うにはひどい言い争いをして、男の声が『お前ら二人とも殺してやる』と叫んでたそうでね、その後、ここに住んでた男の方が訪ねてきた女の方をひきずるようにアパートから連れだしてったんだよ」

訪ねてきたのは晶子と夏木であり「お前ら二人とも殺してやる」という言葉はおそらく夏木が、自分を裏ぎって逃げた婚約者の由美子とその義兄の織原にむけて吐いたものだろう。その後、織原一郎が晶子をアパートから連れだしたのである。

さらに詳しく尋ねると、それからしばらくして訪ねてきた男、つまり夏木が一人で帰っていき、その直後に由美子は急いで二人分の荷物をまとめ「新潟の方へ行く」と言いアパートをひき払って出ていったのだという。

「それっきりなんですか」

「いや、その翌日にまた前日訪ねてきた男が――」

つまり夏木が訪ねてきて由美子がアパートをひきはらって新潟の方へ行ったらしいと聞くと顔色を変えた。夏木は「男と一緒に出てったのか」と尋ね、管理人が「いや、あんたと一緒に来た女の人を連れだしたまま戻ってきていない」と答えると「どっかで落ちあって逃げたのかな……」暗い顔でひとり言のように呟き「新潟へ行くと言ったんですね」念をおして戻っていったという。話はそれだけではなかった。それから二日が経った二月の祝日、というから十一日だろう。由美子らしい女の声で管理人の所へ電話が入り「田中清はそちらにいないか」と尋ねた。四日前の晩出てったまま戻ってこないと答えると、「その晩訪ねていった男がいるはずだが、その男がまた訪ねていかなかったか」と尋ねた。その男なら翌日再び訪ねてきたと答え、その時の模様を細かく教えてやると、女の声は「じゃあその人も新潟へいったんですか」驚いた声で聞き返した。そこまではわからない、と答えると、電話の女はしばらく困ったように沈黙していたが、やがて礼を言って切ったという。

「それきり誰からも連絡はないがね」

「その最後にかかってきた電話はここに住んでいた女性じゃなく、訪ねてきた方の女性じゃなかったですか。二人は姉妹なので声が似ているかもしれないんです」

「だったらそうだろう。名前は言わなかったから……」

電話をかけてきたのが由美子でなく晶子なら辻褄《つじつま》が合う。四人で言い争った後、織原は訪ねてきた妻を外へ連れだし、二人だけで話し合ったのだが、結局話はまとまらず晶子を置いて逃げたのだろう。そしてどこかで、アパートを引き払ってやはり夏木から逃げてきた由美子と落ち合い、もし由美子が管理人に告げた言葉が事実なら新潟方面へ行ったに違いない。夏木はそれを管理人から聞いて二人のあとを追いかけた。

晶子は宿で夏木からの連絡を待っていたが、二日後アパートに電話をいれ、夏木もまた新潟方面へ行ったことを知った。しかしその後夏木もまた行方がわからなくなってしまったのである……。

「あの後借り手が見つからないので部屋はそのままになってるが、見てみるかね」

軍平の真面目な様子に気を許したのか、管理人はいった。人一人通るのがやっとという狭い通路の両側にドアが並びつき当りが壁で袋小路になっている。その壁に接した右側のドアが織原と由美子の住んでいた部屋である。軍平がドアを開こうとして把手《とって》に手をかけると、管理人がおや、という顔をした。手首の七つの数字に気づいたらしい。軍平ごまかすように体をねじったが、慌てたので、自分で引いたドアに額をぶつけてしまった。

部屋は安物の茶簞笥《ちゃだんす》と卓袱台《ちゃぶだい》だけしかない四畳半だった。壁は朽《く》ちかけているが、畳はまだ新しかった。

「男の方が喧噪《うるさ》い奴でね。畳を替えろ、ドアの錠を直せといろいろ言われたよ」

「というと長く住みつくつもりだったんですね」

「だろうね。まあ、女の方は悪い性格じゃなかったがね。店で客から貰《もら》ったけど色が嫌いだからって娘に服なんかくれてね……」

　この狭い部屋で男は終日ごろごろし、女は夕方から酒場へ働きにでかけ、いつも夜遅くにひどく酔っぱらって帰ってきたという。

　窓には工場のトタン塀が迫っていて、部屋は暗い。晶子のような綺麗な妻を捨てて東京を逃げだし、こんな薄暗い部屋に燻《くすぶ》っていた男の気持を考えると、軍平はその窓のように胸が暗く閉ざされる気がした。織原と由美子は、たとえ愛情や体では結びついていたとしても、こんな部屋で本当に幸福だったのだろうか……薄暗い部屋の畳の底からかすかに海鳴りのような音が響いてくる。

「こんな所まで日本海の波音が聞こえるんですか」

「いや、もう一つのむこうの鉄鋼所の音だよ。朝早くから一日中……男のほうも我慢できなかったんだろうね。時々競輪に出かけてたようだよ」

　初老の管理人は、窓を開け煙草《たばこ》の吸がらを前の溝《どぶ》に投げ棄てると呟くように言った。

　軍平は礼を言ってアパートを出た。由美子の勤めていた酒場を訪ねてみたかったが、管理人は店の名を知らなかった。大方、香林坊《こうりんぼう》のあたりだろうということだったが、その金沢一の歓楽街にいってみると、店の数は軍平一人の手に負えるものではなかった。それにどの店もまだ扉を閉ざしており、一軒一軒あたるとしても夜まで待たなければならない。軍平は諦《あきら》めて、夏の日ざしに気だるく眠っているような素顔の歓楽街を後にして、駅へいき、夕方には東京へ戻っていた。

わざわざ金沢まで行っても何も得ることはなかった。金沢へ行ったことを晶子に話そうか、黙っていようか、翌日の午後約束通り晶子の家に電話をいれるまで軍平は迷い続けたが、それは無駄だった。「今から来てもらえないかしら」元気のない晶子の声を心配し、軍平がアパートをとびだし、東京の濁《にご》った真夏の陽に焼かれて燃えかすのように萎《しぼ》んだ花と、犬の嬉しそうな鳴き声と、晶子の少し頼りなげな顔色とに迎えられ、三日前と同じ居間に腰をおろすと同時に、晶子は思いがけないことを切りだしたのだった。

「一昨日の白根で見た死体、女の方はまちがいなく妹だったわ」

言って晶子は、嘘をついていたことを詫びるように軍平を見つめ淋しそうに微笑した。

4

「本当は帰りの列車の中であなたに話すつもりだったの。でも駅で別れてしまったでしょう？……これが妹です」

晶子はそういうと一枚の写真をさしだした。目から鼻にかけてが晶子と似ているが、厚化粧のせいか晶子に比べると汚れた感じがした。晶子が楚々《そそ》とした夕方の花なら、妹の方は大輪だが本物の匂いのない造花だった。カメラにむけて媚《こ》びるように笑った由美子は、真紅のワンピースを着ている。

「由美子は赤が大好きだったの。警察署で見たスカートもセーターも前に由美子が着ていたものだったわ」

「なぜ――」

「わからないわ。でもあなたにだけは本当のことを言っておきたい気がしたの……あなた優しいもの」

「いや、なぜ警察に嘘を言ったかです」

晶子は首を振った。自分でも理由がわからないと言っているようにも、その理由だけは軍平にも話せないと言っているようでもあった。しばらく沈黙が続いた。窓際のガラス鉢の中で金魚がはねる水音が聞こえた。カーテンはわずかも動かず、夏の午後は暑かった。

「男の方の死体は誰だったんですか」

晶子はふたたび首を振った。

「わからないの。服も腕時計も確かに夏木のものだったわ……でも……」

「でも服は夏木のものだが、死体は夏木じゃないかもしれない、そう考えたんですね」

軍平は晶子が警察で殺害されたのではないかと尋ねたり遺骸を改めたいと言いだした言葉を思いだした。

「つまり、夏木がご主人を殺害して自分の服を死体に着せておいただけなのかもしれないと、あの時そう考えたんでしょう」

「……ええ……でもなぜ」

軍平の勘のよさが晶子は不思議そうだった。

「あなたがそう考えたのは、金沢のアパートで四人で話し合ったとき、夏木がご主人と妹さんにむかって『お前らを殺してやる』と叫んだからですね」

「どうして……」

それを知っているのと言おうとして、晶子は、やっと軍平が一昨日長野原駅で別れる寸前に金沢のアパートの名を聞きだしたことを思いだしたらしい。

「あなた、あの後で金沢へ行ったの」

軍平が肯くと、晶子はよほど驚いたのか、

「なぜ」

思わず軍平を詰《なじ》るように声を荒《あら》げた。

「貰った二万円でご主人を見つけたかったんです」

二万円であなたの生命を買いたくはなかったと、軍平は本当はそう言いたかったのだが、そう言えば晶子はまた「なぜ」と聞くだろう。本当の気持は言いたくなかった。いや、言えなかった。三日前あなたがこのソファの上で意識をとり戻し微笑したとき、俺は惚れたんですとは言ってはならなかった。蒸発したのはこの人の亭主の体だけだ。この人の気持の中にはまだ空中分解していない亭主がはっきりといる。それがどんな男であろうと、この人は自分で考えている以上に夫を愛している。

目の前のその女《ひと》はただ驚いて大きく目を見開いていた。軍平は金沢のアパートで管理人に何

を聞いたかを全部話した。晶子は自分の恥ずかしい部分を勝手に覗いてしまった軍平を咎めるように強《きつ》く視線を結んでいたが、

「一つだけ聞きたいことがあります。昭和荘へ二月の祝日に電話を入れたのはあなたなんですね」

尋ねるとやっと軍平にむけていた視線をゆるめた。

「……ええ。あなたが今言った通り、四人で喧嘩《けんか》のようになってしまって主人は私をアパートの外へ連れだしたの。近くの喫茶店で二人だけで話し合ったけれどやっぱり諍《いさか》いになってしまって……主人はとびだしていったわ。そのままアパートに戻ったのだろうと思って私、宿で夏木さんの連絡を待つことにしたの。でも夏木さんその晩も、いいえそのまま何の連絡もしてこなくなって、それで私、昭和荘へ電話をいれてみたんです……」

そして晶子は夏木が逃げた夫と妹を追いかけたらしいことを知ったのだった。その時から夏木が二人を見つけたら殺すのではないかと心配していたという。

「それで、死体を見たとき、これは夏木ではなく夏木がご主人を殺して自分が死んだと皆に思わせようとしたのではないか——そう考えたんですね」

夏木は自分を裏ぎった織原と由美子を憎んでいたばかりではなかった。一千万の横領という犯罪から逃れるためには自分が死んだと思わせるのは好都合だったのである。写真で見る限りでは夏木と織原は背恰好も似ている。

「そう……夏木に何か計画でもなければ私に何の連絡も寄越さず、黙って二人を追ったりしな

かったと思うの。死体を見たとき、私そう考えて……咄嗟《とっさ》にこの死体には心当りがないと言った方がいいと思ったの。警察に突っこまれて聞かれたらどう答えたらいいかわからなかったのよ。ただ心中しただけならいいわ。でも一千万のこともあるでしょ。犯罪やら殺人やらが絡んだ渦中に巻きこまれたら、私どうしたらいいのかと思って……」

晶子は髪をふると、両手に顔を埋めた。

「ご主人が左利きだと言ったのは……」

「あれも咄嗟の嘘……本当は左利きなのは夏木の方です……係官が死体は普通の人と同じで左腕に腕時計をはめてたと言ったわね。死体が夏木じゃないと思ったのはそのためだわ。左利きでいつも右手にはめる習慣だったから。主人の死体にはめる時、自分の手じゃないから間違えたのではないかと……」

「それなら、その時に限って夏木がいつもと違う手に腕時計をはめた理由がわかれば、あの死体は夏木だという可能性が大きくなりますね」

晶子は顔をあげてそっと肯いた。目にうっすらと涙が滲んでいる。

「でももう何も調べなくていいわ。私があなたに望んでいるのはそんなことじゃないの。軍平さんが傍にいてくれると私、吻《ほっ》とするの、わからなくなったのは主人の行方じゃなくて自分の気持のほう……この半年霧の中を歩いてたの。あなたが傍にいてくれると、磁石でも持っているような気持になるの……それでいいの。それにもういいのよ。あの死体が本当に夏木で、主人がまだ生きているなら、明日にはその行方がわかると思うわ」

「明日？……どういうことですか」

「テレビに出て探してもらうことにしたの。朝のショー番組で蒸発した人間を探しだしてくれるのがあるのよ。その番組のプロデューサーがうちの料亭によく来て私をひいきにしてくれてるから昨日事情を話して頼んだの。そうしたらすぐにやってくれるって。とびいりだから私には二三分しかもらえないらしいけど視聴率の高い番組だから必ず消息はつかめるって」

「他人には言いたくないと言ってたのではないですか」

「……あなたに話して、恥ずかしいことじゃないってわかったから。一日も早く霧の中から出たいの。あの死体のことだっていつまでもごまかしておくわけにはいかないし。明日もし消息がわからなければ死体は主人だと思って警察に届けるわ。もし生きててもね。……だからもう一度だけお願い。明日テレビ局までついてきてくださる。一人じゃ心配だわ」

軍平が肯くと、晶子は安堵《あんど》の微笑を浮かべ思いだしたように軍平の手首を見た。手首には七つの数字がはっきりと残っている。

「憶えててくれたのね……ありがとう」

軍平、晶子の笑顔から視線をそらし、サイドボードの上の鳥籠を見た。紙細工の鳥は真夏の光の眩しさに蒼ざめたような色をしてじっと動かず、生命を持たないまま化石になってしまったように見えた。

「あの折紙の鳥を僕にくれませんか」

軍平、唐突に言った。

5

コマーシャルがとぎれ、午前十時二十分、やっと晶子の番になった。それまでにすでに三人の男女がそれぞれ蒸発した家族について語り、この方は時間が充分とられていたせいか本番中に方々から電話がかかり、三人とも蒸発者の消息が無事判明した。軍平、スタジオの隅に立って改めて蒸発者の数が多いこととテレビの魔力に驚いていた。

晶子に与えられたのは番組が終る間際の三分だけである。司会者が慌ただしい口調で晶子を紹介し、晶子の夫が妹と蒸発した事情や今晶子が一人残されて仲居をしながら苦労していることを簡単に説明した。夏木のことや妹が既に死んでいるらしいことは、晶子がプロデューサーに話さなかったので、説明からは省かれている。番組担当者たちは何も知らないが晶子はただ夫が生きているかどうかを知るだけが目的だった。

前に人が立って何も見えないので、軍平は近くのモニターテレビの方を見ていた。いつもは外で見ているものを同じスタジオ内で見ているのは妙な気分だった。晶子の夫の写真が三枚映しだされ、特徴が簡単に述べられると、不意に晶子のアップになった。晶子は、絽《ろ》の着物にあわせ髪型も地味にしている。カメラを通すと目尻のしみが目だって、いかにも夫に逃げられて苦労している妻という印象であった。軍平、美しい物が晒《さら》しものになっている気がして胸が痛んだ。道傍《みちばた》の花が美しいのは誰からも視線をとめられることなく咲いているからだろう。しかし今この瞬間、晶子の顔に日本中の何百万という人間の視線が集まっているのだ。

司会者の質問に晶子は緊張した面持で「夫は現在は一人でいるかもしれない」と答え、何か訴えたいことを、と言われ「何も心配せずに戻ってほしいです。戻れなければ連絡だけでも……ローンは私が払い続けてきたので家も以前のままです。何も恨んでません。連絡だけ下さい」と堅い口調で言った。その間ずっと画面の下方に連絡先のテレビ局の番号が映しだされていた。

さわやかな音楽とともに番組は終了し、晶子と軍平は控室で待たされた。だが一時間経っても何の連絡もない。普通は当人ではなく周囲から情報が入るらしいのだが、その方の連絡もまったくない。晶子が諦めたように軍平を見つめ、軍平もやはり死体は夫の方だったのだろうか、そう思った時、担当のプロデューサーがとびこんできて、「ご主人だという男の人から電話が入っている、今こちらへ切り換えた」早口でそう告げると、部屋の隅の電話をとり、晶子にさしだした。晶子は一瞬ためらってからしっかりと受話器を握った。

「私です、晶子です……あなた……本当にあなたね、いったいどこに……ずっと探したのよ。……ええ……ええ……ともかく明日にでもそちらへ行きます。いいえ、私はただ会って話し合いたいだけ。話し合わなければいけないことがいっぱいあるでしょう……わかりました。ええ……ええ……」

最後に詳しく住所を聞きとり紙に書きつけると「もうどこへも行かずに待ってて下さい」懇

願するように言って、受話器をおいた。そしてふり返るとまだ興奮の残った唇で、まちがいなく夫の声だったこと、やはり新潟にいて、一人で小さなアパートを借りて暮していたこと、会って話し合うと約束してくれたことを告げた。

「けど、妹さんのほうはどうしたんだろう。やはり妹さんの写真も出せば良かったかな」

長身の温厚そうなプロデューサーの質問から逃れるように晶子は礼を言い、持参した品をさしだしてから、初めて軍平をふり返った。ため息をつき一度目を閉じた。再び目を開くと安堵の色が膨らんで瞳を大きく見せた。

「開けていいかい」

プロデューサーは晶子からもらった包み紙を早速に開いて、ネクタイをとりだすと、一瞬手首に巻きつけるようにして柄を確かめ、礼を言った。その時、軍平は小さなことに気づいたが、その場では何も言わなかった。

「良かったですね」

十分ほどでテレビ局を出ると、軍平は晶子にそう声をかけた。織原一郎はやはり生きていたのだ。そしてそれは白根の死骸が夏木だったことを意味している。

「なぜ夏木の死骸の腕時計がいつもと違って左右逆だったか、その理由がわかりましたよ。死体の二人の手首はネクタイで結ばれていたそうですね。左利きの夏木は後でナイフを使うために利き腕の方を残して右手をネクタイで縛ったんじゃないでしょうか。ネクタイで二人の手首をしっかりと結ぼうとしたら当然腕時計が邪魔になるでしょう。それで左手に移したのです」

先刻プロデューサーの手首にネクタイが巻きついたとき思いついたのだった。

「そうね、きっとその程度のことね、それを私、大袈裟に考えすぎたんだわ。軍平さん、私、夫と会ってから死骸の身元のこと警察に届けてます。警察だけじゃないわ、区役所へも離婚届をださないと――」

「離婚？　馬鹿な。ご主人がやっと見つかったんじゃないですか」

夏には珍しい風の強い日で、晶子は風に乱れた髪をかきあげながら首をふった。

「さっき本番の三分間のあいだにそう決心したの。主人が生きて見つかったら、もう一度だけ逢って、別れようって……」

「しかし……」

晶子はもう一度首をふると、軍平の次の言葉を避けるように視線をそむけ、地下鉄への階段を下り始めた。上野駅へ出て、晶子は夜行の切符を買った。今すぐ発《た》てば夜までには新潟へ着けるはずだが、夜に訪ねていくのは嫌だと晶子は言った。夫とは、妹と夏木が死んだことや自分たちの離婚の話をしなければならないだろう。暗い話をするのに朝を選びたいという気持は軍平にもわかった。

「家へ戻らずにこのままいくわ。夜までつきあってくれる？」

晶子の言葉に軍平は肯いたが、しかしまだ列車が出るまでに十時間近くある。まずは喫茶店に入ろうということになり、駅前の大通りを探したが、昼休み時のせいかどこも満席である。何軒目かを出て歩きだすと、晶子が細い路地を覗いて、ふと足をとめた。

「こんな時間にネオンがついてるわ」

晶子をまねて覗くと、コンクリートの壁にはさまった暗い路地の奥のほうにネオンの看板が見える。ホテルとシャトーという二つの言葉を真紅のハートが繋いでいた。恰度会社員風の中年と娘ほどの若い娘が顔を隠すようにそのネオンに吸いこまれていくところだった。

「課長と女事務員ってところね。昼休み時間利用したそういうの、最近流行ってるんですって」

軍平、厭なものを見た気がした。晶子の言葉を無視してゆきすぎようとしたが、その時である。不意に晶子の手が軍平の腕を摑《つか》んだ。その手に引っ張られ、軍平は薄暗い小路に一歩踏みこんだ。

晶子はビルの壁を背にして軍平を見あげた。

「軍平さん、何人、女のひと知ってるの」

軍平、反射的に晶子の唇からこぼれだした声を押しとどめようとして手をあげた。

「五人？　ゼロ？」

眼の前に開いた軍平の片手を晶子は誤解したのだった。違う——だが軍平がそう口にする前に晶子は軍平の手の親指を折り曲げた。

「一人目？」

「いや——」この手の意味は違うのだと言おうとしたのを、晶子はまた誤解した。

「じゃあ六人目ね。私はこれだけ……」

晶子は中指と人差し指をあげて二人を示した。そしてネオンの真紅のハートにちらっと目を投げ、ゆっくりともう一本薬指をあげ、その薬指を軍平の親指にからめた。

「六人目と三人目……喫茶店は満員だわ」

昼は冗談だというように微笑をつくっているが目は真剣だった。初めて見る晶子の目だった。五歳年上の女の目だった。人生にちょっと疲れ、生活にちょっと荒み、淋しくて何かを訴えたいのだが何を訴えたらいいかわからないといった目だった。だからどうなってもいいのだと言っている目だった。軍平、先刻テレビを見ていた何百万もの目が晶子を潰《けが》し、別の女に変えてしまったような気がした。だがしかし、それでもその女《ひと》は美しく、軍平、突然の成り行きが信じられずに棒だちになったまま、晶子の目を見ていた。風がほつれ髪を二すじ揺らし、そのたびに晶子の暗い瞳に夕化粧の花が小さく揺れた。東京は真昼で、すぐ傍の大通りを人々がざわめきながら通りすぎ、二人は雑踏の死角で、六本目の指と三本目の指を結んで、他にすることがないように突っ立っていた。

「あなたはそんな女じゃないでしょう」

「そんな女ってどんな女……」

「………」

「そんな女だわ。私嘘つきなの。あなたにもまだ嘘を言ってることがあるの……」

軍平の怒った目に気づくと、晶子はやっと視線を解き、ため息になってふっと笑った。かすかな息とともに何かを捨てたような微笑だった。

「この指も嘘……」

そう言うと、薬指をもとに戻し、そのまま手を袖に隠した。

「こんな所じゃなく、つき合ってほしいところがあります。ついてきて下さい」

軍平、小路を出ると、大通りをまっすぐに進み、デパートに入った。エスカレーターで屋上まであがると、遊園地の観覧車の切符売場の前で立ちどまり、やっと背後をふり返った。そして軍平の気持をはかりかねね、場違いな和服姿でぼんやりとつっ立っている晶子に乗りましょうと声をかけた。

「でも……子供たちばかりだわ」

夏休みのせいで屋上遊園地には子供が溢れている。観覧車の色とりどりの籠は、風に揺れる度に黄色い声を爆発させた。

「人目を避けて入らなければならない場所よりはいいはずです」

軍平は券を買い、ためらっている晶子にもう一度声をかけた。二人はさしむかいに小さな籠に座った。ゆっくりと上昇が始まり、やがて東京の町が下方に沈みだした。沈むにしたがって町は広がり、白くなっていく。風に揺れる籠の中で晶子は少し蒼ざめ、肖像画のようにじっと座っていた。

軍平、無言のまま、上昇しきるのを待ってポケットから昨日晶子に貰った折紙の鳥をとりだした。そして翼を広げると、強い風を待って、

「飛べ」

思いきり空中に投げた。紙の鳥は一瞬風に舞いあがり、だがすぐに風がとぎれ、力なく下降

を始めた。飛べ——胸の中で軍平、もう一度言った。その声に励まされたように紙の鳥は再び舞いあがった。そしてしばらく軍平たちの傍を離れるのをためらい、目の前の空中で、舞いあがったり落ちかけたりしていたが、やがて屋上のブラスバンドが一際高くトランペットの音を奏でると、それに合わせて大きく翼を翻《ひるがえ》した。

その瞬間、鳥は本当の生命をもったように大きな風に乗り、すうっと筋をひいて飛びたった。東京の空には銀灰色の雲がたえまなく流れ、わずかな跡《と》ぎれ目に太陽が覗く。太陽はつかの間、夏の光を空いっぱいに輝かせては消える。空と町とが、光と影の広大な綴《つづ》れ錦を織りだす中に、それは青いカーブを細く縫いつけながら飛び続ける。

観覧車が下降を始めたので鳥はそのぶん空高くへと上りつめていくように見えた。そして、再び空をきらめかせた太陽の光の屑《くず》にまぎれこみ、消えた。

「どこへ消えたのかしら……」

晶子がひとり言ともつかず呟いた。軍平には紙の鳥の消えた方向がわかっていた。晶子は軍平のことを磁石だといった。紙の鳥が生命をもってとび去った方向は、軍平の針が晶子のためにさし示した一つの方向だった。

だが軍平は何も言葉にしなかった。ただ紙の鳥の消えた方向に視線をむけ、何もない空に鳥の青い色をぼんやり追い続けていた。晶子もまた……やがて東京の空がしぼみ、籠が屋上につくまで。

二人はその夜遅くに上野駅のホームで別れた。列車に乗りこむ前に晶子は「明日の夕方にはもどるわ。帰ったら電話する」と言い、発車のベルとともに車窓のむこうで唇の形だけでさようならを告げ、新潟へ旅立っていった。

6

夢の中で、軍平は白い霧に鎖《とざ》されて歩いている。晶子の呼ぶ声が聞こえる。晶子が自分を探している。軍平も晶子の名を必死に呼んだ。そのうちに晶子の声が聞こえなくなり、いつの間にか軍平のほうが晶子を探している。しかしいくら名を呼んでも深く流れる霧は何も答えない。どれだけ歩いたのか、軍平、やっと前方に晶子の影を見つけた。影はぼんやりと青く、軍平が腕をさしのべると、まっ青に結晶し鳥の形になった。確かに摑んだのだが、手を開くと鳥は消えている……遠くで囀《さえず》りが聞こえ、その声を追って夢中で駆けだすと再び青い影が見える。鳥は軍平が近よるのを待っているのだが、腕をのばすと摑むのはただ白い霧だけである。追いかけ、近寄っては摑み、消え、そのたびに鳥は青さを増していく……白根の火口湖と同じ色だった。そして突然、囀りがとぎれた。青い鳥はどこへ消えたのか……青い鳥？

軍平、あっという自分の叫び声で目をさました。涼しい夜だったが寝汗をかいている。手を開くと、汗の粘りにはまだ夢の中で摑んだ鳥の青さが残っているようだった。青い鳥――なぜそれに気づかなかったか。今まではあの鳥が紙でできていることばかり気にして、色を忘れていた……。

真夏の朝はすでに窓に迫っている。軍平、九時半まで待って、白根で死んだらしい夏木明雄が勤めていたという芸能プロダクションの電話番号を調べダイヤルを回した。そして夏木明雄が確かに左利きだったことを確かめると、今度は電話局に電話をいれ、金沢の昭和荘の電話番号を調べてもらった。

続いて昭和荘に電話をかけ、出てきた管理人に二つの事を確かめ、ため息とともに受話器をおろした。そして夕方まで、狭く暑苦しい部屋でただ晶子からの電話を待ち続けた。

電話は六時に鳴った。晶子は今、家に戻ったところだと言い、

「主人と逢って話し合いました。ずっと日傭《ひやと》いのような仕事をしていたらしいわ。由美子たちが死体となって発見されたことを知らなくてとても驚いていたけど、警察に届けでることに同意してくれました。それから離婚にも……」

晶子は少し他人行儀に喋《しゃべ》った。

「今から会って下さい。そちらへ行きます」

「いいえ、あなたとはこれで終りにしましょう。私……」

「行きます」

軍平は強引に言って受話器をおき部屋をとびだすと、三十分後、晶子の家の居間に座った。晶子は夜行の中で眠られなかったと言い、疲れた赤い目をしていた。八時には料亭に出たいという晶子に、軍平は十分だけでいいと言った。犬だけが嬉しそうに鳴いて軍平の足をなめてい

た。

「あなたは俺に——僕にまだ嘘をついているといいましたね。その嘘をはっきりさせたいんです」

「やめましょう。嘘のままでお別れした方が綺麗だわ……たった数日だったけど私、あなたのことは綺麗に残しておきたいわ」

「だったら本当に綺麗にしましょう。嘘があってはいけない——厭なら僕一人に勝手に喋らせて下さい。あなたは白根で死体を改めた時、それがご主人の死体で夏木が殺したのかもしれない、そう考えたから咄嗟に嘘を言ったと言いましたね。しかし本当はあなたはすぐにそれを夏木の死骸だと認めた。腕時計の左右が逆だったことには何かちょっとした理由があったのだろうと考え、まちがいなくその死骸が夏木だと認めた。そしてあなたが本当に心配したのは、二人が心中したのではなく、ご主人の手で殺されたかもしれないということでした。金沢のアパートで四人で話し合ったとき『お前ら二人とも殺してやる』怒ってそう叫んだのは、夏木ではなくご主人の方だったのでしょう」

「でも夫は殺してないわ……」

「ええ。夏木と由美子さんは確かに心中したのです。夏木が一千万の使いこみのことを気にして由美子さんと無理心中を企てたのでしょう……しかしあなたはそうは考えなかった。夫が殺害したのかもしれないという疑惑がぬぐえず、あなたは警察で嘘を言った。おそらくその疑惑は、この二月ご主人が『お前らを殺してやる』と叫び、その後三人が消息を絶ったときからあなたの胸にはあったのでしょう。夏木がご主人の手で殺された、そう考えなければ夏木の消失した理由があなたには説明できなかった。もっともご主人が憎んでいたのは夏木一人です。しかしご主人が憎い夏木を殺し、心中と見せかけるために由美子さんをも道連れにした、あなたはそう考えたんです。いつかは警察に死体の身元がばれてしまうだろうが、あなたはその前に行方がわからなくなっているご主人を探しだし真偽を確かめたかった。それでテレビにまで出て、やっとご主人を見つけると早速に逢いにいった。でもあなたの心配は無駄でした。ご主人は夏木と妹さんの死には何の関係もなかったのでしょう」

「死体が見つかったことも知らなかったわ」

　晶子の唇はかすかに震えていた。

「もっと早くに気づくべきでした。金沢の昭和荘で二人の住んでいた部屋に入るとき、僕は慌てたので、右手で把手を引きドアを開けようとして額をぶつけてしまった。把手がドアの右側についているので左手で開ければ問題はなかったんです。あの時管理人が、部屋に住んでいた男がドアの錠を直してくれと言ったというのを思いだし、今日電話で確かめました。錠だけでなく、最初はドアの左側になっていた把手を、ドアを裏返しにして蝶番《ちょうつがい》を左右逆にすることで右側にくるようにしたのだそうです。男が左側だとドアが開けづらくて困ると言ったらしいのです。あのドアは行きどまりの壁に接し、しかも通路は非常に狭かった。右利きの者なら、それでも難なく開いて中に入れますが、左利きだとちょっと体をねじらなければならない。把手を右にくるようにしてくれと言ったのは左利きの人間です。つまり、昨年末から昭和荘に住んでいた男はご主人ではなく、夏木でした。――もう一つ電話で確かめたことがあります。夏木と一緒に住んでいた女性は酒場の客から貰ったという服を色が嫌いだからといって管理人の娘にやったそうです。念のためにその色を尋ねると赤だということでした。つまり昭和荘に住んでいた女性もまた赤の好きな由美子さんではなかった」

晶子はそっとソファを離れ、軍平に背をむけて窓辺に立った。夕風が庭の暮色を晶子の白い襟足に流した。

「青い鳥という童話を知ってますか」

「ええ」

晶子の背は小さく答えた。

「二人の子供が探しまわった青い鳥が実は家にいた、という話です。晶子さん……いや奥さん、あなたはその青い鳥だったんです」

「………」

「蒸発とは自分の家を出ることです。だから――自分の家にいる人間が蒸発しているとは誰も考えないでしょう。テレビの画面で必死に夫の行方を探してほしいと訴えているその当人が蒸発しているのだとは誰も考えないでしょう」

軍平、静かに言葉をつないだ。

「ご主人ではなく、奥さん――あなたのほうが蒸発しているのですね」

7

テレビ局にいった時から、おぼろげに軍平にはわかっていた。テレビの画面を同じスタジオの中で見ているのは奇妙なものだった。画面で蒸発した夫に訴えている妻の顔を見ながら、蒸発者が自分の家の中へと消息を絶ったとしたらやはり奇妙なものだろうと思ったのだった。

しかしはっきりわかったのは昨夜の夢だった。霧の中で晶子が軍平を探していたのか、軍平が晶子を探していたのか。夢うつつの中で、軍平はもし晶子が夫を探しているのではなく夫が晶子を探しているのだとしたら、そう考えたのだった。そして青い鳥――。

晶子が青い色紙で鳥を折ったのは偶然だったのだろうか。それとも一度とびだしながら、自身の家という籠にふたたび戻ってきてしまった自分をその色になぞらえたのだろうか。本物の鳥は晶子が自分の手で逃してやったに違いない。

夕暮れの庭を眺めながら、晶子の背はただ黙っている。晶子が何も言わなくとも、だが軍平には大体の想像はついた。

倒産後家にぶらぶらしている夫に耐えかねて、晶子は妹の婚約者である夏木に相談をもちかけたのだろう。晶子の勤める料亭には芸能関係者もよく出入りするというから、おそらく夏木も客として時々店に顔を出していたに違いない。関係はそんなことから自然に生じた。昨日の午後上野の小路で晶子があげた二本の指は夫と夏木のことだったのだろう。晶子が夏木に気持を奪われ、夫を見棄てたのではないと思う。晶子はただ淋しかっただけだ。自分をそんな女だと言ったが、上野の小路で、薬指を折り曲げ、赤いネオンのハートに軍平を誘ったときでさえ、その女《ひと》は淋しげに美しかったのだ。夏木の方でも晶子に愛情はあっただろうが、最終的に一緒に逃げてくれと言ったのは一千万の使いこみのためだろう。晶子は迷った末、以前の面影《おもかげ》の片鱗もなくなった夫との暮しより、夏木との旅を選んだ。去年の末には金沢へ落ち着き、その金沢から夫へ離婚状を送った。おそらく晶子が夏木の使いこみを知ったのは旅に出てからだろうが、その時にはもう引っこみがつかなくなっていたのである。

後は晶子自身の口から聞いた話や、昭和荘の管理人から聞きだした話の、由美子と晶子、織原と夏木を入れかえれば簡単にわかる。探していたのは夫と妹のほうだった。織原と由美子の間にも関係があったかどうかは軍平にはわからない。関係があったとすれば、おそらくはこの二人のほうが先で、晶子はそのこともあって夏木を選んだのではないかと想像されるが、ともかく逃亡したのは夏木と晶子で、追ったのが織原と由美子だった。織原たちはやっと金沢に晶子を見つけ、昭和荘へ話し合いに出かけた。この時、織原は一時的な激情に駆られ、自分を裏ぎった夏木と晶子にむけて「お前らを殺してやる」と叫んだのだった。夏木が由美子を連れだして外に出たあと、織原は宿に戻り、その直後晶子は衣類をまとめて昭和荘をとびだした。二人分の衣類をもっていったところを見るとどこかで夏木と落ち合う約束ができていたのだろうが、その場所に夏木は来なかった。夏木は晶子を捨て今度は由美子とともに逃亡したのだが、晶子はそうとは知らず何もわからぬまま昭和荘に電話を入れた。そして自分のとびだした翌日、再び夫が昭和荘に訪ねてきて、管理人から晶子が新潟へ逃げたと聞いたらしいことを知ったのだった。夫としても一緒に探していた由美子がどこへ行ったかはわからなかったろうが、ただ晶子が再び夏木と逃げたことだけはまちがいないと信じて二人を新潟へ追ったに違いない——そう考えて晶子もまた新潟へ行ったが、新潟では夫を探す術もなく、仕方なく東京の家へ戻り、夫が帰るのを待ちながら再び仲居の仕事を始めた。晶子は本当なら夏木とどこかで落ち合ったあと新潟へ逃げる手筈だった。東京に戻ったころには晶子も、夏木が自分を棄て今度は由美子と逃げたらしいことはわかった。それもたぶん自分たちが行くことになっていた新潟へと——。ただ、夫が何故東京の家に戻ってこないかその理由はわからなかった。実際には夫はただ、妻のとびだした後ローンの負債のたまっている家に戻っても仕方がないと考え、まさか妻が家に戻っているとは気づかずに新潟で日傭いの仕事をしながら妻の行方を探していただけのことだったが、晶子はもしかしたら夫が夏木を見つけ、夏木を殺し、逃げながら自分の行方を探しているのではないか——そう考えてしまった。

そして半年後の夏の一日、朝刊の記事が晶子の疑惑に結論をだしたのだった。白根で発見された男女の死体は、夏木と由美子のようであった。ただの心中ならいい、しかしもし夫が夏木を殺害し、ごまかすために罪のない由美子まで殺害したのだとしたら……疑心暗鬼に苦しみ、晶子は夕方ナイフを手にした。そして通りすがりの若者に助けられ、晶子はその若者に家庭の事情を話したのだった。たった一つ自分が夫を裏ぎってこの家を逃げだしたことだけは隠して

――。
白根の死体が夏木と由美子にまちがいないと確かめると、晶子はすぐにでも夫を探さなければならなかった。いや夫が自分を探しているのなら、夫に自分を探しださせなければならなかった。警察に死体の身元を届け出る前に、何としても夫に会い夫の口から真実を聞きたかった。そのためにテレビにも出た。あのテレビの画面で晶子が本当に訴えたかったのは夫の写真ではなく、自分の顔だったのだ。単なる蒸発事件と違って、蒸発者が自分を探させたのである。画面を通して自分の顔を夫に探させ、自分が自宅にいるという言葉を夫に聞かせたかったのだ。そして夫に無事自分を見つけださせ、夫と逢って疑惑を晴らすと明日にでも警察に届けでる決心をし、軍平とは一つの嘘を残したまま別れようとした。警察をいつまでも騙しておくつもりはなかった。晶子が騙し通したかったのは通りすがりに自分を救った若者だけだった。その若者にだけは自分の本当の顔を、そんな女の顔を知られたくなかったのだった。軍平が金沢へ調べに行ったと聞いてああも驚いたのはそのためであり、軍平が管理人の言葉を誤解し、蒸発したのが依然夫と妹だと信じているとわかって、安堵の表情を見せたのである。

軍平は、自分のこの想像がほぼまちがっていないと思っていたが、晶子には何も確かめなかった。蒸発しているのが晶子のほうであること、そのことだけを晶子に語り、二人の間に嘘をなくして別れればいいと思っていた。

沈黙した晶子の背を軍平もまた黙って見守り、約束の十分が過ぎると立ちあがった。

「ありがとう」

ふり返って晶子は言った。暮色のなかで顔はいっそう白く見えた。その女《ひと》はやはり夕靄《ゆうもや》に包まれたときがいちばん美しいひとつの花だった。

「命を救ったお礼なら要りません。あの程度の傷なら死ぬ心配はなかったし、誰でもしたことです」

晶子はその声が聞こえなかったように、

「ありがとう」

もう一度同じ声で言った。軍平が紙の鳥を飛ばしたことへの礼だったのか、二人の間に残っていた一つの嘘をぬぐい去ってくれたことへの礼だったのか。しかしどちらにしろそれは軍平が自分のためにしたことだった。

その女《ひと》は袖からこぼれだした白い手の薬指をわずかに嚙んで、軍平を遠い視線で見守った。通りすがりに出会い、薬指と親指を数秒触れあわせ、わずか数日で再び他人となってしまう女《ひと》だった。軍平はポケットにつっこんだ手の親指をいつの間にか折り曲げていることに気づくと、その手をふり切るようにポケットから出し、把手にかけると、一瞬ふり返って頭を垂げ、黙って部屋を出た。

その後の織原晶子のことを軍平は知らない。ただ軍平の送った二万の金は転送先不明で戻ってきたから、あの後間もなくに晶子が家を引っ越したことだけがわかった。

ひと月が過ぎ、夏も終りかけたある夕《ゆうべ》、軍平はたまたまその緩やかな坂道の住宅街を通った。

門の前を通ると例の猫に似た犬が軍平の足音に嬉しそうな悲しそうな声をあげた。だがそれも一声だけで、ひと月前とは違い庭の小屋に鎖でつながれた犬は、ふたたびアルミの器の食物に顔を戻した。犬だけが残され、表札の名は別人に変わっていた。家の中から母と息子の争うような声が聞こえた。路上にまで溢れたその声を隣近所の家は聞こうともせず別の生活にしんと静まり返っている。

それでもただ石垣の下の夕化粧だけは夏が色褪せてなお夕闇に花を咲かせている。夕方の一時《いっとき》の生命をそれでもいきいきと白い化粧で飾った花に軍平、あの女《ひと》もまた、今どこにいるにしろどんな形にしろ、この夕刻に美しい人生を咲かせているだろうと、そんなことを思いながら坂道をゆっくりと歩きのぼった。

紅_{あか}き唇_{くちびる}

「日本の道路には中古のほうがなじむんですよ。何も高い金だして新車買わなくても」

和広《かずひろ》のその言葉で決心がついたのか、客の、まだ学生らしい若者は、もう一度フロントガラスの二十二万の貼り紙をながめてから、「買うよ」もっさりした口調で答えた。

和広の言葉は、ただの商売用ではない。日本の道路には、中古車のほうが似合うのだと、この頃では本当にそう考えている。それは高速道路やら立派な道路も多くなったが、まだまだ動脈硬化して、角から角まで短く息ぎれする道路には、風景としても少しくたびれた車のほうがいい。大学卒業後六年勤めた広告代理店の倒産後、杉並区のはずれの小さな中古車センターに勤めだして二年が経ち、やっとそんな言葉で今の仕事を納得するようになった。

倒産の少し前には、結婚にもしくじっている。初めのうちは、無理にも中古車に愛着をもつことで、三十前の若さですでに先細りしはじめた人生を弁解していたのだが、最近は、強がりでなく中古車の魅力がわかってきたと思う。人間とおなじで車も多少傷があり、のんびりしてる方が安心して身をまかせられるところがある。なにも青信号にかわると同時に勢いよくとびだすだけが人生ではなかった。

結婚の失敗といっても、会社の倒産同様、和広にはなんの責任もなかった。半年の交際で結婚した文子が、結婚三か月目に子宮外妊娠で死んでしまったのだから、これも不運としか言い様がなかった。妻という呼び方も実感にならないうちにあっけなく死に、その死も実感にならないうちに、倒産騒ぎとなった。

実際、一昨年から今年のはじめにかけては、不運の連続だった。新妻の死と会社の倒産と相次いで負ってしまった気持ちの傷も癒《い》えかけて、やっと中古車の販売という仕事にも慣れかけたころ、今度は自分も体に傷を負ったのである。今年の一月だった。自転車でアパートに戻る途中、ダンプと衝突したのだった。これも和広にはわずかの責任もなく、一方的に相手の不注意だった。生命に別状はなかったし、一か月の入院生活で以前通りの体にもどったが、脇腹に一尺ほどの傷をつくってしまった。

最初のうちは、傷が痛むたびに気持ちが暗くなったが、今から思えば、事故はかえって良かったのである。諦《あき》らめだったのか、開き直りだったのか、傷ものになった体でとことん傷ものの車につきあってやろうとそれまで半端《はんぱ》だった気持ちにけりがついた。

負った傷もみんな過去だと割りきってしまえば、今の生活には何の不満もなかった。経営者の夫婦は親切にしてくれるし、従業員が一人で、忙しいぶんだけ給料もよかった。

ただ一つ、この間うちから再婚問題でこじれていることがあって、それだけが目下の心配ごとなのだが、それも成りゆきにまかせればいいと思っている。人生は先細りしているが、そのぶん、気持ちは太くなった。

「あと二万。安くならないかなあ。こんなひどい傷あるんだし」

事故の直後なら聞き流せなかった言葉にも、

「仕方ないなあ。じゃあ二十万」

笑顔で答えた。中古車にも運不運がある。その千ccの国産の小型車は運に見離されたくちである。性能は悪くないのだが、赤の塗装がはげているうえにボンネットに目だつ傷がある。そのせいか客たちは安値に一度は目をつけるものの、いま一歩のところで皆渋い顔になった。渋い顔が車の傷より自分の体の傷に向けられている気がして、「傷があっても性能はいいけど」一時はムキになって答えたりもしていた。

買い手が見つかり、やっと自分の将来が拾われたような気がして、

「事務所の方へ来て下さい」

機嫌よく声をかけたところで、事務所のドアが開いた。

「安田さん、アパートから電話。おかあさん倒れたって……」

経営者の奥さんに大声で呼ばれた。


「慌てて帰ってくることないんだよ。あの人なんでも大袈裟なんだから」

和広が部屋にとびこむと、窓辺にかけ布団だけで横になっていたタヅは、起きあがって早速文句を言った。

あの人とは、結婚してこのアパートに来て以来つき合いのある隣室の奥さんである。タヅが

晩御飯の買物からもどって廊下でうずくまっているのを見つけ、慌てて事務所へ電話をかけてくれたのである。

「ただちょっと立《た》ち眩《くら》みしただけじゃないか。あ、そうだ。晩御飯の支度。鯵《あじ》のたたき買ってきたんだけど、冷蔵庫にいれるの忘れてた。悪くなっちまう」

「寝てなよ。俺に気、遣うことないから」

「気を遣ってるのは和さんの方だろ。べつに血相変えて素っとんでくることないんだよ。私ゃ、預かり物じゃないからね。他に行くとこなくて押しかけてきたんだよ。どこで死んだってあんたの責任なんかないんだから。ほら、汗だくじゃないか」

額にのせていたタオルを投げてよこし、扇風機を和広のほうに回して、制《と》めるのも聞かず、台所へ立った。

母といっても「義」という余分の一字がある。死んだ文子の母親であった。梅本タヅ、当年六十四歳。家庭運がなく戦前、昭和十年に栃木の片田舎から出てきて神田《かんだ》裏の小さな旅館の一人息子に嫁いだのだが、この結婚は不幸なものだった。祝言《しゅうげん》間もなくに、亭主には気の強い姑《しゅうとめ》に無理矢理裂かれた先妻と子供がいることがわかった。亭主は半月も経たぬうちに、姑やタヅの目を盗んで先妻のもとへまた通いだした。それでも働き者のタヅは、姑には気にいられて、戦争の始まる前年には長女の靖代《やすよ》もできたのだが、開戦とともに姑が死に、同時に亭主はこれで邪魔者がいなくなったとばかりに先妻のもとに入り浸り、赤紙こそ来なかったが召集されたも同然であった。

戦時下のせいもあったが、タヅ一人ではいくら頑張っても旅館は切りまわしきれず、結局人手に渡し、知り合いの旅館の賄《まかな》いに傭《やと》ってもらい、子供を育てた。空襲で先妻が死ぬと、復員したように亭主は戻ってきたが、坊ちゃん育ちだったからだろう、仕事の甲斐性は全くなく、二十八年に文子が産まれると同時に酒の飲み過ぎで胃潰瘍《いかいよう》を患《わずら》って死んだ。後は印刷工場、牛乳工場、行商と三つの仕事をかけもちし、タヅは馬車馬のように働いて、何とか女手一つで二人の娘を育てた。

戦後間もなくに男の子供もできたのだが、それは死なせている。軽い熱と考え、背負って行商に出た中途の道で、ふと背中が軽くなったような気がしておろしてみると子供はもう虫の息だった。付近には民家も見当たらず、風の強い田舎の一本道にしゃがみこんで、栄養失調のために満足に出ない乳を必死に絞って子供に飲ませたという。

「苦労はしたけど、働くのは嫌いじゃないからねえ」

機嫌のいい時に思い出したようにする身上話をいつもそんな口癖で締めくくった。

実際、家庭運は悪かった。

長女の靖代は中学の頃から洋裁学院に通い、高校卒業後は洋裁を教えて暮しを助け、六年前には大久保駅裏に三階建ての洋裁学校を開くほどになったのだが、その婿《むこ》が亭主よりもう一つ困った男で、自分は靖代の稼《かせ》ぎでヒモ同然に暮しながら、自分たちの結婚を反対された恨みがあってタヅを毛嫌いし、辛くあたった。靖代もまたその時の恨みをしつこく忘れず、人から先生と呼ばれる手前、人前では親孝行の真似も見せるが、陰では夫の味方について血を分けた娘とは思えぬ物言いをした。

　それでも孫の世話をしていたうちはまだよかったが、孫が手を離れると、もう用はなくなったと言わんばかりの態度を見せるようになった。タヅはタヅで負けておらず、「亭主運も悪かったけど、婿運はもっと悪かったねえ」気強く言い返すから喧嘩《けんか》が絶えなかった。

「あれでは母さん可哀想よ。私も働くからもう少し広いアパートへ移ってこっちへ引き取ってもらえないかなあ。母さんあなたのことは気に入ってるようだし、あなたとなら上手くやっていけると思うけど」当時文子に言われて和広は「俺は構わないけど」そう答えたのだが、そうこうするうちに文子は死んでしまったのである。

　文子の一周忌に、供養《くよう》を口実にしてタヅはトランクと風呂敷包みをもってやってきた。そして、文子が自分の名義でかけておいてくれた生命保険がおりたからと言って、二千万近い記載のある預金通帳をさしだすと、「悪いけどこの金でさあ、ここで文子の位牌守りながら暮させてもらえないかねえ」突然に言った。この頃は孫までが親の真似をして馬鹿にする、とうとう大喧嘩の末に飛びだしてきたのだという。「これだけありゃ老人ホームにも行けるけど、文子の位牌と一緒に暮したくてねえ」そう言うタヅに、和広は預金通帳を押し返した。

「やっぱし老人ホームなんだねえ」

「いや」文子は死ぬ間際《まぎわ》まで母さんのこと心配してたし、これは文子の生命と引き換えの金だからもっと大事な時に使ってもらいたいと言って和広は、小さな仏壇の文子の写真を見た。

「文子と二人で暮すためにこのアパートに来たんだけど、文子、こんなに小さくなっちゃったから——義母《かあ》さんに場所残してったんじゃないかな」

タヅはしばらく信じられないといった顔で和広の顔を見ていたが、やがて目に皺《しわ》を集め、

「文子、男運はよかったけど、命の運がなかったんだ」

滲《にじ》んだ涙のぶんだけ、荒っぽい怒ったような口調で言った。

これが去年の夏で、最初はいくら仲が悪いといっても親子だからそのうちに戻っていくだろうと思っていたのだが、結局大久保からは何一つ連絡がないまま、タヅは一年、和広の部屋に居座ってしまったのだった。

大久保の義姉夫婦の冷たさは、和広も、文子の葬儀の席で、まるで自分が文子を殺したも同然に言われ、知っていたが、一緒に暮し始めてすぐ、責任はタヅにもあることがわかった。

後家の頑張り同然に半生を暮してきたタヅは負けん気が人一倍強く、隣の奥さんや管理人、御用聞きまでにちょっとの事で喧嘩腰になり、ムクレ顔になる。だが反面人の好《い》いところがあり働き者だから、朝早くに起きて、アパート中の廊下の掃除から表の溝《どぶ》さらいまでやり、住人のホステスを「あれは化粧だけでなく面《つら》の皮まで厚いよ」悪し様《あざま》に言いながらも風邪をひいたりすると親身に世話を焼いたりするから、皆、気の強さには目を瞑《つぶ》ってくれていた。

尋常小学校にあがった頃から田圃《たんぼ》に出て大人顔負けの仕事をしていたというから、中背ではあっても肩は男のように張っていて、土焼けた腕は和広より太かった。裁縫や料理などの細々《こまごま》とした仕事は駄目で力仕事が得意だった。二間《ふたま》と台所だけの部屋でどんな仕事があるのか、六十四とは思えぬ大きな足音をたてて絶えず動きまわっている。だが動きまわっているわりに細

かい女らしさが全く欠けているから、部屋は和広一人の頃より乱雑になった。

しかし、和広は不満を言わなかった。

最初のうちは、同情だったと思う。和広の言うことなら、多少ムッとした顔を返すことはあっても我慢して聞くし、いかつい手でそれなりに一生懸命弁当をつくっているのを見ると、ここを出たら他に行き場所がない、人生の最後の場所を必死に守ろうとしているのだと思えて、強《きつ》い言葉は口に出せなかった。

同情や遠慮だったものが、しかし、一年も経つうちにごく自然なつながりに変わってきた。今年に入ってすぐの事故が却《かえ》って良かったのかもしれない。ベッドの上の和広は身構えることなく我儘《わがまま》な言葉を口にできたし、タヅは文句を言いながらもそんな我儘を喜んで甲斐甲斐しく面倒をみ、傷口が合わさるとともに、二人の関係にも縫い合わされたものがあった。退院してからの和広は、このまま大久保から何の連絡もなければ、この人の死に水は自分がとってやろうと気持ちを決めるまでになっていた。

もともと和広の方も家庭運に恵まれていない。母は子供の頃死に、父も大学を出る頃には死んだ。郷里の信州に住む兄夫婦とは結婚式の時以来もう何年も連絡をとり合っていないし、結婚したばかりで文子を失った。多少の縁をよりどころに、他人同士が親子のように暮すのも悪くないなと思っていた。

そうは言っても、「義」の一字は気持ちの底に隠れて引っかかっている。倒れたと聞いて慌てて駆けつけた気持ちのどこかに、この人は預かり物だから――他人行儀の義務感があった。

「仕事の方、良かったのかい。おっ放《ぽ》りだしてきたんだろ」

「いや、どっちみち帰っていい時間だったから」

折角決心をつけた客が、「車買う時に人が倒れたなんて縁起でもないよ」若いに似ずそんな言葉を吐いて、結局また赤い車を売り損なったことは黙っていた。

和広が制《と》めるのも聞かず、タヅは起きあがって卓袱台《ちゃぶだい》に食事の用意を並べ、自分はいつも通り和広の半分ほどの惣菜《そうざい》で掻《か》きこむように食べ終えると、

「今夜はもう寝させてもらうよ。昨日暑くて眠れやしなかったから」

布団を敷き、横になった。

「薬、買ってこようか」

和広が食べ終えて声をかけた時、電話が鳴った。受話器をとるなり、「何よ。家にいるんじゃないの」浅子《あさこ》のカン高い声が耳を破ってきた。

浅子と夕方待ち合わせていたのをすっかり忘れていた。もう三十分は過ぎている。義母さんが倒れたからと詫《わ》びると、

「私と逢《あ》うこと知ってたから、わざと倒れたんじゃないの。いいわよ、もう」

一方的に電話は切れた。

「あの子だろ？　私はいいから、今から行ってきなよ」

「大丈夫だよ。明日また電話するから」

和広の顔色を探り、タヅはごまかすように目をつぶり、背をむけた。

まだ和広が再婚を決心したわけでもないのに、浅子とタヅは既に嫁と姑の争いをしている。タヅが死んだ妻の母親であるだけに関係はややこしかった。

浅子は、和広が入院中世話になった看護婦である。美人ではないが笑うと目に愛敬があり、最初はタヅの方で気にいって「いろいろよくしてもらったお礼に家へ遊びにきてもらおうよ」と言いだしたのである。

「いい子だねえ、笑うと文子に似てないかい、両親がないっていうけど苦労してる子はどっか違うね。和さんもこのまま一人ってわけにはいかないだろ。文子の一周忌も済んだし、どう真剣に考えてみちゃ」そう言ったし、浅子は浅子で二十八という年齢ではそんなに贅沢もいえないと思っているのか「三か月で病死なら、独身と同じよ。それにあのお婆ちゃんとなら一緒に暮してもいいわよ。友達がいってたけど多少気が強くても姑さんは口うるさい方がいいって……陰険に黙りこむタイプが一番困るって」積極的に出て、二人に押された恰好《かっこう》で和広もやっとその気になりかけたところ、突然、タヅの態度が変わった。

「ちょっと図々しすぎるんじゃないかい。もう奥さん気取りだよ」毎週日曜に訪ねてくる浅子を悪く言い始め、和広が浅子の名を出すと嫌な顔になり、とうとう一か月前の日曜日、浅子が作って並べたフランス風の料理に「文子はこういう料理下手だったねえ、でもそれで良かったんだよ。和さんこういうコマしゃくれた料理好きじゃないから」露骨な言い方をし、浅子は顔色を変えてアパートをとびだした。それ以後は、タヅに内緒で外で会っているのだが、「ちゃんと実の娘がいるんでしょう。なんであなたが面倒見なきゃいけないのよ」浅子もタヅに完全に腹を立てていた。

それでも和広に未練があるらしく「交際をやめる」という言葉は出さなかった。

和広も、この二年の不運続きのうちに将来のことには神経をピリピリさせず、現在にのんびりする癖がついて、もう少しこの不均衡のまま様子を見ようと思っている。浅子も勝気すぎるところは困るのだが、タヅに似て根本的な所では悪い性格ではなかった。

「来週は文子の命日だろ……三回忌だから大したことはしないけど、浅子さんにも来てくれるように、明日会ったらそう言っとくれよ」

タヅの岩のような背が、ぽつんと言った。

六十四まで丈夫な体だけが取柄《とりえ》でやってきたタヅには、倒れたことがやはり大きな衝撃だったのか、珍らしく弱音を吐く恰好だった。

風鈴が鳴った。

夏の夕風には、隣の石鹼《せっけん》工場の薬品くさい匂《にお》いが混ざっていた。


「俺、あの人見てると可哀想な気がして」

和広はまだ不機嫌な顔をしている浅子をテーブル越しに見て言った。

「茶碗なんか凄い力で洗うからすぐ割れちゃうんだよ。洗濯も洗濯機じゃ洗った気しないからって手で洗うんだけど、あんまり力いれるから、下着なんかすぐ擦り切れて……台所の床なんかも一日に何回も雑巾《ぞうきん》かけるからこの頃合板が剝《は》がれてきてる。壊すために働いてるんだなあ。

そういうの見てると家族のために自分の一生犠牲にしてガムシャラ働いてきたのに、最後には俺みたいな他人に世話になる他ない理由わかる気がする」

「和広さん、死んだ奥さんのことまだ愛してるのよ。まだ愛してるから、その人のお母さんにこだわってるのよ」

「愛情だなんて……たった三か月だったんだ、死んだからって泣くわけにもいかなかったよ。それに俺があの人の面倒見ようって気持ち、もう文子の母親だってことと関係なくなってるから」

浅子は黙って、ストローでアイスコーヒーに息を吹きこんでいる。ぶくぶくと音をたてる泡で胸の中のものを吐きだしているように見えた。

「この間のことだって自分では悪いって思ってるんだよ。そりゃ口には出さないけど、来週文子の命日に来るように言ってほしいって」

浅子は最後に一つ大きな泡をつくって、

「それだって、死んだ文子さんの写真見せつけるためじゃないの」

「そう何でも悪く考えるなよ」

浅子は目の端でちらっと和広を見て、

「中古だもん。のんびり一人で運転したいわよ」

拗《す》ねたように言った。煙草《たばこ》に火をともそうとした和広の手がとまった。

「中古って、俺のことか?」

結局喧嘩になってしまい、和広は喫茶店をとびだすと繁華街のパチンコ屋に入った。タヅと一緒に暮すようになってから、何か腹の立つことがあるときは、それを鎮《しず》めてから帰ることに決めていた。

空いた台を探していた和広は、隅《すみ》の席にタヅに似た後ろ姿を見つけ、足を停《と》めた。いや確かにタヅである。見慣れた浴衣地の服の後襟《うしろえり》には下着が覗《のぞ》いている。銭湯の帰りにでも寄ったらしい。椅子《いす》に座って玉を打ちこんでいる膝《ひざ》には洗面器がのっている。太い節くれだった指を器用に動かし、受け皿には溢《あふ》れるほどに玉が溜《たま》っている。和広は前にタヅが煙草を三十箱近くまとめて買ってきたことを思いだした。月末の金の少ないときにおかしなことをするなと思ったが、これだったのだ。

和広が黙って隣に座ると、タヅは驚いて、ちょっときまり悪そうな顔をしたが、

「今夜遅くなると思ったから。貧乏性だからねえ、指でも動かしてないと――浅子さんと逢わなかったのかい」

和広が肯《うなず》くと、

「――嘘だろ。逢って喧嘩でもしたってとこだね」

「どうして？」

「機嫌の悪い時、顔に出ないように気い遣うだろ？　すぐわかるんだよ。めったに笑わない人が笑顔になるからね」

「上手いじゃないの。教えてもらおうかな」

和広は笑顔をとめると慌てて話題を外《そ》らした。

「二十年もやってれば誰だって上手くなるさ」

「へえ、知らなかったな。仕事することしか知らない人だと思ってた」

「私だって、あんたみたいな真面目《まじめ》な人がこんな所来るなんて思わなかったよ」

「俺の方はまだ二年――文子の葬儀の次の晩が初めてだったから」

「じゃあ似てるんだ――私も亭主が死んだ晩に文子背負ってやったから。その前から辛くて泣きたいときにはよく行ってたけど……みんなに背向けてるし、喧騒《うるさ》いだろ。少しぐらい声出して泣いたってわかりゃしないから。でもあの晩は泣けなかったねえ。あんな亭主でも死んだんだから涙の一つぐらい流してやりたいと思ったんだけど……そいでこうやって玉を目ん所狙《ねら》って打って……」

和広が覗きこむと、台のガラスに薄い影で映ったタヅの顔の目のあたりを玉は巧みに切って、銀の雫《しずく》となり落ちていく。次々に落ちる銀の雫は時々きらきらと光を放ち、本当にタヅの目から涙でも流れだしているように見えた。

「こうやって涙流してるつもりになってさ」

「俺も泣けなかったな。義母《かあ》さんには悪いけど文子あんまりあっけなく死んだんで、俺ピンとこなくて……葬式終わって一人になったらぼんやりしてね。泣きたい気持ちはあったし、泣かなきゃ三か月でも文子と一緒に暮したこと嘘になるような気もしたし……それでビール飲んで、安っぽい艶歌《えんか》なんか歌ってみたけどさあ……欠伸《あくび》した時みたいな涙がちょっとだけ……」

「短かったもの無理ないよ。でも泣きたいときに泣けないってのもねえ」

「結構辛いね、あれも」

　和広はタヅを真似て台に顔を近づけガラスにかすかに映った自分の影を狙って玉を弾いた。タヅのように上手くはいかないが、それでも時々玉は目のあたりを切って落ちる。目を細くすると玉の形が消え、光だけが残りそれがだんだん本当の涙のように見えてくる。涙のひと雫がチューリップの花を開いて吸いこまれ、たくさんの雫に増えて、受け皿へとこぼれだした。

　こんな泣き方もあったんだなと思いながら和広は黙々と玉を弾き続けた。影の頬《ほお》を切った玉だけが、不思議に花に命中し、じゃらじゃらとぎごちないがどこか澄んだ音で、いっぱいの銀色の光を流しだしてくる。受け皿が銀の光で満ちるとともに、和広の胸にも同じ光で溢れてくるものがある。文子が死んで二年、自分の気持ちを固く引き緊《し》めていたものがふっと緩んだ気がした。

　溢れた皿から玉が一つ零れ落ちたとき、和広の目から自然に流れ落ちたものがあった。

「文子、いい娘《こ》だったねえ」

　タヅの受け皿にも次々と銀の雫が流れだしている。

「ほんと、あんないい奴いなかったよ」

「人間、良すぎると早く死ぬね。浅子さんはどうだろ？　私と同じで気が強いから長生きの口かねえ」

「長生きだな、あれは絶対」

「後に残ってパチンコ台で涙流す方かね……和さんも気をつけとくれ。人が良すぎるとこあるから」

「俺は大丈夫だ。トラックにぶつかっても死ななかったんだから。俺も後に残って涙流す方だよ——義母さん死んだら俺、このパチンコ屋へ来る」

受け皿から玉が溢れ落ち、「年寄りの機嫌とるより若い娘の機嫌とっとくれ」憎まれ口を叩きながら、タヅは玉を拾い集めた。

「けど、命の運はあっても他の運はみんな悪いね、義母《かあ》さんも俺も」

「運悪いけど、パチンコはよく出るね」

「ほんと、よく出る」

「浅子さんも運悪い口だ。よりによって一度奥さんもった男に惚《ほ》れるんだから。あの子、真剣に惚れてるよ。あんた見るとき昔の女みたいないい目するよ」

「目は惚れてても口は惚れてないね。中古だって言われたよ」

「仕方ないじゃないか。本当に中古なんだから」

「もういいよ、アレのことは」

「そうはいかないよ。和さんだって悪いんだ。若い娘の機嫌とるの下手だから。文子が結婚前に言ってたよ。もう一つ女の気持ちわかってくれないって——あんた浅子さんがどんな服着てるか目とめたことあるかい？　あの子いつも精いっぱいお洒落《しゃれ》してるよ。それなのに和さん、全く知らん顔してるんだから。そういう所《とこ》、浅子さん淋しいんだよ。口紅の一本ぐらい買ってやりなよ」

「どうして口紅？」

タヅはひょいと屈みこんで落ちた玉を拾った。

「いつか言ってたから。口紅ぐらい買ってくれないかなあってさ」

「あの子、化粧してる？」

「ほらね、そんなんだから張り合いないんだ。ありゃ鏡と大格闘してきたって顔だよ」

「文子は口紅塗ってた？」

「つけてたよ。目立たない色だったけど」

「じゃあ、あん時――」

文子が死んだ時、タヅは看護婦から口紅を借りて死に顔に塗ってやりたいと言った。三か月の妻だった女の動かなくなった唇《くちびる》は、死に白く褪《さ》めて、和広にも淋しすぎるほどに思えたのだが、薄く微笑したままの安らかな顔を口紅の毒々しい色で瀆《けが》すのも却って痛々しい気がして、やめてほしいと言ってしまったのだった。塗ってやればよかったな、とふっと後悔が湧いたせいか、開いたチューリップが赤い唇に見えた。

「ま、文子のことはどうでもいいさ。浅子さんにもう少し気を遣っておやりよ」

タヅはそれだけを言って後は黙りこんで玉を弾き続けた。

二人で四箱貯まった玉は、景品の雑貨やウイスキーに交換した。

その夜、タヅは和広につき合ってウイスキーを一口飲んだが「こんな煙草の脂《やに》みたいのどうして飲むのかねえ」口では文句を言いながらも結構いい気分になったらしく、先に布団を敷いて横になると低い声で歌を口ずさんでいた。今朝はもう早くに起きて、「大丈夫だよ」といつも通りにドタドタと荒っぽい足音で動き回っていたが、いま心なしかタオルケットから突き出した顔は小さくなったように見える。タオルケットも洗いすぎて、端の方は白い糸屑がささくれだっている。

体で支え通した一生もこんな風に糸屑の綻《ほころ》びを見せるようになってきたのだ。

「よく唄ってるね、その唄――」

和広はテレビの野球番組にスイッチを入れながら言った。いのち短し恋せよ乙女、紅き唇あせぬ間に、という唄である。テレビ画面の野球は白熱していて、アナウンサーの声と観衆のどよめきが入り乱れている。その騒ぎに隠れるように、いつもの嗄《しわが》れ声で気持ちよさそうに歌い続けていたタヅは、

「いざ手をとりて、かの舟に」

で、不意に声を切ると、

「口紅って言や、豊《とよ》さんどうしたかねえ」

ひとり言のように呟《つぶや》いた。

「豊さんって？」

「戦争中に同じ旅館で働いてた人だよ」

自分は器量も悪いし力仕事しか能がないから裏方で賄いをしていたが、豊さんの方は色白の

ほっそりとした美人で「ああいうのを柳腰というんだ」賄いをしながら客相手に座敷に出ていたりした、気だてもよく、ああいう女《ひと》を男は好くねえ、と前置いて、ぽつりぽつりこんな話を始めた。

その竜村《たつむら》という小さな旅館に戦前から時々泊りに来ていた若い少尉《しょうい》がいた。高円寺に新婚の弟夫婦と住んでいたが、夫婦水入らずにしてやるために家を明けてやっていたらしい。格別男前とはいえなかったが、眉《まゆ》の太い男らしい顔で切れ長の目に軍帽が似合い、怒った肩に軍服が似合っていた。

タヅが嫁ぎ先の旅館を人手に渡し、幼ない靖代を連れて竜村に住みこんだころから、その少尉と豊とは好き合う仲であった。好き合うといっても、だが二人は言葉一つ交わすというわけではなかった。いつも鯱《しやちほこ》ばっている少尉は豊の顔を見ると、いっそう銅像か何かのように堅くなって、天皇陛下に謁見《えつけん》でもしたような最敬礼を送るだけである。豊の方も、日頃、他の客には愛想のいい言葉もかけられるのに、少尉が来ると恥かしがり自分が賄いの仕事をして、タヅに少尉の食事などの世話をさせた。

それでも惚れてる証拠に、タヅが部屋から戻ってくると、少尉の様子をお茶の飲み方一つまで気にして豊は尋ねてくる。少尉は少尉でタヅとは親しげに言葉を交わす、その端々に豊のことをちらちらと心配そうに尋ねてきた。タヅには焦れったいほどで、思いきって豊のかわりに気持ちを伝えてやろうかと何度思ったかしれないが、豊がそれだけは絶対にやめてくれ、そんなことをするなら裏の川に身投げすると言う。川といっても脚の半《なかば》ほどまでの深さの貯水なのに、豊は真面目な顔であった。

一年が経ち、戦争も激化して少尉の部隊もいよいよ戦地に旅立つことになった。少尉は最後の一日を竜村へ過しにきた。タヅには靖代の好きなビスケットの罐《かん》を最後の土産としてくれ、「それからこれはお豊さんに」自分が旅館を出たら渡してほしいと相変わらず無骨な口調で言って、小さな箱を押し出し、タヅに預けた。

その最後の晩、タヅはまだ恥かしがっている豊の手を無理矢理引っ張って少尉の部屋へ連れて行った。二人だけにしてやろうと立ちあがったタヅのモンペに豊は必死に縋《すが》って、「タヅさんもここにいてくれ」と訴える。少尉も両膝に置いた手を小刻みに震わせて「そうしてくれ」と言う。タヅは仕方なく座り直したが、少尉と豊は座卓を挟んでうつむき加減にただじっと座っている。座がもたなくて、タヅは沈黙を埋めるために、調子っぱずれな声で花笠音頭《はながさおんど》や軍歌をわざと陽気に声を張りあげて歌った。下手な歌を少尉は褒《ほ》めてくれ、最後に「ゴンドラの唄」をやってくれませんかと言った。「いのち短し恋せよ乙女、紅き唇あせぬ間に、熱き血潮の冷えぬ間に」タヅは軍歌と同じように腕を振って歌った。

「後から考えりゃ、最後の晩だったんだからねえ、じっと黙ってるだけでも二人だけにしておいてやりゃ良かったんだけど……」

翌朝、少尉がひき払った後で豊に渡した小さな箱から出てきたのは、一本の口紅だった。あの無骨な少尉さんがどうして口紅なんか――タヅは驚き、豊も不思議そうにしていたが、やがて「そう言えば」と思い当たった顔になり、戦争が始まって間もない頃のことを話しだした。

冬の朝、豊は庭掃除をしていて、縁の下にがらくたの詰まった箱を見つけた。錆《さ》びた空罐や割れたガラス瓶《びん》に混ざって埃《ほこり》のたまった口紅が出てきた。底の方にかすかだがまだ紅の色が残っている。豊は小指でそれを掬《すく》いとり、縁側の硝子《ガラス》戸を鏡にして唇にちょっとつけてみた。白い息で硝子はすぐに曇ってしまう。硝子を拭《ふ》き拭き、箒《ほうき》を杖に必死に背のびして顔を映していたのだが、その時誰かの視線を感じてふり返ると、厠《かわや》から出た所に少尉が立っていた。少尉は豊と目が合うと、慌てて荒っぽい足音で縁を通りすぎていったのだが、きっとあの時のことを憶えていてくれたに違いない、と豊は言った。

この時世にいったいどうやって見つけだしてきたのか、口紅は蓋《ふた》の金色も真新しく目が染まるほど鮮やかな真紅だった。

数日後の朝、二人は東京駅の前へ行った。出征する少尉の姿を一目見たかったのだが、沿道は大変な人だかりで、豊より頭一つ高いタヅがいくら背伸びをしても行列の先頭に立った馬上の男しか見えない。

そのうちに少尉のいる部隊の名を誰かが叫んだ。その部隊が今すぐ前を通っているらしい。だが聞こえるのは軍靴《ぐんか》の音ばかりである。その軍靴も人々の声にとぎれがちであった。階段の上り下りに踏み板をどんどんと鳴らしていた少尉さんの足音はどれだろう。胸の引き千切られる思いがし、豊は泣きそうな顔で必死にタヅの腕に縋って
くる。

咄嗟《とっさ》のことだった。タヅは屈みこむと豊の脚の間に頭をつっこみ、体中の力をふり絞って立ちあがった。子供の頃にはもう米俵を持ち上げられたし、豊が小柄であったとはいえ、大人の女を肩車にするほどの力をどうやって出したのか不思議だったが、その時は夢中だった。豊もわけもわからぬままタヅの首にしがみついてくる。豊の足がぐいぐいと鳩尾《みぞおち》に喰いこんでくる。その痛みに耐えながら、ただ「万歳、万歳」と叫んでいた。やがて気が遠くなりかけ、力尽きて二人同時に道に倒れた。「見えた、見えた」後で聞くと見えたといってもいかつい肩の後ろ姿で、一瞬少尉らしい男だとわかっただけらしいが、その時はただそれだけでも人喜びし、万歳の声と日の丸の嵐の中で、抱き合って泣いた。

半年後の夏、少尉のいた部隊が南の島で玉砕したという記事が新聞の片隅に出た。終戦のちょうど一年前だった。

「諦めてたんだろうね、豊さんも泣かなかったよ」

その日夕方にふらりと豊は出かけていった。一時間ほどで戻ってきた豊は白い紙袋の中に螢《ほたる》を二匹入れていた。豊はその晩床につく前に、初めて少尉から貰《もら》った口紅をおろして丁寧に唇に塗った。

「二人でこうやって……」

タヅはタオルケットから出した両手を胸の上で鬼燈《ほおずき》の形にふくらませて合わせた。その中へ螢を一匹ずつ入れて、夜明けまでわずかも動かずじっと横になっていたという。指の籠《かご》の透き間から時々光が漏れて夏の闇に沁《し》みた。海の向こうで戦火が燃え血腥《ちなまぐさ》い殺戮がくり広げられているのが信じられないほど静かな夜だった。いや東京でさえいつこの静けさを空襲警報が破るかわからなかったが、どんなことがあってもこうやってじっとしていようと二人で約束し合った。

何も怖くなかった。空襲警報が鳴り、爆弾が落ちてきたとしてもそのまま黙って闇を見ていただろう。螢も二人の静寂を吸いとったようにじっとしている。豊のほっそりした指だけでなく、タヅの熊手《くまで》のような指までも螢は、ほのかな光で隈《くま》どり、美しく浮かびあがらせる。豊の手の光が消えると、タヅの手が光を滲ませ、闇にかわるがわる二つの睡蓮《すいれん》の花が咲くようだった。夏の夜がしらじらと明け初《そ》めるまで、二人は何時間もそうして光の合掌を続けていた……やがて暁の光の中に最後の光を霞《かすみ》のように融《と》けこませ螢は死んでいった。

翌年三月の大空襲で竜村は焼け落ち、岡山の郷里に戻る豊を駅まで送っていったのが最後になった。

「どうしてるかねえ、豊さん今ごろ――」

呟いてから、

「黒髪の色、あせぬ間に……」

もう一度、一節を唄った。

「義母《かあ》さんもその軍人さん好きだったんじゃないの」

「私は、この通りだし、ちゃんと亭主も子供もいたからさ。でも優しい人だったよ。私にもいろいろ親切にしてくれて、靖代ともよく遊んでくれたし、食事の世話の一つ一つに礼言って頭さげて……ほんと、いい人は早く死ぬよ」

最後の言葉はあっけらかんと言って、胸の合掌をほどき、

「浅子さんに来週来るよう言ってくれたかい」

「言ったけどあの見幕じゃ来そうもないよ」

「いや——きっと来るよ」

言うと、この時テレビで挙がった歓声の全部を呑みこむほど大きな欠伸をして「眠るよ。ああ、テレビはそのままでいいから」目を閉じた。

和広は散らかした卓袱台にもたれてぼんやりテレビの画面を見ていたが、野球が終わるとスポットニュースに「ホタル」という文字が出た。千鳥《ちどり》ケ淵《ふち》に昨夜あたりから十数匹の源氏螢が小さな光を点《とも》して舞い、皆を驚かせているという。「終戦記念日が近づいて戦死者の魂が美しく蘇《よみがえ》ったかのようです」アナウンサーが言った。画面は何かの葉にとまった螢を大きく映しだした。墨色の体の端から円光を放っている。

和広は戦争とは無関係な世代である。この一年タヅが時々する昔話で、教科書の活字とは違う生きた歴史をいろいろ教えてもらったが、実感にはならなかった。しかし偶然今聞いたばかりの話が気持ちに残っていたせいだろう、螢の点す火に、ふっと南の島で死んだという軍人の魂が重なって見えた。タヅを起こしてやろうかと思ったが、タヅは既にいつもの荒い寝息をたてている。

岩膚《いわはだ》のような顔は頑固に目と口を閉じ、さっき自分がした昔話などもう忘れてしまったように見えた。

結局、浅子は文子の命日にやってこなかった。「きっと来るから」とタヅが余分に注文した弁当は、和広が二人分食べ、午後に多磨《たま》霊園へ出かけた。

生命保険の金を使って買った小さな墓地である。安田文子と彫られた真新しい御影石《みかげいし》の墓には既に誰か参った者があるらしい、新しい花がたててある。和広は大久保の義姉夫婦ではないかと思ったが、

「靖代達が来るもんか——あの娘《こ》だよ」

タヅは言った。そういえばいつか浅子が墓の場所を詳しく聞いたことがあるし、墓には花の他に罐の紅茶が供えてある。先週喫茶店で浅子が紅茶を頼んだとき、「文子も紅茶好きだったんだ」と言うと、浅子は慌ててコーヒーに注文を変えた。

「やっぱり来たねえ」

自分の持ってきた花は隣の墓に飾り、しゃがみこんで長いこと念仏を唱えていたが、やがて浅子のたてた花をいじり直しながら、

「同じことやってるよ。豊さんと少尉さんなんだ。黙ってるかわりに喧嘩して、でもお互いの本当の気持ち何も言えないってとこは四十年前の二人と同じだ。こんな風にこっそり花持ってくるしかないんだ。戦争中じゃあるまいしもっとはっきりできないのかねえ……また縁結びしなきゃならないよ」

黙って煙草を吸っている和広をふり返り、

「あの娘が口紅欲しいっていったときから、二人の縁は結んでやろうと思ってたけどさ」

自分の口で話を壊しかけたことなど忘れたように恩着せがましく言った。

和広は半分、冗談と聞き流したが、翌日の昼休みに弁当を食べていると、タヅがやってきて三十分ほどつき合ってくれと言う。タヅは車道と歩道の区別がない道路では、真ん中を歩く。車が来ると避けるが、自然に足は真ん中に戻っていく。子供の頃田舎道を歩いた癖がまだ残っているらしい。サンダルからはみだした大足がコンクリートの下の土までもしっかり踏みつけて歩くのに従っていくと、タヅはパチンコ屋へ入った。

タヅはよく出る台を選んで、和広一人に打たせた。玉は面白いほど出た。瞬く間に箱半分ほどが貯まると、タヅはそれを景品交換所へもっていき、「どんな色がいい」棚を見上げた。初めて気づいたが、洗剤やインスタントコーヒーに混ざって化粧品が置かれている。タヅが聞いたのは口紅のことだった。十本近くが隅に並んでいる。

「今から一人で浅子さんに逢ってこようと思ってね」

「いいよ。こっちから頭さげることないから」

「私はさげないさ。むこうにさげさせるんだから……どれがいいかね」

「俺はわからないから」

「自分の好きな色でいいんだよ。どうせ気持ちだけなんだから」

「……一番赤いやつ」

仕方なく和広は言った。先週聞いた話の真紅の色がまだ気持ちに残っていた。「何も同じ色選ばなくても」というようにタヅは半分顔を顰《しか》め、半分笑った。簡単に箱を包ませ、パチンコ屋を出ると一人駅に向かった。節くれだった手でがっちりと口紅を握り、角張った背は闘志をむきだしにしていた。

事務所に戻るとすぐ、浅子から電話がかかってきた。

「どういうことよ。お婆ちゃん電話かけてきて、話があるから病院へ来るっていうけど」

「何話すかわからないけど聞いてやってくれよ」

「私だって忙しいんだから」

「抜けだせないのか」

「そうは言ってないけど――いいわ。でも話聞くだけだからね」

不機嫌な声で、電話を叩きつけるように切った。

この様子では話がますますこじれるのが落ちだと思ったが、案の定、夕方家に戻るために事務所を出ると、柵の囲いの端っこの方にタヅが申し訳なさそうな顔で立っていた。意気揚々と出かけていったが、結局大喧嘩になり和広に合わせる顔がなくなったらしい。もう長いことその場で和広が出てくるのを待っていた様子である。和広の顔を見ると黙って首をふり、申し訳け程度にちょっとだけ頭をさげた。悄気《しょげ》返って萎《しぼ》んでしまったようなタヅを見ると、和広は再婚は諦らめようとはっきりと気持ちが決まった。再婚してもいいし、しなくてもいい、二つの気持ちの間で中途半端に揺れていた自分がいけなかったのだ。

「螢、見にいこうか」

「螢って、どこへ」

「千鳥ヶ淵に出てるんだって」

「へえ——本当に?」

和広は事務所へ戻り、車のキーを貰ってくると、今週も売れ残っている赤い中古車にタヅを乗せた。

「俺、月賦《げっぷ》でこの車買うことに決めたよ。いいだろ? 安くしてくれるって」

「けど、こんなボロ車……」

「塗装し直しゃ、新品同然になるよ。エンジンはいいんだ」

千鳥ヶ淵に到《つ》いて、テレビ画面で見た場所を探してみたが、どこか見当もつかない。堀の水には、夕方から不意に暗くなった雲が重そうに沈んでいる。

交番で尋ねると、「あの螢なら二、三日でまたいなくなってしまった」という。それでも場所を教えてもらって行ってみたが、道路が立体交差する一画は、草の葉も暮色と車の排気ガスに包まれ、灰色に乾いて見えるだけで、螢の幻を追うこともできない。

乾いた舗道に雨滴が落ちてきたので、諦めて車に戻った。首都高速に入る頃には降りがひどくなり、おまけに渋滞に引っ掛ってしまった。やっと車が流れだしたと思ったら渋谷が近づいてまた滞った。和広が車を停めたときである。

「あっ、螢——」

横の窓を眺めていたタヅが小声で叫んだ。和広はタヅの肩ごしにサイドウインドーを覗いた。雨粒が乱れて筋をひくむこうに確かに螢のように小さな火が浮かんでは消える。

それはただ、高速道路が、両側の高層ビルに切りとられ、みじかい橋のように浮かんだ上を、車のライトがかすめ通っているだけのことだが、道路がそこで勾配《こうばい》をもっているために、燈《ひ》がすうっと舞いあがって消えていくように見える。

両側のビルの連なりは暗く、大都会の細い裂け目に、夜と雨とが落ちている。

小さな燈は舞いあがろうとする瞬間に、車窓を流れる雨粒にすくいとられ、枝別れする。雨がはげしくなるにつれ、燈はますます散り乱れ、遠い闇に本当にたくさんの螢が群がっているようである。

「きれいだねえ……きれいだねえ」

初めて都会の燈を見た人のように窓に顔をこすりつけ、タヅは歓声をあげた。白いものが混ざり薄くなった髪には似合わない子供のような声だった。

「ほんと――螢だ」

タヅにつきあって、和広は子供っぽい声を出した。

駅前まで来ると、タヅは晩御飯の用意がしてないから食堂で何か食べていこうと言いだした。一緒に暮し始めて初めてのことである。タヅは一緒に出かける時でも「落ち着かないんだよ」と絶対に外で食べようとしなかったし、和広が仕事の付き合いで外食してくると余りいい顔をしなかった。

この周辺では垢《あか》ぬけしたレストランである。注文したコロッケを「何だか牛乳臭いねえ」ほとんど手もつけず、和広の皿に移し、自分は付け合わせの野菜とライスを不器用な手つきで半分だけ食べた。それでも後でとったアイスクリームの方は美味《うま》そうに食べ、

「この頃の若い女は皆綺麗《きれい》だねえ」

駅の改札口から出てくる人の流れに目をとめた。そして、

「和さんの再婚の相手、私が見つけてやるよ」

何気なく言った。

やはり浅子とは喧嘩をしてきたらしい。

和広が何か答えるのを封じるように、

「あの人なんかどう？　白い傘の」

信号が変わるのを待っている女子大生らしい娘を指さした。

「若すぎるよ」

「そうかねえ……じゃあ、あれは？」

長い髪を揺らしてOL風が、傘をもたずに小走りに横断歩道を渡ってくる。

「いいけど、ちょっと冷たそうだよ」

「ほんと、生まれてから一度も笑ったことがないって顔だ」

「あ、俺、あれがいい」

「花柄のスカート？　美人だけどねえ……」

「綺麗なこと鼻にかけてるな、駄目だ。本抱えてる方は？」

「ああ、あれはいい。あれは安産型だ」

「ちょっと太すぎるよ。食べてはごろっと横になってるんだ。後ろの黒い服の娘《こ》の方がいいな」

「ああいうの後家相っていうんだよ。和さん、早く死んじゃう。ああ、あの桃色のシャツは？　綺麗だし優しそうだ」

「もう恋人いるよ」

ピンクのシャツを着た娘は渡りかけて隣の若者に手を回した。信号が変わるたびに横断歩道を流れてくる女たちの顔は、細い雨と傘の影とで一寸《ちょっと》見には美しく見えるが、よく見るとどこかに難がある。

「なかなかいないもんだねえ。ああ、あれは？　黄色い傘に白いブラウスの娘――」

「傘で見えないよ」

言ったところで信号が青に変わり、横断歩道を渡りだした娘は傘をあげた。浅子だった。浅子はゆっくりとこの店の方へ歩いてくる。

「あれがいい、気は強そうだけど、芯は優しいね、あれが絶対だ――あれに決めなよ」

「義母《かあ》さん……」

驚いている暇もなく、タヅは立ちあがり、

「仕方ないから私の方で頭さげた。私が頭さげるなんてこれが一生に一度っきりだがね。和さんとも最後」言いかけて、慌ててその言葉を呑みこむと「私だっていい所見せたいからさ――私は歩いて帰るから二人で車でどっか行っといで。ちょっとは機嫌とってやらないと駄目だよ」

ガラス扉から入り、近寄ってきた浅子から傘を借りると、「今日のあんた、本当、文子に似てるねえ」ハハハと楽しそうに笑って出ていった。浅子がタヅのかわりに座った。

「ここへ来いって言われたの？」

「七時半に、ここで和広さんが待ってるって」

言って、和広が考えこんでいる目を怒っているとでも誤解したらしい。

「私の方で謝まるつもりだったのよ。でもお婆ちゃんが先に頭さげちゃったから」

「何て言った？　義母さん」

「和さんはあんたに惚れてるから文子のかわりをつとめて幸せになってほしいって……」

浅子は言い難《にく》そうに上目づかいになった。

和広は立ちあがり、「一緒にアパートへ戻ってくれないか」と言った。外へ出て見回したがタヅの黄色い傘はもう見当たらなかった。先刻「和さんとも最後」口を滑らせかけたタヅの言葉が気にかかっていた。

車でアパートに戻り、部屋に入るといつもより部屋の中は片付いていた。卓袱台に広告の裏を使った置手紙があった。たどたどしい鉛筆の字で「長々とお世話でした。靖代の所へもどります。電話はしないで下さい。文子の位ハイはもらっていきます」と書かれている。

位牌だけでなく仏壇には文子の写真もなかった。詰《なじ》るような目で問いかけた和広に浅子は首をふり、

「出てくなんて言わなかったわよ。ただ、もうあんたたちの邪魔はしないからとだけ……私は

お婆ちゃんとも仲良くさせて下さいって言ったんだから」

ドアにノックがあった。和広が土間に駆けおりると、隣のおばさんが顔を覗かせた。

タヅは今朝、和広が出ていくとすぐ身の周りの物をスーツケースに詰め、隣に鍵を預け大久保の娘の所へ戻るといって出ていったという。荷物は駅のロッカーにでも入れて、昼休みに和広に逢いに来たのだ。

「でも、本当に娘さんのところへ戻ったのかしら」

隣のおばさんが言うには半月ほど前、どこかの老人ホームの事務員のような人がタヅの留守中にやってきて、タヅとは一年前契約をしたが、その後タヅが事情が変わったから一年だけ待ってくれないかと言ってきた。手付金の百万を貰ってるので、そろそろ一年が過ぎるからどんな様子かと思い、訪ねてきたのだという。ちょうどそこへタヅが戻ってきて、慌ててその男を部屋の中へ引っ張りこんだそうだ。

「さあ、どこのホームかは聞かなかったけど」

大久保へは戻ってはいないはずだ。浅子に頭を下げたのを一生に一度っきりと言っていた。追い出されたも同然の娘のもとへ頭をさげて戻っていく人ではなかった。

「あ、それからこれ。あんたのお父さんの写真じゃない？」

おばさんは一枚の写真を見せた。茶褐色に褪せた写真には、軍帽をかぶった若者の顔があった。写真の下方が焦げている。今朝タヅが裏の焼却炉で何かを燃やしていた後におばさんが行ってみると、その一枚が焼け残っていたという。

「間違えて燃したんじゃないかと思って」

和広は礼を言ってドアを閉めた。

写真の軍人は眉が濃く切れ長の目で、顎の線が角ばり、いかにも無骨な印象だった。先週聞いた、南の島で散り、螢の燈明《とうみょう》に送られて昇天した少尉に違いない。

「お父さん？」

覗きこんだ浅子に、和広は「いや」と先週タヅから聞いた話を始めたが、

「その話なら、今日お婆ちゃんから聞いたわ。戦地に旅だつ前にその豊さんとお婆ちゃんと二人に口紅贈った人でしょう？」

「二人？　義母さんの方は口紅じゃなく子供のためのお菓子貰ったんだって」

「でも私、ちゃんと聞いたわよ。二人に一本ずつ真っ赤な口紅くれたって……いい話じゃない。私も和広さんに口紅買ってもらおうかな」

和広は写真から顔をあげた。

「今日貰ったんだろ？　口紅、白い包装紙の」

「誰が？」

浅子は怪訝そうな目である。和広が事情を説明すると、

「パチンコ屋の景品ってのは非道いわね。でも受けとってない、私」

「だったら忘れたのかな……義母さんに口紅欲しいって言わなかった」

「言わないわよ。友達が化粧品のセールスしてるでしょ。要らないのに沢山買わされるもの」

「けど……」

浅子はぼんやり、少尉の写真を見ていたが、

「この人、和広さんに似てるね。私もお父さんかと思ったから……目から顎ん所や、真面目で堅物な感じ……」

確かに言われてみると、自分でもどこか似ている気がする。

浅子はしばらく見続けてから、「いやだ」小声で叫び、その声を喉《のど》に押しもどすように写真を口にあてた。目だけを覗かせ、和広の顔をじっと見ている。目の色に笑みと戸惑いが混じりあっていた。

「私……ライヴァルだったんじゃないかな」

ひとり言のように呟いた。口に出す言葉で自分の考えを確かめるようにゆっくりと。

「ライヴァルって？」

「恋敵《こいがたき》。私、死んだ文子さんがそうかと思ってたけど、本当は文子さんのお母さん——あの人の恋敵だったんじゃないかな」

「何のことだよ」

「お婆ちゃん、さっきの隣のおばさんの話じゃ、最初から一年のつもりでここへ来たみたいじゃない。一年経ったら老人ホームへ行くつもりで。お婆ちゃん、今日こう言ったんだ。あんた本当に惚れてるなら一年でも一緒に暮さなきゃ後で後悔するよって。好きな人のためにいろんなことやれるのが一番幸福だって。どうして一年なのかって思ってたけど、あれ、ここで暮し

た一年のことだったのじゃないかな。お婆ちゃん、アレ、やってたんだ」

「アレ?」

「上手く言えないけど結婚生活みたいなこと……好きな人のために弁当つくって、下着洗って、いろんな世話焼いて。子供ん時から働いて、結婚してもその日から働いて、子供育てるために働いて、その子供の二人に死なれて、一人に追いだされたなんていいことなんか何もない一生だったって……今日そう言ってたけど、最後にそのいいことやったんじゃないかな。文子さんは美人だけど父親似でしょ? 悪いけどお婆ちゃん——あの人、あの顔だしあんな岩みたいな体だし、男に惚れられるなんてことなかったんだ。でもあの人の方では好きな男もいたのよ。あの人、必死に働きすぎるって和広さん言ってたけど、好きな人のために必死になって、割れるほど擦りきれるほど茶碗や下着洗ったんだ。和広さん、あの人の好きな人だったんだ」

　和広は三十四歳もタヅより若かった。孫といってもおかしくない年齢である。そんな若い男にタヅが色恋の感情を持っていたとは思えなかった。いや確かに惚れていた。だがそれは和広をではない。和広がちょっと似ていた男なのだ。タヅが惚れていたのはこの写真の少尉だった。タヅは、義母さんは、あの人は、やっぱり戦中、この少尉さんを好いていたのだろう。夫とはまるで違う優しく無骨なこの人を秘かに思っていたのだ。しかし少尉さんは豊さんを好いていたし豊さんの方も少尉さんを慕っていた。タヅは自分の器量からその片恋を諦らめて惚れた少尉さんのために縁結びを買って出た。最後の晩、二人のために「いのち短し恋せよ乙女」を歌いながら、本当は誰より自分に向けて大声を張りあげて歌の文句を言い聞かせていたのだろう。

「いのち短し恋せよ乙女、黒髪の色あせぬ間に、心のほのお消えぬ間に」

本当に自分の気持ちを声にできなかったのは少尉さんでも豊でもなく、タヅだったのではないか。

恋敵を肩車にして必死に脚を踏んばっている女の姿を和広は思い浮かべてみた。少尉さんの死を悼《いた》みながら豊と並んで螢の火を点しているタヅの土焼けた手を思い描いてみた。

和広の生まれるずっと前の話である。あれから四十年近くが過ぎている。たった一年暮しただけの人、それも母親か祖母のようにしか見ていなかった人の気持ちは想像もつかなかったが、四十年近くも経てばそれは遠い昔の小さな思い出としてしか残っていなかったはずだ。しかし苦労して育てた実の娘に追い出され、老人ホームで最後の身を埋《うず》めようとして、タヅはふっとその小さな思い出をふり返ったのだろう。親のために、夫のために、姑のために、子供のために働き続けた一生で思い出と呼べるのはその少尉さんに抱いた淡い恋心しかなかった。浅子が言ったように、タヅは本当に死んだ娘が残していってくれた場所で、やはり死んだ娘の残していってくれたちょっと少尉さんと似た一人の男を借りて、四十年前のその思い出にささやかな彩《いろど》りを与えようとしたのかもしれない。

働きすぎて自分の生涯を壊してしまった人だと考えていたが、和広の下着をすりきれさせ、床が浮くほど雑巾をかけ、この部屋でタヅは昔の夢の破片を小さく掻き集めていたのかもしれない。

タヅは四十年前、自分もまた豊と同じように少尉さんから赤い口紅を貰いたかったのだろう。

今日の午後、タヅはちょっと嘘をついて和広に好きな色の口紅を選ばせ自分の手に渡させた。少尉さんから貰えなかった口紅を四十年たって別の男の手を借りてタヅはやっと自分の手に握ったのだろう。もちろん自分の唇に塗りなどしない。この写真のように黄ばみ、褪せてしまった戦中の思い出に新しい口紅を塗ってみたかっただけだ。そして浅子に、自分も少尉さんから口紅を貰ったと嘘をついた。岩のような体の鎧に隠れていたごくあたり前な女の気持ちがたった一度張らせたそれは小さな見栄だった。おそらく老人ホームへ行ってもタヅは皆に言うだろう、「少尉さんが私にも口紅を買ってくれた」と。洗剤やインスタントコーヒーの壜《びん》と混ざって置かれた埃くさい景品の口紅を、それでもいかつい手でがっちりと握りしめ、そのホームへとタヅは運んだのだった。

「あの人、死んだ自分の娘のことより和広さんのこと思ってたんだ。本当に大事に思ってたから和広さんの幸福選んだんだ。死んだ文子さんに和広さんを諦めさせて、私、選んでくれたんだ」

和広は素直にその言葉に肯いた。本当に自分を気にいってくれたのだろう、だから実の娘にもさげられない頭を自分のためにさげてくれたに違いない。そして犠牲だけが一生だった人らしいやり方で、最後にはあっけらかんと笑って去っていった。

和広は押入れの奥から電話帳をひきずりだし、老人施設の頁《ページ》を探した。その手を浅子の手がとめた。

「しばらく放っておこうよ」

「けど、俺老人ホームなんてのは……」

「ああいう所、和広さんが思ってるような淋しい場所じゃないよ。それに今すぐ行ったって絶対戻るって言わないと思う。私、あの人の気持ちわかるから。しばらく待って、私も一緒に探すから。それで戻ってもいいと言うなら、私もそうするように勧める。姑と嫁なんて考えてみたらどこだって他人だし、恋敵みたいなもんだから」

浅子は微笑した。その唇を和広は初めて見つめた。赤い口紅をさしている。タヅに渡した口紅の色と似ていた。明るい微笑がその色をいっそう鮮やかに浮かびあがらせた。

雨が夏の夜を叩き続け、蒸し暑さに電燈の燈までが汗をかいたように濡れて見えた。

あの車を塗装に出そう、そして真っ赤に塗り直した車で、浅子と二人、タヅに逢いにいこう、和広はそう思った。

恋文

一

「なんなの？　いやよ、また玩具《おもちゃ》買うのは。もう箱いっぱいじゃないの。違うって、じゃあなんなのよ。今忙しいのよ、何しても怒らないけど、あんまり滅茶《めちゃ》はしないでよ」

受話器をおいて、一気に声を吐きだしたぶんふうっと大きく息を吸いこんだ郷子《きょうこ》の顔を、会議室から戻ってきたばかりの編集長の岡村はにやにや見ながら、

「子供と喋《しゃべ》ってると君も母親らしい顔になるんだねえ。作家の中にゃちょっと薹《とう》のたったお嬢さんぐらいにしか思ってないのもいるけど」

とからかった。その言葉を編集部に移ってきてまだ半年の石野が受けて、

「いや、竹原さんは母親ですよ。僕に注意する時なんか子供相手と同じですからね。優《すぐる》くんだったかな、きっと教育ママだって怖がってますよ」

微笑を編集長から石野へと移し、その唇《くちびる》が鉛筆の芯《しん》を舐《な》めているのを見つけると郷子は
「ほらまた――」鉛筆なめんの止めなさいって何回言ったらわかるのよ、喉《のど》に押しあがってき

た言葉を慌《あわ》てて飲みこんだ。

石野の言う通りだった。気づかぬうちにこの頃では歳下の男への態度が子供相手の母親同然になっている。

優はこの春休みが終われば小学校四年生になる。この婦人雑誌社に勤めだした翌年に現在の夫と結婚し、すぐに出来た子供だが、幼稚園にあがるまではその頃まだ東京にいた母に世話をさせ、母が兄夫婦の転勤とともに札幌《さっぽろ》に行ってしまった後は「いい？　優、あんたももうすぐ小学校だからわかってくれると思うけど、お母さんはあんたとお父さんと三人で、こんな狭いアパートじゃなく、庭がある海の見える大きな家に住みたいの。そのために普通のお母さんが遊んでる時間も仕事してるんだからね。その家はお母さんたちが死んだら優ひとりのものになるのよ」もっと広い家に住みたいという言葉に嘘はなかったけれど、半分はただ、今の仕事が面白くてやめられなくなったのを、そんな恩着せがましい言葉でごまかし、今日まで鍵っ子暮しをさせてきた。

じゅうぶん面倒をみられないことの弁解に、子供も一人格であり自由を尊重しなければならないと、担当の女性評論家が吐く意見を、そのまま子育ての信条として受け売りしてきたのだが、普通の母親のように、子供を飼い猫と同じにあれこれ世話をし喧騒《うるさ》い注意や叱言《こごと》で包みこんでしまう癖は自然に身についてしまうものである。

もっとも歳下の男を相手にするとき変に母親めいた口調になってしまうのは、優だけのせいではなかった。

「会社まで電話してくるというのは、子供もやはり淋《さび》しいんだよ。どう、こんど公休まとめてとって旅行にでもつれてってやったら」

「ええ」

郷子は曖昧《あいまい》に微笑して、校正の仕事に戻った。

まさか今の電話が夫の将一《しょういち》からだとは言えなかった。三十四になる男が、それも中学校で美術を教え、一応は皆から先生と呼ばれている男が玩具を買いすぎて困るとは口にしづらい。レールつきの列車や何とかマン、機関銃などを、もちろん最初は優のために買ってきていたのだが、いつの間にか自分が毒されて、「子供ん時は玩具なんか手にしたこともなかったけど、やっぱ面白いもんだなあ」最近は優も顕微鏡なんかに興味を示して相手にしないのを「おっ、これサイレンも鳴る」と一人で楽しんだりしている。

将一は郷子より一歳歳下であった。童顔の将一は郷子がまだ青春の名残りにきらめいていた結婚当時でさえ二つか三つは離れた弟のように見え、郷子も姉さん女房を気どり、むしろ得意に思っていたりもしたが、年々歳の差は広がっていくように思える。

子供が大きくなるにつれ、普通なら父親として男として出来あがっていくのだろうが、男として成長しなければならない分を優の成長に奪いとられているように、郷子のなかで将一という男は変に幼なくなっていく。最近は、鍵っ子暮しで妙にしっかりしてしまった優が「お父さんは字が下手だね。それで本当に学校の先生やってるの」生意気な口を叩くのを将一が何の言葉も返さずシュンとなって聞いていたりする、父と子の逆転している光景に、郷子の方が慌てて、「お父さんは絵を教えているからいいの。お父さんの字は絵のようなもんよ、芸術的なのよ」父親の威厳を自分の口で代わりに説かねばならなかった。

将一は郷子が忙しいからといって優の面倒をみてくれるわけでもなく、むしろ放っておけば何日も風呂にも入らず歯もみがかず、あれこれと世話を焼かせた。優も成長し、自分も仕事のキャリアを積み少しずつ大きくなっていくのに、生活の中で将一ひとりが昔と同じ童顔のままでいるのを見ると、時にはやはり頼りなく思われ、結婚を決めた時、母に渋い顔で「男が一つ歳下ってことは十も二十も歳下ってことだよ」と言われた言葉が最近になって実感としてわかる。

結婚して十年、満帆《まんぱん》といえないまでも順調にやってきたとは思うが、小さな波風はしょっちゅうで、それも考えてみると、優に困らされたことは一度もなく、いつも突拍子もないことを言いだして郷子を動揺させるのは夫の将一だった。いまの電話でも突然、

「俺、悪いことするかもしれないから、先に謝まっておく」

言って何をするとも言わずに、ただ「ごめん」とだけ三回続けざまに口にした。

いったい何をするつもりなんだろう——

冗談めかした声だったとはいえ、わざわざ電話をかけてきたのが気にかかったが、「七時までに入稿できるかな」編集長の声とともに忘れてしまった。

「何だったのよ、夕方の電話?」

八時にアパートに戻り、一人だけ遅い晩御飯を食べながら声をかけると、郷子につきあって

罐《かん》ビールを啜《すす》っていた将一は、下唇を横にひっ張りニッとするいつもの笑顔になって、顎《あご》で奥の部屋の窓を示した。

道路に面した窓は磨《す》りガラスだが、その上に白く点々と貼りついているものがある。近眼気味の郷子が目を細めて焦点をあわせるとそれは白ではなく薄紅色の桜の花片《はなびら》で、絵の具か何かで描いたらしいとわかった。本物の花片と同じくらいの大きさに二、三十枚がガラスを川面《かわも》にして降りしき流れているように見えた。

「綺麗《きれい》じゃない？　絵の具？」

「違うよ、お母さんが爪にぬるヤツ」テレビを見ながら最近買ってやった国語辞典をめくっていた優が、裏ぎり者が密告するような口調で言った。「お父さん、二本とも壜《びん》、からっぽにした」

「いやだ、あれ高かったのよ、気に入ったから無理して余分に買っておいたのに……」

「だから、謝まったよ」

将一は相変わらず笑っている。その顔を見ていると、郷子はいつものようにはぐらかされた気分になって、

「まあいいわ。こないだみたいに二万円もの馬券破って空に撒《ま》かれたら困るけど」

「あれは去年の話だろ。いい加減忘れてくれよ」

「忘れるわけにはいかないわ。過去はカレンダーみたいに棄《す》てられないわね」

五年前浮気したことや、一昨年酒場で酔っぱらって喧嘩《けんか》し危うく新聞沙汰《ざた》になりかけたこと

だって、私にはまだ昨日の出来事と同じなのよ、そんな意味をふくめて冗談半分に睨《にら》みつけると、将一はさすがに目をそらし、「恐いなあ、母さんは」優の隣に寝そべって同意を求めたが、優は馬鹿にしたように笑うだけである。

「また笑う。お前、俺の子供だってことわかってないな」

ふざけ半分に将一は襲いかかっていった。

「やめてよ、騒ぐのは。この間下の部屋へステレオの音がうるさいって文句言いにいったのに、家《うち》が騒いでたら示しがつかないじゃない」

郷子の声など無視して、男二人は狭い部屋を転げまわった。後で考えれば、この時将一には既に決心があったはずだが、子供相手にふざけている姿にはそれらしい気配はまるで感じられなかった。ただ夜も更《ふ》けて、風呂からあがった郷子が顔にクリームをすりこんでいた時である。先に布団に入り、珍らしく郷子の編集した婦人雑誌を読んでいた将一が、「俺と別れることになったら、君、なんて言ってほしい？」ふっと尋ねてきた。

「どうしてそんなこと聞くのよ」

「いや、俺の本当の親父、子供の頃突然いなくなっただろう？　一言でも何か言い残していたら、母さんも張り合いがあったかなって」

将一は雑誌の「別れた男の忘れられない一言」という特集を読んでいたのだった。

「そうねえ、やっぱり『頑張れよ』かな。別れることになれば優は当然私につくでしょ？　女が翔《と》んでるっていっても今の時代でも女一人子供抱えて生きてくってそりゃ大変だもの」

「頑張れよか……なんか月並みだな」

普段と変わりない顔で大きな欠伸《あくび》をすると、雑誌を投げだし、将一は目を閉じたのだった。

翌朝早く、将一の動きまわる音で、郷子は一度目をさました。

「どうしたのよ、こんな早くから」

「いやちょっと、煙草《たばこ》が切れたから買ってくる」

窓に夜明けが迫り、マニキュアの花片は幽《かす》かな光の気配に薄く透け、郷子の朦朧《もうろう》とした意識に漂っていた。目を閉じると闇は花の残像に埋まった。アパートの廊下に響く夫の下駄音がその花を柔らかく踏みつけながら遠ざかっていくように思えた。

再び眠りに落ちた郷子をしばらくして今度は優の声が揺り起こした。

「お父さん、家出したみたい……テーブルの上に女の人の手紙がおいてあった」

読めない漢字があるので大体しかわからないけどお父さんへのラヴレターだよ、優はそう言って、とび起きた郷子にピンクの封筒をさしだした。優の手から封筒を奪いとりながら、郷子は耳に昨日の夕方将一が電話で「ごめん」と謝まった声を響かせていた。

あれはマニキュアのことなどではなかったのだ――

二

――ぼくのお父さんにそのラブレターがとどいたのは春休みにはいったつぎのつぎの日でした。お母さんが仕事でるすのときで、お父さんはめずらしくマジメな顔で読んでいましたが、ぼくがのぞきこむと大あわてでかくしてしまいました。そうして何日かがたち、二月の最後の日の朝お父さんはそのピンクのラブレターをテーブルの上にのこして家出をしました。ぼくもその手紙を読んだのでだいたいわかるのですが、その女の人はお父さんが結婚するまえにつきあっていた恋人で、さいきん難しい名まえの病気になり、いのちがあと半年しかないとわかって、かなしくなって十年ぶりに学校へお父さんをたずねていったのです。ぼくのお父さんは学校の先生です。そのときお父さんは女の人にまだ結婚していないとウソをいったようです。そうして死ぬまで自分がいっしょにくらしてせわをしてやるといったようです。手紙に女の人は、あなたがそう言ってくれたので本当にうれしかった、いろいろ考えたけれどあなたのゆう通りにしたいと書いていました。お父さんはお母さんとぼくをすててその女の人のアパートへいったのです。そのラブレターがとどくまえに、お父さんはもう家出する決心だったみたいです。あとで春休みになるまえに学校へ退職とどけとゆうのをだしていたことがわかりました。お母さんはぼくが思ったほどおどろきませんでした。ぼくのお母さんはヘンな所があるのです。お父さんが困ったことをすると、いつもより元気になるみたいです。まえにお父さんが校長先生にしかられ、頭にきて、酒を飲んで知らない人とケンカしりゅうち場に入れられたときもそうです。新聞にのったり学校に知れたら困るので、知りあいの警視総監のつぎにえらい人に電話をしてたのみ、お父さんをむかえにいきましたが、いつもよりイキイキしてるみたいでした。

お父さんは学校で生徒がこっそり煙草をすっているのをみつけ、「すうならどうどうとオレのまえですえ」といって生徒に煙草をすわせ、校長先生にしかられたのです。お父さんは「どのみちとめたってかげですうんだから」といい、お母さんは、「そりゃそうだけど先生ならやめろとゆうべきなの。それに校長にどなられたからってよっぱらって知らない人とケンカしなくてもいいじゃないの」としかりました。お父さんはゴメンと両手をついてあやまりましたが、すぐにへへとわらってほんとうに反省しているようには見えませんでした。お母さんのほうも「まったく困った男だから」と文句をいいながら本気で腹をたてているふうではなかったです。そうゆうときのお母さんは管理人のおばさんが猫をしかるときににています。猫が悪さをするたびに「おうちゃくな猫ねっ」と叱《しか》るのですが、本気でおこっているならけとばしたりなぐったりすればいいのに、ぜったいそうはしません。こんどの家出のことでも最初のうちお母さんはみょうにイキイキしていました。手紙の女の人が名まえだけしか書いてなかったので、お母さんはほうぼうの心あたりへ電話をかけていましたが、そのうちにぐうぜんある人が中野のスーパーの魚屋さんで仕事をしているお父さんを見たとれんらくをくれました。「こらしめてきてやるからね」じょうだんに腕をまくって出てったお母さんは、もどってくるとぼくを呼び、女の人はもう病院に入っていてこのあいだ手術をうけたがあまり長く生きられない、家族も友だちもいないので死ぬまでお父さんがせわをしてあげることになった、その人が死んだらお父さんはもどってくるから、半年しゅっちょうでもしてると思って、それまで母さんと二人で元気にやろうねといいました。そして「どうしようもなく困っている人がいたら、困っていない人は自分のもっているぶんをあげなければいけない」といいました。死んでいく女の人のためにまだ長く生きられるお母さんは半年だけお父さんをあげたのです。死んでいく人のせわをするお父さんはリッパだし、それにきょう力するお母さんもぼくもリッパなの、とお母さんはい い、ぼくは「お父さんがいないほうがしずかでいいな」と答えましたが、ほんとはちょっとさびしかったです。お父さんがいるとたいくつしないですみます。お父さんがいなくなってから一か月と半分がたちました。お母さんはぼくのまえでは、むかしより元気ですが、それでもぼくが寝たあとひとりでビールを飲んだり、おふろの中で小声で「女ごころのみれんでしょう」と歌っているのをぼくは知っています。このごろではよくぼんやりして、それに気づくとあわてて楽しい話をはじめて笑ったりします。ほんとはお父さんにもどってきてほしいのにちょっとムリしてるんです。ほんとはお母さんもさびしいんです。でもお父さんがもどってきたら、女の人は一人で死んでいかなければならないので、それもかわいそうな気がします。こうゆう時はどうしたらいいのでしょうか。まえにお父さんとお母さんがこの雑誌の人生相談コーナーのことを話してたのを思いだし、お母さんのかわりに相談することにしました。どうかお母さんのなやみをかいけつしてください。

読み終えて郷子はすぐに顔をあげられなかった。阿佐谷《あさがや》の作家に原稿をもらって編集部へ戻ると、編集長の岡村が「人生相談に子供かららしいけどおもしろいのが来てるから」その手紙を投げてよこしたのだった。

読み始めてすぐに優だと気づいた。筆蹟《ひっせき》も間違いなかった。ところどころ漢字が罫線《けいせん》からはみだすほど大きくなっている。不恰好で漢字というより象形文字だった。国語辞典をひきひき、便箋《びんせん》に字を写しとったのだろう。父親のいなくなったことなど関係ないよといった現代っ子らしい顔をしながら、こんな形で母親の意表をついてきた大人びた計算と字の幼なさが不釣合だった。

「どう、今度の号に載せようと思うんだよ。みんな賛成してるしね」

編集部全員がもう読んでしまったと聞いて、郷子は観念した。ちょうど皆出はらっていて編集部には二人だけしかいない。

「どう思います、編集長はこのお母さんのこと」

「けなげだねえ、今どき珍らしい女の鑑《かがみ》——と言いたい所だけど、虚栄《みえ》っぱりなだけじゃないかね」

「虚栄っぱり？」

「そう、きっと女の方が二つ三つ歳上じゃないかな。友達にもそういう夫婦いるけど、亭主が浮気しても変に落ち着いた顔してるって。そりゃ胸の奥ではもやもやもあるんだろうけどそういう所絶対に顔に出さないのを得意に思ってる所あるって。歳上の女房ってのは亭主にも世間にもしっかりしてるように期待されてるとこあるからね。普通の女なら堪えられないことでも私は平気よって顔、亭主に見せちゃうんじゃないかね。まあ、それだけじゃないだろうけど——子供ってのはよく見てるんだよ。歳下の亭主は猫みたいなもんで、口では叱りながら手では撫《な》でてるってとこあるんだろうね」

「それも当たってるかもしれませんけど、私はこの奥さん、亭主の居所見つけて会いにいった時が勝負だったと思うんです。亭主、きっとまたごめんと言ってへへと笑ったんです。それにはぐらかされて、ゆきがかり上、わかったわって答えたんです。そう答えたらもう引っ込みつかなくなって、意地でも半年待とうって……意地っぱりなんです、きっとこの女《ひと》、最初になりふり構わず、戻ってきてよって言ってたらきっと亭主戻ってきたと思います。いえ今でも遅くないって、それはわかってるけど、今さらもうそんなこと言えないわって……」

「へえ、わかってるんだね」

「わかりますよ……これ私のことなんですから。ご存知なかったですか。うちの亭主一つ歳下なんです」

言って、驚いている岡村をふり返り、郷子は顔を顰《しか》めて微笑《ほほえ》んだ。

「……じゃあ……そう言やご主人、学校の先生だとは聞いてたけど……」

「今はゴムの前掛けに長靴。それが全然似合わないんです。初めて見たとき何か嘘みたいで……先生やってたときは先生らしく見えなかったのに、そういう恰好してるといかにも教師が無理してるって感じなんです」

それがいけなかったのだと思う。恰好つけてはいても長い髪に手拭《てぬぐ》いの鉢巻《はちま》きは、学生アルバイトのように板につかず、「絵は上手いけど、人生は下手だなあ」そんな言葉が胸に浮かび、腹立ちを柔らかい綿のように包んでしまった。あの時、夕方のごった返す客の背後に郷子の顔を見つけると、「いらっしゃい」照れたぶんだけ大声を張りあげて将一は言った。二人はスーパーの隅の殺風景な喫茶店で話しあった。

相手の女の名は田島江津子といった。夜間高校卒業後、小さな洋装店でお針子をしていた江津子と、将一は郷子と結婚する前に一年ほど交際していたという。同い年といいながら妹のように甘えたがる江津子が面倒になって別れたのだが、別れる頃には郷子とのつき合いが始まっていたから、結果としては将一が江津子を棄てた形になった。将一の結婚を知らないまま江津子はお針の腕だけに頼ってその後も独身生活を続け、今年の正月、友達の家で突然貧血状態になって倒れた。病院で診察してもらうと、医師が家族に会いたいという。家族と呼べるものはなく、友達を姉に仕立てて病院に行かせ、その友達の口から無理矢理、骨髄性白血病という病名と残された生命の日数を聞きだした。元気なうちに会っておきたい人がいないかなと考えると、思いだせたのは十年前不意に電話をかけてこなくなった若者だけだったという。

「俺、昔棄てたことに責任感じて、とかそんなんじゃないんだよ。高崎にあいつの叔父さんいるんだけどね。手術の同意書に判もらいに行ったんだけど、江津子が言う以上にひどくてね。入院費はいっさい負担できないが、葬式ぐらいは出してもいいから死んだら連絡くれとだけ……俺しかいないんだよ。人間としてやらなければならないという気がして」と言う将一に郷子も「じゃあ夫として父親としてはどうなのよ。人間としてなんて言ってほんとは男としてなんじゃないの。私より昔の恋人の方がよくなっただけじゃないの」逆らいはしたが、ゴメンと例の笑顔をむけられると、そんな怒りの声も上すべりになり、気がつくと「わかったわ」そう答えてしまっていた。

一度押しきられると後は将棋倒しだった。

「ともかくその女に会わせてほしい」と郷子が言うと将一は「悪いけど俺が昔から姉さんみたいに頼りにしてる従姉《いとこ》ということにしてくれないかな。江津子にそう話しておくから。江津子、今俺のことだけが生きてる理由みたいなところあるから」と答えた。

馬鹿にしてると思いながらも郷子は黙って肯いたし、田島江津子に初めて会ってから三日ほどして電話をかけてきた将一が、「あいつ、君と喋ってすごく楽しかったって。悪いけど時々でいいから見舞ってやってくれないかなあ」と言った言葉にも「いいわ」と答える他なかった。

郷子の方でも初めて会った江津子には好印象を抱いていた。想像したほどの美人ではなく、器量は十人並みだったが、物言いに三十過ぎとは思えぬ可愛いところがあった。死ぬために生まれてきた人は皆そうなのか、性格にはガラスの箱のような澄んだところがあり、郷子はもしこんな形で出会うのでなければ本当に心をうちあけられるいい友達になれたかもしれないという気さえした。

週に一回だからもう四、五回だろうか、郷子は、優には内緒で病院に寄っては、夫や江津子と会っていたのだった。

「そりゃ、もやもやというのはありますけど、でも私、単純に考えることにしたんです。子供に教えたみたいに、彼女にはもう少ししか生命がないし、私にはまだたくさんあるからって」

「さっきの、やはり、けなげだという方にしておくよ」

「ええ、そうしておいて下さい」

郷子は笑ったが、虚栄っぱりと言われた言葉は気持ちにひっかかっている。編集長の言うとおりなのかもしれないとも思う。今度のことで自分は普通の妻にはできないことをしていると思っているが、それもただ自分がいかにしっかりしているかを夫に見せたいだけなのかもしれない。恋仇といえる女に優しく対する、その裏にも、歳上の女房というのはこんなに気持ちが大きいのだということを夫に認めさせようという計算があるのかもしれない。

しかしそれが郷子のどんな動機から始まっているとしても、大人たち三人の関係はしばらく現状を維持する他ないのだが、問題は優である。封筒の宛名書きの不揃《ふぞろ》いの漢字を眺めながら、郷子は手紙の内容より、優がこんな形で手紙を送ってきたことに衝撃を覚えた。母親にかわっての人生相談などは名目で、優は当然その手紙が母親の目に触れることを期待して書いたのだろう。気強い子だからと安心していたが、子供を無視して勝手なことをしている大人たちにこんな形で反抗しようとしたのだろうか——

「ともかく、この手紙ボツということでいいですね」

岡村は本当に困ったことになったらいつでも相談に乗るからと言い、

「しかし、本当に勝気な女性というのは顔に全く出さないからわからんねえ。春からこんなことになってるなんて全然気づかなかったよ」

先刻の失言を埋め合わせるつもりなのか、わざとらしい感嘆の声を出した。

郷子は手紙をバッグにしまった。優には何も言わないつもりだが、帰りに病院に寄って夫に読ませ、今度の日曜に鎌倉《かまくら》へでも三人で行ってくれないかと頼むことにした。夫と優は三月末にあんな形で別れたままになっている。一日優のために時間をとり、将一の口から直接に今の自分たちの立場を聞かせてやれば優も安心するだろうと思った。

三

鎌倉は大仏を見ただけで、親子三人は海岸沿いに歩き由比《ゆい》ヶ浜《はま》へ出た。午後は五月の陽ざしと潮風と波の音に溢《あふ》れ、水平線は温かさに煙り、いかにも休日らしいのどかな線をひいていた。リュックを背負った優は、鎌倉の売店で買った父親とお揃いの野球帽をかぶり、郷子は赤い日傘をさしていた。

郷子は将一と優の久しぶりの対面がどうなるか心配だったが、そこは父子というのか男同士というのか、春からの出来事など嘘のように、波うち際で水を蹴りあって遊んでいる。家族連れが点々とし、休日というより休息日といった幸福な光景が描かれた中に、三人も自然に融《と》けこんでいる。

郷子はふっとこの絵の中に、自分のかわりに江津子がいたとしても調和は崩れない気がし、慌てて首をふった。今日一日は江津子のことを忘れていたかった。

十人は乗れる大きなボートが砂浜に引きあげられている。その傍で弁当を広げ、食べ終わると、郷子は将一を指でつついた。そろそろ優に話してやってという合図である。将一は優を抱きかかえてボートに乗せ、自分も乗りこんだ。両脚をふんばり、ボートを揺する優に「なあ、すぐる」将一は呼びかけた。しかしそれだけで、優が脚を動かしたまま見あげると、将一は変に照れてその後の言葉が続けられなかった。優をまねて自分も両脚を揺らしながら、将一はおもむろに煙草に火を点《つ》け、それからふっと「吸うか、お前も……」優の方にさしだした。前に優が面白がって火のない煙草を口にくわえたことがある。その時郷子は叱ったのだが、今日は何も言わなかった。

「やめなさいよ」言いかけた言葉を中途で飲みこんだ。

例の、生徒に面前で煙草を吸わせた事件の何日か後だった。将一が弁解のように「俺、小さい時初めて煙草吸わせてくれた人のこと憶えてるなあ」と言ったことがある。

将一の父親は、将一が五歳の時家を出ているので、将一には本当の父親の記憶は全くなかったが、煙草を吸わせてくれた人の一瞬の顔だけは、はっきり憶えているという。「あれが父親だったんだろう」と将一は言った。

その話を聞いて郷子には何故将一が生徒に煙草を吸わせたかわかるような気がした。煙草だけが、将一が父親から実感として憶えた教育法だったのだ。生徒にしろ自分の子供にしろ、将一はいつもとまどい子育ての能力に欠けていたが、それは幼少のころ父親から肌で体得したものがなかったからだろう。たった一つが煙草の煙だったのだ。家出した父親を将一は恨んでいないし、いつも懐かしく思っているという。将一にとって、子供の時の一瞬の煙が、普通の父親が生涯かけて子供に語る言葉であり、叱り声であり、慰《なぐさ》めの声だったのだろう。

うなずいて父親から煙草を受けとった優に、郷子は「吸いこまないでよ。すぐ吐きだすの」とだけ言った。

優はちょっとむせただけで上手に煙を吐きだした。煙は潮風に白く漂った。ボートはギーギーと音をたて、二つの黄色い野球帽がただ平行調の音符のように揺れるむこうに、初夏の青い空があった。将一はもう一度自分が吸って、煙草を砂の上に投げすて、「蟹《かに》とりにいこう」優と一緒に、岩陰へと走りだした。棄てた煙草は、陽ざしと砂の煌《きらめ》きと、二つの光に埋まって、大地が憩《いこ》いのひと時を楽しんでいるようにのんびりと煙を吐き続けた。

日が沈み、三人は駅前の大衆食堂に入って夕飯を食べた。食べ終えた優にゲームをやりに行かせ、「一つだけ確かめておきたかったことがあるの」と郷子は切りだした。

「あんた、本当にあの女《ひと》に惚《ほ》れてるんでしょうね。——同情とかそんなことで、たとえ半年でも私たち棄てたのなら、私、いやだから」

将一は「惚れてるよ」ボソッと答えた。

「だったらいいわ」

郷子は答えると、バッグから札束の入った封筒をとりだし、「二百三十八万二千五百円」と言って将一の方へさしだした。二人は給料から半分ずつを出し合って生活費にあて、残りをそれぞれの名義で貯金していたのだ。さしだした金は郷子が前日、夫の通帳からひきだしてきたものだった。将一は着のみ着のままで出ていったのである。日中はスーパーに勤め、朝夕二時間ほどずつ江津子についているだけで夜は病院近くに借りた三畳一間に寝ている。個室に変われば夜も付き添えるのだが、江津子の預金だけでは手術費と入院費がやっとだと郷子は聞いていたのだった。

郷子は、通帳の十八円の残額を示し、

「この残した十八円、私の今の気持ち——預かっておくから」

通帳をバッグに入れた。

「俺、最高の女と結婚してたんだなあ」

将一は目を瞠《みは》り、芝居がかった声になった。その顔に郷子は子供の頃見た映画の一場面を思いだし笑ってしまった。

怪訝《けげん》そうな将一に郷子はその映画の筋を説明した。貧乏な姉弟《きょうだい》がいて、弟が修学旅行に行く金がないのを不憫《ふびん》に思った姉が集団就職で上京の際晴れ着を買おうと思って貯めていた金を弟にさし出す場面だった。ボロの学生服を着た弟は腕で目をぬぐいながらしゃくりあげ、確か姉もつりこまれて泣いたのだった。

「子供の頃って変ねえ、私、家《うち》も貧乏だったらいいのにと思って……うちは兄だけど、兄が修学旅行に行けないのよって友達に嘘言ったりしたの」そして郷子は今の目があの時の少年の目に似ていたからと言った。

「俺も泣こうか……」

冗談ともつかず呟《つぶや》いた将一を、郷子は馬鹿ね、とたしなめた。

防波堤を境に、暮色は海の方が濃かった。薄暗い海面は潮風に波だち、やがて訪れる夜に人人のひと午後の思い出を葬《ほうむ》る準備を始めていた。海岸道路には車のライトが絶えまなく流れていた。

無人のような鄙《ひな》びた駅のホームで、将一は「このまま東京へ戻ったら一緒にアパートまでついていきそうだから」と言って、郷子と優だけを先の電車に乗せた。ドアが閉まると、将一は優に笑いかけ、それからちょっと真面目な顔になり、郷子に何か言った。唇の形だけで聞きとれぬうちに電車は走りだしたが、「頑張れよ」将一はそう言ったのかもしれない。

四

江津子が個室に移ってから、郷子は病院に行くのに将一のいる時間を避けるようになった。将一がいると夫婦でない芝居をするのが辛かったせいもあるが、江津子と自分の関係に将一が混じると一緒に不純なものが混じってくるからである。

将一が江津子に優しくするのを見ると、心中はやはり穏やかではなかった。将一のいる場で「郷子さんは好きな人いないんですか」などと聞かれたりするとどんな顔をしたらいいかわからないし「何も知らないからって、いい気なもんだわ」と江津子にむける目が冷淡になったりする。編集長の岡村から虚栄《みえ》っぱりと言われたことに、郷子は依然こだわっていて、夫の目のない所でも江津子に優しくしなければならないと自分なりに考えてみた。自分の中に確かにある虚栄っぱりという言葉を拭《ぬぐ》うために、夫とは関係のない位置で、江津子という一人の女性の生命を考えたかった。そのためには江津子と二人だけで会う方がいいのである。

最初のうちは江津子を慰めたり優しくしたりするために通っていたのが、しかし、梅雨《つゆ》が終わりいよいよ本格的な夏を迎えた頃からである、郷子は逆に自分が江津子から慰められるために通っているのではないかと思うようになった。

鎌倉にいった頃から、郷子は疲れすぎた晩などなかなか寝つかれず、夫が窓ガラスに描き遺していった桜の花片《はなびら》が、外を通る車のライトに影となって流されるのをぼんやり眺めたりするようになった。

流れは由比ヶ浜の潮風の匂いを運んできて、隣に将一の寝息がない淋しさを刺してくる。眠ろうと目を閉じると、闇に、今までなかった鮮度で将一の顔が浮かんでくる。

この春から、郷子は将一を今までとは別の目で見始めるようになった。それまで男として将一を考えたことはなかった。結婚前から既に夫になる人としか見ていなかったし、結婚後も夫として、優の父親としてしか見なかった。だが、将一が家を出、余儀なく視線を遠ざけて見なければならなくなると、郷子には初めて男としての将一の魅力が理解できるようになった。馬鹿だとは思う。昔の女が死ぬからといって十年かけて築きあげた家庭も仕事も棄ててしまうというのは確かに愚かだろうが、その馬鹿にむかって、ある朝、素足に下駄ばきでまったくさりげなく歩きだせる男には、普通の男とはまた違う魅力があるのではないか——そうも思えた。

由比ヶ浜の食堂で、本当に江津子に惚れてるかどうか尋ねたときも、気持ちのどこかでは「ただの同情だよ」そんな答えを期待していたと思う。寝つかれない時など「将一は私でなく、あの女《ひと》を好きなのだ」そんな言葉がはっきりと耳を打ったりする。

だが皮肉なことに、その辛さを郷子は当の恋仇の江津子と喋ることで慰められる所があった。別に具体的なことを喋るわけではない。女学生同士のような他愛もないお喋りをするだけだが、同じ男を愛する女は感情の仕組みまで同じなのか、些細《ささい》なことでも気が合った。

最初のうちは故意に将一の話を避けていたが、いつの間にか自然に女二人のお喋りには、将一の名が必要でなくなった。「私はミシン掛けるだけの狭い世間で生きてきたでしょう? とうとうベッドの上のこれだけの世間になってしまったけど」という江津子は、郷子の仕事の愚痴なども面白そうに聞いてくれるので、郷子は会社で嫌なことがあると、必ず帰路に病院へ寄った。看護婦や患者仲間には、二人を姉妹と思っている者もいたし、事実江津子の髪を結ってやったりしながら、結婚後も交際できるだけの友人を持っていない郷子は、初めて友人をもったような気がすることもあった。

たった一つ郷子が相談できなかったのは、今将一に味わっている辛さだけだった。

郷子は今度の出来事を北海道の母や兄に黙っていた。夏休みには例年のように母を東京に呼ばず、隠し通すつもりだった。話したとしても「将一さんよりお前が馬鹿だ」と言われるのはわかっている。そして今、将一の馬鹿に付き合い、付き合い切れず悩んでいる自分の気持ちを打ち明けて「それ、馬鹿なことじゃないわ」そう言ってくれる相手が一人でもいるとしたら、それは当の江津子だけなのかもしれないと思った。

そうは言っても、時に江津子との関係に、ふっと影がさすことはあった。たとえば江津子が、付き添いの将一が使っている簡易ベッドの枕元に転がった玩具のヘリコプターを見ながら「将一さん、私を本当に愛していると思う?」と聞き「将一さん子供の頃、玩具買ってもらったことないんですすってね。玩具屋のショーウインドーの前で六時間も立っていたことがあるって。大きくなったら店ごと買おうとそう思ったたって」と言ったことがある。そして「将一さんにとって私、玩具かもしれないって思うことあるの。いつかゼンマイが切れて壊れるから安心して遊べる玩具」と続けたが、郷子の胸にこたえたのは、その最後の言葉より、自分には語ったことのないそんな話を、将一が江津子にだけ聞かせたことだった。

針のような細い痛みとともに、そんな時、郷子は、優が鎌倉から戻ってしばらくしたある晩、算数の教科書からふっと顔を上げて呟いた「循環小数」という言葉を思い出す。

「お母さん、循環小数って知ってる?　一を三で割っても割りきれないんだって。小数第一位ではレイ点一の余りがでて、それをまた割ると今度はレイ点レイ一の余りがでて……地球を何回まわっても割りきれないって」

優はそう言って意味ありげな目で郷子を見た。勘のいい子供に自分たちの関係を指摘されたように思えて、郷子はギクリとしたが、確かに一人の男と二人の女の関係は一を三で割ろうとしているのだった。どんなに江津子と親密に気持ちを打ち明けあっていても、親しさの底にはレイ点一の余剰が細い亀裂を走らせていた。

その優の夏休みも間近になった一日である。

郷子と江津子は雑誌に載っている小説のことを話し合っていた。

郷子が担当している女性作家が歌人与謝野晶子《よさのあきこ》と夫の鉄幹、それに歌人仲間の山川登美子との三角関係を描いた小説で、江津子は、鉄幹作の、有名な「妻をめとらば才たけて」で始まる歌が載っている頁《ページ》を開き、「これ男同士の友情を謳《うた》った歌だとは知らなかったわ」と言いながら、何となく詩を口ずさみだした。

何番目かに「妻子《つまこ》をわすれ家をすて義のため恥をしのぶとや」という文句が出てきた。その言葉に、郷子の胸が冷たい一雫《ひとしずく》を覚えた時である。江津子が突然苦しみだした。郷子が慌てて誰かを呼びに行こうとすると江津子は、さしこみみたいなものだからすぐに治る、悪いが背を叩いてくれないか、将一もいつもそうしていると言った。言われた通り叩いたが、「もっと強く」と言われるままに力をこめて殴りつけ、その瞬間、郷子は思わず手をひき一歩退いた。

しばらくしてやっと痛みが治まったらしい江津子は、手を背裏に隠し突っ立っている郷子に「どうなさったの」と聞いた。

咄嗟《とっさ》に微笑で繕ったが、郷子は江津子の背を殴りつけた手に、今まで胸の奥に隠していた感情が一挙に爆発し、流れだした気がしたのだった。

循環小数という言葉がこの時も頭をかすめた。

その日、病院を出て中野駅へ向かう途中で郷子は今後もし江津子の死を願うような気持ちがわずかでも自分の胸に巣喰うことがあったら、その時には江津子に自分が将一の妻であることを打ち明けようと決心した。

五

夏休みに入り、優が九十九里浜の臨海学校に出かけているひと晩、郷子は将一と新宿駅で待ち合わせ、歌舞伎《かぶき》町の小さな酒場へ行った。午後に将一から電話がかかってきて「久しぶりに会わないか」と誘われたのだった。考えてみると江津子には週に一、二度は会っているのに一か月近く将一の顔を見ていない。郷子は少し早めに新宿駅へ行った。駅ビルの化粧室で頬紅《ほおべに》をさしたが、江津子の肌色が先週ひどく蒼かったのを思いだし、拭いとってしまった。

将一は酒場の椅子に座ると、さかんに体が魚くさくないかを気にした。

「大丈夫。それにもうこうなったら堂々とその匂い自慢すればいいのよ――でも学校やめてからかえって先生らしく見えるようになったな」

床屋へ行ったばかりらしい将一の頭は変に真面目くさって見え、他の客や店の薄暗い雰囲気から浮きあがっていた。

「学校に未練ないの？」

「ないいね。俺、今のほうが多少ましなもの売ってるもの――十年前から魚売ってりゃよかったよ」

「ほんとよ。そうしてくれてたら私も結婚せずに済んだ」

「俺が教師だったから結婚したわけ？」

郷子は正直に肯いた。

「私、昔すごく堅実型だったのよ。大学出る前には将来の設計図全部つくってあった。若いうちに結婚して二十五前に子供産んで、子供は四歳まで母親に世話させて、共稼ぎして、早いとこマイホーム持って……結婚相手も銀行員か公務員がいいって。でもそれじゃ履歴書と結婚するみたいでしょ、ちょっと淋しいから、履歴書から一行ぐらいはみだしてる男もいいなって」

「それが俺だったわけだ」

「見る目なかった。一行だと思ってたのよ。それが全部はみだしてるんだもの」

「君の設計図、俺が破ったわけか……」

「そう。惚れてます、俺には君が必要ですって殺し文句言われて得意がってたけど……」

「必要だったよ、俺、君みたいにしっかりしてる女がついてなきゃ駄目だって自分でもわかってたから……俺、本当にあんたみたいなの探してたよ、金の草鞋《わらじ》はいてさ」

「でも、結婚したらさっさと脱いじゃったじゃない？　そのかわりに私がはかされて十年も重い荷物背負って歩いたのよ」

将一は煙草に火を点け、煙に乗せて声を吐き出した。

「草臥《くたび》れたのなら、荷物おろしたらどうかな……」

そして郷子がふりむくのを待って呟いた。

「別れてくれないかな……」

郷子にはその声も煙と一緒に消えた気がした。酔いに揺れていた目の焦点だけが、将一の顔へとゆっくり絞られていくのがわかった。将一は横顔で笑ったままだった。

「別れるって離婚してくれっていう意味？」

「夫婦が別れるっていえば他の意味はないよ」他人事《ひとごと》のように言って、

「あいつ十日後にまた手術受けることになった。君も気づいてたかもしれないけどこの頃、夜中なんか闇の中で見るとぼおっと雪みたいに白いんだ……」

将一は自分が笑っていることが信じられないように手で表情を拭った。目が暗くなった。

二度目の手術は危険が大きく、もちろん医師たちは万全を尽すと約束しているが、万が一失敗したら却《かえ》って死期を早めることになる。先週、副院長に呼ばれ、そのことは覚悟しておいてほしいと言われたという。

「一昨日《おととい》また高崎へ行って手術の同意書に判もらってきた。仕方ないよ、手術しなけりゃあとせいぜいひと月だって言うから……」

「このあいだ非道《ひど》く顔色悪かったから心配はしてたけど……でもだからってどうして私たちが離婚しなきゃならないのよ」

将一は言葉を選ぶようにしばらく、下唇を嘗《な》めていたが、

「今まだあいつ生きてるからさ。元気残ってるから……今のうちなら結婚式挙げられるから……」

将一の声が石に固まって口の中に押しこまれ、「そんな……いやよ、絶対」それだけしか声にならなかった。

「君、俺に惚れてくれてるのかな……」

「………」

「いや、惚れてくれてる。だから君、今までも俺の好きなようにさせてくれてきた。それは感謝してるよ。虫のいいこと承知で言うけど惚れるって、相手に一番好きなことをやらせてやりたいっていう気持ちのことじゃないかな。本当に惚れるってそういうことだよ」

「こんな際に感謝なんて言葉、卑怯《ひきよう》よ」

「卑怯はわかって言ってるよ。あいついつか言ったことある。こんなことになるなら誰とでもいいから一度結婚式挙げとくんだったって。結婚式なしで葬式だけってのは淋しいって……俺、あいつに惚れる。最初は責任とか同情とかだったかも知れないけど、今は違うよ。だから俺あいつのやりたいこと……だから君も俺のやりたいこと……」

「じゃ百歩譲って式だけはあげるとしてよ、どうして離婚までしなきゃならないの」

「俺、きちんとしたいんだよ。形だけ式あげるなんて、あいつ可哀想だよ」

「死んでいく人にはきちんとして、生きてく私や子供にはきちんとしなくてもいいっていうの。あんたの言ってることはね、子供がお金ももたないで玩具屋の主人に玩具くれってせがんでるのと同じよ」

将一の無言のかわりに、水割りの氷が音をたてた。バーテンがちらちらと視線を送っているのに気づくと、「もう帰る」郷子は言って二人分の飲み代《しろ》をカウンターに置き、立ちあがろうとした。その手首を将一の手が握った。

「俺、今夜はよそで泊ると言ってあるから」

その手をふりきり、郷子は外に出ると、「馬鹿にしてるわ」と呟いた。蒸し暑い夜気にネオンの極彩色が喧騒《うるさ》かった。宿泊四千円という看板から慌てて目をそらして歩き出すと、ポツポツと雨の雫が落ちてきた。土砂ぶりになればいいと郷子は思った。びしょ濡《ぬ》れになり、手首にまだ熱く残った屈辱感を洗い流したかった。

六

将一には欲しい物を実際に自分の手で握るまでいつまでも愚図々々するところがあった。そう簡単には諦《あき》らめないはずだと思っていたが案の定、翌日に早速またアパートの方へ電話をかけてきて「もう一度考えてみてくれないか」ただその言葉ばかりを繰り返した。

郷子はその日から一週間休暇をとっていた。将一は一度社に電話を入れ、そのことを知ったらしかった。その朝、臨海学校から真っ黒になって戻ってきた優の耳があるので、郷子は一言「絶対にいやです」と答えただけだった。

沈黙に郷子の胸のうちを聞きとったらしく、将一はやがて、「勝手だよな、俺も。いいよ、もう。諦らめる——ただ手術前だから江津子にちょくちょく会いに来てやってくれないかな。あいつ手術にも俺より君に立ち会ってもらいたがってるから」と言って電話を切った。

将一のことは別にして江津子の見舞いはしなければならないと思っていると、夕方、ちょうど都合よく、日頃優を可愛がってくれている隣の女子大生が来て、優を漫画映画に連れだしてくれた。郷子は着替えをして部屋を出た。昨夜から喉につかえている石を飲みくだすのにも江津子と他愛もないお喋りをするのが一番いいのである。

病室には将一がいた。しばらくスーパーを休むことにしたと言いながら、画帳を手にしベッドに起き上がった江津子の肖像を描いている。デッサンの江津子はヴェールと花嫁衣裳を身につけ、静かな微笑を浮かべていた。

「将一さん結婚してくれなんてメチャメチャを言うのよ。メチャメチャですよね」

弁解するように言う江津子は絵と同じ微笑になった。将一が笑顔でごまかしながら、

「俺、ふられちゃったよ」

「だって……絵だけでいいのよ、私は……」

江津子の微笑した目に涙の痕《あと》が残っているのを郷子は見逃さなかった。ドアをノックした時、女の涙声がはっと停《と》まり二人が慌てて離れるような気配があったのだ。江津子の目の淡い光を見ていると、郷子の胸に不意に突きあげてくるものがあった。唇が硬《こわ》ばり「悪いけど一時間ほど将一を借りるわ」そう言うのがやっとだった。

将一をタクシーに押しこみ、アパートへ連れ戻った郷子は、何か月ぶりかに将一が部屋の畳

の上に座るのを待って、手をふりあげた。殴られるかと思ったのか、将一は一瞬顔をよけたが、郷子のぶるぶる震える手は、机の隅のスケッチブックをつかむと、それを将一の膝もとに叩きつけるように置いた。

「私の顔、描いてよ」

声も震えている。将一は黙ってコンテを探し、白い頁の上に走らせた。巧いもので瞬《また》く間に輪郭を描きあげ、将一は機嫌とりの声になった。

「そう怒るなよ。怒った顔描きにくいよ」

「十年一緒に暮したんだから、私の笑う顔ぐらい憶《おぼ》えてるでしょ！」

自分でも驚くほどの大声になった。喉の石が飛礫《つぶて》となって口からとびだしたようだった。目からも飛礫のように大粒の涙がぼたぼた音をたてて畳に落ちた。

「あんた、ああいう女が良かったわけ」

一言いうと、もう制止がきかなかった。

「うっすら涙浮かべて、絵だけでいいのって、そういう女が良かったわけ？　だったら早く言っといてくれたらよかったのよっ。確《しっか》りした女がいいって言ったじゃないの。私だってね、結婚する前は皆に甘えん坊で仕方ないって言われてたのよ。けど私までそんなことやってたら今日まで保《も》たなかったじゃないの。家も優もメチャメチャになってたわよ。私が確りしてなきゃ、頑張らなきゃ、我慢しなきゃと思ったから泣きたい時にはわざと気の強いこと言って、腹が立つ時には笑って、そうやって、やってきたのよ」

廊下を通る足音が聞こえたが、郷子はやめなかった。

「非道いわよ、惚れてるなら一番やりたいことやらせてくれって、あんな事言われて私が傷つかないと思ったの。私が何も考えないって思ったわけ？」

「あの言葉は取り消すよ、だから……」

「一度聞いた言葉は消せないのっ。頭に来たけど、それでもあんたの言うことの方が正しいかもしれないと思って昨日一晩寝ずに考えたわよ。いいえ、昨日は二時に寝たけど、あんたが出てってから寝られなかった時間全部合わせたら一晩どころじゃないわよ。私が惚れてるからって……その一番弱いとこにつけこんでくるなんて、あんた、いい加減卑怯よ！」

後は言葉にならず、ぐしゃぐしゃに崩れた顔にただただ涙を流し続けた。どれだけ泣いていたのか、その果てに涙が、風船の萎《しぼ》んだような体からぷつんと切れた瞬間があった。涙といっしょに感情も最後の一滴まで流れだし、変にポカンとして顔をあげると、じっと白分を見つめている将一の目があった。

「何見てるのよ。私の泣いてる顔がそんなに不思議なのっ」

「いや……いろんな女が見えるから……」

将一はなおも郷子の顔を見続け、

「女って、一人でもいろんな女なんだな……」

独り言のように呟くと、再び手を動かし始めた。「いいわよ」と郷子は絵を払いのけた。

「いや、折角描き始めたから」

「違うのっ。あの女《ひと》と結婚してもいいわよって言ったの……」

「それはもういいから。あいつだって絶対にウンと言わないだろうし……自分が死んだあとの俺の将来のことも考えなくちゃ駄目だって。俺、あっちでも叱られこっちでも叱られで結構大変なんだ」

「——明日、私の口から話してみる……」

郷子は立ちあがると、優が戻ってくるといけないから帰ってよと声を投げ、浴室に入った。顔を洗う水音に、将一の出ていく足音が混じった。郷子は部屋に戻った。西陽が烈《はげ》しい光で射しこみ、閉めきった窓の桜の流れを幻燈の川のように大きく畳へと映しだした中に、郷子の顔の絵が落ちていた。絵の郷子は、先刻ひと騒動を演じた女とは思えない優しい微笑を浮かべ、どこか江津子と似ていた。

七

「駄目です」

郷子の言葉に江津子はそう答えると、「そんなことできないってこと郷子さんが一番よくわかってるでしょう?」

窓辺に立っていた郷子は、流れこんだ朝の風とともにふり返った。江津子の言葉の意味がわからず、郷子は意味もなく笑いかけた。白い影が一週間前より深く江津子の頬《ほお》を削っている。

「夫婦って同じ顔するのね。郷子さんが笑ってる時の唇《くちびる》の形、将一さんと同じだわ」

その言葉を実感するまでに時間がかかったが、郷子は不思議に驚かなかった。むしろ、当然だったようなひどく自然なものを感じていた。病院の朝は、空気までが白く静かで、窓に吊《つる》した風鈴のかすかな音さえ騒がしすぎるほどに思えた。

「……知ってたの？」

江津子は肯き、謝まるように深く頭を垂《さ》げた。

「あなたの方が騙してたのね。将一に聞いたの？」

「将一さん私が知らないと思ってるから、できたら黙ってて下さい。十年前、将一さんから電話がかかってこなくなった時、私ちょっと調べたんです。だから郷子さんのことも名前だけは昔から知ってました。——今年の三月に学校の方へ会いに行った時は、ただ会うだけでいいと思ってたの。でも将一さんが独身だと嘘言った時、自由の身だから死ぬまで世話してやるよと言った時、私このまま黙ってようって。黙ってれば将一さんだけを悪者にして、私は半年将一さんといられるって……ミシン掛けてただけで死ぬなんて人生、あんまり幸福とはいえないでしょ。最後ぐらいやりたいことしてもいいんじゃないかって。郷子さんは十年一緒に暮したけど、私はせいぜい半年だから。死ぬ前に白状して謝まればいいんじゃないかって」

「そうよ——」郷子の唇から自然にそんな言葉が零《こぼ》れた。「私だってきっと同じことした……」

江津子は淡々と声をつないだ。

「私、昔から将一さんの奥さんはいい人だろうと思ってた。そう決めなきゃ淋しかったのね。でも想像した以上の人だったわ。敵に塩を送れる女の人がいるなんて思ってなかった。私、辛かったから何度も白状しようと思ったけど、そのたびにもしかしたら郷子さん、もう気づいて私のために芝居してくれてるんじゃないかって……」

「気づいてはいなかったけど、私が夫を返してと言ったら返してくれる人だとはわかってたから」

言いながら郷子は、いつか江津子が苦しみだし背中を殴ってくれと言った時のことを思いだした。あれこそが江津子の芝居だったのではないか。江津子は郷子にわざと殴らせる機会を与えたのではないか。

「私、大した女じゃない。敵に送った塩、とり返すことばかり考えてたし、あなたを嫉《や》いてた分の方が大きかった。ただ、虚栄《みえ》っぱりだから、敵に毒を送る女になるのだけは嫌だったの。それにあなたにはちょっと感謝もしてたのよ、——不思議ね。将一が家出てから、私初めてあの男に出逢った気がする。十年経って初めて将一と恋愛ってことやりだしたの。そのぶんいろいろ大変だったけど……私が式挙げてほしいと言ったのは、あなたのためっていうより将一のためなの。あの人子供と同じでしょ。三つ子の魂何とかって言うけど、今あなたにウェディング着せなきゃ、あなたがいなくなった後一生後悔すると思う。私、将一に後悔させたくないのよ。——私だけが犠牲になってるわけじゃないの。あなたは生命っていうもっと大きな犠牲払ってるでしょう。私には、あなたと違って今失うものがあっても、それをとり返す時間があるわ。これ、私のギリギリの本心。だからあなたも本当のこと答えて。一度でいいから皆の前で堂々と将一と並んでみたいって、そういう気持ちあるんでしょ？」

江津子は郷子から目を外《そ》らさず、静かに肯いた。そして小さく笑った。

「今、私、泣いたほうが有利かなって思うけど……」

「だったら私も負けずに泣くわ」

郷子は、江津子のベッドに腰をおろし、二人は見つめ合った。真夏の朝の光が二人の微笑を彩っていった。風鈴の音が途絶えると蟬時雨《せみしぐれ》がわきあがり、そのかわるがわるの合奏の中で二人は長いことそうしていた。郷子は今このとき、本当にただ江津子が少しでも長く生きられることだけを願っていた。奇跡が起こり、もう一度自分と同じだけの生涯が江津子にも与えられることを――そして奇跡の起こらない分を自分の夫で埋め合わせてやるのだと思った。

ドアにノックがあった。買物に出かけた将一が戻ってきたらしかった。

「三十秒だけ待って」

江津子はドアにむけて大声を張りあげ、「私が承知したとだけ言って下さい」小声で頼み、その左手で郷子の左手をとった。

「男同士みたいに右手で堂々と握手ってわけにはいかないけど……」

「男同士でも堂々となんて、そうはいないわよ」

郷子は、江津子の握る力に自分の力を結び、立ちあがってドアを開いた。

近々再び新郎になろうという男は、スーパーの袋を抱えて突っ立ち、どういう顔をしたらいいかわからないのか、突然ニッと笑った。

八

結婚式は手術の三日前におこなわれた。式といっても病院の地階にある食堂を借り、医師と看護婦、それに患者仲間が集まるだけの簡素なもので、患者と医師の親睦会を兼ねていた。前にも身寄りのない患者同士が同じ形で式を挙げたとかで、若い看護婦三人が幹事となり、ジュースや食べ物から飾りつけまでを手際よく準備してくれた。

式とパーティは午後六時から八時までの二時間の予定だった。郷子は早めに社を出たが、途中デパートの買物で手間どり、着いた時は壁の時計の針は六時に切迫していた。会場にはもうほとんど全員が集まり、天井を埋めた色とりどりの旗の下に熱気が渦巻いている。患者は皆パジャマかガウン姿、医師たちは白衣で、新郎新婦を除いては、近くの教会から呼ばれたらしい神父と葡萄酒色《ワイン・カラー》のワンピースを着た郷子だけが特別に見えた。「副院長遅いね、仲人《なこうど》だろ」という一人の医師の言葉に婦長が「先生の腕時計、いつも十分は遅れてるのよ」と答えている。その肩ごしに将一は、郷子を見つけると片手をあげた。

江津子はミディ丈の花柄のワンピースに、副院長の娘から借りたという白い花模様のヴェールだけが花嫁らしい装《よそお》いだった。郷子も精いっぱい顔を装ってきたつもりだったが、初めて見る江津子の化粧した顔は、瞳《ひとみ》の光が活きて、十年前に式を挙げた女と今初めて式を挙げようとしている女の落差をはっきりと見せつけた。江津子は患者仲間から贈り物を貰《もら》っている。郷子は何も用意してこなかった。今二人の女の傍で照れかくしに矢鱈《やたら》、髪をかきあげている男だけが、郷子の新婦への心づくしだった。

郷子は江津子に「綺麗よ」と言い、誰からかの借り物なのか紺の真新しい背広を着た将一をざわめきの片隅に呼び、デパートで買った二人分の指環を渡した。

「代金は自分で出してよ」

郷子は新郎の財布から三万を徴収すると「それからこれ……」白い封筒をさしだした。

「保証人二人はそちらで探して」

将一はちらりと中身を改め、思わず振りむいた。郷子は決まりが悪くなって目を外らした。「いろんな女が見える」といった将一の言葉を思いだしたのだ。二人は人々の話し声のはずれでしばし無言だった。

「……俺、ラヴレター貰った……」

「馬鹿ね。離婚届じゃないの。あんたの分の印鑑も押しといたから」

将一は封筒を胸にあて、首をふった。

「ラヴレターだよ。俺、こんな凄いラヴレター初めて貰った……」

郷子をじっと見つめる目に潤《うる》むものがあった。

「やめてよ。今までだって大事な時はいつも笑って逃げてきたじゃない……」

将一はひょいと首を折って肯いた。直立不動で立たされていた生徒が教師からやっと許しを得たような大袈裟な肯き方だった。新しい背広で顔まで新調に見える将一を、郷子は眩《まぶ》しそうに見あげた。ざわめきは耳に届かず、郷子はただ、あの朝花を踏むようにそっと遠ざかっていった将一の下駄音だけを聞いていた。

「それ、誰の背広?」

「生意気な研修医から奪ってやった……」

二人はちょっと見つめ合い、笑い合った。

やっと副院長夫婦が到着し、副院長はまっ先に新婦のもとへ行きその体を気遣った。カセットデッキが奏でるワーグナーのローエングリンと共に式は始まった。小学校の誕生会のような場に、それでも神父の声が神聖な雰囲気を流した。式の間は蠟燭《ろうそく》の炎だけを点《とも》すというかにも若い娘の幹事らしいロマンチックな演出があり、淡い炎と白いヴェールの二重の帳《とばり》に包まれた江津子の横顔には、今この一瞬の燦《きら》めきだけを生きている人の美しさがあった。小柄な江津子は背丈の点でも将一と釣合いがあった。看護婦に混じって座った郷子は夫の結婚式に立ち会っている自分を夢のように感じながら、夫が先刻言ったラヴレターという言葉をしきりに思いだしていた。

愛が本当に、将一の言うように、相手に一番やりたいことをやらせる勇気なら、自分との鎖を断って相手に完全な自由を与える優しさなら、確かにそれは一通のラヴレターだった。十年前結婚した男に、郷子はその一枚の紙で初めて熱い胸のたけを告白したのだった。

三月の末に江津子も将一にラヴレターを書いた。優が書いた人生相談の手紙も、母親と父親への愛を訴えたラヴレターだったのだろう。そして将一が窓ガラスに描いたマニキュアの花片《はなびら》もまた——家を出る前に字の下手な将一は、絵の形を借りて、妻や子供への熱い愛の言葉を書き遺していったのだろう。

宴会は闌《たけなわ》だった。患者の中には江津子と同じように残された生命の短い人もいるのだろうが、そんな暗い気配はどの顔にも微塵《みじん》も感じられなかった。紙皿の上のケーキや、天井から吊された色電球や埃《ほこり》を薄くかぶった造花。クラッカーの爆《は》ぜる音や人々の笑い声。誰もが神の微笑にも似たこの宴を心底より楽しんでいるように見えた。

何番目かに郷子も、新郎の従姉としてスピーチの指名を受けた。

「私の弟のような男と妹のような女が結婚しました。二人の結婚生活には普通の夫婦のような長い歳月は許されてませんが、でも十年一緒に暮しても意味もないまま終わる夫婦もいます。一日一日を大事にして下さい」

結婚式用の月並みな歌を少し上ずった声で歌いながら、郷子は胸の中では鉄幹の詩の「わが歌ごゑの高ければ」という一節を思いだし、繰りかえしていた。

「われに過ぎたる希望《のぞみ》をば
君ならではた誰《たれ》か知る」

下唇を咬《か》んで変に生真面目な目をした将一の隣で江津子は微笑していた。その微笑の下に隠されたものを知っているのは自分だけだろうと郷子は思った。そして夫の結婚式に列席し、結婚を祝福する歌を笑って歌っている一人の馬鹿な妻の本当の気持ちをわかってくれているのは、夫その人よりも江津子の方なのだろうと。

九

将一が電話をかけてきたのは江津子の手術が終わった二週間後だった。

「悪いけど、今からすぐ来てくれないか」

手術後の経過は順調だったたし、二週間の間に四度元気そうな江津子とは会っていたが、将一の声で郷子には何が起こったかすぐにわかった。社を走り出て、タクシーに飛び乗った。八月も末であった。最初の予想だった半年より一か月早かったが、それは何の意味もないように思えた。田島江津子という一人の女は、あの結婚式の、二時間の燦きのためにだけ三十何年かを生きたのだろう。

病室に将一の姿はなかった。医師と看護婦の白衣が、ベッドとその上で目を閉じている江津子の白い顔を囲んでいた。そのまま意識を戻さず終わると思われたが、最後に江津子はかすかに目を開き、視線をさすらわせた。そして郷子を見つけると一瞬小さな表情をつくり、すぐにまた目を閉じた。郷子が、今江津子は微笑したのだと気づき、微笑み返そうとした時、医師が臨終を告げた。病室にとびこんだ時目にした窓のむこうの入道雲は短い間に形を崩し、花火の余韻に似た筋を青空にひいていた。一人の死の傍に、いつもと変わりなく、風は流れ、風鈴は鳴り、カーテンは揺れていた。手を組ませようとして郷子は、江津子の薬指に指環がないことに気づいた。わずか二週間の結婚生活の痕跡が、白くまだぬくもった指にかすかに残っていた。

看護婦に尋ねると、将一なら高崎の親類に連絡を頼んで三十分ほど前に出ていったという。

郷子は優に電話を入れ、今夜は遅くなるからと言っていろいろ指示を与え、「お父さんがもしそっちへ帰ったら病院へ連絡くれるように」と頼んだ。将一が家へ戻るはずがないとはわかっていたが万一のためだった。

高崎から叔父と名乗る男とその息子らしい若い男がやって来たのは、夏の空がいつの間にか暗くなった頃だった。郷子がただの友達と偽り、後は二人に任せて廊下に出ると、受付の娘が「電話がかかってます」と呼んだ。

電話は優からで「お父さん、またやったみたい」ませた溜息をついた。今警察から連絡があって、将一がまた池袋の酒場で酔って暴れたのだという。

郷子は急いでタクシーを拾い警察署に乗りつけたが、将一は相当な器物破損をやっているので、明日の朝取り調べが済むまでは帰せないという。一晩のどうしようもない悲しさを檻《おり》に閉じこめたくて将一はわざと泥酔したのだろう。

家族が死んだのでちょっとだけでも会わせてほしいと郷子が言うと、巡査は迷惑そうな顔をしながらも地下へ案内してくれた。コンクリートの冷たさと夏の暑さが薄暗い中に混ざりあい、鉄格子のむこうに、世間と履歴書から放り出された場所に蹲《うずくま》っていた将一は、足音に顔をあげ、立ちあがった。

「午後三時四十分……でもあの先生の腕時計遅れてるから……」

郷子の言葉に将一は肯き、笑おうとしたが、顔を上手くつくれず、舌打ちをした。目が赤かったが酔いのせいか潤《うる》んでいるせいかわからなかった。酔い潰れた男が二人、のんびりと鼾《いびき》の合奏をやっていた。

「最後に綺麗な顔で笑った……あんたに見せなくてよかった。あんな綺麗な顔、一生忘れられなくなるから」

将一はポケットに手をつっこみ「あいつ俺たちのこと知ってたんだよ。昨日の晩、これ君に返してくれって……それだけ言っただけだけれど」隠しておいたらしい指環をとりだした。

「そうよ、あの女《ひと》全部知ってた。私、あの式の前に敵と手を結んで、あんたを騙すことにしたの。こっちの手……」

郷子は左手で鉄格子を握った。将一の手がその手に重なった。郷子は力を籠《こ》めて指を将一の指に絡《から》めた。今確かにあの女《ひと》は、田島江津子は死後の人生を摑んでいるのだと思う。江津子はあの時、自分の生命を少しだけ郷子の左手に遺すためにああも強く握りしめたのだろう。郷子のために右手を遠慮した。郷子の右手が今度こそ将一との結婚生活を確《しっか》り握るためにあることを、あの女《ひと》は知っていたのだ。将一のもう一方の手に、郷子は自分の右手を重ねた。巡査が早く切りあげてくれと催促するように鍵束をガチャガチャいわせた。

「戻ってきてくれるわね」

将一は黙って首をふった。

「わかってた……鎌倉に行った時から、あんたが、江津子さん死んでも家へは戻ってこないつもりだったこと……こんな勝手なことやってそれで平然と家へ戻ってこれるような卑怯な男じゃないこと……でも」

郷子は将一から目を外らさなかった。

「でも私、あんなラヴレター書いたじゃない。あんな凄いラヴレターもらって心動かさなかったら、最低の男だわ」

その言葉とともに、それまで忘れていた涙が目に溢れた。

裏町

「あの子、組の若い男とつき合ってるのよ」

萩江はカウンター越しに酌《しゃく》をしながら、そう呟《つぶや》くように言った。私が顔をあげると、小さくため息をつき、困ったというように微笑し、それから視線を隅の一輪ざしへと逃がした。

黄色い花はふちの方が茶色に萎《しお》れかかっている。花とそれを眺めている女は、同じ形に首を折っていた。この女はもう今年で四十三になるのではなかったろうか、そんなことを思いながら、私は黙って盃《さかずき》を空《あ》けた。

二人の沈黙に雨音が響いていた。この前の雨音で桜は流れている。まだ暦は四月でも、花の季節を棄《す》てた雨は、ひどく静かで、裏通りのくすんだ夜と似合っていた。

裏通りのそれも小路を折れてすぐに鉄工所のコンクリート塀に突きあたる、袋小路の飲み屋は、昼間でも、燈がなければ見落としそうな狭さである。座ると背は入口の硝子《ガラス》戸にぶつかりそうになる。硝子と暖簾《のれん》の距《へだ》たりがあっても、路地の雨音はいつも背に当たっている。

いつの間にか雨が降る夜を選んで、その硝子戸を開く習慣になっていた。小さな店でも、鉄工所の従業員や裏町の住人たちの固定客がついていて、食べるに事欠かないほどの繁盛はあるらしいが、雨になると客足が落ちた。十一時の看板近くに行くと、萩江はカウンターに片肘《かたひじ》をついてぼんやりテレビを見ている。萩江とのことはもう二十年前に終わっているが、昔多少とも関係のあった女が、他の男に酌をしたり愛想いい顔をつくったりするのを見るのは、やはりいい気がしなかった。

かと言って、二人だけでは喋《しゃべ》る言葉もなく、ただ雨音だけを聞いている。大抵は店を手伝っている春子という二十二、三の娘がいて洗い物をしたりしている。いつもなら、糸を切って別別の端からポツンと垂れ落ちているような二人の沈黙を、喋り好きの娘の明るい声が埋めてくれるのだが、今夜はその娘がいなかった。

「映画にでも行ってるのか」

私がやっと口にした言葉に、

「そんな子供っぽいことしてるのならいいけど」

萩江は思いだしてまた酒をつぎ、春子の相手の男は正一という名で、以前から　人でよく店に来ていた、誰とでもすぐうち融《と》ける人なつっこい性格で、春子とも親しげな口をきいていたのはわかっていたが、まさか裏でそこまでやってるとは気づかなかったと言った。

「そこまでって……」

「同じ指輪してるの」

萩江は左手の薬指をたててみせた。四月に入って二人が同じ指に同じ指輪をしているのに気づいておかしいと思い、問い質《ただ》すと、去年の末から時々外でお茶を喫《の》むようになった、しかしそれだけで、指輪も夜店で買ってくれたのを冗談半分にはめているだけで、何か約束したとかいう関係ではない、春子にしては珍しい片意地な口ぶりでそう答えたという。話の合い間に、萩江はため息を挟んだ。ため息は、身寄りのない遠縁の娘をひきとってもう十年近く実の娘同然育ててきたのに、わけのわからない男と交際しているのが心配だから、というだけが理由ではないらしかった。やくざ者が堅気の娘に惚《ほ》れたといえば、それはそのまま二十年前の私と萩江の関係だった。

「本当にそれだけとは思えないのよ。休みやるたびに夜遅く戻ってくるし、この頃では店閉めてから一、二時間出かけることもあるの」

「どんな男だ……藤川組の者なら顔ぐらい知ってるかもしれない」

「ここで逢ってるわ。二月の雪の晩。憶えていない、ガム嚙みながら酒飲めるって馬鹿なこと自慢してた子」

言われて白いガム風船が頭に膨《ふく》らんだ。ガムを膨らませながら、酒を唇《くちびる》から流しこみ、つまらない事を大袈裟に喋っていた二十三、四の若者だった。九州かどこかの訛《なまり》があって、最初は鉄工所の従業員ではないかと思っていたが、声音《こわね》か身のこなしでピンとくるものがあった。だが若者の方では、私が昔同じ世界にいたと悟るだけの嗅覚はまだなかったのだろう、ひどく気安く声をかけてきて、私が裏通りの端《はず》れで妹夫婦が開いている電気屋を手伝っているというと「いい商売してるね」と言い、終《しま》いには「正ちゃんて呼んで下さいよ。皆そう呼んでるから」私の肩を叩いたりした。いかにも軽薄なチンピラ風情だったが、童顔の丸い目にまだ濁りのない幼さがあった。萩江が奥に行った隙《すき》に、春子の顔に膨らんだガムを近づけた。弾《はじ》けて頬《ほお》にくっついたガムを拭いながら春子が、その丸い目に含み笑いを返したのを憶えている。

「やくざだから嫌だっていうわけじゃないけれど……」

私が黙りこんでぼんやり左手の小指に視線を落としているのに気づいたのか、萩江はそんな話を始めたのを悔む口調になり、「大丈夫ね、たとえ何か関係があるとしても、あの子も二十二なんだし、自分で将来のこと決められる年齢《とし》だわ」声を明るく作って言った。

「幾つだった？」

「なにが」

「二十年前だよ」

「今のあの子より一つ年上……」

そう答えると、話から逃げるように、「いつになったら止《や》むかしら、雨」と呟いた。

「私、萩の花って見たことないの」自分の名なのにおかしいわねと笑って、女が湯河原の近くにその花の名所があるから連れていってほしいと言ったのは、二十年前の十一月も半ばを過ぎる頃だったろうか。

行きつけの食堂でレジ係をしていた女に声をかけて半年が過ぎ、初めての遠出だった。出かけると、しかし名所といっても小さな朽《く》ちかけた寺の境内に雑草のように生い茂っているだけで、しかも季節に遅れたらしく、花はほとんどが散っていた。それでもまだ二、三片薄紫の粒を残した枝を見つけると、「これが私の名前か……」そう呟いて微笑した。わざわざ付き合わせたのに悪いと思ったのか、無理に声を明るくしていた。その笑顔を見ながら、ひと月前「私だって結婚したいと思ってるわ。でもこの世界から足を洗ってくれない限り、肯《うなず》けない」女がそう言った時から、胸の中でくすぶっていた迷いに区切りをつける決心をした。

その夜、川のせせらぎが聞こえる湯河原の温泉宿で、私は「組を辞める」と萩江にその決心を伝えた。簡単にはいかないだろうが、指一本詰めるだけの覚悟はできていた。

「指一本って簡単に言うけど、どれほど痛いかわかっているの？」子供の頃弟が旋盤に手を突っこんで人さし指が半分千切れかかったが、その時挙げた叫び声は今でも耳に焼きついていると女は言った。そんな事は百も承知していると私は答えた。「いいえ、何もわかっていないわ……それだけの痛みに値する女じゃないわよ、私は」自分を蔑《さげす》んだのか、目の前の、若いからどんなこともできると信じている馬鹿な男を蔑んだのか、女は唇に暗い嘲笑を浮かべ、目を布団の傍に脱ぎ棄てた私の上着へと投げた。ポケットに女が寺で手折った細い小枝がさしてあった。花はもう目では見えないほどに小さく萎《しぼ》んでいた。「花の小枝折るのでさえ可哀そうな気がしたのに、生きた血の通っている指を切り落とすなんて、そんなことさせられないわ」女は萩の小枝から私の小指に目を移すと、「爪のびてるのね」と言い、その指を自分の唇に銜《くわ》え、白い歯を爪の先にあてた。咬《か》み切った私の爪の屑を女は吐き出さずにしばらく、閉ざした唇の裏で音もたてず噛んでいたが、やがて飲みこみ、同時に初めての激しさで顔を私の胸にぶつけてきた。

この時、萩江にはもう、他の男がいたのだった。

春子はとうとうその晩、私が店を出るまで戻ってこなかった。

多少気に懸《かか》ってはいたが、萩江の言う通り春子の意志に任せておけばいいという気持ちの方が強かった。二十年前、萩江もまた自分の意志で幸福な道を選んだのである。いや幸福といえたかどうか。私と別れて間もなく、堅気の会社員と結婚して仙台へ行った萩江は、その結婚生活に失敗し、五年も経って再び住み慣れたこの町へ戻ってくると、もう二度と結婚という言葉に夢を見られないまま、一度傷を負った体を裏通りのそのまた片隅に隠すように今日まで生きてきたのだった。狭い町のことである。萩江が戻ってきたことは噂《うわさ》に聞いたし、昔とは違って水商売の女の匂いを着物の襟《えり》の崩れに漂わせたその姿を、何度か街中で見かけはしたが、結局四年前、私のいた組が今の藤川組に吸収され、ごく自然な形でその世界から足を洗うまで、萩江の店の暖簾を潜《くぐ》る決心がつかなかった。

「どうせこうなるなら、あの時私の方からあなたの世界に入っていけばよかったのかもしれない」

十六年ぶりの萩江は、そう言うと痩《や》せて眉までが細くなった顔を静かに保ったまま、涙を流した。私はただ「しかし結局指一本が残ったのだから」返答にもならない言葉を返しながら、その時も左手の小指をぼんやり眺めていた。指一本残ったことが、その指にまだ私の血が通っていることが、しかし、本当に良かったのかどうか、私にはわからなかった。萩江が言うように、あの時、若さで無我夢中のままどちらかがもう一方の世界へとびこんでいれば二人には別の生き方があっただろう。しかし、またそれを悔むには、十六年ぶりの二人はもう年齢をとりすぎていた。たとえ運命の決めた流れに逆らっても、遠い昔に通り過ぎた岸辺に帰りつけないことが痛いほどわかる年齢にさしかかっていた。二人だけの時、萩江は決してカウンターの中から出ようとはしなかった。

萩江と別れて三年間、私は生き残った指に包帯を巻いて人目にも自分の目にも曝《さら》さないようにしていた。何故だったのか、自分で理由がわからなかったが、あれも若さだったのだろう。そのせいか、今でも年相応に老けた手の中でその指だけが浮きあがるように白く、当時の若さを残して見える。

爪もその一本が他より白いのを眺めながら、その指だけが私の体の中で今も生きているような気もしたし、その指だけがもう死んでしまったような気もした。

四月半ばの一晩きりで、それからしばらく萩江は正一という名を口にしなかった。

春子も以前と変わりない様子だったが、若い二人が関係を断ったというのではなかった。藤川組に吸収される際、新しい幹部になった吉村という男と街で遇《あ》った時、それとなく正一という男のことを探って「調子のいい奴だが根は純情で、今はどっかの素人《しろうと》娘とつき合っている」という言葉を聞いていたし、私自身の目で、五月のある晩、二人が駅前のその種のホテルが並んだ一画へ足を踏みいれるのを見た。ちょっと見の後ろ姿だったが、純情というのは本当なのか、正一は照れて肩をすぼめ、春子の方が積極的に出ているように見えた。

萩江は二人の関係を知っていながら、私に口を閉ざしていたのだろう。本当に春子を信用して自由にさせているのではなく、やはり我が子同然に可愛がってきた娘が暴力団員の色に染まっていくのを何とか喰いとめたいのだが、そんな気持ちをまさか私の耳に入れることもできないので、口を噤《つぐ》んだ裏で一人やきもきしているに違いなかった。二十年前の自分たちのことを考えれば、私と同様、どんな形にしろ若い二人をいっそ結んでやりたいという気も多少あったろうが、それよりもやはり、二人を別れさせたいという親心めいたものの方が強いだろうと思った。春子に何気なくすっと流す目に、私は二十年前の萩江の「あなたが足を洗わない限り駄目だわ」と呟いた声を聞いた。

私の想像はあたった。

六月になり、もう梅雨《つゆ》に入ったのかと思えるような鬱陶《うっとう》しい雨の降る夜、いつものように『美萩』という墨文字の染めも褪《あ》せかけた暖簾を潜ったところで、私は硝子戸に伸ばした手をとめた。中から「春ちゃんのためだから、お願い」そんな萩江の声が聞こえたのだった。磨《す》り硝子の上半分が透明になっていて、正一らしい背が見えた。萩江はもう一度「お願い、あの子には普通の幸せを味わわせたいのよ」そう言って、カウンターの中から自分の手を伸ばし正一の片手を取ると、その薬指から細い銀色の指輪をはずし、小指へと移した。

アロハシャツの背はこの時も、ひどく肩をすぼめ、縮こまっているように見えた。

私はそのまま戸を開けず、家へ戻った。

酒気も帯びず、むっつりした顔で帰った私を怪訝《けげん》そうに見ている妹に、私は、薬指から指輪をはずし他の指に移すというのはどんな意味があるのだろうと尋ねてみた。それなら婚約を解消するという意味だろうという妹の返答に私は胸の中で肯いた。婚約とまではいかなくとも正一と春子はその薬指の指輪で何らかの誓いを交わし合うほどの仲ではあったのだろう。その誓いを忘れて春子と別れてくれ、正一の薬指から指輪をぬいた萩江の手は、そう言っていたのだった。妹に尋ねたのはただ念のためだった。指輪のことなどなくとも、萩江の言葉や訴えるような目で、私には萩江が二人を別れさせようとしたのはわかっていた。

アロハのうしろ姿は萩江のその必死の目に気圧《けお》されたのだろう、神妙に肯いたようだった。自分から好んでその世界に身を落とした馬鹿な男とはいえ、昔の自分のことを考えると、そのために一つの愛を諦《あきら》めなければならなかった若者が私には憫《あわ》れに思えた。

アロハの肩が妙に落ちて思いだされ、ガム風船がパチンと弾《は》ぜる音が聞こえた。

それから本格的な梅雨入りを迎えるまでに、私は表通りの喫茶店で、一度、春子の姿をみかけた。春子は正一とは違う、見るからに真面目そうな色の浅黒い若者と一緒で、私を見かけて会釈《えしやく》した時以外は、大きな口を開けて楽しそうな笑い声を絶やさなかった。レジに向かうためにその傍を通り過ぎた時、私は春子の左手の指にもう指輪がはめられていないのを認めた。

萩江が正一に別れてくれるよう頼んで、まだ十日が経っていなかったが、私はもう既にそれ以前より春子の新しい交際が始まっていた気がした。そう思った時、春子の心底より楽しそうな笑顔に、二十年前、湯河原の旅から戻って一週間後、「私、会社員の人から結婚を申し込まれているんだけど、それを受けようと思うの」そう呟いて淋しそうに目を伏せた萩江の顔が重なって浮かんだ。その翳《かげ》った表情が、言葉にはしなくとも本当は私のことを愛しているのだという気持ちを伝えているように思えた。私は萩江を愛していたので、黙ってその言葉を聞き容《い》れた。こんな世界にいる男とより、会社員と結ばれた方が幸福になれるのだからと、無言で引き退ったのだ。

しかし、喫茶店を出た後も、春子の何の屈託もない笑い声を耳に響かせながら、私はもしかしたら、萩江のあの時の淋しそうな顔の裏にも同じ笑い声があったのではないかと思えた。春子が正一を裏切っていたように、萩江もまた堅気の会社員と笑い声をあげ、私を裏切っていたのではないか――。

今ではもう萩江のことは諦めていると思っていたが、既に鏡面のように静かになっているはずの二十年前の過去に春子の笑い声が石を投げ、波紋を広げた。その波紋を残したまま、四日後、梅雨に入って二日目の晩、私は萩江の店へ行った。私は二週間前の正一と同じ席に座り、萩江のあの時の正一に別れてくれと迫っていた必死な目を思いだしていた。若者の気持ちも考えずただ春子の幸福だけを願うのに必死だった目は、そのまま二十年前の萩江の本心だったのではないか。

「あの二人は――」

別れたのか、と尋ねようとした声が自分でも驚くほど刺々《とげとげ》しくなった、その時である。

硝子戸を叩きつけるようにして正一が飛びこんできた。先夜と同じ赤と青の派手なアロハも髪もびっしょりと濡《ぬ》らした若者は、飛びこんできた自分が信じられないように数秒ぼんやり突

っ立っていたが、「春子ならいないけど」という萩江の言葉に、わかってるというように小刻みに肯き、呼吸を整えてから、

「春ちゃん、もうずっと前から鉄工所の男とつき合ってるって?」

萩江にそう尋ねた。

「鉄工所って……」萩江はそう聞き返し、自分は何も知らないと言うように首を振った。

「みんな噂してるよ、知らなかったのは俺だけだったみたいだな」

萩江はそれには答えず、タオルを取るとカウンターを出て、正一の体を拭《ふ》こうとした。その手を荒っぽく振り払い、正一はシャツの下から手拭いに巻いた出刃をとりだした。柄を握る手が震え、覗いた刃先から雨の雫《しずく》が滴《したた》り落ちた。

私が立ちあがったのと、萩江が激しく首を振り「いけない!」そう叫んで庖丁を奪いとろうとしたのが同時だった。「わかってるよ!」大声で萩江の腕をふり払い、出刃をカウンターに叩きつけると「何もしやしないさ」笑おうとして失敗したのか、唇を咬むと、私に気づかないまま飛びだしていった。

春子が帰ってきたのは、それから十分もして騒ぎの余韻が雨音に消えかかった頃である。それまで私の隣りに座りこみ、じっと何かを考えている様子だった萩江が立ちあがり、「どこへ行ってたのよ。あんた鉄工所の男とつき合ってるらしいけど、その男と一緒だったの」と聞いた。ほんのり頰《ほお》を酒気に染めて微笑していた娘は、萩江の気配にただならぬものを感じとったのだろう、顔を神妙にして肯いた。

「いつから……正一のことは、あの子のことはどうするつもりなの」

「別れるわ」娘ははっきりと言うと、それ以上は何も口にしたくないというように奥へ行こうとした。その体を萩江は全身で制《と》めた。

「だって正ちゃん、ただの暴力団じゃないの」

春子は睨《にら》みつけてくる萩江の目に、冷たい声を返した。一瞬、萩江は顔色を変え、春子の肩ごしに私を見つめた。そんな言葉を聞かせてはいけない男が一人いることを、春子は知らなかった。

私は黙って立ちあがった。正一と同じように笑おうとして笑いきれず、カウンターの出刃に手を伸ばした。

「春ちゃん」私は静かに声をかけた。

「正一って男がやくざじゃなけりゃ、もう一度考え直してやってくれるか」

ふり返った春子は私の言葉の意味がわからなかったようだったが、私は構わずに続けた。

「あんな若僧には指つめる意気地もないだろう。けど俺がかわりにつめてもってきゃ藤川組には馴染《なじ》みもいるし、無傷のままあいつの足を洗わせてくれるさ……」

私は左手をカウンターの上に開き、出刃を寄せた。本当の気持ちはそれだけではなかった。

「ただの暴力団じゃないの」今の春子の言葉は結局二十年前、萩江が私に何より言いたかった言葉だったのだろう。私はこの四年、雨の音にあの夜の湯河原の川のせせらぎを思い出してはこの店へ通い続けてきたことが、不意に馬鹿馬鹿しくなったのだ。台の上に開いた五本の指の、やはりその指だけが白かった。この四年、私と萩江を距てていたのは、カウンターでも十数年の歳月でもなく、その、一度死に損ない、残骸のような白さでまだ私の体と繋《つな》がっている指だった。胸に波騒ぐもののないまま、私はひどく静かに刃先をその指にあてた。

「やめて」

萩江の唇から声がもれ、同時に白絣《しろがすり》の袖《そで》が空に舞ったと思うと、細い腕は思いきり春子の顔を殴りつけていた。間を置かず、萩江は二度三度と腕を振りあげた。髪をふり乱しながら、春子は次々に振りおろされる腕を逃れようと床にしゃがみこんだが、それでも萩江はやめなかった。

「やめてよ、痛いわ」春子の叫び声に、萩江の目から涙が溢れ落ちた。

「痛いなんて、これぐらいの痛さ……正一は、あの子はあんたのために指一本切ろうとしたのよ、私が頼んだら、足を洗うって。そのために今夜出刃もって……指一本切り落とす痛みに比べたら、これぐらいのこと……」

全身の力で殴りかかっている萩江の姿を見守りながら、私は胸の中で小さく叫んだ。それまで正一が今夜出刃をもちだしたのは、裏切られたと知って春子を刺すような物騒な事を考えたせいだと思っていたのだ。それだけではなかった。二週間前、硝子戸から覗き見た萩江の必死な目をとり違えた。あの時萩江は正一に別れてくれと頼んだのではなく、春子の本当の幸福を願うのなら、指一本を棄ててでもこの世界から足を洗ってくれと頼んだのだ。薬指の指輪を小指に移したのは、近いうちに死んでしまうその指をせめて短い間大事にしてやってほしいという意味だったのではないか。

そして何より、私はこの数日、萩江の二十年間の真実《ほんとう》の気持ちを誤解していた……。

「あの子は本気だったのよ、あんたのためなら血を流してもいいって。それほどの男の気持ちを踏みにじって……嘘じゃなかったわ。肯いた時のあの子の目を見ればわかった……昔……」

泣き声でそれ以上続けられなかった言葉を、だが私ははっきりと自分の耳に聞きとった。萩江は二十年前の自分を殴っているのだった。私は霞《かす》み始めた目を、やっと台の上に開いた手に戻した。

刃先は手に触れて、微《かす》かに血を滲《にじ》ませていたが、それでもまだ白い指は私の体に、私の命に繋がっていた。

青葉

二カ月前までは毎日のように歩いていた駅前の商店街が、別の街並のように映るのは、雨のせいなのか。

朝からずっと晴れていたのに、夕方近くなってこっそり家を出ようとした時から、不意に雲ゆきが怪しくなった。夕飯の支度をする時刻なのに外出着に着がえて、そっと玄関の戸を開けているところを姑《しゅうとめ》に見つかった。「どこへ出かけるの」咎《とが》める声とともに、姑の顔にも空模様と同じ暗い影がさした。「母が具合が悪いというので、ちょっと家まで」答えてから「実家まで」と訂正して、姑の返事も待たず戸を閉めた。慌《あわ》てたせいで戸は乱暴な音をたてたが、その音を姑は昨夜の口喧嘩のせいにするに違いなかった。昨夜、国男の枕のことで、節子は結婚後二カ月が過ぎて初めて、姑の言葉に逆らったのである。息子は子供の頃から籾《もみ》がらの枕が好きだったと言う姑に、節子は、「あの人、籾がらの枕だと、夢の中までざらざらした音が響いてくるみたいで嫌だと言ってたけど……」はっきりそう口にしたのだった。答えてきたのは、姑の無言である。それきり一時間前に家を出るまで、二人とも口をきかなかった。

雨は、秋葉原で総武線から山手線に乗り換え、五反田の駅に着くまでに降りだした。

どの辺りで降り始めたのか、ぼんやりしていたのでわからなかった。五反田で降りて改札を通ると、いつの間にか街は薄暗い雨の色に染まっていた。ぼんやりした気持ちのままに、雨は風景のピントをはずし、見慣れた古巣の街を別の街のように見せている。

だが雨のせいだけではないのだ。

今朝、国男が、不機嫌に黙りこんでいる二人の女の顔に、弥治郎兵衛のような、どっちに傾くでもない視線を揺らすのを見た時、この母子とはもう一日も余分には暮したくない、そう思った。姑がちょっと外出した留守を狙《ねら》って実家に電話を入れ、母の声を聞いた途端、「もう別れたい」泣き声になっていた。母は「ともかく私が病気だとでもいうことにして出てらっしゃいよ。話、聞いてあげるから」と庇《かば》うような口調だった。結婚前にも、「あの姑さんじゃ案外大変かも知れないわね。まあ、今の世だから、辛抱しきれないことあったら、いつでも戻ってきていいから」と言われている。

しかし、いくら結婚と離婚とが、同じ自由という言葉で、背中合わせに貼りついている今の時代でも、わずか二カ月で別れ話の相談に戻ってきたことには後ろめたさがある。その後ろめたさからか、街が自分を拒んでいるように、よそよそしく見えるのである。

節子は周囲を見まわした。

母の静代は気のまわる性質《たち》だから、傘をもって迎えに来てくれそうだったが、それらしい姿は見当たらなかった。仕方なく雨の中に足を踏みいれ、母と落ち合うことになっている喫茶店に向かった。商店街をつきぬければ家なのだが、家では娘が感情的になるのを恐れたのか、家とは正反対の喫茶店を母は指定した。

線路伝いに歩きだすと、雨は見た目より勢いが激しい。並んだ家並の一軒の板塀から、木の枝がこぼれだし、パラソルのように葉を広げている。そこだけ道が白く残っているのを見つけて、節子は駆けこんだ。

何の葉なのか、掌《てのひら》ほどの大きさで、絹地のように薄く柔らかである。空は夜の迫ってくるような暗さだが、暮色と雨雲の暗さは違うのだろう、仰ぎ見ると微《かす》かな光に透けて、鮮やかな色を目に流しこんでくる。だが、じっと見惚《みと》れているわけにはいかなかった。

雨のしずくとともに、生ぐさい匂いが降りかかってくる。雨に叩かれて揺れながら葉が息をしているのがわかる。植物も人や獣と同じ生き物だとわかる生々しい匂いで、すぐにも離れたいのだが、体を動かせなかった。雨のせいではなく、臭気の強さは体を閉ざし、逃げるのを赦《ゆる》さない。

葉だけがおい繁っているのを見ると春の花木のようだが、まだ二カ月前、国男と結婚式を挙げた頃には一体どんな花を咲かせていたのだろう、そんなことをぼんやり考えながら見あげていると、

「ちょうど良かった」

声とともに、折りたたんだ赤い雨傘がさしだされた。

「駅の方へ行こうと思ったんだけど、あんたのことだもの、これぐらいの雨なら歩きだすに決まってると思ってね」

母は雨傘の陰で笑っている。普通は瓜《うり》ざね顔のいい輪郭だが、笑うと下ぶくれになる。だが、すぐに微笑は消え、表情が強《こわ》ばった。何か言われると思ったが、そうではなく、

「いやな匂いねえ」

母も青葉の臭気に気づいたのだった。

わずか二カ月とはいえ、既に結婚式の晩からだった。新婚旅行先の志摩のホテルで、節子の体を離した後、国男はおもむろにベッドをおりると、東京の母親へと電話を入れ一時間半も喋《しゃべ》ったのである。ホテルの窓の景色から夕食の料理、新幹線の中で節子が居眠りして窓ガラスに頭を打ちつけたことまで報告している。節子は今のベッドの上でのことまで話されるのではないかと背筋が寒くなる気がした。その晩だけではない。部署が営業だから帰宅時間は時に深夜近くになるが、どんなに遅い時でも、食事をしながら、その日一日の全部を報告する。時々思いだしたように節子の方をふり返るが、大概は、顔は母親の方にむいている。それだけなら赦せるが、姑は「若いのに無理することないから」と節子を先に寝かせ、戻ってきた国男の相手を自分一人でする。それも節子がせっかく作っておいた料理を食べさせないで、改めて自分で作って食べさせているらしい。ゴミ箱の中に前夜作ったクリームコロッケが手もつけぬまま棄《す》てられているのを見た時はさすがに腹が立って夫に訴えたが、「だったらこれからは料理、全部母さんに任せろよ」と、望んだのとはおよそ逆方向からの答えしか返ってこなかった。花の活《い》け方から洗剤まで「国男はこの方が好きだから」という言葉がくっつく。それも露骨に敵意

をむき出してくれるならこちらも反撃に出られるが、「節子さんはテレビでも見てればいいのよ。あの子の世話は私の方が慣れてるから、あなたが大変な思いしなくても」とまるで嫁のことを気遣っているように装うのだから始末が悪い。二カ月間、毎晩が泣き寝いりだった。

「結局、私は、あの家では家政婦ですらないのよ」

母はコーヒーカップを湯呑茶碗のように両手で包みこみ、息で冷ましながら飲んでいたが、節子の言葉がとぎれると、目に微笑をふくませ、「小学校の運動会のことを憶えてる?」唐突に聞いてきた。

「あんた、駆けっこで、あれはどう言うの、ピストルが鳴る前に飛び出しちゃうの。あれ五回もやって、私や父さん、はらはらさせたけど……幾つになっても変わらないわねえ」

同じことをしているのではないか、母はそうやんわり窘《たしな》めたのだった。節子は、自分でもスタートラインから結論へと一挙に飛びつこうとする悪癖には気づいていた。そういう性急《せっかち》な所は、のんびりと楽天的な母の血でも、行動する前にじっくりと腕ぐみして考える父の血でもない。父方の祖母、節子が中学にあがる頃に死んだヤエの血だった。

「母さんだって、姑では苦労してるじゃない」

祖母のヤエは、気持ちより先に体が動いているといった人で、当時もう六十を過ぎてはいたが、若い者に負けない仕事をした。庭掃除にしろ洗濯にしろ、母がやっているのを見つけると、バタバタと大袈裟な足音をたてて飛んでいき仕事を奪った。口も達者で、「お前の母さんは、私が浴衣《ゆかた》一枚縫ううちにやっと雑巾《ぞうきん》一枚だよ」とか「ああものんびりしてちゃお前、ひとり娘のままで終わるよ」とか陰でしょっちゅう聞かされていた。後の方の言葉が、母に後継の男児ができないことへのあてこすりだとは、子供ごころにもわかって、母のことを可哀そうだなと思った記憶がある。

気短な祖母の性格では母の悠長さが我慢できなかったのだろうと思っていたが、今から思うと、祖母が母にむけた怒りも、結局は、主婦の座と息子とを奪いに家に入ってきた若い女に、一人の女が抱いた嫉妬《しっと》と敵意だったのだろう。

楽天的な母は、姑のきつい言葉も聞き流しているらしかったが、それでも堪《たま》りかねることはあったのだろう。ある日学校から戻ると、母がお勝手で、葱《ねぎ》でも刻みながら肩を震わせて泣いているのを見たことがある。「まったく、買い物にあれだけ時間がかかるなら、料理ぐらい手早くやったらどう」姑がやって来て追い討ちをかけるように言った。黙っている母の背で、割烹着《かっぽうぎ》の結び目が半分解けて揺れていた——。

「まあね……でも私の場合は、父さんがああいう人なので、我慢もできたのだけれど」

記憶の祖母と今の姑とが重ねあわさり、改めて節子に腹だちが湧《わ》いてくる、顔に出たそれを、母は持ち前ののんびりした笑顔で包みこみ、そんなことを呟《つぶや》いた。

父の竜一は、大手の建設会社に勤めている。技術面の仕事だから、性格にも考え方にも製図でも引くような、悪く言えば四角四面な所があって特別な面白味はないのだが、反面それが一番大きな長所でもあり、物の見方が確かだった。一ミリでも製図と違えば厳しい言い方もするが、製図どおりならば、日頃の口数の少なさからは想像もできない優しい顔を見せる。

善悪の判断が正しいというのだろう。祖母と母の関係にも定規のような確《しっか》りした目をむけていて、祖母の方が間違っていると判断すれば、親子の情がらみを捨て、母の方の肩をもった。

祖母のヤエもそんな息子の気質を見抜いていて、めったに父のいる場では母に強い言葉を投げることはなかったが、それでも一度、よほど機嫌が悪かったのか、四人で食卓を囲んでいる時、「静代さんの切った豆腐はつかみづらいわね。庖丁が鈍《のろ》いから、角が死んだよ」という詰《なじ》り方をした。母が「すみません」と小さく頭をさげたのと、父が「だったらこれから母さん、自分の食べる分は自分で先に切ってとっておくんだな」と言ったのが同時だった。

いつもの静かな言い方だったが、その一言はよほどヤエにも応えたらしい。黙りこんで頬《ほお》の皺《しわ》をやたら伸び縮みさせながら、いつまでも豆腐を嚙《か》み続けていたのを、節子はよく憶えている。

実は、二カ月の結婚生活で、節子が一番不満に思うのは、その点だった。

姑が何を言おうと、一言でも国男が自分を庇ってくれれば、無視してしまえそうな気がする。しかし、「君のこと大事にするから」と結婚前に約束してくれた言葉は、営業マンとしての愛想にすぎなかったのか、この二カ月一度として、大事にしてもらったという実感を持ったことはなかった。

「問題は国男さんなんだけど——」

娘の胸中を読みとったように、母は言った。

「でも国男さんだって、お父さんを早くに失《な》くして、お母さんの手一つで育ててもらって、お母さんの苦労も見てるだろうから。うちのお父さんみたいにはいかないのよ」

「でも……」

「ともかく、今日の所は帰りなさいよ。私だってあんたに同じ苦労させたくないから、いざとなれば離婚にも同意してあげるけど、私が今聞いた感じじゃ、まだそこまでいってない。あんたも利口な娘だから、もう一度ゆっくり考えてみなさいよ。本当に国男さんともお義母《かあ》さんとも今後やっていけないのか……まあ、ちょうど明後日にでも札幌へ行ってみようと思ってたから、お父さんにもちょっと相談してみるけど」

「お父さんまだ札幌なの？」

結婚式のすぐあと、父は札幌の支社へ出張した。しかし、一カ月と聞いていたので、漠然ともう東京へ戻ってきていると思っていたのだった。

「交代の人が倒れたらしくて、もう二カ月延長。夏服のことなんか心配だから、ちょっと行ってみようと思って」

「父さんいないなら、今夜だけでも泊めてよ。もう飛びだして来ちゃったんだし……」

雨はいつの間にかやんでいる。

窓のむこうには国電の線路が迫っているが、その上方の空から雨雲を割って陽光が降りそそいでいる。もう夕暮れ時だが、雨後のせいか陽ざしは真昼のように白く眩《まぶ》しかった。

母はしばらくそんな空を見あげていたが、

「やはり今日は帰りなさい。大丈夫よ。私が適当に言い繕《つくろ》っておいたから、お義母さんも機嫌よく迎えてくれるわよ」

「言い繕ったって？」

「電話かかってきたのよ。あんたが出てすぐだと思うけど、今節子さんから聞きましたが、お加減いかがですかって」

それればかりではなく、芝居の券があるから体が良くなったら節子さんと三人で観にいきましょう、と愛想いい声を出したらしい。そういう姑の親切ごかしこそ、節子が腹を立てている理由なのだが、

「死んだお祖母ちゃんが私の実家《さと》に電話を掛けたのと同じ声だから」

少し高い笑い声をたてた母は、姑の下心など簡単に見抜いたようである。


どう言い繕ってくれたのか、母が持ってきた青梅の漬けたものを手土産に少し気まずい思いで戻ると、姑は母の言葉どおり、相好《そうごう》を崩して迎えてくれた。

その晩、初めて姑は先に床に就き、帰宅後の国男の世話を、節子一人に任せてくれた。

国男も大口の取り引きが成功しそうだということで上機嫌な顔を見せ、それから一週間、節子はやっと新婚生活らしいものを味わうことができた。

それは、あくまで、らしいものであり、姑の愛想良さの下に隠されている素顔も、夫への不信も完全に気持ちから拭い去れたわけではなかったが、それでも、もうこの人たちとは一緒にやってはいけないと思いつめたのも、母の言ったようにフライングではなかったのか、突然結

婚の現実へと投げこまれ、わけがわからなくなって夫のことなども近視眼で見すぎていたのではないか、そう考え直し始めた頃である。

突然、母の静代から一通の封書が届いた。

姑のいない所でこっそり開いてみると、便箋《びんせん》に、「父さんと相談しました。あなたの気持ちさえ決まっているならいつでも戻ってきていいということです。決心がついたら、できるだけ早い方がいいでしょう」走り書きらしい文字があった。

それだけを記した便箋とともに、封筒には離婚届の用紙が入っていた。


あれは、祖母の一周忌だった。

客達が帰った後、母は喪服姿のまま、縁の端に立って暮色に溶けかかった庭を見ていた。その後ろ姿のまま、母は居間で客の残した酒を飲んでいた父に、「あの桜、伐《き》ってもいいですか」と言った。ひどく静かな声だった。

父はちらりと目を庭に投げ、「ああ」と頷《うなず》き、もう一周忌も済んだことだし、といった言葉をつけ加えた。母は奥から鋸《のこぎり》をもってくると、庭におり、庭の真ん中に植わっている桜の幹に鋸の歯をあてた。丈は低いが、四十年前祖母が嫁いだ時に植えたというその木は枝ぶりも見事で、春は花で、夏は青葉で狭い庭を圧してしまう。確かその何日か前に、母が、「あの桜のために庭が狭く見えるからいっそ伐ってしまいたい」と父に語っていた記憶がある。無理に力を入れるからだろう、軋《きし》り続ける鋸の音を聞き兼ねて、父が少しふらつく足で庭に降り、黙って母の手から鋸をとると、自分が伐り始めた。鋸の音が不意に澄んだものに変わった。母はしばらくその音に耳を傾けながら、鋸が幹へ食いこんでいくのを見守っていたが、やがてまた奥からもう一つ小さな鋸をもってくると、幹の反対側から伐り始めた。晩秋で葉は半分以上散りしいていたが、それでもまだ幽《かす》かに季節の赤味を残して枝にくっついていた葉が、根もとからの震動でぱらぱらと雨のように降った。その葉を髪や肩に浴びながら、夜の始まろうとする庭で二人は黙々と鋸をひき続けていた。

二人ともまだ礼服だったせいか、中学生の節子の目にはそれが何か厳粛な儀式のように映ったが、十年が経ち、改めて縁に立って草に埋れかかったその切り株を眺めていると、やはりあれは儀式だったのだと思えてくる。

思い出の中にある木の、丈は低く幹も細いのに、執拗《しつよう》に枝を伸ばして庭を制しようとするかのような老獪《ろうかい》さは、そのまま当時の祖母の姿である。母は生活の中から祖母の存在を完全に葬るためにあの木を伐ったのだろうし、父は父で、これからが自分と母との本当の結婚生活だという気持ちを鋸の音に籠《こ》めていたのだろう。

事実それ以後、諍《いさか》いの声が家の中で響いたことはほとんどない。角の切れすぎた父と尖《とが》ったものを柔らかく包みこむ母とは相性も良かったのか、大きくなって聞いた話では、母には別に好きな男性があったのに、父の熱意に負けて、その方の男性を棄てる形で嫁いだという。父はその無口の裏に、ひとり娘に注ぐ以上の愛情を母に対して抱き続けていたようで、夫婦仲は良かった。

平凡で幸福な家庭というものを製図にひくことができるなら、それが祖母のいなくなった後の親子三人の暮しで、節子の結婚と一週間前怒りにまかせて口走った「別れたい」という言葉だけが、この十年で初めて起《た》ったさざなみだった。

母から手紙の届いた翌日、節子は口実を作って外出すると、実家を訪ねたのだった。自分の気持ちが変わりかけたせいもあるが、わざわざ離婚届まで送ってくるのは唐突すぎる気がした。一週間前、母は「別れたい」という娘の言葉に反対したのだし、母から話を聞いただけで娘の離婚を認めるというのも、父らしくなかった。本気なのかどうかを尋ねに来たのだが、買い物にでも出かけたのか、母は留守だった。

母の帰りを待ちながら、ぼんやり縁側に座り、十年前の夕暮れ時の父と母の姿を思いだしていた。二カ月ぶりに見る庭が何となく見知らぬ庭のように見える。最近植えたばかりらしい苗木が五、六本あるせいだと気づいた時、電話が鳴った。

電話は母からで、渋谷へ買い物に来ているが、今むこうの家へ電話を入れたら出かけたというから、もしかして家に来ているのではないかと思って掛けてみたのだと言う。

一時間後に先週と同じ喫茶店で会うことに決めて受話器をおいた。電話機にも以前はなかった花柄のカバーがしてある。そればかりではない。洋簞笥《ようだんす》の位置が変わり、カーテンや襖紙《ふすまがみ》の色が変わり、応接間の壁からは、どこへ片付けたのか、父の気に入りの仏像の絵が消えていた。二カ月とはいえ他《よそ》の家で暮して他人の目になってしまったのか、手紙には戻ってきてもいいと書かれていたが、もうこの家には戻って来られないのかも知れない。殺風景な壁の額の跡を眺めながら、そんなことを思っていると、再び電話が鳴った。

今度は、節子も顔見知りの父の部下からで、今北海道から戻ってきたが、父から母への伝言を頼まれたと言う。

「札幌にいいマンションが見つかったから、今週中にでももう一度来て見て欲しいとおっしゃってました。それからそちらの家の売却は社のルートでやりますので……」

意外な言葉だった。

「あのう、夏までの出張なのに、父も母もこの家売って札幌に住むんですか」

「出張って、ご存じなかったですか、お父さんが四月に札幌へ転勤なさったこと」

「転勤?」

電話を切った後も、その言葉は飲みこめなかった。父も母も何故そんな重要なことを黙っていたのか、いや、何故出張などと嘘をついて隠していたのか。

わからないまま、節子は家を出て、喫茶店に向かった。駅前で曲がり線路伝いに歩いていくと、先週雨宿りした板塀越しの青葉が、今日は初夏の眩しい光に刺され、一層鮮やかな色を見せ、路上に落ちた影までも緑に染めている。色が鮮やかになったぶん、しかし匂いも強くなり、喫茶店に入った後もまだ鼻に残っていた。

先週と同じ席で母は待っていた。その前に座るなり、節子は昨日届いた封筒をとりだし、

「まだ決心がついたわけじゃないから」

と言って母の方へ押し出した。

「そう……だったらいいけど」

「決心さえついたらできるだけ早く別れた方がいいって、それ、札幌に引っ越すことと関係があるの？」

そう言ってさっき掛ってきた父の部下からの電話のことを話し、転勤という言葉の意味を問い質《ただ》した。

「どのみち、今日にでも話そうと思ってたけど……転勤のこと黙っていたのは、私と父さんの将来がはっきり決まってなかったから」

「将来って？」

母はすぐには答えず、封筒から離婚届をとりだしじっと見つめていたが、やがて、

「父さん、札幌に旅立つ前の晩、この離婚届さし出して別れてくれないかって」

「別れるなんて……どうして……」

母はいつもの笑顔になった。節子の驚きも柔らかく鈍く包みこんでしまう笑顔である。

「あんたには吃驚《びっくり》する話かもしれないけど、お祖母ちゃんが死んで十年、二人で暮した上で出た言葉だから、私は別に驚かなかったし、本当にその方がいいかも知れないって……今から思うと姑《かあ》さんがいた方が良かったのよ。死んで二人だけになると、真っ正面から対《む》か い合わなくちゃいけないところあって……あんたがいなければもっと早く別れてたわね。お父さん、あんたを嫁に出すまでは、と思ってたらしいわ」

「二人とも喧嘩したことだってないじゃない」

「それはあんたの目があったし……父さんも私も口数の多い方じゃないから。でも気持ちの中ではずっと……姑さんが死んですぐから」

突然すぎる話のせいか、母の笑顔のせいか、驚きは、伸びきったゴムのように、妙に緊張も実感もなかった。

返す言葉もなくぼんやりしてしまった節子の鼻を、ただ青葉の匂いだけが掠《かす》めた。あの鮮やかな色が同時に異臭を放っていたように、父や母の十年間の穏やかな歴史の裏にも同じ腐臭があったのだろうか。生きていくためには、どうしてもあの生ぐさい息遣いが必要だったのか。父や母でさえ、それを避けられなかったのか。

青葉に重なり、祖母の一周忌の夕暮れに降りしいた暗赤色の葉が見えた。あれはただの姑を葬る儀式ではなかった。祖母が死んで二人だけで対い合った一年のうちに胸の中に溜《たま》り、言葉にはできなかったものを、鋸の音に託してたがいの耳へと響かせていたのだ。娘の自分には聞こえなかったが、この十年、たがいの無言にあの鋸の軋む音を聞き続けていたのではないか。

「応接間から絵がなくなってたでしょ？　父さん、あれだけを持って札幌へ出かけたの」

母は離婚届をいじっていた指をとめた。

「本当はあんたにお礼言わないと——この間も離婚の話の決着つけるために札幌へ行くつもりだったんだけど、あんたの方の離婚話が出てきたから、自分たちのこと構っていられなくなって……結局、札幌に移ってもう一度やり直すことにしたのよ。それであんたが本当に別れたいなら別れさせてやろうって……」

母の指は離婚届の用紙を引き裂いた。

「どのみちこれ、役に立たなかったかも知れない。十年前のものだから」

母はそう言うと唇の端に苦笑を浮かべ、

「父さん、建築の本にずっとこれ挟んで隠してたのよ。私も十年前から気づいてたけど」

そう続けた。

敷居ぎわ

直子は、背を丸め、膝《ひざ》をしっかりと抱えこんで蹲《うずくま》っていた。

庭の隅の、欅《けやき》の木の下である。もう夕暮れも近くて、残光というのか、弱い陽ざしがその背を選ぶように当たっている。陽ざしの弱さは、まだ夏になりきっていないせいかもしれない。庭といっても、朽《く》ちかけた板塀に囲まれた、ほんの二、三坪である。塀に押しこめられたように生い茂っている雑草は、もう夜の気配を感じとって影になっているのだが、その中で一カ所だけ淡い照明でも当たったように、直子の背は浮かびあがっている。

縁側につっ立ったまま、植田はしばらく声もかけず、娘の姿を見守っていた。

その姿が何かに似ていると感じたが、うまく思いだせないまま、植田の頭に妙にはっきりと子供の頃の直子の姿だけが浮かんできた。

直子が小学校に入った年の夏だったろうか。何かの悪戯《いたずら》を咎《とが》めて、植田にしては珍しく大声で叱《しか》ったことがある。直子は小さな足をそっと縁側まで運び、金魚鉢のそばに、膝を抱えこんでしゃがんだ。子供の頃は極端な撫《な》で肩だったが、それが妙に角ばって見えたのは、糊《のり》のききすぎた浴衣《ゆかた》のせいだったのか。

ものわかりのいい素直で明るい娘にこんなかたくなな一面があったのかと驚くほど、角ばった背はいつまでも動かず、金魚鉢を覗《のぞ》きこんでいた。確か浴衣にも同じ金魚の模様があった。腹だたしい気持ちの中に、そんなかたくなさを不思議に可愛く思う気持ちが、同じ紅色で滲《にじ》んでいた。

その時からもう二十何年かの経過があるのが信じられないほど、二つの背は重なって見えた。

四年前、それまでの職場だった商事会社を停年退職した前後から、しきりに昔のことを思い出すようになった。あと何年生きられるかわからないが、余生の先がそのゆきどまりまで見えてしまうと、そのぶん目が過去へと向くようになった。今まですっかり忘れていた小さな出来事が、昨日のことのように鮮明な絵で蘇《よみがえ》ってきたりする。それも、四年前といえばちょうど直子が結婚して家を出た頃だから、思いだすのは子供の頃の直子のことばかりだった。

金魚鉢を覗きこんでいた姿も、今、この瞬間まで忘れていたものである。それなのに、一旦思いだすと、今、目の前にある直子の背よりも、ずっと近く鮮やかにその浴衣姿の背が浮かんでくるのである。

「どうしたの、お父さん――」

自分の掛けなければならない声を、直子の方から掛けてきた。直子は、首をねじってふり向き、縁側につっ立っている父親の姿を不思議そうに、眺めている。

「いや、少し草を刈らないといけないと思ってね」

「私が二、三日のうちにやるわよ」

言いながら、直子は近づいてきて縁側に座った。

「やはり帰る気はないのか」

直子はその質問を微笑で逃げると、「これ」と言って掌を開いた。家へ戻ってきてから少し太ったのだろう、ふっくらとした掌に蟬《せみ》の抜け殻が二つ載っている。蟬の種類が違うのか、大きさに差はあるのだが、薄い飴《あめ》色と丸まった形だけは同じである。

「似てるわね……」

「何に？」

「親子みたいだから。お父さんも私も抜け殻みたいなもんでしょう？」

「酷《ひど》い言い方をするじゃないか」

植田は小さい笑い声をたて、二つの殻に見いった。まだ新しいものらしい。午後の光を殺いっぱいに含んだように、飴色というより金色に輝いて見える。

「しかし、父さんのほうはともかく、お前はまだ三十前じゃないか。これからだろう。殻を脱いで大きくなっていくほうだ」

「出戻りは抜け殻のほうよ」

そう答えると、「まだ離婚が決まったわけじゃない」植田がその言葉を声にする前に、「そろそろ夕飯の支度をしないと」弾《はず》みをつけるように、思いきり力をこめて、抜け殻を投げ棄て、立ちあがった。

あんなにも頑固《かたくな》な背で蹲り、二つの抜け殻を見つめ続けていたのだとしたら、それはその二つの殻に父子の姿を見ていたというより、まだ一度も電話を掛けてこない夫と自分の、壊れかけた夫婦の姿をだぶらせていたからではないのか。

植田はそう考えたが、夕食の席で、直子はその話を蒸し返し、意外なことを言った。

「さっき私が庭に蹲って何考えてたかわかる?」

惣菜の煮物に伸ばした箸をふと停めて、直子は聞いてきた。

「……………」

「食べたいって思ってたのよ、蟬の抜け殻」

変な冗談を言うと思って顔をあげると、睨《にら》みつけるほど真剣な直子の目とぶつかった。直子はその目を、開け放った窓ごしに庭の夜の気配へと投げ、「できてるのよ」と呟《つぶや》いた。

その意味を、植田は、直子がしばらく沈黙した後で、「死んだ母さんは、林檎《りんご》や蜜柑《みかん》の皮だったって聞いたけど、私は海老や蟹《かに》の殻みたい」と言うまで理解できなかった。この時も、もう三十年も前、妊娠した妻が、ひとつなぎに剝《む》きあげた何かの果物の皮を、蠅《はえ》とり紙のように上方から垂らしていた姿が鮮やかに思い浮かんだ。妻はそれを下端から少しずつ、口で登りつめていくように食べていった……。

妙にぼんやりして、植田は、直子がまた自分の方に強い視線を向けているのに気づきながら、あの時、妻が食べていたのは林檎と梨《なし》のどちらの皮だったか、思い出そうとしていた。

「さすがに自分でも気味悪くなってやめたけど……蟬の殻食べたら、どんな子供が生まれるかしら」

直子のそんな言葉に、

「皮とか殻とか、親子揃《そろ》って貧乏性なんだな」

植田はやっとそれだけの言葉を返した。


直子がトランク一つをもって戻ってきたのは半月前の晩である。梅雨《つゆ》の最後の雨が降っていた。いつものように駅前へ出て晩御飯を食べ、古本屋を回って戻ると、玄関に燈があった。

この時直子は「あの人一週間ほど出張なの。その間面倒を見に来たわ」と言っただけだったが、理由がそれだけでないことはすぐにわかった。目の下の隈《くま》のせいで笑顔がいかにも無理に作った感じだった。その前に来た時より頰《ほお》の肉が落ちていた。しかし、植田も「そうか」と答えただけである。ちょっとした夫婦喧嘩で飛び出してきたぐらいにしか考えなかったし、たとえその時点でもう離婚騒動が起こっているとわかっていたとしても、やはり「そうか」としか答えられなかっただろう。「そうか」と言い、ごまかすように「雨で濡《ぬ》れた。風呂を沸かしてくれないか」と続けた。

妻が死んだのは十二年前、直子が短大を卒業して間もなくである。その二年前から、入院と自宅療養のくり返しだった妻にかわって家事をみていたのだから、四年前に嫁ぐまで足かけ十年、父親の世話をしてくれたことになる。いや、結婚後も週に一度は家を訪ねてきて、掃除や食事の支度をしてくれているから、世話はまだ続いているといえる。

夫の行広《ゆきひろ》は新聞社勤めだから、一週間ほどの出張はざらである。そんな際、直子は大抵トランクをさげて泊りにくるのだが、やはり嫁いだ身の遠慮があるのか、せいぜい一晩泊って、またトランクをさげて帰っていった。だから一週間も泊るというのはそれだけでも何かがあったとわかるのだが、最初の一週間、植田は何も言わなかったし、直子の側でもその件には触れなかった。

植田は退職後も、友人の開いている会計事務所へ行って帳簿整備などを手伝っている。日に五、六時間でアルバイト程度の仕事だが、結構いい金をくれるし、ただ貯金と退職金だけに頼って無為に暮すよりはましな気もする。

そんな父親をひとり娘が朝送り出し、夕方迎えいれる、昔と全く変わりない生活が一週間続いた。

その間、夫の行広からは何の連絡もなかったが、直子の方では電話が掛ってくるのを待っていたようである。一度深夜に友人から仕事の電話が掛ってきたことがあった。この時直子は風呂に入っていたが、ベル音を聞きつけたらしく、植田が出ようとするのを「あ、私が出るから」タオル一つを巻きつけて、風呂場から飛び出してきたことがあった。

「古い家っていいわね。こんな町中にあっても静かだから」

晩御飯の最中にひとり言のようにそう呟いて、

「吉祥寺のマンションは駄目。周囲が緑なのに部屋閉めきってても何か騒がしくて……一緒に住んでる人間の違いかもしれないけど、あの人に何か喋《しゃべ》るでしょ、そうすると私の言葉が全部あの人の中で反響して、もっと大きな声になって戻ってくる。古い木のように音を吸いこめないのよ」

と言ったこともある。

しかし、結局肝心な事には何も触れず、一週間が過ぎ、その朝、出がけに植田は「今日は帰るのか」とだけ聞いた。直子は「ええ」と答えたが、夕方戻ると晩御飯の支度をして待っていて、「あと二、三日泊らせて」と言った。

この時も植田は「そうか」とだけ答えたのだが、いつもより早く布団に入り、なかなか寝つけないまま、直子が風呂からあがったらしい物音が聞こえると、「ちょっと話がある。こっちへ来ないか」声をかけて、布団の上に起きあがった。足音は廊下をそっと近づいてきて、停まった。枕もとのスタンドの燈が廊下まで流れ出た中に、湯あがりの幽《かす》かに赤く染まった素足が浮かんだ。母親が着ていた地味な紺色の浴衣の裾から零《こぼ》れだし、その足は敷居の間際でとまっている。

「ちょっとここへ座れよ」

植田の言葉に、その踵《かかと》はほんの少し浮きあがったが、ためらうのかそのまま静止してしまい、

「髪を乾かしたいから話は明日にして」そんな声とともに直子は廊下を戻っていった。

やがて扇風機の音が響いてきた。

寝着のまま植田が居間へ行くと、後ろ姿で扇風機に髪をあてていた直子は顔だけふり返って、いつもと変わらない微笑を見せた。

「お父さん、扇風機少し持っててくれない」

そう言って、前屈みになった。髪を洗う恰好に、肩ほどまで伸びた長い髪を前へと流し落とした。顔を包み隠した髪は畳に届ききらず、濡れて黒い艶《つや》を放ちながら、宙に揺れた。妻の死ぬ前からあった小型の扇風機は片手で持ちあがる。言われた通りに当てると、髪は倍の量にふくれあがった。「風を弱くしようか」と聞いたが、直子は「強い方がいい」と答えた。今にも折れそうに見える細い襟首につながって、髪は黒色の芒《すすき》のように波うっている。広がりすぎるのを防ごうとして、反射的に植田の手はその髪をつかんだ。髪は意外に硬かったが、その感触より植田が短い間にはっきりと感じとったのは、若々しい娘の髪の艶に比べ、自分の手がいかにも老いていることだった。皺《しわ》と筋にごまかしようのない年齢があった。

「似てるでしょう」

植田が手を離すと同時に、声が聞こえた。

「母さんの髪、細くて柔らかそうに見えたけど、触ると芯《しん》があってびっくりするほど硬かった。結婚する前は、私の髪、ただ柔らかかっただけなのに、いつの間にか母さんと同じになってきた……結婚してから少しずつ母さんに似てきたわ」

確かに結婚してから、家に戻ってくるたびに直子は死んだ妻に似てくる。やせて少し堅い印象だった体に柔らかさが出てきた。その柔らかさに包まれて、今まで以上に芯に硬さや頑固《かたくな》さが出てきたのも母親に似てきた点である。先刻、敷居の際で停まった足がそうである。植田は結婚して間もなく、義母から「あの娘《こ》、変に頑固な所あってね。もう嫁《とつ》いだ以上他人だというのかしらん、訪ねてきて私たちが留守だと、鍵の置き場所知ってるくせに、絶対に家に入らないのよ」と言われたことがある。「それはけじめをつけているだけでしょう」と答えると、義母は大袈裟に首をふり、あなたにもそのうちわかるわと言いたげな意地悪な笑みを含んだ目つきになった。実家の両親を嫌っていた妻と、娘の直子では同じとはいえないが、直子もこの家に戻ってくるたび、けじめとは言いきれない頑固さで守っていることがある。一番奥の植田の部屋にだけは、絶対に踏みこもうとしない。入るのは掃除の時だけである。結婚前は声もかけずに入ってきたりしていたのだから、自分がもうこの家の者ではないことを意識しすぎているとしか思えなかった。植田が呼んだり、また自分の方から、「御飯の支度ができた」と知らせにきたりする時、先刻と同じように足は敷居の手前で停まっている。

義母に言われた事は、その後、植田が義母以上に身に沁《し》みて知らされたことである。普通よりはいい妻かもしれないと思いながらも、その芯にある融《と》かしようのない堅さを愛せないまま、歳月の流れにいつしかそれもどうでもよくなり、妻は死んだ。

今ではただ懐しいだけだが、妻のそんな生前の欠点まで似てきたというのは、植田には淋しいことだという気がした。

直子が着ている浴衣は、妻が病床に臥《ふ》す前に自分で作り着ていたものである。年齢の違いはあるが、肩から背にかけての柔らかく崩れ落ちるような、しかし崩れきることなく帯のあたりで何か必死に踏みこたえているような線はそっくりである。

帯の、一見今にもひとりでに解けそうに緩く結ばれているように見えながら、見えない結び目の堅いところも同じだろう。植田は昔一度妻の帯を解こうとして、手に汗を滲ませるほど苦労したことがある。直子の結び目も同じなのか、ふっと手を伸ばして確かめてみたい気がした。

「父さん、浮気したことある?」

波うつ髪を、指で梳《くしけず》りながら、直子は声だけで唐突に尋ねてきた。

「いや……ないな」

「そうね、父さんと母さんは仲良かったから……でも父さんが浮気したら、母さん赦《ゆる》さなかったと思う。絶対に赦せなくて、父さんと別れたと思う。私、わかるのよ」

結婚してからは母親の気持ちまでわかるようになったと直子は言いたいらしかった。

しばらく扇風機の唸《うな》る音と風の音だけが聞こえた。

乾きだした髪は、軽くなったぶん、いっそう荒々しく波うち、騒いだ。

植田の手は自然に伸び、その波を鎮めるように、そっと髪を撫でつけた。

その手が、病床で苦しんでいた妻の背をさすった時の手と似ていると思いながら、植田は直子の頭には触れずただ髪だけを何度も、何度も、撫で続けた。指で堅い皮を鞣《なめ》すような恰好で、実際ひと撫でするごとに、堅くとげとげしかった髪が柔らかくなっていくような気がした。

直子も黙って、その父親の手を受けいれている。

長いこと、そうしていた。

やがて、「もういいだろう」と言い、扇風機をおろしてスイッチを切ると、不意に萎んだ直子の髪にむけて、植田は、「行広君、浮気しているのか」と尋ねた。

お腹《なか》に子供がいると聞かされて、その夕方庭の木の下に蹲っていた直子の姿が何に似ていたのか、植田はやっと思いだすことができた。

胎児である。

妻の腹に直子が宿っていた数カ月間、植田はよく、光と闇が混ざりあった、暗さとも明るさともつかぬ不思議な明度の中に浮かんでいる子供の姿を幻のように想い描いたが、夕暮れへと傾きだした光の中で、膝を抱えこんで蹲っていた直子は、三十年前想像の中で描いたその子供の姿と同じだった。

娘が妊娠していることよりも、成人し結婚し、娘というよりはもう他の男の妻となってしまった直子に、自分がまだそんな胎児の姿を重ね見た事の方に、植田は驚いていた。

そのせいか、その夜の眠りは浅く、何度も夜中に目がさめた。直子は、昔自分が使っていた玄関脇の部屋が今は古本の書庫になっているので、茶の間に布団を敷いて寝ているが、その気配も感じとれないほど夜は静かである。

また眠りに落ちたのか、まだ目ざめているのか区別のつかない闇に、光にふちどられて胎児の淡い姿が浮かんだ。

それが、やはり夕方目にした飴色の蟬の抜け殻にすり変わる。

蹲っている直子に胎児の姿を重ね見たように、直子もまたその背を丸めて縮こまった形の蟬の抜け殻に、腹の中の子供の姿を重ね合わせて見ていたのだろう。その時の背のかたくなさや、一週間前、「母さんも絶対に赦さなかったと思う」と呟いた言葉を思いだすと、夫と別れて、その子供も堕《おろ》してしまおうかとまで思いつめているような気もする。

そのかたくなさが、子供の頃叱《しか》られて金魚鉢を覗きこむふりで背を向けていた時と少しも変わらず、植田には不憫《ふびん》に思えた。

しかし、だからといってどうしてやったらいいのか、植田にはわからなかった。こんな時母親がいれば、何も身構えることなく即座に親としての適切な言葉を与えられるのだろうが、男親である自分にはそれができない。

いや妻が生きていれば、一週間前、娘から夫が浮気していると聞かされた段階で、もっと巧い処置がなされていただろう。

「行広君、浮気しているのか」という言葉に直子がほとんど無言で肯《うなず》いてから、その問題はうやむやになったまま、また一週間が過ぎていた。何とかわかったのは、夫が二年前から行きつけの酒場のママと関係をもっていたこと、その女が今月に入って突然電話をかけてきて、「離婚してご主人を私に下さい」と言ってきたらしいことだけである。

「私、もう出戻りよ」とか「むこうは別れたがってるんだし、私の方だって同じ気持ちだから」とか「出戻りでも世話をしてくれる人間がいた方が父さんだっていいじゃないの」とか、無理に作った笑顔で口にする言葉の裏に、肝心の問題は包み隠されていた。

ともかく一度行広に会ってみた方がいい、そう考えてやっと眠りにつき、翌日仕事場から行広の勤め先に電話を入れてみた。「あの人別れる決心なのよ。だから何の連絡もしてこないのよ」実際、半月間一度も連絡がなく、植田はそんな直子の言葉を信じかけていたのだが、電話に出た娘婿《むすめむこ》は、格別悪びれた様子もなく普段と変わりない声だった。

昼休みに、植田の方から銀座にある新聞社を訪ねた。仕事がたてこんできたらしく昼食を一緒にとれなくなったことを詫びて植田を小さな応接室に通すと、すぐにまた、今度の自分の不始末を詫《わ》びた。ただ相手の女と深い仲にあるというのは直子の邪推で、二年前からその女の店に通っていたのは事実だが、具体的な関係をもったのは先月一晩だけで、女が直子に電話をかけるという勇み足をやったのも本当だが、自分の方ではあくまで一晩きりの浮気のつもりだし既に女とは方《かた》をつけてある、すぐにも戻ってきてほしいのだが、直子の性格を考えると、もう少し時期を待った方がいいと考えていたところだと、いかにも記者らしい簡潔な言葉で語った。弁解くさい匂いは感じとれず、やはり、直子の芯のかたくなさが事態を誇張して受けとっているのだという気がした。

子供ができていることを自分の口から告げていいものか迷っていたが、既に実家に戻る前に行広は聞かされていたらしい。

「いや、病院で妊娠だとわかったその日に、あの女が電話を掛けたりしたものだから」

娘婿は頭を掻きながら、もう一度頭をさげた。「明日にでも迎えにいきます」という言葉をもらい、植田は立ちあがったが、その時である。座ったままの行広は、植田を見あげた目に、意味ありげな微笑をふくませ、

「浮気というなら、直子だってしてるんですよ」

と言った。

その言葉を理解するのに植田は二、三秒を要したが、その間の透明すぎた表情を行広は驚きすぎたせいだと誤解したのか、慌《あわ》てて手を振ると、「いや、ただの冗談ですよ。本気にしないで下さい」と言った。


その夜、晩御飯の席についてから、植田が昼に行広に会いに行ったことを告げると、

「知ってたわ。父さんが戻る前に電話かかってきたから」

直子は目をそらして答えた。

「遅くなるかもしれないけど今夜中には迎えにくるって……」

斜めに傾《かし》いでいる視線を見ると、気持ちはまだ割りきれていないらしいとわかるのだが、植田は「そうか。それはよかった」とだけ答えた。

金網の上で煙をあげている魚をとりにいき、皿に乗せて植田の前に置きながら、

「あの人、私も浮気してると言ったんですって。父さんが真面目に受けとったかもしれないって心配してた」

と言った。

「もちろん本気にはしていないよ」

「でも本当かも知れないわ、私が浮気してること」

植田が目をあげると、昼の行広と同じ意味ありげな微笑を含んだ直子の目があった。

「嘘だろう……」

答えるかわりに直子は、植田の魚の皿を自分の前にとり、植田のかわりにその魚を箸でむしりながら「母さんのように上手くやれないわね」呟いてから、「浮気してるなら、今よ」聞きとれないほどの小声で続けた。

「あの人、私がこの家に戻るたびに、嫉《や》くようなこと言うの」

皿を植田の前に戻し、風がとだえて部屋の中にうっすらとたなびいている煙をしばらく団扇《うちわ》で煽《あお》ぎだしていたが、ふとその手をとめた。

「私、あの人が迎えに来たら帰るつもりだけど、あの人とは今後もあまり幸せに暮せそうにもないし……父さんの世話してる方が幸福だという気がする。あの人と本当に別れたくなったら、今度こそ本当に出戻りになっていい？」

「……ああ」

その返事に直子がどんな顔を見せたかわからなかった。答えた次の瞬間にはもう植田は皿の魚へと目を伏せていた。

「幸福だと思う人生を生きることだけが幸福ではないさ」

目を伏せたまま、それだけを言った。

その夜寝ついてしばらくして、家の前に車の駐《と》まる音がして目がさめた。枕もとのスタンドに燈をつけ時間を確かめようと思ったが、眠りがふっきれずぼんやりしているうちに、直子の足音が近づき、「お父さん」と小さな声がかかった。

「ああ」と答えて起きあがろうとするのを「いいから」と制《と》め、「迎えに来たようだから帰る」

と言った。闇にかすかに浮かんだ足はいつものように敷居ぎわでとまっている。

結婚してからずっと植田の部屋の敷居を跨《また》ぐのをためらい続けていたその足は、本当にただ、嫁いでしまった娘の実家の親への、ひとり娘の男親への遠慮だったのか。

今日、行広と直子から二度聞かされた浮気という言葉が生々しく尾をひいていたせいか、ふとそんな事を考え、次の瞬間には大きく頭を振って眠気ごとその考えを追い払った。

「言い忘れていたことがある」

去りかけた足音を、植田はそんな言葉でとめた。

「この前の晩嘘を言った。お前が生まれる前だが、父さん一度だけ母さんを裏切った」

「……………」

「けど、母さん赦してくれたよ……いや、言葉には出さなかったし、母さんああいう性格だから長いこと根にもっていたかもしれないが、死ぬ前には間違いなく赦してくれていた」

直子はそれには答えず、短い間、闇を透かして横たわったままの父親の顔を見おろしている気配だったが、その時響いた玄関のブザーに「はあい」と大声で返事をすると、

「あ、それから庭の草刈《か》ってないけど、またすぐ来るから」

それだけを言い残し、もう一度鳴ったブザーに急《せ》かされるように走り去っていった。

俺ンちの兎《うさぎ》クン

「また何かやらかしたわけ？」

航二《こうじ》は、天井を指さして小声になった。二階の気配は静かである。この静かさが、だが曲者《くせもの》なんだ——

「いいえ、今日また学校へ行って先生に会ったんだけど、ちょっと気になることがあって——御飯食べた後ゆっくり話すわ。それとも先にお風呂にする？」

「いや、昼から何も食べてないから腹減って目回りそうだ」

そう言って台所のテーブルに就いたが、箸《はし》をとり掻きこむように食べながら、やはり二階の静寂がコンクリートの天井とともに重くのしかかってくる。ちらちらと見上げてしまう目に気づいて、

「大丈夫よ。今夜も外出するつもりはないみたいだから」

友子がそう声をかけてきた。そう言いながら、友子が天井にあげた目も心配そうに曇《くも》っているのである。

今日も学校から帰ってきて、一時間ほど前に御飯を食べに下りてきた以外、ずっと自分の部

屋に閉じこもっていると聞かされ、航二は先週の金曜の博《ひろし》の目を思い出した。

その金曜日。

前の晩、連続ドラマが打ちあげになり、赤坂の酒場でスタッフや俳優と飲んでいるうちに、いつの間にか明け方になっていて、航二が帰宅した時はもう午前五時を回っていた。テレビ局のディレクターという仕事柄、つき合いが大変で、朝帰りになるのは珍しいことではない。子供の頃よく「まあ人なつっこい坊ちゃんね」と言われただけあって、もうすぐ三十七になろうという今でも交際は嫌いではないのだが、酒を飲み馬鹿話に笑い転げていても所詮は仕事の一部である。

グタグタに疲れ果てて戻って来ると、いつもならまだ布団の中で眠っており、「まあ大変な仕事なんだから仕方ないわよね」結婚十五年目の諦《あきら》めなのか、もって生まれた呑気《のんき》さからなのか朝帰りにも文句をつけない妻の友子が、ドアを開けるなり玄関先に仁王立ちになっていて、

「一体今ごろまでどこで飲んでたのよ」

ヒステリックな声をあげた。

当然である。

前夜九時ごろ博が新宿の盛り場で、仲間数人と遊び歩いているところを補導されたというのだ。

警察から電話が掛ってきて、驚いて引き取りにいき、博よりも母親の自分の方が懇々《こんこん》と説教され連れ戻ってきたのだが、帰りの電車の中でも、家へ戻ってからも、一言も口をきかない。ともかく夫に相談しようと、博を寝かせた後、ただただ航二の帰宅を待っていたのだという。

「酒を飲んで煙草《たばこ》吸ってたって言うのよ」

「本当なのか？」

「私だって信じられなかったわよ。警察から電話掛ってきた時だって、誰かが博の名を騙《かた》ってるだけでしょうって刑事に文句言ったのよ。家《うち》の子は今、友達の家へ勉強に行ってますって」

いや、警察署に行った時も、それが博だとはすぐにはわからなかった。「友達ん所へ行ってくる」と言って出かけた時とはまるきり違う服装だった。黒と銀のダンダラ縞《じま》のシャツを胸のボタンを半分はずして着て、「どう言うの、アレ、先の尖《とん》がった狐みたいな黒メガネ」をかけ、髪をポマードでテカテカに撫《な》でつけていた。刑事らしい男に注意されてそのサングラスをとったが、母親を見ると、鼻で笑うようにして、投げやりに目を逸《そ》らしたという。

「顔つきまで別人なのよ。グループの中でも一番反抗的で何を聞いても答えないって。名前と電話番号も、仲間の一人から聞き出したらしいんだけど——」

「今夜が初めてじゃないんだな」

「どうもそうらしいわ。夏休みに入ってから、夜、よく友達の所へ勉強行ってたでしょ。友達の所だと勉強がはかどるって言うから」

九月に入り、学校が始まり既に一か月が過ぎようとしているが、その間も毎晩のように勉強を口実にした夜の外出は続いていたという。

「何故そういう話、俺にもっと早くしてくれなかったんだよ。夜出歩いてるなんて聞いてないじゃないか」

この夏、航二の方では夏休みもとれないほど忙しかった。七月からその日まで一日中家にいた日は数えるほどしかないのだが、博が夜出かけるのを見たことはなかった。

「言ったわよ、ちゃんと。でもあなた『ふうん、感心だな』って聞いてるのかいないのかわかんないような返事しただけじゃないの」

「――」

「そんな、私だけ責めるような目で見ないでよ。警察だって両親の責任だって言ったんだから。それにテレビでは、非行はまず服装から始まるって言ってたけど、あの子出かける時も戻ってくる時もいつもの服装なのよ」

友達の所に着替えの服が置いてあるらしいのである。

「馬鹿。テレビの言うことなんか信用してるから、もっと肝心なところ見落としちゃうんだよ」

「何言ってんのよ。雑誌に、テレビが現代っ子を破滅させるって書いてあるの読んで、テレビは正しい、テレビだって教育だって喚《わめ》いてたの誰よ」

などと両親が喧嘩《けんか》をしていても始まらない。ともかく朝食の席で父親から話を聞くことになり、航二はそのまま眠らずに、博が起きてくるのを待ったのだが、「昨日の話聞いたよ」どんな言葉で切り出そうかと迷った末に朝刊を払い除《の》け、真ん前に座って黙々と御飯を食べている博にそう声をかけても、顔もあげず、言葉を返そうともしない。何を話しかけても石のような無口と無表情である。

「まあ、俺も明後日《あさって》の日曜は休みがとれるから、その時ゆっくり話し合おうか」

最後にそうかけた声も、博は目の端に引っ掛けるようにして無視してしまった。

「いつからあんな目するようになったんだ」

玄関まで送り出しに行った友子が戻ると、航二は怒りに慄《ふる》えた声でそう聞いた。

「だから、昨日の晩警察に行った時からよ」

「もっと前からだろ。服装なんかより顔に気をつけてりゃもっと早くわかったはずだ」

「そんなことより、何よ、あんなんじゃ駄目よ。あなたの方がびくびくしてるんだから」

「俺が？　俺がいつびくびくした！」

口ではそう言ったが、どんな言葉をかけても、頑《かたく》なな無表情で撥《は》ね返してしまう博を見ているうちに、ふっと怖くなってきたのは本当だった。

博は中学二年である。

昨年の春中学に上がったのと、航二が忙しくなりだしたのが重なり、考えてみると、この一年半近くのうち、航二と博が言葉を交わせた日は全部で一か月ないのだが、それでも体がどんどん大きくなるにつれ、無口になり無表情になってきたのには気づいていた。ただ漠然と、それも成長なのだと航二は考えていたのだった。もともと口数は余り多くなかったし、表情も豊かな方ではなかった。

五年前に死んだ父から航二はかなり厳しい躾《しつ》けを受けて育った。叱《しか》られる、殴られるはしょっちゅうだった。その厳しい躾けをそのまま博にも実践したからである。

大抵の場合はただ黙って父親の命令に、カクンと一つ、ぜんまい仕掛けの人形のように首を折って肯《うなず》く博を見ていると、多少厳しくやり過ぎたかなという後悔が湧くこともあったが、それでも周りからは、「今どき珍らしい、温順《おとな》しい真面目なお子さんだわ」と言われていたし、わが家の教育法は間違ってはいないという確信は持っていた。それに小学校の頃の温順しさには、まだ素直さがあった。この一年半の無口無表情も、長年の馴《な》れで、その温順しさや素直さの延長として見てしまっていた。

ところが一年半ぶりに真っ正面から見てみると、その無言は以前とは全く別のものに変わっている。

いつの間にか小学校の頃より二回りも三回りも大きくなっていることにも驚いたが、その分厚くなった体軀で、頑なに自分の中身を閉ざし、隠しているという印象だった。父親が掛ける声を、全部矢か槍のように思い、その体軀の鎧で撥ね返そうとするのである。別の子供、いや別の生き物を見ている気がして、大袈裟ではなく背筋に冷たいものさえ覚えたのだった。

「お前の方こそ何だよ。『晩御飯はステーキにするから早いとこ帰ってらっしゃいね』って、あんな機嫌とるような言い方しなくていいじゃないか」

友子は何か言おうとしたが、その言葉を飲みこみ、かわりに溜息《ためいき》を吐き出した。

「揉《も》めてても仕方ないわ。ともかく私は今日学校へ行って先生に相談してくる。あなたも今度の日曜日に話し合いをするって約束必ず守ってよ」

「わかった」

航二も口をついた言葉を飲みこんで、そう答えたが、日曜日も結局朝から仕事が入ってつぶれてしまい、あれから五日が、博と顔も合わせないうちに過ぎてしまい、今夜になってやっと何とか八時前には帰って来られたのだった。その間、学校の担任教師と密に連絡をとり合っている友子からいろいろ報告は受けていた。

補導されたと聞いて教師も吃驚《びっくり》したらしい。

多少温順しすぎる所はあるが、真面目でしっかりした模範生徒としか教師の目にも映っていなかったのである。夏休みの後も目立つような変化はなかった。

ただ教師も早速に放課後、博を残してあれこれ聞いてみたのだが、やはり頑なに口を閉ざして何も答えないという。

一緒に補導されたのは、学校でも手を焼いている札つきの不良グループだが、そのうちのまだ素直そうなのを呼び出して聞いてみると、自分らが誘ったのではなく、夏休み前に博の方から仲間に入れてくれと頼んできたのだという。ただ仲間と一緒に行動することは稀《まれ》で、その生徒の家で服を着替えるだけで、大抵は一人別行動をとっているので、グループの者も詳細は何も知らないらしい。

「何か特別な理由があるとしか思えない、心当りは？　って聞かれたけど、心当りといってもねえ。ともかくもうちょっと、そっとしておいた方がいいかも知れないわ。あれきり外出も止まったし」

今朝出がけに友子からそう言われ、多少吻《ほっ》としていたのだが、帰宅して玄関で靴《くつ》を脱いでいると、台所から友子が顔を覗《のぞ》かせて小さく手招きし、「博がねえ」顔を顰《しか》めたのである。

「気になることって？」

お茶になると同時に、尋ねると、「ここより居間の方がいいわ」声が響くのを恐れたのか、友子は航二を居間へ連れていき、ガラスのテーブルの上に、小さな字で埋まった原稿用紙を置いた。

「先生が、今自分の一番言いたいことを作文に書いてみなさいって言ったら、案外素直に肯いたって言うのよ。読んでみて」

手にとると、『ウサギ』と題名がついていて、『三年C組、柴田博《しばた》』と小さな字が並んでいる。

「小学校三年のころ、ぼくの家ではウサギを飼っていた」

作文はそう始まっている。

「雪のような真っ白なウサギで、家中みんなでかわいがった。母さんは、『ピョン』という名が気に入ってそう呼んでいたが、ぼくは一日中木のかごの中に入れられてとんだりはねたりもできないのにそんな名前で呼んだらかわいそうな気がして、誰にも教えなかったが、こっそり、ただ『ウサギ君』と呼んでいた。ウサギ君は最初のうちとてもおとなしかった。人参をやるとお礼を言うように耳を深々と折り曲げて、小さな歯でうれしそうにかじった。本当に素直で愛らしく、心も毛並みと同じに真っ白だった。親せきの人や客が来るたびに、『まあ、可愛いウサギね』とか『こんなおとなしくて聞きわけのいいウサギを見るのは初めてだわ』とか言い、餌《えさ》をどんどんやった。初めのうち、ウサギ君はそう言われるのがうれしくて、みんなの思う通りのいいウサギになってもっともっと可愛がられようと一生けんめい努力もしたのだが、そのうちにだんだんほめられたり、羽ぶとんみたいに柔らかいひざの上に乗せられて撫でられてばかりいるのが面倒になってきた。いいウサギでいるのに疲れてきたのだ。他のウサギのようにかごの外に出て好き勝手なことをしてみたくなった。ウサギ君は、もう大分前からかごの錠をはずしてこっそり抜け出す方法を知っていたが、それでもなかなか実行する勇気がもてなかった。お父さんのことだけがちょっと恐かったのだ。お父さんだけは他のみんなと違って、かわいがるだけでなく、ウサギ君がちょっとでも間違ったことをすると、叱ったり、叩いたりするからだ。でもそのお父さんが、事情ができてウサギ君の世話ができなくなると、もう恐いものがなくなって、ウサギ君は思いきって、ある晩、錠をはずし外へ出てみた。そして前々から吸ってみたかったタバコを吸い、お酒を飲み、女ウサギをからかったりした。あんまり楽しかったので、次の晩も、その次の晩も、ウサギ君は遊びに出かけた。そんな風に夜遊びの好きな悪いウサギになってしまったことに、でも誰も気づかなかった。ウサギ君は夜の荒野でとんだりはねたりして汚れた体を家に戻る前に近くの川できれいに洗っていたからだ。お酒を飲んで目が赤くなっていたが、もともと赤い目だから平気だった。それにウサギ君はかごの中にいる時は、前よりもっとおとなしい、聞きわけのいいウサギのふりをしていたのだ。前よりもっと大げさなほめ言葉や優しい手に包まれて、ウサギ君は、やっぱりみんなをだましてるのはいけないんだ、昔のいいウサギに戻ろうと考え直すのだけれど、夜になるとやっぱりまた遊びに出かけたくなってしまう。ウサギ君はそのうちに、またもっともっと悪くなって、お酒を飲んでいても女ウサギに悪い考えを起していても当り前のことのように思うようになった。いいウサギのふりをするのも面倒になってきて、かごの中でも横着に寝そべったり、呼ばれても返事をしないようになった。お母さんはいったいあのかわいいウサギがどうしてそんな風に変わってしまったのかわからなくて、おろおろしたが、『きっと病気なんだわ』と考えて、前よりいっそう優しい手で撫でてやるしかできずにいる。体ではなく、本当はウサギ君の心が病気なのがわからないのだ。体の汚れはきれいに洗い流せて白い毛並みをとり戻せても、心の毛並みは荒野の泥に染みついてしまって、もう誰にも洗い流すことができない。ウサギ君自身がどうすることもできなくなっている。ただ一人、お父さんが昔のように叱ったり、叩いたりすれば、どうにかなるような気もするが、その父さんは、もうウサギ君が探せない遠い所へ行ってしまった。──いったいウサギ君はこれからどうなってしまうんだろう」

読み終えて、煙草に火を点け、

「兎って、あの兎は一年ぐらいで死んじゃったじゃないか」

最初の煙と一緒に、航二は溜息を吐きだした。

「だから、それはただ兎に託して自分のこと書いただけだって、先生そうおっしゃってた」

「それぐらい俺にもわかるよ──そう言やお前、あの兎のことピョンと呼ぶかわりに、博のことウサギ君って呼んでたことあったろう」

あの頃の博の顔を思い出すと、確かに色白で兎と同じ純真な顔である。航二はもう一度溜息になった。友子も同じ気持ちなのか、

「でもあの子が変わっただけじゃないのよ、あなたもずいぶん変わったわ」

「俺は変わっちゃいないよ」

「博への接し方がよ。そう言えば兎を飼ってた頃からよ、あなたがアシスタント・ディレクターに昇格して忙しくなって、博のこと叱ったり叩いたりしなくなったの――」

言われた通りだった。五年前から仕事にかまけて少しずつ博のことを構わなくなっている。去年の春、ディレクターに昇進してからは気になりながらも、友子と博をこの広い家に母子家庭同然に二人きりで放っておいてある。友子は大人だから、夫の仕事の大変さもわかるのだろうが、十三になり父親の肩を越えるほどに図体は大きくなったとはいえ、まだ子供である博には理解できないのも当然かも知れない。

航二は複雑な気持ちだった。

作文を読むと想像していた以上に非行の道に染まっているようである。だが同時にこういう形で、教師や両親に自分の気持ちを伝えようとしている所を見ると、まだまだ素直さは残っている。字も稚《おさ》なかった。心配と同時にその稚なさに安堵を覚えた。

いや、安堵の方が強かったかも知れない。

正直に自分の気持ちを覗くと、あれから五日間、忙しさを言いわけにして、どこかで博を避けている気持ちがあった。話し合いをするといっても、金曜の朝と同じ目で見られたら、また何も言えなくなってしまいそうな気がしていた。今夜も早く帰れば、友子が「二階へあがって話してきてよ」と急《せ》きたてるだろうし、いっそ仕事を口実に朝帰りにしようかと迷いながら、渋々帰ってきたというのが本音である。

「父さんは探せないほど遠くへ行ってしまったか――けど、俺がまた殴ったり叱ったりすればそれでいいのか」

「そうじゃないわよ。ここにはそうも取れるように書いてあるけど、やっぱり暴力なんかじゃ解決にならないって、先生がそう言ってたわ。あの子ただ父さんと全然接触がなくなったのを淋《さび》しがってるだけなのよ。だから――」

「待てよ。じゃあ俺に今の仕事やめろというのか」

「そんなこと言ってないわよ。月に一度でもいいから二人で話し合う時間をもってやってほしいと言ってるのよ――ねえ、明日休みとれない？　博の学校、明日創立記念日で休みなの。どっかへ連れてって、話し合ってやってもらいたいんだけど」

「明日なら休めないこともないが――」

しばらく考えた末、長いこと忘れていた父親の仕事の方を明日一日優先しようと決心し、二階にあがった。

もう何か月ぶり、いや何年ぶりになるのか、自分からその部屋のドアを叩いたが、返事はない。思いきって開けると、博はベッドにごろんと横になっている。作文の稚ない字がまだ頭に残っていて、その姿が籠《かご》の中で横着に寝そべっている兎に見えた。

「ノックしたら返事ぐらいしろよ」

案外自然に言葉が出た。

「明日休みなんだってな。俺も休みだから、どうだ、久しぶりに小田原の海へ行って釣《つ》りしないか。いや、夏休みのうちに一度連れてってやろうと思ったんだが、仕事忙しくってさあ。どうだ、つき合わないか」

博は不思議そうな目で父親の顔を見ていたが、やがて体を起こすと、ガクンと首を折り曲げて肯いた。昔と変わらない肯き方である。

「だったら今夜は少し勉強して、早めに寝ろ」

その言葉にも博は肯いた。

ドアを閉め、階段をおりながら、何だ、やっぱり他愛ない子供なんだと、今博にむけた笑顔で、この五日間変にこだわっていた自分のことも笑ったが、その晩、布団に入ってから、友子がまた作文の話を蒸し返してきた。

「雌の兎に悪い考えを起こしてるって書いてあったでしょう？　ねえ、あの子まさかそこまでやってないでしょうね」

「まだ十三だぞ。何言ってるんだ」

「だって最近は多いのよ、それぐらいの年齢でも。それに何だか言い辛くて黙ってたんだけど、この間の不良グループの一人がね、博が酒場から若いホステスに送り出されて出てくるのを見たことがあるって先生に話したって」

厚化粧のホステスに路地裏で博は「俺とつき合えよ」とマジな口調で迫っていたし、ホステスの方も「何よ、まだ子供のくせして」とからかいながら、満更でもなさそうに博の体を抱きすくめていたという。

「どうして黙ってたんだよ、その話――」

「だって母親の口からは言い辛いことなんだもの」

実はその点こそが、友子が一番気にしていたことだとわかったが、いくらなんでも十三歳の子供がホステスを本気で誘ったとは思えなかった。いや、こういう考え方が現代では甘いのだろうか。そう言えば、いつか電車の中で中学生らしいグループが、「女子大生やＯＬの方がいいぜ。避妊の知識だってちゃんとあるしさあ」と一端《いっぱし》の顔で喋《しゃべ》っていたことがあった――

「耳、痛くない？」

枕もとのスタンドの燈《ひ》を消して、友子が唐突に聞いてきた。今朝出がけに右の耳をおさえながら、「ズキズキするんだよ。また始まったのかなあ」と言ったのを思い出したのだろう。

毎年夏が終わる頃、耳の中に小さな腫《は》れ物ができる。放っておけば癒《なお》ってしまうこともあったし、医者に行く時間を惜しんでいるうちに顔が歪《ゆが》むほど腫れあがってしまうこともある。その痛みで夏の終わったことを知る。

「そういえば、ちょっと痛むな」

答えてから、心臓に冷たい雫《しずく》が落ちた。「あなたも隠し事してるんじゃない？」

今の友子の質問はその意味だったかも知れない。

ディレクターに昇進し、最初の連続ドラマが好視聴率を稼《かせ》いで浮かれ気分だった頃である。友子が、「最近同じ店ばかり行ってるのね」航二が会社に出かけようと玄関先で向けた背にそう声をかけてきたことがあった。「だって毎晩同じ香水よ」ふり向くと友子は目だけで笑った。

図星だったからこの時も心臓はぎくんと音をたてた。それ以上詰問《きつもん》しては来なかったし、日頃は、「派手な仕事だから浮気の一つや二つは仕方ないわね」この女、亭主に愛情がないのだろうかと心配になるほどのんびりした声で言っているのに、そんな風に背を向けた刹那《せつな》、一太刀《ひとたち》で斬りかかってくるような油断のならない所があった。

今も進行形の浮気が一つある。それを見抜いていて、博のことを口実に、またその一太刀を送ってきたのではないか――

「気をつけてよ」

耳の二つの意味の、どちらともとれる言葉を呟《つぶや》き、友子は寝息になった。

ゴムのように伸びたり縮んだりする寝息を聞いても、友子の胸のうちはわからなかった。

航二はメロドラマ専門である。紗《しゃ》をかけた美しい画面づくりが評判になっている。女優の皺《しわ》や貧弱な風景を紗で誤魔化すことばかりに夢中になっているうちに、いつの間にか家庭の現実にも紗をかけ、昔通りの幸福をぼんやりと見ていた気がする。この紗を剥《は》いだら一体、友子が、博がどんな現実の顔をさらけ出すのか。航二にはふとそれが怖《おそ》ろしくなった。

ともかく博のことは明日一日でどうにかなるだろう、そう自分に言い聞かせて眠りについたが、明け方ごろから耳の腫れがひどくなり、釣りに行くどころではなくなってしまった。

「悪いな。そのかわり晩御飯どっかへ食べに行こうや」

部屋を覗いて、氷で耳をおさえながら、そう声をかけると、ヘッドホンをして、本を読んでいた博はちょっと顔をあげて肯いただけで、すぐにまた本に顔を埋めてしまった。

寝る前に聞いた女の話が耳の疼《うず》きとともに残っていたせいか、無表情が、紗となって得体の知れない本心を隠している気がする。

それでも肯いたのだから、夜食事に連れだせば笑顔の一つも見せるかも知れない。そう考えたのだが、夕方になり、薬が効いてきたのか、耳の痛みもおさまり始め、

「さあ出かけようか」

と言った所へ局から電話が入った。新番組の簡単な打ち合わせだからと思って休みをとったのに、出演することになっているベテラン女優が些細《ささい》なことでゴネ始め収拾がつかなくなっている、一、二時間でいいから顔を出してもらえないかと言ってきたのだった。

航二は「福祉課のシバタ」と冗談で言われるほど、中年から老年にかけての女優たちに受けがいい。気難しいベテラン女優が、航二の愛想笑い一つで無理な頼みを聞いてくれる。他の番組で女優がトラブルを起こす時でも、プロデューサーがまっ先に、「悪いけど笑顔見せてやってくれない?」電話をかけてきたりもする。

ベテランというより新劇の最長老女優がゴネて役をおりると言い出していると聞いては、駆けつける他なかった。

「仕事なんだから仕方ないだろ? 今度の日曜には必ず小田原連れてくから謝まってきてくれよ」

航二の言葉に渋々二階にあがって行った友子は、すぐに戻ってくると、

「別にイって顔してたわ」

と言ったが、航二が着替えを始めると同時に、ドドドッと雪崩《なだれ》のように階段を博の足音が駆

けおりてきて、廊下を一気に突っ切ると、玄関から外へ飛び出していった。

「どこへ行くの」

慌《あわ》てて追いかけようとした友子の声を、荒々しいドアの音が撥ねのけた。

「そりゃあ、怒るわよ。二度続けて約束破るんだもの。あの子はあの子で楽しみにしてたのよ、きっと」

「だったら俺に仕事に行くなと言うのか」

「――父親だって仕事なのよ。それサボってばかりだもの」

この数日のことで友子も苛立っているらしい、珍しく見せる膨れっ面《つら》に、

「帰ってきたら、俺の口から言い聞かせるから」

そう声をかけて、ネクタイを結びながら家を飛び出したが、二時間近く顔を愛想笑いの皺で作り変えて、ムクれた老女優の険しい皺と格闘して、やっと「わかったわ」の一言をもらい急いで戻ってくると、

「まだ帰ってないのよ」

今度は、友子のムクれた顔である。既に十時を回っていた。

「老人福祉の次が、児童福祉か――」

夫の言葉に混ざった嫌味な響きなど意に介さないというように、

「ねえ、駅まで迎えに行ってやってくれない？　そういうちょっとしたことで違ってくると思うんだけど――」

友子はムクれた顔から間のびした声を出した。

「何時に帰ってくるかわからんじゃないか」

「今までも十時ごろには必ず戻ってきたから、もうそろそろ帰ってくるわよ」

「俺だってさっきからまた耳が痛んでんだ。お前、俺の体よりあいつの方が大事なのか」

「こんな時にあなたまで拗《す》ねないでよ。ね、三十分でいいから」

慌てて機嫌とりの声に変わった友子に押され、仕方なく玄関で下駄を履いたところへ、ドアが開いた。

航二の驚いた顔を、あの朝と同じ目で引っ掛けただけで、博は二人の間をすり抜けて、廊下を大股に歩き、階段をあがっていた。突風でも吹きぬけていったかのように、二人は妙にポカンとしてその背を見送ったが、

「やっぱり酒飲んできたんだな」

航二の声は慄えた。すり抜ける際、航二の鼻ははっきりとその匂いを嗅ぎとったのだった。ただの酒臭ではなかった。酒の匂いに混ざって、若芽が萌え出る時のような生臭い匂いがした。可愛いだけの兎の匂いではない。

男の、雄の匂いだった。

「話をつけてくる」

その匂いに触発され、それまで我慢していたものがムクムクと胸に湧《わ》きあがり、

「駄目よ。怒鳴っても解決にならないって学校の先生が」

首を振って制《と》めようとする友子を、

「先生があいつの父親なのか！」

そんな言葉とともに、これから二階へあがって演じる一波乱の予行演習のように、思いきり壁へと押しあて、廊下を歩き、階段をのぼった。

何故父親の俺があいつにビクビクしなけりゃならないんだ。何故あいつに謝まり、猫撫で声で機嫌をとる必要がある――

血がのぼったせいで耳の腫れ物がズキズキと頭の芯《しん》を太い針で突いた。その針がまた、金曜の朝から堪え続けてきたものを突き破った。

俺はあいつの酒代を稼ぐために、さっきも二時間、あの老女優に愛想笑いを作り続けてたんじゃねぇんだぞ！

ノックもせず、力いっぱいドアを開けた。

机にむかって書き物をしていたらしい博の背が一瞬ピクンとした。書いていたものを慌てて隠そうとするのがわかった。その拍子に机から小さな箱が床へと転がり落ちた。

近寄って拾いあげると、マッチ箱である。

赤地に黒くＢＡＲの三文字があった。見憶えのあるマッチだったが、それに構っている余裕はなかった。

「やっぱりこういう店に出入りしてるんだな」

声を吐き出しながら、マッチ箱より、窓に立てかけてある竹刀《しない》の方が航二には気になっていた。

小学校にあがる前から博には剣道を習わせている。体はいくら大きくなったと言ってもまだ父親の自分より一回り小さい。喧嘩になっても捩《ね》じ伏せる自信はあったが、この数日湧きあがろうとする怒りを何とか顔に出すまいとおさえつけてきたのは、航二の気持ちの隅《すみ》にも、その竹刀が立てかけてあったからである。博の無表情が面頰《めんぼお》をかぶり、その竹刀を握りしめているような気がしていた。

航二はさり気なく、窓に近づいて背を向ける恰好になり、いつでも自分の方が竹刀を取れるようにし、

「何を隠してるんだ?」

声をあげた。

航二の睨《にら》みつける目に、立ちあがった博はやはり無表情でしか答えてこないのだが、手はひどく慌てて机の上の数枚の紙を搔き集め、背の後ろへと隠したのだった。その無表情を、航二はふとどこかで見たことがあると思った。表情ではない、輪郭であり目鼻だちである。逆三角形の中にある太い眉《まゆ》を、その眉とはアンバランスな、下がり気味の柔らかい目の線を、細い一直線の鼻すじを、砂糖をなめすぎたような甘ったるい口もとを――いや顔だけではない、兎と似た色の白い稚ない顔とは、似つかわしくない骨太のがっしりめの体にも見憶えがある。

耳の痛みと怒りが大合奏を始め、こんがらがった頭では、すぐにそれが自分の顔なのだとはわからなかった。だが、確かに今の自分の顔から年齢の皺と厚みを引き算すれば、それは今日

の前にある顔になるのだ。自分の顔を縮小しただけの顔が、だが、自分とはまるで違う、自分が三十七年、一度も人に見せたことのない表情を、紙のような無表情をしている。それが航二には無性に腹立たしかった。

自分にも説明のつかない怒りが、最後の堰《せき》を切った。

「何を隠してるんだ？」

怒声だけでは埒《らち》が開かない、航二は博に飛びかかった。自分の体の内のりに、博の体がぴったりとおさまった。航二は博の背へと両手を回し、後ろ手に紙を握っているその手首を摑《つか》んだ。だが、抵抗してくる博の力は、想像していたより遥かに強い。航二の方が振り払われそうになる。縺《もつ》れ合った手から、何枚かの紙が床に舞い落ちた。その紙を必死に摑もうとする博を航二は全身の力でベッドへと突き倒し、何枚かの紙を拾いあげた。奪い返そうと飛びかかってきた博をもう一度ベッドへと突き倒し、その紙を見た。

原稿用紙である。

肩で吐き出す息が、罫線《けいせん》を揺らす中に「ウサギ」という文字が見えた。

「ウサギ君は、今、ある女に夢中だ。家族はまだ誰も気づいていない。女なんかに夢中になっていてはいけないと思う、でも夜になるとウサギ君は——」

新たな怒りが腕に走り、その文字を激しく揺らした。

「やっぱり女がいるというのは本当なんだな」

喉を突きあげた声を、しかし航二は飲みこんだ。足許に裏返しに落ちた原稿用紙に何か絵が描かれているのが目に入ったのだった。

拾いあげると、漫画のような道化《おどけ》た線で兎の顔が描いてある。

すぐには、その片方の耳が折れ曲がり、包帯をしている意味がわからなかった。凄まじい痛みが耳を突いた。思わず呻《うめ》き声を歯から漏らし、航二は手で耳を押さえた。原稿用紙が不意に鏡となった。落書きの兎も、顔をひきつらせ、怪我をした耳を手で押さえている——

航二は反射的にさっきのマッチを探した。

机の下に転がり落ちているマッチに何故見憶えがあるのかわかった。当たり前だ。三日に一度は顔を出している新宿二丁目のあの酒場のマッチだった。この七月から航二が気持ちを、いや体をも惹《ひ》かれているあの娘がいる店のマッチ——

「お前、まさか……」

その声も喉を突いただけで口から出せなかった。

「返せよ」

ベッドから起きあがり、博の方が先に声を出したからである。金曜の朝から頑なに閉ざされ続け、やっと開いた唇《くちびる》から流れだした声は、低く太かった。下手な吹き替え俳優の声を聞いた気がした。

この一年半の間に変声期を迎えたことは知っている。だがそれまでぼんやりと聞き流していた声は、改めて耳にすると信じられないほど大人の男のものである。

博は呆然と突っ立っている父親の顔を、また目の端で引っ掛けた。無表情から、しかし紗が剝がれ、航二にはやっと博が何を考えているかがわかった。

「返せよ。そこに書いてあること母さんに知られたら父さん、まずいんだろ? ミズエって女のこと母さんまだ知らないんだからさあ」

竹刀のように太い、逞《たくま》しい声が、航二へと突きつけられてきた。


「ウサギ君は夜になると、その女に会いたくなる自分を押さえられなくなってしまう。ウサギ君の心の毛並みは、もう大人の欲望のために一本の白い毛も残っていないほど汚れきってしまっている。もちろん、ウサギ君はもう三十七歳の大人だから欲望自体は決して不潔なものではないが、大人だからまたその欲望を、正しい方法で処理する以外は、我マンしなければならないはずだ。ところがウサギ君は心の成長が遅れて、精神年齢はボクなんかより下だから、正しい方法と間違った方法との区別がつかない。餌があると、それが食べてはいけない餌だとわかっていても食べてしまう。間違っているのだとはわかっていると思う。その証拠に、ミズエさんというその女に会って時々は赤坂にあるマンションのその人の部屋へ行っていることをお母さんやボクから隠している。ボクは夏休み前に、お母さんの留守中にその人から電話が掛ってきたから知っているのだけど。その人はボクの声とウサギ君の声を間違えて『いやねえ、ふふっ、昨日の晩から私と柴田ちゃんマンザラ他人というわけでもないのに、そんな他人ギョウギな声出して。あっそうか、奥さんそばにいるんだ』と言ったのだ。ボクはとっさの知恵で『ウチは柴田ではなく山下です』と、よくかかってくる間違い電話の名を言って電話を切った。ウサギ君は仕事の忙しさにかこつけて、ネオン街の荒野で酒におぼれるだけでなく、とうとう女の人にまで手を出し始めたのだ。一年前、ウサギ君の作った、男の人が家庭を棄《す》てて愛人のもとに走るテレビドラマを見ながら、母さんに、『もし父さんが浮気したらどうする?』って聞いた時、母さんは、『浮気っていうのは大人の男の心の病気なんだから仕方ないのよ。私はこのドラマの奥さんみたいにダンナさんをののしったりしないわ』と言った。笑っていたけど、ちょっと淋しそうな顔だった。母さんのそんな優しい手に撫でられ、ウサギ君はいよいよ増長し、横着になってきたのだ。ウサギ君の父さんが生きているうちはよかった。ウサギ君には子供の頃その父さんに叱られ殴られた記憶がしみついていて、大人になり、逆に父さんを世話するようになってからも恐れる気持ちがあって、父さんの前ではいい子にしていたが、父さんが死んでからは、優しい奥さんとしっかりした息子だけになって何をやってもいいのだと思うようになったのだ。いや、夜の荒野をさまよいながら、こんな事をしていてはいけないと思い、父さんが生きていて叱ってくれたらと願ってもいるのだが、一度かごを出ると、もうつなぎとめてくれるものがないので毎晩ズルズルと同じ誤ちをくり返してしまう。最初、ボクはその『ミズエよお。イヤねえ』と電話で言った女の人のことも、そのズルズルだろうと思っていた。でも、夏休みに入り、ウサギ君の後を尾《つ》けて、新宿の裏にその、女の人と同じ名の店があって、ウサギ君が週に二度は仕事のつき合いを早めに切りあげて、その店に出かけることを知り、ボクもまた夕方からウサギ君の来そうな時刻までその店に行くようになって、実際には大変な危機が、ウサギ君だけでなく、母さんにもボクにも、いやミズエさんにも迫っているのを知ったのだ――」

　あれから一週間が過ぎ、まだ頭に黒々と残っているガリ版のようなたどたどしい文字を思い出しながら、

「俺たちに危機が迫ってるってよ」

　カウンターの中へ声を掛け、視線を誤魔化すために、煙草をくわえ、マッチをとった。マッチ箱の赤地には、ＢＡＲと三文字が黒く浮き彫りにされ、隅に小さく「ミズエ」と刷りこまれている。

「迫ってたでしょう？　夏のことよ、もう秋じゃない」

　瑞絵《みずえ》は空《から》になったグラスをカウンター越しにとり、酒を注いで渡しながら、まだ微笑していた。一週間前の博の作文の話を航二がしている間も、ずっとその微笑を唇に浮かべたままだった。

「それはもう終わりっていう意味か」

「そう。何よ、その顔。あなたの作るドラマじゃ、いつも男はこういう時もっとカッコいい顔するわよ。ほんと、博君だっけ？　あの子の方がずっと大人の顔だわ。サングラスかけてたのよね。最初に来た時からしばらくは本当に十七だと思ってた、私」

　博はこの店で航二の息子だとはまだ名乗ってないと言う。大川洋一という友人の名前を使い、不良高校生の振りで毎晩のように来てはごく自然に瑞絵と親しくなり、瑞絵の口から父親との関係の全部を聞き出したと言う。

　瑞絵は二十四である。

つい去年まで母親と二人でやっていたのだが、母親が常連客の後妻におさまってからは、店の名も自分の名に変え、この新宿の裏街で一人で頑張っている。

瑞絵の方でも女子大生だと三つ若くサバを読んでいるし、二つ三つ歳下の弟に相談するような気分で、かなりあけすけに妻子あるテレビのディレクターとの関係を話してしまったのだった。

「つまんないこと言っちゃったのよ、私——八月の終わり頃だったかな、あなたがロケに行ってて一週間来なかった時——」

「何て?」

「その人が奥さんや子供棄てて、私と一緒になってくれないかなあって——当の息子によ」

瑞絵はまたちょっと笑い、目を伏せた。うつむくと特に目のあたりの化粧が濃く見える。

「化粧をしていない時の顔の方が好きだな」と、七月に初めて赤坂の部屋に行き素顔を見て以来、もう何度もそう言っているのだが、むしろ日ましに化粧は濃くなっていくように思える。

「本気で言ったの?」

航二は聞いた。七月のあの晩、赤坂の部屋のソファに倒れ、瑞絵を抱く前に、『ただの浮気だよ』航二が言うと、瑞絵はその冗談半分の笑顔につき合うように笑って、「私だって人の家庭壊す趣味ないわよ」と答えている。その後も三日に一度は顔を出し、三度に一度は店のはねた後、赤坂の部屋にも行っているが、二人の関係をまともに話し合ったことはなかった。

曖昧《あいまい》なまま、ただこの頃になって、ふっと案外マジになっているかなと思うこともある。博が書いていたような大袈裟なものではない。大人の欲望にズルズルひきずられて、というのは嘘とはいえないが、家庭がなければすぐにでも結婚していたかなという程度の気持ちである。それでも、最初の晩の「ただの浮気」が、いつの間にかかなり度を過し始めているなと思うこともあり、最近では赤坂の部屋を出て車に乗ると、「ただの浮気なんだ、忙しい仕事の小さな息つぎなんだ」自分にそう言い訳を始める。

ズルズルとひきずられていきそうになる気持ちの綱を、何とか杭《くい》に繋ぎとめておこうと思ったのは、しかし、ただ家庭を壊したくないためばかりではなかった。一つには肝心の瑞絵の気持ちがわからなかったからである。

他に男はいないようだし、「今夜部屋に行ける?」と言えば必ず素直に肯いたし、惚《ほ》れられているかなと考えることもあったが、口に出して言われたことはなかったし、厚化粧の下の気持ちは見抜けなかった。

「本気で言ったの?　家族棄てて自分と一緒になってくれないかなあって——」

航二はもう一度聞いた。

瑞絵は煙草に火を点《つ》けようとした手をとめ、丸っこい目でしばらく航二の顔を見ていたが、マッチの火が消えてしまっていることに気づくと、もう一度擦り直して火を点け、最初の煙と一緒に小さな笑い声を吐き出した。

「こういう時に、そんな真面目な目でそんなこと聞くの、変よ。私、当の息子の前で、息子棄ててなんて言っちゃったのよ」

「じゃあ、どう聞けばいいい」

「その時、息子はどういう顔をしたかとか、どう答えたかとか、傷ついた様子はなかったかとか、父親なんだからそういうこと心配すべきじゃないの」

「じゃあ、あいつどう答えたんだ」

瑞絵は今度は、眉間《みけん》に細い皺を寄せ、顰めっ面半分笑顔半分の顔になった。

「ふうんと言っただけ。ただ唇の端がちょっと引きつったわね。でも、私、何も知らなかったでしょ、あら、この子私に惚れて嫉《や》いてるのかしらぐらいにしか考えなかったのよ。でも、あなたから電話が掛ってきてイチャイチャ喋ってるのだって全部聞かれてるし、危機が迫ってるって感じたの、無理ないと思うわ」

九月に入り、博が、それまで絶対にとらなかったサングラスを初めてとり、やっと瑞絵には、それが航二の息子だとわかったのだった。

「サングラスかけてる時は全然わからなかったのに、目が出るともう瓜《うり》二つなんだもの、吃驚《びっくり》しちゃった。あれなら柴田航二の子供ですって顔に書いてあるようなもんよ。すぐに気づいたけど、むこうも芝居してるんだし、私もその芝居につき合って、気づかないふりしようって」

ただ、「十七なんて嘘で、本当はもっと子供でしょう」とだけ尋ねたのだが、博は案外素直に肯いたと言う。

「気づいてからは、できるだけあなたの名前避けるようにしてたけど」

「どうしてそのこと俺にすぐ言わなかったんだよ」

瑞絵はまた笑ったが、今度の笑顔は目の焦点がふっとぼやけたのを誤魔化すためのようだった。

「言ったらお仕舞いじゃない。私、夏が終わるまでだと決めてたんだから。まだ九月の初めで、残暑で太陽ぎらぎらしてたから――」

そう言うと、航二が言葉を挟めないように、「それにしても、何も知らなかったからって、あの子の気持ち、ずいぶん傷つけちゃったわ」すぐにそう声を繋いだ。

「傷ついたのは俺の方だよ。ウサギ君だってさ、俺のことを子供扱いしてんだから」

あれから一週間が経っているが、ウサギの絵が自分のことだと気づいた時の、怒りとも怖れとも屈辱感ともつかぬ全身の慄えは、まだ余震となって残っている。「大人のことに生意気な口を挟むな」そう怒鳴り、ドアを叩きつけ部屋を出るしかなかった。階段をおりながら、どう友子に説明したらいいものか悩んだが、「何かドタンドタンって凄い物音聞こえてたけど」心配そうな友子の声に「大したことはない」不機嫌な声で答え、後は耳が痛むふりで誤魔化すしかなかった。

博も母親には何も言わなかったようだし、友子も殴りとばして叱っただけだと考えたようである。翌々日には、「良かったわ、叱ってくれて、見違えるように変わったのよ、前みたいに自分から喋るようになったし、素直に肯くし」そう呑気なことを言った。

博が変わったのは、航二にもわかった。ともかく、航二にできたのは、この店には近寄らず、仕事でのつき合い酒も早めに切りあげて、できるだけ早く帰ることだけだったが、三日目の晩、九時少しすぎに帰ると、「博が父さんが帰ってきてから一緒に食べるっていうので、待ってたのよ」と言い、いつもより贅沢な晩御飯がテーブルに手をつけずに並んでいた。博は父親に気を遣うように、ビールを注いでくる。「お疲れサマでした。そう言えば父さんと晩御飯食べるの三か月ぶりだよね」などと機嫌をとるように話しかけてくる。

「父さん、御飯まだなんだろ」と聞かれれば、簡単な食事は済ませていても、「ああ」と答え、「どうだ、お前も。少しぐらいならいいだろう」ビール瓶を握り、「外で飲むより」聞こえないほどの小声でつけ加える他なかった。

「あら、駄目よ。博は反省してるんだから」

友子が遮《さえぎ》り、

「ねえ」

と博に相槌を求めた。

「うん、ちゃんと反省した——」

博は真面目な目と真面目な声で答えた。声は依然低いが、顔つきなど確かに見違えるほど変わっている。以前の柔らかみのあるウサギの顔だった。だが航二には、その目も声も、いや、何より言葉が、脅迫以外の何物でもないと思える。「父さんが言わなければならない言葉を俺が言ってるんだからね」そう言っているとしか思えなかった。

「僕も自分でお金かせぐようになってから飲む。家のものは全部父さんのお金で買ったものだから、このビールも父さんが一人で飲むんだよね」

追い討ちをかけるようにそう言った。いや、以前通りに戻ったんじゃないんだ、以前はこんなに自分から喋ってくることはなかったし、こんな機嫌をとるような喋り方もしなかったはずだ。そう思うと、非行に走ったと信じこんでいた数日間の無表情の方がまだ気楽だった気もした。

「それに本当言うと、僕酒なんかちっともおいしいと思ってなかったんだよ」

博は、そうも言った。

言葉通りを信じて嬉しそうに顔を綻《ほこ》ろばせている友子にまで腹が立ったが、「そうだな、大人はどうしてこんな不味《まず》いもの飲むんだろうね」多少頬を痙攣《けいれん》させながらも、笑顔になる他なかった。形の上では、博の立ち直った祝いの食事のように見えながら、航二は自分が反省して家庭に戻ってきたのを祝われているような気がして、ひどく居心地が悪い。今度こそブン殴ってやりたいような気分だったが、どうすることもできなかった。

その気分は今朝まで続いた。

困ったのは、相変わらず仕事のつき合いがあって夜のネオン街へ出かけなければならないのに、それを理由に帰宅時間が遅くなれば、博が、「俺はどこへ行ってたかわかってるんだからね」という顔をしそうな気がして、無理にでも早めにそれを切りあげ、以前より早く家に戻らなければならないことである。

一度、例のベテラン新劇女優に夜明けまでつき合ってほしいと言われ、断り切れずに、「今夜は悪いが遅くなるから」

家へ電話を入れたことがあったが、友子の声の傍らに博のいる気配がしたので、慌てて、

「いや、何とか九時には切りあげて帰るから」

そう言い直し、九時になると、体の調子が悪いと嘘を言い女優と飲んでいた店を出たのだった。

もっとも飲んでいても楽しくなかった。航二が結婚し中学生の子供までいると聞いて、「ええっ、あんた、自分の方が子供みたいなのに、本当に父親やってるの？」

女優が、真面目な顔で驚いたのである。

以前にも他の女優たちから何度も同じ言葉を聞いている。自分が高齢の女優たちに気に入られるのは、ただ愛想の限りを尽くしているからだけではない、どことなく子供っぽい所があるのが母性本能をくすぐっているのだとも自覚していて、わざと甘えるような仕草もしてみせたりしていた。「子供みたい」というのを、ある意味では褒め言葉として受けとっていたのだが、今は一番、癪《しゃく》に障る言葉なのである。

女優の言葉ではもう一つ、「だってあんた、まだ玩具《おもちゃ》で遊んでるように見えるわよ」と言われたのが胸に突き刺さった。冗談のつもりだったろうが、実際に航二は模型のレーシング・カーを走らせるのが趣味で、五年前まではよく博を連れて遊園地へ行き、どっちが子供かわからなくなるほど夢中になって遊んでいたのだった。

そんな余裕のなくなった今でも、新型が出たと聞けばすぐ買って、棚に並べておく。五年前まではまだ子供子供していたはずの博が、既にあの頃から、レーシング・カーなどに夢中になっている父親を冷やかな目で見ていたのではないかとさえ心配になってきた。

一見、柴田家には五年前までの団欒《だんらん》が戻ってきたように見えた。

いや、友子はそうと信じきって毎晩のように御馳走を並べてその団欒に輪をかけるし、博も案外他愛なく親子三人揃《そろ》っての食事を楽しんでいるだけなのかもしれない。母親以上に父親に気を遣っているのが、子供なりに何とか家庭の平和を守ろうと必死になっているようで、いじらしく見えることもあるのだが、航二の後ろめたさが、その裏にあるものを感じとらせてしまう。たかが子供じゃないかと思いながら、「母さん、まだ何も知らないんだろ」あの時の声を思い出し、あれは子供ではない間違いなく大人の声だったと思い、機嫌とりの声の裏から、その声が依然竹刀となって突きつけられてくる気さえすることがある。

「父さん、毎晩こんな風に早く帰ってきて仕事の方、大丈夫なのかな」

何気ない一言が、「俺はあの晩の勝負で一本とったんだからね」と得意がっているようにも聞こえ、父親の俺が何故子供にこうもビクビクしなけりゃならないんだ、あの晩以上に腹を立てながらも、

「まあな、ここん所は何とかなってるんだ」

唇に笑みを作らなければならない。

それもこれも、瑞絵とのことを知られているからだと思うと、一度、瑞絵とのことはお前が思ってるような大袈裟なことじゃないんだ、はっきりそう言い聞かせなければならない、そう思いながら、機会もなく、たとえ機会があってもどう切りだしたらいいかわからないまま過していたのだが、今朝になって、その父親の気持ちも見抜いたかのように、

「父さん、今度の日曜日休みとれるなら、この間約束した釣りに連れてってくれないかな」

敵の方からそう言いだしてきたのである。

「そうだな、何とかするか――」

そう答え、局で仕事をする合い間に、「これは、二人であのことについて話し合いたいということなのか」と考えながら、十月に入りすっかり早くなった夜が落ちて間もなく、久しぶりにこの店に足を向けたのだった。

博が補導された日、朝まで番組の打ち上げを祝って赤坂の酒場で飲んでいたのは本当である。ただその酒場から瑞絵がマンションに戻った頃を見計らって電話を入れている。「今近くで飲んでるから後で寄っていいいか」と言うと、しばらく沈黙した後、「いいわよ」瑞絵はそう答えたのだが、スタッフ連中に解放してもらえないまま、それきりになってしまっていた。

その間に一度、博の方がこの店に来ている。一週間前のあの晩、突然局から入った電話を嘘ではないかと疑い、「父さんはまたあの女の所へ行くのかも知れない」博はそう考えて、先回りして家を出るとこの店へ来て見張っていたのだった――

まだ時刻が早いせいか、客は誰もいない。

カウンターだけの六、七人入ればいっぱいになる狭い店である。入口から入ってすぐ傍にドライフラワーが埃《ほこり》をかぶって飾ってある。博はいつも、その陰に他の客から顔を隠すようにして座り、いかにも馴れた手つきでグラスを口に運んでいたのだが、無理矢理喉に押しこんでいたのは容易に看破《みやぶ》れたという。

「生意気なんだよ、十三歳で自分の方がしっかりしていると思いこんで、自分がいなけりゃ父親も家庭も駄目になるって信じてんだから――傷ついてるのは俺だよ」

「傷つくって言うなら、私もよ」

瑞絵は唇の端をわずかに捩《ねじ》って笑った。

「あなたの息子だって気づく少し前から、博くん、しつこく誘ってくるようになったの。テレビのディレクターなんかと手を切って、俺とつき合えよって。私の方では適当にあしらってたけど、多少真に受けてたのよ。惚れられてるのかなって——」

でも、それもお父さんや家庭を救うためだったのね、瑞絵は小声でそうつけ加えた。

沈黙が落ち、店内の薄闇に粘りつくように絡《から》んだジャズ歌手のハスキーな声が聞こえていた。

「そう腐ることないと思うけど。子供がしっかり育ったのは親の教育がよかったからだわ。叱ったり殴ったり、厳しく育てたって言ってたでしょ?」

瑞絵はそう言ってから、語尾の余韻が消えないうちに、

「ああ、でもあなたもお父さんから厳しい育てられ方をしたって言ってたわね」

「それは、俺の方はしっかり育ってないという意味か——」

「すぐそういう拗ねた目する。だからいつまで経っても発育不全のように見られるのよ」

考えてみれば一回り年下の瑞絵の窘《たしな》めの言葉にも、いつもどこか子供をあやすような響きが混ざっているのである。

「仕方ないわよねえ、大体、あの子の趣味、ワープロなんだって? 父さんの方はこれなんだから」

棚の上の黄色い模型の車に目を流した。買ったその日に置き忘れ、いつの間にか店の飾りになってしまった物だった。改めて見ると洋酒の壜に挟まれ、その模型だけが、場違いに稚ない。

博が隅の席から、サングラス越しにその玩具を見ていた目が、想像できた。

「今夜は終わりにしにきたんでしょ？」

そう言った時、会社員風の三人の客が雪崩れこんできた。瑞絵は酒を作りながらしばらくその三人と冗談を言い合っていたが、やがて笑顔で戻ってくると、自分のグラスのふちを航二のグラスに当てた。

澄んだ音を客の笑い声が飲みこんだ。

この店の夜がいよいよ始まるのである。その開幕にふさわしい華やかな笑い声だった。

「男の目としては魅力あるけど、確かに父親の目としては失格かな、そういう目――」

そう言われて、航二は上目づかいになっているのに気づいた。

「一つまだ答えてもらってなかった――八月の終わりに家庭棄てて私と一緒になってくれないかなって言ったたっていうの、あれ、本気だったのか」

「あの時はね――でも、もう夏も終わったし」

「終わってないよ、まだ……」

瑞絵が視線を戻した。微笑が静止している。眉の端が少し下がり、道化《おどけ》たような顔である。いろんな笑顔をもっている女だった。その笑顔の幾つをこの夏の間に憶えただろう、航二はふっとそんなことを思った。

「毎年夏が終わる頃耳に腫れ物ができるって言っただろ？　今年はまだ少し痛みが残ってるんだ。これが癒らないと、俺だけいつも夏が終わっていない気がするからさ」

「すぐに癒るわよ——ただの浮気が夏と一緒に終わった、それでいいじゃない」

航二はグラスに残っていた酒を一気に空け、

「そうだな」

自分でも驚くほど自然にそう呟いていた。

「そうしておいてもらおうか。まさかしっかり者の子供に反省させられて別れたなんて、そうは思いたくないもんな。父親の面目まる潰れだよ」

立ちあがり、「やっぱり化粧もっと薄くしろよ」兄が妹を叱りつけるような、わざとらしいぶっきら棒な声を作って言った。

瑞絵は素直に肯いた。

「そうする——私ね、柴田さんと素顔で向き合ってると本気になってもいいような気がして、それちょっと恐かったのよ」

その言葉に航二も肯き、小さく笑い、会社員の客の方へと戻っていった瑞絵が大袈裟にたてた笑い声に送られて店を出た。

昼間以上に人の流れの多い裏通りを歩きだす前にひょいと空を見あげた。暦は秋だというのに、大都会の一隅《いちぐう》の夜空は埃くさくくすんでいた。

まだ博が小さかった頃、小田原の海へ釣りにいき、暮れなずんだ空に星が一つだけ小さく浮かんでいるのを見て、「あれが星なの」博が嬉しそうに笑ったのを思い出した。ネオンの色で押し潰された夜空は、あの澄んだ小さな燦《きらめ》きなど忘れ去って素知らぬ顔である。

「ウサギ君は、女の人と別れてやっと籠の中へ戻ってきました」——

通行人と肩をぶつけて歩き出した拍子に、酔いの回った頭にそんな言葉が浮かんだ。

海は、空と同じ色に青く澄んで、どこまでも広がっている。

この前来たのは確か春だったから、水平線はのどかに柔らかかったが、秋の光はそれを針のようにきれいに研いで鋭いほどの直線に見せている。

ひんやりした風が薄いセーター越しに快く体を撫でていく。

二人はこの日のために友子が買ってきた紺に赤の線が入った揃いの長靴を履き、波打ち際に並んで立ち、釣り竿の糸を海に垂らしている。同じような家族連れが、長く伸びた防波堤と砂浜に散らばり、休日の穏やかな空気を楽しんでいる。

平和を絵に描いたような風景である。

その平和な風景に、自分たち父子《おやこ》もごく自然に溶けこんでいるのが、航二には不思議な気がした。二時間近く車を運転してきた道中、ずっと肩に感じていた重苦しさが嘘のようである。

タクシーや局の車で東京中を駆け回っているうちに、家の車は友子専用になってしまっていた。久しぶりにハンドルを握ったせいか、門を出てすぐ曲り角にぶつけそうになり、「下手だなあ」博が自動車教習所の指導員顔負けの生意気な言い方をした。航二がムッとしたのがわかったらしい、

「模型の車走らせるのは上手いんだけど」

機嫌とりのつもりなのか慌ててつけ加えた言葉にさらにムッとなり、以後は小田原に着くまで、気づまりな沈黙が助手席に座った博の体との間に落ち続けたのである。

気づまりはまた、出がけに友子が口にした言葉も原因になっていた。朝御飯を食べ終えた博が出かける準備をしに二階にあがると、「私も行きたいんだけど、お母さん起きあがれないっていうから顔出さないと悪いし」そう言ってから、友子は不意にククッと笑い出したのだった。実家の母が風邪をひいて寝こんでいるのを笑ったのだと思い、「不謹慎な笑い方するなよ」咎めると、友子は首を振り、

「ミズエっていうんだって」

笑い声とともに突然、その名を出したのだった。

「一体どういう顔してるのかしら」

「何のことだ」

心臓の動悸の音を気どられないように普通の顔と声を作って尋ねると、

「昨日の晩、あなた遅かったでしょう、今日一日空けるために——」

母子《おやこ》二人だけで晩御飯を食べた際、もうそろそろ大丈夫だろうと思って、教師から見せられた作文に書いてあったウサギ君の彼女のことを聞いてみたのだと言う。

「だって、やっぱり気になってたから、女ウサギと悪いことしてるなんて——そうしたらあの子、案外簡単に白状したわ、全部」

白状と聞いて、航二の心臓が今度は破裂しそうな大きな音をたてた。既に別れてしまったが、

全部を白状されては困るのである。それなのに、友子が何故咎めるような目もせずただ笑い続けているのか、その理由が、「あの子、ミズエっていう一学年上の女の子に憧れてたっていうのよ」そう言われて、やっとわかった。

「でも、そのミズエって子はまた高校生のどうしようもない不良に片思いしてるらしいのよ。その不良にはいつもくっついてる彼女がいるんだって――それで博がいくら誘っても、その娘《こ》、『あんたみたいなガキに用はないわ』ってふり向こうともしないんだって。そんなこんなで何もかも嫌になっちゃってあんな夜遊び始めるようになったのよ。ミズエって娘が惚れてるその不良高校生の真似すれば、ふり向いてくれるかも知れないって思ったみたいね」

そう言い、

「ウサギ君、恋してたのよ」

友子はもう一度笑った。博が、母親を心配させないために、事実をなぞった作り話で答えたのだとわかって、航二は吻とした。撫でおろした胸に、だが別の不安が湧きあがった。

そんな夫の胸中にあるものなど気づく由《よし》もなく、

「ミズエねえ、どんな顔の子なんだろう」

友子は笑い声を挙げ続ける。全部を承知で、わざと「ミズエ」という名を何度も呟いているような気さえして、

「子供には子供なりの重要な問題なんだろう、そう馬鹿にして笑うな」

思わず怒声になったが、友子はちょっと不思議そうな顔をしただけで、

「このこと黙っててよ。博には絶対父さんに喋らないでよって約束させられてるんだから」

のんびりした声で言った。

絶対に父さんには喋らないでよと言いながら、絶対に母親が父親に話してしまうことを見抜いて、博がわざとその作り話をしたような気がした。

「また貸しを作ったからね」

助手席でおし黙っている博の体からそんな声が聞こえてくる気がしたのだった。友子から話を聞かされて、航二の胸に湧きあがった不安は、だがそれが原因ではない。

「博がいくら誘ってもその娘《こ》、『あんたみたいなガキに用はないわ』ってふり向こうともしないんだって」

友子のその言葉にあの晩の瑞絵の、

「テレビのディレクターなんかやめて俺とつき合えって、博クン、本気に誘ってくれたのだと思ってた」

と言った声が重なったのだった。

学年一つ上の女の子というのだけが嘘で、ミズエに惚れてたというのも、ミズエが惚れている男の真似をして不良っぽく振舞ったというのも真実だったのではないだろうか。

ふとそんな気がしたのである。

年上の女から、「あなたみたいな子供に用はないわ」と軽くあしらわれ続け、傷ついていたというのも本当だったのではないか。

我が家のもう一匹のウサギ君の方も、本当に恋をしてしまったのではないか。最初は父親を見張るつもりだったとしても、そのうちに知らず知らず本気で惚れ始めたのではないか。

思い出してみると、自分が初めての淡い恋心を覚えたのは、中学一年の時、大学を出たてのまだ高校生のように愛らしさの残った音楽の教師だった。その先生が他の男の先生と仲睦まじく喋っているのを見ると、小さな胸に痛みが走った――学校の先生ではなく、それが、未成年が近づいてはいけない場所で働いている女性だったのだと考えても不自然ではなかった。二人が並んでいる所を想像しても、確かに年齢差はあるものの、カップルとして釣り合って見える。

頭では不自然ではないとわかっても、だがそれが自分の子供のことだとなるとひどく不自然な間違ったことだと思えてしまう。

あの作文のウサギは、少なくとも先生に提出した方だけは、父親のことではなくやはり自分自身のことではなかったのか。

一字一句を思い出すと、やはりあそこに書かれていた、悪いことだと思いながら、少しずつ大人の世界に染まっていく自分をどうすることもできないという告白は、博自身のことではなかったのかと思えてくる。

女ウサギに悪い考えを起こし――

あの父子の格闘になった晩、博の体から一瞬嗅ぎとった酒臭に絡んだ匂いを、航二は改めて鼻に感じた。あの数日、博が航二に見せ続けた蔑みの中に敵意を覗かせた目は、父親の中にいる一人の男へのライヴァル意識だったのではないか――自分が初めて恋した女ウサギの気持ちを摑んでしまっている男への。

このひと夏、航二が気づかなかっただけで父子のウサギは一匹の女ウサギを奪い合っていたのではないか。自分がまだ十三歳の子供に怯えを感じ続けるのは、自分でもはっきりとは意識できないまま、その子供の体に自分と同じ「男」を嗅ぎとっていたからではないか。

そんな大袈裟なものではない、たとえそうだとしてもわが家のウサギ君が淡い初恋をしただけのことだと思おうとするのだが、この数日のうちに一段とまた大きくなり、狭い助手席に父親の体を凌《しの》ぐほどの体軀でおし黙って座っている博を見ると、その体から圧迫感とともに、あの晩の体臭が生ぐさく湧き出してくるように思え、航二は肌寒いのを承知で車の窓を開け、風を入れ続けた。

ただその重苦しさも、広い海に溶けこむように立って釣り糸が二本並んで垂れているのを見ると嘘のように消えていた。

相変わらず二人とも何も話さなかったが明るい波音がその沈黙を埋めてくれる。

小さな車の中ではああも威圧感のあった博の体が、広すぎる風景の中では、やはりまだ幾らか自分より小さめに見える。流れる潮風が多少まだ大小に差のある二つの、そっくりな体を融《と》け合わせ、広い海面が、車の中であれこれ思いめぐらせていたものを、些細な事として飲みこんでくれる気がした。

それぞれ一匹ずつ小魚の収穫があったところで、遅い昼食をとった。

友子が作ってくれた弁当を無言で食べ終えた後、

「もう一頑張りするか。これだけじゃ母さんに笑われるからな」

バケツを覗きこんで、そう声を掛けると、

「どっちがたくさん釣るか競争しないか」

博が水平線に目を投げて言った。ひどく大人びた目に見え、大人びた声に聞こえた。

航二は肯いた。

「何を賭ける?」

「俺が勝ったら父さんの一番大事なものを貰う、父さんが勝ったら俺の一番大事なものをやるから」

「何なんだ?」

尋ねながら、航二は視線を水平線へと逃がした。

「後で言うよ。そうでないと父さん、嫌だというかも知れないから」

博はそう答えると同時に波打ち際へと駆けだし、航二が餌《えさ》をつけ終えた時には既に一匹を釣りあげていた。

続いてすぐにまたもう一匹が博の竿にかかった。

航二の方も一度引っ掛りかけたのだが、糸を巻き戻す途中で不意に手応えが途切れた。餌を食われたのである。

自分が勝っているのに、博は相変わらず、ムッと怒ったような無表情である。それきり博の竿にも魚が掛らなくなったが、航二は焦った。こういう所が大人気ないと言われるのだろうが、さっき言った「父さんの一番大事なもの」というのが瑞絵のことではないかという気がしたのである。瑞絵とは別れているから、もう父さんの大事なものではないのだが、だからと言って、未成年の息子にあの女を渡すわけにはいかないのだ。そんな気持ちが竿を握りしめる手にも流れた。

陽が西に傾くにつれ、風に冷たさが混ざったが、竿を握る手は汗ばんでいる。その甲斐があったのか、やっと航二の竿に魚が掛った。

あれきり博の方の糸は海へと力なく垂れたままである。博の方が焦りだしたのがわかった。掛っていないとわかっていてリールを巻き、海面を鞭うつような激しさで糸を投げた。顔は無表情でもリールを巻く手に、苛立ちが、激しく熱っぽいものへと変わって出ている。

やはりこいつは瑞絵に惚れているのだ、今年齢のぶんだけ遠すぎる所にいる女を、子供は子供なりに必死に自分の手もとへと手繰り寄せようとしている——

その必死さを見ているとただの子供だとは侮《あなど》れない気がし、航二も真剣になっていた。

潮風が博の体からあの時の大人の男の体臭を航二の鼻に吹きかけ、夕方が近づくにつれ、波は荒くなり、激しい音で浜に叩きつけた。

陽が大きく西に傾くまでに、もう一匹航二の方が釣りあげた。

いつの間にか家族連れの大半がいなくなり、海も砂浜もいっそう広く見えた。

「今度あたりが勝負だな」

餌をつけ直して、二人同時に放った二本の糸は大きく空を切ると、だがその時突然起こった激しい風に絡まり、一本となって海へ落ちた。慌てて手繰り寄せ、浜の上で、砂まみれになった手で解こうとしたが、縺れ合った二本の糸は、いよいよ複雑に絡んでいくだけである。同じ形をした二組の手が、呼吸を合わせるように、ほとんど同時に二本の竿を投げ出した。

博が笑い声をあげた。

航二もつりこまれるように笑いながら、こいつの笑顔を見るのは何か月ぶりだろうと思った。いや、自分だって、作り物でない笑顔になったのは、もうずいぶんと久しぶりのことである。二人の笑い声を潮風が絡め、海の音が消した。新しい糸をつけ直しているだけの余裕はもうなかった。陽は落ちかけている。

「引き分けだな」

ごく自然に航二の唇から声が流れ出した。

「父さんの一番大事なものって、一体何が欲しかったんだ」

「父さんが一番大事にしてる、赤いレーシング・カー」

あっけないほどの声で博は言った。

「あんなものいつだってやるよ——俺が勝っていたら何をくれるつもりだったんだ?」

「何も」

博は首を振り、

「考えてなかった。父さんが勝つわけ絶対ないと思ってたから」

目の端に航二の顔を引っ掛け、生意気な声になった。

瑞絵から局の方へ電話が入ったのは翌日の夕方である。

「掛けるつもりなかったけど、今博クン来たから」

さり気ない声が、店を開いて間もなく、博がやって来て、「父さんからもう事情は聞いたと思うけど、これ父さんの一番大事にしてる物です」と言って、模型の車を置いていったと語った。

「私たちが別れたこと知ってるみたいね。話したの？」

「いや、口では言わなかったけどわかったんだろ。頭のいい奴だから」

「高いんでしょ、貰《もら》っていいの」

「もちろん――ほんの俺の気持ち」

「博クンがね、本当は自分もこういうので遊びたいんだけど父さんが先に遊んじゃうから遊べないって言ってたわよ」

笑い声になり、瑞絵は小さな音で電話を切った。今の車の半分が博の気持ちだったかも知れないことに瑞絵は気づいただろうかと思いながら、「ウサギ君は家族のために小さな恋に終止符を打ったのです」博の稚ない字で、そんな文を頭に書いてみた。

「どう今夜はつき合ってよ。最近福祉課がサービス悪いって苦情来てるからさ」

通りがかったプロデューサーの声に、

「いいよ」

航二は弾んだ声を返していた。

エッセイ

ボクの探偵小説観

探偵小説を、より遊びの要素が多いという理由だけで視線の端にひっかけるような、斜視の自称文学狂に出会う度、斜視でない僕は顔を背《そむ》けたくなります。そんな偏見の柵で自分を囲いたがる人が何故人間と関り合いたくて純文学を読もうとするのかわからなくなりますから。

より遊びの要素が多いと書きました。これが貧弱な読書歴から生まれた精いっぱいの僕の探偵小説観でしょうか。ただし僕は決して探偵小説を遊びだけの文学とは考えていないようですから、よりの二字を強調したいと思っています。

「誰がアクロイドを殺そうが」という本格探偵小説否定論があるそうです。とんでもない。誰がアクロイドを殺したかは僕にとっては大問題です。しかし同時にクリスティが大戦勃発の年に書いた全ての登場人物が処刑される、奇想天外なしかし実は悲しい殺戮物語で、人間の罪を見つめていたその視線の確かさに比べればアクロイドを殺した犯人の意外性などどうでもいい気さえしてくるのです。

柵がなさすぎるのでしょうか。小説という分野《フィールド》の中で探偵小説を他のジャンルと区別する僕の境界線は非常に曖昧《あいまい》です。

僕の中ではフォークナーの「八月の光」と横溝正史の「獄門島」は完全に同価値です。この二作の偉大さは底の底で余りに複雑にストーリーが絡み合う、丁度一人でピラミッドを建造したような人間業ではない構成力で、その偉大さの前ではフォークナーが殺したのが人間であり、横溝氏が殺したのが謎の一駒である区別など取るに足らなく思えてくるのです。同様にモームの短篇と清張氏のそれはただ天性の話術を楽しみたくて、カミユとジャプリゾは語感に舞う心理の悲しい響きを聞き度くて共に僕の中では一つの小説世界として完全に融合しあうのです。

時にはより謎とき以外のプラスα的魅力に魅かれ、横溝センセイが誰を殺そうがと開き直りたくなり、探偵小説ファンとして自己反省しながら、かと思うと、「Yの悲劇」はプラスαが邪魔すぎて「X」や「ギリシャ棺」に軍配をあげたくなったり、結局は曖昧な境界線をうろうろする愚かな読み物狂に過ぎないのかも知れません。

序文の印象のまま既に行を失いました。

要は探偵小説と言っても時に探偵の二字に興味がいくか小説の二字に心が動くか、四字まとめて一つの小説ジャンルを形成しているのだと、そんなことが言い度かったようです。

一読者の投書程度に読み流して下さい。

などと言えば、もっと明確な探偵小説観を持っておられるだろう当誌の投書魔の方達に叱られそうですが。

〈花葬〉シリーズのこと

花は人の命です――と今更ながら気障な若輩が、切り口上に述べるまでもなく、花、その散る宿命を背負った一つの命のかなしさは、長い歴史の中で日本人を支え続けてきた思想でした。散る宿命を負って美しさが哀しさに繋がる、それが花の思想ならば、人の命も、哀しさは、本当の美しさは、死ではなく、死に繋がった生命そのものにあるのではないか、とこれも今更ながらの、いささか感傷に堕した言葉ではありますけれど――人は誰もその死の際まで散らすことのできない一輪の花を体のどこかかたすみに咲かせて生きているのではないか……

その散らない花を、あえて自分の手を血に染めてまで散らせようとした七人の犯人を、その七つの動機を、七つの花に託して書きたいと思います。

あくまで主人公は花のつもりです。

散らずに残った花、咲く前に捨てられた花、泥に踏みつけられた花、血で描かれた花、人肌に染みついた墨色の花――そして書きたいのはあくまで探偵ものですから、トリックとしての花、伏線に使われる花、ダイイングメッセージの花、凶器の花——
すべて花を描いた名画は、花自体より、その背景にある空気の色に、壁に、池に、土に、画家の厳しい眼が向けられています。花の美しさはそういった周囲の条件が最終的に決定するものですから。とすれば花を主人公にした探偵小説なら、その花の個性に似合った話を、トリックを、登場人物を選ぶ必要があります。

選んだ七つの花はどれも今では忘れられかけた、いささか時代錯誤のものばかり、背景もボクの生まれる以前の想像でしか知らない時代ばかりです。

文字だけで教えられた歴史という闇の世界に一ふさ、或いは一輪咲いている花々を七つの殺人物語を借りて散らせたいと思います。

懐古趣味でしか眺められなくなった色褪せかけた花々を現代に蘇《よみがえ》らせようと、そんな野心は毛頭なく、むしろ、過去の闇に、それ自体も闇色の、二重の影絵のように暗く染みついた花を暗いまま葬りたい——と、

自信もまるでないのにそんなイメージに自己陶酔し、夢の中をさまよう気分で七つの花の名をまくしたてるボクに、「なんだ、花ふだのシリーズ書くんですか」と、これは知人の学生に眼鏡の後ろから蔑《さげす》んだ微笑を返され、ふと現実にもどった。そう言えば七つの花、ほとんどが花札の名花ではないか。

数年前、正月のとそ気分でただ一度手を染めし花札で、散ったのは人の命などといった高尚なものでなく、懐《ふところ》のバラ銭だったことを思い出し、これでは先が思いやられる。

書かぬが花——と、書かぬうちからお後の宜しい話でありまして。

寝たきりになった母の介護のために、長い間休筆同然にしていたが、最近また疲労で重くなった腰をあげ、原稿をがんばっている。新たなスタートを切った思いで、当然のことのように三十年前、先のことなど何もわからないまま立った一つのスタートラインを思いだした。

島崎編集長に引っぱられ、本当にどこに向かっているのかわからないまま、夢中で走りだし、走りつづけた。

島崎さんはミステリーだけでなく、実に小説のふところが広い人で、僕の書く青くさい色町の話にも興味をもってくれ、花の名をタイトルに飾ったシリーズを書くよう勧めてくれた……いや、ほとんど命令だった。第一作目の題名を『藤の香』と変え、もとの題名だった『花葬』をシリーズの総合タイトルにしたのも島崎さんである。そうして、「次は何の花にする?」と訊くので、「桔梗《ききよう》が好きですが……」と答えると、

「じゃあ『桔梗の宿』」

次の瞬間には題名が決められていた。

宿という一字からトリックや物語を捻出するというのは大きな苦労だったが、それでも島崎さんの選ぶ一字はドラマチックで、僕のあまり豊かでない想像力を刺激してくれた。六作目も『菖蒲《しょうぶ》の舟』と先にまず題名が決められ、またも舟の一字から何とか川で心中未遂をする歌人の話をしぼり出したが、ここで突如、雑誌の発行にストップがかかってしまった。結局、この話は商業誌に拾われ、『戻り川心中』という花とは無関係な題名に変えられて陽の目を見るのだが、戻り川という川の名前はトリックのために安易につけただけのものだったから、その響きがどうしても好きになれず、島崎さんの手でやはり『花葬』シリーズの一作として出してもらっていたらなあという、後悔に似た思いをいつまでもひきずることになった。

島崎さんはいつも、

「あなたはミステリー以外の小説を書きたいのだろうけど、探偵小説も書けるのだから、商業誌から注文が来るようになったら、そっちに普通の小説を書いて、幻影城にはミステリーを書くように」

と言っていた。当時まだ自分ではミステリー以外の小説など書く気はなかったのだが、数年後あるきっかけで書いた市井の男女の話が案外に評判がよく、恋愛小説の注文も来るようになって、あらためて島崎さんの編集者としての慧眼に驚かされた……とはいえ、そういう普通の小説にも、幻影城の痕跡がはっきりと残っている。恋愛小説を書こうと思うとミステリーへと逸れてしまい、ミステリーを書いているはずなのに恋愛小説にねじれていく。雑誌はなくなったものの、幻影城を卒業できずにいるような半端さのまま、それでも何とか二十数年小説を書き続けてこられたのは、島崎さん（ともう一人、亜愛一郎シリーズの第一作を読んだだけで大ファンになってしまった泡坂妻夫さん）のおかげだ。今さらにそう思う。

当時の読者の方々は、幻影城というと、深い霧に包まれた西洋風の古城と蒼い月明かりにかすむ日本の城のどちらを想い浮かべるのだろう。

乱歩が三重県伊賀の出身のせいか、となりの愛知県に住んでいた僕の頭には忍者のひそんだ江戸時代の城が浮かんでいたのだが、最近はそのイメージに重なって、当時白山にあった島崎さんの部屋や駿河台下の裏手にあった編集部が、幻影城そのものとして浮かんでくる……。共に決して豪奢なものではなかったはずなのに、思い出の中では闇に半ば埋もれながら、城の風格で大きく聳《そび》えている。

特に島崎さんの部屋は、奥深く書庫が広がっていて貴重な探偵小説誌が財宝のように眠っていたから、マニアには本物の城以上の城だっただろう。ある日足を踏み入れた僕は、たまたま手にした一冊の雑誌（たしか『宝石』だった）の目次に、『悪魔の手毬唄』『ゼロの焦点』『成吉思汗の秘密』の三作が連載小説として並んでいるのを見て、度肝をぬかれた。こんなものすごいミステリーの歴史を石垣にして雑誌幻影城が建っているのだと思うと、緊張で萎縮し、今後書き続けていくことが怖くなり、大げさでなく雑誌をもつ手がふるえたのを今もよく憶えている。

先に『戻り川』という名前が嫌いだと書いたが、この川の名は案外、自分の将来を言い当てていたかもしれない。年とるほどミステリーを離れていくだろうと以前は思っていたのに、五十を過ぎてからやたらミステリーを書きたい衝動に駆られるようになった。あの幻影城から今日まで流れてきて、今また幻影城へと流れ戻っていこうとしている……気障な言い方だが、そんな思いにとらわれている。

折しもこういう、三十年前へとタイムトリップさせてくれる本が出るという。僕だけでなく、時代もまた幻影城に向かって逆流し始めたのだとすれば、こんな嬉しいことはない。

水の流れに

　小学校に入学する前後だったと思う。終戦後の荒廃がまだ方々に残っていて、その見本のようなバラックまがいの家に住んでいた僕ら家族のもとに、時おり場違いに派手な化粧と服装の女性が訪ねてきた。母はこの女性をケイさんと呼び、裏手の雨ざらしの水道の端で洗濯をしながら、開けっ広げの大声をあげ、よく世間話をしていた。ケイさんはわが家と特別な関係にあったわけではない。終戦直後の一時期、わが家はバラックの一隅を水商売の女性や、水というより泥に浸って体を張っていた女性たちに間貸ししていたというから、そんな一人だったのだろう。ケイさんの足が遠のいた後も、エッちゃんとかデコとか呼ばれる女性が頻繁にたち寄っては、がさつといえるほどの大きな笑い声をあげていた。こういう女性は皆、帰るべき格別の巣がなく、田舎者だが情だけは厚い母を古巣がわりに訪ねてきては、小さく羽繕《はづくろ》いしていたようである。

　三十年ぶりに聞いてみると、母はもうケイさんのことは完全に忘れていた。だが僕は、その人の、化粧の芳香を殺すほどの汗くさい匂《にお》いをよく憶えている。太り気味のせいか大変な汗っかきで、真夏など額《ひたい》の白粉《おしろい》に数珠《じゅず》のように汗の玉がつながって光っていた。いつもお菓子をもらったが、飴玉を口にいれると汗の匂いまで舐《な》めているようであまりいい気持ちはしなかった。「水商売」という言葉を初めて聞いたのは、そのケイさんからだったという気がする。確か母が、勤め先の牛乳工場に真面目な青年がいるけどと交際を奨めようとした話に、「私は水商売だから真面目な人はねえ」そんな言葉を返したのだが、考えてみると、そのケイさんは、僕が物心ついて最初に接した水商売の女性でもあった。

厚化粧の女性を水商売と言う時、それがどんな職業を意味するかはその後知らず知らずに覚えたが、その時は意味がわからず、わからないだけに印象は強かったのか、今でも当時流行していた「星の流れに」という唄の題名を口にする時、僕は間違えて、「水の流れに」と言いそうになる。先のエッちゃんとかデコとかは、水商売というより、「星の流れに」の境遇をそのまま生きた女性たちだった。

三十年経《た》って、今もホステスさんの美しい化粧を見ると、その華やぎの裏貼りに昔のケイさんの汗の匂いを思いだしてしまうことがある。別にそのせいではないが、成人してからネオンに彩《いろど》られた店に足を踏みいれたことは数えるほどしかなく、むしろ僕が水商売の女性となじんだのは、成人するまでの十なん年かの方である。母も姉も色気とはほど遠い世界に生きていながら、なぜか水商売の女性と縁があって、旧知として友人として、彼女達はしょっ中遊びに来ては、泊っていったのだった。

高校の頃、僕が受験勉強を口実に借りていた小さなアパートの隣りに越してきたカコもそんな一人だった。姉の洋装店勤めの頃の友人で以前からわが家に出入りしていたが、アパートの隣りに越してきた頃には、小さな酒場に勤め始めていた。肌が荒れていたために、能面のように目を張った折角の顔立ちが損われていた。薩摩《さつま》おごじょというのか、鹿児島出のカコは、男勝りのサバサバした口をきき、僕は勉強もそっちのけにその部屋に入りびたってダイスで遊んだり、店に出る前に作る夕食を一緒に食べたりした。安手の材料で家庭的な味を作るのがうまく、店の客もその手料理めあてに通ってきていたようである。「一緒に御飯たべよお」壁ごしに大声が掛って出かけていくと、卓袱台《ちゃぶだい》を囲んで会社員風の青年がちょっと決まり悪そうな顔で座っていたりした。カコから教わった、即席ラーメンを作る時は早めに火を切り三十秒ほど鍋に蓋《ふた》をして蒸らすという方法を今も僕は実行しているが、賢かった彼女は自分の身もちにも早めに蓋をして、その後間もなくに店の客と結婚し、今は幸福な家庭を築いているという。

姉の友達にまた、京都の和風の酒場に勤めている女性がいた。十年以上も妻子ある男と関係を続け、男が京都に転勤すると、その後を追いかけていったのだった。京都弁を使うようになったせいか、京都から戻ってくるたびに言葉つきがねっとりとし、声も目も肌も濡《ぬ》れてきたように思えた。その女性の言葉で今でも憶えているのは、その頃はやっていた「女心の唄」という演歌を僕がけなした時、「その歳ではまだこういう気持ちわからへんわ」小さく笑って呟《つぶや》いた言葉と、もう一つ、ある晩姉を間に挟んで雑魚《ざこ》寝《ね》した時、寝つかれないのか僕に将来何になりたいか尋ねてきて、「会社員は向かへん思うわ。絵描きとか物書きがいいのん違うやろか」

そう呟いた言葉である。

今現在、僕はその頃考えてもいなかった原稿書きの暮しをしているから、彼女は僕の将来を言い当てたともいえるが、他人の運命は見ぬけても自分の運命は占えたかどうか。濡れた糸のように語尾をひきずる声を思い出すと、今も京都かどこかで、男と別れようと思いながら口火を切ることができず、水の流れのままに唄と同じ女心を生きているような気がする。

手土産がいつも鯛焼きだったツーちゃんという人もいたし、子連れで店の客の自動車修理工と結婚し、元日の初詣の途中で事故に会い二度も未亡人になったタツ子さんもいた。タツ子さんなど、とりたてて身寄りもなく事故の現場から泣きながらまずわが家に電話をかけてきて、母と僕とで正月の来客もおっ放りだし病院に駆けつけるほどの関係だったが、一周忌を迎える頃には、気がつくともう訪ねてこなくなっていた。そうしてタツ子さんのいなくなった席には、いつの間にかまた別の女性が座っていた。

性格も身のふり方もさまざまだった彼女たちの共通点は、笑い声が大きかったこと、唄が上手かったこと、それにいつとはなしに僕ら家族の中にまざり、またいつとはなしにいなくなっていたことだろうか。挨拶《あいさつ》もなく去っていくのを僕らも自然に受けいれていて、別に咎《とが》めたり、こちらからわざわざ連絡をして消息を尋ねることもしなかったが、母だけは時に思い出して「どうしてるかねえ。いろいろ面倒みてやったけどああいう女性はやっぱり駄目だねえ」愚痴の口調になった。

しかし、僕が成人するとともにぷっつり彼女たちの訪問も絶え、家族も母と僕と二人だけの静かすぎる暮らしになった今から思うと、もてなされていたのは、実は、案外僕ら家族のほうではなかったかという気もする。実家がなく、あっても遠く離れていて、実家がわりにわが家へたち寄っていた彼女たちは、本心で笑い素顔でくつろいでいるように見えて、やはりそこが他人の家であることを承知し、僕らの前でも小さく装い、笑顔や唄声で店と同じようにサービスしてくれていたという気がする。水の流れと書いたが、彼女たちにとって僕の家は、海へ流れつく途中でちょっとたち寄った岸辺のような物だったのだろう。

改めて考えると僕は彼女たちの正確な名を誰ひとり知らない。知らない方が自然だったし、本名や素顔まで立ち入らず、たがいに一ときを楽しめばいいという所が、僕ら家族と彼女たちの双方にあった。今僕に残っているのは彼女たちの愛称と、実際通りすがりの店で気のいいホステスさんに出会ったような、ささやかな好ましい思い出だけである。

愛称は、彼女たちが僕ら家族のために使っていた源氏名だったのかもしれない。

母の背中

啄木に、老母を背負い「軽きに泣きて三歩あゆまず」という有名な歌がある。現代の家族関係では戯《たわむ》れに親を背負うなどありえないと思っていたところ、この夏、七十になる母が事故で脚を折り、何度か背負わされる破目になった。もともと横幅など僕の倍はある、体格充分の人である。水牛のような重さがのしかかって、「全く力がないんだから、私なんか子供の頃に米俵一俵もちあげたんだよ」母が背でどう喚《わめ》こうと、三歩も歩けば足がふらついてしまった。

僕の場合は、「重きに泣きて」の方であった。


「米俵をもちあげられた」は、母の唯一の自慢話である。名古屋近郷の農家の長女に生まれ、尋常小学校にあがる頃から田畑に狩りだされ、大人顔負けの仕事をしていたらしい。

最近異常なブームになっているテレビドラマの女主人公に似た苦労は、多かれ少なかれ、母と同世代の、とりわけ農家生まれの女性なら経験しているもので、母もまた十六の歳に旅館の一人息子に嫁《とつ》いだ後は、苦労の連続だった。わがままな坊ちゃん育ちで生活能力に欠けた亭主、つまり僕の父親のかわりに、女中もいないつぶれかけた大旅館一軒を切り回さなければならなかったのである。客達の大量の洗濯物を眠りながら洗っていて、いつの間にかおぶさっている赤ん坊が死んでしまっているのに気づかずにいたこともあるという。

子供の頃米俵をもちあげた力で、旅館を、亭主を、何人かの子供たちを背負ったのだが、中でも一番の重い荷物は、やはり、どうしようもなくわがままだった亭主だろう。

戦後は旅館を人手に渡し、僕が生まれる頃には、父はもう一切の仕事をせず、酒に溺《おぼ》れ、夜になると一升壜をあけては暴れ、昼間はそれとはうってかわって家族の誰とも口をきかず、隅の煎餅《せんべい》布団の上にじっと座っている半分病人のような暮しをしていた。母は家族七人の食い扶《ぶ》持《ち》稼ぎに何軒かの工場を転々として、文字通り馬車馬となって働いたのだが、父はそんな働き者すぎる田舎者の母を嫌って、酔っ払うたびにひどい暴力を振るった。そんな時、母は子供を連れて近くの映画館へ逃げた。その映画館の中でも、眠りかけた僕を背負い、自分も目をこすりながら画面を眺めていた母の顔が、かすかだが記憶に残っている。

子供たちは成長して手が離れたものの、母は結局そんな父を、六十八歳で死ぬまで背負い続けた。死ぬ十年ほど前から酒も飲めなくなって、父はただ無口なだけの人になっていたが、それでも最後の一年は、これで我儘のし納めだと言わんばかりに、ちょっとでも苦しいと母を呼びつけ、幾晩も徹夜で体をさすらせた。臨終の時のことでも、僕が憶えているのは父の顔より間際までその体を必死にさすっていた母のいかつい手や頑丈な背の方である。父の死より、ああこの背は戦前から四十年近くとうとう亭主をおぶって完走しきったのだなというのが、子供の実感であった。

一度だけだが、実際にも母は自分の体で父を背負おうとしたことがある。

僕が中学の頃で、場所は富士山だった。

普通なら家族と共に遊山など出掛けるはずのない父だが、酒も飲めなくなり死を意識し始めたのだろう、足腰のたつうちに天下の山に登っておくのも悪くないと考えたのか、母の誘いに、意外にも黙って肯《うなず》いたのだった。

だが、結局父は富士山に登らなかった。

五合目でバスを降り、最初のちょっとした坂を登っただけで岩の上に座りこんだのである。体も弱っていたろうが、いかにも父らしい投げやりさで、子供心に何故父が人生を棒に振り酒に溺れたか、その理由の一端を覗《のぞ》いた気がしたが、この時母は「もう疲れたんですか」と声をかけ、ほとんど反射的にしゃがむと両腕を後ろに回したのである。

父は瞬間、困ったような顔をした。

あわてて僕が制《と》めに入って、結局は父を近くの山小屋において、母と二人だけで登ったのだが、このちょっとした話を、十年も過ぎて父が死んだ、その葬儀の晩に思い出した。

葬儀の間も騒々しすぎる足音で働き回っていた母は、夜になり皆が帰ると、喪服を脱ぎかけたままで、ぼんやりと仏壇の前に座りこんだ。ただ疲れただけとは思えなかった。父は結婚生活という山登りでも歩きだしてすぐにへたりこんでしまったのだろう。そんな父を四十年背負い続け、やっとおろすことができた安堵と淋しさのようなものが、喪服の後ろ姿の極端に落ちた肩に覗いて見えた。この人は、たとえそれが苦労でも重い荷物を背負っていないと背中の格好がサマにならないなと感じながら、ふっと、どうせ気持ちの上で父をしょい続けた一生なら、あの時富士山で、本当に一度亭主の体を背負わせてやればよかったなと思った。

「父さんおぶって富士山に登ったんだから」

米俵よりはいくらか、女として幸福な自慢話が、母の口から聞けたかもしれない。

芒《すすき》の首

父について何か書きたいと思っていた。そう思っていたのは、しかし、父については何も書くことがないからである。

小学四年の頃、父のことを〝あの人〟と言って、担任教師に注意を受けたことがある。最近の子供でも珍しいことだから、先生には奇異、というより生意気に聞こえたのだろう。確か父親のことを尋ねられ、〝あの人のことはわからない〟そう答えたのだと思う。

その返答は、しかし、子供心の本音だった。なにしろ、それ以前に父が僕に語った言葉の記憶といえば、もっと小さい頃、落書きで人の顔を描いていたら、〝人間の首はもっと太いものだ〟突然背中にかかったその一言だけである。驚いて振り返ると、父はもう何も喋《しゃべ》らなかったような素っ気ない横顔だった。と言っても別居していた、というのではなく、狭い家の中、父はいつも僕の手の届く所にいた。ただ極度の人間嫌いと、無口で唯一の息子の僕にも何も喋らなかったのである。大変な酒乱で毎晩のように暴れまわり、母や姉たちとの間にはそれなりのしがらみもあったのだろうが、子供の頃の記憶は自分中心になる、家族の誰にも背を向けていたような気がする。

酒で人生を棒に振ったか、人生を棒に振って酒に溺《おぼ》れたか、未だに僕は父の過去について何も知らないが、そのどちらかの典型だろう。だが当時でさえ、酒で暴れている時より、素面《しらふ》の時のうって変わった物静かな背中だけが父の印象の全部だった。物心ついたときにはもう何の仕事もせず、窓際に刻み煙草《たばこ》と酒臭の染みた布団を敷きっ放しにして、自分以外の、いや自分にも関心がないといった風の背をむけて暮していた。以後二十余年、ほとんど外出もせず、薄っぺらな布団の上だけで、人生そのものを、今で言う窓際族で通してしまった人である。

記憶を探っても、その背は何も語らない。いや、思い出すのは諦《あきら》めている。その頃も、何も語らない空《むな》しい背は、摑《つか》みどころがなく、僕の方でもほとんど声をかけなかった。

歳月だけが流れ、僅《わず》か五言ほどの言葉を交わし合っただけ、父と僕はそんな風に終わってしまった。父は僕がどこの大学に行っていたか、知らなかったし、僕の方でも死後、父が案外高齢だったことに驚いた。酒を飲む以外何もしない人生では老けこむこともなかったのだろう、苦労した母と並ぶと弟のように若く見えた。

父は、大学の最後の年に死んだ。胃潰瘍で一年ほど若い頃の酒乱の罪を償うように苦しみ通したが、死に際は無口な人に似合って静かだった。幾片かの骨に、人の命などあっけないものだ、という感慨はあったが泣けなかった。泣き声をあげるには静かすぎる関係だった。死ぬ三日程前、父が〝あのシャツばかり替えている若い人は誰だ〟と僕のことを尋ねたと、母に聞かされた。夏の真っ盛りで、汗掻きの僕は父の枕元でシャツばかり替えていたのである。意識が朦朧《もうろう》としていたのだろうが、〝あの若い人〟という言葉には、父の側でも僕を見ていた、その二十余年の視線がある。〝あの人〟と〝あの若者〟とは、生涯にたった五度、挨拶《あいさつ》にもならぬ言葉を交わして、離れたのだった。家は死後、人手にわたり、父の遺してくれたものと言えば、残高二千円の古びた貯金通帳と、酒に強い体質と、一個の腕時計だけである。

その腕時計は、私用でたった一度上京した機《おり》、別れ際に、なにを思ったのか、〝これ、やるよ〟許可を求めるように母の方を向いたままで渡されたものである。父は僕がアレルギー体質で時計をはめられないことを知らなかった。感傷で考えるなら、その腕時計だけに、あの人の父親らしい顔がある。もう体も弱くなっていた。〝形見のつもりだったんだろう〟後で母が言ったが、本当にあの時、父は異郷の都会で久しぶりに見た若者が、自分の息子だったことをぶっと思い出したのかもしれない。

いやそれも感傷だろうか。唯一の財産である、舶来のその品を酒代の質草にいつも使っていたから、酒が飲めなくなって持っているのが辛かっただけだろう。とすると、やはり僕は父について何も語ることがないことになる。腕時計は結局一度もはめぬまま、この間、何年かぶりに抽《ひ》き出《だ》しから取り出したら、もうネジを巻いても動かなかった。

譬《たと》えるなら父は〝芒〟である。花も咲かせず秋風に音もなく揺らぐ、あの細さで生涯を閉じた。人間の首はもっと太い〟と言いながら、父自身は男としては首が細長かった。その首を少し右に傾《かし》げる癖も芒である。

父の遺したもう一つのものが、その芒の首だと、葬式写真ができた時に知った。黒枠に囲まれた写真の父と同じ角度で、前に座った喪主の僕は、首を右に傾げているのである。

哀しい漫才

花屋へ行くと最近やたら白い胡蝶蘭《こちようらん》が目についてしまう。いつも買いたいという衝動にかられるのだが、値段のあまりの高さに諦《あきら》めて他の安い花で間に合わせる。

切り花だと一本で二、三千円である。鉢植えを思い切って買おうかとも思うのだが、蘭は丹精が要《い》るし、今の仕事場は一日一時間近くしか陽が当たらないので、すぐに枯らしてしまいそうである。結局、花屋さんで、横目で盗み見ての観賞で我慢する他ない。

蘭はどことなく花が濃密すぎてむしろ嫌いなほうの花だったのだが、最近は別である。

来年末に、ある劇団を借りて初めて芝居を演出することになった。

まず原作の短篇だけを書きおろしたのだが、その題名が「白蘭」である。白い蘭、びゃくらん――

自分の拙い《つたな》小説について書くのは気がひけるが、大阪を舞台にした男二人の漫才師の話で、主人公の一人が左脚を失い松葉杖で高座に立つ場面が出てくる。花にも蘭にも関係のない話だが、松葉杖と残った自分の脚と二本で演芸場に立っている男の姿を想い描いたら、ふっと真っ白な蘭の花が浮かんだ。

名前はもう憶えていない。何しろもう三十年以上も昔のことになる。終戦の匂《にお》いがまだしつこくくすぶっていた頃で、長屋、というよりバラック同然の木造のマッチ箱より小さな家が何軒か並んでいた。その一軒の壊れかけの戸口には表札がかかっていたような記憶があるのだが、そこにどんな名が記されていたかは思いだせない。まだ小学校一、二年だった僕には読めない漢字の名だったのかもしれない。

子供の頃の僕はかなり大人ズレしていた。虚弱体質ともいえるほうで他の子供たちと遊ぶことができなかったのだが、そのかわりに僕の家にはたくさんの大人たちが出入りしていて遊んでもらった。その頃の記憶には友だちとか仲間とかの子供の顔は欠けていて、出てくるのは大人の顔ばかりになる。顔はよく憶えているのだが、名前は知らないし一体ウチとどんなつながりにあった人なのかもわからない。

誰かに屋根からロープでつるしてもらって遊んでいるところの記憶がある。誰かに背負われて鉄橋を歩き渡っているところの記憶があり、深夜遅く誰かに屋台でラーメンをおごってもらっている記憶がある。

今のような家庭教育という言葉とは無縁の時代で、多くの家は終戦後の混乱を乗り切るのに忙しく子供たちは野放し状態だった。

身なりが貧しかったからその心配はなかったのだが、もし誘拐犯に声をかけられていたらお菓子などでだまされなくとも、自分の方からせがむようにしてどこかへ連れていってもらっただろう。遊園地のベンチで見ず知らずの誰かに弁当の御飯を少し食べさせてもらっているところも記憶にある。

そしてまた誰かに手を握られ、大きな神社の鳥居のそばに立っているところが記憶にある。

信心深い母親に連れられて僕がよくお参りに行った神社で、その人はいつも鳥居のそばに松葉杖をついて立っていたのだった。顔は見えなかった。帽子の廂《ひさし》に隠れた顔をさらに隠すようにうなだれ気味にいつも顔をさげていた。白衣を着ていて、夕暮れ時などは幽霊の白い影のように思えて少し恐ろしかった。ズックの鞄《かばん》を肩から斜めにかけ、時々、今から思うと軍歌だったのだろうがハーモニカで哀調のあるメロディを吹いていた。

足もとに白い布を張った箱がおかれていて、母は賽銭《さいせん》を出したあとまだ割烹着《かっぽうぎ》のポケットに小銭が残っていると、それをその箱に投げ入れ、「ご苦労さまです」と自分の方も頭をさげていた。

当時は街の方々で見かけた傷痍《しょうい》軍人さんである。

他人の貧しさに同情できるほどわが家の暮らしが楽だったわけではないが、僕は子供心に同情してしまった。いや貧しいとか片方の脚を失くしたことに同情したというより、背の高い細身の体軀が他の傷痍軍人さんより若そうに見え、頭をさげている姿が何となくその若さを恥じているように見えたからだった。それで他の大人から小遣いをもらった時、僕はその神社へ向かった。

志賀直哉《しがなおや》に「小僧の神様」という、大人が小僧に寿司をおごってやりたいのにひどくその行為を気恥かしく感じてしまうという名作短篇があるが、子供が大人に施しをするというのもかなりの勇気が必要である。遠くをうろうろするだけでなかなか近づけずにいたのだが、参拝客がただ冷たく素通りするだけでハーモニカの音色がいよいよわびしく聞こえてきたので思いきって走り寄った。

ほんの小銭である、投げ入れてすぐに逃げだそうと思ったのだが、ひょいと目が合ってしまった。帽子の廂の下でちょっと驚いたようになったその顔をよく憶えている。角ばった顎《あご》と丸い目をしていた。どういう会話を交わしたのか、もちろん詳細は忘れたのだが、「ボウズの小遣いか」と聞かれ、「母さんにもっていけと言われた」と嘘をついたのを憶えている。その小銭を箱からとり出して僕に返し、

「そのかわりここで一緒に立っててくれないか」

と言った。言われたとおり三十分近くはその人の松葉杖と並んで立っていたと思う。終始うつむきっ放しでまばらに小銭の入った箱だけを見ていた。生まれて初めての物乞いの経験である。恥かしくて仕方がなかったからだが、ただそれだけではなくどこかにこの人の期待に応えて哀れな子供の役を巧く演じなければならないという気もちもあったような気がする。松葉杖と一緒に手を握りしめられているのが、決して嫌ではなかった。どこかにまた他の子供と違うことをしているという得意気な気もちさえあったと思う。

僕がどれだけ参拝客の同情をひけたか、結局大した金にはならなかったはずだが、やがてその人はお礼に御飯をおごってくれると言う。どこかの食堂に行くのかと思ったが、連れていかれたのは最初に書いたバラックの一軒だった。何を食べさせてもらったのかはもう憶えていないが、四畳半もなかっただろう狭い部屋をその人が松葉杖なしでも器用に動きまわっていたことと、その晩かなり遅くまで遊んでもらったことは憶えている。

壊れかけのような古いラジオのそばに、新聞の切りぬきだったのか、天皇陛下の写真が飾ってあった。

その後も五、六回はその家へ遊びに行った。母親との神社参りは続いたし必ずその人は鳥居のそばに立っていたのだが、僕は母親には何も言わなかったし、その人の方でも帽子の廂で僕を無視した。ただ夕暮れ時になりその人が帰る頃を狙って、僕の方から遊びに行ったのだった。

僕が生まれ育った名古屋での話である。名古屋駅につながる線路のそばにその人の家はあって、線路の柵の近くで僕がぶらぶら、というよりウロウロしているとその人が松葉杖の音を響かせて帰ってくる。

他の大人のように子供の機嫌をとる愛想を作ることはなく、むしろ無表情でいつも少し怒っているようにさえ見えたのだが、迷惑そうな顔は見せず、黙って家に入れてくれた。

そして二、三時間御飯を食べさせてもらい遊んでもらって帰ってくる。遊んでもらったといっても、無口な人だったから、僕の方で犬みたいにじゃれついていただけだった。僕の父親は半分病人だった上に異常に孤独癖が強く同じ家の中にいても家族全員に背を向けて暮らしていた。そういう意味での淋《さび》しさがあったからだろう、僕が少しうるさいほどにじゃれつくのを、その人は黙って受けいれてくれていたのだと思う。

一度銭湯に連れていってもらった。女家族でいつも銭湯に行く時は一人だったから、初めて誰かに連れられて入るのが嬉しかったし、また一度、「お金のかわりに投げてくれた人がいる」と言って板になったチョコレートを貰《もら》ったことがある。僕がはっきりと思いだせるのは、この二度と、それからあと一度、ラジオから流れだしてくる漫才師の声に、その人が思わず笑った時の顔だけである。記憶違いでなければ当時人気のあった「ミス・ワカサ」という女性漫才師の派手な声がラジオが壊れそうなほどけたたましく聞こえてきて、その人がいつもの灰色の無表情を一瞬壊したのだった。今考えると三十は越した人だったと思うが、めったに笑わない人が目尻に皺《しわ》を集めて笑うと僕より子供っぽい顔になった。

笑うはずがないと思っていた人が笑ったからだろう、この時の笑顔が記憶には一番焼きついているが、ただし笑顔はその一度きりだった。

子供にとって遊び相手というのは玩具《おもちゃ》と変わりがない。新しい玩具が手に入るとそちらに目移りして前の玩具を忘れてしまう。

しばらくよそ見しているうちに神社でもその人の姿を見かけなくなり、ちょっと心配になってまた家に出かけてみて、時々出入りしていた隣りのおばさんから、その人が死んだと聞かされた。

詳しい事情を聞いて忘れてしまったのか、ただ「死んだ」と聞かされただけだったのか。前後の経緯についての記憶も長い歳月に飲みこまれてしまっているが、ただ「死んだ」と聞かされて泣くほどのことはなく、実際、ちょっと大事にしていたオモチャが壊れてしまったようなさびしい思いがしたことと、この時そのおばさんが、魚でも焼いていたのか、外に出した炭火のコンロから煙がわきあがっていたことだけを不思議に鮮やかに思いだせる。

実はたったこれだけの話であり、その名前も忘れた人が、今も僕に残しているのは、銭湯の湯の匂いやチョコレートの味とともに子供の頃短く線香花火で遊んだような小さな懐かしさだけである。

ただ当時のその人の年齢を越してここ数年、しきりにその人のことを思いだす。たったそれだけの幼児体験が、今でもいろいろな形で僕には残っている。僕は緒形拳《おがたけん》という役者さんの笑った時の顔が好きだが、僕が憶えているその人のたった一度の笑顔と似ている気がするからだし、火葬場の煙を見ると魚を焼く煙と重なってしまう。今でもチョコレートを見ると買いたい衝動にかられるし、松葉杖をついている人を見るとおかしな好奇心からだと誤解されないか心配しながらその後ろ姿を足をとめて見送ってしまう。今の仕事場を決めたのも、線路に近いちょうどあの家と同じような位置にあったからだとも思う。

そして何より、僕の書く小説の中に、無口でいつかは死んでしまいそうな影の薄い男としてその人はよく登場する。

何故なのかはわからない。外国などの遠い、二度とはなかなか行けそうもない所へ行って何年か経《た》つと、僕には名所旧蹟《きゅうせき》より一度通っただけの何気ない裏道の方が懐かしく思いだされ、あの道をまた通ることはないだろうと思うとその懐かしさがちょっとした痛みになる。その人の笑顔はたぶんそんな一度だけ通った裏道なのだろう。

小説に書くだけでなく、一度、その笑顔と松葉杖と漫才の三題噺《さんだいばなし》を舞台で上演してみたいと思い、その人の着ていた白衣からの連想で題名も既に「白蘭」と決めてあった。初めての他流試合だからなかなか決断できなかったのだが、今年の初めある劇団の新年会に顔を出した時である。

三十前後の若い役者さんが余興の舞台で、「ゴンドラの唄」――命短し恋せよ乙女のあの歌を直立不動の姿勢で歌っているのを見た。誰かに似ていると思いながら、しばらくは大学時代の友人に似ているのかなどと思っていたのだが、ある時その役者さんが笑った顔を見て思い当たった。あの緒形拳さんの笑顔だった。

池田火斗志《いけだひとし》という名の役者である。

この池田君についてはまた別の機会に書かせてもらうが、池田君の笑った顔を見た時、決断するより前に、僕の中で舞台の幕があがってしまった。まだ一年後なのに僕の中で舞台はスタートしてしまっている。池田君の顔と体を借りてその人を三十年ぶりに舞台に生き返らせ、もう一度短く線香花火で遊んでみたい気がしている。

「絶対、観客を泣かせる舞台にするから」

池田君にはそう約束してあるが、お客さんより三十年以上経ってやっと僕自身がその人の死に泣いてみたい気がしているのかもしれない。

漫才については詳しくないが、あの晩壊れかけのラジオから流れ出してきた漫才と、それから僕がその人と神社の鳥居のそばでやった漫才については自信がある。見ず知らずの人の松葉杖と手をつないで父子《おやこ》連れを装ってうなだれていた自分の姿を、僕はその人と舞台に立って滑《こっ》稽《けい》だがどっかもの哀しい漫才でもしていたように思いだすのだ。

黒ぶちの眼鏡

半年ほど前、新しい眼鏡を買った。

黒い角張ったふちの、オシャレな若者がわざと六〇年代風にダサくかけている眼鏡。僕の場合はオシャレではなくただダサくなってしまうのだが、何となく顔にしっくりした。

今までにもう何度も眼鏡を買いかえている。ずいぶんといろいろな形の眼鏡が僕の顔に乗ったわけだが、今度のような形は初めてだった。かけてみようなどと考えたこともない形なのに、眼鏡屋さんでひょいと手が伸び、それを選んでいた。今までのどれよりひどく自然に顔におさまっている気がするし、かけていると落ち着く。

なぜだろう。

気もちのすみで小さく疑問をもっていたのだが、つい一週間前、久しぶりに名古屋の実家へ戻った時だった。家の中に入るなり、母親がちょっとギョッとした顔になった。

死んだ父親そっくりの人が入ってきた——

一瞬息子とは気づかなかったらしい。仏壇に飾ってある父の写真を見て、僕は「ああ」と思い当たった。僕が買った眼鏡は僕の子供の頃、父親がかけていた眼鏡と同じ形だったのである。気がつくと、僕はもう僕が生まれる頃の父親の年齢になっている。その年齢になって、僕の中にごく自然に父親のかけていた眼鏡へと手を伸ばさせるものができあがっていたのだろう。

黒いふちの眼鏡だけれど、なんとなく血のつながりの赤い色に見えないこともない。

僕はしょっちゅう落とし物、忘れ物をする。今までにもう何度も眼鏡を買いかえていると書いたが、それは買ってすぐに失《な》くしてしまうからだ。今度の眼鏡ももう何度もそば屋さんや飲み屋さんに忘れてきているのだが、——不思議に必ず戻ってくる。

結婚して十年以上が過ぎ自分も二人の子供をもって〝親〟をやっている女性から、こんな話を聞いたことがある。

子供の頃に母親を病気でなくし、それ以後父親の男手一つで育てられ成長した女性である。弟が二人。長女だったから高校の頃からは父親にかわって家事を切りまわすようになり、成人後も母親がわりをつとめ続け、よくあるケースだが、婚期が遅れた。

「小津安二郎の映画みたいに『一生お父さんのそばにいたい』なんて純情さはなかったけれど、上の弟を結婚させるまでは恋愛もできないっていう気もちはあって……」

その弟が無事に結婚、家に入ってくれたお嫁さんも感じのいい女性でこれならもう自分が家を出てもいい、そう思って初めて見合いを引き受けた。

相手は一まわり以上年齢が離れ、彼女とは反対に子供の頃父親をなくし母親の手一つで育てられた男。四十すぎてまだ独身というのは恐怖のマザ・コンではないかと心配したが、

「どことなく父親と似た匂いをもった人だったから」

こちらも三十まで結婚しなかったのは父親コンプレックスだったのかもしれないし……。

「何もそんな年上の男を選ばなくても」

見合い話がもちあがった時から父親は反対だったのだが、「年上の男のほうが扱いなれてるから」もちろんそうとは口に出しては言わなかったけれど、結婚を決心した。

結婚式の前の晩から当日の朝にかけての花嫁の気もちはいろいろと複雑らしい。

「あれ、映画やテレビドラマがいけないのよね。必ず家を出る前に花嫁姿で手をついて『いろいろとありがとうございました』……あんなこと気恥かしくてやれるわけないのに、私もやらなくてはいけないのかしらって」

でも気恥かしさは父親も同じだったらしく、前日の晩から無口になり、当日は家でも結婚式場でもやたらうろうろしてどこにいるかもわからない、結局「ありがとう」という言葉など言う余裕などないまま、新婚旅行に出発したのだが、ずいぶん経ってから親戚の一人から、娘が新婚旅行に出かけるのを見送った晩、親戚一同で酒盛りになった席で、父親が、「アレが恥かしそうな声で『父さん、いろいろとありがとう』って言ってくれた。世話をかけてたのはオレの方だったのになあ……」酔っ払ってそう言ったと聞かされた。

父さん、つまんないミエ張ったもんだわ、そんな程度にしか考えず八年後、癌《がん》にかかった父

親を見送った。毎日のように病院に出かけ、一年近く一番自分が熱心に看病したのに、父親はお礼の言葉もないまま死んでいった。ちょっと淋《さび》しい気はあったけれど、親子ってそんなもんだろうと思って、普通の娘なみには泣いて父親を見送った。結婚式の晩の父親の小さな嘘のことなどすっかり忘れていたのだが、父親の死後しばらくして、今のご主人が子供の誕生日のためにオモチャを買ってきた時である。

「なあんだ、こんなのか」

子供がそう言うのを聞いて、わけがわからないまま怒りだしてしまった。

「お父さんにお礼を言いなさい！　こんなものでも買ってきてくれるのお父さんだけでしょ」思わず手を出すほど叱《しか》りとばし、ご主人がびっくりして、「お前そこまでしなくても」あわてて子供の御機嫌をとった。それにも腹が立って、「言いなさい！　一言ぐらいお礼言うなんて簡単でしょ」さらに叱りつけ、最後には子供ではなく自分が泣きだした。

「睡眠不足が続いてて虫の居所が悪かっただけだと思っていたけれど、今考えてみるとあれ、子供じゃなく、結婚式のとき一言のお礼の言葉も言わなかった自分に腹立てたのね……」

どっかで結婚式の晩父さんにあんな嘘つかせたこと後悔する気もちがずっとあったのだと思う——とまでは僕に向けて言わなかったけれど、そんな感じのちょっと後悔するようなため息になった。

父親が死んでそんなに間がなかったせいか、その女性はうっすらと目に涙をにじませたのだが、実はこの小さな話を聞いて泣きそうになったのは僕のほうである。

今までにもう何度も書かせてもらっているのだが、僕の父親は僕が物心ついた頃からほとんど半病人として暮らしていて、おまけに我ままの裏返しの人嫌いであったから、家の隅に万年床を敷いてその上だけで寝起きしながら、起きている時でも母親にも子供たちにも背を向けていた。

僕とはほとんど言葉を交わさなかったし、父親というより、人生の場所をおりてしまった仙人のような人が一人いるという感じだった。僕が中学に入る頃までは夜酒を飲んでは暴れまわったりもしていたのだが、昼中のしんとした背中は、別人の静かさで、子供心にも僕はこっちの静かさの方がこの人らしいという気がしていた。

父親らしいことは一度もしてもらっていない。強いて言うなら一度だけである。これは既に他のエッセイにちょっと書いてしまったことなのだが、僕が大学生活で東京にいたころ、母に連れられて父が上京したことがある。その頃の父はもう酒も飲まなくなり、おそらく死期が近づいたことを感じとっていたのだろう、まだ何とか歩ける足で、富士山や東京や、母親に連れられて初めての場所をまわっていた。

東京でも父は何も喋《しゃべ》らなかった。ただ無言で、母親と二人、僕が案内するまま歌舞伎座《かぶきざ》に行き東京駅の地下で食事をした。そして最後に駅のホームにあがって夜行が到着するまでベンチに座って待っていたのだが、その時どう思ったのか、自分の腕時計をはずし、「これ、やるよ」無言のまま母の方をちらっと向いてそんな確認をとってから、僕にそれをさし出してきた。僕が腕時計をはめていないことに気づいていたらしい。無言のままさし出されてきたそれを、僕も黙って受けとりポケットに入れた。その一瞬ひどく気まずいものがあった。

僕は初めてのその人の父親らしい行為に照れたし「この人、やっぱり子供のことは何も知らないなあ」という思いもあった。僕は手首にブツブツができるので、わざと腕時計をしていなかったのである。

実際その一瞬以外、その人は父親らしさを見せなかったのだけれど、子供の頃から僕はそんな父のことを決して嫌いではなかった。嫌うという感情も起こらないほど、僕にとっては他人のような無関係な人だったのである。

僕が父を憎んだりするようになったのは、むしろその三年後に父が死んでからである。とても存在意味があったとは思えない父親だったけれど、死んだあと急に家族関係が混乱し始めた。父親が生存中には、「あの人には絶対に何も相談できない」という思いがあったのか、それぞれが自分で解決していたのに、父がいなくなるとみんな我ままになって、問題が起こるたびに、僕にそれを押しつけてくる。

僕は家族構成で言うと、長男であり同時に末っ子でもある。同じ立場の人ならわかっていただけるはずだが、都合のいい時だけ「あなたは長男だから責任をとりなさい」と言われ都合が悪くなると、「あなたは末っ子だから黙っていなさい」になる。

姉たちがしょっちゅう嫁ぎ先で問題を起こしては、僕が呼びだされ頭をさげさせられる。

姉の一人が大病にかかって実家に戻され、一年近く僕が面倒をみさせられたこともあるし、別の姉の一人が離婚して宙に浮いてしまった子供を僕が預かる破目にもなった。

細々としたことを書いたらキリがなく、父が死んでから十年以上、休む暇もなく走りまわっていた。姉の大病と母の交通事故が重なり、睡眠時間ゼロで原稿を書きながら看病していた時など、「あの人がもう少し父親らしいことをしてくれてたなら、僕がこんなにあれこれしなくてもよかったんだ」と恨む言葉が胸の中にあったりした。

父親が何もしなかったぶん息子の僕が何もかもしなければならないよう運命づけられている、そんな風にも感じていた。

困ったことに家族だけではない。モノ書きの仕事が順調になった頃から、いつの間にか僕のまわりには若い男女が集まって、変に僕を頼りにするようになった。そのほうもせっせと面倒みなければならない。今現在もそういう連中が両手でも数えられないほどいて、僕の度量の狭さでは処理できる数ではなく、時々窒息寸前になってぶっ倒れたりする。

どちらかといえばひ弱な僕が、いよいよ今度は他人の父親がわりまでしている、そんな愚痴をある人に話したら、

「だったらやめれば。連城さん、好きでやってるだけじゃないの」

そう言われ、僕はハッと気づいた。確かにその通りである。運命づけられているなどという大袈裟なものではなくて、僕はただ自分から好きで父親役をやっていただけなのだ。

僕の中にあの父親に負けたくないという気もちがあった。あんなに何もしなかった父親でも、生きている時も死んでからも、庭石のように大きくどんと家族の中に居座っている。僕はその

庭石を押しのけて、自分がその場に立とうと必死になっていただけなのかもしれない。

ずっと以前、母が言ったことがある。

「お父さん、今はああでも終戦後間もない頃には私と一緒に行商に出て、それがあの人の方は一言も何も言わずただじっとしているだけなのに不思議にみんな買ってくれるんだよ。私は商売上手だけど、私なんかよりずっとね」

そんな母の言葉を思いだし、僕はきっと自分は行商が下手だろうなと思った。

負けたな——

そう思ったら、それまで恨んでいた「あの人」がふっと身近になった。

さきに書いた主婦の話を聞いた時、僕は父から東京駅で受けとった腕時計を思いだしていた。

父は、

「いや、アレが嬉しそうにありがとうと言ってくれたよ」

という嘘を言う人ではなかったが、僕が帰省するたびに依然僕に背を向けながらも、僕の手首にあの腕時計があるかどうか、その背で見たがっていたのではないかと思った。

年下の連中に頼りにされているとカッコイイことを書いてしまったが、僕の方で頼りにしている人が一人だけいる。前に書いた、夜明けに僕の仕事場へ転がりこんでくるシナリオライター氏で、僕はその人を「先生」と呼んでいるのだが、どちらかといえば兄がわり、父親がわりの人だ。飲んだくれのところや変に無口なところが父親と似ている。

迷惑ばかりかけられている（?）のに、何故か困ったことが起こると相談相手としてまず先生の顔が浮かぶし、意味もなく僕はよくこの人に「ありがとう」と言う。

黒ぶちの眼鏡をかけるようになってからは、その「ありがとう」がいっそう多くなった。

彩色のない刺青《いれずみ》

まだつい一昨日のことである。珍しく新宿で飲んでいて店を出ると雨が降りだしていた。梅雨《つゆ》どきの鬱陶《うっとう》しい雨だった。

タクシーがなかなか拾えない。傘がないので店に戻ろうかとも思ったが、店の人にきちんと別れの挨拶《あいさつ》をしてきた以上、決まり悪くてタクシーが摑《つか》まるまでこのまま待っていようと思った。雨は好きなほうだが、深夜繁華街の隅《すみ》っこで来る当てもないタクシーを待っているという状況で体を濡《ぬ》らしてくる雨というのはあまり有難くない。

やっぱり店に戻ろう、そう思った時である。

一台のベンツが前に停《と》まり、窓ガラスがすうっと音もなく開き、

「ニイちゃん」

と声がかけられた。

すぐに自分のこととはわからず周りを見回したが、それらしい人影はない。

安部譲二さんそっくりの丸い顔が、

「これ持ってけよ。俺はもうウチへ帰るだけだから」

そう言って傘を一本さしだしてきた。正確に憶えていないのだが、その直前近くに駐《と》まっていたベンツに人が乗りこんだ気配があったから、走りだしてすぐにその車は停まったのだ。僕は一瞬何も答えられなかった。

暗いのではっきりとはわからないが、安部さんではないかと思った。人気作家であり人気タレントでもある、「塀の中」のあの安部譲二さんである。面識はないけれど、同じ物書き同士でむこうも多少、僕の顔を知ってくれていて——そう感じたのだが、「安部さんでしょうか」という声もかけられないまま、ひょいと投げられた傘を反射的に受けとっていた。

「名刺をもらえれば、傘を送り返しますが」

頭をかすめたその言葉を口にする余裕もなく、車は走り出し深夜の雨の中に消えた。

なんだか映画のワンシーンみたいだなあと変に感動して、即座にはその傘をさせず、僕は雨に濡れたまま赤い尾灯が遠ざかるのをぼんやり見送っていた。安部さんではなかった。出版社の編集者に電話したら、

「安部さんはベンツには乗ってないはずですよ」

という返事だった。雨と夜からの錯覚である。

傘は今も入り口の三和土《たたき》に立てかけてある。

グレーで裏がチェックになった品のいい傘である。一宿一飯の恩義という言葉があるが一傘

の恩義はどう返せばいいのだろう。

不思議に若い頃から二種類の人と縁がある。

坊さんとヤクザ氏である。

坊さんのほうは父方が寺であり僕自身が坊主だから当然なのだが、ヤクザ氏のほうは何の縁なのだろうと長い間不思議がっている。

縁は子供の頃からだった。

当時僕が住んでいた名古屋の駅裏と呼ばれた一帯はあまり品のいい場所ではなくそういう連中がゴロゴロしていた。

僕の家はバラック同然だったけれど友達の家は風呂つきのなかなかの家で、僕はよくそこへ遊びに行っていた。僕だけでなくその家にはもう一人、二十歳前後の若者が出入りしていた。その家とどういう関係だったのか、どんな素性の男だったかはわからなかったが、その種の組の関係者だということは崩れた上着やシャツの着こなし方で簡単にわかった。

かなりの貫禄《かんろく》ある体軀だったという記憶があるが、年齢からしてまだほんの下っ端だったのかもしれない。みんなが「ヨコ」と呼んでいたので僕も「ヨコさん」と呼んでいた。横田とか横山とか、そんな苗字《みょうじ》だったのだろう。

ヨコさんには、友達と二人よく遊んでもらった。前に大人の誰かに屋根から縄で吊《つ》るして遊んでもらった記憶があると書いたけれどそれがヨコさんではないかと思う。友達の妹たちと一緒にママゴト遊びのような遊びをしていた時、ヨコさんが父親役になったことがある。ヨコさんはやたら子供を叱《しか》りとばす悪い父親の役を冗談とは思えない懸命な顔で演じていた。今思うとヨコさん自身の父親がそういう人だったのかもしれない。

その家に一人、高校を出たばかりのような若い女性が間借りをしていた。間借りをしながら洋裁で身をたてていたのだと思う。ミシンを踏んでいる姿が記憶にある。ヨコさんがその娘にわざと破ったシャツを縫ってくれと頼んでいる場面が記憶にあるのだが、これは僕が勝手に作りだした記憶かもしれない。ヨコさんと彼女が喋《しゃべ》っている場面を他にはまったく憶えていない。ただヨコさんが彼女に多少とも惚《ほ》れていたのは確かなようだ。

ヨコさんと一緒に風呂に入っていた時、窓ガラスがトントンと二度叩かれた。ヨコさんは窓ガラスを開けたのだが、外には誰もいない。ただの風の音だったのかもしれないのに、

「絶対にあの娘《こ》だ」

とヨコさんは言い張った。

僕と友達はヨコさんが風呂に入るたびに、外からこっそり窓を叩き、慌《あわ》てて物陰に身を隠して反応をうかがった。窓は即座に開けられ、湯気と一緒に顔が出た。誰もいないのを不思議がりながら、その顔は未練がましく執拗《しつよう》に周囲をキョロキョロ見まわし続けた。僕たちは、「絶対にヨコさんはあの人が好きだに」と言いながら忍び笑いをした。

風呂場の窓から突きだした顔は真っ赤だった。それがただの湯当たりのせいだったかどうか。

風呂といえば、大学時代の夏休み、家の風呂が壊れたので銭湯に通った。その銭湯でもよくその世界の人を見かけた。大概はちんぴら風数人が夕方の空《す》いている時刻を狙ってきて、ふざけ半分に取っ組み合いをしていたのだが、時々一人兄貴ぶん風の三十近い男がまじった。白いベンツが銭湯の暖簾《のれん》の前に駐車している時である。

色白のスッキリとした二枚目で、肩から背にかけて、まだ彩色される前の、下描きのような紋様で刺青が流れていた。藍色である。裸だが粋《いき》な藍染めの浴衣《ゆかた》でも羽織っているように見えた。その銭湯では様々に華麗な刺青を見たのだが、色のないそれが一番美しく思えた。藍を水に流したような感じで白い体が淋《さび》しさを帯びていた。

ひどくもの静かな人で、弟ぶん達の騒ぎっぷりを遠目に眺めながら何も口にしなかった。無口で淋しそう、となれば僕の小説の主人公である。早速に高倉健さんばりのヤクザ小説を書こうかと思ったのだが、しばらくして銭湯近くの商店街で見かけた時のことだ。

蓮っ葉《はすっぱ》な感じの厚化粧の女を連れていた。

縁日でもないのにタコ焼き屋やらの屋台が並んでいて女はその一つで綿飴《わたあめ》を買っていた。ピンクのふんわりした綿飴を買うと、それを男に渡そうとした。男は肘鉄砲《ひじでっぽう》をくらわせるように女の手を拒んだ。女が叫んだ。

「何よ。あんた自分が食べたいから買えって言ったんでしょ。私、こんな物食べないわよ」

通行人がふり返った。男は見事に顔色一つ変えなかったが、女の手から綿飴を奪いとると道路に叩きつけ、肩を怒らせて去っていった。

僕は一分近く立ちどまり、路上に間抜けた感じで落ちている綿飴を眺めていた。

塀の中から手紙をもらったことがある。

正確に言えば刑務所ではなく未決囚が入れられる拘置所である。僕より年上の男性なのだが、拘置所の中で雑誌に載る僕の小説を読むのを楽しみにして下さっていたらしい。小説の感想も的確だし味のあるいい字なのだが、一つ一つの字が大きすぎてちょっと小学生の作文を読む感じがあった。その大きな字で、自分の女（奥さんだったかもしれない）が弟ぶんのような男と関係をもったので、二人を叩き斬ろうとしたという話が書かれていた。かなりの傷を負わせたのだが、殺すことはできなかったらしい。

「殺すつもりだったけれど、いざとなると気もちに刀をもった手が追いつかなくて。人を殺すことは決して簡単なことではありませんよ」

そんなことが書かれていた。当時僕は簡単に殺人が起こるミステリーばかり書いていたから、実際に手を血に染めた人のこの言葉はどすんと重い石のように胸に落ちた。この頃から僕は少しずつミステリーを離れていった。

読者から手紙をいただいても大概は新刊本を送らせてもらうだけで、返事を書く時間的余裕もないのだけれど、この時は返事を書いた。すぐにまた手紙をもらった。前と同じで便箋《びんせん》は七枚だった。七枚以内という規則があるらしい。

「この前読んだ小説の主人公には腹が立って叩き斬ってやりたかった……」

その世界の人らしい感想が書かれていた。僕はまたすぐに手紙を書いたのだが、それに返事は来なかった。前の手紙に刑務所に移れば手紙が書きにくくなると書いてあったので、刑が決まって塀の中に移ったことがわかった。その人が主人公を叩き斬りたかったと書いた小説で僕は直木賞をもらった。その賞のことを塀の中の新聞でその人が知ってくれたらきっと喜んでくれただろうと思った。

二年が過ぎて一昨年の晩秋、またひょっこりと手紙が届いた。「やっと出所して、出所の際二年前の先生の手紙をもらった。私は作家の先生に手紙をもらってたんだぞと迎えの弟ぶんたちに自慢した」と書かれていた。もちろん僕は作家の先生と呼ばれるほど偉くもないし、もの書きというのもずいぶんヤクザな職業だと思うのだが、その手紙は嬉しかった。

「この世界から足を洗いたいのだが、いろいろと世間の風は厳しい」

とも書かれていた。僕は出所祝いにマフラーを送ったのだが、僕の送った薄いマフラーでは世間の風を防ぎきれなかったのか、しばらくしてまた届いた手紙には「あれこれ義理やしがらみもあって結局昔の世界に戻らなければならなくなった」という言葉が書かれていた。

暴力団というのはやはり社会の害悪だろう。被害にあった人たちのことを考えれば決して肯定はできないのだが、ただ僕はヤクザ運がいい、というのも変だが、「ああこの人たちも普通の人でかつて何かの間違いさえなければ別の生き方ができただろうなあ」という人たちにしか出逢っていない。僕の出逢った人たちに限っていえば、みんな肩で得意気に風を切りながらその裏で自分のいる世界を恥じていた。僕が思い浮かべるヤクザという言葉には〝おかしみ〟もある。風呂場の窓から流れだした湯気があり、ピンクの綿飴があり、小学生の作文に似た大きな字がある。

もう一つ〝ランの花〟もあって、あれは九州へ旅した際、小倉から乗ったタクシーの運転手さんだった。

頭を剃《そ》りあげていて、乗った瞬間、僕には最近その世界から足を洗ったばかりの人だなとわかった。まだ三十前後だった。

二時間以上の道中である。ちょっと困ったなと思ったのだが、むしろむこうが坊主頭を客が怖がらないか気にしている様子だった。僕の反応をさぐるようにぽつぽつと質問を向けてくる。

「北九州って『花と竜』の舞台になったりしてるからヤクザの人多いんですか。僕はあの小説大好きだけれど」

「……さあ、そうでもないよ」

最初は誤魔化そうとしていたのだが、僕がそういう世界に特別偏見をもっていないのがわかったらしく少しずつうちとけてきた。

いっぱい写真をもっていて、

「これは××組の組長が来た時、一緒にうつした写真だよ」

ヤクザ映画の一場面のような写真を見せられた。声にちょっと得意さが覗《のぞ》いた。家族の写真もあった。

趣味は潜水と最近始めたという将棋と、それからラン作りだった。潜水の名人として新聞に紹介されたという記事の切りぬきといっしょに、何枚もの自分が育てたランの花の写真を見せられた。花の一つ一つに丹精が感じとれた。ヤクザという言葉が想像させる短気さと、将棋やラン作りの老人くさい気長さとが不釣合いで少し可笑《おか》しかったが、斬った張ったの生ぐさい世界に疲れ、無理にもそういう枯淡の趣味へと自分を追いこんでいたのかもしれない。

僕も周囲の騒がしさに疲れ、得度を決心した頃である。今思うときれいなランを育てている元ヤクザの運転手と、もの書きという似たようなヤクザな職業につきながら何故か世間から「先生」などとも呼ばれ、そういう呼ばれ方にも疲れて坊さんになりたいと考えていた客とはなかなかいいコンビだったと思う。

一年後、僕は髪を剃った。

あの運転手さんの髪は、逆に普通の長さに戻ったはずである。

連城三紀彦を読みはじめるために

松浦正人

同時代の小説を楽しむ人なら、誰しも新作を心待ちにしている作家の一人や二人はいるでしょう。ある人にとって、それは一冊の横溝正史《よこみぞせいし》、宮部《みやべ》みゆきかもしれないし、別の人にはイアン・マキューアンがそれにあたるかもしれない。時期や好みによって、あがる名前はさまざま。しかしながら、一九八〇年代にはいるころ、すでにミステリ好きだった人間なら、低くない確率で連城三紀彦の名前をあげたのではないか。独特の輝きを放ちながら、同時にミステリの核心を射抜くような傑作をつぎつぎに生み出しはじめた新鋭に対する驚きと賛嘆の気持ちは、それほどに大きなものであったのです。

連城三紀彦は、一九四八年一月十一日、愛知県名古屋市に生まれました。早稲田大学の政治経済学部に進学しますが、映画を愛する連城は、大学四年の春に役者志望の友人に誘われてパリに一年間シナリオ勉強のため滞在することになり、そのおり、くだんの友人にそそのかされて、生まれてはじめて小説を書いたことが「幻の処女作」というエッセイ（《小説トリッパー》九七年秋季号。今年二月に幕のあいた連城三紀彦展を機に、監修者の本多正一《ほんだしょういち》が編んだ小樽文學舎発行の冊子に再録）に記されています。どんでん返しのある恋愛小説の中編だったようですが、帰国後もぽつり、ぽつりと習作をこころみ、やがて実を結ぶときがやってきました。

探偵小説専門誌として七〇年代後半に存在感をしめした雑誌《幻影城》の公募による第三回幻影城新人賞の小説部門（選者は権田萬治《ごんだまんじ》、都筑道夫《つづきみちお》、中井英夫《なかいひでお》、中島河太郎《なかじまかわたろう》、横溝正史）に、凝った語り口の不可能犯罪もの「変調二人羽織」が入選、七八年一月号に掲載されたのを皮切りに、個性の際立つ中短編を発表していきます。同誌は七九年七月号をもって幕をおろしますが、版元が倒産する寸前の同年六月には、幻影城ノベルスから初長編『暗色コメディ』（現時点でいちばん最後に出た版は文春文庫。以下同様）を刊行。四つの異様なシチュエーションにおかれた四人の男女をめぐる悪夢めいた物語が、忘れがたい残像をもたらす巧緻な一編でした。専門誌から外海へと漕ぎ出してからは、ミステリ史に残る金字塔となる〈花葬〉シリーズのうち五編が、八〇年に『戻り川心中』（光文社文庫）として講談社でまとめられ、大評判になります。表題作は翌春に第三十四回日本推理作家協会賞の短編賞を、八三年に新潮社から出た短編集『宵待草夜情』（ハルキ文庫）では第五回吉川英治文学新人賞を獲得しました。

このかんにも、初期の秀作を集めた『変調二人羽織』（光文社文庫）を八一年に講談社から、トリッキーなサスペンス短編集『夜よ鼠たちのために』（宝島社文庫。併録作あり）を八三年に実業之日本社のジョイ・ノベルスから、名探偵・田沢軍平ものをまとめた『運命の八分休符』（文春文庫）を同年に文藝春秋から刊行して、ミステリ好きの耳目を惹きつけました。そして、八四年に新潮社が出版した『恋文』（新潮文庫。現在は『恋文・私の叔父さん』と改題）によって、同年上半期の第九十一回直木賞を受賞。いっきに読者層を拡大したわけですが、皮肉にも、このあたりを分水嶺にミステリ読者のあいだで連城に対する評価がゆっくりと揺れはじめることになります。

　もちろん、当時の読者をひとくくりにするのは乱暴でしょう。ここは一九六三年生まれの連城ファンである編者自身を、ひとつのケース・スタディとして提出したいと思います。そういうものとしてお聴きください。いささか記憶が怪しくなっていますが、『恋文』の読後感は、恋愛小説というけれども連城さんらしい意外性が仕掛けられている作が多いし、とくに「紅き唇」は秀逸、というものでした。ただし、最も話題になった表題作は、普通の小説で楽しみ方がよくわからないと困惑していました。ミステリがホーム・グラウンドで外を歩いた経験に乏《とぼ》しく、そのうえ人生の経験も、それに対する想像力もこれからだった編者の胸には、置き去りにされたような気持ちがどこかにあったかもしれません。

　とまどいと、もしかしたら失望が拡大したのは八五年でしょうか。この年はまず、〈花葬〉シリーズ三編をふくむ『夕萩心中』（光文社文庫）が講談社でまとめられます。が、あとにつづいたものは、文藝春秋の『日曜日と九つの短篇』（『棚の隅』と改題され、コスミック出版のコスモブックスより刊行）がひどく地味なうえミステリ味も薄く感じられ、名古屋タイムズ社の『恋文のおんなたち』（文春文庫）はエッセイ、対談、掌編を集めた本、講談社の『残紅』（講談社文庫）は明治・大正時代の歌人・原阿《はらあ》佐緒《さお》をモデルにした長編と、ミステリからは遠ざかるばかりに思われました。当時の自分のためにひとこと弁じておきますと、四冊のなかで、そのとき最も感銘をうけたのは『残紅』です。連城さんがはじめて、結末で逆転されるなにごとかなしに小説を書いたとうけとめ、しかも、理由のわからぬままに読みふけっていました。

ミステリではないから気にいらない、というわけでもなかったのです。

八六年の春に就職してからは、編者の読書量自体が減少の一途。そんな時期に、直木賞受賞以降に書かれた、男女の関係や市井の哀歓を素材にしたとおぼしい短編が続々とまとめられ、他方では新聞に連載された大部の長編が本になりだしました。すべてを読む意欲はたもてず、講談社から八八年に強烈な意外性を秘めた驚きの国際謀略小説『黄昏のベルリン』（文春文庫）が、実業之日本社から九三年にミステリ短編集『顔のない肖像画』（実業之日本社文庫）が出たときには楽しんだものの、納得のいかない本にもいくつか出くわし、ふえる新刊にとうとう音をあげたというのが実情です。九六年に新潮社から出版され、第九回柴田錬三郎賞を受賞した『隠れ菊』（集英社文庫）さえ未読という始末でした。

新刊をふたたび必ず読むようになったのは、二〇〇二年に朝日新聞社が『白光』（光文社文庫）を刊行してから。凄みとリアリティをとりもどしたこの傑作長編にうたれ、あらたな仕事に期待をよせたのですが、〇八年に亡くなることになる母親の介護に追われ、その後は闘病生活を余儀なくされた連城三紀彦に、時間はあまり残されていませんでした。二〇一三年十月十九日、胃がんのため逝去。享年六十五。

連城三紀彦の傑作集をつくる機会をいただいて、編者がまず思い浮かべたのは、英国の異才クリスチアナ・ブランドの傑作短編集『招かれざる客たちのビュッフェ』（創元推理文庫）です。記憶に刻まれた逸品の数々をならべるだけで、ああしたミステリの醍醐味にあふれる一冊ができあがる。そう確信していました。ですが、やるからには既刊本に収められた全短編を一から読みなおし、いっそうの充実をめざしたい。かくして作業にかかったのですが、その過程で複数の発見があり、結果、方針を少し修正することになりました。

理由のひとつは、自身の評価の変化です。さいわい、〈花葬〉シリーズ中の珠玉と編者が考えるものは、やはり圧倒的にすばらしい。けれども、思い出の傑作のなかには、それほどでもないと感じたり、瑕《きず》に気づいたりしたものもありました。いっぽうで、消極的な評価だった「恋文」の生きいきとした魅力や、『日曜日と九つの短篇』の静かな緊迫感に、遅ればせながら目をひらかされる経験もしました。

くわえて、これまで未読だった本にあらたな輝きをそなえた作品を見つけられたことが大きかった。驚くべき技巧の切れ味で、連城の作家歴でも五指にはいろうかという傑作となった普通小説がありましたし、こんなふうに連城さんはキャラクターの幅をひろげていったんだと、むしょうに嬉しくなった新鮮な作品群にも出逢いました。

走りながら考えるうちに、選ぶのはいまの自分だ、変化もふくめたこの感銘をかたちにする以外に編者の責任をはたす方法はない、との結論にかたむいていきました。こうしてできあがったのが、本書を第一巻とする全二巻の連城三紀彦傑作集です。編纂の方針は四つ。第一に、秀でたもののなかから、分野を限らず選び出すこと。第二に、一冊から採る数はなるべく少なく（具体的には、五編収められた本なら二編を上限に）とどめること。第三に、収録する小説は発表順に配列するのを基本とすること。第四に、作者の素顔や創作の現場がうかがい知れるようなエッセイ数編を、各巻に配すること。

山あり谷ありだった長年のファンとしては、この二巻が、連城三紀彦を読みはじめるための、ひらかれたプラットフォームとなることを願っています。ミステリ好きも、いい小説が読みたいかたも、思い思いに楽しんでいける場所になってくれたら、これに過ぎることはありません。そう、ごらんいただく作品がすべて。贅言は無用でしょうが、より楽しんでいただくために書きとめておきたいことがないわけではなく……とはいえ、連城作品へとわけいるにあたって標識のたぐいは見ないほうがいい。**以下はしたがって、小説を読了されたかたを対象に書かせていただきます。未読のかたは、ご遠慮くださいますように。**

本傑作集の最初を飾る「六花の印」（『変調二人羽織』所収）は、《幻影城》七八年五月号に発表された連城三紀彦の短編第三作です。一月号に掲載されたデビュー作「変調二人羽織」、三月号の第二作「ある東京の扉」（同右所収）も十二分の面白さでしたが、毅然《きぜん》としたたたずまいと独創性の点で、本作は抜きんでています。どういうことか。

連城はたいへんな照れ屋だったといわれています。自作をいいと感じることがほとんどなかったのではないかと思わせる折々の発言からは、自己評価の厳しさが察せられますし、人の心がはらむ矛盾や嘘にことのほか鋭敏であり、また深い興味もいだいていたろうことは、作品から見てとることができます。そうした要素がいりまじってできあがった人柄だったのでしょう。最初の二作においてはそれが、不可能犯罪ものという、ある意味で謎解きミステリへの思い入れが顕著な小説を書くにあたり、諧謔味《かいぎゃくみ》のある筆法や辛辣《しんらつ》な批評的態度となってあらわれました。「変調二人羽織」では、多数の談話や記事、手紙から構成される語り口であり、鮮やかな解明を披露したあとのしめくくり方です。「ある東京の扉」でいえば、これから書く〝密室もの〟の着想を売りこむために、小説雑誌の編集長に胡乱《うろん》な男が筋立てを開陳しようとするものの、掛け合いのなかで設定がどんどん変えられていく、緻密なのかいい加減なのか、にわかには見きわめられない手法が、やはり斜にかまえた――かまえずにはいられなかった作者の自意識を反映しているように思われるのです。

過剰な自意識と、ときにアクロバティックとさえいいうる構築の巧み。連城の特質がにじみでた、貴重で面白いサンプルです。しかしながら、これは冗談だから、という言い訳をこらえるところから、つぎの頂《いただき》への道は始まっていたのではないでしょうか。自意識が動きだすのをこらえ、作者である自分は小説の背後にとどまること。連城のような精神の持ち主には、ひょっとしてつらかったかもしれませんが、そこをこらえてすべての批評を黙ってうけとめながら、継ぎ目の見えない完成した世界を描き出すことに専念したおかげで、ひとつの果実を手にすることができました。その世界では、作者の手つきが見えません。結果として読者は、たとえば、なにを考えているのかわからない人物がいても、ことが進行していくのを息をつめて見守ってしまうのです。結末にいたって意外な真相をつきつけられるまで、そうした〝真相〟のようなものがありうるとすら気どらせない。それが「六花の印」の世界なのだと思います。

いささか抽象的な話になってしまいましたが、おかげで「六花の印」は独創的なミステリにしあがりました。明治時代と現代、はるかに時をへだてたふたつの現場でおなじにしか見えない緊迫した事態が進行するのを、それぞれについてははらはらし、けれど、双方を左見右見《とみこうみ》しては不思議に思わずにいられない。これだけでも得がたい体験なのに、ついに破局にたどりついたかと緊張をゆるめるまもなく、思わぬ真相（もしくは、そうしたものが存在すること）が明かされる終幕の驚きときたら……不可能犯罪が現におこなわれつつあるにもかかわらず、それと気づかせないという趣向が完遂されたこともふくめて、まったく見事です。そして、最後の情景《イメージ》です。幼いころに無数の提灯が揺れる道を、手をひかれて歩いた雪の夜の記憶。謎解きに不可欠な最後のピースでありますが、それが歴史と罪が交錯した一夜を証するものとして、心静かに顧みられます。けだし画龍点睛のひと筆といえるでしょう。

豆知識をひとつ。現代のパートで話題にのぼる「飛行機買いつけの贈賄《ぞうわい》問題」は、ロッキード事件のことだと思われます。米議会上院の多国籍企業小委員会で、航空機の売りこみのためロッキード社が日本の政府高官らに裏金を渡したとの疑惑が暴露されたのは一九七六年二月四日。即座に日本でも大々的な報道が始まり、十六日からは衆院予算委員会で関係者の証人喚問がおこなわれました。本作の事件が起こったのは二月十八日、まさに騒動のさなかです。執筆にあたってこまかい資料調べはしなかったという初期作のころの連城にしてはできすぎのタイミングなので、ひょっとして本作はデビュー前に、ロッキード事件の進行とほぼ並行して、少なくとも原型なり構想メモなりが作成されたのではと想像するのですが、いかがでしょう?

さて、「六花の印」につづくのが〈花葬〉シリーズの諸編です。

本傑作集には、第二話「菊の塵」（《幻影城》七八年十月号、『夕萩心中』所収）、第三話「桔梗の宿」（同誌七九年一月号、『戻り川心中』所収）、第四話「桐の柩」（同誌七九年五月号、同右所収）を選び、番外編として「能師の妻」（《別冊文藝春秋》百五十六号／八一年夏号、『宵待草夜情』所収）を収録しました。番外の作をふくめるのには、こんなわけがあります。《幻影城》七九年六月号で次号予告に、第六話として「桜の舞」という題名が告知されたにもかかわらず、同誌の最終号ともなった七月号には掲載されず、そのうえ同号の次号予告で、第六話は「菖蒲の舟」に変更されていました。「菖蒲の舟」については、「戻り川心中」の題で《小説現代》八〇年四月号に発表され、第六話と認知されたのですが、「桜の舞」はそれきり闇に消えてしまったのでした。ところがです。気になっていらしたのだろう評論家の新保《しんぽ》博久《ひろひさ》氏が、あるとき日常の会話で、「桜の舞」はどうなったんですかと連城に尋ねたところ、あれはもう「能師の妻」に書いちゃったから、という趣旨の答えが返ってきたのだそうです（今回、新保氏に確認すると、当時の記憶を話してくださいました）。ですから、連作に編入することはできないにしても、番外編と扱ってもさしつかえあるまいと考えた次第。お赦《ゆる》しください。

シリーズ誕生の経緯と執筆の狙いについては、「菊の塵」とおなじ号に載った「〈花葬〉シリーズのこと」、エディション・プヒプヒが発行した同人誌『幻影城の時代』（二〇〇六年刊）によせられた「幻影城へ還る」（先にふれた連城三紀彦展の冊子にも再録され、このときには連城が提示していたふたつの題のうちのもう片方、「ゴールは幻影城」が採用されています）という二編のエッセイを本巻に収めましたので、そちらをごらんください。

花をモチーフにするという以外は読み切りの形式で書きつがれた本シリーズ、今回採った作品を読みくらべれば、筆致がバラエティに富んでいて、雰囲気や物語の肌合いの違いを実感していただけると思います。

たとえば「菊の塵」は、明治時代の末期という歴史的な情況と日常を、緊張感をたたえた硬質な文体で再現しています。そのうえで、御一新の時代そのものが動機となり、被害者となり、驚くべき大トリックにもなるという構想が明示される終盤は、圧巻のひとことです。夫と妻がそれぞれに背負わされた歴史的背景は、たとえ断片的にであったとしても多くの人が知りおよんでいるでしょう。それが武家屋敷の近くにひっそりと暮らす夫婦のあいだにおかれたとき、どんな劇的な結果をもたらしうるか、ここまで想像できたミステリ作家はどこにもいなかったのです。そして、忘れてはいけないのが真相発覚のきっかけの鮮やかさです。一人の士族の末裔が詠んだ辞世の一句。これがある以上、数年後にはかならず謎は解けた。いわば歴史の必然とまで感じさせる絶大な説得力に、本作の独創性と高い完成度があらわれていると思います。

つけくわえておきますと、伊藤博文《いとうひろぶみ》がハルピン駅頭で安重根《アンジュングン》に射殺されたのは一九〇九年（明治四十二年）十月二十六日のことで、すぐ内地の日本でも報じられました。騒然となったことは想像に難《かた》くありません。ここでも、歴史的なタイミングを設定するセンスは的確です。

「桔梗の宿」は一転して、情緒のかけらもないうすら寒い場末の死を、二人の刑事が捜査するところから始まります。「変調二人羽織」で、しょぼくれた中年刑事を探偵役に起用したときには〝最近の社会派推理小説で矢鱈《やたら》、登場するリアリズム刑事そのものの風体をした〟とことわらずにいられなかった連城ですが、「六花の印」をへた本作では、諧謔は影をひそめ、経験の浅い若い刑事がぬかるんだ現場周辺を歩きまわるありさまに、報われない捜査の実感がこめられていきます。しかしながら、その手ざわりになじんだ読者ほど、結末に激しく心を揺さぶられるでしょう。中心にある、なぜこうもそっくりな兇行がくり返されたのか、という動機の謎が解かれると、事態の外側にいたはずの語り手の刑事がいつのまにかただなかに立たされていたことが、判明するからです。

また本作は、不幸な境遇に追いやられた昭和はじめの十六歳の娘が、お七《しち》の浄瑠璃芝居を生きることで一瞬の炎を燃えあがらせる、それ自体、人形浄瑠璃のような物語でもあります。黒《く》衣《こ》を殺して、つかのま操りの糸から離れたかに見えた娘は、異なる世界にいると思えた男と気持ちをつうじさせる方法を見いだせないまま、首をくくって、人形のように遺体を抱きおろされることになるのです。その哀切と非情さに、ことばをうしないます。

つぎの「桐の柩」は、やくざの世界が舞台です。人生から落伍しかけた二十一歳の〝俺〟の目をとおして描かれる日常は、そもそも緊張感にみちています。そこへもってきて、〝俺〟がいずれ理由のわからない殺しをやらされることが書き出しで告げられているため、その瞬間へむかってサスペンスが否応なく高まっていくわけです。謎をはらみながらも進行するドラマの勁《つよ》さは、〈花葬〉シリーズ中、随一といっていいでしょう。しかも、核心をなす貫田の意図が読みとれなければ、めざす被害者の名にまず愕然とし、ついで、あまりに理にかなった、しかし狂った動機が、一連のドラマを陰で動かしていたと知って、びっくりさせられることになります。真相発覚の端緒も見どころです。死骸と棺桶をめぐる逆説の鮮やかさは、まさにチェスタトン級。大陸の戦地で死骸を焼くときのなまなましい実感から、自然とその逆説が浮かぶところが勘どころで、思えば本作の背後では終始、中国に戦火が燃えていたのです。〝俺〟が戦場で事件の核心をつかんだのも、「菊の塵」と同様、ある意味で必然でした。

見事なのは、こうした謎解きの顚末に男と女のすれ違いと、さらには結びつきがあわせて語られていくところでしょう。骰子《さいころ》ごっこという一語に託されたどうしようもない心象は悲しいくらいに鮮烈です。しかし、その先におかれた、どん底からの再出発を期す二人の男女の姿に、ふっきれたような希望がこめられていて、思いがけない感動をよぶのです。

　最後の「能師の妻」は、明治時代に能楽師の家で葛藤のドラマが展開します。芸の伝承への想い、能面の意味、異形の愛などがからみあう、静かで張りつめた空気がすばらしい。いっぽうでそれをはさむように、冒頭には、煽情主義を排した冷静な行文により、昭和の現在の目から当時の状況を客観的に、かつ歴史的にふりかえる一節がおかれて、その家でのちに起こる猟奇的な事件が予告され、終盤にはその語り手が再登場して、秘められた真相に気づくという結構になっています。かたちのうえでは、先に発表された「戻り川心中」そっくりですが、あちらの場合、当事者である歌人・苑田岳葉の目をとおして描いた部分は、遺された五十六首の歌に沿って書きあげられた小説『残燈』の一節だと明記されている点、出典がとくに見あたらないまま過去のドラマが描かれる本作とは異なっています。

　では、「能師の妻」の明治時代のパートは、作者が書きたかっただけで、小説内の位置づけが曖昧なまま挿入されているのでしょうか。一般的にはそれでも問題ないと思うのですが、ここにひとつ手掛かりがあります。主人公の深沢篠が他家にはいるのをまえに、最後にひとさし舞う場面。〝忘れ形見もよしなしと、捨てても置かれず取れば面影《おもかげ》に立ちまさり〟という謡《うたい》からして、演目は夢幻能の名作『松風』でしょう。在原行平（『井筒』の業平の兄）に寵愛された海人《あま》乙女だったシテ松風の亡霊が、磯辺の松を、亡き行平が立っていると信じて狂おしく舞いはじめる直前の地謡が〝忘れ形見も〟です。

　さて、この『松風』は、諸国一見《いっけん》の僧であるワキが、須磨の浦でいわくありげな松を見つけ、土地の者アイに謂《いわ》れを訊く段から始まります。「能師の妻」の冒頭、右脚の骨が掘り出された場所に、以前〝芝居の小道具のように桜の木が一本植っていた〟と回想するエッセイが配されていることを思い出してください。それを書いた年配の作家は土地の者アイに、謂れを教わって明治の事件を紹介したのちいったんさがり、終盤再登場する〝私〟はワキに、中段で主役を演じる篠はシテに擬せられているのではと考えてみたくなります。だとすれば明治時代のパートは、時空を超えた過去の再現にあたるでしょう。これは、いわゆる夢幻能の構成そのものです（篠や貢が亡霊だと申しあげているわけではありません。念のため）。「戻り川心中」の組立てが、そのまま能の構成にかさねられているのなら、〝私〟が藤生家の跡を訪れ、もはや〝幻を追うことすら許してはくれなかった〟と洩らす幕切れでは、夢のなごりも見あたらない夜明けの須磨の浦に山おろしの風とともにひびく、『松風』のしめくくりの地謡が静かに謡われているのかもしれません――松風ばかりや残るらん、松風ばかりや残るらん、と。

歴史上の過去を舞台にしたものだけが、連城三紀彦の本領ではありません。「ベイ・シティに死す」（《小説現代》八一年十一月号）は、八二年の講談社刊『密やかな喪服』（講談社文庫）に収録された作品です。初出誌には〝推理作家協会賞受賞後の新境地を拓く清新なるハードボイルド！〟という惹句《じゃっく》が躍っていました。波止場の情景を印象的にとらえた発端から、裏切られたやくざが復讐におもむく展開にいたるまで、堂にいった書きっぷりで、ハードボイルド好きが読んでも堪能できるでしょう。もっとも、作者本人としては任侠もののつもりで執筆したのかもしれず、「桐の柩」とくらべてみるのも一興でしょうか。骰子ごっこの一語があらためて思い出される男と女のいりくんだ心情といい、意外な真相があること自体を気どらせない進行といい、実に連城らしい一編です。

やはり『密やかな喪服』に収録された「黒髪」（《問題小説》八二年二月号）は、イメージの魔ともいうべき逸品。実景として描かれた紫野の上り坂は、すぐにためらいの象徴となり、過去の経緯が語られおわると、未決の重圧へと深まります。その未決の不安は一服の薬包にも託され、罪の意識は右手の記憶に、紅葉は罪の残り火へと変じていきます。一曲の能を観るようでもあり、終盤の恐ろしさは筆舌に尽くせません。比翼の鳥を思わせる緋色の手形がその意味をあらわす、あまりに苦い結末まで、申しぶんのない完成度です。二〇一〇年の法改正で、殺人や強盗致死の罪にかんして公訴時効が撤廃され、殺人の時効といえば十五年だった時代は終わりましたが、現実問題としての時効をつきぬけたところに、本作は存在しています。忘れられることはないでしょう。

その「黒髪」と同月に発表されたのが、「花虐の賦」（《小説新潮》八二年二月号、『宵待草夜情』所収）です。時間を逆流させるような強烈な真相については、のちに連城が幾度か再挑戦していることを述べるにとどめ、本作における、あやつる者とあやつられる者の物語について考えてみたいと思います。連想されるのは「桔梗の宿」ですが、あちらに登場するのが人形浄瑠璃における足遣いという黒衣であったのに対し、こちらの劇作家・絹川はいわば、首《かしら》と右手を担当する主遣《おも》い（役者の鴇子に誓詞を書かせる第二節末の場面をご参照ください）。三人で分担される遣い手のうち、この主遣いだけが紋付き袴姿で顔を見せる機会があります。本作で、絹川が前面に出るのは、その事実をひそかに映しているのでしょう。

支配欲の主題がせり出してくるのは、むろん小説的な想像によるものですが、それにしても

第二節から第三節にかけては鴇子の服従が美しく誇張されすぎており、いささかつらいと編者は当初感じました。これについては補助線を一本ひく必要があります。本作の最後で、第二節の千代橋の場面は、絹川の戯曲『傀儡有情』の第一幕に書かれていることがわかります。他方、〝私〟の目からことの推移が語られだす第四節にはいってすぐ、鴇子から『傀儡有情』第二幕の先生（絹川にあたる人物）の台詞を言うように〝私〟は頼まれる。〝私〟は台詞を読みあげたはずですが、実際には第二〜三節の語り口そっくりに、絹川と鴇子が登場する小説的な叙述のかたちで内容がしめされます。両方の事実を考えあわせると、明示されていないものの、あの二節は『傀儡有情』第一幕を小説風に再現したものとみなせるのではないか。ちょうど「戻り川心中」に、五十六首の歌をもとにした小説『残燈』が挿入されたのとおなじです。とすれば、第二〜三節の記述は、絹川の虚栄と願望にぶあつく塗りこめられていることを前提に読むべきでしょう。鴇子の服従が非現実的なまでに美しく描かれるのも当然なのです。

本作のもうひとつの読みどころは、その先にひかえています。塗りこめられていても、あるいは〝私〟が誤った解釈をしていても、虚心に読み返してみれば、鴇子の心情がふと浮かんでくる瞬間があるのです。例をあげれば、第四節で〝夜気に冷えた電燈の光を浴びて、鴇子の顔は血の通わぬ蒼白いものに見えた〟と写される鴇子の姿は、〝すべての人並の情念を離れ、まさしく人形の顔に結晶している〟という〝私〟の感想を超えて、ことばにならないなにごとかをつたえてくるように思われます。さぐりあてられない深みがまだあるのではないか……そんな気持ちにさせるなにかが、この一編にはあります。

つぎの「紙の鳥は青ざめて」（《小説推理》八二年十二月号）は、『運命の八分休符』にまとめられた五編しかない名探偵・田沢軍平ものの第四話。名探偵と書きましたが、連城自身は同書のあとがきに、軍平は自分の分身であって、〝当然ながら迷探偵であり、エリート派ではなく落ちこぼれ派〟だと記しています。〝欲望とか野心とか体だけでなく精神的にも栄養過多になっている現代人の中で、胃弱な低カロリー体質のために自分の恋心さえ受けつけない〟とつづけられる軍平像は、もしかしたらいまの時代のほうが共感をよぶかもしれません。連城の照れ屋な人柄が、ちょっと滑稽《こっけい》ではあっても、心優しい探偵像に昇華した軍平シリーズ、お楽しみいただければ嬉しいです。

『恋文』からは、「紅き唇」(《小説新潮》八三年四月号)と「恋文」(同誌八三年八月号)を選びました。同書のあとがきによれば〝母の実話めいた話〟だ(具体例としてはパチンコの場面)という「紅き唇」は、しかし、生きいきしていると同時に、非常によく練られた名品です。息子の和広をタヅと義理の母子に設定したのは、第一には最後の逆転劇のためでしょうが、作者本人が実人生から適度な距離をおくための慎重な配慮でもあったろうと思います。雑然とした生活感と活気に富む日常が愉快なうえ、そこで口ずさまれた「ゴンドラの唄」をきっかけに太平洋戦争当時のタヅの記憶がたどられることで、平凡だった日常のざわめきに歴史の音がひびいてくる。だからこそ、〝恋敵を肩車にして必死に脚を踏んばっている女の姿〟が、滑稽どころか、ひそかな切ない恋の象徴として結末で輝くなどということが起こりうるのです。

ポイントになる「ゴンドラの唄」は、一九一五年(大正四年)に芸術座公演『その前夜』の劇中歌として松井須磨子《まついすまこ》が歌った曲です。それがいっそう人口に膾炙《かいしゃ》したのは、五二年(昭和二十七年)十月に封切られた黒澤明《くろさわあきら》監督の『生きる』によってでしょう。胃がんで余命いくばくもないと悟った市民課長が、残ったときをどうすごすか、それを撮ったこの映画のなかで主演の志村喬《しむらたかし》が「ゴンドラの唄」を歌う場面について、連城は《キネマ旬報》にエッセイを執筆する際に幾度か言及していて、印象の鮮烈さを物語っています。連城が、長じてきちんとこの一編を観たことは疑いない。しかし……ここからは純然たる空想です。最初に接したのは、封切り時とはいわないまでも、幼いころ、母親につれられて近所の映画館にいってはおぶわれたまま眠りそうになる、いつものひとときのこと（本巻所収のエッセイ「母の背中」参照）だったのではないか。あるいは、映画を観て曲を憶えた母親が事実、日ごろから口ずさんでいたのか。「紅き唇」とおなじく、『生きる』にパチンコをする場面があることも指摘しておきましょう。いずれにせよ、この曲と本作の背後には、一本の映画にまつわる連城の記憶がひそんでいて、人生の最後が視界にはいってきたときの生き方という本作の主題にも、深い影響をあたえたのは確かなことのように思われます。

その主題を、より『生きる』に近いかたちで扱ったのが「恋文」です。不治の病に冒されて、という設定でつくられた物語は無数にありますが、連城は、これを悲劇や美談にせず、情けない日常や意地悪な心を思いきり書きこんでいくのです。その真価が発揮されるのは「別れてくれないかな……」ということばが発せられる第五節からでしょう。しっかりした年上の妻という面子をかなぐり捨て、感情をついに爆発させた主人公・郷子の気持ちのおさまるところは見つかるのか。以降のジェットコースターに乗るような読み心地は圧倒的です。

注目したいのは第四節に出てくる与謝野《よさの》鉄幹《てっかん》の詩です。出典は「人を恋ふる歌」で、作中にあるとおり男同士の友情、すなわち信頼の絆と連帯感を歌っています。郷子はその場では本線ではなく細部にとらわれてしまいますが、第八節の最後で詩の一節を思い出したときには、男を女に読み替え、恋敵の江津子に「わが歌ごゑの高ければ（……）君ならではた誰《たれ》か知る」——あなたでなくて、いったい誰がわかってくれるだろう、と心で語りかけるのです。この女同士の連帯感が、きれいごとではなく、第七節でたがいに肚《はら》を見せあってから生まれているところがいい。それが終盤の説得力になっていると思います。ちなみに初出誌では、タイトルの題字に〝わが歌ごゑの高ければ〟の一行が添えられていました。前出の連城三紀彦展の冊子に収められた本作の生原稿の写真を見ますと、〝恋文——わが歌声《ママ》の高ければ〟と書かれていますから副題の扱いだったのでしょう。なるほど、と納得せずにはいられません。

　つづく三編は『日曜日と九つの短篇』から採りました。同書のあとがきに〝昔は、遠い手の届かないような所に立った人ばかりを見ようとしていたのに、最近は（……）ごく身近にいる、どんな名前でもいいようなありふれた人ばかりを捉えるようになっています〟とありますが、鋭く独特な視線がとらえた市井の物語を、比較的短い枚数のうちに切りとっているのが、とても印象的です。「裏町」（《小説新潮》八四年四月号）、「青葉」（《オール讀物》八四年九月号）、「敷居ぎわ」（《別冊文藝春秋》百六十九号／八四年秋号）。中身は多彩で深い。

　なお、底本としたコスモブックス版は、〝……〟を減らし、冗舌な表現を削るなどして、歯切れのいい現代的な文にあらたまっています。とくに「裏町」は、ひきしまりました。

　しめくくりの「俺ンちの兎クン」（《小説新潮》八五年十一月号）は、八六年に新潮社から出た『もうひとつの恋文』（新潮文庫）の一編です。伏線を、結末の意外性ではなく、状況の意味を読者に知らせておくことで場面、場面に皮肉な味を利かす、いわゆる劇的アイロニーの手法のために用いているのが非常に効果的。主人公の渋面が目に浮かぶようです。「紅き唇」と「恋文」の要素をつかいつつ、まったく違った物語にしあがっていること、「恋文」で脇役だった子供が主役をはるようになったことについては、次巻へつづく、としたいと思います。

　最後に、収録したエッセイのうち、出典をまだ記していないもののデータを簡潔に。

「ボクの探偵小説観」は、「六花の印」と同号の《幻影城》に書かれた示唆に富む小文。

〈花葬〉シリーズ関連の二編のあとの三編は『恋文のおんなたち』から。「水の流れに」は《別冊文藝春秋》百六十四号／八三年夏号、「母の背中」は《婦人公論》八四年一月号、「芒の首」は《オール讀物》八一年四月号が初出。「芒の首」は父親を描いた連城の挿画つきでした。

　残る三編は、九〇年の佼成出版社刊『一瞬の虹』（新潮文庫）から。同書は、月刊誌《マミール》に〈波羅蜜橋〉の通し題のもと八八年七月号から一年半連載されたエッセイをまとめた本で、「哀しい漫才」が八八年十二月号に「花舞台の白い影」、「黒ぶちの眼鏡」が八九年十月号に「父の腕時計」、「彩色のない刺青」が八九年九月号に「一傘の恩義」の各題で載りました。

　なお「哀しい漫才」の初出時には、劇団は岸田理生《きしだりお》の主宰であることが記されています。また、連城が《キネマ旬報》に連載していたエッセイ〈試写室のメロディー〉第三十四回によれば、池田火斗志《いけだひとし》の余興とは〝「生きる」の志村喬が「ゴンドラの唄」を歌う名シーンの物マネ〟でした。〝僕の思い入れのある映画の名シーン〟とも書き添えられています。短編「白蘭」のほうは、八九年の新潮社刊『たそがれ色の微笑』（新潮文庫）に収録後、去年『連城三紀彦レジェンド2』（講談社文庫）に採られました。

（二〇一八・五・一四）

編集後記

本傑作集では編集に際して、各編で著者の存命中に刊行された最終の版を底本としたうえで、初出誌を含む他の版も参照して校訂を施した。

底本は左記の通りとなる。

六花の印＝『変調二人羽織』（光文社文庫）二〇一〇年刊
菊の塵＝『夕萩心中』（光文社文庫）二〇〇七年刊
桔梗の宿＝『戻り川心中』（光文社文庫）二〇〇六年刊
桐の柩＝同
能師の妻＝『宵待草夜情』（ハルキ文庫）一九九八年刊
ベイ・シティに死す＝『夜よ鼠たちのために』（ハルキ文庫）一九九八年刊
黒髪＝『変調二人羽織』（ハルキ文庫）一九九八年刊
花虐の賦＝『宵待草夜情』（ハルキ文庫）一九九八年刊
紙の鳥は青ざめて＝『運命の八分休符』（文春文庫）一九八六年刊
紅き唇＝『恋文・私の叔父さん』（新潮文庫）二〇一二年刊
恋文＝同
裏町＝『棚の隅』（コスミック出版）二〇〇七年刊
青葉＝同
敷居ぎわ＝同
俺ンちの兎クン＝『もうひとつの恋文』（新潮文庫）一九八九年刊
ボクの探偵小説観＝《幻影城》一九七八年五月号
〈花葬〉シリーズのこと＝《幻影城》一九七八年十月号
幻影城へ還る＝本多正一編『幻影城の時代　完全版』（講談社）二〇〇八年刊
水の流れに＝『恋文のおんなたち』（文春文庫）一九八八年刊
母の背中＝同
芒の首＝同
哀しい漫才＝『一瞬の虹』（新潮文庫）一九九四年刊
黒ぶちの眼鏡＝同
彩色のない刺青＝同

検印
廃止

著者紹介 1948年愛知県生まれ。早稲田大学卒。78年「変調二人羽織」で第3回幻影城新人賞を受賞、79年に初の著書『暗色コメディ』を刊行する。81年「戻り川心中」が第34回日本推理作家協会賞を、84年『恋文』が第91回直木賞を受賞。2013年没。

六花の印
連城三紀彦傑作集1

2018年6月29日 初版

著者 連《れん》城《じょう》三《み》紀《き》彦《ひこ》

編者 松《まつ》浦《うら》正《まさ》人《と》

発行所 (株) 東京創元社
代表者 長谷川晋一

162-0814/東京都新宿区新小川町1-5
電話 03·3268·8231-営業部
03·3268·8204-編集部
URL http://www.tsogen.co.jp
DTP キャップス
旭印刷・本間製本

乱丁・落丁本は、ご面倒ですが小社までご送付ください。送料小社負担にてお取替えいたします。

ISBN978-4-488-49811-5 C0193